Ce livre est également disponible
au format numérique

www.bragelonne.fr

EMMA JANE HOLLOWAY

UNE ÉTUDE EN SOIE

L'AFFAIRE BASKERVILLE

Traduit de l'anglais (Canada)
par Guillaume Le Pennec

Bragelonne

Collection dirigée par Stéphane Marsan et Alain Névant

Titre original : *A Study in Silks*

ISBN : 978-2-35294-827-8

Bragelonne
60-62, rue d'Hauteville – 75010 Paris

E-mail : info@bragelonne.fr
Site Internet : www.bragelonne.fr

Pour mes chers amis,
qui savent précisément quand administrer une dose de thé,
de bon sens ou de chocolat selon les besoins

CHAPITRE PREMIER

Londres, 4 avril 1888
Hilliard House
Mercredi, 22 h 45

Evelina se figea et retint son souffle, frissonnant sous l'effet de la tension. Elle resta immobile pendant un long moment à scruter les ombres que projetait sa bougie sur les lattes de plancher poussiéreuses du grenier.

Elle explora chaque recoin du regard avec une lenteur méthodique. Malles et caisses empilées dessinaient des silhouettes pachydermiques dans la pénombre. Des meubles se tapissaient tels des spectres sous leurs housses de protection. Les greniers servaient à stocker l'inutile et l'oublié, les souvenirs et, à l'occasion, quelques secrets. Seuls les souris et peut-être quelques fantômes auraient dû habiter les lieux. Pourtant Evelina avait entendu autre chose. Ou perçu, plutôt.

Osant encore à peine respirer, elle remit soigneusement dans sa boîte la minuscule pièce mécanique qu'elle tenait à la main puis déposa sa fine pince à bec long juste à côté. Ses doigts s'attardèrent un instant sur le coffret pour caresser presque tendrement son ouvrage de laiton et d'acier. Le soir venu, elle avait l'habitude de s'installer au grenier pour travailler en toute tranquillité tandis que le reste de Hilliard House s'était retiré pour la nuit.

C'était le seul moment et le seul endroit où elle pouvait laisser libre court à ses talents. Personne ne montait jamais ici, surtout pas à une heure si tardive.

Et pourtant elle avait entendu le grincement de la porte au bas de l'escalier menant au grenier, suivi d'un bruit de pas. Quelqu'un approchait. Étrange, d'autant que la maisonnée s'était couchée tôt. Le maître de maison avait déclaré que son épouse et lui avaient besoin d'une nuit de tranquillité. En conséquence de quoi personne n'oserait ne serait-ce que froisser un papier de bonbon ce soir.

Alors qui pouvait bien se déplacer dans la maison ? Un frisson d'appréhension remonta le long des bras d'Evelina Cooper. Dans l'intimité de son esprit, elle laissa échapper un juron très malséant.

Il existait toutes sortes de raisons pour lesquelles une jeune fille soigneusement élevée par une respectable aïeule n'avait aucune envie d'être surprise à se cacher dans un grenier au milieu de la nuit. En premier lieu, l'inévitable et embarrassante supposition qu'elle venait y retrouver un amant. Pourquoi personne ne semblait-il capable d'imaginer qu'une jeune lady puisse s'intéresser à des choses plus importantes ?

Ensuite, tous les ennuis qu'elle pourrait avoir se répercuteraient automatiquement sur sa meilleure amie, Imogen Roth. Hilliard House appartenait à l'orgueilleux géniteur de sa condisciple : lord Bancroft. À la demande d'Imogen, Evelina y avait été invitée pour la durée de la saison londonienne. Si elle était surprise dans une activité ne serait-ce que vaguement scandaleuse, lord B serait plus prompt à faire monter leurs têtes à toutes deux comme trophées sur le mur de son bureau qu'à écouter leurs excuses.

Et une fascination fort peu féminine pour la mécanique serait suffisante pour déclencher des commentaires. Il était temps de disparaître, entièrement et rapidement. Elle éteignit la flamme de la bougie entre ses doigts. Le clair de lune s'immisçait à travers la fenêtre, éclaboussant le grenier d'une lumière aqueuse.

Evelina rassembla les pièces et les outils qu'elle avait alignés sur le sol et les rangea dans la boîte en prenant soin de ne pas faire de bruit. Après un bref coup d'œil aux alentours, elle referma le couvercle et dissimula silencieusement le coffret et la bougie derrière un tapis roulé posé contre le mur.

Son estomac se noua sous l'effet de la tension. Il n'y avait pas qu'une paire de pieds dans l'escalier. Elle en entendait clairement deux. *Damnation !*

L'espace d'une seconde, sa tête se vida, son esprit aussi vierge d'idées qu'une feuille de papier immaculée. Le grenier ne comportait qu'un seul accès. Il fallait qu'elle se cache, mais où ?

La troisième raison pour laquelle il était absolument et catégoriquement impensable de se faire prendre était que sa boîte ne contenait pas seulement des outils ; elle recélait aussi des instruments de magie.

Un fait qui soulèverait plus de questions qu'elle n'était prête à en affronter.

Les bruits de pas étaient désormais très sonores, presque au sommet de l'escalier. Elle aperçut l'éclat d'une lanterne oscillant d'avant en arrière. Des voix masculines se firent entendre dans la vaste pénombre. Des serviteurs, à en juger par leurs accents. Les voix graves de grosses brutes puissantes.

— Foutredieu ! pourquoi c'est toujours un truc dans le grenier qu'ils veulent déplacer ? grommela l'un des hommes.

— Parce que si c'était facile ils nous paieraient pas pour le descendre dans l'escalier, tu crois pas ? répondit l'autre. Maintenant ferme-la et fais ton boulot.

Dans un geste désespéré, Evelina retira en hâte ses chaussures et ses bas, qu'elle fourra derrière le tapis avec sa boîte. Puis elle se précipita vers la fenêtre et fit précautionneusement basculer la guillotine en espérant que le bruit que faisaient les deux serviteurs suffirait à couvrir le frottement du bois contre le montant.

Un vent nocturne lui ébouriffa les cheveux. Serrant ses jupes contre elle, elle sortit en rampant par la fenêtre pour se percher en équilibre sur l'étroite frise décorative qui courait sur le pourtour de la maison.

Une chance qu'elle ait porté une simple tenue de travail, à peine plus élaborée que l'uniforme des servantes. Si elle avait été vêtue d'une robe du soir avec une tournure et des kilomètres de jupons, jamais elle n'y serait parvenue. Fort heureusement, elle laissait de côté toutes ces bêtises lors de ses sessions de travail nocturne afin de pouvoir se pencher et respirer librement.

Ses orteils dénudés agrippaient la pierre froide, sensibles aux moindres reliefs. La saillie était un peu plus large que son pied et il était assez facile de s'y déplacer pour qui avait un bon équilibre.

Les voix se firent plus fortes et l'angoisse menaça de la submerger.

Les genoux d'Evelina tremblaient sous l'effort nécessaire pour se maîtriser et ne pas se mouvoir trop vite. Elle ne souffrait pas de vertige mais trop de hâte pourrait causer sa chute. Littéralement.

Inspirant profondément, Evelina s'éloigna lentement de la fenêtre sans oser prendre le risque de la refermer derrière elle. Un pas, puis deux, et elle se retrouva hors de vue. Même s'ils devinaient que quelqu'un était passé par le grenier, personne ne chercherait l'une des invitées de lord Bancroft accrochée au mur telle une punaise. Après tout, combien d'élèves de l'académie pour jeunes filles de Wollaston pouvaient se targuer d'être funambules ? D'un autre côté, combien d'entre elles étaient des orphelines avec une grand-mère à la tête d'un domaine rural et l'autre disant la bonne aventure au sein du Cirque suprême de Ploughman ? D'une certaine manière, Evelina avait passé toute sa vie sur une étroite passerelle en équilibre entre deux mondes complètement différents.

Elle se cramponna au mur dans son dos pour s'éloigner encore de la fenêtre. Avec un peu de chance, elle en trouverait peut-être une autre dont le verrou n'était pas tiré et pourrait retourner à l'intérieur. Même si les domestiques ne pouvaient plus la voir depuis la maison, trop de voisins disposaient d'une vue sur son perchoir. L'arrière de la demeure s'ouvrait sur un grand jardin clos, héritage de son passé rural, mais sa façade donnait à présent sur la place Beaulieu. De chaque côté de Hilliard House, les formes arrondies des demeures mitoyennes encadraient un jardin circulaire.

Peut-être aurait-elle eu plutôt intérêt à se glisser sous les draps qui recouvraient les vieux meubles ? Mais Evelina avait toujours été du genre à prendre des risques plutôt que se cacher. C'était l'un de ses principaux problèmes. Elle avait certes appris à se comporter comme une dame mais ne réfléchissait toujours pas comme telle. Les dames ne se faufilaient pas seules dans des lieux interdits et se lançaient encore moins dans des expériences inédites simplement pour se prouver qu'elles étaient aussi intelligentes qu'un homme, suffisamment pour entrer à l'université. C'était pourtant exactement ce que faisait Evelina dans ce grenier. Elle prenait des risques, mais pas sans raison.

Le vent, qui faisait voleter ses mèches de cheveux noirs en travers de son visage, lui fit parvenir quelques sons des alentours : le « clop-clop » des chevaux, un pianoforte au loin qui massacrait une ballade de Chopin, les notes étouffées d'une voix de femme provenant du coin de la maison. Evelina entendit une voix masculine lui répondre sur un ton dur et autoritaire, à moitié recouverte par les tintements des cloches de l'église. *Onze heures ? Comment peut-il être déjà si tard ?*

Elle reprit sa progression, curieuse de surprendre un peu plus de la conversation. Mais les voix s'étaient tues. Un obstacle se dressait de toute façon sur son chemin : la branche d'un chêne qui poussait près de la demeure venait s'appuyer contre la gouttière.

Evelina n'eut pas de mal à s'y accrocher, d'abord d'une main, puis des deux. Elle se hissa sur la branche et passa une jambe par-dessus l'écorce rugueuse. Ses jupes se froissaient, la grattaient et gênaient globalement ses mouvements mais elle finit par se relever et s'avança prudemment vers les feuillages au niveau du tronc. La cachette n'était pas parfaite mais une fille dans un arbre était beaucoup moins visible qu'une silhouette féminine se découpant contre un mur au clair de lune.

Evelina s'arrêta et s'accroupit, une main posée sur une branche mitoyenne pour garder l'équilibre. L'écorce égratignait la plante délicate de ses pieds mais elle oublia cet inconfort sous l'effet d'une brève poussée d'euphorie. Elle avait si rarement l'occasion d'exercer vraiment son corps depuis qu'elle avait franchi la limite entre la petite fille et la femme. Chez Imogen, où elle se déplaçait presque à sa guise, Evelina pouvait penser et travailler librement. Mais, même à Hilliard House, une dame ne grimpait pas aux arbres.

Elle laissa la brise d'avril jouer avec ses cheveux et ses jupes. Le fond de l'air était frais, avec un parfum de pluie qui rappelait que le printemps ne cédait que lentement sa place à l'été.

De là où elle était, elle apercevait un petit morceau de Londres, l'éclat des lampes à gaz zigzaguant au sein des zones les plus opulentes de la ville. En plus des réverbères dans les rues, les maisons individuelles affichaient leurs propres éclairages au-dessus des portes, des balcons, et partout où des globes plus petits pouvaient être installés. Plus une demeure était prospère et plus elle se devait d'afficher des lumières aussi coûteuses qu'à la mode. Au point que les quartiers les plus riches de la cité scintillaient tels les joyaux d'une reine des fées.

Les lampes les plus proches affectaient une teinte légèrement dorée tandis que les plus lointaines étaient bleues, vertes ou rouges. La couleur des globes de verre correspondait à l'identité du quartier comme à celle de l'entreprise qui les fournissait. Et on pouvait donc en déduire lequel des « barons de la vapeur » contrôlait l'éclairage et le chauffage des habitations. D'après lord Bancroft, les propriétaires des grandes compagnies d'exploitation de charbon et de gaz avaient divisé Londres – et même tout l'Empire – en tranches inégales, à la manière d'une tarte. La vapeur constituait leur fonds de commerce mais ils avaient acheté d'autres choses : mines de charbon, chemins de fer et même certaines usines. Evelina comprenait à présent que ces lumières colorées étaient un symbole de leur emprise, mais la vue n'en était pas moins charmante quand les lampes s'allumaient à la nuit tombée.

Il y avait bien sûr des exceptions, des maisons qui demeuraient nichées dans une froide obscurité. On trouvait des voisinages entiers de ce genre dans les quartiers pauvres tel que celui de Whitechapel, mais aussi sur certaines riches avenues. On les appelait les Déconnectés, des gens qui avaient perdu soit toute leur fortune soit, pire encore, les bonnes grâces des barons de la vapeur.

Cette pensée ne fit que passer dans son esprit, aussi éphémère que la brise, mais cela suffit à la distraire. Lorsqu'elle bascula d'une jambe sur l'autre pour reprendre sa progression, son pied glissa.

L'espace d'une terrible seconde, elle se sentit tomber. Les feuilles et les branches se ruèrent vers elle, lui griffant le visage et les cheveux.

Par réflexe, elle enroula la jambe autour de la branche en fouettant l'air de ses bras à la recherche d'une prise à laquelle se cramponner. Puis, avec un hoquet rauque, elle se reprit.

Evelina était à présent suspendue la tête en bas, tel un paresseux en jupons. Des vagues de panique enflaient sous la surface du contrôle qu'elle exerçait sur elle-même, menaçant de la faire s'effondrer. Paupières closes, elle refusa de s'abandonner aux larmes de peur et d'embarras qui lui piquaient les yeux.

— *B'jour.*

La voix provenait de sous son crâne mais elle perçut la légère pression qui accompagnait cette salutation, un peu comme un doigt tapotant contre sa conscience. Elle ouvrit les yeux. Une tache pâle d'un vert légèrement luminescent flottait à quelques centimètres de son visage.

— Bonjour, grommela Evelina.

La lumière oscilla de haut en bas en semblant l'examiner de la tête aux pieds.

— *Qu'est-ce que tu fais ?*

Evelina ravala la repartie cinglante qui lui vint aux lèvres. La créature était un deva, un esprit de la nature. Ils semblaient adopter les caractéristiques de différents éléments : air ou bois, eau ou feu, voire parfois une combinaison intermédiaire. Certains étaient minuscules, d'autres énormes et féroces. Les campagnes en étaient pleines et les jardins en ville en accueillaient parfois. Celui-ci avait sans doute élu domicile dans le chêne. Ceux en qui coulait le Sang – la branche familiale du côté de sa grand-mère diseuse de bonne aventure, par exemple – pouvaient les voir. Pour le reste de la population, tout cela n'était que des contes de fées.

C'en serait fait d'Evelina si quelqu'un la surprenait coincée dans un arbre en train de parler à une créature invisible. Lord B la congédierait en moins de temps qu'il n'en fallait pour dire « aliénée ».

Cela dit, ce serait pire encore si quelqu'un la croyait capable de parler aux esprits de la nature. Un acte considéré comme magique, c'est-à-dire immoral pour la plupart des gens et illégal aux yeux des tribunaux. Le jour même, on avait arrêté pour sorcellerie une actrice par ailleurs renommée du nom de Nellie Reynolds. Si une personne aussi populaire n'était pas à l'abri de poursuites, Evelina n'aurait aucune chance.

— *Je t'ai demandé,* répéta le deva d'une voix aigre, *ce que tu faisais dans mon arbre.*

— Je suis coincée. J'étais en train de m'enfuir et j'ai fait une chute.

Qu'est-ce qui lui avait pris, aussi ? Evelina maudit sa propre bêtise. Elle ne faisait plus partie des Fabuleux Cooper volants et n'avait plus joué les funambules depuis l'enfance.

— *Tu devrais laisser l'escalade aux chats.*

Evelina se contenta de répondre par un grognement. Prenant appui sur ses jambes, elle se contorsionna pour tenter de se redresser. Il n'y avait malheureusement pas de prises pour l'aider à agripper la branche. Ce n'était qu'une question d'équilibre et de force pure, lesquels s'amenuisaient à toute vitesse. Déjà, ses bras commençaient à trembler.

Je me suis ramollie.

Cette pensée lui fit serrer les dents.

— Aide-moi un peu, deva !

Il n'en fit évidemment rien. Les devas n'agissaient jamais sans y être obligés et les outils d'Evelina – l'aiguille et les grains d'ambre qu'elle employait pour le sortilège avec lequel elle se liait à un esprit – étaient dans ce fichu coffret dissimulé là où ces gêneurs de domestiques ne le trouveraient pas. En un ultime effort et moult gesticulations, Evelina finit par trouver de nouvelles prises. Lorsque enfin elle reprit son équilibre, elle était tournée de l'autre côté, vers la maison, mais n'avait plus la tête en bas.

Le deva avait disparu.

— Merci pour rien, maugréa-t-elle.

Elle avait les paumes tout égratignées et était sûre d'avoir entendu son ourlet se déchirer sur l'extrémité d'une petite branche cassée. Mais elle était parvenue à retrouver sa position d'origine sur la branche. Elle considérait ça comme une victoire.

Elle jeta un coup d'œil vers la fenêtre du grenier, espérant contre toute attente que les serviteurs étaient partis. Non, elle apercevait toujours l'éclat de leur lanterne. Que cherchaient-ils donc ?

Avec une prudence renouvelée, elle remonta le long de la branche, juste assez pour mieux voir. Mais pas trop près. Elle ne voulait pas qu'ils la surprennent en train de les observer.

Les hommes avaient suspendu leur lampe à huile à un crochet au plafond. Sa lumière éclairait la scène d'un éclat bien plus vif que celui de la bougie d'Evelina. À présent qu'elle voyait leurs visages, elle reconnut les palefreniers de lord Bancroft. D'après ce qu'elle avait pu voir, il faisait souvent appel à eux pour des tâches inattendues, difficiles à justifier.

Cinq énormes malles de voyage décorées de fioritures en laiton, précédemment empilées contre le mur, étaient à présent posées par terre. Evelina se souvint qu'elles portaient la marque d'un fabricant autrichien, pays où lord Bancroft avait officié en tant qu'ambassadeur.

— Qu'est-ce qu'il y a là-dedans ? demanda l'un des garçons d'écurie d'une voix assez forte pour qu'Evelina l'entende par la fenêtre ouverte.

L'autre marqua un temps d'arrêt pour s'essuyer le front avec sa manche.

— Aucune idée, admit-il.

— Je me dis que, si on doit traverser le pays avec, vaut mieux savoir ce que c'est, non ?

Le premier homme se pencha, sortit son canif et s'attaqua au cadenas. Evelina entendit les cliquetis de l'imposant mécanisme. Les lourds loquets métalliques s'ouvrirent brusquement, comme actionnés par des ressorts.

Evelina observa la scène avec attention, sa fascination lui faisant totalement oublier le froid et l'inconfort de son perchoir. Les hommes durent s'y mettre à deux pour soulever le couvercle de la malle. L'un d'entre eux recula, comme pris de dégoût.

— Dieu du ciel ! jura-t-il. Ça pue comme si y avait un truc mort là-dedans !

Evelina écarquilla les yeux et se cramponna un peu plus fort à la branche. L'odeur ne lui était pas parvenue mais sa peau se couvrit de chair de poule, comme si elle avait été aspergée d'énergie magnétique. Une énergie stagnante, nuisible, qui ravivait soudain sa peur de l'obscurité.

L'intérieur de la malle était garni de satin bleu et conçu pour accueillir les membres, la tête et le torse d'un corps démembré. La panique vrilla l'estomac d'Evelina, qui laissa échapper un hoquet de stupeur. *Mon Dieu, qu'est-ce que c'est que ça ?*

Puis elle aperçut les articulations métalliques au niveau des épaules et des hanches. Le corps n'était pas humain. De fait, il était recouvert d'un coutil granuleux d'un brun-gris, et le visage et les mains étaient en porcelaine peinte, comme une poupée pour enfants. *Un automate.* Il avait néanmoins l'air suffisamment réel pour faire de nouveau frissonner Evelina. Elle n'était visiblement pas la seule à ressentir un malaise. L'homme referma bruyamment le couvercle pour ne plus voir l'effrayante création.

Le soulagement d'Evelina fut presque palpable. Avec son regard fixe et sa mâchoire béante, c'était probablement l'automate le plus laid jamais conçu. S'agissait-il de l'un des souvenirs que lord Bancroft avait rapportés d'Autriche ? Elle n'avait jamais entendu qui que ce soit en faire mention. Chacune de ces malles contenait-elle une monstruosité du même genre ?

Bien sûr, l'apparence de cette poupée mécanique n'était pas ce qu'il y avait de plus intéressant. Même depuis son arbre, Evelina avait perçu les vibrations magiques qui émanaient de l'automate. Et pas n'importe quelle magie : une forme de sorcellerie particulièrement maléfique.

Un frisson de soulagement, d'inquiétude et d'un genre très particulier de terreur la parcourut. Ce dont elle venait d'être témoin constituait à la fois un bouclier et un talon d'Achille. Quels que soient les secrets qu'elle pouvait avoir, elle savait désormais que l'irréprochable lord Bancroft en dissimulait de bien pires.

CHAPITRE 2

Les conjectures auxquelles se livrait Evelina finirent, sous l'effet d'un froid de plus en plus mordant, par laisser place à une impatience grandissante. Une demi-heure de plus s'écoula avant que les palefreniers s'en aillent, emportant les malles vers une destination inconnue.

Evelina laissa passer trente minutes de plus pour s'assurer que tout était calme puis, endolorie et à moitié gelée, retourna jusqu'au grenier en se glissant par la fenêtre ouverte.

Sa priorité absolue était de se mettre en lieu sûr. Elle ordonna à ses pieds de ne faire aucun bruit tandis qu'elle descendait les longues volées de marches en chêne pour rejoindre les tapis moelleux du corridor du deuxième étage. Elle portait sa boîte dans un sac de toile passé en travers de ses épaules et retenait son souffle. À chaque tournant de l'escalier, elle s'arrêtait et tendait l'oreille en quête du moindre mouvement. Mais, jusque-là, la chance avait été de son côté.

L'épreuve finale consisterait à passer devant les chambres des propriétaires, dont les portes s'alignaient comme autant de sentinelles lambrissées. Derrière chacune d'elles une tête aristocratique – ou en tout cas des plus respectables – reposait sur son oreiller en duvet d'oie. La chambre d'Evelina se trouvait tout au bout du long corridor.

Marquant un temps d'arrêt, elle n'entendit que le « tap-tap » fantomatique d'une branche du chêne contre la fenêtre de l'escalier. À l'extrémité du couloir, une grande horloge battait une mesure deux fois plus lente que le cœur affolé d'Evelina.

Elle cacha la flamme de sa bougie derrière sa main, la lumière nimbant de rouge le contour de ses doigts. Le faible éclat qui s'en échappait se réverbérait sur les motifs du tapis oriental, les lambris sombres, les poignées de porte en laiton et les appliques au mur. Evelina s'avança sur la pointe des pieds. Un parfum de cire à bois et de lavande lui parvint. Les domestiques de lord B géraient la maison avec une efficacité remarquable.

Elle passa devant la porte de lady Bancroft, puis de la plus jeune des filles. Poppy était à la campagne avec ses grands-parents, il n'y avait donc aucun risque de la réveiller. Venait ensuite Tobias, le charmant garçon de la famille. Bien qu'il veillât parfois très tard, aucune lumière n'était visible sous sa porte. Il y en avait une sous celle d'Imogen mais cette dernière dormait toujours avec une bougie allumée.

L'horloge émit un bruit mécanique sous l'impulsion d'un mécanisme interne. En plus de l'heure, elle indiquait la date, la phase lunaire, la pression barométrique et crachait parfois une carte dans un langage codé que lord Bancroft était seul à comprendre. Un mouvement d'horloge commandait l'essentiel de la machine mais des tubes emplis de produits chimiques colorés nichés à l'intérieur en alimentaient certaines parties. Evelina avait élucidé certains pans de son fonctionnement mais pas tous, loin de là. Chacun des ressorts et des cadrans marchait à la perfection, à l'exception de ceux des prévisions météorologiques. Pour une raison ou une autre, elles se révélaient erronées aussi souvent qu'elles tombaient juste.

Au moins cette horloge, à l'inverse d'autres souvenirs de lord B, ne lui donnait-elle pas la chair de poule. Ses pensées se tournèrent vers les malles dans le grenier et un frisson la parcourut. Pourquoi l'ambassadeur possédait-il ces automates ? Et pourquoi les faisait-il déplacer ?

Puis, sans prévenir, la porte de la chambre d'Imogen s'ouvrit.

Evelina sursauta brusquement, étouffant de justesse un couinement aigu. Sa boîte fit autant de bruit que si elle était en train de dérober toute l'argenterie de la maison.

Malheur !

Une silhouette s'avança dans le couloir en refermant la porte derrière elle. Malgré l'heure tardive, l'uniforme noir et blanc de la jeune femme de chambre de l'étage était impeccable. Des cernes sombres, toutefois, étaient visibles sous ses yeux.

— Miss Cooper ! s'étonna-t-elle. Vous êtes venue voir miss Roth ?

Elle détailla Evelina du regard, mais durant une seconde seulement.

Evelina se sentit rougir. Elle avait le sac passé sur l'épaule, l'ourlet de sa robe était déchiré et ses cheveux devaient trahir le fait qu'elle venait de grimper à un arbre. Pourtant la servante bien formée fit mine de n'en rien voir.

— Que lui arrive-t-il, Dora ? demanda Evelina. C'est sa vieille maladie ?

— Je ne crois pas, miss.

— Est-ce qu'elle a de la fièvre ? Faut-il faire quérir le docteur Anderson ?

Les questions empressées d'Evelina trahissaient un début de panique.

Dora secoua la tête.

— Je ne sais pas, miss. Miss Roth m'a simplement dit qu'elle n'arrivait pas à dormir. J'allais préparer le remède que le docteur a laissé pour elle, miss, comme elle me l'a demandé.

Evelina expira lentement.

— Bien, faites donc ça. Je vais aller voir comment elle va.

Dora hocha la tête, visiblement soulagée de pouvoir partager cette responsabilité.

— Très bien, miss. Je reviens dans quelques instants avec de nouvelles bougies.

Imogen ne supportait pas l'obscurité. Evelina poussa la porte et se glissa dans la chambre de son amie. La pièce était fraîche et spacieuse, avec d'un côté un salon et de l'autre un grand lit dans une alcôve. Les épais rideaux de soie bleu ciel du baldaquin étaient ouverts, encadrant Imogen assise sur le lit, adossée à une montagne d'oreillers d'une blancheur immaculée.

— Evelina ! s'exclama-t-elle. Que fais-tu debout à cette heure ? Et pourquoi as-tu l'air de t'être roulée par terre dans la forêt ?

Les cheveux blonds d'Imogen étaient rassemblés en longues nattes épaisses qui retombaient sur les plis de sa chemise de nuit rose. Son visage paraissait pâle mais c'était en partie dû à son teint de porcelaine.

Evelina posa son sac et sa bougie pour s'approcher du lit.

— Dora m'a dit que tu n'arrivais pas à dormir ? Tu es malade ?

Son amie leva ses yeux gris vers le plafond comme si elle s'attendait à trouver un poème inscrit sur les élégantes moulures.

— J'ai fait un cauchemar, annonça-t-elle simplement.

Evelina resta longuement silencieuse. Les terreurs nocturnes faisaient partie de l'affection nerveuse qui poursuivait Imogen depuis l'âge de cinq ou six ans. La maladie n'avait cessé d'osciller entre crises et périodes de rémission jusqu'au jour où les parents d'Imogen l'avaient envoyée à l'académie pour jeunes filles de Wollaston, avec l'espoir que le bon air du Devonshire accomplirait ce dont les médecins étaient incapables. C'était là qu'Evelina l'avait rencontrée.

Plus précisément, c'était là qu'Imogen l'avait prise sous son aile en lui offrant tous les avantages sociaux liés à sa compagnie. Bien que la mère déshonorée d'Evelina ait tenté de lui enseigner les manières d'une dame, ses compétences en la matière avaient grand besoin d'être affinées. Une tâche à laquelle Imogen s'était attelée avec détermination. Evelina lui en était grandement reconnaissante, ainsi que pour son indéfectible amitié.

— Ça faisait longtemps que tu n'avais plus fait de mauvais rêves.

— Certes.

Visiblement embarrassée, Imogen contemplait toujours le plafond.

— Ce n'était pas celui de d'habitude, où je suis piégée, poursuivit-elle. Cette fois, j'ai rêvé du château à Vienne où papa était ambassadeur. Je flottais à travers la tour. Je volais, en fait, comme une plume portée par le vent. Et j'étais terrifiée parce que je n'arrivais pas à retrouver le chemin de mon lit.

Vienne. Evelina repensa aux malles dans le grenier. Elle envisagea de demander à Imogen si elle était au courant de leur existence mais se ravisa. Son amie avait déjà des cauchemars ; inutile de lui parler de ces affreux automates.

— Ma grand-mère affirme que rêver de vieilles maisons signifie que l'on cherche à retrouver un souvenir enfoui.

Imogen baissa enfin les yeux vers Evelina.

— Ta grand-mère du cirque ?

— Oui, mamie Cooper. Elle connaît la signification des rêves. Je ne crois pas que mère-grand Holmes ouvrirait sa porte à de telles idées. Elle demanderait au valet de pied de les jeter à la rue.

Imogen eut un petit rire.

— Je l'imagine très bien, dit-elle. Tu as de la chance d'avoir deux grands-mères si différentes. Les miennes sont pratiquement interchangeables.

De toutes les personnes que fréquentait Evelina, Imogen était la seule à connaître son lien avec Ploughman. Si assister aux spectacles du cirque n'avait rien de honteux, les honnêtes gens n'auraient jamais accepté en leur sein quelqu'un ayant grandi auprès de clowns et de lanceurs de couteaux. La première chose qu'Evelina avait apprise en rejoignant la bourgeoisie était la nécessité de dissimuler son passé.

— Tu as conscience que tu as des feuilles dans les cheveux ? demanda Imogen. Tu prévois de venir déguisée en dryade à la réception de maman ?

Evelina passa une main dans ses cheveux emmêlés.

— J'ai dû grimper à un arbre.

— Ah oui ?

Imogen se redressa un peu plus sur le lit, un petit sourire narquois sur les lèvres. Elle tendit la main vers la table de nuit pour saisir un peigne en ivoire qu'elle tendit à Evelina.

—Tu ferais mieux de tout me raconter, dit-elle.

Evelina s'installa au bord du lit et entreprit de retirer les épingles à cheveux qui retenaient sa chevelure.

—J'ai agi de manière stupide et j'en suis désolée. Je suis montée au grenier.

—Pour travailler sur... ce projet bizarre que tu as essayé de m'expliquer.

—Mes jouets. Je laisse s'exprimer mon goût si peu féminin pour les rouages et les ressorts.

—Vilaine, vilaine fille, s'amusa Imogen.

Elle s'adossa à ses oreillers, clairement ravie à l'idée du récit à venir.

—Tout juste bonne à pourrir dans la prison de Newgate, renchérit Evelina.

Et elle n'avait même pas mentionné la magie. Imogen avait une petite idée du talent d'Evelina – impossible de dissimuler un tel don à sa meilleure amie, en particulier alors qu'elles vivaient ensemble à l'académie –, mais celle-ci ne lui avait jamais tout raconté. Il y avait une limite au nombre de secrets qu'elle pouvait demander à Imogen de garder.

Evelina passa le peigne dans ses cheveux bouclés en grimaçant chaque fois qu'il s'y accrochait.

—J'ai failli me faire surprendre par deux serviteurs. Je suis sortie par la fenêtre pour me cacher et j'ai fini dans les branches d'un chêne. J'ai même failli tomber.

Imogen se mit à rire, un rire franc qui contrastait avec son apparence délicate.

—J'aurais bien voulu voir ça !

—Je te demande pardon ? Ce fut un moment des plus pénibles !

Cela ne fit que redoubler l'hilarité d'Imogen, dont les joues se teintèrent d'un rose de bon aloi.

—Je suis très sérieuse, insista Evelina, qui fronçait les sourcils avec une sévérité feinte.

Imogen lui lança un regard critique. La conversation lui avait redonné vie mais des ombres s'étalaient toujours sous ses yeux. Elle n'était vraiment pas bien.

—Je suis désolée d'avoir agi de manière si irréfléchie, dit Evelina. Si je m'étais fait prendre, ton père t'aurait blâmée autant que moi. Je ne loge ici que parce que tu m'y as invitée et je n'ai pas le droit de mettre en danger sa réputation, ni la tienne.

— Tes escapades ne m'inquiètent pas, répondit Imogen en secouant la tête.

— Elles devraient. Je vais finir par te causer des ennuis.

— Si ça arrive, je ferai face.

Evelina sentit son cœur se serrer. À l'école, c'était elle qui prenait soin d'Imogen quand elle tombait malade. Elle avait joué le rôle de chien de garde face à celles qui auraient voulu jouer les tyrans en classe et se sentait toujours farouchement protectrice envers Imogen.

— Je devrais mieux me tenir.

— Tu es comme tu es, c'est tout.

— C'est-à-dire ? Je suis quoi, selon toi ?

Son amie plissa les yeux d'un air songeur.

— Je n'ai pas encore la réponse.

— Toi, par contre, tu vas être formidable, Imogen Roth. La reine de Londres.

À présent que leur éducation était arrivée à son terme – avec un léger retard dû à la maladie d'Imogen et au démarrage tardif d'Evelina –, elles allaient vivre leur première saison londonienne. Evelina avait promis d'être au côté d'Imogen pour tous les bals, tous les rassemblements et pour l'inévitable défilé de prétendants, autant en tout cas que sa modeste place dans le monde le permettait. Evelina serait sa championne jusqu'à la mort, avait déclaré Imogen. Evelina elle-même soupçonnait que son rôle ne durerait pas. Malgré sa santé fragile, Imogen était trop belle pour rester longtemps célibataire.

Quant à Evelina, elle doutait de se marier un jour. Pas dans un avenir proche, en tout cas. À l'inverse d'Imogen, elle ne serait pas présentée à la reine et ne recevrait donc pas le sceau royal ouvrant l'accès à la haute société aux jeunes femmes méritantes. Peu avant Pâques, les invitations avaient été envoyées à celles considérées comme dignes de cet honneur.

Evelina n'en avait pas reçu.

Ce qui posait une limite aux fêtes auxquelles elle serait conviée, aux jeunes messieurs qu'elle serait susceptible de rencontrer et aux endroits où elle pourrait accompagner Imogen. Même si l'idée de danser au bal de la duchesse de Westlake lui faisait palpiter le cœur, elle ne poserait jamais le bout de son chausson de danse sur cette magnifique piste en chêne ciré. Mère-grand Holmes lui fournirait une dot mais rien de comparable à ce que lord Bancroft pourrait accorder à sa fille. À moins d'une romance digne de Walter Scott, le futur d'Evelina ne serait donc pas défini par une rencontre d'exception.

Paradoxalement, cela l'ennuyait moins que de ne pas pouvoir profiter des réjouissances de la saison londonienne. Difficile de regretter un homme qu'elle ne rencontrerait jamais. Par contre, elle mourait d'envie d'aller danser. En l'état des choses, elle devrait se contenter d'événements familiaux comme la fête d'anniversaire de lady Bancroft ou d'occasions à saisir comme l'ouverture de l'exposition d'antiques reliques grecques du roi Doré dans la nouvelle galerie Prométhée. Pour ce qui était des événements exclusifs auxquels seule la crème de la haute société était conviée, en revanche, elle n'y assisterait que de loin.

Le passage du temps pesait sur l'esprit d'Evelina comme une sorte de douleur sourde et lancinante. Imogen et elle avaient été inséparables pendant des années. Les mois à venir seraient les deniers avant que leurs chemins se séparent pour les voir vivre leurs vies de femme. Il ne faisait aucun doute qu'Imogen s'élèverait au sein des rangs de l'aristocratie. Evelina, elle… eh bien, elle avait des projets.

Le pas discret de Dora se fit entendre dans le couloir. Evelina serra la main de son amie dans la sienne.

— Je reste avec toi cette nuit ?

— Cesse de jouer les mères poule. C'était un mauvais rêve, rien de plus.

Evelina se leva et récupéra ses affaires.

— Alors je ferais mieux d'aller au lit moi aussi. Dors bien.

— Bonne nuit.

Dora arriva avec le remède somnifère au moment où Evelina sortait. La domestique fit une petite révérence tout en lançant à Evelina un nouveau regard curieux. Sans doute cherchait-elle des brindilles dans ses cheveux.

Evelina resta quelques instants devant la porte de la chambre d'Imogen. Un malaise diffus s'était emparé d'elle. Malgré tous ses efforts pour ne pas se faire prendre dans le grenier, Dora l'avait vue se promener à travers la maison. Dans la mesure où Evelina avait surpris Dora en train d'embrasser le second valet le mardi précédent, il était peu probable que la femme de chambre évoque ses mésaventures arboricoles. Tout bon domestique reconnaissait la valeur d'un petit échange de bons procédés. Mais si quelqu'un d'autre que Dora l'avait aperçue ? Quelqu'un avec suffisamment d'autorité pour poser des questions ? Quelqu'un qui saurait ce que ces petits jouets mécaniques représentaient réellement ?

Evelina laissa son regard se perdre au cœur de la flamme de sa bougie, qu'elle ne se donnait plus la peine de dissimuler. La flamme nue s'inclinait et vacillait au fil des courants d'air, aussi exposée qu'Evelina avait l'impression de l'être. Il fallait qu'elle se montre plus prudente.

Imogen lui avait ouvert les portes de son cœur et de sa maison, sans réserve aucune. Mais son amitié – la seule dont Evelina pouvait réellement se prévaloir – ne pourrait pas la protéger si les choses tournaient mal. La charmante fille de lord Bancroft n'était qu'une jeune femme sans pouvoir ni fortune personnels.

Tant de choses ne tenaient qu'à un fil. Evelina écouta le tapotement de la branche de chêne contre la vitre, petits bruits secs dont la cadence rapide faisait comme un contrepoint au rythme de l'horloge. L'écoulement du temps n'apaisait en rien son inquiétude.

Elle laissa échapper un souffle, trop crispée pour pousser un vrai soupir. Elle devait vraiment être sur les nerfs pour qu'un petit incident la contrarie à ce point.

Une action positive était le seul antidote pour ce genre d'humeur. Ses problèmes attendraient. Elle cacherait sa boîte puis irait prendre sa place dans le fauteuil près du lit d'Imogen. Personne, et surtout pas Imogen, ne devrait avoir à se réveiller seul et effrayé.

À peine avait-elle eu cette pensée qu'elle capta du coin de l'œil un tressaillement dans l'ombre. Bougie levée, elle scruta le corridor.

Il n'y avait personne. Le seul mouvement visible était celui de son reflet dans un miroir étroit accroché à l'extérieur de la porte d'Imogen. Peut-être était-ce ce qu'elle avait vu ; le mouvement de ses propres jupes. Se forçant à respirer normalement, Evelina se dirigea à grands pas vers sa chambre.

La bougie s'éteignit, la laissant dans le noir le plus total. Evelina s'immobilisa, les nerfs à fleur de peau. Quelqu'un passa sur sa gauche, laissant derrière lui des effluves de sueur et de brandy. Elle n'entendit pas de bruit de pas sur l'épais tapis mais perçut le déplacement d'air, un souffle léger comme le son d'un sourire de jubilation malveillante.

Elle eut l'impression que tout son corps se contractait. La panique lui fit faire quelques pas de plus.

— Qui est là ? souffla-t-elle.

Mais il n'y eut aucune réponse, seulement le « tap-tap » des branches au-dehors.

Le silence lui mettait les nerfs en pelote. Elle tendit l'oreille, monopolisa tous ses sens, sans parvenir à détecter le moindre son : ni bruit de pas, ni murmure, ni respiration. La présence qui l'avait croisée se dirigeait-elle vers l'escalier ou à l'opposé ? Elle n'aurait su le dire.

Elle repartit en arrière jusqu'à la porte de la chambre d'Imogen sans percevoir quoi que ce soit d'autre. Finalement, elle décida qu'elle pouvait prendre le risque de repartir le temps de ranger son coffret. La présence qu'elle avait perçue – si elle avait vraiment existé – avait disparu.

Faisant courir sa main le long du mur, elle se dirigea en hâte vers sa porte et tâtonna jusqu'à trouver la forme familière de la poignée. La porte s'ouvrit et elle se précipita à l'intérieur. Le clair de lune qui se déversait par les fenêtres lui donnait l'impression d'être entrée dans une photographie. Evelina resta un long moment adossée au panneau, les doigts crispés autour de la clé qu'elle venait de tourner pour s'enfermer.

Avait-elle imaginé cette rencontre dans le couloir ? Devait-elle réveiller les valets de pied pour leur faire fouiller la maison ?

Non, ce serait très gênant. Et elle n'avait pas réellement vu qui que ce soit. Ce n'était sans doute que Tobias rentrant chez lui après une nuit passée à faire ribote. *Ou un fantôme sur le pied de guerre. Le summum du gothique !*

Elle s'autorisa un petit sourire ironique. Elle n'avait perçu aucune trace de la présence d'un mort. Elle s'y connaissait suffisamment en matière d'esprits ; quiconque possédait son don en voyait de temps à autre. Non, c'était forcément Tobias.

Son cœur battait toujours la chamade mais, petit à petit, la dignité paisible de la chambre d'ami avec sa courtepointe pastel et son armoire décorée de scènes italiennes peintes et ses lourds rideaux de velours fit son effet.

Une fois suffisamment détendue pour se mouvoir, Evelina s'écarta de la porte.

Toujours éclairée par le clair de lune, elle posa la bougie sur le bureau puis sortit la boîte de son sac et la fit glisser avec précaution sur le bois poli. Il s'agissait en fait d'un vanity-case – un présent de mère-grand Holmes – recouvert de cuir noir et doté de loquets jumeaux en laiton.

Sa sévère aïeule aurait eu une crise d'apoplexie si elle avait su à quoi servait désormais son cadeau. Evelina contempla le vanity-case pendant quelques instants, ses pensées oscillant entre Imogen et sa frayeur dans le couloir. *Tobias. Ce devait être Tobias.*

Elle s'assit sur sa chaise de bureau et approcha la bougie de son visage pour humer l'odeur de fumée émanant de la mèche éteinte. Du bout des doigts, elle toucha la cire chaude et prit note de sa forme et de sa texture, percevant l'énergie potentielle qu'elle recélait. Elle laissa son esprit dériver quelques instants en visualisant les flammes lumineuses qu'elle désirait. *Venez.*

La mèche se ralluma, s'embrasant l'espace d'une seconde avant de revenir à une flamme normale. Satisfaite, Evelina reposa la bougie.

Même si les lignées possédant de tels pouvoirs étaient désormais affaiblies, elle était capable d'invoquer l'essence des choses : le feu, l'eau, voire les devas vivant dans un arbre ou un ruisseau.

C'était aussi un pouvoir susceptible de causer sa perte. La science constituait l'unique repère des classes instruites, polies et argentées. Avec l'essor de l'industrie, la magie – impossible à mesurer, à réguler ou à gouverner – avait été bannie par l'Église comme par l'État, et en particulier par les barons de la vapeur qui contrôlaient tant de choses grâce à leur immense fortune. Les médiums et les diseurs de bonne aventure étaient habituellement tolérés comme autant d'amusants charlatans. Quiconque prétendait utiliser de vrais pouvoirs risquait la prison et une probable exécution ou, si l'on soupçonnait que le Sang coulait vraiment dans ses veines, un aller simple en tant que cobaye jusqu'aux laboratoires de Sa Majesté.

Cette idée lui donnait des cauchemars au moins aussi affreux que ceux de son amie. En apprenant dans les journaux l'arrestation de Nellie Reynolds, elle s'était mise à pleurer de frayeur. Et pourtant Reynolds était loin d'être la seule praticienne de magie à être traduite en justice ne serait-ce que sur les douze derniers mois. À force d'en entendre parler, Evelina craignait de finir par se résigner à l'idée qu'un jour ce serait son tour de comparaître sur le banc des accusés.

Pourtant, dangereux ou non, son pouvoir la taraudait avec la même intensité que la soif ou le désir. Ce n'était pas quelque chose qu'on pouvait simplement mettre de côté. Et puis c'était aussi son lien le plus profond avec son enfance. Le renier reviendrait à désavouer la moitié de ce qu'elle était dans sa chair.

Le souffle court, elle posa les doigts sur les loquets de la boîte. Son esprit se préoccupait de trop de choses à la fois ; il fallait qu'elle se calme. *Tout va bien se passer.*

Un souffle agita les cheveux fins sur sa nuque.

— Evelina.

La surprise la fit bondir de sa chaise. La bougie vacilla et projeta des ombres mouvantes aux murs et au plafond tandis qu'Evelina faisait volte-face. Avant même d'avoir eu le temps de bien voir le visage de l'intrus, elle brandit un coupe-papier à quelques centimètres des yeux de l'homme qui avait prononcé son nom.

Il soutint son regard, presque comme s'il la défiait de le dévisager. Evelina ne se priva pas de le faire, enregistrant ce qu'elle voyait : une chevelure sombre et raide retombant jusqu'au niveau du col, des yeux foncés surmontés de cils que bien des femmes lui auraient enviés et une peau couleur café au lait. La façon dont l'éclat de la bougie sculptait son visage lui donnait l'air d'un jeune faucon, svelte et doté d'un nez busqué. On devinait un hématome sur sa pommette, comme s'il avait reçu un coup de poing, et une fine cicatrice blanche descendait telle une larme sous l'un de ses yeux. Ses vêtements, mélange étrange de soies et de toile grossière, étaient élimés et humides de pluie.

Il eut la sagesse d'écarter les mains de ses flancs, paumes ouvertes, pour montrer qu'il n'était pas armé.

La lame d'Evelina n'avait pas bougé, prête à frapper. Sa main ne tremblait pas mais son pouls, lui, tempêtait comme la mer durant un typhon.

Puis sa bouche s'entrouvrit sous l'effet de la stupeur.

Avec un mélange de doute et d'espoir, elle reporta son attention sur ces yeux marron. Oui, elle connaissait ce visage, quoique dans une autre version. Mêmes anneaux en or aux oreilles. Mêmes plis aux coins de la bouche. Mais ce corps puissant et musclé qui sentait la selle en cuir et l'adulte viril était complètement nouveau.

— Nick ? demanda-t-elle dans un murmure étranglé. Qu'est-ce que tu fais ici ?

Il sourit, la blancheur de ses dents contrastant avec sa peau basanée.

— Alors c'est comme ça que ta noble gouvernante t'a appris à accueillir les invités ?

Evelina abaissa son arme improvisée et recula jusqu'à sentir le rebord du bureau à travers l'épaisseur de sa robe. C'était donc Nick qu'elle avait croisé dans le corridor et qui avait failli la faire mourir de peur. Le Sang coulait aussi en lui, mais il provenait d'une lignée différente de celle des Cooper. Pour une raison inconnue, cela lui conférait l'agaçante capacité de se faufiler dans le dos des gens aussi silencieusement qu'une ombre.

Mamie avait avoué n'avoir jamais vu une chose pareille. Mais Nick était de toute façon unique en son genre.

Savoir de qui il s'agissait ne changeait néanmoins pas grand-chose à l'affaire. Elle garda les doigts serrés autour du manche en bois du coupe-papier, ne serait-ce que pour avoir quelque chose de solide auquel se raccrocher. Elle avait le souffle court et haché mais refusait de s'exprimer autrement que d'une voix parfaitement claire. Cinq ans. Cela faisait cinq ans qu'elle ne l'avait pas vu. Une éternité.

Le silence s'étira au point d'en devenir inconfortable et elle vit une lueur de doute passer dans les yeux de Nick. À cet instant, son cœur céda. Elle posa la lame sur la table et s'avança vers lui et referma les bras autour de son cou de la même manière qu'elle le faisait à l'époque où elle n'était guère plus qu'une enfant. Il lui rendit son étreinte avec précaution, ses gestes bien plus prudents que ses paroles bravaches. Une peine brûlante serra la gorge d'Evelina, mélange d'ardent désir et de chagrin mêlé d'effroi.

Et de colère. Car il n'y avait rien de sécurisant ni de bon dans ces retrouvailles. Toute l'inquiétude qu'elle avait ressentie un peu plus tôt la submergea de nouveau. Si on trouvait un homme inconnu dans sa chambre à coucher, elle serait déshonorée. Et, tout aussi grave, son passé au sein du cirque serait révélé. Elle n'aurait pas l'occasion de s'expliquer, pas avec son histoire, et Nick serait arrêté, qu'il ait ou non commis un crime.

Elle ne pouvait pas compter sur sa bonne étoile pour s'en sortir cette fois. Elle avait certainement usé toutes ses réserves de chance pour la nuit.

Plus dangereux encore, elle perçut entre eux le passage d'une onde d'énergie familière tandis que le Sang rencontrait le Sang. Quelque chose s'éveilla en elle, un bouillonnement qui faisait remonter sa propre magie à la surface. Au fil des années, l'élément mystérieux qui faisait de Nick un être si unique avait rendu les talents d'Evelina presque impossibles à dissimuler dès qu'il se trouvait à proximité. À présent, après toutes ces années, la pression intérieure était plus puissante que jamais.

À la lumière vacillante de la bougie, Evelina distinguait presque le scintillement argenté aux endroits où leurs corps se touchaient. Le pouvoir, brut et incontrôlé. Chaque fois qu'ils y avaient fait appel, ils n'avaient pu le maîtriser. La dernière chose dont ils avaient besoin à cet instant.

Evelina frissonna et, quand Nick fit courir ses mains le long de ses bras dans un geste de réconfort, elle sentit les fourmillements de la magie sur sa peau. Sa gorge se serra sous l'effet d'une souffrance inexprimée. L'étincelle magique qui faisait leur identité rendait incroyablement dangereux le simple fait d'être ensemble.

Ravalant la vague de tristesse qui l'envahissait soudain, elle inspira profondément pour tâcher de se reprendre. Il lui avait fallu si longtemps pour se remettre d'avoir perdu Nick qu'il ne pouvait… il ne pouvait pas rester là. Le fait de le voir réveillait trop de douleurs enfouies. Elle le repoussa, désireuse de mettre un terme à ces retrouvailles avant qu'elles ne rouvrent d'anciennes blessures.

— T'es tout trempé, dit-elle.

Il porta une main à son cœur.

— Et c'est suffisant pour me chasser ? Un peu de pluie ne devrait pas t'effrayer. Nous avons dormi ensemble à la belle étoile.

Elle croisa les bras, décidée à garder ses étreintes pour elle-même.

— J'avais onze ans et il faisait affreusement froid. Sans parler du fait que le vieux Ploughman ronflait à quelques pas de là.

— Tes souvenirs manquent de romantisme.

— Je préfère l'exactitude, rétorqua-t-elle du tac au tac, avant que l'intense présence de ce nouveau Nick devenu adulte puisse lui embrouiller les idées.

Elle fit courir son regard sur sa silhouette, admirant ses hanches minces et ses épaules puissantes, ses jambes longues et souples de cavalier. Il ne restait plus rien du jeune garçon dans les muscles durs qu'elle avait sentis sous sa chemise, ni dans la grâce puissante de chacun de ses gestes. Evelina avait chaud et sa peau tirait comme si elle avait brusquement attrapé la fièvre.

— Vous me fendez le cœur, gente dame.

— Arrête. Inutile de me sortir ton baratin ; il faudrait plus qu'une simple rebuffade pour t'affecter. Et je suis prête à parier que tu transportes plus de poignards que lady Bancroft n'a de couverts.

Il haussa les épaules, un geste si familier qu'Evelina sentit sa poitrine se serrer. Une avalanche de souvenirs la submergea, oppressante dans sa soudaineté. Lorsque leurs chemins s'étaient séparés, Nick avait dix-sept ans et elle pas tout à fait quatorze. Si elle était restée avec les gens du voyage, ils auraient fini par se marier, aussi sûrement que l'été succède au printemps.

Mais ce n'était pas ce qui s'était passé. Elle l'observait à présent en se demandant quel genre de mari il aurait fait, quel genre de secrets ce Nick plus âgé dissimulait désormais derrière son sourire prudent et ses haillons de soie. Rien que d'y penser, elle se sentait vidée, blessée.

— Que fais-tu dans ma chambre à coucher ? demanda-t-elle.

— Tu penses que je suis venu t'enlever, après tout ce temps ?

Elle s'autorisa un sourire. Avec ou sans son costume, son personnage de forain n'était jamais bien loin.

— Je doute que tu aies gardé l'image de mes couettes et de mon tablier gravée au plus profond de ton âme.

— Tu me connais bien peu, répondit-il avec un nouveau sourire étincelant. Ce n'est pas moi qui ai été emmené au loin par une aïeule perdue de vue et éminemment respectable. Peut-être mes souvenirs peuvent-ils se permettre de remonter plus loin que les tiens.

— Pourquoi es-tu venu ?

— J'ai demandé après toi à chaque arrêt de notre spectacle itinérant, depuis l'Écosse jusqu'à Douvres.

— Non.

Elle se devait de nier. Elle ne supportait pas l'idée qu'il ait souffert d'une manière similaire à la sienne. D'un autre côté, malgré tous ses défauts – y compris la témérité qui l'avait mené jusqu'à la chambre d'Evelina –, Nick avait toujours été loyal.

— C'est la vérité.

Il tendit la main vers elle pour effleurer sa joue du bout des doigts. Sa peau était râpeuse mais elle ne tressaillit pas. À vrai dire, elle avait l'impression d'avoir été changée en pierre, hypnotisée par son accent ordinaire, presque rugueux. Pas d'accent sophistiqué de Mayfair chez lui.

— Arrête, murmura-t-elle.

— Je savais qu'en grandissant tu deviendrais une beauté. Une peau d'une clarté lunaire et des cheveux dignes d'une nuit sans étoiles, comme dans la vieille chanson, dit-il d'une voix devenue rauque. Nous étions proches autrefois. Te situerais-tu tellement au-dessus de moi à présent ? J'imagine que oui…

Tant que personne ne faisait irruption pour les surprendre ensemble. Même dans le meilleur des cas, ils la renverraient vers la boue aussi vite que le permettait la loi de la gravité. Elle devait convaincre Nick de s'en aller.

Et pourtant Evelina avait envie de tout savoir. Où il était allé. S'il dévorait toujours le moindre livre sur lequel il pouvait mettre la main. S'il avait trouvé une autre fille pour le suivre partout tel un caneton derrière sa mère. Un jour, au début de leur séparation, quand le courage d'Evelina avait faibli, elle s'était enfuie pour le rejoindre. Mère-grand Holmes l'avait alors enfermée dans la cave.

Les questions se bousculaient au point de lui nouer la langue.

— Tu fais toujours partie du cirque ? réussit-elle à articuler.

Il laissa retomber sa main et un mélange d'ironie et de fierté se dessina sur ses traits.

— Comment pourrais-je être ailleurs ? Je suis l'Indomptable Niccolo, expert suprême du couteau et meilleur cavalier voltigeur de toute l'Italie.

— Tu n'es jamais allé plus loin au sud que dans le Kent, rétorqua-t-elle, caustique.

Elle soupçonnait les parents de Nick d'avoir été plutôt roms qu'italiens, même si personne n'avait de certitude à ce sujet. C'était un enfant trouvé qui connaissait tout juste son propre nom.

— L'Italie sonne mieux à l'oreille des spectateurs. Et puis ce n'est pas plus comique que de te voir jouer la jeune fille de bonne famille. Ton père était l'un des nôtres.

On y était. La trahison. Elle avait abandonné Nick.

— Mais ceci était l'univers de ma mère, répondit Evelina en désignant du geste le décor élégant de la chambre.

Elle se retrouvait prise entre les deux, mi-bourgeoise mi-vagabonde, deux moitiés qui semblaient ne jamais pouvoir s'accoler vraiment.

Nick balaya la pièce du regard en s'attardant longuement sur les chandeliers en argent. Instinctivement, Evelina se décala pour lui boucher la vue de son vanity-case.

— Pourquoi es-tu venu ? répéta-t-elle. Qu'est-ce que tu fais à Londres ? Ploughman n'a jamais passé l'hiver ici.

Le cirque ne faisait pas partie des grands spectacles célèbres. Elle se souvenait encore du moment où tous les artistes avaient accepté une baisse de leurs gages pour que le cirque puisse s'offrir des lions.

— On est ici depuis novembre.

Ce qui signifiait qu'ils grimpaient les échelons dans la hiérarchie du monde du cirque. Cela aurait dû constituer une bonne nouvelle mais la gorge d'Evelina se serra à l'idée que sa mamie, Nick et tous les bateleurs auprès de qui elle avait grandi étaient en ville et qu'elle n'en avait rien su.

— J'ai surveillé un peu la maison en me demandant quel serait le meilleur moment pour te rendre visite. Et si tu serais heureuse de me voir. Et puis je t'ai vue grimper à un arbre ce soir et j'ai su que la fille que j'ai connue était encore en toi. Qu'est-ce que tu fabriquais, petite Evie ?

L'emploi de cet ancien surnom affectueux avait quelque chose de douloureux ; il renvoyait Evelina à la petite va-nu-pieds qui ramassait les piécettes que la foule lançait à ses aînés.

— Ce ne sont plus tes affaires.

— Peut-être, admit Nick avec un air solennel. Mais je t'ai vue il y a deux jours. Dans la rue. J'avais abandonné tout espoir de te retrouver. Et puis, par la grâce d'une pièce d'argent glissée à un palefrenier et un jardinier, j'ai pu découvrir où tu logeais.

Le regard que Nick posait sur elle était beaucoup trop doux. Elle sentit le rouge lui monter aux joues. Il fut un temps où elle aurait rêvé qu'il la regarde ainsi. Mais quand cela s'était produit, c'était au moment où elle avait dû le quitter. Et à présent il était trop tard.

— Tu sais que c'est de la folie d'être ensemble.

— Je sais, Evie. Je ne suis pas stupide. Mais m'assurer de ton bien-être justifiait de courir le risque.

Elle se mordit la lèvre. Il n'avait pas le droit de lui imposer cette prise de risque.

— En es-tu bien sûr ? demanda-t-elle.

Il cligna des yeux et reprit son expression insouciante.

— Je ne m'attends pas à ce que tu rentres à la maison avec moi. J'avais juste besoin de m'assurer que tu étais heureuse. Est-ce si condamnable ?

Elle inspira et retint volontairement son souffle en cherchant la réponse appropriée.

— Non. Tu l'es, toi ? Heureux, je veux dire.

Il haussa les épaules.

— Tu me connais. Tant que je suis le meilleur, je suis satisfait.

Il scruta de nouveau les lieux comme s'il essayait de mémoriser le contenu de la chambre.

— Alors que fais-tu de ta vie maintenant ? Tu vas dans des réceptions ? Tu te cherches un mari ?

C'était une bonne question, une question qu'Evelina se posait chaque jour. Elle se sentait piégée entre son passé au sein du cirque, avec sa pauvreté et son usage secret de la magie, et son présent, avec les études, la science et de quoi manger à sa faim. Elle avait longtemps réfléchi à une autre option, un endroit où elle pourrait se trouver une toute nouvelle voie.

— Je veux aller à l'université, dit-elle. Il existe des établissements pour femmes.

Nick reporta son regard sur elle, les yeux agrandis par la surprise.

— Pourquoi voudrais-tu faire une chose pareille ?

Personne dans son entourage n'avait jamais mis les pieds dans une salle de classe, sans parler d'un amphithéâtre.

— Je suis douée pour apprendre. Je veux voir jusqu'où je peux aller. Peut-être que je découvrirai… des choses.

— À quoi ça te servira ? demanda Nick, pratique. Qu'est-ce que tu ne sais pas déjà ?

Comment être entièrement moi-même. Dans ses rêveries, elle s'était imaginé un endroit où elle serait enfin à sa place. On y trouverait des femmes comme elles qui préféraient un livre de chimie à une nouvelle robe de bal et qui se moqueraient de savoir où elle avait grandi. Elle pourrait étudier auprès des plus grands érudits. Peut-être qu'avec leur aide elle serait en mesure de comprendre comment fonctionnait la magie et de quelle manière elle s'accordait avec la science. De quoi enfin résoudre l'énigme de sa propre nature.

Enfin, elle saurait à quel monde elle appartenait. Et sans doute était-ce plus important que tout le reste.

L'expression du visage de Nick était difficile à déchiffrer. Elle préféra changer de sujet.

— Je suis contente que tu sois venu.

Un début de sourire apparut aux coins des lèvres du jeune homme.

— C'est vrai, ça ?

— Oui.

Mais elle était incapable de dire si c'était le cas. Elle se sentait asphyxiée par une émotion qui n'était ni de la culpabilité, ni de la solitude, ni de l'agacement mais un mélange douloureux des trois. *Ce n'est pas ma faute si je n'ai pas pu rester auprès de toi.*

Nick l'observait de ses yeux qui ne rataient aucun détail. Sa bouche formait une ligne droite, la neutralité soigneusement affichée de quelqu'un qui dissimule sa peine.

S'il te plaît, va-t'en. Elle aurait aimé le dire à voix haute, mais cela aurait tranché le peu de lien qui restait entre eux. Et ce n'était pas non plus ce qu'elle voulait. Elle choisit de lui prendre la main. Une main chaude et durcie par les callosités et la lente et langoureuse pulsation de son pouvoir. Celui-ci remonta le long de son bras, tentation sensuelle d'abandonner toute prudence. C'était difficile d'être la seule investie par le Sang. Tomber dans les bras de Nick mettrait fin à son isolement… mais également à leurs deux existences.

— On trouvera le moyen de se parler de nouveau. Mais pour l'heure tu devrais partir avant de te faire prendre. Et ne passe pas par le couloir cette fois. Il est tard mais l'une des femmes de chambre est debout.

Nick, qui jusque-là contemplait la main d'Evelina tenant la sienne, releva les yeux vers elle, sans comprendre. Du pouce, il désigna la fenêtre dans son dos.

— Je n'ai pas emprunté de couloir, j'ai escaladé le mur pour entrer par cette fenêtre.

Depuis le rez-de-chaussée, une femme poussa un cri – un long et terrifiant hurlement de terreur.

Evelina plongea son regard dans celui de Nick.

— Il y avait quelqu'un dans le couloir. Et je crois qu'on sait maintenant où il allait.

CHAPITRE 3

Elle fit mine de pousser Nick vers la fenêtre mais il se pencha vers elle et lui saisit le poignet.

— File ! souffla-t-elle d'une voix rendue sifflante par l'exaspération.

— Tu t'imagines que je vais partir ? gronda-t-il. Par tous les diables ! qu'est-ce qui se passe en bas ?

— Quoi que ce puisse être, ça ne s'arrangera pas si on te trouve ici.

Elle s'exprimait sur un ton vif, tranchant, tout son corps vibrant d'un sentiment d'urgence. Elle plaqua la main sur le torse de Nick et le poussa de nouveau.

— Et on me fera débarrasser le plancher en même temps que toi, ajouta-t-elle.

Il montra les dents.

— Et ce serait si terrible que ça ?

— Tu voudrais ruiner mon existence ?

Réduire en poussière ses chances d'entrer à l'université ? Ils s'affrontèrent du regard. Evelina devait aller voir ce qu'était ce cri ; elle n'avait pas le temps pour une dispute. Et puis elle avait très peur pour lui, bien plus que pour elle-même.

— C'est la seule chose à faire pour nous protéger tous les deux, dit-elle. Nick, ma conscience ne le supporterait pas si tu te faisais arrêter simplement pour être venu me voir en souvenir du bon vieux temps.

— Le bon vieux temps…

Il grimaça en prononçant ces mots et fit mine de les chasser d'un geste de la main.

— Une femme a crié en bas. Tu penses avoir croisé quelqu'un qui se faufilait dans le corridor. À ta place, je m'inquiéterais pour autre chose que ma réputation !

Des coups retentirent contre la porte et Evelina sursauta. Nick dégaina un couteau dont la lame scintilla à la lueur de la bougie. Evelina retint son souffle et lui agrippa l'avant-bras. Elle sentit la tension de ses muscles sous les couches de vêtements.

— Alors attends-moi ici, souffla-t-elle. Cache-toi hors de vue.

Nick ne bougea pas.

On frappa de nouveau au panneau, assez fort pour faire cliqueter le loquet.

— Miss Cooper ?

C'était Dora.

— Qui c'est, ça ? s'informa Nick dans un murmure.

— L'une des domestiques de l'étage. Cache-toi ! Vite !

Evelina se dirigea vers la porte. Quand elle jeta un coup d'œil par-dessus son épaule, Nick avait déjà disparu. Seul un frémissement des rideaux du lit trahissait l'endroit où il s'était dissimulé. *Nick dans mon lit. Merveilleux. Voilà quelque chose que je ne pourrais jamais expliquer.* Elle fit tourner la clé dans la serrure et ouvrit la porte.

Dora se tenait sur le seuil, une bougie à la main. Son visage était d'une pâleur laiteuse, ses lèvres exsangues.

— Miss, il faut que vous veniez ! Je ne sais pas quoi faire.

La servante semblait plus frêle que d'habitude, comme si son corps tout entier avait rapetissé sous le choc.

— Que se passe-t-il ?

Evelina s'avança dans le couloir et referma la porte derrière elle. Elle n'était pas surprise d'être la première personne qu'on appelait lors d'une urgence. Même si elle n'exerçait guère d'autorité au sein de la maisonnée, elle savait que les domestiques comptaient sur elle lorsqu'il s'agissait de garder la tête froide et de dispenser des conseils de bon sens. Avoir grandi au sein du Cirque suprême de Ploughman, un lieu où avaler un sabre relevait du quotidien, lui avait permis de développer des nerfs solides.

Et puis il était parfois possible de régler un problème à l'aide de l'un des sortilèges de mamie Cooper. Non que les serviteurs comprennent pourquoi l'amie de miss Imogen était si souvent parvenue à résoudre des situations insolubles ; ils lui étaient simplement reconnaissants de se soucier de leur sort.

Toutefois, à en juger par l'expression de Dora, Evelina doutait que la situation puisse être réglée par un peu de magie à base d'herbes officinales.

— Que se passe-t-il, Dora ? demanda-t-elle de nouveau.

La jeune femme ouvrit la bouche, inspirant une goulée d'air, puis la referma. Elle secoua brièvement la tête comme pour indiquer que les mots refusaient de sortir. Des larmes s'échappèrent aux coins de ses yeux et s'écoulèrent de chaque côté de son nez rosi.

Elles n'arriveraient à rien ainsi.

— Montrez-moi ! dit Evelina, pressée de s'éloigner de sa chambre et de l'homme qui s'y cachait.

Sans un mot, Dora la conduisit vers l'escalier. Une fois au rez-de-chaussée, au lieu de tourner à gauche vers les majestueux salons, elle prit à droite vers l'entrée et le vestiaire destiné à accueillir les manteaux des nombreux invités de l'ambassadeur. Bien que désormais retraité, Emerson Roth, lord Bancroft, déplaçait toujours des pions sur l'échiquier politique de l'Empire. Et cela nécessitait de fastueuses réceptions.

Les deux femmes étaient presque arrivées dans le hall d'entrée avec ses appliques en or et son plafond à caissons. Evelina restait deux pas derrière la forme silencieuse et voûtée de Dora. Des ombres s'accrochaient à l'ourlet de ses jupes pour lui rappeler que quelqu'un qui n'était pas Nick l'avait frôlée dans le couloir à l'étage.

D'abord ces affreuses poupées démembrées dans le grenier. Et maintenant des hurlements.

En dépit de son fameux sang-froid, un frisson lui parcourut l'échine. *Pourquoi n'ai-je pas emporté l'un des couteaux de Nick avec moi ?*

Elle se hâta pour soutenir l'allure de la domestique, qui était visiblement au bord de la panique. Dora se dirigea droit vers le vestiaire. Depuis la porte ouverte, une flaque de lumière se répandait sur le sol de marbre. À l'extérieur, l'une des filles de cuisine était assise sur le banc installé à cet endroit afin que les invités puissent changer de souliers.

La jeune fille, qui ne devait pas avoir plus de quatorze ou quinze ans, était presque pliée en deux, le visage dans les mains. La gouvernante était assise auprès d'elle, enveloppée dans une robe de chambre matelassée. Elle berçait la jeunette dans une étreinte maternelle en lui susurrant des paroles apaisantes. Evelina détourna les yeux pour respecter leur intimité.

— Qu'est-il arrivé ?

— C'est Maisie qui a crié, bredouilla Dora d'une voix hachée. Quand elle a vu ce qu'il y avait là-dedans…

Elle désigna du doigt le vestiaire.

Pas étonnant qu'Evelina ait entendu le hurlement depuis l'étage. Le son, loin de se perdre dans les hauts plafonds, était remonté directement dans la cage d'escalier. Mais qu'avait bien pu voir la jeune fille ?

Evelina prit conscience que ses mains étaient glacées et qu'elle ressentait soudain une envie très pressante.

La porte du vestiaire était grande ouverte. Le silence était tel qu'elle percevait le léger sifflement des lampes à gaz installées à travers tout le rez-de-chaussée. Au moment où elle fit un pas vers l'embrasure de la porte, Dora lui toucha le bras, le front ridé par l'inquiétude.

— C'est un spectacle terrible, miss. C'est… c'est…

Dora se remit à pleurer, incapable de continuer. Evelina serra sa main dans la sienne.

— Ça va aller. Restez là pour aider Maisie. Quelqu'un a prévenu Bigelow ?

Le majordome, une référence quant à ce qu'il convenait ou non de faire, était exactement ce dont les domestiques avaient besoin.

Dora hocha la tête.

— Il est allé prévenir le maître.

— Bien.

Sur ces mots, Evelina passa le seuil du vestiaire. L'éclairage au gaz avait été poussé au maximum, comme si quelqu'un avait voulu chasser ce qui se trouvait sur le sol.

La scène lui fit oublier tout le reste.

Evelina contempla la masse recroquevillée au milieu de la pièce, distinguant graduellement la forme inerte d'une femme vêtue d'une veste et d'une jupe d'aspect ordinaire. Pas les haillons d'une pauvresse mais pas beaucoup mieux non plus. Son visage était tourné dans la direction opposée à Evelina, exposant l'arrière de sa tête. Son chignon de cheveux brun clair était défait, ses longues tresses étalées autour d'elle. Un chapeau usé gisait à quelques pas du corps. Quelqu'un avait négligemment marché dessus et écrasé la calotte. À en juger par la tenue de la femme, c'était sans doute le seul chapeau qu'elle possédait.

Ce fut ce dernier détail qui fit mouche, au point qu'un sanglot tremblant vint obstruer la gorge d'Evelina. Enfant, elle n'avait jamais vraiment souffert de la faim mais il y avait eu des jours où la famine rôdait à leur porte. Elle savait ce que c'était de n'avoir que peu d'habits et à quel point chacun devenait précieux. Quelque chose que les Roth, malgré toute leur générosité, ne pourraient jamais comprendre.

Lentement, elle finit par accepter le fait qu'elle était face à une morte. Qui plus est victime d'une mort violente car ses cheveux défaits étaient tachés de sang. Un début de nausée remonta depuis l'estomac d'Evelina. Elle avait assisté à de nombreuses funérailles, elle avait même aidé à disposer des corps dans leurs cercueils, mais ceci était différent.

Et Evelina était absolument seule dans la pièce. L'âme de la jeune femme n'était plus là. Parfois les morts s'attardaient mais cette fois la magie d'Evelina ne lui servirait à rien. La mort régnait sur ce tableau.

La nausée d'Evelina se changea en colère froide tandis que des questions commençaient à se bousculer dans son esprit, en une cacophonie qui menaçait de se transformer en rugissement. Première question entre toutes : pourquoi la morte se trouvait-elle ici, à Hilliard House ?

La colère avait dissipé le choc initial et Evelina entama un lent circuit autour de la silhouette inerte pour l'examiner sous différents angles. Soudain, la pièce elle-même lui apparut clairement et cette toile de fond apparemment sans intérêt lui révéla des détails importants.

La femme avait clairement perdu la vie ici, à cet endroit précis. Par chance, nul vêtement coûteux ne garnissait les rangées de crochets et de cintres ce soir-là. Les éclaboussures de sang ressortaient de manière d'autant plus voyante sur la peinture blanche unie qui recouvrait les murs.

Les pas d'Evelina l'amenèrent près des pieds de la victime. Une bougie brisée gisait à terre, comme si elle avait été lâchée durant l'agression. De la cire tachait le sol, encore assez molle pour être huileuse sous le doigt d'Evelina. *Mais alors, quand cela s'est-il produit ?*

Lorsque enfin elle arriva face à la femme, Evelina laissa échapper un hoquet étranglé. Le visage de la morte était dissimulé par les boucles de sa chevelure mais Evelina vit qu'on lui avait tranché la gorge d'une oreille à l'autre. Ce qui restait du souper d'Evelina lui remonta brusquement dans le gosier et ses narines furent soudain agressées par l'odeur poisseuse de la chair ouverte et le parfum cuivré et piquant du sang.

Elle se détourna en se forçant à déglutir. Elle dut faire attention pour éviter de glisser sur le sang qui s'accumulait autour du corps. Quelqu'un avait marché dedans : la forme partielle et arrondie d'une empreinte de pas était visible juste à côté de la morte. L'empreinte était petite. Peut-être appartenait-elle à la fille elle-même.

Plissant les yeux, Evelina examina la peau de la victime. Elle savait que le sang s'accumulait à l'intérieur du corps après la mort, laissant apparaître des marques semblables à des hématomes. Mais elle repéra d'autres ombres légères – de très discrètes abrasions, peut-être – autour du cou, du menton et le long de la mâchoire. Comme si le tueur l'avait agrippée à cet endroit. Peut-être pour lui trancher la gorge ? La blessure fatale s'inclinait légèrement vers le bas en partant de la gauche vers la droite et semblait un peu moins profonde en fin de course. Cela signifiait-il que le tueur était droitier ? Elle était trop inexpérimentée pour en être certaine mais une chose était claire : qui que soit le responsable, il avait de la force. La blessure était si profonde qu'elle avait traversé la trachée.

— Evelina ? Par tous les diables, qu'est-ce qui se passe ici ?

Elle pivota vers la porte. Tobias Roth, le frère d'Imogen, était appuyé contre le chambranle dans son habituelle posture indolente. Il était beau, blond, avec une mise froissée comme s'il s'était rhabillé après avoir sauté par la fenêtre d'une de ses maîtresses. Même de là où Evelina se trouvait, elle percevait des effluves de tabac, de brandy et de transpiration. Il avait de nouveau passé la soirée dans des clubs et était sans doute à moitié ivre. Il avait également participé à une rixe, à en juger par le coquard qui se formait autour de son œil et des déchirures à son gilet et son pantalon. Sa veste avait disparu.

Quoi qu'il en soit, Tobias ressemblait toujours à l'archange Gabriel. Et même dans cette situation, sa simple vue avait fait chanceler le cœur d'Evelina, trahissant une faiblesse à laquelle elle refusait de céder. Les anges n'étaient pas toujours tels qu'on le disait. Et Tobias comptait indéniablement parmi les plus déchus d'entre eux.

Il s'était raidi et contemplait le corps, une expression horrifiée sur son visage pâle.

— Mon Dieu, c'est Grace Child !

— Quoi ?

Choquée, Evelina regarda de nouveau le corps, au-delà des horribles blessures. D'un geste précautionneux, elle repoussa les mèches de cheveux qui retombaient en travers du visage. Elle n'avait pas reconnu Grace sans son uniforme de domestique et si loin des cuisines.

Pas étonnant que Dora et Maisie soient si affectées !

La mort donnait à ses traits un air étrange, les privant de toute expression. Ses yeux noisette étaient réduits à de simples fentes, sa bouche entrouverte, ses joues éclaboussées de sang. *C'était à peine plus qu'une enfant.*

— On la reconnaît à peine. Elle qui était si…

Tobias laissa sa phrase en suspens. Evelina ne dit rien, toujours étonnée de voir à quel point la jeune fille était différente dans la mort.

— Qui a pu faire une chose pareille ? Et pourquoi ? demanda Tobias.

Dans sa voix basse perçait à présent une colère qui rendait son ton légèrement menaçant.

— Je l'ignore.

Evelina secoua la tête. Malgré le fait qu'elle frissonnait soudain de froid, elle sentait la sueur baigner ses aisselles et s'écouler entre ses seins.

Elle déglutit une fois de plus pour forcer son estomac à redescendre de son gosier.

— Mais je pense savoir comment il s'y est pris, ajouta-t-elle.

— Que voulez-vous dire ?

— Quelqu'un l'a saisie à la gorge et l'a étranglée, sans doute par-derrière. Pour s'assurer qu'elle ne crie pas. Puis il lui a ouvert la gorge pendant qu'elle était à terre. On voit qu'elle a perdu ses épingles à cheveux. Si je ne me trompe pas, le meurtrier l'a agrippée par la mâchoire pour l'empêcher de bouger la tête.

Tobias se figea.

— Quelle horreur !

Evelina visualisait très bien la scène. Mais que s'était-il passé après ? ou avant ?

— Quelqu'un a bien dû voir qui entrait et sortait de la maison ce soir. Il y a forcément un témoin.

Tobias ne disait mot. Puis il parut se reprendre et scruta Evelina de son regard gris aux reflets d'argent, s'arrêtant sur ses cheveux défaits et sa robe déchirée.

— Et vous, tout va bien ? Comment avez-vous été mêlée à tout ceci ?

Il se rapprocha d'elle. Beaucoup trop près d'elle.

— Je vais bien, dit-elle simplement, éminemment consciente de sa proximité. Je suis venue voir si je pouvais apporter mon concours.

Comme pour prouver ses dires, elle se rapprocha du cadavre pour pouvoir se pencher dessus, le toucher. Elle se refusait catégoriquement à jouer le rôle de la femme vulnérable auprès de Tobias. C'était un piège dont elle pourrait ne jamais avoir la volonté de s'échapper ensuite.

Mais que c'était dur ! Les boutons du haut de sa chemise étaient défaits et il avait retiré son col. Evelina distinguait la courbe pâle et lisse de sa gorge. Sous les effluves de brandy, elle sentit une odeur de fumée de charbon, comme s'il s'était tenu tout près d'une machine à vapeur. Qu'avait-il bien pu fabriquer ce soir ? Mais la question s'évanouit ; l'esprit d'Evelina avait déjà trop de détails à prendre en compte.

Il s'accroupit auprès d'elle. Il était si proche qu'elle sentait la chaleur émanant de son corps et elle dut résister de toutes ses forces pour ne pas s'incliner un peu plus vers lui.

Si Tobias est un ange déchu, comment qualifier Nick ? Une séduisante créature du monde des ombres venue me tenter avec des visions d'un amour perdu ?

Les deux hommes étaient à la fois désirables et dangereux.

Il fronça les sourcils devant les taches crasseuses sur les vêtements d'Evelina.

— Que vous est-il arrivé ?

Evelina détourna les yeux.

— La question serait plutôt de savoir ce qui *vous* est arrivé. Vous faites peur à voir.

Il émit un jappement qui n'était pas tout à fait un rire.

— Touché ! Il ne m'est rien arrivé. Toute cette agitation m'a réveillé et je suis descendu voir ce qui se passait.

Evelina releva la tête. Tobias soutint son regard comme s'il la défiait de le contredire. Et pourtant il était là, avec son œil au beurre noir et les vêtements chiffonnés d'un débauché tout frais sorti de sa bringue nocturne. Une question s'insinua dans l'esprit d'Evelina tel un hideux scarabée des profondeurs : était-il impliqué dans la mort de Grace ?

Non, je n'en crois rien. Je refuse d'imaginer une telle chose !

Elle baissa les yeux en se demandant si cela lui aurait simplifié les choses qu'il soit coupable. À vrai dire, tout semblait plus simple que le désir désespéré qui l'étreignait dès que Tobias était dans les parages.

Celui-ci avait dû déchiffrer son expression.

— Je peux vous jurer sur tout ce qui m'est sacré que je n'ai rien à voir avec ça. Je suis peut-être un vaurien mais je ne fais pas de mal aux gens.

Il s'exprimait sur un ton doux, presque contrit, mais Evelina vit passer un éclair de colère derrière ses yeux.

Elle dut fournir un effort terrible pour conserver une voix neutre.

— Je sais, dit-elle.

— Merci.

Combien de femmes, s'interrogea Evelina, s'étaient laissé tenter par l'idée de réformer Tobias Roth ?

— Vous m'avez fait sursauter dans le couloir à l'étage, dit-elle.

— Quand ça ?

Les traits tirés de son visage pâle n'avaient pas changé.

— Ce n'est pas important, répondit simplement Evelina.

S'il ne s'agissait ni de Nick ni de Tobias, alors qui ? Elle sentit son estomac se nouer.

Seigneur !

— Vous savez quels détails observer ? demanda Tobias en désignant le cadavre du menton.

— Vous me demandez d'identifier le meurtrier rien qu'en regardant le corps ?

— Pourquoi pas ? répliqua-t-il, le regard brillant d'émotion. Si quelqu'un en est capable, c'est bien vous. Vous avez toute l'intelligence nécessaire.

C'était ce qui le sauvait. Il ne la traitait jamais comme une idiote.

Evelina secoua la tête.

—Je ne suis pas détective-conseil, contrairement à mon oncle. Et faites attention ! Vous êtes sur le point de marcher dans le sang.

Tobias recula en lâchant un juron puis remarqua la trace de pas.

—C'est vous ?

—Non. Et je ne peux pas être certaine que c'est l'empreinte de Grace. Il peut s'agir de celle de la jeune fille qui l'a trouvée. Je vais devoir l'examiner de plus près.

—Alors je vous suggère de faire vite. La police est en route. Ils seraient incapables de retrouver leur propre derrière même avec l'aide du service cartographique de l'État, mais vous pouvez être sûre qu'ils mettront tout le monde dehors.

—Quelqu'un a appelé la maréchaussée ?

—Oui, Bigelow, siffla Tobias à voix basse. Avant que mon père puisse l'en empêcher.

—L'en empêcher ?

—Quelqu'un s'est introduit chez nous et y a commis un meurtre. Si la nouvelle arrivait aux oreilles de la presse, le scandale serait terrible. Croyez-moi, cet incident sera enterré plus vite qu'une victime de la peste.

Ses paroles prirent Evelina de court.

—Comment pouvez-vous dire ça ?

Tobias émit un petit bruit impatient et elle eut conscience de sa propre naïveté.

—Vous connaissez mon père… Vous feriez mieux de vous remettre vite au travail.

Quel travail ? Qu'est-ce que je cherche ? Et pourquoi ?

Il n'y avait pas de bonne réponse en dehors du fait qu'il était impossible de ne *pas* regarder. En partie par curiosité, en partie par respect. Cette femme était morte. Elle méritait toute l'attention d'Evelina.

Celle-ci fit précautionneusement courir sa main le long du bras de Grace Child en quête d'un éventuel os brisé, sans rien trouver. Les membres étaient toujours souples et légèrement chauds, le sang suffisamment poisseux pour adhérer aux doigts d'Evelina. Elle frissonna et se demanda à quel point il serait irrespectueux de s'essuyer sur les jupes de la victime.

Grace portait au cou une petite croix à la peinture dorée écaillée. Son porte-monnaie décoré de franges usées contenait encore quelques piécettes. On n'avait donc pas tenté de la détrousser. De toute façon, un voleur pénétrant dans cette maison l'aurait fait avec un butin plus sérieux en tête.

Des collants reprisés. Un ourlet et des bottes maculés de boue encore fraîche.

Grace était dehors avant l'incident. Des courses ? Un rendez-vous ? Simple visite à des amis à l'occasion d'une soirée libre ? Evelina huma l'air près de la bouche de Grace. Aucun effluve de gin révélateur. Ni de parfum bon marché. Rien qu'une odeur de brûlé, comme si des vêtements ou des cheveux avaient pris feu. Pourtant, Evelina ne vit aucune trace de brûlure sur les vêtements de Grace.

Elle souleva légèrement l'ourlet de la jupe pour tenter de jauger l'épaisseur de la boue dans laquelle la jeune fille avait marché. Les éclaboussures ne s'élevaient pas bien haut. Elle s'en était sans doute tenue aux rues pavées, donc. En déplaçant les jupes, Evelina vit que le collant droit portait une longue déchirure soigneusement raccommodée. Et, étrangement, que la morte portait un jupon tout neuf décoré de dentelle de Bruxelles. Où s'était-elle procuré cela ?

Le cœur d'Evelina se serra soudain. Une fille s'accrochant tant bien que mal aux franges de la société, sans protection et tentée de chercher un peu d'affection auprès des mauvaises personnes. Ça aurait tout aussi bien pu être Evelina elle-même.

Elle garda les paupières fermées pendant un long moment en refoulant ses larmes. Elle tenta d'imaginer la terreur que Grace avait ressentie, probablement sans approcher l'intensité de la réalité.

Elle déplia ensuite son mouchoir et en recouvrit le visage de la morte afin de lui redonner un peu de dignité. Elle tenta de se remémorer des détails à propos de la jeune fille pour constater tristement qu'elle en savait fort peu sur cette servante qui dormait sous le même toit qu'elle.

Elle réarrangea les jupes de Grace et les lissa par-dessus ses jupons. *Je ferai mon possible pour vous.* Ce qui ne serait pas grand-chose. Comme elle l'avait dit à Tobias, elle n'était pas détective.

Des bruits de bottes se firent entendre derrière eux et Tobias quitta Evelina pour aller accueillir les nouveaux venus à la porte. Apercevant la grande silhouette distinguée de lord Bancroft, Evelina comprit qu'elle n'avait plus beaucoup de temps. Même vêtu d'une robe de chambre, il avait l'air d'un homme prêt à mater une colonie récalcitrante jusqu'à obtenir l'obéissance absolue.

Mais l'homme dissimulait également des secrets. Evelina le savait désormais. *De la magie noire, milord ? Voilà une histoire que vous protégerez coûte que coûte.*

Evelina glissa une main sous la veste de Grace, en quête de ce que la domestique pouvait y avoir glissé. Trop de gens supposaient qu'une femme employait toujours son corsage comme cachette mais il existait d'autres options. Et, effectivement, une enveloppe était nichée au bas du dos de Grace, sous son jupon, encore humide de transpiration. Evelina s'en saisit pour voir à qui elle était adressée. L'enveloppe était vierge et contenait quelque chose de dur.

Une sensation étrange parcourut le bras d'Evelina. *De la magie.* Il émanait de l'enveloppe des effluves étrangement superposés, comme si son contenu était récemment entré en contact avec non pas un mais deux sortilèges. Certaines matières, généralement la pierre mais plus souvent le métal, pouvaient absorber les résidus magiques.

Où êtes-vous allée, Grace ? Il s'agissait de sorts ténébreux, différents de tous ceux que mamie Cooper aurait pu tisser. Evelina serra l'enveloppe entre ses doigts pour tenter de deviner ce qui se trouvait à l'intérieur.

Elle prit soudain conscience de la présence des forces de l'ordre qui accompagnaient lord Bancroft. Son pouls s'accéléra. *Des preuves de meurtre et de magie noire ont été retrouvées dans votre vestiaire, milord.* En prenant certaines précautions, la mort d'une domestique pourrait ne pas attirer l'attention. Mais un scandale impliquant la magie serait catastrophique. Il y aurait des peines de prison, voire pire. Et, dès qu'il s'agissait de magie, les tribunaux étaient toujours prompts à désigner un coupable. Les peines devenaient chaque année plus sévères et un titre de noblesse ne garantissait pas d'être à l'abri.

Si lord Bancroft tombait, sa famille tomberait avec lui.

Evelina se raidit à cette idée. Des visages défilaient dans son esprit : Tobias, Poppy, la douce lady Bancroft et même lord B en personne. Ils l'avaient bien traitée. Et Imogen était sa seule véritable amie. Elle glissa l'enveloppe dans sa poche, hors de vue. La culpabilité lui enflamma les joues mais elle se refusait de la remettre aux autorités avant d'avoir compris ce qui se passait. Ou, plus exactement, avant d'être certaine qu'Imogen et les siens seraient innocentés.

— Que fait miss Cooper ici ? et dans cette tenue ? demanda avec brusquerie lord Bancroft.

Un léger sifflement dans sa voix trahissait le fait qu'il avait profité d'un petit tête-à-tête avec sa carafe de whisky.

— Faut-il donc que je pointe l'évidence, à savoir que ce n'est pas un endroit pour une jeune femme ?

— Je lui ai demandé de venir, mentit Tobias avec sang-froid. Vous savez qu'elle est très observatrice.

— J'ai cru entendre quelque chose plus tôt dans la soirée, intervint Evelina en repensant aux voix qu'elle avait captées depuis la branche de l'arbre.

Les onze coups de l'horloge avaient couvert ce qu'ils se disaient. Et puis il y avait eu cette présence dans le couloir…

—J'ai pensé pouvoir être utile, ajouta-t-elle.

—Vraiment, miss Cooper? demanda lord Bancroft en plissant les yeux. Et cela n'a rien à voir avec votre penchant pour les romans à sensations? Peut-être devriez-vous retourner dans votre chambre à coucher.

Elle s'apprêtait à protester, à insister pour qu'il écoute ce qu'elle avait à dire, ou au moins qu'il la laisse parler à la police. Mais, à la façon dont il avait redressé le menton, elle vit qu'il ne lui prêtait déjà plus attention.

Une décharge de colère traversa son système nerveux. Elle se retint de justesse de faire un geste indigne d'une dame… ou de crier qu'il aurait mieux fait de se taire et de la laisser l'aider car elle était la seule à percevoir l'ampleur du danger menaçant sa famille. Au lieu de quoi elle reporta son attention sur le corps pour reprendre son inspection malgré son bouillonnement intérieur.

Oncle Sherlock se laissait rarement aller à ses émotions. Elle comprenait à présent pourquoi: elle devait garder les idées claires. Or il était impossible de rester concentré quand on grondait près d'elle comme le chien de garde d'un romanichel.

Il n'y avait aucune trace de magie sur le corps lui-même, ce qui signifiait que quelqu'un–et non un être invoqué par sorcellerie–avait brandi la lame qui avait tué Grace Child. Son meurtre était purement le fait d'un être humain. Mais était-ce vraiment le cas? D'après l'expérience limitée d'Evelina, il fallait du temps pour que les résidus magiques s'attachent à un support, en particulier à la chair. À ce titre, pouvait-elle sans risque émettre une telle hypothèse?

Ce qui soulevait une intéressante question: y avait-il un lien entre ce meurtre et les malles dans le grenier? Deux événements inattendus en une soirée pouvaient constituer une coïncidence, mais cela ne semblait guère probable

Lord Bancroft désigna l'homme sur sa gauche en s'adressant sèchement à son fils.

—Voici l'inspecteur Lestrade.

Evelina sursauta. *Lestrade.* Elle avait entendu ce nom en lien avec les affaires de son oncle mais n'avait jamais rencontré l'homme lui-même. Elle l'observa avec soin en songeant que le docteur Watson avait bien su le décrire.

—Je ne doute pas que toi et miss Cooper laisserez l'inspecteur et ses hommes faire leur travail, ajouta Bancroft.

Tous les regards étaient braqués sur Tobias, dont le visage affichait un air rebelle.

Evelina était invisible, jeune fille accidentellement égarée au sein d'une affaire d'hommes… même si c'était elle qui la première s'était penchée sur le corps ensanglanté. Piquée dans son orgueil, elle se releva.

Le mouvement attira l'attention de l'inspecteur.

— Mademoiselle ?

C'était un homme sec de taille moyenne aux cheveux foncés et au teint cireux avec un faciès de rongeur taillé à la serpe. Sa façon de s'habiller donnait l'impression qu'il cherchait à impressionner son monde mais quelque chose dans son attitude mettait Evelina mal à l'aise. Cet homme n'avait rien d'un imbécile. Elle se demanda, avec une pointe d'inquiétude, si Nick avait eu assez de bon sens pour quitter la demeure.

Elle regarda Lestrade droit dans les yeux.

— Il s'agit de Grace Child, l'une des filles de cuisine.

L'information fit à peine tressaillir lord Bancroft. On trouverait sans doute de nouvelles petites mains là d'où venait Grace.

Lestrade étrécit les yeux ; une expression qui contredisait son hochement de tête poli.

— Merci, miss, mais j'apprécierais que vous vous écartiez. Vous risqueriez de déranger les indices.

— Bien sûr.

Tout en se dirigeant vers la porte, un indice majeur au creux de sa poche, elle dénombra les hommes en uniforme que Lestrade avait amenés avec lui. Ils étaient trois, s'entassant dans le vestiaire, poitrails gonflés sous leurs uniformes impeccables.

L'un d'eux avait un sifflet chimique accroché à la ceinture, conçu pour émettre une alarme stridente lorsqu'on en enfonçait le piston. L'oncle d'Evelina, doté d'un certain talent de chimiste, avait conçu le prototype avant d'en faire don à Scotland Yard. Si seulement le cerveau des gardiens de la paix avait été à la hauteur de leur équipement…

Dans un accès de frustration, elle se demanda si quelqu'un avait même pensé à fouiller la propriété. Ou bien cela constituait-il déjà une trop grande atteinte à la vie privée de lord Bancroft ? Une chance pour Nick qu'ils ne soient pas en train de vérifier les chambres à l'étage, mais…

Elle pensa de nouveau à ce moment dans le corridor. Grace avait-elle surpris quelqu'un ? L'idée ne cessait de la tracasser.

Mais Lestrade la suivait du regard. À cet instant, la seule chose qu'Evelina puisse faire était de battre en retraite. Elle retourna donc dans le hall, où se trouvait Dora. Maisie et la gouvernante avaient disparu.

Un petit chariot à vapeur sifflait et soufflait dans un coin de la pièce, accompagné d'effluves de thé d'Assam et de brandy.

Evelina s'assit auprès de Dora.

— Comment allez-vous ?

Dora renifla avec lassitude.

— Ça va aller, miss.

Mais elle secouait la tête comme si plus rien, jamais, n'irait.

— La pauvre Maisie avait fini les dernières casseroles et elle allait se coucher. Elle a pris le chemin le plus court au lieu de l'escalier des domestiques, comme elle aurait dû. Quand elle a vu de la lumière, elle est entrée pour l'éteindre. Et là elle a trouvé Gracie.

Evelina prit quelques instants pour se représenter mentalement la scène.

— Il y avait une trace de pas près de Grace et j'ai remarqué qu'elle portait des chaussures de marche qui auraient laissé une empreinte bien plus large. Ce ne pouvait donc pas être la sienne. Savez-vous si Maisie s'est approchée tout près du corps ?

— Non, miss. Elle a à peine osé passer le seuil dès qu'elle a vu le sang. Et moi non plus. Je tremble et j'ai des bouffées de chaleur à la vue d'un genou écorché, alors vous imaginez face à… à cela.

Dans ce cas, qui avait laissé cette empreinte ? Evelina allait devoir établir où se trouvaient tous les domestiques durant la soirée. Elle passa à la question suivante.

— Avez-vous la moindre idée de pourquoi Grace se trouvait dans le vestiaire ?

Une rougeur remonta depuis l'impeccable col blanc de l'uniforme de Dora jusqu'à rendre ses oreilles écarlates.

— Ça, je ne sais pas, miss.

De toute évidence, si. Evelina adopta une voix plus douce.

— Allait-elle y retrouver quelqu'un ? Après tout, c'est une pièce tranquille dont personne ne se servait. Un lieu intime.

— Je ne sais pas, miss. Ce n'était pas une fille prudente.

— Prudente dans quel sens ?

— À l'entendre parler, on aurait cru que son dernier galant était le prince héritier.

— Que voulez-vous dire ? demanda Evelina, sur un ton plus tranchant.

Dora parut soudain très effrayée.

— Je n'ai rien voulu dire, miss.

— Quelqu'un avait-il pris Gracie pour…

Evelina laissa sa phrase en suspens. Elle repensait à l'élégant jupon.

Dora rentra la tête dans les épaules, avec l'air d'une tortue sur la défensive.

— Si ça avait été sérieux, elle n'aurait pas passé ses journées à éplucher des pommes de terre, si vous voyez ce que je veux dire.

— Mais elle voyait quelqu'un qui avait de l'argent ?

De sous ses cils, la femme de chambre lui décocha un regard oblique.

— Ça aurait été une bonne nouvelle pour elle. Son estomac fragile le matin, par contre, n'était pas bon signe pour la suite.

Evelina sursauta. Grace avait été sur le point de voir sa vie ruinée. Elle aurait perdu sa place. Une fille mère n'avait pas beaucoup de débouchés, en particulier quand elle était pauvre. Habituellement, ce genre d'histoires se terminait dans la mort ou l'émigration.

— Avait-elle dit qui était le père ?

Dora secoua la tête.

— Elle n'a jamais donné de noms.

Il semblait clair que la domestique avait d'autres choses à dire mais elle plaqua son poing contre ses lèvres, comme pour retenir ses paroles.

— Qu'y a-t-il, Dora ?

Celle-ci secoua de nouveau la tête, les yeux embués de larmes.

— Oh ! miss, j'ai vu Grace à peine une demi-heure avant que Maisie la trouve.

— Vivante ?

Dora fit une série de petits hochements de tête saccadés.

— Je l'ai vue par la fenêtre. Elle était dans le jardin, comme si elle voulait s'aérer un peu avant d'aller se coucher.

Evelina calcula immédiatement l'horaire en question. Cela plaçait l'heure du décès avec beaucoup plus de précision.

— Juste après votre départ de la chambre d'Imogen ?

Dora hocha la tête.

— Quand je suis allée chercher le remède somnifère.

Soit à peu près à minuit et demi. Evelina se rappela de nouveau les voix qu'elle avait entendues depuis le dehors. C'était bien plus tôt, presque une heure et demie avant.

— Elle était seule ?

— Non, miss.

Des picotements parcoururent le cuir chevelu d'Evelina.

— Avec qui était-elle ?

La servante se tut, les yeux baissés sur ses mains qui malaxaient nerveusement le tissu de son tablier.

— Dora, je ne répéterai pas ce que vous pourriez me dire. Vous me connaissez assez pour le savoir.

Cela parut rassurer la domestique, qui se pencha en avant pour murmurer dans un souffle :

— M. Tobias.

Evelina sentit sa mâchoire béer sans toutefois parvenir à rassembler assez de présence d'esprit pour la refermer.

Dans quel guêpier ce vaurien s'est-il fourré cette fois ?

Tobias choisit cet instant pour sortir du vestiaire en s'arrêtant pour regarder dans sa direction. Dora se raidit. Elle partageait visiblement les pensées dangereuses d'Evelina.

La chemise et les mains de Tobias étaient immaculées, dénuées de toute trace de sang, mais, dans la pénombre à l'écart des lampes à gaz, l'hématome sur son visage paraissait presque noir. Quelqu'un s'était violemment battu avec lui.

Evelina était paralysée, comme clouée sur son siège. La frustration enfla en elle, pression douloureuse au creux de sa poitrine. Elle aurait voulu détourner la tête, ne pas prêter attention à l'éclat inquisiteur de ses yeux gris.

Ils avaient tous deux leurs secrets. Même si Tobias ne savait rien de l'enfance d'Evelina au sein du cirque, et encore moins de ses talents en magie, il était au courant d'autres choses à son sujet. Son goût peu orthodoxe pour la science et la mécanique, notamment, ou le fait qu'elle avait du monde une compréhension bien plus étendue que ce qu'on attendait d'une jeune lady.

Elle en savait plus qu'elle n'aurait dû sur son goût pour le jeu et les femmes. Inutile d'être détective pour ça, il lui suffisait d'avoir les yeux d'une fille un tantinet amoureuse.

Aucun d'eux n'avait dit un mot de ce qu'il voyait en l'autre et pourtant ils avaient tous deux conscience de cette compréhension mutuelle.

Habituellement, Evelina chérissait cette complicité, y voyant un lien entre eux. Ce soir, avec toute la suspicion qui flottait dans l'air, ce lien lui paraissait dangereux.

Tobias esquissa une grimace, comme s'il percevait son malaise. Il se tourna avec un mouvement imperceptible des épaules – un haussement à peine esquissé – et quitta la pièce. Quelques secondes plus tard, Evelina entendit ses pas dans l'escalier. Il allait se coucher. Ou retournait se coucher si l'on croyait à son récit, même si l'imagination d'Evelina avait du mal à imaginer comment l'on pouvait attraper un œil au beurre noir confortablement blotti sous les couvertures. *Bien sûr qu'il connaissait Grace. Il l'a vue juste avant sa mort.*

Oui, partager ses secrets avait forgé un lien entre eux mais ce n'était pas du tout le genre d'intimité qu'elle avait rêvé de partager avec Tobias Roth. Et, pendant ce très bref instant, elle le détesta pour ça.

CHAPITRE 4

Soyez informés que l'Élégante Société pour la prolifération impertinente des occasions novatrices a été formée en ce vingt et unième jour de septembre 1887 en vue de l'exploration des applications possibles de la science. Les membres fondateurs de cette société sont l'honorable Tobias Roth, M. Buckingham Penner, le capitaine Diogenes Smythe et M. Michael Edgerton. Adhésion privée et uniquement par recommandation.
Ils ont choisi comme devise « Prenez garde, nous sommes capables ».

Charte officielle de l'ESPION enregistrée dans les archives du *Xanadu*, club pour gentlemen

Londres, 4 avril 1888
Royal Charlotte Theater
Mercredi, 20 heures

Dans un univers juste, un cercle spécifique de l'enfer attendait les mauvais chanteurs d'opéra. Et l'administrateur autoproclamé de la justice en question serait Tobias… même si pour l'instant très peu étaient au courant.

À 16 heures cet après-midi-là, *Le Vaisseau fantôme* avait jeté l'ancre au Royal Charlotte Theater avec toute la gravité des excès wagnériens : décors complexes, orchestre massif et chanteurs à la capacité pulmonaire digne d'éléphants en rut.

Suivant une logique que Tobias était incapable de comprendre, l'opéra avait commencé à une heure absolument pas civilisée, trop tard pour une séance en matinée, trop tôt pour un spectacle du soir. Tout cela pour mieux bombarder les pauvres spectateurs sous des heures de *Sturm und Drang*. En bref, la première londonienne très attendue de la maison d'opéra Prinkelbruch tenait moins du divertissement que de la force dévastatrice écrasant tous les sens sur son passage.

Depuis son trône au balcon, Tobias scruta en contrebas les loges pleines de dorures et de velours qui formaient un arc de cercle face à la scène. Le Royal Charlotte ressemblait au croisement du boudoir d'une maison close et d'un gâteau de mariage rassis. Il n'y avait pas une seule surface qui ne soit festonnée, pomponnée ou recouverte d'une peinture dorée écaillée.

Tout le gotha de Londres était là et les effluves antagonistes de cette humanité enfiévrée se mélangeaient en une sorte d'onéreux brouillard. La chaleur provoquait chez Tobias des démangeaisons à tous les endroits où la flanelle de son pantalon parfaitement repassé entrait en contact avec sa peau.

Vautré sur son siège tel un homme mortellement blessé par balle, son compagnon, Buckingham « Bucky » Penner, s'éventait à l'aide du programme.

— J'aime bien l'opéra mais je dirais que ce *Vaisseau fantôme* boit la tasse. Et, pour ma part, je suis prêt à filer par la passerelle.

Tobias jeta un bref coup d'œil à son ami.

— Nous ne sommes pas ici pour la musique mais pour remporter le pari.

— Toujours dans ton rôle de général, toute ton attention concentrée sur notre plan.

— Pas sur l'opéra, en tout cas. Sans quoi je deviendrais fou. Ce baryton brame ses arias telle une corne de brume dépressive.

Penner renifla, amusé. Aux yeux de Tobias, il évoquait un épagneul espiègle toujours en quête de nourriture, de coussins moelleux et de jolies jeunes femmes contre lesquelles se pelotonner. À peu près la moitié du temps, il était solide, raisonnable et doté d'une bonne écoute. Cependant, derrière l'éclat tranquille de ses yeux marron se cachait un talent pour la géométrie créative. Bucky n'avait pas son pareil pour les calculs balistiques. Équipé d'un pivot et de la force suffisante, il excellait dans l'art de faire faire « sproutch » à toutes sortes de projectiles.

Et le sproutchage était essentiel dans leurs machinations. L'automne précédent, Tobias Roth avait parié qu'il pourrait scandaliser le gotha londonien, apparaître en première page des journaux les plus importants et mobiliser les forces armées de l'Empire en une seule soirée, le tout sans se faire arrêter ni baisser son pantalon.

La raison derrière ce pari avait ensuite disparu dans les brumes de l'alcool. Quoi qu'il en soit, un pari était un pari, soigneusement enregistré devant témoins au *Xanadu*, club pour gentlemen. La parole de Tobias engageait des milliers de livres, sans parler d'une occasion mirifique d'énerver son père.

— Tu es un malade, fit tranquillement remarquer Bucky. Mais d'une plaisante manière.

Tobias leva le manche en argent ouvragé de ses lorgnettes de spectacle pour observer une nouvelle fois le public.

— Tout homme a besoin d'un antidote à l'ennui. Tout homme a besoin d'ambition.

— Pour faire quoi ?

La question résumait Tobias en trois mots. Arrivé à l'âge avancé de vingt-trois ans, il était surtout familier de toutes les choses qu'il ne voulait *pas* faire de sa vie. La fondation de l'Élégante Société pour la prolifération impertinente des occasions novatrices était sa seule grande réussite et sa plus grande source de distraction depuis le jour où Diogenes Smythe avait essayé de faire sauter l'étalon de concours de son père par-dessus une locomotive en marche. *Triste. Vraiment. Tu dois quand même être bon à autre chose que ça, non ?*

Ou peut-être pas. Une possibilité plutôt effrayante, n'est-ce pas ?

— C'est Abercrombie qui t'a mis au défi, reprit Bucky. De ça au moins je me souviens.

— Et ?

Bucky soupira d'un air dégoûté.

— Abercrombie a de la confiture à la place du cerveau et toi tu étais ivre. Note que la confiture c'est poisseux et que ça laisse facilement des taches.

Tobias détestait la phase d'attente avant l'exécution d'un plan. Cela menait toujours à des moments de doute. Et, à cet instant, il en avait un gros. Même s'il ne l'aurait jamais admis devant Bucky.

Huit tentacules suffiront-ils ? Ai-je suffisamment graissé la patte des machinistes ? Et que diable ferai-je si les choses dérapent ? Jamais je ne pourrai mettre la main sur une telle somme d'argent. Ce cher papa piquerait une grosse crise. Au moins ça offre des possibilités…

Il orienta ses lorgnettes vers la gauche. Dans la pénombre autour des lampes à gaz, les diamants qu'arboraient les dames du public scintillaient telle la mer lointaine du *Vaisseau fantôme*. Enfin, la fille qui avait attiré son regard apparut dans ses jumelles. Jolie, grande, fine et couronnée d'une cascade de boucles couleur de noyer.

À son grand agacement, il sentit Bucky qui se penchait pour tâcher de deviner qui il observait.

— Dis-moi, ce serait pas je-sais-plus-qui… L'amie de ta sœur ? demanda Bucky.

Tobias abaissa ses lorgnettes, déçu.

— Miss Cooper ? Non. Elle lui ressemble un peu, c'est tout.

— Ah !

Bucky se redressa, but une gorgée au goulot d'une flasque en argent richement façonnée, puis la tendit à Tobias.

— Ah ? reprit Tobias en feignant l'innocence.

Il sursauta en apercevant son père dans la loge centrale. Il se sentit soudain tel Macbeth face à Banquo. Écartant cette image avant qu'elle ne gâche son humeur, il conjura à la place le visage en cœur d'Evelina.

— Ah.

Bucky hocha la tête avec sagacité et le gratifia d'un clin d'œil rusé.

Mécontent, Tobias but à son tour.

Sur la scène, le baryton-basse imitait un tuba dyspeptique.

Tobias laissa le brandy s'attarder un moment sur sa langue avant de l'avaler. Evelina Cooper aurait été parfaitement à sa place avec Bucky et le reste des membres fondateurs de la société. Du moins si l'on passait outre le fait qu'il s'agissait d'une fille, ce qui était tout à fait impossible. Les aspects féminins d'Evelina occupaient constamment son esprit ces derniers temps. La copine d'école d'Imogen était soudain passée au premier plan après des années d'une existence floue en toile de fond.

Étant donné sa maigre dot, ce n'était pas le genre de fille qu'on épousait, même avec le nom des Holmes du côté de sa mère. Des bourgeois de la campagne, rien de plus. Acceptable pour un avocat ou un fonctionnaire mais bien loin de ce qui convenait au fils d'un lord. Si ce n'était l'attachement évident de la pauvre Imogen, Evelina n'aurait jamais pu approcher leur famille.

Mais elle n'appartenait pas non plus à cet autre genre de femmes, celles que l'on gardait près de soi uniquement pour se distraire. Si cela avait été le cas, les choses auraient été beaucoup plus simples. Le problème était qu'il avait envie de plaire à Evelina. C'était ridicule. Il n'avait jamais attendu une telle chose d'une fille.

— Tu penses qu'Edgerton est en place ? demanda-t-il, principalement pour détourner sa propre attention.

Bucky sortit sa montre, ouvrit le cadran et plissa ses yeux de myope pour lire l'heure.

— Probablement, dit-il.

Excellent. Repliant ses lorgnettes de spectacle, Tobias examina la scène et fit un rapide calcul. Dans une quinzaine de minutes environ, le capitaine spectral se lamenterait sur sa malédiction, ce qui signifiait que l'héroïne se noierait peu de temps après. Au terme de presque quatre heures, il était plus que temps !

— Mon ami, allons prendre nos positions.

Scandale, gros titres, faire venir l'armée. Ça ne pouvait pas être si difficile, si ?

Ils sortirent par l'arrière de la loge et empruntèrent un couloir éclairé au gaz. Quelques spectateurs s'y trouvaient, occupés à discuter en petits groupes, mais aucun ne prêta attention aux deux gentlemen impeccablement gantés et coiffés de hauts-de-forme qui se dirigeaient vers le vestibule en marbre. Personne ne les vit tourner au coin et s'engouffrer par une porte de service pour sortir à l'arrière du théâtre.

La nuit venait de tomber, les derniers vestiges du jour se dissipaient dans le ciel. L'air printanier était aussi frais qu'un vin italien, même si la ruelle elle-même n'était pas vraiment propre. Quoique étouffé par la brique et la distance, l'opéra continuait sa laborieuse progression. Tobias et Bucky empruntèrent en hâte le passage boueux en gardant un œil sur les ombres. Le Royal Charlotte, malgré son public fortuné, se trouvait aux limites d'un quartier malfamé de Londres. À cet endroit, les rares lampes à gaz présentes étaient surmontées de globes indigo, indiquant que le gang des Bleus Garçons du baron de la vapeur connu sous le nom de roi Charbon contrôlait la zone. Malgré lui, Tobias jeta un coup d'œil par-dessus son épaule. Il aurait été dommage que leur plan se termine avec leurs crânes fendus et leurs poches vidées, même s'il se délectait toujours à l'idée d'une bonne bagarre.

Bucky lança un sifflement discret et reçut le même en réponse. Un petit groupe d'hommes faisait lentement rouler quelque chose dans leur direction. À leur tête, Tobias distingua le visage joyeux de leur ami Edgerton. Grand et athlétique, il arborait une veste brune râpée et un étrange casque en cuir rond. Un gros sac était passé par-dessus son épaule.

Derrière lui, une demi-douzaine d'hommes embauchés pour l'occasion poussaient et tiraient une charrette à bras qui touchait presque le sol. Y trônait un engin métallique ressemblant à une fleur de lotus en laiton aussi massive que laide surmontée d'une sorte de siège. À intervalles réguliers, le lotus d'un mètre vingt de diamètre et à peu près autant de hauteur laissait échapper de fines volutes de vapeur sifflante.

Sa conception avait demandé presque trois mois aux quatre membres fondateurs. Et il avait fallu autant de temps–et une grosse somme d'argent–pour superviser sa construction dans une ville au nord de Londres où le père d'Edgerton possédait une fonderie. Il aurait été impossible de fabriquer autrement une telle machine alors que les barons de la vapeur monopolisaient tout ce qui générait ne serait-ce qu'un pet d'énergie. Et le faire transiter en douce vers le sud leur avait coûté encore un peu plus. Comme l'avait dit Bucky, Tobias allait loin pour relever le défi. Mais quand un pari méritait d'être remporté, Tobias faisait les choses bien.

Les ayant rejoints, Edgerton leur serra la main avec enthousiasme.

—Nous y voilà, messieurs. Êtes-vous sûrs que ce truc est prêt ?

—Absolument, répondit Bucky. Nous l'avons calibré au degré près.

—Tu as apporté notre équipement ? demanda Tobias.

—Ici, répondit Edgerton en indiquant son sac.

—Excellent.

Par chance, la ruelle était déserte à l'exception des ouvriers qui poussaient le chariot. Sans prêter attention à leurs regards curieux, Tobias et Bucky se déshabillèrent jusqu'à se retrouver en chemise et pantalon puis enfilèrent chacun une veste unie, des bottes et un casque semblable à celui d'Edgerton. Quelques instants plus tard, ils étaient méconnaissables. Edgerton portait sur le dos une sorte de carquois dont dépassait la hampe d'un drapeau enroulé.

Le cœur de Tobias battait plus fort sous l'effet de l'excitation, le vin frais de la nuit pétillait dans ses veines. Tout se passait bien. Le pari était quasiment gagné. Et cela valait mieux : un échec aurait eu un sérieux impact sur les finances familiales.

Il songea soudain aux préparatifs de sa sœur pour la saison londonienne. Toutes ces robes, toutes ces réceptions coûtaient de l'argent. À quel point mettait-il tout cela en péril ?

Trop tard pour y penser.

—Allons-y ! lança-t-il d'une voix étrangement rauque.

Edgerton lui tendit une paire d'épais gants de cuir que Tobias enfila. Puis il grimpa sur le chariot et s'installa sur le siège au sommet de la machine de laiton. Le rembourrage était sommaire et il sentit rapidement les arêtes métalliques laminées sous ses fesses, sans parler d'une chaleur inconfortable. Il avait eu l'intention de régler le problème mais avait manqué de temps. *Quel autre problème as-tu pu rater ?*

La chaleur du moteur se diffusait à travers les semelles de ses chaussures. Du dos de sa main gantée, Tobias s'essuya le visage. Il transpirait déjà et ses lèvres, qu'il mordillait d'un air concentré, avaient un goût de sel. Certains des mouvements répétitifs de la créature étaient programmés dans un cylindre perforé rotatif qui actionnait les engrenages. Le reste était animé par des vérins pneumatiques contrôlés à l'aide des leviers hérissant l'appareil telles les épines d'un porc-épic. Il les connaissait tous par cœur mais, l'espace d'un instant, son esprit parut incapable de se rappeler quoi que ce soit.

Ralentis. Prends ton temps.

Il prit une profonde inspiration puis vida lentement ses poumons.

Tout ceci est complètement et foutrement dingue.

Raison pour laquelle ça allait être tellement amusant. D'un seul coup, ses doutes s'envolèrent. La victoire était dans la poche et elle s'annonçait aussi délicieuse qu'une crème au beurre.

Un sourire apparut sur le visage de Tobias quand il appuya sur un bouton et que la machine lâcha un jet de vapeur. Bucky recula devant le souffle d'air brûlant.

— Quand tu veux, dit-il d'une voix étouffée. On est à dix minutes du baisser de rideau.

Tobias actionna les commandes. Dans une série de cliquetis et de vrombissements fluides, les pétales du lotus se déplièrent en s'écartant lentement du cœur. « Clic, chirrr ». La partie basse des pétales s'ouvrit et se déploya pour révéler que lesdits pétales étaient en réalité huit longs membres articulés. Quatre s'écrasèrent en crissant sur la terre sablonneuse, les quatre autres dressés telles des pinces inquisitrices.

Tobias s'arrêta le temps de s'essuyer de nouveau le visage. Avec un sourire plus large que jamais, il saisit deux des leviers et les tira lentement en arrière. Dans un grand frémissement, le corps bulbeux quitta le chariot pour se hisser dans les airs tandis que les pattes se redressaient avec un chuintement métallique. L'engin avait été conçu pour se déplacer en silence, ou du moins assez discrètement pour être couvert par la clameur d'un opéra. Pour l'heure, ils n'avaient semble-t-il attiré l'attention de personne.

L'esprit envahi par un tourbillon de pensées, Tobias tira avec force sur une manette. L'une des pattes se redressa plus vite que les autres et la machine s'inclina au point de faire glisser Tobias sur son siège. Dangereusement déséquilibré, il saisit d'une main le rebord de son perchoir et ajusta les leviers de l'autre. Avec une embardée à vous retourner l'estomac, le monstre mécanique se remit d'aplomb.

Remplissant de nouveau ses poumons, Tobias constata que ses compagnons lui semblaient soudain très loin. Il avait été soulevé à plus de deux mètres dans les airs. L'éclat tamisé des lampes à gaz dessinait des reflets étranges le long des plaques rivetées de la machine. Dissimulé dans le ventre de la bête, le moteur à vapeur qui l'animait laissait entendre le murmure assourdi des rouages et des pistons en action.

Tobias s'abandonna à une joie effroyable. À moins qu'il s'agisse d'un joyeux effroi ?

— Contemplez le grand calamar à rivets, ennemi juré des vaisseaux fantômes !

— Il n'a pas assez de tentacules pour être un calamar, protesta Edgerton. Et les calamars ne marchent pas. C'est un crabe.

— C'est un calamar, insista Tobias.

— Ou peut-être un homard.

Bucky consulta de nouveau sa montre de gousset.

— On ferait bien de libérer le kraken, sans quoi on arrivera trop tard.

Edgerton paya les ouvriers. Ils emportèrent le chariot, ainsi que les vêtements de soirée abandonnés, vers l'entrepôt qui avait précédemment accueilli la machine, à quelques rues de là.

Les casques en cuir étaient équipés de masques et de lunettes permettant de dissimuler le haut du visage. Les trois hommes les enfilèrent et ajustèrent les bésicles. Tobias actionna une manette et l'une des jambes se leva gracieusement pour faire un pas en avant. Lorsqu'il abaissa le levier, le corps de la bête oscilla et Tobias glissa de nouveau sur son siège. Il jura dans sa barbe, étourdi par un mélange de vertige et de fierté. Lorsqu'il tira la manette la plus proche pour déplacer une autre patte, il fit une deuxième embardée dans la direction opposée. Ces mouvements de glissade n'étaient pas si terribles une fois qu'on apprenait à compenser. Un peu comme de chevaucher un chameau, sans doute. Non qu'il soit jamais monté sur un chameau, mais…

La patte numéro un fendit l'air dans un sifflement d'articulations métalliques.

Patte numéro deux.

Patte numéro trois. « Scouic ! »

Patte numéro quatre.

Les tentacules frétillaient dans l'air envahi de vapeur.

Magnifique ! Tobias entreprit de guider sa créature de cauchemar dans la ruelle, aussi fier qu'une mère devant les premiers pas hésitants de son bébé.

Wagner se répandait dans l'air nocturne telle une mélasse poisseuse. L'énergie sauvage qui envahissait Tobias vint bouillonner dans sa gorge, l'incitant à brailler à son tour. C'était une nuit qui resterait gravée dans ses souvenirs : le rire de ses amis, la puanteur de la ruelle, le froid humide sur ses joues, la puissance qui vibrait à travers les manettes. La patte numéro trois du monstre aurait eu besoin d'un peu de graisse mais cette petite imperfection ne faisait que renforcer la magnificence de l'ensemble.

Bucky courut au-devant de Tobias pour ouvrir la haute double porte qui servait à la livraison du bois de construction pour les décors. Au-delà se trouvait le labyrinthe de corridors et de loges cachés derrière la scène. En approchant, Bucky et Edgerton gardèrent quelques pas d'avance sur la machine afin de pouvoir faire face à une éventuelle ingérence. Les machinistes avaient été payés pour ne pas entraver l'arrivée de la créature et de ses gardiens étrangement vêtus mais Tobias ne voulait prendre aucun risque. Il ne pouvait pas se permettre de perdre son pari.

Au moment où Bucky ouvrit la porte et où la musique de Wagner retentit dans la ruelle fétide, un hoquet de surprise collectif s'échappa du rassemblement hétéroclite de costumières, de doublures, de menuisiers et de machinistes qui occupait les coulisses. Une énorme brute aux cheveux blonds, sans doute un membre de l'entourage du Prinkelbruch, lâcha un juron en allemand. Il chargea vers eux alors même que la machine franchissait le seuil, barrant la route de Tobias.

Malédiction !

Deux autres individus tout aussi massifs se joignirent à lui. Ils étaient tous les trois si semblables dans leur blondeur et leur expression qu'ils devaient être frères. Les autres badauds s'éloignaient en hâte, peu désireux d'être mêlés à ce qui allait suivre. Des cris et des voix s'élevèrent tout autour, au risque de troubler le déroulement du spectacle sur la scène. Tobias n'avait plus beaucoup de temps. Les trois affreux frères allaient devoir se pousser !

Animée par un ballet de leviers et de manettes, la machine tangua vers l'avant, l'un de ses pieds massifs manquant de peu de heurter le plus grand des frères. Le sol de bois magnifia le son du mouvement de la bête en un « clomp » retentissant.

Le bruit fit taire toutes les protestations et les exclamations. Tobias ressentit une décharge de satisfaction. Les trois énormes machinistes grondèrent.

Les amis de Tobias s'avancèrent sur eux, en roulant des épaules et en défaisant leurs boutons pour se mouvoir plus facilement.

« Clomp ». Une cuirasse en papier mâché expira avec un « scrunch » écœurant.

L'une des brutes sauta sur Bucky, qui lui décocha immédiatement un coup de poing au ventre.

— Conduis-le sur la scène ! rugit-il. Vite !

Edgerton plongea vers les adversaires restants et les plaqua tous les deux au sol.

Tobias actionna frénétiquement les commandes pour tenter d'accélérer l'allure de sa pesante monture. La créature s'ébranla laborieusement vers l'avant, son derrière laissant échapper un grossier nuage de vapeur.

Il était temps de changer de tactique. Tobias poussa un interrupteur. Deux panneaux coulissèrent en vrombissant au sommet du pseudo-monstre marin, laissant apparaître des canons jumeaux semblables à des antennes. Il s'agissait de la contribution de Bucky au projet. Les munitions étaient constituées d'un réservoir d'oranges trop mûres.

Encore quelques pas lourds et la scène fut en vue, avec une peinture de l'océan en toile de fond. De faux rochers et des falaises factices bordaient le plateau, dissimulant discrètement l'épais matelas sur lequel l'héroïne atterrirait en plongeant vers la mort. Le vaisseau fantôme lui-même avait été tiré à mi-distance et accueillait un chœur de marins fantomatiques.

Le capitaine maudit, dont la voix montait lentement vers les aigus, braquait sur Tobias un regard horrifié.

C'était le moment en vue duquel ils avaient tous œuvré. La machine de Tobias émergea des coulisses pour s'emparer du dernier acte. « Clomp, clomp, clomp ».

Une femme dans le public poussa un cri, un merveilleux glapissement gargouillant. Son hurlement fut repris par toutes les spectatrices occupant les sièges rembourrés du Royal Charlotte. Tobias laissa échapper un ululement de joie.

En matière de scandales, cela dépassait n'importe quel vaudeville au sein de l'élite londonienne, les tentacules dans le nez. Tobias enclencha ses canons et la chair gluante des oranges alla s'écraser sur les spectateurs au terme de paraboles soigneusement calculées.

Animés par le ballet des leviers et des jets de vapeur, les tentacules du monstre saisirent les gréements du navire fantôme dans un bruit de voiles déchirées et de bois fendu. Les membres du chœur sautèrent par-dessus bord. Scandalisé, le baryton poussa un rugissement en *mi* bémol majeur.

Tobias écrasa un bouton et les canons tirèrent d'autres oranges dont l'une atteignit le chef d'orchestre à l'oreille. L'autre heurta violemment la scène, éclaboussant les rôles principaux de pulpe poisseuse.

La salve suivante atteignit les cuivres. Une vague de protestations se répandit à travers le public. Une moitié des spectateurs se leva en poussant des cris d'encouragement. L'autre se précipitait vers la sortie avant qu'une pluie d'oranges mortelles s'abatte sur eux. Edgerton choisit ce moment pour traverser la scène au pas de course en brandissant une bannière déployée.

Celle-ci était ornée de la devise de la société : « Prenez garde, nous sommes capables. »

Cela détourna suffisamment l'attention de Tobias pour qu'il ne remarque pas que le capitaine maudit avait tiré sa lame, prouvant au passage qu'un héros d'opéra pouvait vraiment s'attaquer à une monstrueuse machine à vapeur de deux mètres de haut avec une épée factice.

Au même moment, Edgerton entra en collision avec un marin en fuite. Le choc projeta le choriste contre le capitaine, qui alla heurter le vaisseau fantôme. Le mât s'effondra et se brisa. Implacable, le calamar piétina les débris mais un éperon de bois saillant vint se coincer dans l'articulation d'une de ses pattes. La brusque secousse projeta Tobias hors de son siège. Il tenta de se retenir aux leviers pour garder l'équilibre mais l'un d'entre eux lui resta dans la main tandis qu'il luttait pour se raccrocher au cadre d'acier de son siège.

C'était le frein.

Enfer et damnation !

Les gants de cuir, essentiels pour manipuler le métal brûlant, le rendaient désespérément maladroit. Il était en train de lâcher prise. Cependant, Tobias avait à peine conscience du côté précaire de sa position, du fait que le chef d'orchestre venait de casser en deux sa baguette ou même des grands mouvements de bras de Bucky. Il venait de repérer le visage furibond de son père. Lord Bancroft regardait dans la direction de son fils mais, comme d'habitude, ne l'avait pas reconnu. Une colère moqueuse vrilla les tripes de Tobias, ce mélange très particulier d'amour, de honte et de déception que seul un enfant peut connaître.

Ai-je enfin sombré aussi bas que vous l'attendez de moi, père ?

À cet instant, le dernier élément manquant à sa pleine réussite surgit par les portes dorées à l'arrière de l'auditorium. Le quatrième membre de la société – le capitaine Diogenes Smythe – avait donné l'alarme. Des costauds en uniformes moulants dévalaient les travées avec sur le visage un air aussi sombre et déterminé que s'ils montaient à l'assaut de barricades ennemies.

Malheureusement, ils faisaient feu de leurs armes. Apparemment, Smythe ne s'était pas donné la peine de donner des ordres précis, comme le fait de ne tuer personne.

La mort manqua Tobias de quelques centimètres pour frapper de plein fouet les commandes de la machine. Tobias se laissa tomber sur la scène et son atterrissage raté lui valut une douleur dans les tibias. Une autre balle toucha sa cible, projetant rouages et rivets dans toutes les directions.

Tobias ressentait les dommages à sa création telle une blessure brûlante au cœur de sa propre chair. Il ne s'était pas attendu à la voir survivre à cette soirée mais l'idée de sa destruction n'en restait pas moins quasi insupportable.

Cependant, le monstre n'allait pas se laisser tuer facilement. Quelque chose s'était détraqué à l'intérieur de la machine, déclenchant salve après salve d'oranges pourries qui inondèrent le théâtre de leur parfum douceâtre. Cela aurait dû être le pire qu'elle puisse faire mais un démon avait pris possession de l'engin. Même sans main humaine pour le guider, les pistons et les engrenages continuaient à s'activer au cœur de son ventre de laiton. Des étincelles jaillirent alors que la créature traversait maladroitement le décor, écrasant le navire avec la force cauchemardesque d'un authentique kraken.

Des flammes minuscules vinrent lécher le décor peint. Le vaisseau fantôme était sur le point de devenir l'anneau de feu de Siegfried. Un sentiment d'horreur ralentit les mouvements de Tobias. Avec l'idée floue de reconduire sa créature jusqu'à la ruelle, il se mit à courir à son côté en essayant de trouver une prise pour remonter sur le siège surélevé. Des balles passèrent en sifflant près de son oreille et frappèrent les panneaux de cuivre jaune sur le flanc du calamar.

Tobias se baissait pour éviter les tirs quand un coup de poing l'atteignit à l'œil droit. Il tituba en arrière et s'écrasa au milieu des vagues en contreplaqué. Il retrouva son équilibre à temps pour voir le baryton foncer sur lui tête baissée, tel un taureau. Tobias leva les poings.

Des mains le saisirent par le dos de son manteau et le tirèrent à l'écart.

—Ne fais pas l'imbécile! siffla Bucky en l'attirant vers l'aile du théâtre.

—On commence tout juste à s'amuser! protesta Tobias en regardant le baryton s'écraser la tête la première dans le décor.

—Ils vont te trouer la peau, idiot.

Il eut le temps de mesurer la justesse des paroles de Bucky avant que les soldats lancent la charge. Edgerton se tenait dans l'aile en agitant frénétiquement les bras.

Tobias capitula et se mit à courir. Les trois amis traversèrent précipitamment le théâtre et déboulèrent dans la ruelle, une nuée de policiers et de soldats à leurs trousses. Leurs bottes pataugèrent dans la couche de boue et de rebuts qui puait les abats et pire encore. Le sifflet strident d'un policier retentit dans la nuit. Tobias eut une horrible vision d'un de ses amis recevant une balle dans le dos.

— On se sépare ! s'écria-t-il.

C'était risqué dans ces ruelles appartenant au roi Charbon. Les Bleus Garçons régnaient en maîtres sur cette partie de Londres dans laquelle l'éclat des lampes à gaz n'avait guère droit de cité. À huit cents mètres à peine du Royal Charlotte, le voisinage prenait l'allure d'un labyrinthe d'immeubles décrépis et de venelles sinueuses. Edgerton disparut vers le nord. Bucky s'engouffra dans une taverne. Ils auraient du mal à se faire passer pour des prolétaires mais espéraient qu'avec leurs vestes marron usées personne ne les remarquerait immédiatement.

Tobias continua à courir pour éloigner la police de ses amis. Il était jeune, rapide, naturellement athlétique. Ses poursuivants déchargèrent leurs armes mais la nuit et la vitesse étaient avec lui. Il se baissait et zigzaguait, rendant toute visée impossible. Des jurons retentirent derrière lui.

Il laissa échapper un rire hystérique.

Il traversa quelques ruelles désertes avant d'atteindre une rue envahie par la circulation. Des prostituées patientaient au coin des pâtés de maisons. Caisses et tonneaux bloquaient la voie étroite. En temps normal, aucun étranger n'aurait pu arpenter ces pavés sans se mettre en danger mais cette fois Tobias bénéficia d'un laissez-passer : les locaux étaient plus que ravis de barrer le passage de la maréchaussée qui l'avait pris en chasse, ce qui donna lieu à une grosse bousculade. Un conducteur de carriole lança un coup de poing, un gardien de la paix eut la lèvre fendue et ce fut le chaos. Fin de la course-poursuite.

Tobias continua sa route, mû par l'instinct d'un renard en fuite.

Il finit par se glisser au travers d'une ouverture dans une palissade et émergea dans une allée pavée qui sentait bon l'agneau à l'étouffée. Dans un sursaut de surprise, il prit conscience qu'il se trouvait juste derrière un restaurant qu'il connaissait bien. Au-dessus de sa tête, un rideau s'agitait dans l'embrasure d'une fenêtre ouverte d'où émanait la délicieuse odeur.

Tobias s'arrêta et dressa l'oreille pour tenter de capter plus que ses propres halètements. Les globes des lampes à gaz brillaient à cet endroit de l'éclat doré de Keating Distribution, l'indication d'un quartier bien mieux fréquenté. Il entendit deux hommes passer dans la rue toute proche, discutant aimablement d'une partie de whist. Un fiacre arriva de la direction opposée, couvrant le son de leur conversation. D'autres voix étouffées lui parvinrent depuis la fenêtre, ponctuées par la clameur des cuisines.

Aucun bruit de poursuite. Pour le moment, il était en sécurité. Il se demanda, le cœur serré, si ses amis s'en étaient sortis. Il n'aurait aucun moyen de le savoir avant le lendemain matin.

Tobias ferma les yeux et sentit son pouls ralentir progressivement. *On a réussi. J'ai gagné le pari.*

Scandale. Soldats. L'événement apparaîtrait forcément dans les journaux. Abercrombie avait perdu. *Mais est-ce que ça en valait la peine?*

La question sembla flotter au-dessus de lui, sapant les forces de ses membres. D'un seul coup, Tobias se sentit complètement vidé. Tout ce saccage au cœur du théâtre avait été vain. Comme tant de choses dans sa vie, ce pari tout entier n'était qu'une blague gratuite.

Mais il avait planifié et exécuté une mission d'une grande complexité scientifique et logistique. Il avait *accompli* quelque chose.

Son sentiment de satisfaction s'épanouit dans sa poitrine tel un petit astre personnel. Une sensation aussi nouvelle que merveilleuse.

Mais son plaisir ne dura pas. Les quatre amis avaient négligé un détail. À l'exception de Smythe, ils n'avaient pas prévu de se séparer. Ils ne seraient pas en mesure de témoigner mutuellement de leurs allées et venues pour la soirée. S'ils croisaient quelqu'un de leur connaissance, ils auraient du mal à expliquer leurs tenues inhabituelles. À vrai dire, ces vêtements établiraient un lien avec l'incident à l'opéra. *Planification défaillante.*

Il était clair qu'ils n'étaient pas des criminels très expérimentés.

Il me faut un alibi.

Tobias s'immobilisa brusquement puis, après un long moment de réflexion, tourna dans une longue rue sinueuse qui semblait s'être perdue au cœur d'un siècle passé. Le passage était accidenté, les maisons hautes et étroites dotées de grilles en fer forgé qui les séparaient des passants. Ses jambes le guidèrent jusqu'au bout de la rue et s'arrêtèrent comme par automatisme devant une porte peinte dans un violet profond, celui de la reine Violette, qui dirigeait les bordels d'une main de fer dans un gant de dentelle. Une tête de lion luisait d'un éclat cuivré sur le panneau de couleur sombre.

Tobias leva le heurtoir et frappa doucement au battant, sachant qu'un serviteur guettait forcément d'éventuels visiteurs. Comme il s'y attendait, la porte s'ouvrit immédiatement, laissant apparaître un jeune Noir vêtu d'un turban et d'un costume étoilé qui évoquait plus le théâtre qu'une quelconque origine tribale. Le garçon s'inclina profondément; il avait reconnu un bon client.

—Je suis venu voir Margaretha, annonça Tobias.

Le garçon n'hésita pas et ouvrit grand la porte pour lui permettre d'entrer. Tobias n'en attendait pas moins: on pouvait toujours compter sur les employés d'une maison de la reine Violette pour rester discrets et vous fournir un alibi ou n'importe quoi d'autre susceptible d'être échangé contre espèces sonnantes et trébuchantes.

Quelle importance si le gentleman à la porte arborait d'étranges bésicles et des taches de pulpe d'orange, sans parler de ce qui ressemblait de plus en plus à un méchant œil au beurre noir ? Cela comptait sans doute parmi les choses les moins choquantes qu'ils aient pu voir de la soirée.

Le garçon ferma la porte et effectua une nouvelle révérence qui fit gracieusement s'incliner la plume vert vif ornant son turban. Il s'adressa à Tobias avec un accent doux et fluide.

— Permettez-moi d'aller quérir Mme Margaretha pour s'occuper de vous.

D'un geste du bras, il invita Tobias à s'installer dans la salle d'attente située derrière une double porte en verre gravé, puis disparut vers le sommet des marches.

Tobias entra d'un pas tranquille et se servit un verre au sein d'une sélection de brandys posés sur un buffet lourdement sculpté. La pièce était inoccupée à l'exception d'une statue de Vénus drapée dans un filet de minuscules lumières, l'une des étranges décorations des lieux. Tobias se laissa tomber dans un fauteuil garni d'épais coussins en face de la statue et fit tournoyer l'alcool dans son verre pour permettre aux effluves de filtrer au travers de sa fatigue grandissante. Vénus lui rendit son regard avec un air distant sur son visage parfait qui rappelait étrangement la mère de Tobias.

Ce qui n'était pas une pensée encourageante. D'autant plus qu'il s'aperçut qu'il n'avait pas particulièrement envie d'une femme à cet instant précis. S'il avait pu, il aurait choisi quelqu'un d'intelligent, quelqu'un à même de comprendre ce qu'il venait d'accomplir et peut-être susceptible de lui expliquer pourquoi ce succès lui paraissait si vain.

Margaretha était belle et voluptueuse mais elle n'était pas la femme qu'il lui fallait. La seule qu'il connaisse dotée de cet esprit vif et de ce cœur généreux – celle qui l'écouterait sans le juger – était Evelina Cooper. Par certains côtés, Evelina faisait à ce point partie de la famille qu'elle était devenue comme une autre sœur... À cela près que toutes ses pensées à son égard n'étaient pas nécessairement fraternelles. Chaque jour qui passait renforçait ses doutes quant à la manière de l'approcher.

Il avala le reste de son brandy et sentit la chaleur de l'alcool se répandre dans ses veines. Qu'allait-il faire à propos d'Evelina ? En général, les femmes provoquaient chez lui du désir, de l'ennui ou de l'irritation, dans cet ordre. La jeune Cooper, elle, lui embrouillait les idées mais il savourait chaque instant de cette confusion. Ce qui était tout à la fois pervers, dérangeant et intrigant.

La porte s'ouvrit et le jeune Noir s'avança sur le seuil en s'inclinant avec obséquiosité.

—Margaretha sera à vous dans quelques instants.

À sa propre surprise, Tobias secoua la tête.

—Je vais rester ici un petit moment. Apportez-moi plutôt un souper froid.

Cette fois, il vit passer un soupçon de curiosité sur le visage du garçon au moment où celui-ci se retira. Tobias se sentit soulagé de ne pas avoir à s'expliquer sous ce toit car il n'aurait pas su comment s'y prendre. Il commençait à désirer une fille à laquelle il n'aurait même pas dû songer, et ce avec assez de force pour le déstabiliser même en son absence.

Tobias quitta l'établissement à la porte violette quelques heures plus tard. Margaretha et le garçon avaient reçu une somme généreuse pour dire qu'il leur avait rendu une visite tout à fait ordinaire à partir de 19 heures ce soir-là.

Les étapes suivantes reposaient entièrement sur lui. Personne ne devait le voir se glisser discrètement dans la maison. Il aurait à se montrer prudent : avec ces lampes qui fleurissaient partout, il devenait extrêmement difficile de trouver des ombres au sein desquelles se faufiler.

Tobias tourna au coin de la rue et dépassa d'un pas rapide une maison sombre aux volets fermés, à une rue de la place Beaulieu. Cela faisait un an qu'elle était déconnectée, sise là telle une tache d'encre entre ses voisines largement éclairées. C'était bizarre, mais il ne se rappelait plus des noms de la famille qui avait habité là. Il était presque sûr d'avoir vu des gens aller et venir encore quelques mois plus tôt. C'était donc vrai : une fois que les barons vous coupaient les vivres, vous disparaissiez.

C'est avec soulagement qu'il vit apparaître au loin la silhouette illuminée de Hilliard House. Il supposait qu'il restait sans doute quelques domestiques encore debout dans les cuisines, occupés à nettoyer les dernières marmites et casseroles de la journée. Mais les cuisines se trouvaient à l'arrière. Sa meilleure chance était l'entrée sur le côté de la demeure ; dont il disposait de la clé. Il monterait rapidement les marches, enfilerait des vêtements propres puis ressortirait pour se débarrasser du manteau marron qu'il portait encore.

Tobias traversa la route en diagonale avec l'idée de prendre la direction de la maison sans laisser paraître qu'il s'agissait de sa destination.

—Monsieur Roth.

Il fit volte-face, l'estomac noué. Une jeune fille aux vêtements élimés se tenait à quelques pas de là, hésitante. L'une des filles des cuisines. *Par l'enfer !*

— Gracie, dit-il en se forçant à adopter un ton aimable.

Il l'avait déjà croisée dans les cuisines, où il errait parfois à la recherche d'un en-cas quand tout le monde était parti se coucher. Elle y restait jusqu'à tard le soir, les bras nus et plongés jusqu'aux coudes dans l'eau savonneuse. Chose qu'il avait trouvée étrangement charmante.

La surprise se changea rapidement en irritation. Il ne trouvait cette fois rien de charmant à sa présence. C'était même très importun. Un témoin était la dernière chose dont il avait besoin en cet instant. Il allait néanmoins devoir s'en accommoder au mieux. Il n'y avait rien d'autre à faire.

— Bonsoir, monsieur, dit-elle avec une petite révérence. On dirait que nous sommes tous les deux dehors très tard. M. Bigelow a déjà verrouillé la porte. J'ai tout fait pour être là à l'heure, monsieur, je vous assure. Mais le Chinois était tellement lent et j'ai dû courir sur un long, long trajet.

Il se demanda vaguement qui était ce Chinois puis chassa cette pensée. Les excuses ne changeaient rien. Le majordome fermait les portes à minuit précis. Tout domestique resté dehors après le couvre-feu se retrouvait non seulement privé du confort douteux de sa chambrette mais subissait également des remontrances au matin. Tobias ressentit de la compassion pour la jeune fille, accompagnée d'un certain soulagement. Puisqu'il possédait le moyen de la faire entrer, il ne serait pas difficile de la convaincre de ne rien dire de sa présence.

Il lui sourit, ce qui provoqua un élancement au niveau de son œil, qu'il tâta précautionneusement. La chair brûlante et endolorie laissait à penser qu'il aurait un œil au beurre noir au matin. *Satané baryton !*

— Vous vous êtes battu, dit-elle en se rapprochant un peu.

— J'en ai bien peur.

— Il faudrait mettre quelque chose de froid dessus.

Elle effleura sa joue du bout des doigts de ses gants râpés. Elle avait de grands yeux aux longs cils soyeux. L'obscurité ternissait les couleurs et il n'était pas capable de dire s'ils étaient gris ou bleus mais leur forme en amande légèrement inclinée vers le haut avait quelque chose d'exotique.

— Ça n'enflera pas si vous le gardez au froid, ajouta-t-elle.

— Alors je ferais bien de vous faire entrer pour que vous alliez me chercher de la glace, répondit Tobias.

— Avec plaisir, monsieur, dit-elle d'une voix soulagée. Surtout si ça me permet d'éviter les réprimandes de M. Bigelow. Il n'aimerait pas me trouver dehors demain matin plutôt qu'en train d'éplucher les pommes de terre.

Elle articulait avec soin, comme pour tenter d'atténuer son accent de fille de l'East End. Ce qui collait avec tout le reste chez elle : ses vêtements soigneusement reprisés, ses cheveux bien peignés, la manière délicate dont elle marchait. Ce n'était peut-être qu'une servante de l'arrière-cuisine mais elle tâchait de s'élever dans la hiérarchie sociale.

Elle n'avait aucune envie de perdre son poste. Et Tobias n'avait aucune intention de lui gâcher sa chance.

— Je ne dirai rien à Bigelow, assura-t-il, mais seulement si vous promettez de ne jamais raconter que vous m'avez vu dehors ce soir.

Elle retira sa main.

— Vous avez l'air terriblement sérieux.

— Je le suis. Alors, pouvons-nous garder le secret ?

Elle l'observa sous ses longs cils ; un geste qui devait avoir brisé bien des cœurs.

— Absolument.

Elle avait un visage triangulaire, avec une bouche minuscule et un nez retroussé. Avec ces yeux, elle avait quelque chose de félin. Une vraie beauté, même selon les standards des courtisanes de Mayfair. Sous ses vieux vêtements, sa silhouette était épanouie et voluptueuse. Tobias sentit son corps réagir. Il ne braconnait jamais parmi les domestiques mais cela ne signifiait pas qu'il demeurait insensible à leur charme.

— Je serai muette comme la tombe, monsieur Roth.

— Brave petite, dit-il en tâtant ses poches à la recherche de ses clés. Alors, où étiez-vous ce soir ? Vous faisiez la fête ?

Elle ne répondit pas tout de suite et il n'insista pas. Ce n'était pas ses affaires. Mais au moment où il fit tourner la clé dans la serrure, elle lui prit le bras.

— Monsieur Roth ?

— Qu'y a-t-il ?

La voix de la jeune fille tremblait.

— Vous avez toujours été gentil. Un homme bon. C'est ce qu'on dit aux sous-sols. Pas trop imbu de vous-même pour vous soucier des gens comme nous.

Il ressentit une pointe de fierté qu'il étouffa immédiatement. Il était vrai qu'il faisait ce qu'il pouvait pour ceux qui travaillaient à Hilliard House, mais les domestiques vous flattaient toujours lorsqu'ils voulaient quelque chose. C'était l'un des rares outils dont ils disposaient.

— Je me réjouis que vous pensiez cela mais en quoi est-ce important à cet instant ?

Grace resserra sa prise, comme si elle s'accrochait à lui pour résister à un vent furieux.

— J'ai de terribles ennuis, vous savez.

Elle est enceinte et a besoin d'argent. C'était en tout cas la catastrophe la plus probable qui puisse s'abattre sur une jeune et jolie fille sans avenir.

— Un enfant ?

Elle hocha à peine la tête, comme si cet aveu lui coûtait déjà plus qu'il ne pouvait l'imaginer.

— Oh ! Grace, souffla-t-il à mi-voix.

Inutile de lui dire qu'elle avait agi de manière stupide. Elle en avait douloureusement conscience, cela se lisait dans chaque détail de sa posture.

— Mais ce n'est pas la moitié de l'affaire, monsieur Roth…

Des larmes roulèrent sur ses joues. Elle ferma ses beaux yeux, comme pour contenir son chagrin.

— J'ai peur, avoua-t-elle.

Tobias lui prit la main et la serra gentiment.

— De quoi ?

— Pas seulement pour moi mais aussi pour mon pauvre bébé.

Elle resserra ses doigts sur les siens, si fort qu'il en eut la main endolorie. On n'avait pas affaire à une jeune lady délicate mais à une travailleuse dure à la tâche.

À présent, Tobias était alarmé. Au point d'en oublier ses propres soucis quand elle se mit à sangloter sans retenue.

— Mais de quoi ? demanda-t-il.

Elle releva le menton et se força à ouvrir les yeux. Ses joues striées de larmes reflétaient l'éclat des réverbères au loin, teintant ses traits anguleux de reflets argentés.

— Nous autres filles du peuple, on doit saisir notre chance là où on la trouve, dit-elle.

— Quoi ?

Tobias se sentait bête, incapable de décoder ses propos. Elle fut prise d'une nouvelle crise de sanglots.

— J'ai accepté de faire quelque chose pour des hommes mauvais. Je n'ai fait de tort à personne, je vous le promets, mais c'était mal. Je ne m'en suis pas rendu compte au début, j'ai seulement fait des allers et retours pour eux. Mais ce soir j'ai vu ce qu'ils faisaient ! Et maintenant je sais pourquoi il m'avait choisie.

— De quoi parlez-vous ?

— Je ne peux pas arrêter ou ils s'en prendront à moi. Je ne peux pas continuer parce que tôt ou tard je me ferai prendre. Et je dois penser au bébé maintenant !

Tobias perdait le fil de la conversation.

— Pourquoi avoir fait… quoi que ce puisse être que vous avez fait ?

— Je l'aimais, vraiment. Quelle idiote je suis !

Elle pressa son poing contre ses lèvres, les épaules tremblantes de chagrin silencieux.

Tobias en avait les tripes nouées.

— Il faut que vous partiez très loin d'ici.

Elle acquiesça, les yeux embués.

— Je ne suis jamais allé à plus de quelques kilomètres de chez moi.

— Êtes-vous assez courageuse pour essayer ? demanda-t-il. Pour le bébé ?

Elle hocha la tête.

Les Penner possédaient une propriété dans le Yorkshire. Si Tobias le lui demandait, Bucky y trouverait une place pour Grace, un endroit où résider jusqu'à la naissance de l'enfant, puis un poste au sein de la maisonnée. Le monde comportait son lot de jeunes veuves avec leurs bébés. Qui pourrait affirmer que Grace n'était pas l'une d'elles ?

— Je vous ferai emmener loin d'ici, dans un endroit agréable et sûr.

— Vous êtes sérieux ?

Elle avait la voix d'une petite fille. À vrai dire, elle était à peine plus âgée que Poppy, qui allait encore à l'école. Il tenta d'imaginer sa plus jeune sœur enceinte et son estomac se noua. Il parvint néanmoins à sourire.

— Je suis peut-être un vaurien mais pas un menteur. Maintenant, entrez avec moi et allez vous coucher.

Elle se cramponna une nouvelle fois à son bras.

— Promettez-moi que vous ne direz rien à propos du bébé !

Il s'arrêta.

— Je vais devoir en parler à quelques personnes dans le Yorkshire. Je ne dirai pas grand-chose, juste assez pour qu'ils comprennent le problème.

Elle avait de nouveau les larmes aux yeux.

— Mais pas plus, souffla-t-elle. Je dois aussi penser à mes parents. S'il faut que je parte, qu'ils gardent un bon souvenir de moi. Je n'ai jamais eu l'intention de leur faire honte.

Tobias n'aurait pas de mal à faire comme elle le demandait.

— Bien sûr, dit-il.

Il ouvrit la porte et escorta Grace à l'intérieur. La porte donnait sur le même couloir que le vestiaire. L'escalier menant aux quartiers des domestiques était près de la cuisine, loin sur la gauche, et celui qui montait vers la chambre de Tobias sur la droite.

Ils s'arrêtèrent dans le hall, soudain maladroits.

— Mille mercis, monsieur Roth, dit-elle. Vous m'avez sauvé la vie.

Il se sentit soudain un peu perdu, comme s'il avait entraperçu les contours d'une histoire bien plus sombre qu'il ne pouvait l'imaginer. Peut-être profitait-elle de lui en jouant sur sa compassion, mais l'instinct de Tobias lui soufflait que le désarroi de la jeune fille était bien réel. D'un coup, ses frasques à l'opéra lui faisaient l'effet d'un cauchemar irréel, vain et ridicule. Alors que *ceci* – quoi que ce puisse être – était bien réel.

Il se racla la gorge.

— Bonne nuit, Grace. Je viendrai vous voir demain pour reparler de tout ça.

— Bonne nuit.

Elle le dévisagea un long moment et il put constater que ses yeux étaient d'un bleu pâle et lumineux, la couleur d'un ciel brumeux. Grace était indéniablement une belle fille.

Elle se détourna et prit la direction des quartiers des domestiques, ses hanches oscillant légèrement sous ses jupes. *Je lui ai sauvé la vie.* Tobias se sentait étrangement ébranlé, comme s'il s'était surpris lui-même. *Mais de quoi l'ai-je sauvée ?*

CHAPITRE 5

Pour deux semaines seulement!
Le célèbre Cirque suprême de Ploughman
M. Thaddeus Ploughman, prop. & gérant
Des lions! Des tigres! De la magie!
Les Fabuleux Cooper volants!
Et l'Indomptable Niccolo venu d'Italie,
Extraordinaire maître équestre!
À l'amphithéâtre Hibernia de Londres
chaque soir à 20 heures,
Matinées chaque jour à 14 heures.
premiers balcons et loges à moitié prix
pour les enfants de moins de dix ans.

Réclame dans *The London Prattler*

Nick supporta la cage formée par les rideaux de lit vaporeux pendant une minute entière. Ces soixante secondes sur le lit d'Evelina suffirent pour conjurer l'équivalent d'une vie entière de fantasmes. Forcément, avec tout ce linge de lit brodé et ces parfums incontestablement féminins… Mais en l'absence de compagnie féminine ce n'était que pure frustration.

Par ailleurs, il n'y avait plus ni cris ni martèlements à la porte. Soit tout le monde était mort, soit la crise avait pris fin. Et lui n'accomplirait rien en restant caché au milieu de la montagne d'oreillers éparpillés sur le lit d'Evelina. Comment trouvait-elle la place de dormir au milieu de tout ça, d'ailleurs ?

Il s'extirpa de cet univers de dentelles et sentit les talons de ses bottes s'enfoncer dans l'épais tapis. Un tigre de Sibérie ne se serait pas senti moins à sa place. Cette jolie chambre, au décor raffiné et richement meublée, ne ressemblait en rien aux caravanes ou aux wagons dans lesquels il avait l'habitude de dormir. La brosse à cheveux en argent posée sur la coiffeuse valait plus que toutes les économies de Nick, qui était pourtant doué pour épargner.

Il se déplaça à travers la pièce en prenant soin de ne pas faire un bruit. Evelina avait vu juste : il avait pris un risque en venant jusqu'ici. Un risque stupide. Personne ne croirait qu'il n'était là que pour s'assurer que son amour d'enfance était heureuse et en sécurité. Avec peut-être, peut-être, l'espoir de lui avoir manqué.

N'importe quelle personne normalement constituée n'aurait besoin que d'un coup d'œil à ses vêtements râpés et à sa peau mate pour s'imaginer le pire. Et peut-être n'aurait-elle pas entièrement tort. Impossible de nier le fait que la petite Evie était désormais une femme et qu'il aurait aimé caresser ses courbes et l'entendre murmurer son nom, voire le crier au cœur de la nuit.

Il fit glisser ses doigts sur le haut d'une commode. Tout dans cette pièce respirait la présence d'Evie. Sur un napperon décoré de dentelle étaient disposées de minuscules bouteilles en cristal dont les étiquettes affichaient des noms tels que « Guerlain » et « Houbigant ». Un bouquet de fleurs était posé près de la coiffeuse : des tulipes de fin de saison, de minuscules roses jaunes qui devaient provenir d'une serre et d'autres plantes exotiques qu'il n'aurait pas su nommer. Le contraste des couleurs entre le rouge sang des tulipes fanées et le bois sombre du meuble était saisissant.

La bibliothèque, en revanche, le laissait perplexe. Nick avait appris à lire grâce à la mère d'Evelina – il avait appris tout ce qu'il pouvait auprès de cette femme frêle et maladive –, mais il n'avait jamais vu de livres de ce genre. On y trouvait des ouvrages de botanique, d'astronomie, de nombreux manuels de chimie et d'anatomie.

Il caressa les reliures du bout du doigt en se demandant quel genre de personne Evelina était devenue. L'université ? Quelle femme pouvait avoir envie d'une telle chose ? Les filles n'étaient-elles pas censées préférer ces affreuses histoires de bandits de grand chemin et de châteaux en ruine ?

Ah ! Ils étaient là, sur l'étagère du bas. Une collection de romans à quatre sous et de magazines d'histoires à sensations, conservés hors de vue comme autant de plaisirs coupables. Il restait donc quelque chose de l'Evie qu'il connaissait. Quelque chose qui survivait dans son amour des récits fabuleux, dans son esprit vif et sa langue acérée, dans ses yeux bleus qui lui racontaient bien plus que toutes les paroles qu'elle pourrait proférer. Dans la magie qui les attirait l'un vers l'autre.

Mais il y avait plus – bien plus – que cela dans cette nouvelle Evelina qu'il ne connaissait pas. À leur âge, cinq ans sans se voir représentaient une éternité. Nick se gratifia d'un sourire narquois dans le miroir. Il avait conscience que l'Evie qu'il idéalisait – celle qui renonçait à sa vie de privilèges pour le suivre sur les routes – n'était qu'un fantasme. Une vision qui n'avait pas grand-chose à voir avec la jeune fille qu'elle était réellement et bien plus avec ses désirs à lui.

Sa poitrine lui semblait soudain emplie de vide. Les rêves, même stupides, ne mouraient pas sans douleur. *À quoi tu t'attends ? Tu n'as ni fortune, ni nom, ni relations d'importance. Tu es peut-être le grand Niccolo mais tu n'es pas un gentilhomme.*

C'était déjà moche. Pire, elle lui avait clairement demandé de décamper. Il sentit monter en lui une vague de colère alimentée par la honte. Il n'avait peut-être pas le droit de venir jusqu'ici mais elle n'avait celui de le chasser comme un moineau venu quémander des miettes. Il méritait mieux.

Le visage de Nick s'empourpra. Il ne servait à rien de l'attendre. Et il ne servirait à rien de revenir.

Cette pensée s'était brutalement imposée à lui, le laissant relativement choqué mais sans raviver sa peine. Nick se passa une main sur le visage. La souffrance viendrait plus tard, comme les sensations dans un doigt sur lequel on venait de claquer une porte.

Il s'était arrêté devant le secrétaire et contemplait le vanity-case qu'elle était sur le point d'ouvrir lorsqu'il l'avait surprise. Le genre de boîte que les femmes remplissaient d'articles de toilette. Nick n'avait aucune envie de passer en revue d'autres accessoires féminins. Il en avait fini avec les femmes pour la nuit.

Il ramassa plutôt le coupe-papier avec lequel elle avait failli lui crever l'œil. La lame était fine, le manche en ébène décoré d'un écusson en argent. Sans doute les armes du propriétaire de la maison. Ils aimaient imprimer leur marque sur les choses, tels des chiens revendiquant leur territoire.

Le couteau était trop chic à son goût mais Evie s'en était servi comme d'un poignard de combat. Il le souleva, le lança en l'air et le rattrapa au moment où il retombait en tournoyant selon une courbe parfaite. La lame était aussi équilibrée que l'une des siennes. Quoi que puisse dire Evelina, son instinct n'avait pas changé. Et c'était ainsi qu'il avait envie de se souvenir d'elle : aussi futée qu'un moineau des rues et prête à l'action. Il glissa le couteau à sa ceinture. Puisque le monde voyait en lui un voleur, pourquoi le décevoir ? Il méritait un souvenir du grand amour de sa jeune vie.

Il allait sortir de cette maudite chambre, s'assurer qu'Evie ne courait pas de risques dans cette maison puis tourner la page sur cette nuit. Et sur toutes les nuits suivantes.

Nick se faufila par la fenêtre et redescendit avec aisance le long des pierres taillées et du lierre dont il s'était servi pour rejoindre la chambre d'Evelina. Un jeu d'enfant pour un acrobate tel que lui.

Malheureusement, dans sa colère soudaine, il avait quitté la protection de sa cachette sans scruter les alentours. Quand ses bottes atterrirent silencieusement sur l'herbe, il eut un mouvement de recul. Au coin de la bâtisse, la silhouette d'un gardien de la paix casqué se découpait sur la zone éclairée par la lumière issue d'une des fenêtres du rez-de-chaussée.

Nick se figea, plaqué à la paroi. Son cœur se mit à battre la chamade, le forçant à inspirer une goulée d'air froid. *Maudit, maudit, maudit !* Il s'agrippa à la pierre rugueuse du mur comme pour s'y coller et aplatir un peu plus sa silhouette révélatrice. D'après l'expérience de Nick, là où il y avait un perdreau, il y en avait toujours d'autres.

C'est à ce moment qu'il comprit que le cri – quelle qu'en soit la cause – avait fait rappliquer la moitié de Londres. La chambre d'Evelina donnait sur l'arrière de la maison mais il entendait encore les bruits venus de la rue. Des voitures se garaient au-dehors, certaines propulsées par des chevaux, d'autres par des machines à vapeur. Elles étaient accompagnées des voix fortes et masculines de renforts policiers.

Bonne nouvelle pour Evelina. Au moins serait-elle protégée de la menace qui avait causé toute cette agitation. Nick laissa échapper un soupir de soulagement.

En revanche, ce n'était pas une bonne nouvelle pour les vagabonds traînant leurs guêtres dans le jardin. Nick jaugea rapidement la situation.

Hilliard House se dressait au cœur d'un jardin de taille respectable bordé de murs de brique. Flanquée de chaque côté par un demi-cercle de maisons mitoyennes, elle donnait sur l'un des flancs de la place Beaulieu. Il allait devoir soit escalader la paroi au fond du jardin, ce qui le ferait atterrir dans la ruelle de Ketherow Lane, soit passer par-dessus un mur pour rejoindre les propriétés adjacentes, soit se diriger vers l'entrée de la demeure et quitter la place d'un pas tranquille comme si sa présence était normale. Les fenêtres des maisons voisines étant éclairées, la ruelle constituait l'option la plus réaliste pour lui. Au moins y faisait-il assez sombre pour se cacher. Les gangs qui écumaient les rues – les Dos-jaunes, les Bleus Garçons, les Écarlates et les autres – pourraient lui faire des ennuis. Mais il préférait avoir affaire à eux plutôt qu'à un magistrat.

Il n'y avait plus un instant à perdre. Nick traversa le gazon au pas de course et s'élança vers le mur de briques. Au moment où il parvint au sommet, il entendit un « hé ! » de surprise du côté du gendarme. Ils seraient sur lui en quelques instants.

Il entendit le ululement perçant d'un sifflet chimique. Nick jura après les dieux, après Evelina, après lui-même. Il atterrit sur les pavés de Ketherow, se redressa et se retrouva nez à nez avec un gentleman de grande taille vêtu d'une cape d'opéra.

Nick recula d'un pas, prêt à contourner prestement l'individu. Mais l'homme leva sa canne pour lui bloquer la route. Un gros anneau décoré d'une pierre sombre scintillait à son doigt, nettement visible par-dessus la blancheur de son gant.

— Restez quelques instants, je vous en prie.

Ces derniers mots firent hésiter Nick. Ceux qui cherchaient à l'arrêter se montraient rarement polis. D'un autre côté, qui faisait preuve de politesse envers un jeune homme dépenaillé qui, de toute évidence, quittait en douce une riche propriété ? Généralement pas des messieurs en haut-de-forme brandissant une canne à pommeau d'argent.

— Qu'est-ce que vous voulez ? demanda Nick, attentif à tout bruit de poursuite. Je suis plutôt pressé.

— Est-ce bien le mur du fond de la résidence de lord Bancroft ?

— Oui.

— C'est ce que je pensais.

Nick tenta de mieux voir l'inconnu mais l'obscurité dissimulait son visage. Il ne put que deviner la courbe d'une pommette haute. À sa voix, ce n'était pas un jeune homme mais il n'avait sans doute pas dépassé l'âge mûr.

— Et vous étiez à l'intérieur ? demanda l'inconnu.

Nick frémissait d'impatience.

— Oui, répondit-il. Et obligé de prendre congé en hâte.

L'homme laissa échapper un petit rire. Ses dents devinrent visibles dans la pénombre. Nick avait travaillé auprès de suffisamment de lions et de tigres pour percevoir le prédateur derrière les beaux vêtements. Et, comme face aux grands fauves, il n'était pas assez bête pour laisser paraître son malaise.

L'inconnu retira la canne qui bloquait le passage de Nick et la passa par-dessus son épaule tel un parasol décapité.

— Mais, mon cher ami, cela fait une heure que vous marchez en ma compagnie.

— Comment ça ?

Nick était à la fois incrédule et un peu alarmé.

— Vous avez besoin d'un témoignage de bonne moralité. Quelqu'un à même de dire où vous étiez ce soir. Ma parole a beaucoup plus de poids que celle d'un gardien de la paix. Laissez-moi vous offrir un verre.

La proposition était tentante – le verre autant que la sécurité – mais Nick leva une main.

— Pourquoi ?

La voix de l'inconnu se fit sournoise.

— Comme vous le disiez, si les affaires qui vous menaient ici étaient légitimes, vous seriez ressorti par la porte principale. Vous ne pouvez pas vous permettre d'ergoter. Le Sang coule dans vos veines. Ce seul fait pourrait vous valoir l'intérêt d'un juge.

La menace retint l'attention de Nick, de même que le fait que cet homme comprenait le pouvoir du Sang. Il fut un temps où cela n'aurait rien eu de remarquable. Jadis, la moindre caverne ou rivière avait son emplacement sacré où les gens des campagnes déposaient leurs offrandes aux devas. Mais tout cela était désormais interdit. Rares étaient ceux qui comprenaient que, quoi qu'en disent les maires et les prêtres, la magie n'était qu'une forme différente d'énergie. Comme toute forme de pouvoir, elle pouvait être employée pour guérir ou faire du mal, si l'on savait la dompter.

Évidemment, ce n'était pas aussi simple qu'il y paraissait. La lignée de Nick était différente de tout ce que mamie Cooper et les autres avaient pu voir auparavant, ce qui signifiait que leurs sorts fonctionnaient rarement sur lui. Sa magie étant aussi orpheline que lui, il s'était tourné par nécessité vers l'acier et les chevaux. Il avait néanmoins été en mesure d'apprendre quelques tours simples… comme de reconnaître dans le frisson qui le traversait à présent le fait que l'inconnu disposait lui aussi d'un certain pouvoir.

Une complication imprévue, pour le moins.

Nick sentit son estomac se nouer sous l'effet de la tension. Il capta l'éclat des yeux de l'homme dans la pénombre et plongea son regard dans le sien. L'inconnu ne broncha pas.

Finalement, Nick haussa les épaules comme pour dire que les hommes de loi n'étaient, au pire, qu'une source d'agacement.

— Je ne peux pas vous donner tort, monsieur. Je ne suis pas le genre d'homme à emprunter la porte principale et cela a parfois un prix.

Un prix qu'il risquait fort de devoir payer. Il entendait à présent des bruits de course. Il fit quelques pas à reculons en se demandant s'il n'aurait pas intérêt à détaler à toutes jambes. Mais il était trop mal à l'aise pour tourner le dos à l'étrange individu.

Voyant Nick s'éloigner, l'homme fit un pas en avant.

— Vous vous méprenez sur mes intentions, dit-il.

Je n'en doute pas, songea silencieusement Nick tout en calculant la distance qui les séparait.

Insuffisante.

— Peu m'importe ce que vous faisiez ici, poursuivit l'homme en lui emboîtant franchement le pas. Et je n'ai pas spécialement d'intérêt pour vos minuscules capacités. Je désire simplement quelques informations.

— À quel sujet ? demanda Nick, sous l'emprise d'une décharge de colère protectrice.

À propos d'Evelina ? Il n'aurait pas su dire pourquoi mais son instinct lui soufflait qu'il devait la protéger de cet homme.

Celui-ci rattrapa Nick et lui tapota l'épaule, un geste amical indéniablement destiné aux deux policiers qui venaient de tourner au coin de la rue, haletant comme des caniches trop bien nourris. Ils avaient fait le tour du mur au lieu de l'escalader. Comment parvenaient-ils à appréhender qui que ce soit ? Dans des circonstances ordinaires, Nick se serait déjà trouvé à plusieurs rues de là.

En reculant, Nick avait atteint une portion mieux éclairée de la ruelle et il put enfin voir à quoi ressemblait son interlocuteur. Ses traits puissants avaient quelque chose d'aquilin et sa chevelure brune était parsemée de gris. Il avait la peau presque aussi mate que celle de Nick. Clairement pas d'ascendance anglaise.

L'inconnu baissa la voix en rapprochant son visage de celui de Nick.

— Connaissez-vous bien les habitants de la maison ? ou bien étiez-vous là simplement pour cambrioler les lieux ?

Il avait parlé avec un tel détachement qu'il fallut une demi-seconde à Nick pour saisir ce qu'il disait.

— J'y étais pour parler à une fille.

Et me ridiculiser.

— Ah ! très bien. C'est ce que je pensais.

— Pourquoi ?

— Vous êtes jeune, beau et je ne vois aucun sac rempli d'objets de valeur, répondit l'homme en faisant tourner l'anneau à son doigt.

Les gendarmes s'arrêtèrent bruyamment dans leur dos, le souffle court. Le premier se redressa en gonflant sa large poitrine.

— 'Scusez-moi, monsieur, auriez-vous vu un voleur, genre, ficher le camp en sautant par-dessus le mur ?

Nick se sentait étrangement invisible. Ses vêtements à eux seuls auraient dû le faire repérer. Il ressentit une envie irrationnelle d'entamer une gigue juste sous le nez du policier.

— Non, non, répondit son nouveau compagnon. Quoique, en arrivant dans la ruelle, j'aie cru voir quelqu'un qui s'en allait précipitamment par là.

Du bout de sa canne, il indiqua la direction opposée à celle que Nick et lui empruntaient.

— Un voleur, vous dîtes ? poursuivit-il. Voilà qui est inquiétant. J'escortais justement une jeune femme jusqu'à ses appartements. Vous imaginez si je n'avais pas été là pour m'assurer de sa sécurité ? Les horreurs qui auraient pu se produire ?

L'incertitude se lisait sur le visage du gros policier, comme s'il n'arrivait pas à savoir si on se moquait de lui.

— Parfait, monsieur. Bien aimable, dit-il finalement.

Il fit signe à son partenaire plus trapu et tous deux s'éloignèrent à la recherche d'une version imaginaire de Nick.

L'homme abaissa sa canne avec un rire silencieux.

— Ils ne m'ont même pas vu, constata Nick.

— Je ne voulais pas qu'ils vous voient.

De nouveau ce ton parfaitement détaché.

L'instinct de Nick ne le laissait pas en paix, l'incitant à fuir cet homme au plus vite. La curiosité, en revanche, exerçait sur lui un attrait digne d'une sirène. Pour commencer, quel genre de jeune femme un tel homme pouvait-il escorter ? Existait-elle, d'ailleurs, ou l'avait-il inventée au débotté ?

L'homme le guida vers la rue, à l'écart des policiers lancés à sa poursuite.

— Où en étions-nous ? Ah ! oui. J'ai besoin d'un informateur. Quelqu'un qui puisse aller et venir de manière moins visible que moi.

— Pourquoi moi ?

— Parce que, quand j'ai besoin de quelque chose, je tombe généralement dessus. Même si dans le cas présent c'est vous qui avez failli me tomber dessus.

Réfléchissant à ces paroles, Nick identifia enfin l'impression désagréable que lui causait l'énergie de l'inconnu. Il tourna un regard suspicieux vers l'anneau massif que l'homme portait au doigt et se souvint que son sauveur l'avait manipulé juste avant que Nick devienne invisible aux yeux de la maréchaussée. La sorcellerie s'appuyait sur des objets pour canaliser le pouvoir – bien plus que la magie blanche – et les sorciers n'hésitaient pas à exploiter ce pouvoir pour contrôler d'autres personnes. Entre la soudaine cécité du gros policier et son atterrissage juste aux pieds de M. Cape d'opéra, Nick sentait comme une odeur de soufre.

L'homme fit tournoyer sa canne, le pommeau d'argent traçant un cercle paresseux dans la pénombre.

— Un événement étonnant s'est produit ce soir. Quelque chose de plus fascinant encore que des soupirants transis tombant du ciel.

Soupirants transis ? Nick se hérissa mais tint sa langue.

— J'étais au Royal Charlotte pour assister à la production du *Vaisseau fantôme* quand une énorme créature mécanique a surgi des coulisses pour se lancer dans une orgie de destruction. J'avouerai volontiers que Wagner fait appel à toutes sortes d'étrangetés – nains, arcs-en-ciel servant de pont, ce genre de choses –, mais je n'avais vu aucune mention d'un kraken dans le programme.

Alors ce n'est pas après Evie qu'il en a ?

— Quel rapport avec votre quête d'un informateur ?

Ils arrivaient au bout de la ruelle. Une lumière dorée tamisée provenait de la rue au-devant d'eux. Instinctivement, ils ralentirent le pas comme s'il était important de terminer cette conversation à l'abri de la pénombre.

— Je souhaite localiser l'homme qui a construit cette machine, annonça l'inconnu. Inutile de préciser qu'exécuter un tel projet a réclamé un niveau d'expertise impressionnant. Qui plus est les barons de la vapeur désapprouvent l'idée que des citoyens privés puissent bricoler leurs propres moteurs, au point qu'ils ont racheté la plupart des fonderies. Les matières premières sont chères et difficiles à obtenir. Et qui peut se permettre de dépenser autant d'argent pour quelques minutes de vandalisme gratuit ?

— Vous savez déjà qui a fait le coup.

L'homme le gratifia d'un nouveau sourire.

— J'ai mon idée. J'ai autrefois pu voir le travail de lord Bancroft, même si cela remonte à des années. C'était un créateur d'une rare distinction et cette créature aurait été tout à fait dans ses cordes.

Lord Bancroft ? Nick avait du mal à imaginer le pompeux ambassadeur avec les mains dans le cambouis.

— Mais pourquoi un lord ferait-il une chose pareille ?

— Quand j'ai connu Bancroft en tant qu'ambassadeur de Sa Majesté en Autriche, le cœur d'un rebelle battait derrière son gilet et sa montre de gousset. Cependant, vous n'avez pas tort, il n'y a pas d'explication logique immédiate. J'ai aperçu mon vieil ami ce soir et, même si nous ne nous sommes pas parlé, j'ai pu constater qu'il ne se réjouissait pas de ce chaos.

— Alors pourquoi imaginer qu'il en est responsable ?

L'homme décocha à Nick un regard qui disait qu'il posait trop de questions.

— Parce que ce que j'ai vu ressemblait trop à l'œuvre de Bancroft pour ne pas en envisager la possibilité. Et c'est là qu'intervient mon informateur. Il n'y a pas d'atelier dans Hilliard House, alors en existe-t-il un ailleurs ? Si Bancroft en personne ne défie pas la volonté des barons de la vapeur, s'agit-il d'une personne proche de lui ? Un employé ? Un disciple ? Voire un pair, ainsi que j'ai pu l'être autrefois ? Les créateurs cancanent autant que des poissonnières au marché. S'il n'est pas l'auteur de la créature, il sait peut-être qui l'a créée, même s'il méprise ce qu'il a vu se produire ce soir.

— Est-ce tout ce que vous voulez savoir ?

— Est-ce tout ? (L'homme se mit à rire.) C'est la pierre angulaire d'un édifice vital. Découvrez si Bancroft ou l'un de ses proches disposent d'un atelier. Si c'est le cas, dites-moi ce qu'il y fabrique. Je vous récompenserai généreusement en échange de cette information.

Nick n'hésita qu'une seconde. *Pourquoi pas, après tout ?* Il resterait en ville un peu plus longtemps. Comme le disait l'adage, un nouveau pigeon naissait à chaque minute… Et, pour tout dire, il savait qu'accepter cette tâche était bien plus sage que de dire non à un sorcier.

— Donnez-moi une belle pièce d'argent et je découvrirai tout ce que je pourrai.

La voix de l'inconnu se fit caressante.

— Excellent. Vous pouvez m'appeler docteur Magnus.

CHAPITRE 6

Evelina remontait l'escalier en direction de sa chambre. La tête lui tournait sous l'effet de la fatigue et de bien trop de pensées déplaisantes. Lorsqu'elle fermait les yeux, elle titubait comme si elle était légèrement ivre. Ce qui s'accommodait mal de ses longues jupes, des marches escarpées et de la flamme exposée de sa bougie.

La grande horloge sur le palier sonna la demi-heure. La main qui prédisait la météo pointait vers « orage et éclairs ». Comme d'habitude, elle se trompait. Au-dehors, les étoiles scintillaient dans le ciel dégagé, sans un seul nuage en vue.

Evelina s'arrêta devant la porte de la chambre d'Imogen et l'entrouvrit juste assez pour constater que son amie dormait à poings fermés, sa poitrine se soulevant au rythme de son souffle lent et régulier. Malgré l'agitation, elle était restée endormie grâce au sédatif que Dora lui avait apporté. Soulagée, Evelina dirigea ses pas vers sa propre chambre. À en juger par la manière dont son esprit tournait en rond à la recherche d'explications logiques, elle ne s'endormirait pas avant un moment.

Cette nuit, son univers avait pris un virage inattendu. La question était de savoir ce qui avait changé, qui avait provoqué ce changement et pourquoi.

Ses pensées se tournèrent immédiatement vers Tobias et son œil au beurre noir. Il était intelligent, bel homme et avait un bon fond pour un riche oisif. S'il survivait à la maturité sans se détruire par l'alcool ou attraper le mal français, il deviendrait probablement quelqu'un de mieux que son père.

Alors pour quelles raisons aurait-il pu être impliqué dans la mort de Grace ? Il avait l'embarras du choix chez les débutantes aux dots bien garnies et enchaînait les maîtresses comme les maillons d'une guirlande de papier coloré. Nombreux étaient les hommes à profiter de leurs domestiques mais elle n'aurait jamais imaginé qu'il en fasse partie.

Elle tourna la poignée de la porte, toujours embourbée dans ses spéculations. *Il semblait sincèrement choqué de découvrir que c'était Grace qui avait été tuée.* Et il avait certifié n'avoir rien à voir avec sa mort.

Mais malgré le fait qu'elle l'aimait bien et qu'elle avait même le béguin pour lui, pouvait-elle lui faire confiance ? Quand elle était passée devant la chambre de Tobias en revenant du grenier, la pièce était plongée dans le noir. Il n'y était pas. Mais pourquoi mentir et prétendre qu'il s'y trouvait ? Était-il l'homme qu'elle avait entendu parler au-dehors ? ou la silhouette qui l'avait dépassée dans le couloir ?

Refermant la porte derrière elle, Evelina retrouva sa chambre à coucher, le cœur lourd et l'esprit envahi par la confusion.

Elle sut immédiatement que Nick était parti. Les ombres s'étaient installées tels des chats ensommeillés dans les recoins de la petite pièce. Les seuls mouvements étaient ceux de l'éclat vacillant des bougies, les seules odeurs celles des cosmétiques et du vieux cuir de ses livres. Nulle trace des effluves propres à Nick. L'air semblait plus fade en son absence.

Evelina laissa échapper un petit bruit de déception. Nick avait toujours constitué pour elle un mélange de frère aîné et de fringant héros. Il lui avait appris à voltiger en selle, à manier les couteaux et à marcher sur la corde raide au-dessus de la piste recouverte de sciure. Non qu'elle fût encore capable d'en faire la moitié, pas après tant d'années. L'escapade dans l'arbre de ce soir le prouvait.

Le temps changeait tout, la privait de pans de son existence et en ajoutait d'autres.

Un jour, alors que Nick et elle se trouvaient au seuil de l'âge adulte, Evelina avait surpris une conversation entre les anciens du cirque. Mamie Cooper avait avoué sa peur que l'étrange énergie qui provoquait des étincelles entre les deux jeunes gens puisse gagner en puissance. Elle l'avait qualifiée de magie sauvage, imprévisible par définition du fait des devas qui affluaient vers elle tels des papillons se jetant sur du nectar. Les effets pouvaient s'avérer bénins ou mortels mais une telle concentration de pouvoir était impossible à cacher. Son inévitable découverte causerait leur perte et, par extension, celle de tous les membres du cirque. La seule réponse possible était d'écarter l'un des deux amoureux.

Nick – orphelin et étranger malgré tout le temps qu'il avait passé chez Ploughman – aurait été celui-là. Personne n'aurait jamais demandé à une Cooper de partir. Mais alors le destin était intervenu et Evelina avait soudain disposé d'une autre option. Elle pourrait partir à la découverte d'un avenir neuf et Nick, qui avait déjà été rejeté une fois dans sa courte vie, serait en mesure de rester. Pour le sauver, elle avait dû l'abandonner.

Elle n'en avait jamais parlé à Nick ; elle était partie sans dire un mot. Le cirque avait beau représenter tout ce qu'il possédait, il n'aurait jamais accepté son sacrifice. Même à présent, l'apprendre piquerait son orgueil au vif et c'était un prix qu'elle n'était pas prête à payer.

Et voilà qu'elle le perdait une deuxième fois. Elle avait à peine eu le temps de le revoir – et enfin à un âge où elle pouvait le regarder comme une femme regarde un homme – qu'il avait disparu aussi vite que l'éclair, laissant à peine une image résiduelle derrière lui.

Désormais plus âgée et plus sage, Evelina savait qu'il devait en être ainsi, pour l'avenir de Nick autant que pour le sien. Pourtant, une profonde tristesse pesait sur elle. *Comment a-t-il pu se trouver à Londres pendant tout ce temps sans que je le sache ?* Soudain épuisée, elle se laissa tomber sur la chaise près de son secrétaire et, l'esprit ailleurs, se mit à gratter une tache de sang sur sa jupe avant de s'apercevoir de ce dont il s'agissait et de retirer vivement la main.

Quelle situation compliquée.

Il n'y avait qu'une seule chose dont elle puisse se féliciter au terme de cette nuit. Au moins Nick n'était-il pas tombé sur Tobias. Nick était peut-être un expert dans le maniement du couteau mais Tobias était capable de transpercer une carte à jouer d'une balle en plein cœur, même à moitié soûl après une nuit de débauche. Les voir s'affronter était la dernière chose dont elle avait besoin.

Fatiguée comme elle l'était, Evelina eut vite froid à rester ainsi assise et immobile. La lueur des bougies s'était affaiblie, laissant les ombres se répandre depuis les coins de la pièce.

Une nouvelle pensée survint, inopportune. Nick était-il vraiment entré par la fenêtre de la chambre ? Comme tout homme de spectacle, il savait inventer une bonne histoire quand cela l'arrangeait. *Non, ça ne peut pas être lui. Ni Tobias. Je les connais assez bien tous les deux pour avoir au moins cette certitude.*

Mais était-elle vraiment objective ? Ce genre de vœux pieux était sans doute responsable de la grossesse non désirée de Grace Child, puis de sa mort. Sans oublier ce qui était arrivé à sa propre mère, Marianne Holmes, qui s'était enfuie au bras d'un beau capitaine pour finir déshonorée et inhumée dans une tombe anonyme à vingt-cinq ans. Aucune femme ne pouvait se permettre de s'entêter dans l'aveuglement.

Evelina se remit à frotter furieusement la tache de sang. *Nul homme n'est un ange, si beau soit-il.*

Ses mains s'immobilisèrent. Elle resta assise là pendant un long moment, le regard perdu dans la lumière des bougies qui vacillait le long des murs, caressait les bouchons métalliques de ses bouteilles de parfum et étincelait sur leurs flancs de cristal ciselé. Le silence apaisait sa nervosité et l'aidait à réfléchir.

Sa peur la plus immédiate concernait Imogen et sa famille. La mort d'une domestique était terrible mais ces automates puant la magie noire rendaient les choses pires encore. Meurtre et magie causeraient du tort à n'importe quelle famille mais lord Bancroft avait des ambitions politiques. Ce qui signifiait qu'il avait des ennemis, dont certains riches et puissants. Si un membre de la maisonnée se retrouvait soupçonné de sorcellerie, la ruine de Bancroft – ainsi que celle de son épouse et de ses enfants – serait rapide et totale.

Les hommes seraient sans doute mis en prison, peut-être pendus ou jetés au cachot pour toujours. Imogen, belle et fragile, perdrait toute possibilité de se marier. De même que la jeune Poppy. Et lady Bancroft... Depuis sa naissance, elle était destinée à faire partie de la haute société. Que deviendrait-elle si elle se retrouvait soudain sans argent et sans amis ?

Je ne peux pas laisser une telle chose se produire. Même sans être une authentique détective, Evelina devait forcément pouvoir faire quelque chose. Mais comment empêcher Lestrade d'enquêter ? Et s'il y mêlait son oncle Sherlock ? Lord Bancroft était un homme haut placé et Lestrade se sentirait obligé de procéder rapidement à une arrestation. Il voudrait aussi faire les choses dans les règles car une erreur impliquant un aristocrate pouvait coûter sa carrière à un policier. À moins qu'une solution se présente immédiatement, pourquoi Lestrade ne ferait-il pas appel à ses meilleures ressources ?

Il fallait qu'Evelina découvre la vérité avant quiconque. Et si elle parvenait à résoudre le meurtre alors personne – pas même son oncle – n'aurait de raison de découvrir les secrets de lord Bancroft. Ce qui donnerait à Evelina une chance de protéger ses amis. Le bon sens dictait néanmoins que, si elle voulait identifier l'assassin de Grace Child – et peut-être le père de son enfant –, Evelina devait découvrir où Grace s'était rendu et pourquoi.

La tâche ne serait pas simple. Il y avait peut-être un lien entre le meurtre et la magie qu'Evelina avait perçue sur l'enveloppe, mais peut-être pas. Elle disposait malheureusement de trop peu d'informations pour tirer des conclusions valables. Comme l'aurait dit son oncle à l'esprit scientifique, il lui fallait plus de données.

Et elle avait les moyens de les obtenir. Elle pouvait apprendre tout ce que savait la police.

Elle pivota sur sa chaise et déverrouilla son vanity-case. Le couvercle bascula en douceur, laissant apparaître un revêtement en soie rose moirée.

Au creux des espaces conçus pour les fioles et les bouteilles étaient nichés des sortes de petits jouets en laiton : oiseaux et souris miniatures, et même un minuscule chien. Sous le plateau amovible contenant ces petites merveilles se trouvait une réserve soigneusement organisée de ressorts, d'outils d'horloger et de lunettes grossissantes pour voir les minuscules pièces détachées. Des accessoires coûteux et difficiles à dénicher, la plupart d'entre eux récupérés partout où Evelina avait pu en trouver.

Il y avait également une sélection d'outils magiques que mamie Cooper avait donnés à Evelina en lui promettant de lui apprendre à s'en servir lorsqu'elle aurait acquis la maîtrise de son pouvoir. L'un ressemblait à un bracelet de cuivre torsadé, l'autre à une baguette pas plus grande qu'un crayon. S'y ajoutaient une pierre peinte avec un trou en son centre et un triangle d'argent décoré de minuscules runes. De tels objets ne servaient que pour les formes de magie les plus puissantes et un élève devait d'abord apprendre tous les autres sortilèges.

Mais Evelina avait quitté le cirque avant d'en arriver là, si bien que les mystérieux objets restaient dans leur fourreau de soie rose, un mystère trop précieux pour qu'elle s'en sépare. Un jour, d'une façon ou d'une autre, elle apprendrait comment ils fonctionnaient.

Elle n'aurait toutefois pas besoin d'eux ce soir-là. Elle plongea la main dans la boîte pour en sortir le petit oiseau. Long d'à peine dix centimètres, il tenait au creux de sa paume. Tous ses jouets étaient à l'état de prototypes mais c'était celui sur lequel elle avait travaillé le plus longtemps. Elle l'avait doté d'yeux en verre taillé couleur émeraude et d'un bec qui s'ouvrait pour révéler une langue rouge rubis. Ses ailes se terminaient par une rangée d'éclats de cristal. Des frivolités inutiles mais leur scintillement était agréable à l'œil.

Elle avait d'abord appris son art auprès du père de son père, qui fabriquait des machines à pièces pour le Cirque suprême de Ploughman. Depuis lors, elle avait dévoré tout ce qu'elle pouvait trouver sur le sujet en y ajoutant ses propres trouvailles. Les mêmes pouvoirs héréditaires qui lui permettaient d'invoquer le feu sur la mèche d'une bougie éteinte pouvaient être employés pour animer ces créatures.

Oui, la magie était loin d'être légale mais il existait d'autres implications plus importantes.

Ces dernières années, l'industrie de la vapeur avait établi sa mainmise sur pratiquement tous les types de machinerie et sur la fourniture de pièces détachées, rendant impossible le travail des artisans indépendants. Seuls de riches amateurs comme Tobias avaient les moyens d'entretenir leurs propres ateliers. Et même lui gardait le sien à l'abri des regards. Moins il attirait l'attention, mieux c'était.

La raison de cette situation était simple : les barons de la vapeur refusaient ne serait-ce qu'un soupçon de compétition. Des rivaux avaient vainement essayé d'autres inventions capables de produire de l'énergie – le moteur à combustion, par exemple – pour voir au final leurs entreprises s'effondrer sous le marteau économique du lobby de la vapeur. D'autres prétendaient que la magie constituait le carburant du futur mais personne n'avait encore réussi à combiner surnaturel et mécanique.

Excepté Evelina, raison pour laquelle elle œuvrait en secret. Quand viendrait le bon moment, ses idées pourraient constituer la clé de sa reconnaissance académique, voire de son indépendance financière. Mais elle devrait faire attention à ne pas se révéler trop tôt.

Quoi qu'il en soit, c'était l'occasion rêvée pour tester son invention. Jamais on ne la laisserait se mêler de l'enquête officielle sur le meurtre de Grace Child, mais il fallait qu'elle apprenne ce qu'avait découvert l'inspecteur Lestrade. Et ses petits jouets allaient venir à sa rescousse.

Elle approcha l'oiseau de son visage pour l'examiner en visualisant un véritable oiseau et en imaginant le vent et le soleil dans ses plumes. Lentement, elle s'abandonna à l'image, se perdit dans la représentation imaginaire du vol virevoltant de la petite créature ailée. Sa vision s'élargit pour englober un cours d'eau en contrebas sur lequel de petits scintillements marquaient les endroits où l'eau bouillonnait au-dessus des rochers. Plus haut, des nuages blancs et cotonneux semblaient s'accrocher aux feuillages verdoyants de saules. Elle tourna sur elle-même et remonta au milieu des arbres telle une feuille emportée par un courant ascendant.

Cette image forte et concrète bien en tête, elle étendit ses perceptions à la recherche de l'essence semi-consciente d'un deva. Cela aurait été plus facile dans le jardin. Le seul qui soit proche d'elle dormait sous les fleurs qui ornaient sa coiffeuse. Il était petit, même pour un deva. En tendant son esprit vers lui, elle perçut une saveur piquante et riche de terre et de bois. Excellent. Les devas de la terre étaient ceux avec lesquels les membres de sa lignée travaillaient le plus facilement. Elle espérait que la petite créature aurait les forces nécessaires. Presque sans effort, Evelina la cueillit doucement à l'aide de sa Volonté.

Elle souffla à l'intérieur du bec minuscule en poussant le deva à investir le petit oiseau de laiton. L'esprit endormi pénétra à l'intérieur sans en avoir conscience. Evelina envoya en même temps sa Vision de vol, offrant au deva le rêve de tout ce qu'un oiseau peut accomplir. Un éclat lumineux fit brièvement scintiller les yeux d'émeraude et une étincelle de chaleur lui caressa la paume. Le métal se réchauffa progressivement entre ses doigts.

Le deva s'éveillait. Elle le sentit paniquer et se débattre contre sa Volonté.

—*À l'aide!*

La voix était grave et pressante, mais elle ne résonnait que dans la tête d'Evelina. Elle se sentit un peu désolée pour l'esprit empli de confusion et son cœur se serra. Personne n'aimait se réveiller dans un lieu inconnu.

—Chut! souffla-t-elle en retour. Tout va bien. Tu es en sécurité.

—*Quel est cet endroit? Quelle est cette prison? C'est dur et froid!*

—Je t'ai donné un corps.

—*Pourquoi?* (Le ton était à présent indigné.) *Je dormais tranquillement en m'occupant de mes affaires. Et, « boum », me voilà piégé dans un canard en métal! Qu'est-ce que c'est que cette histoire?*

—Une alouette, rétorqua Evelina par automatisme. Je t'ai fabriqué une alouette.

Il y eut un silence glacial.

—*Tu n'es pas franchement une artiste, hein?*

Un début d'irritation se forma dans le cœur d'Evelina mais elle n'en tint pas compte. L'un des aspects fâcheux des devas de la terre tenait à leur mauvais caractère. Ils étaient certes faciles à attraper et à plier à sa Volonté mais ils ne mâchaient pas leurs mots en retour. L'usage de la magie avait toujours un prix et les devas de la terre vous le faisaient payer par leur sarcasme de la même façon qu'un hérisson se protégeait à l'aide de ses épines.

Après une inspiration destinée à retrouver son calme, elle prononça les paroles de l'ancien pacte tel que la mère de son père, mamie Cooper, le lui avait enseigné.

—Par la Volonté et la Vision, je t'invoque pour accomplir une tâche en mon nom. Si tu la mènes à bien, deva, ta liberté retrouveras.

Seul un silence maussade lui répondit. Mais elle vit quelque chose changer dans les yeux verts, qui paraissaient soudain suspicieux.

Evelina posa doucement l'oiseau sur le bureau et récupéra une aiguille enfoncée dans le revêtement intérieur du vanity-case. Tout en se mordant la lèvre inférieure, elle se piqua le doigt assez profondément pour faire couler une goutte de sang rubis. Elle l'étala sur le dos du volatile de métal.

— Par le Sang je te donne la force.

Elle préleva une fiole dans le coffret et déversa un peu de son contenu dans sa paume. Il s'agissait de minuscules graines de balsamier aromatique, séchées et transformées en résine. Parfait pour un deva ayant une affinité avec les plantes et les espaces verts. Elle en saupoudra l'oiseau.

— Par les larmes des arbres, je te donne la sagesse.

L'oiseau agita les ailes, répandant les débris couleur d'ambre sur le bureau.

— Par les mots je te donne mes instructions. Va et reviens-moi avec ce que j'ai besoin de savoir.

Elle reprit l'oiseau puis s'avança jusqu'à la fenêtre et l'ouvrit.

— Par le Sang, les larmes et les mots je te commande. Va trouver l'inspecteur Lestrade. Écoute attentivement. Apprends tout ce que tu pourras à propos du meurtre qui a eu lieu dans la maison ce soir puis reviens tout me raconter. Fais de ton mieux et je te récompenserai avec du vin et du miel.

— *Du vin de mûre mélangé à du miel ?*

— Si c'est ce que tu désires.

Les devas de la terre étaient connus pour avoir le bec sucré. Elle n'était pas sûre de savoir comment des êtres de pure énergie consommaient de la nourriture solide mais les offrandes qu'elle leur avait faites avaient chaque fois disparu dans l'heure.

L'oiseau de laiton prit vie au creux de sa main, soudain bien plus souple qu'un objet de métal n'aurait dû l'être. Ses rouages internes s'animèrent en cadence à la manière d'un minuscule cœur battant. Le flou mouvant de ses ailes évoquait plus un colibri qu'une alouette.

D'accord, peut-être l'ornithologie méritait-elle de constituer le prochain sujet d'étude d'Evelina. Celle-ci passa la main par la fenêtre et déposa doucement la créature sur le rebord.

— Prêt ?

— *Et s'il y a des chats ?*

La voix dans son esprit était grincheuse.

— Tu es trop rapide pour eux.

— *Tu en es sûre ? Je n'ai jamais eu de corps auparavant. Personne n'a jamais essayé de me manger.*

— Ils s'y casseraient les dents, répondit Evelina, pince-sans-rire.

— *Et si je croise un chat en métal ?*

— Là tu essaies de gagner du temps.

— *Absolument pas.*

Saisie d'impatience, elle lança l'oiseau dans les airs. Il décrivit un arc au-dessus du jardin et, pendant un horrible moment, elle eut la certitude qu'il allait s'écraser au sol. Après tout, mamie Cooper avait dit que sa génération de rebouteuses et de magiciens était la dernière capable de contraindre ainsi un deva. Le Sang était trop dilué pour que la tradition puisse continuer. Mamie avait affirmé qu'Evelina était l'exception... mais peut-être était-ce faux. Peut-être ne disposait-elle pas du pouvoir nécessaire.

Mais, d'un seul coup, l'air parut rattraper l'oiseau, dont les ailes devinrent floues tant elles battaient vite. Evelina entrouvrit la bouche, prête à pousser un cri de joie. Il volait ! Toutes ces heures passées à réfléchir en termes de vitesse, de poids et d'aérodynamisme s'avéraient payantes. Son design était fonctionnel !

Le feu du triomphe lui réchauffa les veines avant que l'épuisement la rattrape et réduise l'émotion en cendres. Il s'était passé trop de choses en une nuit pour que même la joie dure plus de quelques instants.

Evelina s'agenouilla devant la fenêtre ouverte, les coudes appuyés sur le montant et le menton au creux des mains. L'air nocturne, froid et doux, avait le goût de la liberté dénuée de complications de l'enfance. Elle se demanda si elle y aurait de nouveau accès un jour.

Petit éclat d'or errant, l'oiseau fila à toute allure et disparut dans l'obscurité.

CHAPITRE 7

Terreur au Royal Charlotte !
Un calamar à vapeur coule Wagner !

Les interprètes comme les spectateurs ont fait hier soir l'objet d'une plaisanterie des plus douteuses au Royal Charlotte Theater. Alors que *Der Fliegende Holländer,* de Wagner, arrivait à son point culminant, une apparition mécanique hideuse s'est introduite dans le théâtre et a saccagé les décors.

La machine, semblable à un crabe, a refermé ses pinces géantes sur les gréements du navire tout en projetant des salves d'oranges mûres en direction du public. Les individus masqués qui pilotaient le monstre se sont échappés et sont toujours en fuite. La maison d'opéra Prinkelbruch a suspendu toutes ses représentations à venir en accusant le public anglais d'être incapable d'apprécier le génie de *Herr* Wagner.

Votre serviteur estime que la critique musicale est cette fois allée trop loin. Cependant, c'est avec un certain soulagement que nous apprenons que *Le Barbier de Séville* occupera la scène du Royal Charlotte à partir de demain soir.

En une du *London Prattler*

Le lendemain, Tobias se présenta dans le bureau de son père, convoqué de manière aussi péremptoire que quand il avait neuf ans. La pièce, comme tout ce qui était lié au *pater* – Tobias résistait d'autant moins à l'emploi de ce terme irrespectueux qu'il mettait son père dans tous ses états –, était parfaitement conforme au protocole : sombre, masculine et légèrement imprégnée de parfums de cuir et de tabac. Une pendule de cheminée égrenait son « tic-tac » régulier de baryton. À l'inverse des nombreuses pièces aux décorations flamboyantes de la maison, celle-ci présentait un plafond à gorge tout simple, sans peintures ni dorures. Les murs tapissés de livres étaient ponctués par les têtes coupées de gros gibier. Le tigre rugissant au-dessus du bureau de travail résumait tout ce qu'il y avait à savoir à propos de son bien cher père.

Celui-ci se tenait à la fenêtre et regardait dehors, sa silhouette encadrée par les rideaux de velours. Ayant reçu le titre de vicomte de Bancroft pour services rendus à la couronne, Emerson Roth respirait la respectabilité. Malgré sa chevelure désormais d'un gris métallique, il avait la stature droite et svelte d'un homme bien plus jeune. Jupiter en personne lui aurait envié cette aura de commandement.

Et son père aimait aussi lancer des éclairs. C'était peut-être l'*ancien* ambassadeur de Sa Majesté en Autriche mais le *pater* n'avait pas fini de s'adonner à la politique. Il se rapprochait petit à petit d'un siège au sein du cercle rapproché du gouvernement. Pire, il connaissait tous les avocats et les banquiers d'importance à Londres. Si Tobias l'embarrassait, il pourrait dire adieu à sa rente. Et atteindre les trente ans avant d'avoir de nouveau les moyens de payer une nouvelle tournée de boissons.

Quand Bancroft pivota sur lui-même, l'expression de son visage fit se nouer les tripes de Tobias.

— Que diable est-il arrivé à ton visage ? demanda son père.

Tobias porta la main à son œil gonflé.

— Un petit ennui hier soir.

Son père grimaça de cette façon particulière qui semblait vouloir dire « mon fil est un imbécile ». Du bout du pied, il appuya sur la patte d'un phénix en argent repoussé de la taille d'un homme : une minuscule flamme bleue apparut dans le bec de la statue. Bancroft alluma l'une de ses cigarettes turques à l'odeur piquante.

— As-tu lu le *Bugle* ce matin ?

— À propos du meurtre ?

— Non, Dieu merci !

Chienlit! alors il a compris pour le calamar. Il fut traversé par un frisson de peur et de défi mêlés.

— Je n'ai lu que le *Prattler*.

Bancroft émit un grognement de dédain. *The London Prattler* était une sorte de journal renégat qui publiait les nouvelles telles qu'ils les percevaient plutôt que sous l'angle exigé par l'Empire… ou par les barons de la vapeur. Aucun individu respectable ne s'y serait abonné.

— Alors tu n'auras pas vu passer ceci, dit-il.

Il laissa tomber un journal plié, soigneusement repassé par les domestiques afin que l'encre ne vienne pas tacher les doigts de monsieur, en travers du bureau. Tournant la page vers lui, Tobias put constater que le calamar avait également fait la une, juste à côté d'un article à propos d'une comédienne emprisonnée pour usage de la magie. Cependant, le doigt de son père désignait autre chose. Tobias lut le titre et les premiers paragraphes d'un article détaillant un achat de parts.

Perplexe, il releva les yeux vers son père.

— Keating Distribution est devenu actionnaire majoritaire de l'entreprise Harter Moteurs. En quoi est-ce important ?

Son père se laissa tomber dans le fauteuil derrière son bureau. Un geste qui témoignait d'une lassitude dont Tobias était de plus en plus fréquemment témoin chez lui. Un phénomène qui semblait aller main dans la main avec le niveau sans cesse déclinant de sa carafe à whisky.

— Jusqu'à quel point comprends-tu le fonctionnement du Conseil de la vapeur ?

Tobias savait qu'il se composait des hommes et des femmes que l'on appelait les barons de la vapeur, ces magnats industriels qui possédaient les entreprises énergétiques.

— À peu près autant que n'importe qui, j'imagine.

— Charbon, machines à vapeur, chemins de fer, compagnies de gaz, usines, égrena son père sur un ton mordant. Bientôt ils voudront contrôler le pain que nous mangeons et la bière que nous buvons.

Tobias n'avait jamais vu son père boire quelque chose d'aussi commun qu'une bière mais il comprenait où il voulait en venir. Les barons de la vapeur dirigeaient leurs entreprises et, par extension, certaines villes et certains quartiers, à l'aide d'une combinaison de pots-de-vin et de menaces. Chaque baron employait au moins un garde-rue, brutes chargées de transformer une menace en os brisés. Tous les commerçants vendaient ce que le baron de la vapeur local leur disait de vendre et peignaient leur pas-de-porte en bleu, en vert ou en doré selon le baron auquel ils prêtaient allégeance. S'ils enfreignaient les règles, on leur coupait le gaz et l'eau chaude… et il n'y avait aucun endroit où acheter son propre charbon. S'ils s'obstinaient à désobéir, ils risquaient de voir s'éteindre bien plus que leur lumière.

— Ce que je ne comprends pas, c'est pourquoi la loi ne s'oppose pas à eux, répondit Tobias. Derrière leurs beaux vêtements et leur fortune, les barons de la vapeur ne sont guère plus que des escrocs.

Son père lui décocha un coup d'œil acéré, comme s'il avait enfin dit quelque chose de sensé.

— Tu imagines ce qui se passerait si le Parlement les défiait et que le Conseil de la vapeur cessait de lui fournir gaz et charbon ?

Tobias n'eut pas à réfléchir longtemps. Plus d'industrie. Des rues plongées dans le noir. Plus de chemins de fer. Plus de chauffage dans les habitations.

— Il y aurait des émeutes dans les rues. Et, si cela durait suffisamment longtemps, le gouvernement s'effondrerait. Le *Prattler* évoque régulièrement le fait qu'on est à deux doigts d'une rébellion.

— Précisément, répondit Bancroft avec un sourire fugitif. Et c'est exactement la raison pour laquelle il est essentiel de développer une solution de remplacement face au pouvoir de la vapeur. Celle-ci constitue peut-être le moteur de la nation mais ses barons sont une lame plaquée contre la gorge de l'Empire.

Tobias commençait à saisir la logique de son père.

— Et ils ont racheté Harter, qui tentait de développer une nouvelle sorte de moteur.

— Tu peux être sûr qu'à présent le prototype de moteur à combustion de Harter ne verra jamais le jour. Ils vont racheter les brevets et les mettre au placard. Si Keating Distribution et ses semblables l'emportent, la machine à vapeur constituera notre seul avenir. À cet instant précis, Jasper Keating est déterminé à remporter les contrats militaires pour la création d'une flotte de dirigeables de combat. Un contrat qui représente des millions.

Tobias fronça les sourcils.

— Et alors ?

Cette fois, son père inclina imperceptiblement le menton vers l'avant.

— J'ai jugé qu'investir dans Harter était pour moi une obligation morale. Il est dans l'intérêt de l'Angleterre de rompre la mainmise du Conseil. Malheureusement, je viens de perdre de grosses sommes.

Avec un frisson glacé, Tobias repensa au pari de l'opéra et à ce qui aurait pu se produire si ses plans avaient mal tourné. Il s'assit sur l'une des chaises recouvertes de cuir clouté face au bureau de son père.

— C'est sérieux ? demanda-t-il.

Son père plongea son regard dans le sien.

— Nous aurions dû pouvoir faire face sans trop de mal mais, malheureusement, ce n'est pas la première perte de ce genre que nous subissons. J'ai besoin de ton aide pour m'assurer que nous ne subirons pas d'autres revers.

Tobias sentit son corps tout entier se figer. Jamais il n'aurait imaginé entendre son père prononcer de telles paroles.

— Que puis-je faire ?

— Nous devons protéger notre respectabilité.

— Le meurtre.

— Exactement.

— Ne devrions-nous pas nous concentrer sur le fait de rester en vie ? Quelqu'un a été tué sous notre toit.

— Ne sois pas ridicule. C'était une servante.

— Êtes-vous en train de me dire que seuls les domestiques courent un risque ?

Son père rougit sous l'effet de la colère.

— Absolument. Une affaire répugnante. Sers-toi de ta tête, Tobias. Pourquoi quiconque tuerait-il un membre de la famille ?

— Pourquoi, en effet ? répliqua Tobias en laissant poindre un soupçon de sarcasme dans sa voix.

Il y avait des gardes à chaque porte désormais. Son père était loin d'être aussi confiant qu'il tentait d'en donner l'impression.

— Je remarque que vous n'avez pas fait escorter vos proches bien-aimés jusqu'à notre maison de campagne, ajouta-t-il.

— Pourquoi faire savoir à toute la bonne société que nous avons quelque chose à craindre ? répondit lord Bancroft en tapotant avec impatience le journal étalé sur son bureau. Cet incident malvenu ne doit pas venir alimenter la rumeur. Keating s'en servirait comme d'une arme.

Tobias déplia le journal pour feuilleter le reste des pages.

— Il ne semble pas l'avoir fait jusqu'à maintenant. Je ne vois aucune mention dans la presse.

— C'est l'une des aubaines liées à ces bouffonneries à l'opéra. Cette histoire totalement ridicule a créé une diversion remarquable dans tous les esprits.

Ce n'est pas ridicule.

— Ne trouvez-vous pas la farce plutôt inventive ? demanda Tobias.

Mais le regard noir de son père doucha son enthousiasme.

— Je ne vois rien d'admirable dans un tel degré de destruction gratuite. Et nous avons des préoccupations nettement plus importantes.

Tobias replia le journal.

— C'est-à-dire ?

— Un meurtre. Une ruine potentielle, répondit son père, yeux étrécis.

— Ah ! ça.

Son père se pencha vers lui, l'air résolu.

— Tâche donc de te concentrer un peu. Si la nouvelle d'un meurtre sous notre toit se répand, les chances pour Imogen de trouver un bon parti durant cette saison se flétriront instantanément. Et ce ne serait que le début de nos ennuis. Une fois que la bonne société a senti l'odeur du sang, elle s'acharne tel un chien enragé. Si tu aimes ta mère et ta sœur, ton existence et cette maison – si tu m'aimes *moi*, mon fils –, il est impératif que la mort de cette satanée fille de cuisine ne parvienne jamais à la presse.

Tobias se tut. Il songea à Grace, à ses beaux yeux quand elle l'avait dévisagé la veille au soir en lui demandant son aide. Puis à ses yeux morts, braqués vers le plafond, tandis qu'Evelina fouillait le cadavre. Horrible transformation. Qui s'était produite en l'espace de, quoi ? quelques minutes seulement ? Moins de temps sans doute qu'il ne lui en fallait pour nouer parfaitement sa cravate.

Quant à son amour pour son père… Il avait toujours voulu l'aimer, plus que toute autre chose, mais le *pater* ne rendait pas la chose aisée.

— Que voudriez-vous que je fasse, exactement ?

— Il y a un problème potentiel que je voudrais anticiper. Je souhaite que tu t'en occupes.

Tobias plissa les yeux. Comme chaque fois qu'il cessait d'en vouloir à son père et décidait de l'écouter, il se sentait le jouet de courants conflictuels. Loyauté envers la famille. Justice. Honneur. Orgueil. Désir d'approbation. Tous auraient dû le tirer dans la même direction mais ce n'était jamais le cas.

— Quel est le problème ? demanda-t-il.

Lord Bancroft se leva pour retourner près de la fenêtre.

— La jeune Cooper examinait le corps hier soir. Tu sais qui est son oncle, n'est-ce pas ?

— Bien sûr.

Puis le souffle de Tobias se bloqua dans ses poumons.

— Oh ! dit-il.

— Assure-toi qu'il n'y ait pas d'enquête. Je n'ai pas besoin de savoir comment tu t'y prendras.

— Elle n'a aucune raison de s'en mêler, et encore moins d'inviter son oncle à le faire.

Lord Bancroft tapa du pied, un signe de nervosité plus révélateur que tout le reste.

— Elle s'est montrée curieuse, dit-il. J'apprécierais que tu fasses diversion. J'imagine que tu sais comment retenir l'attention d'une jeune femme ?

Tobias sentit son estomac se nouer. Il se leva, soudain très mal à l'aise.

— Que voulez-vous dire ?

Il savait très bien ce que lui demandait son père et cela lui retournait les tripes. Evelina était innocente. Socialement inférieure à lui, certes, mais éduquée, jolie et respectable. Méritant toute la protection que réclamait son statut d'invitée. Et Tobias la désirait d'une manière qui le maintenait éveillé la nuit, les yeux perdus vers les hauteurs, ce qui rendait cette conversation plus déroutante encore.

Lord Bancroft ne dit rien, le regard tourné vers l'extérieur.

— Vous voulez que je la séduise…, souffla Tobias.

La grande silhouette raide de son père ne bougea pas. L'horloge poursuivait son « tic-tac » bruyant marquant le passage des minutes de la vie de Tobias. Lord Bancroft saisit la carafe sur son bureau et se versa une mesure de whisky. Il n'en proposa pas à son fils.

Je veux la séduire. Vous voulez que je la séduise. Dois-je céder et nous faire plaisir à tous les deux ou refuser parce que vous me l'avez demandé ? ou suis-je réellement plus honorable que vous ? Ce serait une belle farce, non ? Face à son père, même l'acte de rébellion le plus simple prenait des allures de dilemme alambiqué.

Quand il devint évident que lord Bancroft ne dirait pas un mot de plus, Tobias quitta la pièce.

Bancroft regarda sortir son fils puis reporta son attention sur la fenêtre. Le vent d'avril agitait les branches du vieux chêne, emportant quelques-unes des feuilles vert pâle pour les étaler sur la pelouse.

Que se passera-t-il si Tobias échoue et que la fille ou son oncle découvrent un secret qui aurait dû rester caché ? Perdrai-je tout ceci ?

Hilliard House avait autrefois constitué une vaste propriété mais, avant l'arrivée de Bancroft, celle-ci avait été démantelée morceau par morceau au fil des ans, une rue ou une place à la fois. Seul demeurait désormais le cœur du lieu, élégante oasis verdoyante au milieu du West End, où les maisons accolées joue contre joue étaient désormais la norme. Bancroft avait acheté la maison et son vaste jardin à son retour d'Autriche, un lieu prestigieux qui s'associait à son nouveau titre et à ses ambitions récentes. Le précédent propriétaire était un autre vicomte qui s'était retrouvé ruiné par le roi Doré et contraint de vendre. Chaque fois que Bancroft croisait le baron de la vapeur, l'odieux parvenu trouvait toujours le moyen de lui rappeler ce détail.

Bancroft se mit à faire les cent pas, marchant lentement jusqu'au bureau avant de revenir à la fenêtre. La tête de tigre observait le spectacle depuis les hauteurs, guère impressionnée par cet humain agité.

Les années passées en tant qu'ambassadeur en Autriche avaient pris fin graduellement. Tobias était reparti le premier en Angleterre pour son éducation, suivi un peu plus tard par l'épouse et les filles de Bancroft. Cela ne faisait que deux ans que celui-ci était rentré chez lui pour découvrir que l'Empire qu'il avait quitté un quart de siècle plus tôt avait été conquis par les barons de la vapeur et leur cupidité.

À ce moment précis, sa vie avait pris un brusque tournant. Aucun homme doté d'une bonne conscience – et d'une considérable ambition politique – n'aurait pu rester les bras croisés en voyant des parvenus arracher petit à petit les rênes du pouvoir des mains des pairs du royaume.

Et les leaders de l'Empire avaient pratiquement perdu la bataille pour la suprématie politique. Les barons de la vapeur ne siégeaient peut-être pas au Parlement ou à la Chambre des lords, mais ils étaient en mesure d'acheter pratiquement tous ceux qui s'y trouvaient. En bref, ils étaient plus féroces, plus malins et plus riches que n'importe quel duc du pays.

Et les ducs en question seraient ô combien reconnaissants si quelqu'un se présentait pour remettre les barons à leur place ! Alors, avec l'idée de se constituer une fortune plus grande encore, Bancroft avait mis à contribution son talent dans des arrangements en coulisses. L'opération auprès de Harter n'était que la plus visible. Il y en avait d'autres, plus profondément enfouies – la rébellion à laquelle Tobias avait fait allusion allait au-delà de simples paroles –, mais leur succès réclamait beaucoup d'or et de confidentialité. Deux choses difficiles à obtenir.

— Et je n'ai certainement pas besoin de voir Sherlock Holmes ou sa nièce mettre leur nez dans mes affaires, dit-il au tigre.

Les yeux jaunes parurent lui renvoyer un regard furibond.

Il n'avait vu en Evelina Cooper qu'une pièce rapportée pendue à sa fille. Ce qu'il savait d'elle aurait tenu sur une simple carte de visite. La fugue amoureuse de la mère, bien sûr. La grand-mère mégère. Les oncles célèbres. C'était tout. Il n'accordait pas d'attention aux écolières. Mais il avait l'impression qu'il allait devoir faire une exception dans son cas : elle s'était penchée sur le cadavre comme une chienne remontant la piste d'une odeur. Avec un sang-froid à toute épreuve. De toute évidence, elle avait ses propres ambitions en tant que détective.

Bancroft fit une moue désapprobatrice. Bon, Tobias s'occuperait de distraire la jeune Cooper. Elle jouait les ingénues mais tout le monde pouvait voir qu'il lui plaisait. *Comme si un couple aussi mal assorti avait la moindre chance d'exister.* Restait à voir si son fils aurait le bon sens de le comprendre. Ce serait bien son genre de se laisser prendre au jeu.

Il voyait beaucoup trop de lui-même chaque fois qu'il regardait Tobias. *Est-ce injuste de détester mon fils parce qu'il est le jeune imbécile que j'ai été autrefois ? Est-ce pire encore de souhaiter avoir son âme, pure et dénuée des souillures de tous mes péchés ?* Bon, le plan n'était sans doute pas très juste mais l'enjeu était trop grand pour ergoter à propos de la vertu d'une jeune fille.

Bancroft avait fait le même arbitrage au sujet de Grace. *Le cadavre.*

Son verre était vide. Il se resservit et le vida de nouveau d'un trait, laissant la brûlure forte et sucrée lui enflammer le gosier. *Ne vois en elle que le cadavre, car c'est tout ce qu'il en reste.* Mais à présent que son esprit s'était tourné dans cette direction, impossible d'endiguer les souvenirs.

Cela lui avait semblé la chose la plus facile au monde, en regardant dans ses beaux yeux, de se convaincre qu'il *devait* la séduire. Il avait besoin d'un messager, de quelqu'un d'anonyme. Elle avait besoin d'argent. C'était très simple et direct mais il avait une certaine expérience des espions et des informateurs. Elle aurait pu décider de vendre ses secrets en échange de plus grosses sommes. En revanche, ce genre de fille ne trahissait jamais l'homme qu'elle aimait.

Alors c'était lui qui l'avait trahie en faisant en sorte qu'elle tombe amoureuse avant de l'envoyer au cœur du danger. C'était ce que faisaient les hommes comme lui, à même de conclure des accords historiques et de faire vaciller des trônes.

Bancroft ressentit un picotement violent à l'arrière de ses yeux. Il s'était senti étrangement calme en contemplant son cadavre et en apprenant qu'elle portait un enfant, sans doute – très probablement, même – le sien. S'il avait eu besoin d'une preuve que son âme était morte au terme d'une carrière passée à intriguer, il l'avait trouvée.

Le plus triste était que, vivante ou morte, elle aurait été inutile. Une femme avec un bébé devenait trop préoccupée pour ce type de travail, à moins de lui prendre l'enfant pour l'obliger à se concentrer sur leur mission. Et si les enfants illégitimes constituaient une complication pour un homme tel que lui, les jeunes servantes affublées de bâtards nouveau-nés n'étaient plus bonnes à quoi que ce soit. Au minimum, il aurait été contraint de la mettre à la retraite, une charge financière de plus pour sa bourse. Il aurait dû être reconnaissant que cela lui ait été épargné.

Mais il ne se sentait pas épargné. Les ombres se rassemblaient autour de lui, péchés froids, humides et ténébreux surgissant de leurs tombes soigneusement dissimulées.

Il se versa un nouveau whisky. Ce serait le dernier car il devait demeurer vigilant. Pas comme la nuit dernière, après son retour de l'opéra. Il se souvenait avoir eu une sueur froide en y apercevant Magnus, aussi sinistre qu'un démon posant un pied fourchu à l'extérieur du cercle d'invocation. Il se souvenait d'avoir envoyé ses hommes évacuer ses malles dans le grenier en priant pour que Magnus ait oublié leur existence. Il se souvenait de son premier verre et aussi de son troisième. Mais ensuite c'était le néant, jusqu'au moment où Bigelow était venu le réveiller dans la bibliothèque. S'il ne s'était pas laissé aller… eh bien, Grace ne l'aurait pas attendu pour lui remettre l'enveloppe et elle n'aurait pas été tuée.

Il ne se souvenait même pas comment il était arrivé à la bibliothèque et s'il avait parlé à qui que ce soit entre-temps.

Aurait-il pu… ? Non. *Je n'ai jamais tué d'innocent.* Il avait simplement tué l'innocence au fil du temps.

Je suis désolé, Grace.

Bancroft se détourna de la fenêtre, incapable de supporter la vue printanière et verdoyante.

D'une façon ou d'une autre, j'ai fait une erreur dans mes calculs.

C'était ainsi qu'il devrait s'efforcer de voir la mort de la jeune femme, la réduire à quelque chose de gérable. Une erreur de calcul.

Il fit descendre le whisky au fond de sa gorge.

Où les sommes et les moyennes en matière de risques et de probabilités l'avaient-elles induit en erreur ? Où s'était-il trompé ? Il avait affirmé à Tobias que la famille ne courait aucun danger. Si on lui avait demandé de parier là-dessus, il aurait dit que c'était un mensonge. Mais il n'était pas assez naïf pour tenter de fuir. Les ennemis étaient partout en embuscade, attendant que les faibles perdent leur sang-froid. Alors ils passaient à l'attaque et vous plantaient leurs crocs dans la gorge.

Dans un salut facétieux, Bancroft leva son verre en direction de la tête de tigre. Il conservait ce trophée menaçant comme un rappel de la nécessité de ne jamais montrer sa peur.

C'est au moment où vous fuyiez que les prédateurs vous tombaient dessus.

CHAPITRE 8

NELLIE REYNOLDS ARRÊTÉE POUR SORCELLERIE

La célèbre comédienne Eleanor « Nellie » Reynolds, âgée de trente-deux ans, a été placée en détention la nuit dernière après avoir été accusée de pratiquer la magie. Scotland Yard a arrêté Mme Reynolds à son domicile de Hampstead où les inspecteurs ont saisi une grande quantité de matériel de magie. Questionnée, la comédienne a affirmé qu'il s'agissait d'accessoires destinés à la scène mais les voisins ont fait état « d'actes malséants » à l'occasion de la pleine lune. Le chef d'inculpation officiel devrait être connu au terme d'une brève enquête. Des sources fiables indiquent que les paris en cours quant à l'issue du procès sont divisés entre la mise au bûcher et l'envoi de la prisonnière pour observation au sein des laboratoires de Sa Majesté. Mme Reynolds était récemment apparue sur la scène dans *Le Marchand de Venise*, où elle jouait le rôle de Portia.

The Bugle

Londres, 4 avril 1888
Baker Street
Mercredi, 9 heures
Le jour du meurtre

Jasper Keating, le baron de la vapeur connu de la plupart des gens sous le nom de roi Doré, referma son journal. Il n'était pas homme à parier de l'argent. Et puis, depuis longtemps déjà, le Conseil de la vapeur avait statué qu'étant donné leur influence considérable il serait inconvenant pour eux de parier sur les procès de praticiens de la magie; cela aurait pu être perçu comme une tentative d'influencer la justice. Mais il n'en était pas moins agacé. Car quiconque pariait contre la comédienne était sûr de gagner.

Il n'existait pas une chaire, un bureau de juge, un éditorial de journal ou une table respectable où la voix de l'autorité ne déplorait pas l'usage de pouvoirs surnaturels. La machine industrielle s'en était assurée par l'exercice d'une pression constante et l'entretien attentif de certains contacts. La seule énergie du pays provenait des barons de la vapeur. Alors pourquoi, alors qu'il faisait partie de la poignée d'individus qui régnaient sur l'Empire, se sentait-il aussi hésitant?

Keating laissa retomber le journal sur le siège à côté de lui. Il n'était pas du genre nerveux. Et pourtant, alors qu'il remontait Marylebone Road en direction de Baker Street dans son fiacre luxueux, il ressentit dans l'estomac une gêne sans rapport avec le petit déjeuner qu'il venait d'avaler. Non, Keating était quelqu'un de sobre qui ne se serait pas laissé troubler par un ennemi aussi banal qu'une mauvaise saucisse. Deux choses le dérangeaient.

D'abord, l'idée de devoir demander l'aide de ce détective-conseil, Sherlock Holmes, un individu célèbre pour son indépendance. Être son propre maître n'était pas une caractéristique très appréciée en cette époque d'allégeances et de négociations. Mais que pouvait faire Keating? Holmes disposait de qualifications uniques pour régler une difficulté urgente.

Et c'était la deuxième chose qui lui nouait les tripes: la tâche proprement dite. Le simple fait que le roi Doré se rende à Baker Street plutôt que d'ordonner à Holmes de venir à lui en disait beaucoup sur le besoin impérieux qu'avait Keating de profiter du génie du détective. Il espérait que cette concession s'avérerait payante au final.

L'équipage ralentit et le «clop-clop» régulier des sabots sur le pavé se tut quand ils firent halte. On entendit le cliquetis des mors, le halètement des chevaux. Keating aurait pu employer l'un des nouveaux véhicules à vapeur pour se déplacer en ville, mais il préférait mettre en avant les symboles typiques de la bonne société. Symboles que ses ancêtres eux-mêmes auraient reconnus avant, il l'espérait, de s'étrangler de surprise étant donné que ces vieux salopards sentencieux avaient prédit qu'il n'accomplirait jamais rien.

C'était pourquoi, à ses yeux, faire appel à autre chose que ses chevaux bais aux robes parfaitement coordonnées aurait constitué un manque d'élégance impardonnable.

La porte du fiacre s'ouvrit et le valet déplia le marchepied. Keating saisit canne et chapeau avant d'émerger dans l'air légèrement brumeux de cette journée d'avril. Il fit un signe de tête au serviteur, qui s'avança immédiatement pour frapper à la porte. Les informateurs de Keating indiquaient que Holmes habitait au premier étage, dans un appartement dont la fenêtre en saillie donnait sur la rue. Une logeuse vivait au rez-de-chaussée. Un arrangement relativement classique.

Il prit quelques instants pour observer les lieux. Une bicyclette à vapeur passa en vrombissant, laissant un nuage de poussière dans son sillage. À quelques portes de là se dressait une maison déconnectée ; un panneau à l'entrée indiquait qu'elle était à vendre. Des gamins errants s'étaient arrêtés pour contempler le fiacre, mais le valet les fit déguerpir. Indifférent, Keating continua à scruter la rue et ses habitants.

Ah ! voilà qui était déjà plus agréable : des ouvriers de Keating Distribution étaient en train d'échanger les globes rouges des réverbères contre des dorés. Il avait récemment étendu son territoire au nord et arraché cette rue, entre autres, au roi Écarlate.

Les mécanismes derrière ces prises de pouvoir étaient simples : Londres avait adopté le principe d'une alimentation en énergie centralisée. Commerces et maisons individuelles étaient désormais reliés aux lignes des centrales. Le gaz pour l'éclairage et la vapeur pour le chauffage étaient fournis par l'une des entreprises de distribution, celle qui desservait telle rue ou telle place. Débrancher les tuyaux depuis une ligne principale pour les reconnecter à une autre n'était qu'une question de valves et de coupleurs, avec parfois quelques travaux d'excavation. Ainsi, là où Baker Street était autrefois alimentée par les lignes écarlates, elle fonctionnait à présent à l'énergie dorée.

Mais les manœuvres politiques qui permettaient de tels changements étaient féroces ; ballets de pots-de-vin, de menaces et d'accords en coulisses. Cette récente manœuvre aurait sans aucun doute des répercussions, mais c'était une difficulté pour un autre jour. On n'arrachait pas un empire aux mains d'un rival en se contentant d'être aimable et persuasif.

Cette pensée agit comme un déclencheur dans son esprit et il s'irrita de nouveau de se retrouver dans ce rôle de quémandeur. Que faisait-il là, debout dans la rue tel un mendiant ? Il sentit monter en lui une vague de dépit, suivie d'une bouffée de chaleur qui lui donna l'impression que la laine de son manteau le grattait de manière abominable. Keating défit maladroitement le bouton de son col et serra les mâchoires. Le valet avait fait passer sa carte au fameux détective. Qu'attendait donc Keating ?

Qu'on lui fasse dire que l'homme acceptait de recevoir son visiteur ? Il était le roi Doré. Personne n'aurait osé lui fermer la porte au nez.

Mais l'impensable risquait pourtant de se produire. Une femme d'âge mûr – la logeuse, sans doute – se tenait sur le seuil et s'adressait au valet en secouant la tête d'un air de regret. Une bile amère envahit la gorge de Keating. C'était intolérable.

Avec un signe de tête tout juste poli, il remonta l'allée et passa en force devant la femme pour entrer au 221B, Baker Street. Sans s'arrêter, il repéra l'escalier et gravit les marches jusqu'aux appartements à l'étage.

La logeuse lui emboîta le pas dans un froufrou de jupons lourdement amidonnés.

— Monsieur ! Attendez, M. Holmes en est encore à son petit déjeuner !

Keating était déjà en haut de l'escalier, chaque mot alimentant son impatience grandissante.

— Je suis certain qu'un homme peut beurrer son toast tout en écoutant ce qu'on a à lui dire.

— Mais M. Holmes…

— Savez-vous bien qui je suis ? tonna-t-il.

Cela la fit reculer et une lueur de peur passa dans ses yeux.

— Mais, monsieur !

Pauvre créature gazouillante. Il se radoucit.

— Je m'assurerai de dire à M. Holmes que vous n'êtes pas à blâmer pour mon intrusion, dit-il.

Après quoi il ouvrit la porte des appartements de Holmes.

Sa première impression fut celle d'un chaos. Il balaya la scène de gauche à droite en dressant mentalement la liste de ce qu'il voyait. Dans un coin se dressait une table recouverte d'équipements scientifiques divers, la présence de bouteilles en verre laissant deviner des recherches en matière de chimie. À côté se trouvait un bureau où rien n'était rangé avec le moindre soin. On aurait plutôt imaginé qu'un blaireau en colère s'en était pris aux tas de feuilles, aux livres et aux empilements d'assiettes vides qui s'y accumulaient. Keating ne put réprimer un frémissement devant un tel désordre.

Face à lui se trouvait une cheminée devant laquelle on avait disposé une grande peau d'ours. Elle était flanquée d'un côté par un canapé et un présentoir à pipes et de l'autre par un siège en osier. Une table et des chaises occupaient le côté donnant sur Baker Street. La table était mise pour un petit déjeuner aux relents de hareng fumé. Sur l'une des chaises était assis un homme de grande taille, anguleux, avec un visage hâve et une apparence ascétique.

— Holmes, je présume ? Je suis Jasper Keating.

— C'est bien vous, en effet, répondit Holmes d'un air absent. Puis-je vous proposer du thé ? Un petit déjeuner ? Les scones de Mme Hudson sont tout à fait délicieux.

Il avait à peine relevé la tête au-dessus du journal qu'il était en train de parcourir pour gratifier Keating d'un coup d'œil indifférent.

Piqué au vif, celui-ci étrécit les yeux.

— Je suis ici en tant que client et non pour partager une quelconque collation.

Holmes détourna enfin son regard de l'article sur Nellie Reynolds que Keating avait lu dans le fiacre. Il fronça les sourcils.

— Je vous prie de m'excuser pour cette réception informelle mais je n'avais pas l'intention de voir qui que ce soit avant au moins une heure.

— Et je n'avais pas l'intention d'attendre.

Holmes pinça les lèvres sous l'effet de la contrariété. Mais un instant plus tard un masque de politesse se forma sur ses traits. Ce qui, à vrai dire, était plus dégradant encore que s'il s'était montré ouvertement grossier.

— J'imagine que vous êtes venu me soumettre une question que vous jugez urgente ?

— Et elle l'est.

— J'espère sincèrement que c'est le cas pour que vous jugiez bon de bousculer ma gouvernante et d'interrompre mon repas.

Holmes replia la serviette qu'il avait sur les genoux et la posa sur la table. Son geste exprimait toute l'irritation que Keating lui-même ressentait.

Le roi Doré serra un peu plus le pommeau de sa canne entre ses doigts et contint sa mauvaise humeur. *Je dois agir avec prudence si je veux qu'il m'aide.*

— Puis-je prendre votre manteau, monsieur ?

La logeuse se tenait sur le seuil, mal à l'aise. Elle donnait l'impression qu'elle aurait préféré s'enfuir.

Agacé d'être pris en flagrant délit de discourtoisie, Keating retira manteau et chapeau pour les lui confier, en même temps que sa canne afin de ne pas être tenté de s'en servir pour inculquer quelques manières à Holmes. La femme fit la révérence et s'en fut.

Holmes s'était levé et se dirigea vers le fauteuil en osier près du feu. Avec un soupir, il s'y installa en repliant gracieusement ses longs bras et jambes. D'un geste aérien de la main, il indiqua le canapé.

— Je vous en prie, asseyez-vous, monsieur Keating. Et dites-moi en quoi je pourrais vous servir.

Keating obtempéra tout en se méfiant du regard aux paupières lourdes de Holmes. L'agacement apparaissait sur le visage du détective chaque fois que son regard se posait sur le visage de Keating. Mais au final cela n'avait guère d'importance : Holmes l'écoutait. Le roi Doré avait le pouvoir, même face à ce goujat dédaigneux. Et c'était tout ce qui comptait s'il voulait voir résolue la question du coffret d'Athéna.

Mais comment expliquer le vol du coffret, qu'il n'avait appris que le matin même, sans expliquer la nature de l'objet lui-même ? C'était un risque. Holmes était intelligent. Il risquait d'en découvrir plus que ce que Keating voulait qu'il sache.

Ne sois pas stupide. Tiens-t'en aux faits qu'il pourra comprendre. Personne ne croirait au reste de toute façon.

— Je m'intéresse à l'archéologie, annonça Keating en guise de préambule.

— Tout comme votre père avant vous, rétorqua Holmes.

Keating fronça les sourcils.

— J'ai entendu dire que vous faisiez un genre de tour de passe-passe amusant en révélant tout sur un homme à partir de détails en apparence insignifiants.

Holmes étira les jambes, les croisa au niveau des chevilles et forma un triangle de ses mains jointes. Il semblait parfaitement à son aise et détendu. Agaçant.

— Cela m'arrive, dit-il avec une suffisance à peine dissimulée. Mais c'est votre bague qui vous trahit. La forme de l'Acropole y est gravée et son ancienneté laisse entendre que ce n'est pas vous qui l'avez achetée mais plutôt quelqu'un de la génération précédente. Votre père, d'après ce que j'en comprends, était un évêque du Yorkshire et donc un homme éduqué. Il n'est donc pas nécessairement douteux de supposer que cette bague a pu lui appartenir.

L'imbécile pompeux.

— Vous avez vu juste, dit Keating en tâchant de reprendre le fil de ses pensées.

L'interruption l'avait troublé, l'image de son récit soigneusement préparé à présent caviardée par des souvenirs malvenus. Penser à son père n'était jamais agréable.

— Ainsi que je vous le disais, je m'intéresse à l'archéologie. J'ai récemment financé des fouilles à Rhodes. Avez-vous entendu parler de Heinrich Schliemann ?

— Bien sûr. Il prétend avoir redécouvert Troie.

— Entre autres sites. Comme beaucoup d'individus de son espèce, il est perpétuellement à cours de fonds. Je l'ai rencontré il y a plusieurs années. À l'époque, il avait découvert un autre site, pas aussi célèbre que Troie mais relativement intéressant. Il est venu me demander officiellement mon assistance financière.

— Où se trouvait le site en question ?

— Sur l'île grecque de Rhodes.

Schliemann avait identifié le site où le coffret d'Athéna était censé être enterré. Keating avait promis de financer les fouilles si en retour l'archéologue lui remettait le coffret. Bien sûr, Holmes aurait droit à une version légèrement différente de la vérité.

— Je lui ai donné l'argent nécessaire à ses excavations à condition que je puisse parrainer ensuite une exposition de ses découvertes ici à Londres. J'avais l'intention d'ouvrir une galerie et cela semblait constituer l'occasion idéale pour une inauguration.

Holmes sourit, l'air beaucoup trop amusé.

— Oui, je vois. Avec une foule de riches mécènes, d'érudits aux sourcils blanchis par l'âge et de journalistes qui profitent bien trop largement du vin offert. Cela aurait fait une soirée d'exception.

— Exactement.

À vrai dire, la description était assez proche de la façon dont Keating s'était imaginé la chose. Sans doute pouvait-on y ajouter un ou deux hommages à sa remarquable générosité au service du savoir. Un diplôme honorifique, peut-être ?

L'abominable détective gloussait.

— Vraiment regrettable que le docteur Watson ne réside plus ici. Je n'ai aucun mal à l'imaginer en train d'attraper une crampe au poignet dans sa hâte de consigner chacune de vos paroles par écrit.

— Tout ceci est entièrement confidentiel ! s'emporta Keating.

Holmes reprit immédiatement son air impassible.

— Comme vous voudrez. Alors dites-moi, monsieur Keating, que devait-il advenir de ce trésor une fois cette grande inauguration terminée ?

— Mon idée était d'en faire don au British Museum.

Holmes haussa un sourcil.

— Vous n'avez pas prévu de garder les objets pour les revendre ?

Keating saisit nerveusement l'un des coussins du canapé et l'arrangea de manière que le motif du tissu soit raccord avec celui du siège en dessous.

— Puis-je être tout à fait franc avec vous, monsieur Holmes ?

— J'y compte bien.

— Je suis un homme d'affaires avant tout, mais j'ai des ambitions. J'ai également une compréhension profonde de ce qu'est le bon ordre des choses. Dans ce cas précis, les deux coïncidaient parfaitement. Une généreuse donation à l'une des plus grandes institutions culturelles de l'Empire aurait fait beaucoup plus pour ma réputation qu'une quelconque somme d'argent.

Holmes hocha la tête.

— J'aurais tendance à approuver votre vision des choses.

Le nœud aux tripes de Keating se desserra légèrement. L'idée que l'approbation de cet homme puisse avoir la moindre importance était pourtant ridicule.

— Voilà, vous savez tout.

— Pas tout à fait. Il vous reste encore à me dire à quel moment tout ceci a mal tourné. *Herr* Schliemann vous a-t-il escroqué ?

Keating préleva un grain de poussière sur sa manche. Il sentait revenir l'anxiété en repensant à la note manuscrite qu'il avait reçue de Harriman ce matin-là.

— Non. Il a fait emballer le trésor en Grèce et l'a expédié comme prévu. J'avais des hommes de confiance sur place pour s'assurer que tout se passait sans anicroche. Ils ont accompagné les caisses sur tout le trajet jusqu'à Londres mais certains des articles ne sont jamais arrivés.

— Où les caisses ont-elles été livrées ?

— Dans un entrepôt derrière Bond Street. Les hommes qui y travaillent sont des Chinois, incorruptibles et totalement loyaux envers mon cousin, qui dirige l'endroit.

— Et alors ?

Pour la première fois depuis le début du récit, le détective semblait sincèrement intéressé.

— Quand la cargaison est arrivée, plusieurs des caisses – y compris un objet de grande taille et de grande valeur – manquaient à l'appel. Je ne l'ai su que lorsque mon cousin m'a fait prévenir ce matin.

Keating tira un morceau de papier de la poche intérieure de sa veste et le tendit à Holmes. Sa main tremblait légèrement à l'extrémité de son bras étiré au-dessus de la peau d'ours.

— Il s'agit de la plus précieuses des reliques perdues.

Le détective déplia le papier et étudia le croquis. Celui-ci représentait un cube ornementé flanqué de chouettes sculptées et serti d'une véritable fortune en pierres précieuses. Chaque face semblait comporter de nombreux rouages, leviers et cadrans.

— J'ai déjà vu ce dessin auparavant. Je pense qu'il s'agit d'un instrument de navigation, même si personne ne sait vraiment comment il fonctionnait.

Keating hocha la tête.

— Très juste. C'est un article assez mystérieux.

Holmes sourit furtivement.

— Il est apparu de temps à autre dans des ouvrages académiques, souvent sous le sobriquet de « coffret d'Athéna ». Notez la présence des chouettes et le fait qu'elle était la déesse de la navigation. Mais il n'avait pas été vu depuis le premier siècle de notre ère.

— Jusqu'à ce que Schliemann le déterre.

Holmes semblait réellement impressionné.

— J'ignorais qu'il avait été retrouvé, dit-il.

Keating avait insisté pour garder le secret. Dans certains cercles obscurs et secrets – il était payant de disposer d'un bon réseau d'espions –, le coffret avait la réputation d'être le seul objet connu de l'homme à mêler parfaitement magie et machine. Il avait le pouvoir de faire voler ce qui l'entourait et la capacité de navigation infaillible d'un oiseau migrateur.

De telles rumeurs méritaient qu'on y prête attention, en particulier pour quelqu'un qui était impliqué dans des contrats militaires. Keating avait grandi dans le Nord, où les gens des campagnes se souvenaient encore des coutumes anciennes. Il avait conscience de la puissance de la magie... même s'il la condamnait publiquement.

Et si la magie pouvait vraiment faire fonctionner une machine ? Cela représenterait une énergie n'ayant pas besoin de carburant : ni charbon, ni bois, ni gaz, ni pétrole, ni rien d'autre que les hommes puissent vendre à bon prix. C'était exactement le genre de chose qui mettrait l'industrie de la vapeur et tous ses investisseurs sur la paille. Dès l'instant où il avait appris que Schliemann avait découvert l'emplacement potentiel du coffret, Keating avait mis en place un plan pour premièrement s'assurer qu'il ne tomberait pas aux mains de ses rivaux et deuxièmement trouver le moyen de le détruire ou d'exploiter son potentiel à son avantage. Mais, à présent que le coffret avait disparu, il devenait un projectile incontrôlé précipité depuis les cieux droit sur la tête de Keating.

Et « incontrôlé » ne faisait pas partie des mots préférés du roi Doré. Il devait remettre la main sur la relique, et vite. Quiconque trouverait comment s'en servir ferait passer Nellie Reynolds pour une enfant de chœur.

— Quelles sont ses dimensions ? demanda Holmes.

Keating leva les mains pour représenter un volume dans l'air.

— L'enveloppe était en or massif.

Holmes fronça les sourcils, laissant la feuille retomber mollement entre ses doigts.

— Êtes-vous en train de me dire qu'une boîte faisant à peu près la taille d'un panier de pique-nique, sertie de gemmes et sans doute trop lourde pour qu'un seul homme puisse la porter a été dérobée au sein de la cargaison sans que personne sache comment ou par qui ?

Keating se redressa d'un bond, trop tendu pour rester assis. Il s'avança jusqu'à la fenêtre et lança des regards noirs vers l'extérieur.

— Précisément, dit-il.

Holmes émit un soupir d'agacement.

— Je suggère que vous questionniez vos employés.

— Ils sont loyaux. Je m'en suis assuré.

— Je n'en doute pas, comme je ne doute pas que vous avez obtenu cette garantie d'une manière déplaisante.

Mais Holmes semblait de nouveau s'ennuyer. Keating se détourna de la fenêtre pour fusiller du regard le détective, qui repliait déjà le croquis.

— Retrouvez cet objet pour moi.

— Qui l'a pris, selon vous ?

— Si je le savais, je ne serais pas ici.

— Les rebelles, peut-être ?

Keating sentit son estomac se nouer. Il n'avait guère d'estime pour ces bandes d'insatisfaits dépenaillés qui s'introduisaient dans les usines et détruisaient les machines.

— Je doute qu'ils s'intéressent à l'archéologie. Il s'agit d'un vol et je vous demande de récupérer mes biens. Trop de choses en dépendent.

Holmes pivota sur son siège pour scruter les traits de Keating. Il voyait visiblement dans ces dernières paroles un appât tentateur.

— Vous en parlez comme si le destin de nations entières était en jeu.

— Pas simplement de nations, monsieur Holmes. Voyez plus grand. Les pièces sur l'échiquier ne sont pas seulement des rois et des reines mais aussi des industries et des intérêts qui s'étendent au-delà des frontières conventionnelles.

— Et une antique relique aurait de l'importance aux yeux de telles puissances ? Voilà qui est intrigant.

Keating comprit qu'il en avait trop dit.

— Je ne peux pas vous dire grand-chose de plus, monsieur Holmes, mais sachez une chose : mes adversaires ne se soucient guère de l'ordre social que vous et moi embrassons. D'autres n'accordent aucune valeur aux subtilités de la vie civilisée. Ce ne sont pas des gentlemen.

— Alors que vous oui.

— Exactement. Et je maintiendrai l'ordre, par la force s'il le faut.

Une lueur de curiosité passa dans les yeux aux paupières lourdes du détective.

—Très instructif, dit-il. Je ne vous aurais jamais imaginé en défenseur des pique-niques du dimanche et du thé de 17 heures.

—Moquez-vous si cela vous chante mais je vous supplie d'accepter cette affaire. L'ouverture de ma galerie est dans moins d'un mois. Le coffret devra s'y trouver.

En réalité, Keating n'avait aucunement l'intention d'exposer un objet aussi précieux aux yeux du public mais le détective n'avait pas besoin de le savoir.

Holmes se leva en tapotant la feuille de papier repliée contre sa cuisse. Son expression enthousiaste s'estompa, comme s'il y réfléchissait à deux fois.

—Accordez-moi le temps de la réflexion. Je vous ferai parvenir une réponse par le service postal demain matin.

—Je vous récompenserai généreusement.

Le détective eut un petit sourire pincé.

—Je ne manquerai pas d'en tenir compte, monsieur Keating.

Encore une pique polie. Keating avait entendu dire que l'homme se défendait bien sur un ring mais ses attaques verbales étaient également plus vives que l'éclair. Keating ne put s'empêcher de riposter.

—Vous êtes trop intelligent pour vous mettre à dos quelqu'un ayant autant d'influence que moi.

—J'ai dit que je réfléchirai à cette affaire et vous écrirai demain matin. Je souhaite me renseigner un peu avant d'engager mon énergie à résoudre ce qui pourrait n'être qu'une simple erreur d'expédition.

—Non…

Keating, qui s'était mis à faire les cent pas, s'arrêta pour redresser l'un des bougeoirs sur le dessus de la cheminée afin qu'il soit correctement aligné avec son jumeau.

—… vous cherchez simplement une manière inoffensive de refuser, dit-il.

—Vous n'êtes pas habitué au refus, déclara Holmes sur un ton de constatation. Peut-être est-ce pour cela que je souhaite vous dire non.

Le toupet de cet homme fit s'étrangler Keating, comme si on lui avait fourré une pleine poignée de boue et de gravier dans le gosier. Son désir de remettre Holmes à sa place atteignit des sommets. Il changea alors de tactique, déterminé à frapper là où son adversaire était exposé, vulnérable.

—Si vous ne désirez pas vous attirer mes bonnes grâces, pensez à vos proches. Oui, j'aime savoir deux ou trois choses sur ceux avec qui je fais affaire. Vous avez une mère âgée, il me semble ? Un frère dans la fonction publique ? Une nièce tout juste sortie de l'école ? Je crois savoir qu'elle est le fruit des entrailles de votre sœur, qui entacha autrefois la réputation de votre famille.

Quelque chose de semblable à la haine passa brièvement sur les traits de Holmes. Keating en retira un plaisir pervers. Enfin, il avait l'attention pleine et entière de son interlocuteur.

— Votre nièce a hérité d'un sort peu enviable, destinée qu'elle est à lutter toute sa vie contre l'héritage de sa mère. C'est le début de la saison londonienne, n'est-ce pas ? Pensez à ce qui pourrait se produire si je glissais un mot bien intentionné dans une oreille attentive. Ça ne représenterait rien pour moi – une faveur à rendre, une dette remboursée – mais pour elle ? Eh bien, mais cela pourrait faire toute la différence, non ?

Holmes demeurait silencieux. Keating savait qu'il envisageait le revers de la médaille de sa proposition : si un mot bien intentionné pouvait aider la jeune fille, quels dégâts pourrait causer une parole malintentionnée ? *Tout le monde a ses vulnérabilités. Celui-ci dissimule ses affections mais elles sont bien là, nerfs à vif qui frémissent au moindre contact.*

Keating s'autorisa un sourire.

— J'ai entendu dire que c'était une ravissante créature. Est-ce que vous ou même votre illustre frère pouvez lui offrir une aide de ce genre ?

Le détective donnait l'impression d'avoir avalé l'une de ses propres décoctions chimiques.

— Vous savez que non.

— Alors aidez-la en m'aidant à retrouver le coffret.

— Je vais y réfléchir.

Le ton n'avait pas changé mais cette fois Holmes ne croisa pas son regard.

Je te tiens. Cela pourrait prendre la nuit avant qu'il ait ravalé son gigantesque orgueil mais la bataille était clairement gagnée. Keating se gaussait intérieurement, même s'il prit soin de conserver un visage parfaitement neutre.

— J'attendrai des résultats, monsieur Holmes. Vous aussi avez une réputation à préserver.

Holmes finit par planter ses yeux d'un gris glacial dans les siens.

— Je ne saurais garantir que vous apprécierez tout ce que je trouverai. Je vais là où les preuves me conduisent.

Un frisson d'anxiété vint gâcher la bonne humeur de Keating. Il prenait un risque majeur et ne pouvait que prier pour que la récupération du coffret justifie les difficultés qu'il allait avoir à diriger Sherlock Holmes.

—Alors je m'en remets à votre discrétion professionnelle.

—La vérité ne connaît pas la discrétion mais je garderai pour moi tout ce qu'elle me dira.

Inutile d'attendre une autre forme de reddition de la part du détective. Jasper Keating sortit et descendit l'escalier d'un pas rapide. Il gratifia Mme Hudson d'un imperceptible hochement de tête au moment de récupérer son manteau, son chapeau et sa canne, puis quitta les lieux, presque triomphant.

CHAPITRE 9

Plus tard dans la matinée, Keating était de retour dans le fiacre, son esprit oscillant entre son exaspération envers Holmes et le mécontentement qu'il ressentait à l'égard d'un certain lord Bancroft. Sa poitrine le brûlait sous l'effet d'une violente indigestion, comme si une machine à vapeur miniature s'était logée dans son œsophage.

Si Holmes l'agaçait, l'affaire concernant Harter Moteurs le mettait franchement hors de lui. Oh ! Keating Distribution avait acheté l'entreprise et elle disparaîtrait sans laisser de traces. Le problème n'était pas là. Le problème était que quelqu'un avait osé s'opposer aussi ouvertement aux barons de la vapeur en tentant de fabriquer l'un de ces moteurs à combustion. Ce qui relevait presque de la haute trahison.

La plupart des investisseurs avaient assez d'intelligence pour employer des sociétés-écrans ou de faux noms, mais pas cet imbécile trois fois maudit de Bancroft. Contre toute raison – comme si quiconque savait mieux que Keating ce qui était nécessaire pour faire perdurer l'ordre et la richesse de la nation –, Bancroft avait pris publiquement position contre le monopole de la vapeur.

Un imbécile ? Certainement. Un martyr ? Keating était trop malin pour ça. Bancroft était trop important pour le faire rouer de coups mais il aurait à subir une punition publique soigneusement élaborée. Personne ne s'opposait au Conseil de la vapeur. Les règles étaient sévères mais la dureté du monde réclamait une poigne de fer.

Keating représentait ce poing de fer. Il considérait cela comme son devoir.

Et toute cette triste affaire lui rappelait à quel point il était urgent qu'il mette le grappin sur le coffret d'Athéna et que Holmes était le meilleur détective que son argent seul ne lui permettait apparemment pas de se payer.

— Père ? demanda une voix douce.

Il releva la tête, se souvenant que sa fille, Alice, était assise en face de lui. Elle était dotée d'une épaisse chevelure bouclée, plus cuivrée que dorée, et d'yeux couleur de bleuet dans un visage en forme de cœur digne d'une poupée de porcelaine.

Alice ressemblait beaucoup à sa mère, et pas seulement par son apparence. Elle était obéissante et s'exprimait avec douceur, à l'écoute des moindres désirs de Keating. La fille idéale, tout comme sa mère avait été l'épouse idéale jusqu'à l'heure de son décès. Keating avait conscience de la chance qu'il avait eue.

— À quoi pensez-vous, père ? demanda-t-elle à sa manière si discrète.

Keating prit conscience qu'il avait empoigné sa canne telle une massue. Embarrassé, il relâcha sa prise et détendit ses doigts à l'intérieur de ses gants de cuir espagnol finement cousus.

— J'aurais l'usage de ton conseil, mon poussin, dit-il, l'esprit toujours tourné vers Holmes. Il y a un homme dont j'aimerais m'attirer les faveurs mais qui est réticent à me les offrir.

— Et pourquoi cela ? demanda-t-elle comme si c'était l'idée la plus saugrenue au monde.

— C'est un chien qui montre les dents. Il va avoir besoin d'une démonstration de ma puissance.

— Vous avez prévu de le ruiner, père ?

Elle gardait la tête penchée en avant, les yeux posés sur les dentelles ivoire de ses gants. Timide et réservée alors même qu'elle touchait au cœur de ses pensées.

— Tentant, mais c'est trop tôt. Il a accepté de travailler pour moi, quoique à contrecœur. Il faudra plus qu'une unique démonstration de force pour le maintenir dans le droit chemin. Et c'est loin de constituer une utilisation économique de mes ressources. Je préférerais remporter son adhésion par un geste généreux. Il ne s'y attend pas et je n'arriverai nulle part si je ne le surprends pas.

Un demi-sourire apparut sur les lèvres d'Alice.

— Que pourrait vouloir un chien qui montre les dents, à part l'occasion de mordre ?

Derrière ce joli minois et ses boucles claires se cache un esprit rusé. C'est bien ma fille, aucun doute là-dessus. Même si cet esprit vif et sa franchise rendaient parfois Alice un peu trop abrupte, malgré ses airs si féminins.

—Quelque chose qui lui serait directement destiné serait trop évident. Il a une nièce de ton âge. Une fille intelligente, de l'avis général, mais qui ne bénéficie pas des mêmes avantages que toi.

—Alors vous allez faire quelque chose pour elle ?

—Que je déferai s'il me contrarie. Plus grand est le plaisir, plus immédiate est la douleur. Mon petit cadeau devra faire une vraie différence.

—Pauvre fille.

—Aucune fille n'a d'importance en dehors de toi. Si tu étais cette jeune créature, de quoi aurais-tu envie ?

—Je ne la connais pas. Impossible donc de répondre à la question.

Alice tripotait les rubans bleu pâle de sa minuscule–et largement inutile–charlotte.

—En ce moment, j'espère avant tout que ma robe de soirée sera prête pour la présentation. La saison débutera mal si elle ne me va pas à la perfection.

Elle avait esquivé la question. Mais elle avait le cœur tendre. Keating l'avait gâtée et était proche de lui. Peut-être un peu trop.

—La présentation. Il s'agit de cet événement organisé pour les jeunes filles de bonne famille, c'est cela ?

Alice écarquilla les yeux d'exaspération.

—Mais oui, papa ! Sans cela, à quoi servirait le reste de la saison ? Personne n'accorde de regards à une fille tant qu'elle n'a pas baisé la main de la reine.

Le fiacre s'immobilisa. Alice se pencha en avant sur son siège.

—Nous sommes arrivés chez le couturier. Je vais vous laisser ici, père, à moins que vous n'ayez encore besoin de mes conseils avisés.

Keating la gratifia d'un sourire indulgent.

—Non, mon poussin, tu m'as déjà bien inspiré.

La portière s'ouvrit et le soleil envahit la voiture. Le brouillard s'était dissipé, laissant place à une belle journée d'avril. La domestique d'Alice se tenait déjà à l'extérieur, quelque peu décoiffée par son trajet au côté du cocher. Keating observa, pensif, sa fille poser le pied à terre avec l'aide du valet. La saison signifiait l'apparition de prétendants. Keating allait devoir surveiller son unique héritière avec toute la vigilance d'un oiseau de proie.

Cette pensée lui glaçait les tripes. *Je ne devrais pas me faire tant de soucis. Elle est loin d'être idiote*. Et pourtant tous les pères s'inquiétaient ; c'était dans l'ordre des choses.

Le fiacre repartit, le « clop-clop » des chevaux gagnant progressivement de la vitesse, de même que les pensées de Keating. Sans le savoir, Alice lui avait effectivement donné une très bonne idée de ce qu'il pouvait faire pour la nièce du détective. Le grand chambellan et la reine Victoria en personne examinaient la liste des jeunes filles de bon parti à chaque saison. Et seules celles qui étaient jugées acceptables étaient ensuite présentées à la Cour.

Les filles issues de mères ayant fait scandale n'étaient pas reçues. À moins, peut-être, que quelqu'un puisse persuader le grand chambellan ? Cela demanderait une certaine finesse – l'homme était aussi collet monté que ses foulards désespérément passés de mode –, mais Keating était doté des moyens nécessaires et d'une très forte motivation.

J'ai vraiment besoin de Holmes. Non, c'était le coffret d'Athéna qu'il désirait. Potentiellement pour le détruire. Ou peut-être le garder pour son usage personnel.

S'il devenait le seul membre du Conseil de la vapeur à posséder le secret de la combinaison entre magie et machines… Même son esprit avait du mal à imaginer toutes les possibilités que cela lui ouvrirait. Que représentait une concession destinée à s'attirer les faveurs du chambellan en comparaison ? Il ferait en sorte que la moindre gamine de Londres se retrouve à faire la révérence à la Cour si cela devait s'avérer nécessaire.

La voiture s'arrêta de nouveau, cette fois devant le hall de la guilde des producteurs de vapeur. Keating sortit. À peine avait-il posé le pied sur les marches en marbre menant aux portes monumentales que son conseiller, M. Aragon Jackson, en sortit, mû par une ardeur zélée. Jackson était grand et mince, avec un visage de fouine. Malgré des talents d'inventeur indéniables, il s'épanouissait dans le rôle de serviteur privilégié.

Une nuée d'autres parasites s'agitaient frénétiquement dans le sillage de Jackson, austères dans leur uniforme officieux de laine sombre et de chemises en lin soigneusement repassées. Keating aimait que ses hommes présentent bien et ils le savaient.

Tout en marchant, Jackson sortit sa montre. Il pressa un bouton et le boîtier s'ouvrit en laissant échapper une bouffée de vapeur. Un colifichet des plus incommodes. C'était certes quelque chose de posséder la plus petite machine à vapeur connue, mais la chaleur du boîtier avait largement abîmé le gousset du gilet de Jackson : le tissu était décoloré et distendu. Ce n'était qu'une question de temps avant que cette breloque finisse par brûler les chairs roses de son propriétaire.

Jackson referma la montre et se redressa pour saluer Keating.

— Bien le bonjour, monsieur. C'est un plaisir de vous voir, monsieur. Les membres du Conseil de la vapeur se rassemblent. J'ai vos dossiers avec moi, si vous voulez bien me suivre, monsieur.

Le conseiller emboîta le pas à Keating puis se précipita, son manteau voletant derrière lui, pour lui ouvrir la porte du siège de la guilde. L'entourage suivit, banc de rémoras pleins d'espoir dans le sillage du requin. Jackson marchait d'un pas vif, enthousiaste, son regard scrutant l'espace devant eux pour anticiper les moindres besoins du baron de la vapeur.

Une servilité que Keating appréciait et détestait à la fois. Mais il méprisait Jackson. Tel un chien dressé pour faire des tours, l'homme guettait en permanence la possibilité d'une récompense.

Pas comme mon garde-rue. Striker les attendait assis sur un banc dans le hall et ne se leva qu'à l'approche de Keating. Il était ambitieux, prêt à briser des os quand Keating le lui demandait, mais il ne cherchait pas à se faire aimer.

— M'lord, dit Striker en portant les doigts à un chapeau brun de voyou perché sur ses cheveux bruns en épis.

Keating n'était pas un lord mais il avait le sentiment que c'était du pareil au même pour Striker, une question d'indifférence plutôt que de respect. Le jeune malfrat râblé tenait avant tout le rôle du bâton, rat d'égout entraîné pour faire régner l'ordre parmi les sujets de Keating. Il portait un long manteau recouvert de morceaux de métal qui évoquait une sorte d'armure improvisée. Dans la rue, où les matières premières pour fabriquer et réparer quoi que ce soit se faisaient rares, le métal était un signe de richesse. En vertu de quoi, Striker ne se séparait jamais de son magot portable dont le poids aurait mis à genoux un homme moins massif.

Il se joignit au reste de l'entourage, le manteau cliquetant légèrement au fil de ses pas.

— Striker, où en sont les paris à propos de cette femme, Reynolds ? demanda Keating.

— Elle aurait de grandes chances de se faire ouvrir le ventre pour qu'on puisse jeter un coup d'œil à l'intérieur, m'lord.

Depuis longtemps la rumeur affirmait que ceux qui pratiquaient la magie étaient dotés d'organes différents du reste de l'humanité. Pour être honnête, Keating s'était lui-même posé la question.

Le groupe traversa les larges couloirs de la guilde, le bruit de leurs pas étouffé par les tapis moelleux. Autrefois, les murs avaient été décorés de lances, de cimeterres et autres armes exotiques provenant des colonies les plus lointaines de l'Empire. Mais toutes ces armes avaient été retirées par mesure de précaution car les réunions se faisaient parfois un peu trop houleuses. À présent, des portraits de bovins écossais velus les contemplaient avec humeur depuis les hauteurs.

À l'approche de la salle de réunion, Keating donna l'ordre à Striker de déployer des hommes sur le périmètre du bâtiment. Personne ne serait autorisé à sortir sans y être autorisé. La réunion s'annonçait intéressante.

Keating ralentit légèrement l'allure, son humeur refroidie par un sentiment de prudence. Le roi Charbon et une demi-douzaine de ses Bleus Garçons arrivaient depuis l'autre extrémité du couloir. L'énorme obèse était installé sur un siège à roues propulsé par un moteur et guidé par trois serviteurs costauds. De plus près, Keating vit l'appareil semer des cendres sur le tapis, laissant derrière lui une marque de laine brûlée telle une crotte de cheval. Le roi Charbon, trop gras pour se baisser ou tourner la tête, ne remarqua rien. Un flot ininterrompu de transpiration s'échappait des plis superposés de sa chair pâle, comme si la chaleur du moteur de son siège menaçait de le faire fondre telle une statue de suif.

Si le roi Bleu, son autre nom, était l'image même de la gourmandise, les membres de son entourage personnifiaient le manque. Striker était loqueteux mais ce n'était rien par rapport aux hardes des Bleus Garçons, dont les traits tirés et les yeux caves formaient un masque de colère sourde face à l'opulence du club. De façon perverse, ceux de ces affamés qui ne poussaient pas le siège portaient à boire et à manger, le roi Bleu vivant dans la crainte de la famine. Il dormait dans une chambre située à côté de ses cuisines et était connu pour avoir eu des épisodes de panique à l'idée de manquer un repas. C'était un conspirateur brillant mais un grand malade par bien d'autres aspects.

Les chaudières du roi Charbon fournissaient les pires quartiers de Londres – les quais et Whitechapel, baraques et immeubles pleins de criminels, ruelles puantes où même les araignées crevaient de faim –, mais c'était une zone sur laquelle il régnait par choix.

Que trouve-t-il à manger là-bas ? se demanda Keating en scrutant les plateaux à cloche que portaient les serviteurs. *Ses locataires ?*

Ils atteignirent la salle de conférences au même moment. Les deux barons se jaugèrent mutuellement. Keating se demandait s'il avait plus intérêt à afficher sa priorité sur cet écœurant amas de graisse ou à afficher de manière flagrante son respect des bonnes manières.

Le roi Charbon résolut son dilemme.

— Je crois qu'aujourd'hui est un bon jour pour donner une leçon à Verte, vous ne croyez pas ?

Il était doté d'une voix sifflante digne d'un concertina percé, un râle fluet et haut perché incongru chez un homme aussi massif.

— Je veux ce pont, ajouta-t-il.

Keating secoua lentement la tête.

— Elle ne se laissera pas faire sans réagir. Par ailleurs, la reine Verte est ambitieuse. Ce qui peut être exploité à notre avantage.

— Vous arrivez à cette réunion avec un plan en tête. Quelque chose de goûteux qui n'apparaît pas sur le menu. J'en étais sûr !

Keating n'était pas certain de savoir s'il devait se réjouir ou s'agacer de constater qu'ils étaient sur la même longueur d'onde.

— J'ai effectivement une idée. Peut-être pourrons-nous conclure un accord et faire justice dans un même mouvement.

Son homonyme s'éclaircit la gorge en scrutant les alentours d'un air avide.

— Dites-m'en plus.

— Vous savez sans aucun doute où ont été trouvées les pièces destinées à Harter ?

— Pièces que vous avez sans aucun doute mises sous clé ?

— Nous ne voudrions pas qu'elles tombent entre les mains de la populace. Ni qu'ils se fabriquent leurs propres moteurs, n'est-ce pas ?

Le roi Charbon prit un air narquois.

— Certainement pas. Mais je veux toujours ma part des bénéfices.

— Bien entendu, répondit Keating d'une voix doucereuse.

Un ange passa ; les deux hommes s'observaient comme deux félins rivaux. Le gros homme fut secoué par un rire sinistre et Keating affecta un sourire. La tension s'évanouit avec un « pop » presque audible.

— Nous aurons donc droit à une récolte juteuse d'ici à la fin de cette journée. J'aime les récoltes qui rapportent, dit le roi Charbon.

Avec un sourire atroce laissant voir ses dents brunâtres, il fit signe à ses trois serviteurs cadavériques de lui faire passer le large seuil de la salle de conférences.

Au roi Charbon une âme noire comme la suie, songea Keating en se rappelant les paroles d'une vieille chanson. Pris d'un frisson incontrôlable, il attendit que le dernier des Bleus Garçons soit passé avant d'entrer à la tête de son propre cortège.

CHAPITRE 10

MEMBRES ADHÉRENTS
DU CONSEIL DE LA VAPEUR
AVRIL 1888

Mme Jane Spicer, Industries Spicer, district vert,
Mme la présidente
M. Jasper Keating, Keating Distribution, district doré
M. Robert « Roi Charbon » Blount,
Bleu antique gaz et rail, district bleu
Mme Valérie Cutter, Cutter & Lamb, district violet
M. William Reading, Reading & Bartelsman, district écarlate
M. Bartholomew Thane, entreprise Stamford Coke, district gris
Usine à gaz Silence, royaume noir, représenté par M. Poisson

Une immense table en acajou occupait la salle. Seuls les membres du Conseil de la vapeur y étaient attablés, mais leurs assistants s'agglutinaient derrière eux, certains assis, d'autres debout, ajoutant leur souffle à l'atmosphère déjà étouffante de la salle.

Il n'y avait pas de fenêtre mais des appliques à gaz étaient installées aux murs. L'unique décoration était constituée par une maquette détaillée de dirigeable suspendue au-dessus de la table du conseil. Il s'agissait de l'un des nouveaux modèles transcontinentaux, placé là comme un rappel de ce que la collaboration entre barons pouvait accomplir. Une jolie théorie mais Keating y voyait plutôt une incitation à la compétition. Ces grandes nefs remplies de passagers représentaient l'équivalent aérien d'une péniche. Chacun des barons ambitionnait d'être le premier à construire un navire de guerre redoutable et élégant pour régner sur les cieux.

Il ne faisait aucun doute qu'ils avaient tous, dans leurs tiroirs secrets, des plans de vaisseaux expérimentaux n'attendant que la bonne occasion.

Keating avait espéré être le seul à s'intéresser à la légende du coffret d'Athéna, le Saint-Graal du voyage aérien. Après tout, même les érudits y voyaient un mythe plus qu'un objet réel.

À présent, il balayait la pièce du regard en se demandant si l'un de ses rivaux était le voleur.

Il s'assit. Il était le dernier arrivé mais percevait déjà la tension qui imprégnait la pièce, telle une mélasse gluante s'accrochant à la moindre surface. L'affaire Harter avait mis tout le monde à cran. On n'entendait quasiment aucun des échanges liminaires habituels entre les sept membres. Les conseillers, laquais et parasites étaient agités, leur énergie consacrée à échanger des regards orageux avec leurs voisins. Seule la reine Violette lui demanda des nouvelles d'Alice et de l'avancée des travaux pour sa galerie. Cette femme n'oubliait jamais les bonnes manières, malgré les rides de crispation qui encadraient sa bouche.

Tous assumaient à tour de rôle la présidence du conseil. Et ce jour-là elle revenait à Verte. Jane Spicer était l'une des deux membres féminins, un poste hérité de son défunt mari. Le plus doux chez elle était la soie vert bouteille de sa robe. En dehors de cela, elle régnait d'une main de fer sur les quartiers commerciaux de la ville.

Elle fit sèchement résonner ses phalanges sur le bois de la table.

— Messieurs. Mesdames.

Keating lui trouvait un air de gouvernante intraitable. Les rares conversations en cours se tarirent, endiguées par la sévérité de sa voix grinçante. Si ce ton avait pu être distillé et employé comme arme, l'Empire aurait fait trembler le monde entier.

— L'ordre du jour est bien rempli. Je suggère donc que nous commencions.

Keating n'écouta ce qui suivit que d'une oreille : un appel inutile des personnes présentes, l'adoption du compte-rendu de la session précédente, et ainsi de suite. Il laissa courir son regard autour de la table.

La reine Violette, parée d'une robe à ruches pleine de fanfreluches, était aussi féminine que Verte était austère, et prompte à se servir de sa beauté quand cela l'arrangeait. À côté d'elle se trouvait Écarlate, un homme athlétique aux cheveux noirs et aux yeux d'un bleu perçant.

Ni l'un ni l'autre n'inquiétaient vraiment Keating. C'étaient les plus petits joueurs de la partie, dangereux uniquement dans l'hypothèse où ils oublieraient leur intérêt personnel assez longtemps pour travailler de concert. Ce qui semblait bien improbable. Keating et Blount étaient tous deux bien trop doués pour semer la discorde.

Les deux suivants l'intéressaient, mais pour des raisons différentes. L'usine à gaz Silence était une énigme qui opérait dans le monde d'en bas. Il se racontait qu'un couple régnait sur le royaume noir mais personne n'en avait la certitude. Ils envoyaient habituellement un unique représentant – et pas toujours le même –, qui restait assis à écouter, votait quand c'était nécessaire, et ne faisait aucun commentaire. Aujourd'hui, il s'agissait d'un homme à la barbe grise, vêtu d'une sorte de soutane et qui s'était présenté sous le nom de M. Poisson. Et à vrai dire il contribuait tout autant à la réunion que s'il s'était échoué là depuis les berges polluées de la Tamise, le ventre en l'air.

Insulté par l'apparition de cet individu solitaire, Keating l'aurait volontiers fait jeter dehors. Mais il n'osait pas. Le monde d'en bas était aussi vaste que Londres proprement dite et personne n'était certain des forces que le royaume noir pouvait déployer. M. Poisson resterait donc assis à la table, silencieux, solitaire et indemne.

Le dernier membre du conseil était le roi Gris, qui occupait un territoire de taille réduite au nord des frontières de la reine Verte. Ses gens étaient des individus sportifs au visage rougeauds et aux favoris touffus qui devaient sans doute élever des chiens de chasse et boire des tonneaux de bonne bière ambrée pour le petit déjeuner. Gris était un bon homme d'affaires et un type plutôt agréable, dans la vieille tradition des propriétaires terriens anglais. Malheureusement, il avait commis de sérieuses erreurs qu'il était sur le point d'expier, parmi lesquelles celle de faire confiance à ses pairs.

La voix tranchante de Verte se tut, laissant leurs tympans se reposer un bref instant avant d'aborder les affaires à l'ordre du jour.

— Avant que nous commencions, je souhaite ajouter quelque chose à propos de la répartition des zones d'approvisionnement, lança Keating en modulant le ton de sa voix pour paraître à la fois ferme et tout à fait raisonnable. La jonction des pipelines bleus, verts et or au niveau du pont de Blackfriars s'avère fort peu pratique.

— C'est-à-dire ? demanda Verte sur un ton soupçonneux.

— Simplification. Nos exploitations du gaz, de la vapeur et des rails ne sont pas alignées. Il y a dans cette zone des habitants qui vous paient leur chauffage, me paient le gaz et empruntent un train bleu pour aller jusqu'à leur lieu de travail. Ce qui échoue à promouvoir la fidélité chez nos clients, chose à laquelle nous aspirons pourtant tous.

Une fidélité qui s'obtenait parfois à coups de poing de garde-rue, mais ce n'était qu'un détail.

— Je propose que le vert se retire au nord de Fleet Street, laissant ainsi le pont comme une ligne de démarcation nette entre les territoires bleu et or.

Jane Spicer prit la mouche.

— Certainement pas ! Cette partie de la ville rapporte de solides revenus, vous le savez aussi bien que moi. En outre, le péage sur ce pont est actuellement divisé en trois parts égales. Vous cherchez à m'en priver.

— Je vous assure que vous vous trompez, madame.

Elle ne se trompait pas et ils le savaient tous les deux, mais Keating poursuivit sans se laisser démonter.

— Le programme de péage était purement expérimental. Nous sommes tombés d'accord pour ne pas instituer des taxes qui gêneraient un commerce sain dans Londres. Pour une somme fixe, chacun peut s'offrir un laissez-passer mensuel pour éviter de régler le péage individuel. Et c'est logique. Les commerçants doivent pouvoir transporter leurs marchandises. Les fermiers apporter leurs biens jusqu'au marché. Les pêcheurs…

— Oui, oui, épargnez-moi cette litanie, dit-elle en balayant ses paroles d'un geste de la main. Tout cela ne signifie rien ! Le véritable enjeu est financier.

Elle avait raison. Les marchands payaient non seulement pour le chauffage et la lumière mais également pour acheminer leurs marchandises par la voie ferrée, par les quais et maintenant sur les ponts. La mainmise des barons sur les zones desservies par leurs entreprises était presque totale. Keating leva les yeux vers les hommes aux visages revêches qui se tenaient derrière Spicer. Ils ressemblaient à des employés de banque condamnés à un futur fait de bureaux surélevés et de déjeuners froids. Il savait pertinemment qu'elle saignait à blanc ses hommes d'affaires avant qu'aucun d'eux n'ait la possibilité de rassembler suffisamment de capitaux pour s'opposer à elle. Un plan valable, à cela près qu'elle n'était pas assez maligne pour le faire avec subtilité. Cela aurait mieux fonctionné si elle leur avait fait croire que l'idée de lui transférer ainsi leur fortune venait d'eux.

— Étendez votre zone d'influence vers le nord, vous serez largement dédommagée, proposa le roi Charbon de sa voix sifflante.

Verte resta de marbre.

— J'ai un accord de non-expansion avec Gris, dit-elle.

— Dans ce cas, peut-être faut-il trouver un compromis, suggéra habilement Keating. Vous avez promis de ne pas empiéter sur lui si nous ne touchions pas à votre frontière sud. Donnez-nous votre part du pont et nous vous laisserons vous étendre vers le nord.

Gris se releva d'un bond.

— Qu'est-ce que ça signifie ?

— Exactement, dit Verte en s'appuyant contre le dossier de sa chaise.

Mais elle ne se détendit pas. Chaque muscle de son corps semblait n'attendre qu'une excuse pour bondir sur l'occasion.

Keating avait bien l'intention de la lui fournir. Il se leva avec lenteur, l'extrémité de ses doigts appuyée sur la surface de la table en acajou.

— Cela signifie qu'une enquête a révélé la présence d'entrepôts stockant des pièces de machine sur le territoire de Gris. Des pièces détachées que n'importe quel mécanicien compétent pourrait utiliser pour confectionner ses propres chaudières, brûleurs à gaz ou batteries. Des pièces transportées en douce depuis des usines clandestines au nord et utilisées au sein des ateliers de Harter Moteurs.

Verte se leva, une expression affamée sur son visage carré.

— C'est une infraction au premier article du code de conduite du Conseil de la vapeur. « Nul ne saurait promouvoir ou autoriser les masses à générer ses propres énergies ou moyens de locomotion sans l'autorisation expresse de tous ».

On peut toujours compter sur elle pour citer le règlement au mot près.

— Nous devons protéger nos intérêts, dit Keating.

— Il soutient les rebelles ! cria presque Écarlate sous l'effet de la colère.

Il s'était à moitié redressé sur sa chaise, mais la reine Violette le tira par la manche pour le forcer à se rasseoir.

— Vous voyez les rebelles partout, mon cher, dit-elle calmement. Détendez-vous. Ils ne se cachent généralement pas sous les tables, et encore moins durant les sessions du Conseil.

— Vous vous trompez, répliqua Écarlate, qui avait cependant retrouvé un certain sang-froid. C'est cette satanée affaire Baskerville ! La plèbe n'est plus la seule en cause. La bourgeoisie commence à s'impliquer.

— La plèbe prend ses désirs pour des réalités, rien de plus.

Violette tira son mouchoir, délicat frémissement de lin et de dentelle, et tamponna la fine pellicule de transpiration sur ses joues. Il faisait chaud dans la pièce et les bouillonnements d'humeur des un et des autres n'arrangeaient rien.

— Tous les hommes de qualité passent un jour ou l'autre par mes établissements. Et s'ils ont des secrets, mes employés ont le moyen de les découvrir. Je n'ai rien appris qui laisse entendre que l'aristocratie prend les armes contre nous.

Cela parut rassurer Écarlate, mais la curiosité de Keating était piquée. Quoi qu'ait pu en penser Violette, tous les gentlemen ne fréquentaient pas les prostituées et ceux qui le faisaient ne parlaient pas forcément politique avec leur belle-de-nuit. Et surtout, quelle était cette histoire de Baskerville ? Et pourquoi n'en avait-il pas entendu parler ? Ce manque d'informations l'agaçait, surtout si peu de temps après ce qui était arrivé à sa cargaison. Il détestait être pris par surprise.

Mais Gris lui épargna la nécessité de poser des questions.

— C'est quoi, Baskerville ?

— Ne faites pas comme si vous ne saviez pas, gronda Écarlate.

— Baskerville est un fantôme, siffla le roi Charbon en se penchant en avant sur son siège, qui laissa échapper un nuage de vapeur. Une rumeur, une vague idée. Des murmures à propos d'un gouvernement occulte qui fondrait sur nous et reprendrait le contrôle au moment opportun, nous envoyant tous à la potence.

Un grand éclat de rire fit le tour de la pièce, certaines voix moins assurées que d'autres.

— Sornettes ! Le prince héritier ne tolérerait jamais cela, ajouta le roi Bleu.

L'héritier épris de plaisirs de Victoria était lourdement endetté auprès du Conseil de la vapeur.

— Il ne tentera jamais rien contre nous tant que nous continuerons à financer ses caprices.

— Et pourtant certains disent que Victoria est prête à s'opposer à lui au nom du devoir. À le livrer aux rebelles, si besoin est, rétorqua Écarlate. On raconte qu'il s'agirait là des dernières instructions du prince consort à son épouse.

Cela ressemblait effectivement à Albert, qui avait adoré le progrès jusqu'au moment où il s'était rendu compte qu'il rendait obsolète d'antiques institutions telles que la monarchie. Malgré tout, Keating doutait que la reine fasse quoi que ce soit qui puisse mettre ses enfants ou le trône en péril.

— Le prince consort a peut-être causé certaines frustrations à la précédente génération du Conseil de la vapeur, mais il n'est plus.

Écarlate braqua son regard sur Gris.

— N'oublions pas qu'il avait des amis fidèles !

— Ce n'est que trop vrai.

Keating vit immédiatement comment exploiter cette hystérie autour de Baskerville à son avantage. Il désigna Gris du doigt.

— Monsieur Thane, je crois savoir que votre frère aîné était l'un d'eux. D'ailleurs, ne comptait-il pas parmi ceux qui ont travaillé auprès du prince consort durant les préparatifs de l'exposition universelle ?

— C'était il y a plus de trente ans ! bredouilla Gris.

La voix dure de Verte fendit l'air telle une lame :

— Mais la devise de votre famille tourne autour de la fidélité après la mort, non ? Votre frère est un lord et cela fait de vous un membre de l'aristocratie. Vous êtes l'un d'eux bien avant d'être un entrepreneur, c'est certain.

Des propos accueillis par des murmures de contestation, notamment du côté du roi Bleu. Keating dut se retenir de se frotter les mains. C'était presque trop facile.

— Peut-être qu'en enquêtent un peu plus en profondeur sur Harter Moteurs nous trouverons quelques lords et ladies supplémentaires, voire un duc ou deux.

Il empilait des hypothèses de plus en plus improbables avec un sourire carnassier. La vérité n'avait plus d'importance une fois que le parfum du sang flottait dans l'air.

— Tous des vieux amis de la famille Thane, sans aucun doute. Imaginez ce qu'ils pourraient faire avec ces moteurs à combustion. Ils entreprendraient certainement d'éclairer leurs riches demeures sans nous payer notre dû.

— Et ce ne serait que le début de leur trahison, maugréa Écarlate.

Gris était rouge de colère.

— Je ne vois pas de quoi vous parlez. Vous n'avez aucune preuve de quoi que ce soit !

— Bien sûr que si, espèce d'imbécile, répliqua Keating.

— Vous n'avez rien !

Ce qui n'était pas tout à fait vrai. Harter Moteurs avait fait de son mieux pour opérer discrètement et Keating ne savait quasiment rien des personnes impliquées en dehors des actionnaires publics. Gris n'avait peut-être aucune idée de l'existence de cet entrepôt. Mais rien de tout cela n'avait d'importance. Retors ou stupide, Gris était faible et les espions de Keating avaient fait leur office. Gris avait été surpris en possession du seul type de contrebande qui importait aux yeux des barons.

De la contrebande que Keating détenait désormais en lieu sûr.

Gris fit courir son regard affolé autour de la table.

— Nous avons un traité ! Vous êtes censés me protéger !

Ses domestiques battaient déjà en retraite, la peur visible sur leurs traits épais et bourrus.

— Les traités comptent, siffla le roi Charbon, jusqu'au moment où ils ne comptent plus.

Verte affichait un sourire aussi tranchant et déplaisant que sa voix.

— Messieurs, je crois que nous sommes d'accord. Mon pont en échange des terres de ce traître.

Gris tendit la main vers Écarlate qui recula.

— Vous serez le suivant ! postillonna Gris avant de s'essuyer la bouche de sa manche. Vous ou Violette. Vous le savez.

— Pas encore, petit homme, répondit froidement Écarlate. J'ai toujours de bonnes cartes en main.

Et l'enjeu est tellement irrésistible. Imbécile. Keating se retourna pour faire un signe de tête à Striker, qui donna à son tour le signal aux autres gardes-rues dans la pièce. Au même moment, Gris et son entourage se précipitèrent vers la porte, cherchant désespérément à s'échapper.

Il n'y avait qu'une issue pour qui trahissait le Conseil.

Keating tendit la main et la referma sur le poignet de Gris. Un pichet d'eau s'écrasa au sol et des documents s'éparpillèrent dans la flaque d'eau. Gris était fort mais lorsqu'il tenta de se dégager Keating enfonça ses doigts dans sa chair, refusant de lâcher même quand Gris le tira à plat ventre sur la table. Il sentit os et tendons glisser sous sa prise et Gray poussa un juron de douleur.

Une exclamation qui déclencha un frémissement de satisfaction dans les tripes de Keating. *Je te tiens !*

Puis Striker arriva sur le flanc de Gris et lui tordit le bras dans le dos.

— Ça suffit, m'sieur.

— Non !

Gray se débattit, en vain. À contrecœur, Keating lâcha sa proie et laissa le garde-rue l'escorter à l'écart. Sept barons de la vapeur s'étaient présentés au siège de la guilde ce jour-là. Seuls six en ressortiraient. Une loi sévère, mais sévère le monde extérieur l'était aussi et il réclamait une main ferme.

Et un jour il n'en restera que deux, puis un seul.

Il y eut encore un peu d'agitation – des éclats de voix, des pieds de chaises crissant sur le sol, puis le bruit sourd d'un corps heurtant le montant de la porte. Keating se rassit et se saisit avec gratitude du verre d'eau que Jackson avait déposé sur la table, avec un sous-verre pour protéger le bois verni. Quelqu'un était déjà en train de nettoyer les débris du pichet brisé.

Keating prit une gorgée d'eau fraîche et fit un effort conscient pour calmer les pulsations intérieures qui remontaient jusqu'à ses tympans. La crise était terminée et la bataille remportée, mais il se sentait étrangement triste que ce soit déjà fini. Ne restait plus à régler que des questions terre à terre : la reprise par Verte des usines et des conduites de gaz de Gris, le changement de couleur des réverbères, le raccordement des tuyaux. L'excitation était retombée.

— Mené de main de maître, monsieur, lui souffla Jackson à l'oreille.

Le roi Charbon semblait penser la même chose. Il décocha un énorme clin d'œil à Keating. *Une main ferme. Voilà ce qu'il respecte. Et mieux vaut pour moi maintenir ces chiens en laisse plutôt que de les laisser s'ébattre à leur guise, si cruel que cela puisse paraître.*

M. Poisson, qui n'avait pas dit un mot depuis le début, se pencha en avant.

— Je suis curieux, dit-il d'une voix fluette et presque tremblante en contemplant Keating de ses yeux pâles et humides. Que faites-vous des cadavres une fois que c'est terminé ?

CHAPITRE 11

Décès mystérieux du baron Gris

Le corps de M. Bartholomew Thane, actionnaire principal de l'entreprise Stamford Coke et présumé baron du district gris, a été retrouvé flottant près de Lambeth Pier au petit matin. Les premières estimations indiquent qu'il a passé la nuit dans la Tamise et n'y est pas entré volontairement.

En une du *London Prattler*

Malheureuse disparition d'un ami précieux

C'est avec une grande tristesse que nous apprenons la disparition prématurée de M. Bartholomew Thane, actionnaire principal de l'entreprise Stamford Coke. Sa remarquable carrière avait atteint un point culminant ces dernières années avec le siège qu'il occupait au sein du Conseil de la vapeur en tant que représentant du district gris. Il a été retrouvé mort ce matin, paisiblement décédé durant la nuit. Il laisse derrière lui son épouse aimante et ses deux fils.

Page 5 du *Bugle*

Londres, 5 avril 1888
Hilliard House
Jeudi, 11 heures

Le lendemain du meurtre de Grace, le jardin de Hilliard House brillait de mille nuances de vert et de rose dans un accord quasi parfait avec la robe d'Imogen. Celle-ci était assise à côté d'Evelina sur un banc en pierre dans un coin du jardin. Le soleil réchauffait les murs à cet endroit, donnant l'illusion que l'été était déjà arrivé. Les deux amies ne portaient qu'un châle léger par-dessus les confections flottantes à tournure et décorées de volants qui tenaient lieu de robes de jour aux jeunes filles de bonne famille.

Imogen avait bien meilleure mine que la veille ; elle semblait presque entièrement remise. Evelina espérait que ce cauchemar n'était qu'un incident isolé. Si elle retrouvait la santé, Imogen serait indéniablement la beauté à surveiller durant la saison, surtout avec cet air de fragilité qui faisait fondre les hommes et titillait la fibre maternelle des femmes.

Un camouflage bien pratique. Evelina savait que derrière ce maintien languide se cachaient la force de volonté et le tempérament d'une ourse en colère quand on la provoquait. Il fallait du cran pour survivre à une dangereuse maladie.

Imogen prit la main d'Evelina dans la sienne. De minuscules taches de lumière passaient au travers des interstices de son chapeau de paille et s'éparpillaient comme autant d'étoiles sur son nez.

— Je n'arrive pas à croire que tu ne m'aies pas réveillée ! dit-elle. Tu n'aurais pas dû avoir à faire face seule à cet horrible incident.

Evelina se mit à rire.

— Avoue plutôt que tu regrettes d'avoir raté toute cette agitation !

— Tu ne peux pas m'en vouloir, si ?

Imogen se mordilla la lèvre inférieure. Son ouvrage de couture gisait sur ses genoux, l'aiguille négligemment plantée dans le tissu.

— Maman a envoyé Maisie chez elle. Elle a proposé à Dora de prendre un congé mais elle n'a pas voulu partir. Pas avec l'anniversaire de maman après-demain.

Une fête semblait une chose bien triviale mais Dora avait raison. Le programme continuerait comme prévu à Hilliard House. Les invités envahiraient la pelouse, joueraient au croquet et mangeraient plus que de raison. Une meute de prétendants se présenterait sans doute aux pieds d'Imogen dans l'espoir de remporter et sa main et sa fortune. Evelina était impatiente de voir ça. C'était un événement auquel elle pourrait assister, qu'elle ait ou non été présentée à la reine.

Et pourtant ce serait étrange de siroter une tasse de thé en faisant la conversation si tôt après une mort tragique et violente.

—On connaît la famille de Grace Child ?

—Oui, ils vivent du côté de Whitechapel.

—Quelqu'un les a prévenus ?

—Maman s'en est également occupée. Quelqu'un de la maison ira aux funérailles, bien sûr. Papa leur a donné une belle somme pour payer l'enterrement et plus encore. En tout cas, c'est ce que m'a dit Tobias.

Quand Imogen se tourna vers Evelina, le soleil vint éclairer sa pommette saillante. Ses yeux gris semblaient presque translucides, tels ceux d'une louve. Malgré l'application d'un maquillage discret, Evelina vit qu'elle avait pleuré.

—J'ai entendu dire que Tobias avait parlé à Grace juste avant qu'elle se fasse tuer, ajouta Imogen.

Haut dans les branchages, un oiseau se mit à gazouiller dans un joyeux bruit de gorge. Evelina étrécit les yeux mais ne vit qu'un point noir sautillant au milieu des ormes qui bordaient la pelouse. Ce n'était pas son oiseau. Elle ne s'attendait pas à ce qu'il soit déjà de retour. Mais, lorsque ce serait le cas, elle espérait qu'il aurait des réponses à même de disculper Nick et Tobias.

Evelina serra la main de son amie.

—Je sais ce qu'a vu Dora.

Mais Imogen poursuivit malgré tout :

—Maisie a retrouvé Grace peu après 1 heure. Et Dora l'a aperçue avec Tobias quelque temps avant.

Evelina fronça les sourcils. Elle n'aimait pas voir Imogen se tracasser ainsi.

—Qui t'a raconté tout ça ?

—Personne. J'ai entendu Dora qui discutait avec Bigelow… (Elle avala sa salive.) Honnêtement, je ne crois pas que Tobias soit coupable. C'est mon frère. Mais le timing ne joue pas en sa faveur. Le problème c'est que, si ce n'est pas Tobias, alors qui ? Quel que soit l'angle sous lequel on regarde les choses, il y avait un tueur chez nous.

—Je sais.

—Tu as peur ?

—Oui et non, répondit Evelina.

—Je comprends le « oui » mais pourquoi le « non » ?

Evelina hésita. Elle ne voulait pas impliquer Imogen dans cette histoire mais le doute était un ennemi insidieux. Il semblait préférable de pouvoir le dissiper en en parlant. Et, en toute franchise, Evelina était heureuse d'avoir la possibilité de discuter de ce qui s'était passé. Elle avait envie, voire besoin, du soutien d'Imogen.

Le problème le plus immédiat d'Evelina était simple : elle voulait trouver des réponses mais sans savoir par où commencer. Elle était restée éveillée toute la nuit en essayant d'ordonner tous les détails dans son esprit. Oncle Sherlock lui aurait dit de maîtriser les faits et leur chronologie avant d'envisager la moindre action. Si elle était prise en défaut, il la gratifierait de son fameux haussement de sourcils et l'accuserait de mener une réflexion bâclée.

— La mort de Grace est plus complexe qu'il y paraît.

Imogen fronça les sourcils.

— Qu'est-ce qui te fait dire ça ?

Evelina plongea la main dans son sac de broderie pour en sortir l'enveloppe qu'elle avait emportée au nez et à la barbe de Lestrade. Au cœur de l'agitation de la nuit passée, elle l'avait pratiquement oubliée jusqu'au moment de se déshabiller pour se coucher.

— Je pense qu'il y a une raison précise derrière sa mort. Elle cachait ceci sous ses vêtements.

— Et tu l'as pris ? demanda Imogen, les yeux écarquillés.

— J'avais mes raisons.

— Mais c'est une pièce à conviction !

— Que la police ne comprendrait pas.

En tout cas pas avant d'avoir embauché des experts capables de détecter les signatures magiques – elle était certaine qu'il y en avait bien deux – qui imprégnaient l'enveloppe. La proximité de cette magie résiduelle était tellement dérangeante qu'Evelina avait plongé l'ensemble dans du sel pour neutraliser sa mauvaise énergie. Celle-ci s'était presque dissipée à présent. Sans quoi Evelina aurait hésité à laisser Imogen y toucher.

Elle retourna l'enveloppe entre ses doigts, sensible à la flamme de curiosité qui s'allumait dans le regard de son amie. Malgré le sérieux de la situation, Evelina ressentit le frisson d'excitation de la bateleuse qui se prépare au clou du spectacle. Même après des années, elle avait toujours le cirque dans le sang…

— Regarde donc ce qu'elle contient.

Elle inclina l'enveloppe et un sachet de soie colorée atterrit en tintant dans sa paume. Imogen tendit la main et s'en saisit

— Qu'est-ce que c'est ?

—Un mystère de plus. Regarde de plus près.

Imogen tira sur les cordons de l'ouverture et jeta un coup d'œil à l'intérieur. Amusée, Evelina vit son amie écarquiller de nouveau les yeux.

—Oh ! Ça alors !

Imogen plongea ses longs doigts dans le sac et en tira un petit lingot d'or brillant.

—Ça...

—... représente une belle somme d'argent, à mon avis. Je l'ai pesé. Près de quatre-vingt-dix grammes d'après la balance du garde-manger. Et il y a autre chose dans le sachet.

Imogen sortit une poignée de pierres minuscules qu'elle examina, l'air intriguée. Evelina vit que la surprise d'Imogen laissait place à la curiosité. Même si les circonstances l'incitaient rarement à s'en servir, Imogen avait l'esprit aussi aiguisé que celui de son frère.

—Ce sont des émeraudes, dit-elle d'une voix où perçait l'excitation. Mais grossièrement taillées. Je n'en avais jamais vu de ce genre. Et l'or semble pur mais il est dénué de toute marque. J'ai déjà vu papa manipuler de l'or provenant d'une banque. Il y a presque toujours un poinçon pour indiquer la provenance du lingot. Là, on dirait que quelqu'un l'a fondu lui-même, termina-t-elle, les yeux brillants.

Quelqu'un qui emploie la magie. Ou alors l'or et les gemmes sont restés proches d'une énergie magique assez longtemps pour qu'elle laisse des traces. Le métal et les pierres précieuses absorbaient les résidus magiques plus vite que pratiquement n'importe quelle autre substance. Raison pour laquelle on trouvait tellement d'épées, de couronnes magiques et autres dans les contes populaires.

—Est-ce que certains de vos bijoux de famille contiennent des émeraudes ? Est-ce qu'il pourrait vous en manquer ?

—Non. On n'a rien qui puisse donner tout ceci, répondit Imogen en remettant les articles dans le sachet. Cet or jette un éclairage complètement nouveau sur ce qui s'est passé. Comment Grace est-elle entré en sa possession ? À quoi était-elle mêlée ?

Une abeille passa en vrombissant dans l'air fleuri. En quelques secondes, elle disparut dans les ombres frémissantes des feuillages.

—Elle devait sans doute livrer le sachet.

—Mais pourquoi la tuer sans la dévaliser ?

—Le tueur a peut-être été interrompu... ou peut-être qu'on l'a tuée pour une raison tout à fait différente.

Evelina sortit de l'enveloppe un morceau de papier. Une feuille toute simple, le type de papier bon marché que l'on pouvait acheter n'importe où. Il comportait quelques lignes en lettres majuscules. Des mots inscrits à la main avec de l'encre ordinaire.

— Il y avait ceci avec le lingot.

Le papier était plié en deux. Quand Imogen le déplia, le vent fit vibrer les bords de la feuille. Elle redressa le menton comme si les mots qui y étaient inscrits l'avaient offensée.

— Ça ne veut absolument rien dire.

— C'est écrit dans une sorte de code.

Imogen lui décocha un regard inexpressif.

— L'une des spécialités de ton oncle, je suppose ?

— Il a écrit ce qu'il appellerait une insignifiante monographie sur le sujet dans laquelle il analyse cent soixante méthodes de chiffrement différentes.

Imogen avait haussé un sourcil blond.

— C'est tout lui, n'est-ce pas ?

— Il n'a pas beaucoup d'amis.

— Excepté ce malheureux docteur avec lequel il vivait. Ce doit être un homme très patient.

Evelina eut un petit haussement d'épaules. Il aurait été vain d'essayer d'expliquer oncle Sherlock. C'était tout simplement impossible.

— Quoi qu'il en soit, si j'ai vu juste sur la nature de ce texte, les codes de ce type sont extrêmement difficiles à percer.

Une expression têtue se lisait sur le visage d'Imogen.

— Mais il va bien falloir qu'on y arrive, non ? pour disculper Tobias ?

Evelina leva la main, saisie par un sentiment de malaise qui l'incitait à la prudence.

— Se mêler à une affaire de meurtre et de vol ne peut rien rapporter de bon. Et tu dois déjà te soucier de ta présentation à la reine et de la saison qui commence.

— Et te laisser t'en charger seule ? répliqua Imogen. Ne compte pas là-dessus, Evelina Cooper ! Tu n'es pas la seule fille à avoir de l'esprit et du cran. L'année prochaine à la même époque je serai peut-être une vieille femme mariée. Laisse-moi vivre une aventure mémorable !

Evelina sentit son cœur se serrer. Au terme de la saison, leurs chemins se sépareraient sans aucun doute. Elles s'adoreraient toujours, s'écriraient des lettres, mais ces heures passées ensemble deviendraient l'exception plutôt que la règle. Leur jeunesse se terminerait de manière aussi prévisible et inéluctable qu'une horloge sonnant les douze coups de minuit.

Evelina ravala la peine qui lui obstruait la gorge.

— Je ne veux pas qu'il t'arrive du mal.

— En travaillant sur un code ?

— Un cryptogramme. Il y a une différence.

Imogen leva les yeux au ciel.

— En décryptant une lettre, si tu préfères.

— Ce n'est pas la seule chose. Il se peut que la magie soit impliquée.

— N'importe quoi. N'essaie pas de me tenir à l'écart. Tu as besoin de mon expertise.

Evelina cligna des yeux de surprise.

— Ne prends pas un air aussi stupéfait ! Je ne suis pas inutile.

Imogen leva le sachet sous le nez de son amie.

— Je m'y connais en soieries et ce tissu ne peut venir que d'un endroit. Un petit magasin situé dans le West End. La personne qui a confectionné cette pochette a dû l'acheter là-bas. Et récemment, en plus. C'est le motif de cette année. Vérifie dans la gazette de la mode si tu ne me crois pas.

Un éclair de plaisir éparpilla les doutes qu'Evelina pouvait avoir. Elle prit son amie dans ses bras.

— Quel génie ! Toi seule aurais pu remarquer un tel détail.

— Probablement. Et uniquement parce que j'ai examiné un bon millier d'échantillons au moment de choisir mes futures toilettes pour la saison, lui murmura Imogen à l'oreille. On pourra enquêter et faire des emplettes dans le même temps. Après tout, papa ne dit-il pas tout le temps qu'il faut viser l'efficacité ?

Evelina fit la grimace en repensant aux secrets potentiels de lord Bancroft. La magie présente sur le sachet ne ressemblait en rien à celle qu'elle avait perçue sur les automates mais comment expliquer la présence de quelque sorte de magie que ce soit ? Où la pauvre domestique s'était-elle rendue et au service de qui ?

Elles furent interrompues par Dora, qui traversa la pelouse au pas de course.

— Miss Cooper, vous devez venir tout de suite !

La domestique s'arrêta, haletante, à quelques pas des deux jeunes femmes.

— Que s'est-il encore passé ?

Alarmée, Evelina fourra prestement le sachet de soie, la note et l'enveloppe dans son sac de broderie. *Je n'ai vraiment pas besoin d'une balle de plus à rattraper. Le jonglage n'a jamais été mon fort.*

Dora baissa la voix pour s'exprimer dans un murmure sépulcral :

— Votre grand-mère est ici.

Imogen tourna vers Evelina un regard plein de tristesse.

— Oh non…

Bon Dieu ! je ne vais pas pouvoir m'occuper d'elle en plus de tout le reste.

Evelina se leva en lissant les plis de sa robe bleu pâle. Elle se serait sentie mieux si son sac de broderie avait contenu un revolver. Elle était reconnaissante envers cette femme qui l'avait tirée de la pauvreté pour lui offrir une vie au sein de la bonne société. Cependant, mère-grand était sans doute la raison pour laquelle ses oncles ne s'étaient jamais mariés. Elle avait probablement terrifié les pauvres garçons au point qu'ils avaient fait vœu d'éternel célibat.

Evelina suivit Dora à l'écart du jardin avec la vague impression d'être une condamnée en route pour son exécution. Toute la beauté de cette matinée, des feuillages éclaboussés de soleil aux fleurs colorées du printemps, se changea en morne grisaille tandis que l'esprit d'Evelina s'absorbait tout entier dans la perspective de parler à son aïeule.

Pourquoi ne trouve-t-on jamais une bonne charrette en route pour la guillotine quand on en a besoin ?

Sans surprise, les difficultés familiales d'Evelina étaient un héritage de ses parents. Enfant, le père d'Evelina avait fui le cirque de Ploughman. Il avait gravi les échelons au sein de l'armée grâce à la chance et une bravoure sans égale, avait remporté un titre d'officier et convaincu la mère d'Evelina de s'enfuir avec lui. Après quoi, il s'était fait tuer par balle en Éthiopie moins d'un an plus tard, laissant Marianne Cooper, née Holmes, sans le sou et enceinte de leur fille.

Les parents de Marianne, en bourgeois orgueilleux, l'avaient chassée sans même informer Sherlock et son frère aîné, Mycroft, du retour de leur sœur. Marianne avait donc été forcée de chercher refuge auprès de la famille de son mari, qui s'était avérée bien plus accueillante que la sienne. Mais tout cela s'était produit bien avant que mère-grand Holmes vienne chercher Evelina pour essayer de faire d'elle une dame.

Non que l'aïeule ait été persuadée d'y parvenir. La certitude qu'Evelina allait également tomber en disgrâce – un événement aussi sûr et inéluctable qu'une cuillerée de sauce froide qui s'écrase en faisant un gros « floc » – semblait toujours si vive que, certains jours, Evelina était tentée de s'y conformer pour enfin en finir.

En entrant dans la maison, elle prit une profonde inspiration et fit appel à la gratitude sincère qu'elle ressentait face à tout ce que son aïeule avait fait pour elle.

Evelina prit une minute de plus pour monter dans sa chambre et s'assurer que sa coiffure et sa robe étaient exemptes de tout reproche. Elle s'arrêta quelques instants face au miroir à la recherche de l'expression convenant à une petite-fille sage et obéissante. Puis elle redescendit l'escalier en marquant un temps d'arrêt pour regarder l'horloge. Le cadran pour la météo laissait voir un soleil souriant. Il était plus optimiste qu'elle.

Comme si elle avait eu conscience d'être observée, l'horloge émit un tintement et cracha une carte par l'une de ses fentes. Evelina l'attrapa avant qu'elle tombe au sol. Elle la retourna et tenta de lire le message imprimé en relief dessus. Les lettres étaient familières mais les mots qu'elles composaient n'avaient aucun sens. C'était bien dommage : malgré l'élégante beauté de l'appareil, son fonctionnement était clairement défectueux. Evelina déposa la carte sur le rebord de la fenêtre et poursuivit la descente des marches.

Tous les rideaux du salon de jour avaient été tirés, et l'espace habituellement ensoleillé baignait dans un crépuscule prématuré. Grand-mère Holmes était un nuage d'orage itinérant plongeant tout ce qui l'entourait dans l'obscurité et la consternation. Trop de lumière défraîchissait les meubles, après tout, donc aucune personne sensée n'aurait dû ouvrir les rideaux lors d'une journée ensoleillée.

Évidemment, la pauvre lady Bancroft avait cédé face à son invitée.

Enveloppée de lourdes soies noires, mère-grand était assise sur le plus gros et le plus confortable des sièges. Malgré sa septième décennie bien entamée, sa silhouette haute et sèche demeurait aussi raide qu'un piquet. Les seuls accessoires qu'elle s'autorisait étaient une broche en cheveux tressés, symbole de deuil, accrochée au col haut de son corsage et un peigne en jais planté dans sa coiffure couleur de fumée.

Evelina vint se placer au centre exact du tapis à motifs, mains jointes devant elle. Elle remarqua, avec une certaine inquiétude, que personne d'autre n'était présent. Sa grand-mère tenait à avoir Evelina pour elle seule.

De légères palpitations lui envahirent le ventre, comme si elle avait avalé un papillon de nuit.

— Quel plaisir de vous voir, madame. Une joie inattendue, c'est certain.

Mme Holmes fit tinter sa tasse de thé contre sa soucoupe en les reposant.

— Ne joue pas les malicieuses. Lord Bancroft m'a fait mander. Je crois comprendre qu'il t'a trouvée en train de manipuler un cadavre la nuit dernière.

Il avait dû envoyer un télégraphe immédiatement pour que la vieille dame se soit déplacée si vite.

— Je tentais simplement de voir de qui il s'agissait, protesta Evelina d'une voix douce.

— Dégoûtant. Une telle curiosité ne sied absolument pas à une lady.

— Je cherchais à me rendre utile.

— Chaque jour, je me désespère à l'idée que tu finisses comme Marianne.

Evelina ne voyait pas comment l'on pouvait associer une fugue au bras d'un amant avec l'examen d'une personne décédée. Peut-être parce qu'elle n'avait jamais été mariée.

— Je suis navré si j'ai pu causer de l'inquiétude à quiconque. Je vous assure que cela ne se reproduira pas.

— Non. Par chance, les domestiques assassinées sont denrées rares.

Sa grand-mère la détailla de la tête aux pieds avec des yeux aussi sombres et durs que les perles de jais qui décoraient son peigne. Malgré sa férocité, elle semblait fatiguée par le trajet. Elle commençait à devenir fragile, constata Evelina avec un serrement au cœur.

La vieille dame poursuivit :

— Mais je crois qu'il est temps de penser à ton avenir car cette visite à ton amie n'a clairement rien à voir avec l'idée de te trouver un mari.

Evelina laissa échapper un bruit de protestation.

— Je n'ai rien fait d'autre que d'examiner ce corps.

Sa grand-mère fendit l'air d'un geste sec de sa main noueuse.

— Allons !

— Je travaillerai dur pour mieux vous satisfaire, mère-grand. Je le fais toujours.

— Les belles paroles le sont encore plus quand elles s'accompagnent de beaux actes. Je préférerais ne pas avoir à imaginer ma petite-fille s'exposant au danger. On ne sait jamais ce qui peut se produire quand on se mêle d'affaires aussi vulgaires.

Cela ressemblait suffisamment à une forme d'inquiétude pour qu'Evelina s'en trouve surprise.

— En effet, madame.

— Mais assez parlé de cadavres. C'est d'autre chose que je souhaite t'entretenir.

Sa grand-mère désigna une chaise d'un doigt presque accusateur.

— Assieds-toi et prends un thé.

Evelina prit la théière Wedgwood et se versa une tasse, non sans avoir au préalable resservi sa grand-mère et lui avoir tendu l'assiette de biscuits. Au moins personne ne pourrait critiquer ses manières.

Mère-grand Holmes sortit sa lorgnette et l'appareil se déplia pour qu'elle puisse examiner les pâtisseries à travers de puissantes lentilles grossissantes. Elle émit un petit bruit désapprobateur face aux macarons puis appuya sur un minuscule bouton doré pour sélectionner un gâteau en nid d'hirondelle fourré de confiture à la fraise. L'assiette automatisée s'en saisit à l'aide d'une pince en argent et le déposa soigneusement sur la soucoupe de mère-grand.

Evelina s'installa sur la bergère brodée en faisant bien attention à la tournure sous ses jupes. Un fin rayon de lumière s'étalait impudemment en travers du canapé comme en un pied de nez au diktat contre le soleil et l'air frais. Evelina réfléchit rapidement en se demandant comment procéder.

Peut-être serait-il préférable d'enterrer au plus vite toute idée de mariage. Elle respectait suffisamment sa grand-mère pour être honnête.

Elle s'humecta les lèvres puis exprima enfin à voix haute ce à quoi elle réfléchissait depuis des mois.

— Puisque nous évoquons le futur, madame, je compte demander à m'inscrire à l'université pour dames de Londres. Ceci, bien entendu, avec l'espoir de votre soutien.

Sa grand-mère tressaillit comme si elle avait reçu un coup.

— L'université ? Pour quelle raison ?

Evelina avait beau s'être préparée à une déception, une pointe de panique traversa néanmoins sa garde. Il serait impossible d'entrer à l'université sans le soutien de sa famille. À quel point celui-ci serait-il difficile à obtenir ?

Elle conserva sur son visage un masque de politesse.

— Pour aller plus loin dans mon éducation.

— Absolument hors de question !

— Dites-moi, je vous prie, quel mal il y aurait à cela ?

— Des femmes à l'université ? Une modernité ridicule. Ton grand-père ne l'aurait jamais permis.

Evelina ouvrit la bouche pour répondre, des paroles de colère prêtes à s'envoler d'entre ses lèvres.

Ne me parlez pas de ce vieux misérable, madame !

Si le grand-père Holmes avait encore eu son mot à dire, elle serait toujours au cirque Ploughman, à donner trois représentations par jour sur la corde raide. Ce n'était qu'après le décès de l'odieux personnage que mère-grand avait osé venir au secours d'Evelina. Trop tard pour Marianne, qui avait succombé longtemps auparavant à une fièvre infâme.

Evelina mordit dans un biscuit pour ne pas répliquer avec grossièreté.

— Si je ne dois pas recevoir d'instruction, alors à quel avenir suis-je promise ? Celui de gouvernante ? de compagne ? d'infirmière ?

Sa grand-mère eut un reniflement de dégoût.

— Sornettes ! Comment peux-tu penser à de telles choses alors que tu as – contre toute attente, ajouterai-je – reçu une invitation pour être présentée à la reine. Il semble que la duchesse de Westlake en personne ait proposé de te parrainer ! Il ne fait aucun doute qu'elle t'invitera également au bal qu'elle organise. Un vrai coup de maître.

Le silence résonna avec toute la majesté d'un gong oriental. Evelina sentit la soucoupe lui échapper de la main mais parvint de justesse à la rattraper.

— Je vous demande pardon ?

Sa grand-mère releva le menton, visiblement satisfaite d'avoir repris le contrôle de la conversation.

— Tu m'as bien entendue. Difficile d'imaginer ce qui aurait pu t'arriver de mieux, à part peut-être une intervention divine. Personne n'osera critiquer son choix de protégée.

Les pensées d'Evelina étaient envahies par la confusion. Elle avait certes rencontré la duchesse à l'occasion de visites de courtoisie, mais il n'y avait aucune raison pour que celle-ci l'ait remarquée. *Pourquoi m'a-t-elle parrainée ?* Evelina aurait dû danser de joie à travers la pièce, au lieu de quoi elle se sentait… perplexe.

Son aïeule, en revanche, semblait habitée du même élan qu'une locomotive au moteur ronronnant. Elle posa sa tasse à l'écart et se frotta les mains avec une délectation pleine d'enthousiasme. Une attitude inattendue chez elle.

— J'étais certaine qu'après la déchéance de ta mère il n'y aurait pas de présentation. Il semble que Sherlock ait enfin fait quelque chose d'utile et obtenu une faveur de la part de l'un de ces industriels de la vapeur. Jasper Keating, d'après sa signature. Il s'est occupé de tout.

Evelina cligna des yeux, surprise. *Ce qui signifie que le roi Doré a convaincu la duchesse de Westlake de me parrainer. Pourquoi ?* Quelle influence Jasper Keating pouvait-il avoir sur la duchesse ? D'un autre côté, d'après ce qu'elle avait entendu dire, c'était un homme très puissant. Tout était possible.

Elle se sentit soudain terriblement mal, avec l'impression d'être exposée tel un minuscule insecte sur un très grand tableau blanc. Malgré son enfance passée devant un public, elle n'aimait pas l'idée d'avoir attiré l'attention de personnes aussi importantes. Cela lui paraissait dangereux.

— Qu'a fait oncle Sherlock pour M. Keating ?

Sa grand-mère émit un grognement sonore.

— Je ne me soucie pas de ce genre de détails mais j'ai apporté la robe de présentation de ta mère afin que nous puissions l'ajuster et la remettre au goût du jour. Puisse-t-elle t'apporter plus de discernement qu'à elle, ma fille. Ne t'avise pas de gâcher *tes* chances avec un artiste de cirque.

L'image malvenue de Nick s'imposa à l'esprit d'Evelina. *Le fréquenter n'a jamais été un gâchis. Le simple fait de penser cela est déjà injuste.* Elle avait aimé Nick avec toute l'intensité d'une première passion de jeune fille. Et elle l'aimait toujours. Mais cette voie était dangereuse pour eux deux. Elle ne pouvait pas lui faire prendre un tel risque et si elle n'allait pas de l'avant la tentation de revenir vers lui deviendrait trop forte. Une présentation devant la Cour l'éloignerait encore un peu plus de la petite fille aux pieds nus qu'elle avait été et la rapprocherait du monde de la bourgeoisie, à l'écart de la magie de Nick et du risque d'être découverts.

Et, même si cette question semblait ridiculement banale comparée au reste, quelle place restait-il pour l'université dans tout cela ? Ce coup de chance – si c'en était bien un – rendait son avenir encore plus complexe.

Sa grand-mère continuait sans avoir conscience de ses tourments intérieurs.

— Cela ouvre beaucoup de portes, tu sais. Tu pourrais réellement faire un beau mariage. Un fils cadet, peut-être. Ou, avec un peu de chance, je pourrais te trouver un gentilhomme d'âge mûr ayant besoin de soins, quelqu'un avec un titre mineur et un peu d'argent. Cela serait très convenable.

Evelina en resta bouche bée. *Une vie de bassins hygiéniques et d'émétiques ? La bonne blague !*

Mais… et si elle pouvait trouver quelqu'un comme Tobias ? *ou Tobias lui-même ?* Cette présentation signifiait qu'elle serait formellement acceptée dans le cercle restreint au sein duquel il choisirait son épouse. Le frère d'Imogen, si beau et si intelligent, n'était désormais plus tout à fait hors de portée. Jamais il ne serait son premier amour – seul Nick détiendrait cette place dans son cœur –, mais il n'en promettait pas moins la possibilité d'une vraie passion.

Elle sentit monter en elle un frisson d'excitation qui la laissa le souffle court. *Pourrais-je ? Oserais-je ?*

Il reste cependant un Roth. Il sera en quête d'une fortune et lord Bancroft cherchera quelqu'un avec des connexions politiques. Ne tire par sur la corde de ta chance.

En vérité, ladite corde était déjà tendue à craquer et s'effilochait entre ses doigts mais, à cet instant, Evelina s'en moquait. Tobias était à moitié débauché mais cela participait à le rendre fascinant. Elle aurait voulu, rien qu'une fois, baisser sa garde devant lui pour voir où cela pouvait la mener.

— Je ne sais pas si je pourrais, dit Evelina à voix basse.

— Bien sûr que si, répondit sèchement son aïeule.

Evelina sursauta, tirée de sa rêverie.

— Pardon ?

Mère-grand Holmes haussa les sourcils.

— Tu n'as pas l'air ravie. Pour tout dire, tu parais même soucieuse. Tu devrais être heureuse.

— Tout cela est si soudain.

Evelina avala ce qui restait de son troisième biscuit et fit passer le tout avec une gorgée de thé. *Quelle idiote absolue je fais !*

— N'as-tu pas pris ton petit déjeuner ? Tu vas perdre ta silhouette si tu prends l'habitude d'engloutir ainsi des sucreries.

Sa grand-mère pinça les lèvres comme si elle envisageait les perspectives d'Evelina.

— Il y a beaucoup à faire si nous voulons que ta saison se passe comme il faut. Et le temps est compté. Si tu fais en sorte de ne pas croiser le chemin de nouveaux cadavres, lord Bancroft ne remarquera plus ta présence. Au ton de sa missive, j'ai bien peur que tu aies heurté sa sensibilité.

— Étrange. Il ne donne pas l'impression d'un homme très sensible.

Sa grand-mère se racla la gorge d'un air entendu.

— Il a été suffisamment alarmé, en tout cas, pour me faire mander afin de te raisonner. J'ai reçu son message en même temps que celui de M. Keating. Fascinantes lectures pour accompagner mon chocolat du matin. Tu as bien des défauts mais personne ne pourra te reprocher d'être ennuyeuse. Il semble que tu aies su passionner ces deux messieurs, quoique de différentes manières. J'ai hâte de voir quel genre de prétendant tu vas attirer.

Evelina se mordit la langue mais son expression n'échappa pas à son aïeule, dont les yeux étincelèrent.

— Trouver le bon mari, c'est un peu comme choisir un chien de chasse. Tous aboient plus qu'ils ne mordent, ma fille. Un jour tu contempleras l'homme assis en face de toi à la table du petit déjeuner et tu comprendras que le dressage est la seule option restante.

Une heure plus tard, Evelina put profiter d'un moment de tranquillité dans sa chambre. Elle s'assit au bord de son lit, le visage entre les mains. Elle avait chaud. Pour tout dire, elle se sentait au bord de l'affolement. La visite de sa grand-mère l'avait paniquée.

Présentée ? Je vais être présentée à la reine ? Même si elle en avait secrètement rêvé, c'était complètement incroyable. Cela lui conférait une vraie respectabilité. Elle allait pouvoir participer à l'intégralité de la saison en compagnie d'Imogen et… se trouver un époux ?

La plupart des femmes considéraient qu'elles allaient se marier mais, du fait de son statut social incertain, Evelina avait volontairement conçu d'autres projets. L'université correspondait bien à sa curiosité pour la science et la magie et à son désir de découvrir comment elle pouvait lier les deux. Mais, d'un seul coup, un nouveau choix s'offrait à elle.

Elle n'avait aucune idée de ce qu'elle devait souhaiter. Elle n'avait pas eu le temps d'y réfléchir.

Sa mère aurait été ravie. Evelina se rappelait avoir passé du temps assise sur ses genoux à écouter d'interminables histoires de jolies robes et d'assemblées prestigieuses. Marianne avait fait de son mieux pour bien élever sa fille, tentant de lui inculquer l'usage de toutes les fourchettes et cuillères, à faire montre du respect attendu envers les messieurs, à employer la bonne formule pour s'adresser au fils aîné d'un duc… Evelina aurait aimé pouvoir lui dire que ces leçons n'avaient pas été vaines.

Mais une idée lui revenait sans cesse à l'esprit. Elle ne devait pas se faire d'illusions : aucun fils de gentilhomme ne voudrait pour épouse une praticienne de la magie. Elle serait obligée de garder son talent à tout jamais secret.

Elle releva la tête et tourna son regard vers le jardin derrière la maison. Elle ne voyait pas tant le vert printanier des arbres qu'un futur profondément désiré. Un futur où la magie et la science auraient la même importance, où personne ne se soucierait de savoir combien de biscuits elle mangeait ou si elle préférait réparer une horloge plutôt que de broder des mouchoirs. Où elle pourrait se marier par amour ou pas du tout.

Elle s'autorisa un soupir plaintif. *Voilà un parfait fantasme, Evelina Cooper. Mais il y a toujours un meurtre à résoudre. Au travail !*

Elle se sentit immédiatement mieux. Si morbide et si terrifiant soit-il, le meurtre lui paraissait plus facile à gérer que de futurs prétendants.

Par où commencer? Elle savait qu'oncle Sherlock avait parfois du mal à dénicher les indices. Ce n'était pas le problème. Les indices étaient nombreux mais menaient tous à de nouvelles questions. Qu'avait fait Tobias durant la soirée et pourquoi refusait-il d'en parler ? Y avait-il un lien avec les automates? Qui était l'amant de Grace? Pourquoi une fille de cuisine désargentée dissimulait-elle une fortune dans ses vêtements ? Pourquoi Nick avait-il choisi ce moment précis, après cinq ans de séparation, pour lui rendre visite ? *Et vais-je devoir me rendre chez Ploughman pour le découvrir ?*

Autant de questions qui formaient une toile scintillante dans son esprit. Elle pouvait presque percevoir les liens entre elles mais les connexions lui échappaient dès qu'elle les examinait de trop près, un peu comme l'image rémanente d'une bougie allumée dans une pièce obscure. Plus elle fixait son attention dessus, plus elle devenait aveugle. Transformer ces feux follets en faits réels allait s'avérer délicat. Et cela impliquerait une longue enquête.

Mais, comme je ne suis qu'une jeune fille sortant à peine de l'école, je n'ai aucune autorité pour poser des questions. La preuve, je dépends de l'aide que pourra m'apporter un oiseau mécanique.

Et elle n'avait pas le quart du génie de Sherlock Holmes. Une personne était déjà morte et, en essayant de résoudre l'affaire par elle-même, Evelina prenait le risque de mettre quelqu'un d'autre en danger. Elle avait envie d'écrire à son oncle pour lui demander conseil.

Mais c'était déjà un défi en soi. Son oncle ne se contenterait jamais de donner un avis, il aurait tôt fait de se transformer en limier pour aller au bout de l'affaire. Et il ne manquerait pas de mettre au jour de dangereux secrets, exactement comme elle craignait qu'il le fasse si Lestrade faisait appel à lui. L'implication d'oncle Sherlock pourrait mettre fin à tout espoir de protéger Imogen et sa famille. Pire, le détective pourrait décréter qu'un foyer où un meurtre avait eu lieu était dangereux et exiger qu'elle reparte à la campagne chez mère-grand Holmes. Une éventualité... catégoriquement impensable.

Elle allait devoir trouver le moyen de lui demander conseil dans un cadre très limité, uniquement au sujet du cryptogramme. Énigmes et problèmes abstraits constituaient déjà un sujet de correspondance entre eux et cela n'éveillerait donc pas les soupçons de son oncle Sherlock. D'autant plus qu'il ferait en sorte qu'elle le déchiffre par elle-même. Elle avait simplement besoin d'une indication quant au chiffrement employé.

Elle s'installa à son secrétaire et sortit plusieurs feuilles de papier d'un tiroir. Puis elle recopia le texte du cryptogramme en prenant soin de reproduire à l'identique les suites de lettres dénuées de sens.

JSAMR JSQJE LMXTB ZWTFY LNLXG LROWB YHCIF

Cela fait, elle entreprit d'écrire sa lettre.

Cher oncle Sherlock,
J'espère que tout va bien pour vous. Pour ma part, je suis en bonne santé et profite d'un séjour agréable à Hilliard House.
Pour en venir directement aux faits (car je sais que cela à votre préférence), je vous écris pour vous exprimer ma gratitude. Je crois comprendre que, grâce à vous, M. Jasper Keating a été l'instigateur de ma présentation officielle. Comme vous pouvez l'imaginer, ceci fut la cause de beaucoup de joie et d'excitation à la fois pour mère-grand et pour moi, votre humble nièce.
Par ailleurs, je suis tombée sur le cryptogramme ci-joint qui saura peut-être retenir un peu de votre attention. Bien que j'aie fait de mon mieux pour m'imprégner des méthodes que vous avez eu la bonté de partager avec moi, j'ai bien peur que cela dépasse mes compétences. Comme je ne possède pas la clé, je vous serai reconnaissante pour tout conseil que vous pourriez m'offrir afin de trouver la solution…

CHAPITRE 12

Londres, 6 avril 1888
Hilliard House
Vendredi, 11 heures

Chère petite,

C'est tout naturel concernant ta présentation. Cela fut très simple : M. Keating m'a demandé de le conseiller sur une affaire. J'ai accepté et il a pris les dispositions nécessaires. Inutile d'en dire plus sur le sujet.

Quant à ton cryptogramme, je t'invite à consulter ma monographie. Tout ce que j'ai à dire en matière de chiffrement s'y trouve et il est préférable que tu fasses une tentative par toi-même pour commencer. Écris-moi pour me dire comment tu t'en sortiras. Le monde serait meilleur si plus de jeunes dames prenaient ainsi soin d'exercer leur esprit au lieu de se contenter de réflexions mal troussées.

J'imagine qu'il me revient, en tant que ton aîné, de t'offrir quelques perles de sagesse pour te guider durant ta première saison londonienne. Le peu dont je dispose, j'en ai peur, est strictement fondé sur mes observations.

Premièrement, personne n'a l'air intelligent en dansant la polka.

Deuxièmement, cinquante pour cent des bals masqués sont organisés pour faciliter l'espionnage.

Troisièmement, et par-dessus tout, n'initie jamais de conversation charmeuse avec des hommes dangereux.

Quoi que puissent en dire les romanciers de second ordre, de tels individus sont qualifiés de dangereux pour de bonnes raisons. Voilà, ceci constitue la somme de mes conseils aux jeunes dames. J'ai été appelé au loin pour une affaire d'une certaine importance et me trouverai sur le continent durant les prochains jours. Watson me rejoindra dans un ou deux jours et m'apportera tout courrier que tu pourrais m'envoyer. Je te verrai en personne dès que je le pourrai.

L'oncle d'Evelina avait signé la lettre d'un simple « S. ». Evelina la replia et la glissa dans sa poche. Le sentiment rassurant qui émanait du papier épais apaisait la tension qui lui vrillait la nuque. Sherlock était un homme compliqué – comme en attestait l'explication laconique concernant sa présentation –, mais elle n'aurait pu souhaiter un meilleur oncle. À ceci près qu'elle aurait préféré qu'il décode le cryptogramme pour elle plutôt que de la renvoyer à son livre. Elle n'était pas plus avancée.

Ses doigts frôlèrent l'autre morceau de papier dans sa poche : une coupure du *London Prattler* annonçant que le cirque de Ploughman donnait une représentation à l'amphithéâtre Hibernia.

Elle s'était convaincue de ne pas y prêter attention mais ses doigts s'étaient malgré tout emparés de ciseaux pour découper l'article. Pour une raison inexplicable, l'idée de faire son entrée dans la haute société avait exacerbé son désir de replonger dans le passé au point que c'en était presque douloureux. Et, si c'était possible, plus malvenu que jamais. Si son passé était découvert, il n'y aurait ni présentation officielle, ni saison londonienne, ni futur. Voire pire si l'on apprenait qu'elle faisait de la magie. Et pourtant... elle ne pouvait se résoudre à se débarrasser de cette coupure de presse.

La lumière qui se déversait dans le salon de jour faisait chatoyer les verts et les jaunes pastel. Les freesias disposés dans un vase bleu et blanc qu'Evelina avait posé sur le rebord de la fenêtre embaumaient l'air. En dehors de sa propre chambre, ce refuge lumineux était l'endroit où elle passait le plus de temps. Comme souvent, elle avait la pièce pour elle seule.

La table sur laquelle elle travaillait était jonchée de petits morceaux de métal. Evelina avait sorti ses pinces les plus petites et tentait de façonner un morceau de fil d'or pour remplacer le maillon cassé d'un collier orné de perles. C'était un vieux bijou sans valeur particulière mais elle aurait besoin de tous ses accessoires en vue de la saison. Et puis le travail manuel l'aidait à réfléchir.

Elle saisit une perle de corail pas plus grosse qu'une lentille et la fit coulisser sur un morceau de fil métallique. À l'aide des pinces, elle fit passer le fil à travers le dernier maillon du collier, laissant assez de jeu pour que la perle puisse osciller librement. *Nous aimons toutes posséder de jolies choses, y compris la pauvre Grace avec son jupon.*

L'image du corps sans vie de la jeune fille s'imposa à son esprit : inerte, ensanglanté et pâle.

Une journée entière s'est écoulée et je n'ai toujours rien découvert.

Son sentiment d'urgence la rendait fébrile mais elle le repoussa en se concentrant sur les mouvements mécaniques de ses doigts. La panique ne l'aiderait pas à penser plus vite. *Réfléchis à l'affaire. Du sang. Des corps. Un trésor disparu.* Et elle allait devoir élucider seule le mystère.

Elle tenta de se convaincre que ne pas pouvoir discuter de l'affaire avec son oncle était une bonne chose. Elle évitait ainsi la tentation de lui parler de la magie qu'elle avait perçue autour de l'enveloppe trouvée sur Grace. Evelina avait gardé le secret sur ses talents magiques auprès de la famille Holmes, et pas seulement parce que la magie était interdite. Si oncle Sherlock détestait les réflexions mal troussées, elle frissonnait rien qu'à l'idée de ce qu'il dirait si elle lui décrivait l'affreuse sensation qui lui avait noué le ventre au contact de l'enveloppe. Cela se terminerait sans doute dans un accès hystérique d'opiacés et de violon désaccordé.

— Bonjour !

Tobias venait d'entrer dans le salon, réussissant l'exploit d'avoir l'air simultanément tiré à quatre épingles et tout ébouriffé. Evelina n'aurait pas su expliquer comment il s'y prenait.

— Bien le bonjour, répondit-elle.

— Vous avez l'air d'une déesse ainsi éclairée par les rayons du soleil, penchée sur votre travail.

Il se laissa tomber sur une chaise en face d'elle en lui bloquant la vue du jardin. Il était vêtu d'une veste d'un brun sombre et d'un gilet vert forêt. La chaîne dorée d'une montre oscillait doucement contre le tissu de soie.

— Une déesse de l'industrie, peut-être, ou la sylphide des rouages. Si seulement je savais dessiner. La vision que vous offrez, si féminine et en même temps prête à faire usage de vos outils, suffirait à donner à un homme des idées déplacées.

— Épargnez-moi.

Evelina sentit le rouge lui monter aux joues et elle se força à regarder le collier. Si elle levait les yeux vers Tobias, son cerveau se changerait en bouillie d'avoine.

—Les jeunes messieurs ont souvent un peu trop d'imagination, ajouta-t-elle.

—Et vous désapprouvez ?

Elle replia adroitement le fil métallique.

—Je trouve dommage que tant d'intelligence soit vainement consacrée à des désirs futiles.

—Vous seule déciderez si mes désirs sont ou non futiles.

Ces paroles incitèrent Evelina à relever la tête en haussant un sourcil. Tobias flirtait souvent mais il était plus direct que d'habitude.

—Je ne voudrais pas gâcher votre plaisir en créant la déception.

Tobias se pencha en avant, les coudes posés sur la table.

—La déception ? J'en doute, Evelina. Rien chez vous ne suggère la déception.

Elle se figea, ses pinces suspendues en l'air. Elle était toujours un peu choquée quand il l'appelait par son prénom. Pas seulement parce que cela constituait une forme d'intimité inhabituelle entre un homme et une femme qui n'étaient pas mariés mais aussi parce qu'il prononçait chaque syllabe avec délice, comme si le nom était fait de crème. *Evelina.*

Il lui offrit un sourire oblique tout en autodérision charmeuse. Il avait conscience de se comporter comme un idiot et s'en moquait.

La confusion d'Evelina s'intensifia au point de flirter avec la colère.

—Ne me faites pas perdre mon temps, dit-elle.

Il se pencha vers elle jusqu'à ce qu'elle puisse sentir la chaleur de son corps, tout près.

—Inutile de sortir vos piquants... J'ai entendu dire que vous étiez conviée à la présentation. Félicitations !

Renonçant à poursuivre son travail, Evelina posa ses outils.

—Merci.

Tobias tira de sa poche une boîte qu'il fit glisser sur la table.

—Je vous ai apporté un présent pour fêter l'occasion. À quelqu'un d'autre j'aurais sans doute offert des fleurs ou un livre de poèmes raffinés. Mais vous êtes une créature d'un genre très différent.

Evelina savait très bien qu'en acceptant un cadeau de la part du charmant frère aîné de son amie elle s'engageait forcément dans une zone très floue en matière de bienséance. Ils n'auraient même pas dû être laissés seuls ni se livrer à ce genre de joutes verbales. Et pourtant il y avait toujours eu entre eux une sorte d'accord, un lien ténu qui se renforçait petit à petit. Confidences, secrets. Le genre de chose qui amenait à transgresser les règles. Une idée qu'elle trouvait à la fois séduisante et terrifiante.

La boîte que lui tendait Tobias était en carton ordinaire, grise et sans éclat. Evelina l'ouvrit précautionneusement du bout du doigt. Ce qu'elle vit la fit tressaillir, comme si le contenu lui avait envoyé une décharge électrique. Tobias eut un petit rire.

Incapable de s'en empêcher, elle souleva le couvercle et tira la boîte à elle pour regarder de plus près. À l'intérieur se trouvait un mécanisme de laiton brillant, chef-d'œuvre de miniaturisation.

— Qu'est-ce que c'est ?

— Fabrication allemande. Vous m'aviez confié vouloir vous essayer à la fabrication de jouets mobiles.

— Oh ! souffla-t-elle, heureuse et embarrassée.

Tobias n'était pas au courant de ses travaux sur l'oiseau ou ses autres créations en voie d'achèvement. L'existence de ces créatures semi-vivantes n'était pas quelque chose qu'elle pouvait partager.

— Vous avez déjà beaucoup appris mais j'ai songé que vous aimeriez peut-être disposer d'un nouvel exemple à démonter.

Sa voix avait perdu son côté taquin. Ils étaient sur un terrain différent à présent, celui des plans et des projets qu'ils avaient en commun et que peu de gens comprenaient. Les dames n'étaient pas censées faire de la mécanique, évidemment, mais les gentlemen non plus. En tout cas pas au-delà de ce qu'on pouvait considérer comme un caprice passager. Les individus au sang bleu ne se salissaient jamais les mains, au risque d'être perçus comme terriblement vulgaires.

L'aversion de lord Bancroft pour les bricolages de son fils était si intense que Tobias avait dissimulé son atelier ailleurs en ville. À vrai dire, et bien que les barons de la vapeur se montrent de plus en plus susceptibles à l'égard de quiconque fabriquait des machines en dehors de leurs employés, Evelina ne comprenait toujours pas très bien les objections de lord B. Fabriquer des moteurs semblait tout de même constituer un passe-temps plus valable que le jeu ou les femmes. Même si Tobias, en garçon versatile, s'adonnait également à ces deux activités.

Quoi qu'il en soit, la mécanique était la passion qu'ils pouvaient partager sans crainte. Evelina glissa les doigts dans la boîte pour attraper l'agencement de roues dentées et de ressorts. C'était un généreux présent. Même si les barons de la vapeur ne se mêlaient pas directement des achats de la bourgeoisie, les pièces détachées de qualité devenaient de plus en plus chères et difficiles à dénicher.

D'une certaine façon, Tobias la connaissait mieux que quiconque.

— Merci mille fois, dit-elle.

Il braquait sur elle un regard si direct que c'en était déconcertant. Il était toujours incliné vers elle, la tête penchée sur le côté pour l'observer. Elle distinguait nettement les stries sur son iris, les nuances de gris évoquant la glace, l'orage et la brume. L'énorme hématome violacé autour de son œil était plutôt spectaculaire, lui aussi.

— Je suis ravi que vous soyez avec nous pour cette saison. Vraiment ravi.

D'un seul coup, la tension entre eux était de retour, les quelques centimètres qui les séparaient résonnant comme la vibration d'un accord inachevé. *Vraiment ravi*. Que cherchait-il à exprimer ? De nouveau son envie de flirter ? Un désir honnête de conversation ? ou rien du tout ?

Le malaise d'Evelina devait être visible car Tobias s'écarta avec un rire silencieux. Elle n'aurait pas su dire s'il se moquait d'elle ou de lui-même.

— Oh ! Evelina, vous rendez les choses si difficiles.

Piquée au vif, elle eut un moment de désarroi avant que l'embarras vienne empourprer sa peau. Elle se redressa, refermant instinctivement les doigts sur le manche de ses pinces. Un outil pour se défendre… même si rien ne pouvait vraiment la protéger de ce genre de danger.

— Que voulez-vous de moi ?

Tobias affichait un air indéchiffrable. Elle scruta ses traits et y lut un mélange d'émotions aussi embrouillées que les siennes.

— Je ne veux rien de vous, répondit-il. Ce serait fixer une limite à mes espoirs.

Il se leva, un mouvement languide et paresseux qui ne cadrait pas avec l'expression de son visage. Il marqua un temps d'arrêt, les mains appuyées sur la table, et se pencha vers elle. Le soleil vint illuminer son visage, teintant d'or sa chevelure et changeant ses traits en un masque contrasté d'ombre et de lumière.

Puis, d'un coup, il agit. Il bougea si vite qu'elle n'eut pas la présence d'esprit d'esquiver. Ou peut-être que, devinant ce qui allait suivre, elle n'en avait pas eu envie.

Il l'embrassa au coin des lèvres. Pas en plein sur la bouche. Ni fort, ni longuement, mais en douceur, presque chastement. En même temps, ça n'avait rien de chaste. Sa bouche était chaude et plus douce que ce qu'elle avait pu imaginer.

La surprise céda la place au désir. Evelina retint presque douloureusement son souffle et, de surprise, entrouvrit les lèvres. Elle leva le regard vers lui et sentit ses yeux s'écarquiller. Son corps se tourna vers celui de Tobias comme si un aimant l'attirait pour un second baiser. Mais il avait déjà reculé hors de portée.

C'était sans doute la réaction qu'il désirait. Il s'éloigna de la table avec un regard entendu.

— Passez un bon après-midi.

Sur ces mots, il fit volte-face, sa veste virevoltant dans son dos, et sortit nonchalamment, le bruit de ses pas presque paresseux sur l'épais tapis.

Evelina se sentit mise au défi de dire quelque chose, de l'empêcher de quitter la pièce.

Furieuse, désorientée, pleine de désir, elle ne réussit qu'à émettre un bruit de gorge étranglé. Une partie d'elle-même aurait voulu hurler qu'on ne jouait pas avec elle comme avec une gamine tout juste sortie de l'école. Mais c'était pourtant ce qu'elle était. Elle n'était pas aussi ignorante que la plupart des jeunes filles bien nées mais elle pouvait difficilement se targuer de sophistication. Tobias, avec ses maîtresses et ses clubs privés, évoluait dans un autre monde qu'elle.

Que voulait-il ? S'il ne cherchait qu'à satisfaire un besoin primaire, il aurait pu le faire n'importe où et avec une femme bien plus accomplie. Il y avait au moins une motivation supplémentaire derrière ses actes.

Evelina baissa les yeux vers la table où gisait son collier partiellement réparé. Le mécanisme brillant était posé un peu à l'écart, niché au creux de sa boîte, guère à sa place au milieu du reste. Tout comme elle. Ni l'un ni l'autre des projets ne semblaient près d'être terminés.

Elle posa les coudes sur la table et se prit le visage entre les mains.

« *Par-dessus tout, n'initie jamais de conversation charmeuse avec des hommes dangereux.* »

Bon, oncle Sherlock n'avait rien dit sur le fait de les embrasser.

Bancroft était affalé derrière son bureau. À l'approche de la garden-party, il essayait d'écrire une lettre d'anniversaire à son épouse, chose qu'il avait faite chaque année durant les premières décennies de leur mariage. Le genre de témoignages répétés de dévotion que les femmes appréciaient et auquel il ne s'était plus attelé depuis une dizaine d'années. Il estimait aimer Adèle, de même que la plupart des hommes aiment leur épouse de plus de trente ans. L'habitude alimentait ce que la passion ne pouvait plus nourrir. Peut-être, avec tous les problèmes qui frappaient la maison, cette chaleur-là lui manquait-elle un peu.

Malheureusement, il n'était pas allé plus loin que l'introduction avant de plus ou moins renoncer. Son esprit n'arrivait à rien. Les malles qu'il avait ordonné de sortir du grenier n'avaient pas été livrées à l'endroit prévu. Il n'y avait aucun signe des valets ou de leur chariot.

Qui aurait pu être au courant de l'existence des automates ? Bancroft s'était montré prudent. À son retour en Angleterre, il avait congédié tous les serviteurs autrichiens pour embaucher de nouveaux domestiques ignorant tout de son passé. Restait la famille. Poppy n'était qu'un nourrisson quand il avait fait mettre les horribles reliques sous clé. Ses deux autres enfants devaient s'en souvenir, même si Imogen les avait vues beaucoup plus que Tobias. Les poupées avaient au départ été fabriquées pour amuser les jumelles malades de la famille Bancroft.

Il frissonna en filtrant ses souvenirs comme un enfant terrifié tentant de regarder tout en se couvrant les yeux. Imogen avait survécu. Pas Anna. Mais ses enfants n'avaient pas connaissance de toute l'histoire des automates. Même son épouse n'était pas au courant de leur véritable secret. Seul le docteur Magnus savait. Et Bancroft avait vu Magnus à l'opéra la nuit dernière.

Bancroft avait offert à la police une récompense si les malles lui étaient rapportées sans avoir été ouvertes. C'était une erreur : cela allait forcément attiser les curiosités. Mais il avait bu au moment de faire cette offre. Il savait que l'alcool l'incitait à prendre des risques et pourtant cela ne l'empêchait pas d'avoir envie de boire. Le spectre du docteur Magnus ne faisait qu'attiser sa soif.

Il convenait désormais de se montrer patient. Pourquoi Magnus était-il en ville ? Tenterait-il d'utiliser les automates contre Bancroft ? Magnus viendrait-il même à sa rencontre ou bien s'était-il lancé dans quelque complot n'ayant rien à voir avec la famille Roth ?

On frappa à la porte du bureau. Bancroft sursauta et un peu de sa boisson déborda de son verre. Irrité, il crispa les épaules.

— Entrez !

Bigelow ouvrit la porte avec une petite toux d'excuse et lui présenta un plateau de métal sur lequel reposait une carte de visite de qualité ordinaire.

— Un M. Harriman demande à vous voir, monsieur.

Cette journée ne cessera-t-elle donc d'empirer ? Bancroft saisit la carte pour la lire. Les soucis s'accumulaient déjà dans son esprit comme autant de nuages noirs.

Monsieur John Harriman
Entrepôts et expéditions
Bond Street, Londres

Damnation ! La seule chose à faire consistait à recevoir cet homme et à se débarrasser de lui aussi discrètement que possible.

— Faites-le entrer.

Bigelow disparut. Bancroft se leva, reposa le verre de whisky sur son plateau puis reprit sa place derrière le bureau. La porte s'ouvrit de nouveau pour laisser entrer un homme dont les traits ressemblaient fort à ceux de son cousin plus âgé, Jasper Keating. Mais ils étaient chez lui plus diffus : ses cheveux étaient d'un brun grisonnant plutôt que blancs, sa bouche moins expressive, son nez légèrement trop long. Une chose cependant rachetait Harriman : en tant que cousin de Keating, il se considérait en droit de partager l'immense richesse de celui-ci plutôt que de se contenter d'un poste modeste au sein de la firme. Raison pour laquelle, malgré leur lien familial, il détestait le roi Doré et était tout à fait prêt à le dépouiller intégralement. Ce qui avait fait de lui un jouet facile à manipuler entre les mains de Bancroft.

Sans attendre qu'on l'y invite, Harriman se laissa tomber sur le siège en face de Bancroft.

— Il faut que je vous parle.

— Visiblement. Pourquoi vous être déplacé jusqu'ici ? Vous auriez pu m'envoyer un message.

Ils disposaient d'une clé de chiffrement spécifique à cet effet.

— Les nouvelles vont vite dans les rangs des serviteurs. J'ai appris ce qui s'est passé.

C'est au sujet de Grace.

Bancroft sentit ses tripes se nouer sous l'effet de la haine et du mépris pour ce lâche qui avait à peine le courage de faire face à ses propres employés. Il faut dire qu'il avait engagé des individus effrayants. Se pouvait-il que la brute qui lui servait de contremaître ait suivi Grace jusqu'à chez elle et l'ait tuée pour de l'or ? Lorsque Bancroft avait approché Harriman dans son club, il n'avait pas pris la peine de lui indiquer qui embaucher. Après tout, c'était Harriman et non Bancroft qui travaillait depuis des années sur les quais. Mais peut-être aurait-il dû le suivre d'un peu plus près.

— Bon, dans ce cas, dites ce que vous avez à dire.

Harriman jeta un coup d'œil nerveux en direction de la porte, comme s'il s'attendait à voir la moitié des effectifs de Scotland Yard surgir en hurlant dans le bureau.

— J'ai envoyé un message avec… euh… elle. En même temps que… le reste de ce qu'elle transportait.

— La police a fouillé son cadavre sans rien trouver.

Une fois de plus, l'idée de cette perte lui fit l'effet d'une douleur physique, cinglante. Il avait compté sur le trésor que Grace transportait, pas seulement pour renforcer la fortune familiale mais parce qu'il y avait d'autres projets sur le feu en plus de Harter Moteurs. Et tous nécessitaient de grosses sommes.

—Alors elle a été dépouillée.

Des paroles sans surprise mais une expression presque rusée passa sur le visage de Harriman. Elle disparut trop vite pour que Bancroft puisse l'étudier. Toutefois, quelque chose chez son interlocuteur le mit en alerte.

—Est-ce ce message qui vous a poussé à venir jusqu'ici ? Une question à laquelle il vous faudrait une réponse ?

Par les dieux, heureusement qu'ils employaient une clé de chiffrement inviolable.

Harriman se tourna de nouveau vers la porte. Il était clairement inquiet.

—Le message n'a guère d'importance désormais. Nous avons de plus gros problèmes si la preuve de ce que nous avons fait est tombée aux mains d'un tueur.

—Je doute qu'un voleur et un meurtrier nous dénonce à la police, répondit Bancroft, pince-sans-rire.

Cela lui valut un regard agacé. Là où Keating avait des yeux couleur d'ambre, ceux de Harriman étaient noisette et trop petits pour son visage.

—L'ouverture de la galerie est pour bientôt. Nous devons mener notre entreprise à bien, et vite.

Les doigts de Bancroft frémirent comme pour saisir tout l'or qu'il avait espéré obtenir en échange des trésors archéologiques tant vantés de Keating. Il avait dû recruter quatre hommes en plus de Harriman et lui pour mettre son plan à exécution. Malgré l'élégance et la simplicité du plan, une fois la somme divisée en autant de parts, les bénéfices n'avaient pas été aussi gros qu'espéré.

—Nous en avons déjà terminé ?

—Vous avez toujours su que ce serait limité dans le temps.

Bancroft s'empourpra.

—Évidemment que je le savais. C'est moi qui ai tout organisé.

Les six partenaires avaient jusqu'alors reçu quatre paiements : chacun son lingot d'or et plusieurs gemmes. Autant d'articles suffisamment ordinaires pour être portés à la banque et employés comme caution ou vendus tels d'anciens trésors familiaux.

—Combien d'objets anciens restent-ils à écouler ?

—Les dernières caisses sont arrivées il y a deux jours.

Ils s'attendaient à les recevoir sans toutefois connaître leur contenu.

—Deux d'entre elles ne contenaient que des poteries mais la dernière recélait des bijoux et de la vaisselle.

— Avez-vous pu déterminer pourquoi elles n'avaient pas été expédiées avec les autres ? demanda Bancroft.

Harriman eut un léger haussement d'épaules.

— J'imagine que l'expéditeur ne les avait pas préparées à temps. Elles sont arrivées par un autre bateau.

L'explication parut plausible à Bancroft. Les trésors de Schliemann étaient directement envoyés depuis Rhodes jusqu'à l'entrepôt de Harriman où celui-ci vidait les caisses et en préparait le contenu pour la nouvelle galerie de Keating. Le trajet, direct, avait été conçu pour éviter la perte, le vol ou les accidents. Ce qui était le cas… jusqu'au moment où les reliques inestimables arrivaient entre les mains de Harriman.

— Dans tous les cas, j'étais seul présent quand elles sont arrivées, ajouta celui-ci. Je n'ai jamais informé Jasper qu'elles étaient là. En fait, j'ai même pris soin de lui dire le contraire.

— Pourquoi diable avez-vous fait ça ? demanda Bancroft, sourcils froncés. Ce n'est pas ainsi que l'opération était censée se dérouler.

L'expression rusée était de retour sur le visage de Harriman.

— J'avais lu les lettres de Schliemann à propos de cette ultime cargaison. Il donnait l'impression d'avoir gardé le meilleur pour la fin.

Bancroft le dévisagea d'un air soupçonneux.

— Que voulez-vous dire ?

— Un ou deux très gros morceaux. Les caisses étaient tellement en retard que je n'étais pas sûr d'avoir le temps de faire des copies. Je me suis dit que, si elles étaient déclarées perdues, tout le monde n'y verrait que du feu. Et que nous pourrions simplement conserver leur contenu. Alors je les ai cachées sous l'entrepôt.

Un profond sentiment de malaise envahit Bancroft. Il ferma les yeux quelques instants en s'exhortant à la patience.

— Quand un objet précieux disparaît, les gens ont tendance à se mettre à sa recherche. Ce qui représente un danger pour nous. Si nous fournissons des copies, il y a de bonnes chances pour qu'ils s'en contentent, au moins un moment. Ce qui diminue nettement le danger.

— Qu'est-ce que vous voulez dire par là ? demanda Harriman avec une pointe d'agressivité.

— Je veux dire que vous devriez demander aux ouvriers de s'occuper immédiatement de ces dernières pièces. Si la cargaison contient quelque chose qu'ils ne peuvent pas terminer dans les temps, nous n'y toucherons tout simplement pas.

Le ton de Bancroft s'était fait plus assertif. Il inspira profondément pour ne pas céder à l'envie de cogner la tête de Harriman contre le bureau.

—Vous pensez que je devrais informer Keating de l'arrivée des derniers envois ?

—En un mot : oui. On ne peut pas se permettre qu'il remue ciel et terre pour retrouver ses poteries manquantes.

Bancroft s'appuya contre le dossier de son fauteuil en faisant de son mieux pour paraître détendu et maître de la situation.

—Aurez-vous le temps de faire le nécessaire avant que Keating réclame ces articles fraîchement arrivés pour l'ouverture de sa galerie ? demanda-t-il.

Harriman haussa les épaules, l'air maussade.

—Pour certains objets, oui. Je vais mettre les ouvriers au travail immédiatement.

—Ce n'est pas le moment de bâcler quoi que ce soit.

Les faux devaient être méticuleusement réalisés. Un office pour lequel Harriman avait fait appel à des ouvriers chinois spécialisés. Un ou deux d'entre eux étaient des maîtres-orfèvres qui dirigeaient les autres, mais chacun possédait une forte compétence dans un aspect particulier du travail. Ils étaient obéissants, excellaient dans leur métier et avaient été rendus disponibles à plein-temps pour le projet.

Dans un premier temps, les artisans réalisaient des moules des pièces en argent et en or massif que Schliemann avait déterrées en Grèce pour en créer des versions en cuivre. Après quoi une fine couche du métal d'origine était appliquée par-dessus le cuivre en employant un procédé quasi magique impliquant l'usage d'électricité et de cyanure. Les gemmes étaient remplacées par du verre. Bancroft ne comprenait pas tous les détails mais, une fois le travail terminé, seul un œil observateur était capable de différencier l'objet réel de sa copie. Dans la mesure où Keating ne voyait jamais les deux côte à côte – et où il était loin d'être l'expert qu'il s'imaginait être –, l'escroquerie était indécelable. Le roi Doré devenait le roi Plaqué or.

Après quoi les originaux étaient fondus et divisés entre Harriman, Bancroft et les quatre autres investisseurs qui finançaient la combine. Le retour sur investissement était spectaculaire. Malheureusement, cette poule aux œufs d'or avait une durée de vie limitée.

Harriman croisa les bras dans une attitude de défense.

—Quoi qu'il en soit, je ne suis pas venu ici discuter du planning, dit-il.

Son ton acerbe fit serrer les dents à Bancroft.

—Pourquoi, alors ?

—Pour vous parler franchement.

—À quel sujet ?

La peur apparut dans le regard de Harriman. Il baissa la voix au point d'être à peine audible.

— Pour dire les choses crûment, votre petite madame n'est plus. Ce n'est pas le moment de former un nouveau messager. J'ai besoin que vous veniez en personne chercher le dernier paiement.

— Puisque vous êtes venu jusqu'à moi, pourquoi ne pas l'avoir apporté ?

— Non. Trop risqué. Ceci pourrait être interprété comme une visite de courtoisie par quiconque nous observerait. Après ce qui est arrivé à la fille de cuisine, je ne prendrai pas le risque une seconde fois.

— Ça n'a aucun sens.

Le regard de Harriman devint fuyant.

— Vous n'êtes pas bien vu de mon cousin. Je ne peux me permettre d'être vu recherchant votre compagnie. Cette fois, vous allez devoir faire ce que je vous demande.

Quoique indigné, Bancroft tint sa langue. D'une certaine façon, il comprenait pourquoi Harriman, toujours le dernier et le moins important de leur petit groupe de comploteurs, prenait plaisir à ce moment. Enfin, il était en position de donner les ordres !

La pilule était amère mais Bancroft se sentait capable de l'avaler si cela permettait de mettre un terme à l'opération de contrefaçon sans rencontrer de problème. Il ferait profil bas et attendrait la bonne occasion.

— Quand voulez-vous que je passe ?

— Je vous ferai prévenir le moment venu.

Bancroft inspira entre ses dents. Il sentait son ventre se nouer de colère mais son esprit restait parfaitement clair. *Laissons-le profiter de son heure de gloire.*

— Très bien, dit-il.

Harriman pinça les lèvres.

— Apportez un pistolet.

L'imbécile a une idée derrière la tête.

— Comptez sur moi, monsieur Harriman.

— Dans ce cas, je vous souhaite le bonjour, répondit Harriman en se levant.

Bancroft l'imita et tendit le bras pour lui serrer la main. Celle de Harriman était moite. *Pourquoi est-ce que je m'obstine à travailler avec de tels crétins ?* Mais il connaissait déjà la réponse.

Préserver le secret était aussi difficile que mettre la main sur l'or. Il se demandait à quel point ce salopard le lui ferait payer.

CHAPITRE 13

Londres, 6 avril 1888
West End
Vendredi, 14 heures

Nick étira sa longue-vue jusqu'à sa longueur maximum et appuya l'extrémité sur le rebord de la fenêtre de son poste d'observation du quatrième étage. Avec un sentiment de satisfaction, il ajusta lentement la lentille du tube de cuivre jusqu'à obtenir une image nette. On y était : la façade du tailleur sur Old Bond Street, devanture soignée éclaboussée par le soleil de l'après-midi.

La rue traversait tranquillement le West End, la section de Londres qui accueillait les meilleures boutiques, les clubs pour gentlemen et les résidences les plus courues. Un flot ininterrompu de piétons et de fiacres allait et venait à travers les avenues mais la foule était du genre à prendre tout son temps, et habituée à dépenser de petites fortunes.

Alors qu'il contemplait la scène et se concentrait sur sa proie, Nick se sentit soudain une affinité avec un faucon surveillant un vol de pigeons paresseux et trop bien nourris. Heureusement pour eux, il était là pour observer et non pour chasser.

Sa position en hauteur était idéale. Il se tenait accroupi dans une chambre vide d'un immeuble désert sur le trottoir en face du tailleur, un peu plus bas dans la rue. L'endroit semblait avoir été déconnecté. La poussière s'accumulait dans les coins ; du sable avait été répandu sur les parquets en chêne. À en juger par les rares éléments de mobilier restants, il avait dû s'agir d'un cabinet comptable. Depuis cette coquille vide, Nick pouvait voir sans être vu.

Un cri lui parvint depuis la rue, flottant à travers les vitres brisées tel le souvenir estompé d'un rêve.

— Un demi-penny la vapeur ! Vot' énergie pour quelques pennies !

Nick fit la grimace. Ce crieur ne ferait pas long feu si les gardes-rues lui mettaient le grappin dessus.

Des fabricants au noir assemblaient parfois des moteurs assez petits pour être déplacés à l'aide d'un chariot. Ils vendaient leur service à quiconque en voulait, des forges et machineries illégales aux chirurgiens pratiquant leurs opérations dans les arrière-cours. Certains faisaient appel à ces marchands ambulants parce qu'ils préféraient rémunérer une personne plutôt qu'une entreprise. D'autres ne pouvaient simplement pas payer le prix réclamé par les barons.

Et puis il y avait toujours des idiots un peu rebelles. De temps en temps, Nick s'attirait des ennuis mais il faisait attention à ne pas se faire d'ennemis trop dangereux. « Parle avec courtoisie et termine chaque combat », telle était sa devise. Ne jamais laisser un homme en colère dans son sillage.

Deux nuits auparavant, le docteur Magnus avait sauvé Nick de la police en échange d'informations à propos de Tobias Roth. Nick avait passé la journée à rembourser cette dette. Il n'avait aucune envie de devoir une faveur à un homme comme Magnus.

Cependant, durant les premières heures de ses recherches, Nick n'avait pas beaucoup avancé. Il avait suivi Bancroft pendant toute une journée sans rien découvrir d'intéressant. Raison pour laquelle il avait décidé de concentrer cette fois son attention sur le fils héritier.

Nick ne savait pratiquement rien de cette chochotte à part le fait qu'il habitait la même demeure qu'*elle*. Qu'il respirait le même air et mangeait les mêmes repas. Qu'il la voyait chaque jour, comme Nick avait pu le faire autrefois. Il fut soudain envahi par l'amertume, au point de perturber ses sens. Nick mourait d'envie de trouver une excuse pour jouer un tour pendable à l'aristo.

Malheureusement, le fils de riche ne s'était pas aventuré plus loin que chez le tailleur. Roth était toujours à l'intérieur et l'affaire prenait si longtemps que Nick commençait à se demander s'ils étaient occupés à filer le tissu pour la tenue que Sa Noblessitude comptait acheter.

Nick décala imperceptiblement la longue-vue vers la gauche. Un duo de bicyclettes à vapeur passa en vrombissant, deux fois plus vite que n'importe quel cheval. Il suivit une jolie fille du regard jusqu'à ce qu'on la fasse monter dans une victoria récemment repeinte tirée par une unique jument grise. Elle au moins méritait qu'on la regarde. Même si, en réalité, il n'avait qu'une seule et unique beauté brune en tête…

Aller voir Evelina avait rouvert des blessures plus profondes que dans son souvenir et le fait qu'elle était devenue femme ne les rendait que plus douloureuses. Leur passé mis à part, le fait était qu'elle était la seule fille qui, simplement en entrant dans une pièce, lui avait jamais donné l'impression que son être tout entier prenait vie. Il avait reconnu son parfum comme celui du retour du printemps. Cela seul aurait dû justifier qu'elle soit sienne. Evie était désormais une adulte, cela se voyait dans chaque courbe et chaque vallée de son corps, et celui de Nick le sentait. Le simple fait de penser à elle déclenchait chez lui des envies qui ne pouvaient conduire qu'à la potence. Evie avait raison. Il n'y aurait aucune miséricorde à attendre s'il se faisait prendre dans la demeure d'un riche.

L'agitation qu'il avait entendue la nuit de sa visite était liée à un meurtre. Il avait obtenu l'information auprès d'un des garçons du jardinier et la nouvelle l'avait laissé inquiet pour la sécurité d'Evie. Elle se serait sans doute moquée de savoir qu'il se faisait du souci pour elle mais ça ne changeait rien. Il n'était pas capable d'éteindre son cœur comme on coupe un moteur ; leur passé commun ne disparaîtrait pas dans un simple nuage de vapeur.

— Hé !

La voix provenait de derrière lui.

Serein, Nick se contenta de tourner légèrement la tête pour voir qui l'apostrophait. Les rues de la ville pullulaient de rats à deux comme à quatre pattes. Les quartiers riches ne faisaient pas exception. Après tout, c'était là qu'on trouvait le meilleur butin.

Nick ne craignait pas les rats. Celui-ci était gros, cela dit, avec une stature épaisse qui devait plus aux muscles qu'à la graisse. Nick se releva et replia sa longue-vue avant de la ranger dans la pochette en cuir suspendue sous son manteau.

— Que puis-je faire pour vous ? demanda-t-il sur un ton poli avec une pointe de nonchalance.

Il aurait parié qu'il s'agissait d'un garde-rue – des brutes qui constituaient les chefaillons du bas de l'échelle dans l'organisation des barons de la vapeur. Ceux qui travaillaient pour Keating Distribution se faisaient appeler les Dos-jaunes. Certains les appelaient « Jaune-pisse », mais généralement pas en face.

— Je m'appelle Striker, dit le garde-rue. Je ne reconnais pas ta face de gitan. Qu'est-ce que tu fabriques ici ?

— Monsieur Striker… comme vous l'avez si justement fait observer, je suis un étranger dans ce quartier.

— On n'aime pas les étrangers. Qu'est-ce que qui t'amènes ?

— Je m'appelle Nick et ce que je viens faire ici ne vous regarde pas.

— C'est vrai.

— Ravi de l'entendre.

Nick fit mine de reporter son attention vers la fenêtre, comme s'il en avait fini avec l'intrus.

— Pas si vite. T'as crocheté la serrure pour entrer dans l'immeuble.

Avec un soupir, Nick se tourna de nouveau vers lui.

— Tout comme vous puisque vous êtes ici devant moi.

— Mon territoire, mes serrures.

Le propriétaire du vieux cabinet comptable aurait sans doute contesté cette déclaration. Nick se contenta d'un haussement d'épaules.

— J'emprunte la fenêtre, rien de plus.

— Personne s'introduit où que ce soit sans mon autorisation. Le roi Doré file des amendes aux criminels qui enfreignent la loi.

Un frisson d'agacement parcourut les membres de Nick.

— Je ne vous dois rien.

Striker fit claquer ses mains gantées de mitaines en cuir ; le bruit sec résonna à travers la pièce.

— Sauf si je décide du contraire. C'est moi qui fais la loi pour le roi Doré ici et dans ces rues tous ceux qui ont un peu de jugeote craignent la couleur jaune.

Il redressa les épaules et rentra la tête, visiblement prêt à se battre.

Un silence maussade s'ensuivit. Nick prit le temps d'examiner plus attentivement Striker. Ses cheveux bruns se dressaient sur son crâne tels les piquants d'un hérisson, encadrant un visage qui avait encaissé un peu trop de coups. Sa peau était du même brun que celui de beaucoup d'hommes nés du côté des quais, ce qui faisait peut-être de lui le fils d'un lascar ayant pris la mer vers l'ouest de l'Empire et mis une indigène dans son lit.

Striker portait les bottes épaisses d'un ouvrier. Un manteau de cuir en lambeaux retombait jusqu'à ses genoux, couvert de toutes sortes de morceaux de métal, comme s'il y avait attaché le moindre fragment de fer et de laiton perdu dans les rues de Londres pour s'improviser une armure. Cela lui conférait un certain prestige à une époque où les matières premières étaient difficiles à obtenir. Par ailleurs, le manteau donnait l'impression d'avoir déjà fait dévier une balle ou deux.

Le plus révélateur restait ses grandes mains qui pendaient librement le long de ses flancs, prêtes à agir. Nick avait à peu près le même âge et la même taille que lui, mais Striker devait bien faire dix kilos de plus.

Nick adopta un masque parfaitement neutre. S'il s'agissait d'un concours entre dominants, ainsi soit-il.

— Cette conversation n'a aucun sens, dit-il. Nous allons nous disputer puis nous battre. Je vais probablement gagner et vous rentrerez chez vous avec la tête en vrac en racontant à tout le monde que j'étais à cinq contre vous. Moi, par contre, je serai énervé parce que vous aurez interrompu mon travail.

Striker s'agita d'un pied sur l'autre. Les chaînes autour de son cou se balancèrent en cliquetant, les charmes et les clés qui y étaient accrochés captant les quelques rayons de soleil qui entraient par la fenêtre. L'une des clés, apparemment neuve, scintillait d'un éclat assez fort pour attirer le regard de Nick. Il se demanda ce qu'un rat de ce genre pouvait bien tenir sous clé.

— Ton travail, je m'en fous comme d'un pet de souris, rétorqua Striker.

— Vous avez tort. Il y a une vraie poésie dans la satisfaction d'une journée bien employée. Et inclure de vous donner une bonne raclée dans la liste de mes tâches du jour ne me déplairait pas.

Striker fronça ses épais sourcils.

— Et si tu fermais plutôt ta gueule pour me donner la jolie babiole en laiton que t'avais à la main tout à l'heure ?

Nick ne prit pas la peine de répondre. Il avait remporté la longue-vue en jouant aux cartes et il s'agissait de l'un des rares objets de valeur en sa possession. L'enfer aurait le temps de geler avant qu'il s'en sépare, en particulier au bénéfice d'une vermine de ce genre.

Il fit un pas sur la droite, simplement pour voir comment Striker allait réagir. Le garde-rue s'avança en diagonale pour raccourcir la distance qui les séparait. Son manteau cliquetait au fil de ses mouvements, le tintement du métal assourdi par l'épaisseur du cuir en dessous. Nick vida son esprit et convoqua le même état de concentration intense que lorsqu'il se produisait sur la piste. Il fit semblant de reculer puis fila sur la gauche. Comme il s'en doutait, Striker était loin d'être aussi vif que lui. Il ne faisait aucun doute que la rapidité de Nick lui permettrait de le battre.

Striker le fusilla du regard.

— Arrête de gigoter, le gitan !

— Et pourquoi ça ? Vous êtes trop lent pour danser ?

— J'suis pas un moineau des rues et on n'est pas au bal ! J'ai dit que je voulais ce truc et je te laisserai pas repartir avec.

Nick ne doutait pas qu'il dise vrai. Les habitants des rues luttaient pour leur survie comme autant de chiens affamés et seuls les plus féroces restaient en vie. Si quelqu'un défiait les gardes-rues et l'emportait, leur maître perdrait la face. Si Striker n'était pas à la hauteur et que cela s'apprenait, il serait puni. Il ne pouvait pas se permettre de laisser Nick s'en aller avant de lui avoir arraché quelque chose pour prouver qu'il était le plus fort.

Mais Nick n'avait aucune intention de laisser Striker gagner. Impossible pour lui de mettre sa vie en danger chaque fois qu'il faisait son numéro sans avoir la certitude – l'absolue certitude – d'être le meilleur. Sa confiance en lui était primordiale.

Toutes ces pensées lui traversèrent l'esprit en quelques secondes. Il devait se battre et gagner mais il y avait chez le voyou quelque chose de féroce qui le mettait mal à l'aise. Lui infliger une correction serait dangereux. Et irrésistible.

Nick tendit la main, saisit la clé brillante et l'arracha du cou de Striker. L'homme poussa un cri quand la chaîne se brisa et lança son poing vers la tête de Nick. Celui-ci esquiva, sauvé par ses réflexes nettement plus rapides.

— Un point pour moi ! s'écria-t-il.

Il fourra la clé dans la poche de son manteau, curieux de voir ce que son adversaire choisirait de faire. Seul un nombre réduit de tactiques s'offrait à un individu lent et fort pour battre un adversaire vif et léger.

La posture du corps de Striker indiqua qu'il allait sortir une arme avant même que sa main ne bouge. Le pan du manteau s'écarta pour laisser entrevoir un harnais de cuir clouté. Il avait assez d'armes sanglées sur sa poitrine pour équiper la moitié des dragons de la reine.

— Un point pour moi.

Mère des enfers ! Alarmé, Nick battit en retraite. Lui ne disposait que d'un couteau.

L'arme que brandit Striker ne ressemblait à rien que Nick ait déjà vu. Il eut l'impression de voir un pistolet accouplé à une gourde de cuivre bulbeuse avec un canon surmonté de cornes métalliques recourbées. Nick plongea au sol et se servit de son élan pour rouler hors de la ligne de mire de son adversaire. Le costaud pivota sur lui-même dans un grand mouvement de son manteau tandis que Nick se jetait dans l'escalier, moitié courant moitié glissant le long de la lourde rampe en chêne. Striker se lança à sa poursuite tel un taureau qui charge.

L'esprit de Nick tentait de trouver un sens à la scène. Depuis quand les rats des villes transportaient-ils de foutus canons ? Et depuis quand l'Indomptable Niccolo fuyait-il le danger ?

Trois étages plus bas, Nick prit conscience que le bruit strident qu'il entendait provenait du pistolet de Striker. Le son monta dans les aigus jusqu'à se changer en gémissement à vous déchausser les dents. Nick agrippa la rampe et passa par-dessus pour sauter sur le sol de marbre sale du hall d'entrée. Il atterrit avec une roulade. L'impact lui coupa le souffle et une douleur lui transperça un tibia. Les genoux éraflés par la pierre froide et pâle, il se redressa en hâte à la recherche de la sortie. Une étrange odeur de brûlé envahit l'air et, au même instant, les poils se dressèrent sur les bras de Nick.

Un flash de lumière traversa l'immeuble plongé dans l'ombre, calcinant toutes les ombres alentour. Par réflexe, Nick se baissa. Un peu au-dessus de lui, la balustrade explosa dans un nuage d'échardes de la taille de cure-dents. Il les sentit qui lui écorchaient la peau et s'enfonçaient dans sa chevelure. Du sang chaud s'écoula d'une entaille que l'une d'elles lui avait faite au cou.

Par la mère noire des basilics! Le bruit résonna pendant de longues secondes après la décharge. Nick releva la tête mais l'éclair l'avait aveuglé. Il cligna furieusement des yeux, tentant de chasser par ses larmes l'image rémanente de l'explosion. Des effluves chimiques lui agressaient la gorge. Quelques instants auparavant, il avait senti que la prudence serait salutaire. À présent, et pour la première fois, la peur lui inondait les tripes. Il ne connaissait aucune arme capable de faire ça.

—Viens ici, petit gitan!

Les paroles de Striker étaient comme étouffées; les oreilles de Nick sifflaient encore sous l'effet de la déflagration.

—Donne-moi ce que je veux ou je vais t'apprendre à danser la gigue sur un rayon de lumière.

Mais Nick n'avait aucune intention de se rendre. Au point où ils en étaient, vider ses poches n'aurait sans doute pas suffi à lui sauver la vie. Striker dévalait toujours l'escalier, bien décidé à faire couler le sang. Nick chargea en direction de la porte et tâtonna pour trouver le loquet; il n'avait pas encore retrouvé l'usage de la vue.

Il marmonna une prière reconnaissante quand la poignée finit par tourner et que la porte s'entrouvrit vers l'extérieur. Une fois dans la rue, il se mit courir en optant pour le chemin le plus court hors du territoire des Dos-jaunes. Il s'était tordu la cheville droite en atterrissant sur le sol de marbre mais il avait l'habitude d'écarter la douleur. Pendant un moment, il crut vraiment s'être échappé.

Puis il entendit le long sifflet aigu communément employé par tous les gangs de gardes-rues. Le signal universel pour indiquer « un ennemi est parmi nous ». Il cligna encore des yeux, son champ de vision toujours obstruée par des taches de lumière. Il y voyait néanmoins assez pour se diriger à travers les rues. Il se força à accélérer l'allure et emprunta les artères les plus fréquentées avec l'espoir que la foule lui offrirait au moins un début de protection. L'air fétide de Londres lui brûlait les poumons.

La vue lui revint petit à petit tandis qu'il se frayait un chemin dans les rangs des citadins occupés à faire leurs courses. Il aurait préféré resté à demi-aveugle. Les ombres entre les immeubles lui apparaissaient soudain pleines de Dos-jaunes en haillons. Nick zigzagua entre les calèches et au milieu des charrettes à bras et des pancartes, en faisant de son mieux pour les semer. En vain. Un coup d'œil par-dessus son épaule lui dévoila la meute lancée à ses trousses.

Il tourna au coin de Piccadilly puis remonta Swallow Street et finit par rejoindre Regent Street. Il passa à toute allure devant les clubs pour gentlemen et les maisons closes – on y vendait et achetait le meilleur de toutes choses – et plongea entre deux bâtisses, le cœur menaçant d'exploser.

Il s'adossa contre les briques, haletant. Il était plus rapide mais la bande de Dos-jaunes ne devait pas être loin derrière. Les chiens étaient lâchés et la traque lancée. Tout cela ne pouvait se terminer que de deux façons : soit il parvenait à se volatiliser dans la nature, soit ils s'empareraient de lui et le traîneraient derrière eux tel un cerf blessé.

Sa préférence allait évidemment à la première option. Il scruta les alentours puis leva la tête. L'immeuble ne faisait que deux étages et le mortier sur ses flancs était à moitié effrité. Nick n'avait pas le loisir d'hésiter ; il sauta, se cramponna aux rainures entre les briques usées et se mit à grimper sans tenir compte des protestations de sa cheville. Ses doigts s'enfonçaient dans les sillons rugueux et froids, ses bras et sa poitrine se contractaient douloureusement tandis qu'il se hissait sur la paroi. Ses orteils raclèrent la brique jusqu'à ce que les semelles souples de ses bottes trouvent une prise. Et il se mit à grimper.

L'escalade était plutôt facile, ce qui lui laissa le temps de réfléchir. Striker s'était montré belliqueux et prompt non seulement à lui donner son nom mais aussi à dévoiler son arsenal. Tout cela indiquait à Nick qu'il était ambitieux. Il voulait qu'on raconte que le garde-rue du roi Doré était un homme à craindre. La dernière chose dont il aurait envie serait que Nick se vante de lui avoir filé indemne entre les pattes.

Mais comment un voyou des rues avait-il mis la main sur de telles armes ? Le pire que Nick avait pu rencontrer jusqu'alors dans les ruelles de Londres était un vieux soldat fêlé qui avait trouvé le moyen de voler un mortier abandonné durant la bataille de Waterloo.

Nick se trouvait soudain assailli de questions plus pressantes que de découvrir à quoi Tobias Roth passait ses après-midi de rentier. Comme de savoir s'il survivrait jusqu'à l'heure du dîner.

Il agrippa le rebord du toit et se hissa jusqu'au sommet. Par chance, l'inclinaison était faible et il put ramper sur un ou deux mètres avant de s'effondrer pour reprendre son souffle. Tout autour de lui, les reliefs des toitures formaient un océan d'ardoises.

En raison de la façon dont il était allongé, la clé qu'il avait arrachée au cou de Striker lui rentrait dans le flanc. Il plongea ses doigts raidis dans sa poche et en tira la clé luisante montée sur une chaîne de métal gris sale attaqué par la rouille. S'en saisir avait constitué un geste idiot, un caprice motivé par la fierté plutôt que la logique. D'un autre côté, sa fierté était tout ce qu'il avait. Avec sa curiosité. À quoi servait cette clé ?

Ce serait une question pour un autre jour, quand il ne serait pas occupé à survivre. Nick rangea l'objet dans sa poche avant de tâter sa cheville douloureuse. Elle donnait l'impression d'avoir enflé à l'intérieur de sa botte. Une bien mauvaise nouvelle quand on savait qu'il avait deux représentations prévues le lendemain. Il fallait qu'il rentre vite au cirque pour la soigner.

Il rampa prudemment vers le haut du toit, en s'assurant de rester hors de vue. Tous ces efforts physiques lui avaient donné chaud ; il défit les boutons de son manteau pour laisser le vent lui caresser la peau. Ayant rejoint un poste d'observation plus en hauteur, il définit un itinéraire pour retourner en lieu sûr. Certains des immeubles de la rue en épousaient le tracé et offraient des portiques aux toits plats sur lesquels Nick n'aurait aucun mal à courir. Il pourrait couvrir une bonne distance avant d'être obligé de redescendre au niveau du sol. Il espérait que d'ici là Striker aurait perdu sa trace. Avec un peu de chance, c'était déjà le cas.

Il avait presque atteint le sommet du toit quand il entendit un bruit semblable à une détonation de fusil. Il crut voir un panache de fumée puis un grappin qui faisait penser à une lourde pieuvre de laiton s'accrocha à la gouttière. Stupéfait, Nick le regarda ricocher et racler le métal avant d'assurer sa prise.

Nick tira le couteau glissé à sa ceinture et redescendit le long de la toiture en direction du grappin. Un coup d'œil en contrebas lui permit d'apercevoir la chevelure hérissée de Striker occupé à grimper le long de la corde reliée à la pieuvre. D'autres Dos-jaunes étaient rassemblés dans la rue en dessous, leurs visages levés vers le ciel tels des fleurs pâles. Quand ils virent Nick, des cris moqueurs s'élevèrent. Les badauds alentour s'éloignèrent d'un pas nerveux.

Bon, la solution était simple. Nick s'agenouilla et s'attaqua immédiatement à la corde. Mais sa lame heurta quelque chose de solide, au point que la vibration de l'impact lui remonta dans le bras. Stupéfait, il constata que le couteau avait rebondi. La corde n'en était pas une. Elle était faite de métal creux façonné en sections flexibles et assemblé à la manière d'une queue de homard. Si des fibres de chanvre étaient utilisées, elles se trouvaient à l'intérieur d'un blindage assez dur pour arrêter une lame. Énervé, Nick tenta d'enfoncer la pointe de son arme entre deux articulations. La lame se cassa en deux.

Soudain alarmé, Nick lâcha le manche de son couteau inutilisable et remonta en hâte le long du toit en prenant de la vitesse pour sauter vers le bâtiment d'à côté. Il réussit aisément le saut mais, en retombant sur le toit suivant, une douleur intense lui transperça le pied droit comme s'il avait atterri sur la pointe d'une épée. Nick roula sur lui-même et ne put retenir un cri. Après un long moment d'une souffrance étourdissante, il se remit debout en refusant de boiter. S'il perdait la maîtrise de son équilibre, il ne survivrait pas une heure de plus.

La douleur lui glaçait le corps mais il sentit la sueur s'écouler le long de son échine.

Ce toit-ci était plat et facile à traverser mais les longues secondes passées à se remettre de sa blessure lui avaient coûté cher. À mi-chemin du saut suivant, il entendit un bruit sourd indiquant que Striker était juste derrière lui. Sa démarche se fit hésitante et la souffrance le ralentit malgré son refus d'accepter que la poursuite était arrivée à son terme.

—Arrête-toi, le gitan.

Nick s'immobilisa.

—Laissez-moi partir.

Il fit glisser sa main le long de sa veste à la recherche d'une dernière astuce, d'une dernière arme à brandir.

—Désolé, l'ami. Trop de monde qui regarde pour te laisser filer.

—C'est bien regrettable.

Nick avait refermé ses doigts sur les contours fins et allongés du coupe-papier en argent d'Evelina. Avec une pointe de satisfaction perverse, il dégaina, pivota sur lui-même et le lança dans un seul et même mouvement fluide.

C'était un tour qu'il accomplissait chaque soir, parfois avec les yeux bandés, parfois debout sur le dos d'une jument lancée au galop. Il avait visé à l'endroit précis où s'entrouvraient les lourds pans du manteau en cuir et la lame s'enfonça profondément dans la cuisse de Striker. Avec un cri de douleur, celui-ci tomba à genoux puis bascula sur son flanc en gémissant. À quelques centimètres près, il aurait pu perdre sa virilité. Deux centimètres plus à droite et la lame aurait tranché une artère. Mais Nick avait planté le couteau exactement là où il le souhaitait.

Sans perdre de temps, il se retourna en titubant, sauta à cloche-pied et s'élança vers le toit suivant, laissant Striker aux mains des autres

Dos-jaunes. Il reprit sa course, sa trajectoire le ramenant presque jusqu'à Old Bond Street. Il guettait l'occasion de se laisser tomber sur le toit d'un omnibus à vapeur, voire de descendre jusqu'à l'une des gares souterraines entre lesquelles des trains circulaient sous la voirie. Il fallait qu'il disparaisse, et vite, parce que les Dos-jaunes allaient vouloir sa tête.

Malheureusement, il s'était laissé guider plus par la facilité d'accès des toits que par le tracé le plus direct. Et il n'était plus très sûr de savoir où il se trouvait. Il s'arrêta, se laissa tomber à plat ventre et rampa jusqu'au bord de la ligne de toit. Il ne lui fallut que quelques instants pour identifier le voisinage.

Mais il avait également repéré autre chose : Tobias Roth, traversant une cour intérieure.

Ils se trouvaient à plusieurs rues de la boutique du tailleur et, quoi que Roth ait pu mijoter, cela n'avait aucun rapport avec la mode. Il avait échangé son beau manteau contre une blouse d'ouvrier et ses chaussures à fines semelles contre une paire de bottes usées. Par la mère noire, que pouvait donc bien fabriquer Roth ?

Nick s'avança un peu plus pour tâcher de mieux voir. La cour était entourée de hauts murs, ce qui la rendait invisible depuis la rue. Un entrepôt se dressait sur l'un de ses flancs. Les grandes portes doubles étaient ouvertes, offrant un aperçu de l'intérieur où l'on distinguait, au milieu d'un amoncellement de rebuts mécaniques, un poêle à bois et quelques meubles en mauvais état.

Nick retint son souffle, partagé entre l'excitation et l'amertume. C'était l'atelier ! Il avait pensé que Magnus était timbré de s'imaginer que lord Bancroft ou son fils, voire les deux, s'amusaient à construire des machines. Mais le docteur avait vu juste. Nick n'avait jamais entendu parler d'un rupin prêt à manipuler ressorts et rouages graisseux – de la crasse aurait pu se loger sous ses ongles manucurés ! – et pourtant Tobias Roth était là, vêtu comme un honnête travailleur.

Roth s'arrêta au milieu de la cour pour s'entretenir avec un autre homme de son âge. Leur discussion, plutôt intense, portait sur ce qui, aux yeux de Nick, ressemblait à un insecte géant en métal privé de la plupart de ses pattes. Il gisait au sol, sur le dos, quelques membres dressés vers le ciel. Il s'agissait forcément de la créature qui avait dévoré les décors de l'opéra.

Regardez-moi toutes ces pièces détachées, songea Nick. Où Roth se les procurait-il ? Avait-il la permission du roi Doré ou ces salauds de riches construisaient-ils simplement tout ce qui leur faisait envie ? Tant de ressources gâchées sur un jouet gigantesque plutôt qu'un générateur pour l'éclairage ou une pompe pour apporter de l'eau potable vers les hauteurs de la ville. Nick ne comprendrait jamais les riches.

Il se retira en prenant soin de ne pas être vu. *Donc le fils à papa passe par l'entrée principale du tailleur et sort par la porte de derrière pour venir jusqu'ici ?* Peut-être Roth n'était-il pas aussi bête que Nick l'avait cru. Mais que faisait Tobias et pourquoi tentait-il de garder ses activités secrètes ?

Nick repensa à la machine cassée, tournant et retournant dans son esprit tout ce qu'il savait du jeune homme avant d'y ajouter ce qu'il avait lu dans les journaux durant les derniers jours. Les coins de ses lèvres s'étirèrent progressivement jusqu'à former un grand sourire. Peut-être la monstruosité de métal ne constituait-elle pas tout à fait un gâchis. Il devait reconnaître à Tobias Roth un certain sens du spectacle. Pas du niveau de Nick, bien sûr, mais pas si mal pour un amateur. Et en tant qu'inventeur l'aristo avait un réel talent.

Instinctivement, Nick comprit que c'était exactement ce que le docteur Magnus voudrait savoir.

CHAPITRE 14

Ignoble assassinat ! Tard ce matin, un fermier de la région a fait une macabre découverte sur un chemin peu fréquenté du côté de Hampstead. Deux jeunes hommes robustes ont été retrouvés morts sur le bas-côté, la gorge tranchée. Interrogé, un aubergiste local a déclaré qu'il avait vu ces mêmes hommes conduisant un chariot chargé de plusieurs coffres quelques heures avant l'aube. Ils avaient réveillé l'hôtelier en expliquant être en quête d'un maréchal-ferrant pour l'un de leurs chevaux, qui avait perdu un fer. Aucune trace du chariot, des chevaux ou de la cargaison n'a été retrouvée.

***The London Prattler*, édition du soir**

Evelina venait tout juste de terminer la réparation de son collier lorsque arriva le journal de l'après-midi. Les deux morts étaient les palefreniers de lord Bancroft. Grace n'était plus la seule victime parmi les domestiques.

Les journaux ne mentionnaient ni le nom des hommes ni pour qui ils travaillaient mais les perdreaux étaient venus poser des questions pour la deuxième fois en moins d'une semaine. Si Evelina espérait empêcher Lestrade de découvrir quoi que ce soit qui puisse faire du tort à la famille d'Imogen, il fallait qu'elle trouve des réponses, et vite.

Elle se tenait à présent dans la pénombre du grenier, une bougie à la main, à la recherche d'un indice. Les automates n'avaient pas reparu dans un sinistre coup de tonnerre. Le seul objet à vaguement leur ressembler était un mannequin de couturier au cou surmonté d'un pique-aiguilles. En une heure passée à fouiner partout, elle n'avait trouvé aucune nouvelle information.

Il était temps de redescendre. Evelina s'agenouilla et jeta un coup d'œil sous une malle.

— On repart.

Un petit vrombissement se fit entendre, accompagné du cliquetis de pattes minuscules.

— Allez, cesse de traîner ! dit-elle sur un ton d'impatience.

Un tout petit museau émergea de sous la malle, des moutons de poussière accrochés à ses fines moustaches d'acier.

— J'ai découvert douze araignées misanthropes et un nid de mites méfiantes mais les lieux sont malheureusement très pauvres en informations concernant des automates possédés par le démon. Note, cela dit, que nous sommes dans un grenier et que je suis une souris. Tu aurais pu faire de moi un chercheur à la bibliothèque bodléienne capable – soyons fous ! – de lire et de tourner les pages. Mais non. Tu as opté pour une forme mignonne et rigolote, et donc me voilà en rongeur. Si tu t'imagines que je vais couiner de manière adorable, il te reste encore beaucoup à apprendre.

— Oh ! arrête avec ça. Et qui a parlé de démons ?

Une forme de magie noire imprégnait les automates mais il ne s'agissait pas d'un maléfice de type démoniaque, bien heureusement.

— J'improvise.

— Tu ne cesses de te plaindre.

Ce à quoi elle aurait dû s'attendre en faisant appel à un autre deva de la terre.

Mais, tempérament excepté, sa dernière création fonctionnait magnifiquement. Evelina avait conçu la souris pour l'espionnage en intérieur. Dans la pénombre, son pelage de métal sculpté semblait presque réel. Evelina la ramassa avec précaution et la tint en équilibre au creux de sa paume.

L'alouette qu'elle avait envoyée après Lestrade n'était pas revenue. Evelina avait oublié de lui préciser *quand* revenir avec les informations glanées. Elle pourrait se présenter dès le lendemain ou dans un siècle. Une erreur classique au moment de lancer un sort. N'ayant pas le temps d'attendre, Evelina avait donné vie à son deuxième jouet avec le deva qui était venu à sa rencontre dans le chêne. Une punition pour s'être moquée d'elle quand elle avait glissé de la branche.

— Qu'espérais-tu trouver ici à part de vieux chiffons et des armoires cassées ?

La souris s'assit sur ses pattes arrière pour nettoyer la poussière prise dans ses moustaches.

—Des lettres d'amour? Ou bien cherches-tu simplement à éviter le blondin idiot? J'ai remarqué que ton cœur battait la chamade chaque fois qu'il se pavane devant toi.

—Laissons-le en dehors de tout cela.

—Comme tu voudras.

—Exactement.

Evelina contemplait la créature occupée à faire sa toilette, fascinée par le fait qu'elle puisse bouger comme si elle était faite de chair et non de métal. Quelque chose chez les esprits primait sur la réalité de leurs corps rigides. Peut-être s'agissait-il d'une affinité entre la nature élémentaire du deva et le métal forgé depuis un minerai issu de la terre. Elle se demanda si un deva de l'air aurait aussi bien fonctionné.

—À vrai dire, j'espérais trouver quelque chose qui m'en apprenne plus sur les automates. Pourquoi la famille les a-t-elle gardés? Et pour quelle raison quelqu'un est-il prêt à tuer pour les récupérer?

—Tu m'as dit qu'ils avaient des relents de magie indésirable. Peut-être qu'ils se sont assemblés tout seuls, qu'ils ont tué leurs gardiens et sont partis semer le chaos au cœur d'une métropole qui n'a rien vu venir!

Une image mentale qui allait hanter les rêves d'Evelina… si elle réussissait encore à dormir. Elle fusilla du regard la petite souris.

—C'était une forme de magie différente de la tienne. Ils n'étaient pas vivants.

—Alors peut-être devrais-tu consulter les archives de la famille pour découvrir d'où ils venaient. Ils ont bien dû être achetés quelque part.

—Bonne idée, dit Evelina.

C'était au moins un point de départ.

—Même si je ne comprends toujours pas bien le lien avec Imogen, ajouta-t-elle.

La souris remonta en trottant le long de son bras jusqu'à son épaule.

—Ma chère petite, j'étais déjà ici quand le chêne au-dehors n'était qu'un minuscule arbuste et cette maison quelques pierres au milieu d'une verte prairie. Au final, tout est connecté. Tu dois persévérer. On repère toujours le linge sale au moment du lavage.

—Peut-être, mais je ne veux pas me noyer dans le lavoir en y faisant mes recherches.

Evelina rangea la souris frétillante dans sa poche.

Le plus curieux dans toute cette affaire était lord Bancroft. Non parce qu'il conservait la contenance placide d'un tricheur professionnel – c'était attendu de la part d'un aristocrate visant un poste important – ni même parce qu'il interdisait aux serviteurs de parler des meurtres. Aucun maître ne voulait voir ses domestiques distraits au point de faire brûler ses toasts ou d'amidonner excessivement ses chemises.

Non, c'était ce que la gouvernante l'avait entendu dire avant de le répéter à Dora, laquelle en avait parlé à Evelina. La nuit dernière, lord Bancroft – plus qu'un peu ivre – avait promis à Lestrade une récompense si la police retrouvait ses malles. En précisant qu'il était impératif qu'elles lui soient rendues sans avoir été ouvertes.

Pourquoi ? Personne n'en savait rien. Tous les serviteurs avaient rejoint la maisonnée après le retour au pays de lord Bancroft. Nul ne semblait au courant de ce que contenaient les malles et encore moins de la raison de leur importance. Bien entendu, la mention d'une récompense avait rendu tout le monde deux fois plus curieux. Si le plan de Bancroft avait consisté à maintenir secrète l'existence des malles et de leur contenu imprégné de magie, il s'y était très mal pris. Mais le whisky n'avait jamais rendu intelligent... et c'était bien les effluves du whisky qu'Evelina sentait de plus en plus souvent dans l'haleine de lord B ses derniers temps.

Evelina parcourut une dernière fois le grenier du regard avant de descendre l'escalier en réfléchissant à ce qu'elle allait pouvoir faire. Par les petites fenêtres du palier au bas des marches, elle vit que le jardin au-dehors était plongé dans un crépuscule indigo. En arrivant au rez-de-chaussée, elle souffla la bougie, la déposa sur une petite table et poursuivit sa route en direction de la bibliothèque de lord Bancroft.

L'ambassadeur possédait une collection d'ouvrages de mécanique, sans doute une relique de sa jeunesse puisqu'il condamnait l'intérêt de son fils pour le sujet. Et afficher ce genre de livres n'était plus dans les usages à présent que les barons de la vapeur exerçaient leur emprise sur la ville. Evelina était tombée dessus de manière tout à fait fortuite. Là, derrière les pièces de théâtre et les poèmes, en hauteur sur les étagères de la bibliothèque, se trouvait une seconde rangée de livres. Evelina s'était sentie comme Aladin dans la grotte aux trésors et en avait lu autant qu'elle avait pu en sortir de la bibliothèque sans se faire remarquer.

Peut-être y avait-il quelque chose dans cette collection – une note ou un manuel – qui permettrait d'identifier l'origine des automates. Trouver au moins la réponse à cette question pourrait s'avérer facile.

Elle avait appris à manipuler mécanismes et mouvements d'horloge auprès du père de son père, qui fabriquait toutes les merveilles mécaniques du cirque de Ploughman. Et, grâce à la bibliothèque de lord Bancroft, elle avait pu étudier toutes les récentes innovations en matière d'automates, y compris les très sophistiquées trieuses de probabilités à carte perforée qui étaient censées permettre aux machines de prendre des décisions simples par elles-mêmes. Un ratage, d'après Evelina. Même les circuits les plus élaborés semblaient ne produire que des machines à peine plus intelligentes qu'une fourchette à griller le pain.

D'après le peu qu'elle avait pu en voir, les modèles que possédait Bancroft dataient d'au moins dix ans. Les automates allaient et venaient sur la scène de la mode, faisant généralement un come-back quand un fabriquant prétendait à une innovation. « Nouveau ! Amélioré ! Le même vieux machin tel que vous ne l'avez jamais vu auparavant ! Garanti peu commode à utiliser et compliqué à réparer ! »

Même un domestique idiot était plus versatile tout en coûtant beaucoup moins cher. Quoi qu'il en soit, l'idée d'un esclave de bois et de métal désireux d'obéir aux moindres caprices – si dépravés soient-ils – de son propriétaire incitait à coup sûr les plus riches à dénouer les cordons de leur bourse. Ce qui soulevait des questions sur quiconque en possédait une vaste collection.

Il faisait nettement plus chaud dans la bibliothèque que dans le grenier. Un petit feu avait été allumé dans la cheminée, plus pour égayer les lieux que par nécessité. Les lampes à gaz éclairaient la salle de leur éclat tamisé. Evelina entra dans la pièce, son attention tournée vers les hautes étagères. Elle ne remarqua pas tout de suite la présence de lord Bancroft, assis sur l'une des bergères. Il lisait un journal, un verre de whisky posé sur une minuscule table sculptée à portée de main.

— Miss Cooper, dit-il sans esquisser un geste.

La plupart des hommes se levaient quand une dame entrait dans la pièce, une politesse dont il faisait rarement preuve à son égard. Elle occupait une zone floue entre domestique et membre de la famille, ce qui faisait du comportement de lord Bancroft à la fois une insulte et un compliment.

— Milord, répondit-elle, crispée.

Difficile de fouiller dans les affaires de quelqu'un qui lisait le journal à quelques pas de là. Elle esquissa néanmoins une révérence avant de tourner son attention vers les livres.

Lord B tourna une page, satisfait de ne pas avoir à se préoccuper d'elle. Elle décida à son tour de ne pas lui prêter plus d'attention et, après avoir repéré le rayonnage qu'elle cherchait, décala discrètement les livres pour déchiffrer le nom des ouvrages situés derrière. Elle entreprit de lire rapidement les titres inscrits au dos, consciente qu'elle risquait à tout instant d'être interrompue et redirigée vers la collection de romans insipides de lady Bancroft. Non qu'Evelina détestât la fiction – loin de là –, mais lady B avait une préférence pour les héros et les héroïnes bien sous tous rapports et avec autant de personnalité qu'un plumeau.

D'un autre côté, lord Bancroft semblait posséder une bonne dizaine d'ouvrages sur la fabrication des automates, même s'ils étaient tous en allemand. Elle en sortit un du rayonnage et l'ouvrit puis déchiffra difficilement l'introduction. Le livre semblait étudier en détail la création de machines capables de marcher. Ce qui était compréhensible : la gestion de l'équilibre et des mouvements des articulations avaient longtemps posé des problèmes aux fabricants.

Relevant les yeux, Evelina observa lord Bancroft… ou plus exactement les pages dépliées de son journal. Une main en émergea pour saisir le verre. L'anneau au doigt de lord B refléta brièvement la lumière de la lampe à gaz avant que la main et le verre disparaissent derrière la paroi de papier. Pour un homme à qui l'on venait de voler des biens précieux, il semblait parfaitement calme. D'un autre côté, le connaissant, il avait peut-être déjà absorbé une belle quantité de whisky à cette heure.

Evelina se tourna de nouveau vers la bibliothèque et sortit un autre ouvrage. Celui-ci n'était pas en allemand mais dans une autre langue qu'elle ne reconnut pas. Avec un soupir d'exaspération, elle le referma et le remit sur l'étagère. Aucune trace d'un quelconque manuel d'utilisation des automates. Elle déambula jusqu'à une collection de pièces françaises. Dans la mesure où elle prétendait être à la recherche d'un livre à lire, elle pouvait difficilement repartir les mains vides.

— Vous trouvez ce que vous voulez ? demanda doucement lord Bancroft dans un froissement de son journal.

Elle perçut dans sa voix une légère tension qui lui donna à penser qu'il savait exactement quels livres elle avait consultés et que cela ne lui plaisait guère. Elle sentit son estomac se nouer et se saisit rapidement d'un ouvrage de Racine.

— Oui, merci.

Elle se hâtait vers la porte quand Bigelow, le majordome, fit son entrée.

— Un gentleman demande à vous voir, milord, annonça-t-il.

— Qui est-ce ?

Lord Bancroft abaissa son journal afin de regarder le domestique qui lui tendait un plateau d'argent sur lequel était posée une carte de visite. Il s'en saisit sans manifester grand intérêt mais, en voyant de qui il s'agissait, il écarquilla les yeux avec une expression qui ressemblait à de la fureur meurtrière.

Evelina fila vers la sortie mais, au même moment, quelqu'un força le passage derrière Bigelow. Elle se figea devant l'individu qui venait d'entrer. Il était très grand, avec une cape et une canne à pommeau d'argent. Derrière le rebord de son haut-de-forme, un visage aquilin à la peau sombre évoquait à

Evelina des terres exotiques et des coffres de pirates pleins d'or. Pas du tout le genre à tenir le rôle principal dans l'un des romans de lady Bancroft.

Lord Bancroft prit la parole d'une voix dure et tranchante.

— J'avais entendu dire que vous étiez en ville mais je priais pour qu'il s'agisse d'un méchant ragot. Que faites-vous ici ?

Evelina fit un bond en arrière, comme si ces paroles pleines de colère lui étaient adressées. Ses bras se couvrirent de chair de poule. Elle n'était pas assez proche de l'inconnu pour en être certaine mais elle avait cru détecter un soupçon de magie. *Qui est cet homme ?*

— Est-ce une façon de saluer un vieil ami ? demanda-t-il en retirant sa cape et son chapeau pour les remettre de force à Bigelow. Je vous ai vu à l'opéra mais vous avez fait mine de ne pas remarquer ma présence. Me voilà donc contraint de venir jusqu'à vous puisque vous n'avez pas souhaité me parler en public.

Bancroft se leva de son fauteuil.

— Que faites-vous à Londres ? Vous aviez juré de rester à distance !

L'étranger se mit à rire.

— Non, c'est vous qui avez juré comme un charretier jusqu'à ce que je m'éloigne. Ce n'est pas la même chose. Dites-moi, comment vont les enfants ? Cela fait des années que je ne les ai pas vus.

Il y eut un long silence. Bigelow se racla la gorge.

— Dois-je faire venir les valets de pied, milord ?

L'expression de lord Bancroft confirmait que c'était exactement ce qu'il voulait. Au lieu de quoi il congédia Bigelow et Evelina d'un geste sec de la main. Ils s'exécutèrent et Evelina referma la porte derrière eux, les mains du majordome étant occupées par les vêtements du visiteur.

On entendait toujours la voix tranchante de lord B.

— C'est de l'argent que vous voulez, Magnus ?

— *Docteur Magnus.* Je mérite au moins ce témoignage de respect. Et quelle est la réponse, à votre avis ?

La voix semblait bien trop intime, comme si l'inconnu murmurait à l'oreille d'Evelina.

Bigelow et elle s'attardèrent sur le seuil et leurs regards se croisèrent en un accord tacite. Tant pis si écouter aux portes était une mauvaise idée ; ni l'un ni l'autre n'étaient prêts à s'éloigner. Mais seul s'ensuivit un long moment de silence. La nervosité s'empara d'Evelina.

Enfin, le docteur Magnus reprit la parole. Evelina perçut un léger accent, sans pouvoir l'identifier.

— Je vous ai rendu le service que vous demandiez et à présent j'ai besoin de contacts à Londres. Quelque chose que vous pouvez certainement arranger, influent comme vous l'êtes. Je suis désireux de rencontrer vos capitaines d'industrie. Comment les appelez-vous, déjà ? Les « barons de la vapeur » ?

— Vous ne leur seriez d'aucune utilité.

— Ils ne me seront pas très utiles non plus. Mais j'ai besoin de votre influence au service d'un petit projet et, puisque je vous découvre en étoile montante de la politique, cela devrait être un jeu d'enfant. Par ailleurs, vous m'êtes très largement redevable. Refuser ne serait pas très sage.

Bancroft lâcha un juron obscène.

— C'est du chantage ?

— Allons, allons. Nous nous connaissons depuis bien trop longtemps. Bien avant que votre moralité britannique sévère ne vienne rogner les ailes de votre curiosité.

— Avant que vous condamniez mon âme à la damnation, vous voulez dire, gronda Bancroft.

— Je n'ai rien à voir avec vos choix.

— Comment êtes-vous entré dans cette maison ?

Le rire de Magnus retentit de nouveau, empreint cette fois d'une moquerie narquoise.

— Vous ne m'offrez pas un whisky ? Vous pourrez m'exorciser plus tard.

Bancroft lança un autre juron puis la conversation se fit assourdie, comme si les deux hommes s'étaient déplacés vers un autre coin de la pièce.

— Qui est-ce ? chuchota Evelina.

Le visage de Bigelow laissait paraître toute son inquiétude.

— Je l'ignore, miss. Je suis au service de la famille depuis leur retour en Angleterre et je n'avais jamais vu cet homme avant ce soir.

— Peut-être se sont-ils connus en Autriche ?

Le majordome secoua imperceptiblement la tête.

— Je l'ignore, miss. Mais en y réfléchissant j'ai déjà entendu ce nom, docteur Magnus. La nuit où cette pauvre Grace est morte. Quand je suis allé réveiller lord Bancroft, il a crié ce nom en bondissant pratiquement de sa chaise quand je lui ai touché le bras.

— De sa chaise ?

— Cette nuit-là il s'est endormi sur un livre, ici, dans la bibliothèque. Ça lui arrive parfois.

Après avoir bu un verre de trop.

— Il a vu le docteur Magnus à l'opéra et en a rêvé ensuite.

Des cauchemars, même. Mais au moins l'histoire de Bigelow signifie que lord B n'a pas tranché la gorge de Grace puisqu'il dormait au moment des faits.

— Ce n'est pas à moi de le dire. Je dois m'en retourner à mon travail, miss.

Evelina baissa les yeux vers le livre qu'elle n'avait aucune intention de lire.

— Moi aussi.

Elle laissa volontairement tomber la pièce de Racine puis s'accroupit pour la ramasser. Ce faisant, elle sortit la souris de sa poche. L'animal mécanique fila sous la porte pour espionner les deux hommes.

Bigelow s'éloigna dans le couloir. Evelina le regarda partir, les tripes nouées par l'anxiété. Les derniers jours n'avaient pas été très rassurants. Automates imprégnés de magie noire. Meurtre. Messages codés. Gemmes et lingot d'or. Mystérieux inconnus issus du passé de l'ambassadeur. *Et la saison n'a pas encore réellement démarré.*

Evelina se mit en marche, à peine consciente d'où ses pas la menaient. Elle se retourna et remonta l'escalier en direction du deuxième étage. Au moment où elle arriva sur le palier, la grande horloge sonna 20 heures.

Tobias se tenait là, les mains dans les poches, observant le mécanisme avec son air de nonchalance habituelle. Quand il vit Evelina, un demi-sourire s'inscrivit paresseusement sur ses lèvres.

L'estomac d'Evelina fit une pirouette mais elle prit une profonde inspiration, bien décidée à ne pas laisser paraître sa nervosité. La souris avait raison en affirmant qu'elle évitait Tobias depuis le baiser dans le salon de jour. Voulait-elle ou non le voir ? Le bon sens lui disait de fuir. La curiosité la suppliait de rester.

— Le cadran météo indique qu'un orage se prépare, dit Tobias. Quelle terrible déception. Je vais être obligé de renoncer aux joies du champ de courses.

— J'espère bien qu'il n'y aura pas d'orage. La garden-party de votre mère a lieu demain.

— Bon sang ! vous avez raison.

Il eut un petit rire et Evelina eut du mal à savoir s'il avait réellement oublié où s'il plaisantait.

— L'horloge se trompe toujours, de toute façon.

— En effet.

Il la gratifia d'un sourire paresseux.

— Mais je crains qu'une autre tempête ne se prépare, ajouta Evelina. Un certain docteur Magnus est arrivé ce soir pour parler à votre père. Lord Bancroft n'était guère réjoui de le voir. Ils semblaient se connaître.

Tobias fronça légèrement les sourcils et son sourire s'affaissa un peu.

— Ce nom me dit quelque chose. De l'époque où nous vivions à Vienne. C'était autrefois un ami de mon père. Un mesmérien, si je me souviens bien. Je me rappelle vaguement qu'il m'avait offert un cheval de bois pour mon anniversaire avant que je sois en âge d'aller à l'école.

— Quel genre d'homme est-ce ?

— Aucune idée. Je n'étais qu'un enfant.

Quel âge avait Tobias ? Environ vingt-trois ans ? Magnus paraissait à peine assez âgé pour avoir été un adulte susceptible de fréquenter des ambassadeurs tant d'années plus tôt. D'un autre côté, certains hommes semblaient à peine changer entre trente et cinquante ans. Peut-être Magnus comptait-il parmi ces chanceux.

Tobias baissa les yeux vers elle.

— À quoi pensez-vous ? Vous affichez une mine des plus perplexe.

— Il se passe beaucoup de choses.

— Vous y incluez le meurtre de Grace ? Et celui des valets ?

Cette fois, son sourire avait tout à fait disparu.

Evelina hésita, puis décida qu'il ne servait à rien de tourner autour du pot.

— Vous vous êtes entretenu avec Grace juste avant sa mort ?

L'espace d'un instant, Tobias adopta un air aussi sévère que celui de son père.

— Oui, dit-il.

Elle le dévisagea en repensant à leur baiser puis à Grace. Elle se demandait quel genre d'homme était réellement Tobias Roth. La seule chose chez lui dont elle était certaine était son goût pour l'énergie pneumatique et les courants magnétiques. Cela semblait être son unique vérité absolue.

Une onde de frustration courut le long de ses nerfs. Elle jura intérieurement ; elle aurait voulu savoir ce qui se cachait derrière ces yeux d'un gris solennel. Tobias n'était jamais sérieux et rarement immobile, toujours en route vers un club, un cabaret ou une maîtresse. Quand ils étaient seuls, il paraissait sourire depuis une position juste hors de portée d'Evelina.

Celle-ci avait la bouche sèche.

— Comment était-elle ? demanda-t-elle.

Il haussa les épaules et regarda au-dehors par l'étroite fenêtre près de l'horloge.

— Comme on pouvait s'y attendre dans sa situation. Elle se retrouvait dehors après l'heure du couvre-feu et craignait que Bigelow la renvoie. Il verrouille toutes les portes à minuit. Elle voulait que je la fasse entrer en douce, alors je l'ai fait.

— C'est tout ? Elle n'a rien dit d'autre ?

— Elle ne m'a pas donné le nom de son meurtrier, si c'est ce que vous voulez savoir. Elle a maugréé quelques mots à propos d'un Chinois idiot et lent, ou quelque chose de ce genre. Je me suis dit qu'elle était peut-être allée du côté de Limehouse.

Evelina tenta de jauger son ton et son expression en se demandant s'il mentait. Elle n'était pas capable de le dire.

— Est-ce que Grace attendait déjà dehors ou venait-elle d'arriver quand vous l'avez croisée ?

Il se passa une main dans les cheveux.

— Elle attendait. Je crois.

— Depuis longtemps.

— Je ne sais pas. Je ne crois pas.

— Vous avez parlé de votre conversation avec Grace à l'inspecteur Lestrade ?

— Non. Il me demanderait où j'étais, pourquoi j'étais dehors. Et je n'ai aucune intention de répondre à cette question à moins d'y être absolument obligé.

— Mais…

Il l'interrompit en posant un doigt sur ses lèvres.

— Un homme se doit de préserver certains secrets. Et je vous jure que ça n'a rien à voir avec Grace ni avec les valets assassinés.

Où s'était-il rendu si tard le soir ? Avec qui et en combien d'occasions ? Si ce n'était pas en lien avec le problème à résoudre, l'oncle d'Evelina aurait considéré cela comme dénué d'intérêt pour l'affaire. Elle se devait de faire de même, même si les questions lui brûlaient les lèvres tels des charbons ardents.

Elle lui décocha néanmoins un regard colérique et s'écarta de lui. Elle avait le goût de sa peau sur ses lèvres, un goût amer de tabac. Il sentait la fumée de cigare.

— Une jeune fille est morte, Tobias.

— Et ce n'est pas moi qui l'ai tuée. On a discuté, on est rentrés.

— Vous avez fermé à clé derrière vous ?

— Oui.

— Alors le tueur était déjà à l'intérieur.

Est-ce lui que j'ai croisé dans le couloir cette nuit-là ?

Il se figea, comme s'il venait de saisir toute l'importance des paroles d'Evelina. Puis il secoua la tête.

— Je ne peux pas croire une telle chose.

— Vous avez une autre théorie ? demanda-t-elle sans parvenir à réprimer un frisson.

Le tueur pouvait très bien être encore dans la maison à cet instant même. Caché ou, pire, arborant un visage familier. L'horloge continuait son « tic-tac » lent et sonore comme pour les inciter à poursuivre.

D'un seul coup, Tobias parut saisi de surprise, puis d'inquiétude, les yeux écarquillés. Il venait de penser à quelque chose. Evelina aurait volontiers donné sa plus belle charlotte pour savoir ce qui lui avait traversé l'esprit.

Puis l'expression de Tobias changea de nouveau et s'adoucit lorsqu'il tendit la main vers elle.

— Evelina, vous ne devriez pas vous impliquer dans cette histoire. Mon père m'assure que notre famille ne court aucun risque mais je crois malgré tout que poser toutes ces questions vous met en danger.

Se mettre en danger, c'était s'avancer en équilibre sur une corde tendue à six mètres au-dessus du sol. Ou, pour une jeune domestique, transporter une fortune en pierres précieuses à travers de sombres ruelles pleines de vermine. La seule chose dont Evelina avait à s'inquiéter pour l'heure consistait à esquiver les demi-vérités. Et elle était quasi certaine que c'était ce que Tobias tentait de lui faire avaler.

Non, le plus grand danger était son désir. Car elle avait envie de croire à l'expression de sollicitude sur le visage du jeune homme. Elle fit un petit pas en arrière, ajoutant quelques centimètres de distance entre eux.

— Vous vouliez que j'examine le corps. Pourquoi me demander d'arrêter à présent ?

Le regard de Tobias s'attarda sur le visage d'Evelina, scrutant lentement chaque centimètre de ses traits.

— Honnêtement, j'ai peur pour vous. Vous êtes trop importante à mes yeux pour prendre des risques inutiles.

Elle haussa les sourcils, incapable de dissimuler le sarcasme dans sa voix.

— Je suis importante à vos yeux ?

— Bien sûr.

Longtemps auparavant, allongée dans son lit étroit à l'académie pour jeunes filles de Wollaston, elle s'était laissée aller à rêver de Tobias Roth tombant à genoux devant elle pour lui déclarer son amour. Évidemment, le Tobias de son rêve était un idéal ; l'homme de chair et de sang devant elle ne l'était pas. Dans sa rêverie, toutes les paroles de Tobias étaient sincères. Dans la réalité, elle était incapable de dire si c'était ou non le cas, et la prudence venait tempérer son désir.

— N'ai-je donc pas d'importance pour vous ? demanda-t-il à mi-voix en s'inclinant vers elle. Je vous en prie, dites-moi que si.

— Vous êtes le frère d'Imogen.

Elle avait tenté de s'exprimer d'une voix nette et tranchante mais les mots ressemblaient beaucoup trop à des soupirs. Il se tenait de nouveau trop près d'elle, son souffle chaud effleurant la joue d'Evelina.

— Rien de plus ?

Il avait posé sa main sur la hanche d'Evelina. Il y avait trop de couches de vêtements entre eux pour percevoir sa chaleur mais elle sentit la pression de sa caresse. L'escapade de sa mère avait-elle démarré de cette façon ? Par le contact d'une main dans un couloir plongé dans l'ombre ?

Enroulant son bras autour de sa taille, Tobias abaissa ses lèvres vers les siennes. L'instinct d'Evelina lui criait de fuir mais elle avait envie de goûter à ce qu'il lui offrait... et pleinement cette fois.

Sa bouche était douce, si douce et si chaude. Comme auparavant, à ceci près que s'y ajoutait un goût de brandy. Il sentait la laine, le savon et la fumée, avec de discrets effluves d'huile de graissage. Evelina sourit contre la bouche du jeune homme. Tobias était riche, gâté et capricieux mais il était plus que cela. Il était habité par une pulsion créatrice digne d'un artiste qui la désarmait.

Alors qu'ils pivotaient à la recherche d'une meilleure position, leurs nez frottèrent l'un contre l'autre. Elle frôla de ses paumes l'avant de son gilet et prit plaisir au contact doux du coûteux tissu et aux reliefs des muscles jeunes et fermes en dessous. Une douloureuse décharge de désir lui traversa le corps, occultant tout bon sens. Un lent brasier s'était allumé au plus profond de son ventre, remontant lentement à travers elle jusqu'à lui donner l'impression de briller de mille feux sous l'effet des sensations scandaleuses qui l'assaillaient. Les baleines de son corset lui semblaient soudain trop serrées, trop chaudes, trop rugueuses contre sa peau.

Tobias pressa sa bouche sur la sienne et, de sa langue, lui entrouvrit les lèvres. Les genoux d'Evelina se liquéfièrent. Dans un instant, elle allait se laisser aller contre lui, impuissante et aussi malléable que de la pâte à modeler. Elle était en train de perdre. C'était ainsi que la raison se noyait entre les bras d'hommes jeunes et beaux. Un instant de faiblesse et elle avait tout oublié : sa prudence, les demi-vérités de Tobias et – eh oui ! – le tueur qui se trouvait parmi eux.

Evelina battit en retraite, manquant de heurter l'horloge. Son cœur battait si fort que c'en était presque douloureux.

— Vous êtes le frère d'Imogen. Vous ne pouvez pas être plus que cela pour moi et vous le savez bien !

Il fronça les sourcils, l'air irrité.

— Et pourquoi cela ?

Elle se racla la gorge et se força à quitter les nuages cotonneux de ses vœux pieux pour redescendre sur la terre ferme.

— Je ne pourrais pas épouser un homme tel que vous et vous ne pouvez pas vous permettre de prendre pour amante une femme telle que moi.

Sa franchise surprit visiblement Tobias.

— Pourquoi ne pourrions-nous pas convoler en justes noces ? Vous n'êtes pas une moins que rien, Evelina. Vous allez être présentée à la reine. Vous participez à la saison.

Evelina fit la grimace. Elle détestait l'idée de devoir s'expliquer plus avant.

— Ne jouez pas avec moi. Votre père ne le permettrait jamais. Il a des ambitions pour votre famille et vous êtes son héritier. Je suis sans fortune et sans titre.

— Et alors ? demanda-t-il.

Il semblait désormais en colère. Un accès d'humeur vint à la rescousse d'Evelina.

— Je ne suis pas non plus l'une de vos poules. Je ne peux pas me permettre quelqu'un comme vous, Tobias.

Il la gratifia d'un regard de confusion blessée. Apparemment, ce grand dadais n'avait jamais réfléchi à tout cela. Et le désir se lisait dans ses yeux comme le nez au milieu de la figure : Tobias Roth venait de prendre conscience qu'il la désirait, peut-être précisément alors qu'elle venait de lui dire non.

Oh, bon sang! C'était beaucoup trop compliqué. Evelina passa précautionneusement devant lui en faisant attention à ce que même ses jupes ne lui frôlent pas la jambe.

— Evelina ?

Cet unique mot interrogatif recélait une pléthore d'autres questions.

— Bonne nuit, Tobias, répondit-elle en hâte avant de battre en retraite vers sa chambre.

Elle avait complètement oublié de l'interroger à propos des automates.

CHAPITRE 15

Londres, 7 avril 1888
Hilliard House
Samedi, 13 h 30

Malgré les inquiétantes prédictions de l'horloge, il n'y avait pas un seul nuage orageux dans le ciel. En tout cas pas littéralement. Le jardin clos derrière Hilliard House accueillait la fête d'anniversaire raffinée et pleine de gaieté de lady Bancroft. Et, même si le vent d'avril faisait encore frissonner l'assistance, un soleil lumineux et les effluves des cerisiers et des pruniers en fleur compensaient la fraîcheur de l'air.

Tobias tourna un regard mélancolique vers la table où l'on servait brandy et soda aux invités avant d'accepter à la place une tasse de thé. L'alcool aurait sans doute amélioré son humeur mais nuit au respect de l'étiquette. Et c'était le genre de chose qui comptait aux yeux de sa mère.

La météo était idéale. Les domestiques avaient déménagé la table de la salle à manger et disposé des tapis orientaux de réserve sur la pelouse afin que l'herbe ne laisse pas de taches sur les chaussons de ces dames.

Un samovar automatique laissait échapper d'élégantes volutes de fumée en préparant les tasses de thé de chacun, dispensant des tranches de citrons d'une extrême finesse à qui appuyait sur le bon bouton de son panneau ornementé. Un petit orchestre à cordes occupait l'un des coins du jardin, proposant un *divertimento* de Mozart en guise de glaçage musical.

Nul n'aurait pu imaginer qu'une servante avait été horriblement assassinée quelques nuits plus tôt à une dizaine de mètres de là.

Tobias n'arrivait pas à chasser l'ombre de Grace Child de son esprit. Son souvenir semblait s'accrocher au moindre couvre-chef, au moindre macaron et conférait un côté obscène à l'atmosphère doucereuse de la fête. Le pire restait le fait de faire comme si ça n'avait pas eu lieu. Mais son père avait menacé de congédier tout domestique qui en soufflerait mot.

Grace avait eu des yeux superbes. C'était le seul élément de son visage dont Tobias se souvenait vraiment. Il ne s'était même pas arrêté pour la regarder franchement. Pas au départ. Il était préoccupé par la farce stupide qu'il venait de jouer au Charlotte Theater, se demandant s'il allait se faire arrêter.

Il but une gorgée de son thé et sourit à la jolie jeune femme aux cheveux cuivrés que quelqu'un lui avait présentée comme étant la fille du roi Doré. Il songea qu'il l'avait peut-être déjà rencontrée auparavant. Comment s'appelait-elle ? Alice ? S'en souciait-il vraiment ?

Quoi qu'il en soit, il la fit profiter de tout son charme factice. De petites fossettes apparurent aux coins de la bouche de la jeune femme. Elle lui faisait penser à une insipide poupée de porcelaine.

Elle était tellement éloignée d'Evelina. *Non, cesse de penser à ça.* Même le souvenir de sa débâcle près de l'horloge le hérissait. « Séduis-la », avait ordonné son père. Mais, à cet instant, c'était elle qui l'avait séduit… avant de lui administrer une belle gifle.

Mais il disposait d'une vaste brochette d'autres femmes et il se connaissait trop bien. Il était inconstant. Il était prêt à oublier Evelina.

Malheureusement, l'idée de lui faire sérieusement la cour assaillait sans cesse son esprit à la manière d'une mauvaise fièvre récurrente. Dans dix minutes il risquait de se remettre à trembler d'angoisse en y repensant. Seul le fait de se tenir à distance semblait lui faciliter un peu les choses. Son désir n'était jamais durable ; cela au moins lui donnait l'espoir de tourner rapidement la page.

À moins qu'il n'ait réellement voulu déposer son cœur aux pieds d'Evelina ? Tobias s'interrogea pendant quelques instants. Son père serait furieux, c'était un plus. Mais il ressentait vraiment quelque chose pour Evelina. Il s'inquiétait pour sa sécurité. Il était peut-être un peu débauché mais pas dénué de scrupules. Cela dit, quel mal pouvait-il y avoir à un petit badinage ?

Peut-être plus qu'il ne l'avait imaginé. Evelina n'était pas de ces demi-mondaines qui connaissaient les règles du jeu mieux que lui. Ces femmes-là n'évoquaient jamais la question du mariage alors qu'elle l'avait brandie tel un gant jeté au visage.

Et qu'avait-elle voulu dire précisément en affirmant qu'elle ne pouvait se permettre quelqu'un comme lui ? Cela lui donnait l'impression d'être une paire de chaussures trop onéreuses. *Admets-le. Elle t'a montré à quel point tu es perdu. Tu n'es qu'un idiot sans cœur qui ne sait pas vraiment ce qu'il veut.*

Il traversa la foule, échangeant hochements de tête et sourires tout en étant intérieurement révolté contre lui-même. La seule chose qu'il avait bien faite était de préserver le secret de Grace. Le fait qu'elle était enceinte s'était su – il n'aurait pas pu l'empêcher –, mais rien n'avait percé quant à son implication dans des activités louches. Une bonne chose que la mission de Tobias consiste à empêcher Evelina d'enquêter ; cela lui avait donné une raison de ne rien divulguer de sa conversation avec Grace.

Quoi qu'il en soit, sans l'histoire du calamar – il ne voulait pas se reposer sur son alibi au bordel à moins que ça ne devienne absolument nécessaire –, il n'était pas certain qu'il aurait caché les craintes de Grace aux officiers de police. Plus il repensait à ses échanges avec la domestique et plus son malaise augmentait. La sécurité de la famille était primordiale mais il n'était pas sûr que le silence soit le meilleur moyen de la préserver, quoi qu'en dise le *pater*. Cela dit, son père avait une bien plus grande expérience du monde, il avait passé des décennies à conclure des accords avec des empereurs et des rois. La compétence de Tobias se limitait à obtenir une bonne table dans les restaurants à la mode.

— Belle réception, lança Bucky, qui venait d'arriver sur la gauche de Tobias.

Il tenait à la main une assiette généreusement garnie : salade de homard, foie gras, saumon à l'oseille et un petit cornet en papier de glace, laquelle se transformait rapidement en flaque.

— Ta sœur est radieuse, ajouta-t-il.

— Hein ?

Surpris par ce commentaire, Tobias se tourna vers Imogen. Elle avait la même apparence que d'habitude. Elle voletait entre les rangées de chaises disposées à l'ombre, occupée à papoter avec les douairières auxquelles personne d'autre ne voulait parler.

— Ta sœur. Londres lui va bien au teint.

Tobias esquissa un haussement d'épaules.

— C'est surtout l'idée d'acheter vingt-neuf robes en vue de sa saison. Le genre de chose qui fait briller les yeux des filles.

Bucky transperça une olive avec sa fourchette.

— Et j'imagine que ta remarquable sagacité sur le sujet provient d'échanges approfondis avec le beau sexe ?

— Quand j'observe – où devrais-je dire quand j'explore ? – la garde-robe d'une femme, le nom de la boutique où elle a acheté ses vêtements n'est pas ce qui m'intéresse le plus.

Bucky leva les yeux au ciel.

— Alors qu'est-ce qui est le plus riche d'enseignements, les jupes ou les culottes ?

— Ni les unes ni les autres ne sont des sources d'information très fiables. Elles cèdent à la moindre pression.

Bucky baissa la voix.

— On aurait pu croire que leurs ouvertures opposeraient une certaine résistance. Ou peut-être est-ce à la fille que je pense en disant cela. Ou alors je ne pense pas aux bonnes ouvertures…

Tobias ouvrit la bouche puis la referma en cherchant un moyen de changer de sujet avant que la conversation ne devienne plus scandaleuse. En temps normal, ce genre de sous-entendus graveleux l'amusait mais pas à cet instant. Il se sentait étrangement collet monté ce jour-là.

— Tu sais qu'ils parient sur le procès de Reynolds ? demanda Bucky sur un ton moins joyeux.

— Tout le monde le fait.

Tous deux avaient eu l'occasion de rencontrer la comédienne durant des fêtes. Ils ne la connaissaient pas très bien, mais suffisamment pour être choqués par le chef d'accusation. Nellie Reynolds étaient la reine du demi-monde, fille bâtarde d'un lord de haute naissance. Elle était plus spectaculaire que vraiment belle mais dotée d'une voix retentissante qui vous capturait le cœur et l'essorait sans aucune pitié.

— J'ai entendu dire qu'elle avait un avocat, reprit Bucky. Un bon. Il plaidera le fait que toutes les preuves trouvées n'étaient que des accessoires de théâtre. La magie est autorisée à des fins de spectacle. Puisque les tarologues et astrologues sont tolérés, pourquoi ne pas autoriser quelqu'un à posséder une boule de cristal si elle ne sert qu'à jouer sur scène ?

— Toute cette histoire est trop macabre pour moi.

Bucky se dandina d'un pied sur l'autre, mal à l'aise.

— Un donneur anonyme finance sa défense, dit-il. Quelqu'un de courageux pour aller ainsi contre l'opinion publique.

Les deux hommes restèrent silencieux pendant un moment, assaillis par des pensées désagréables. Avoir envie de se rebeller était facile. Faire face à la réalité qui allait avec la rébellion était une autre affaire. Bucky finit par apercevoir quelqu'un qu'il connaissait et s'éloigna rapidement.

Abandonnant sa tasse de thé sur la table, Tobias se fraya un chemin dans la foule pour rejoindre sa mère qui recevait ses vœux d'anniversaire.

Sa robe de soirée grise et rose était accompagnée d'un petit chapeau couronné de plumes recourbées. Lady Bancroft était grande et mince mais sa chevelure blonde et sa peau pâle semblaient délavées, comme une peinture trop longtemps exposée au soleil… ou peut-être au regard sans concession de son mari.

— Bon anniversaire, chère maman.

Tobias s'inclina et l'embrassa sur la joue.

— Tobias.

Elle tendit automatiquement la main pour lui caresser le visage ; un geste maternel auquel elle n'avait jamais tout à fait renoncé.

— Mes félicitations pour votre fête. Vous avez toujours eu un goût exquis pour l'organisation de ces choses-là.

Elle balaya le compliment d'un geste de la main.

— Après tant de temps passé au service de ton père, c'est devenu une seconde nature.

Croisant son regard bleu pâle, Tobias ressentit une pointe d'appréhension.

— J'ai un cadeau d'anniversaire pour vous.

Lorsqu'il cherchait un présent pour sa mère, Tobias faisait toujours face au même problème. Elle ne se plaignait jamais de ce qu'il lui offrait et ne semblait jamais préférer un cadeau à ceux des années précédentes. Difficile alors de savoir lesquels l'avaient réellement touchée.

Il tira un petit paquet de la poche de sa veste et le déposa au creux des mains gantées de dentelle de sa mère. Il guetta ensuite sa réaction en la regardant défaire le papier de soie bleu avec mille précautions. À l'intérieur se trouvait une élégante broche en argent en forme de libellule.

— Comme c'est joli ! dit-elle en inclinant la tête pour examiner les grenats et les perles incrustées dans les ailes.

Tobias tendit la main pour appuyer sur un minuscule bouton sur le corps de la libellule. Les ailes se mirent à battre lentement. Il appuya de nouveau et un doux carillon retentit tandis que la créature s'élevait. Un sourire émerveillé apparut sur les lèvres de sa mère ; un sourire délicieux et bien réel qui réchauffa le cœur de Tobias.

— C'est toi qui l'as faite, n'est-ce pas ? Quel travail délicat, murmura-t-elle. Et très ingénieux.

— J'ai fait appel à un joaillier pour sertir les pierres, répondit-il en faisant de son mieux pour paraître nonchalant.

— Tu es aussi brillant que ton père lorsqu'il avait ton âge.

Elle parut s'étrangler sur ses mots et son sourire disparut. Tobias la dévisagea avec l'envie de ressusciter cet instant de joie rare et authentique.

Dans son infini génie, il avait semble-t-il réussi à lui faire plaisir tout en éveillant en elle une pensée déplaisante. Certains jours, il restait bouche bée devant sa propre ineptie.

— Merci beaucoup, mon chéri, dit-elle.

Elle lui caressa de nouveau le visage, son masque agréable et impersonnel de femme d'ambassadeur de nouveau en place.

— Aide-moi à la mettre. Je veux la porter de suite.

Docile, Tobias épingla la broche à son châle et accepta un baiser sur la joue. Il se demanda pendant combien de temps encore il devait rester sobre.

Trop longtemps. Son père approchait, sa chemise si blanche sous sa redingote qu'elle faisait presque mal aux yeux. Un violent désir de fuir s'empara de Tobias mais, mue par cette étrange télépathie propre aux mères, lady Bancroft lui prit la main. Lord Bancroft gratifia son fils d'un regard plein de froideur avant de se tourner vers sa femme.

— Ma chère, comme toujours vous êtes superbe.

Il saisit sa main libre et embrassa l'air juste au-dessus.

— Mes félicitations en ce jour très particulier, ajouta-t-il.

— Merci, lord Bancroft. J'espère que le résultat est à la hauteur de vos attentes.

Le père de Tobias sourit pour la forme.

— Regrettable que le Premier ministre n'ait pu se joindre à nous mais je viens d'avoir un entretien satisfaisant avec l'agent de liaison ministériel auprès du Conseil de la vapeur.

— Ravie de l'entendre, milord.

Tobias serra les dents. Évidemment, la fête d'anniversaire de sa mère devenait l'occasion de renforcer les liens politiques de son père. C'était ainsi que fonctionnait le monde. Et pourtant cela le dérangeait.

— Qu'est-ce que ceci ? demanda lord Bancroft en désignant la libellule qui battait des ailes.

— Un cadeau de Tobias, répondit lady Bancroft en posant une main protectrice sur le bijou.

Lord Bancroft jeta à son fils un regard de dédain.

— J'imaginais que tu en avais terminé avec cette lubie de jouer à l'artisan.

Tobias entendit le hoquet de sa mère mais il savait qu'elle ne contredirait pas son mari. Elle était trop bien élevée pour ne serait-ce qu'employer son prénom en public. Au lieu de quoi elle serra doucement la main de Tobias dans la sienne dans un geste de réconfort discret. Il lui rendit son geste avant de s'écarter pour ne pas avoir l'impression d'être un gamin qui se cachait derrière les jupes de sa mère.

—Je reste fasciné par les possibilités qu'offre l'imagination, répondit-il à son père en conservant un ton raisonnable. Non seulement par ces possibilités mais aussi par l'idée de savoir à combien d'entre elles je pourrai donner vie.

Son père répliqua à voix basse mais sur un ton brûlant comme l'acide :

—Mieux vaudrait que tu concrétises une carrière.

—Peut-être inventerai-je quelque chose qui fera de moi un homme riche.

—Alors tu ferais bien de viser plus haut que les libellules.

—Mais ce n'est qu'un présent ! lança sa mère.

Tobias et son père se tournèrent tous deux vers elle. Jamais, pour autant que Tobias s'en souvienne, elle n'était intervenue dans l'une de ces discussions.

—Qu'avez-vous dit ? demanda lord Bancroft.

Dans le jardin ensoleillé, le temps suspendit son vol. De l'autre côté de la pelouse, un maillet heurta une boule de croquet. Lady Bancroft détourna la tête pour dissimuler son visage.

Dans un mouvement nonchalant, comme s'il cherchait simplement à ne pas avoir le soleil dans les yeux, Tobias vint s'interposer entre ses parents.

Le mécontentement de son père rayonnait autour de lui telle la chaleur d'un brasier.

—Je t'ai donné mon opinion à propos de ces bricolages. Ce n'est plus un passe-temps acceptable. Pas pour des hommes tels que Jasper Keating. Et leur opinion compte. Tu attires une attention malvenue sur notre maison.

—J'ai du talent. Comment cela pourrait-il avoir un effet négatif ?

—À moins que tu n'aies l'intention de gagner ta vie en réparant des poteries, tu ferais mieux de te trouver une nouvelle vocation.

Tobias tourna la tête pour plonger son regard droit dans celui de son père.

—Vous aussi étiez doué de vos mains autrefois, répliqua-t-il.

Mais Bancroft parut plus las qu'irrité.

—Ce n'est pas le moment de te moquer de moi.

Tobias fronça les sourcils.

—Je ne comprends pas.

Avec un soupir railleur, son père s'éloigna. Le temps de rejoindre la table des boissons, il avait semble-t-il retrouvé son habituelle contenance de courtoisie mielleuse. D'après ce que Tobias avait pu voir, le whisky améliorait toujours l'humeur de lord Bancroft. Mais, une fois servi, celui-ci s'empressa de se diriger vers le côté opposé de la propriété, loin de son fils.

Tobias fourra les mains dans les poches et se tourna vers sa mère.

— Au risque de me répéter, je ne comprends pas.

Lady Bancroft leva vers lui un regard scrutateur.

— Peut-être est-ce pour le mieux.

— Il faisait un travail remarquable. Il a conçu cette machine qui découpe les pâtisseries que vous aimez tant. Et vous vous rappelez ces étranges poupées qu'il avait fabriquées pour Imogen et Anna ?

Enfant, il les avait jugées hideuses et effrayantes, mais il appréciait désormais le talent qu'il avait fallu pour les réaliser.

Sa mère frissonna.

— Je t'en prie, ne me parle pas de ces automates. Ce sont eux qui l'ont poussé à tout abandonner.

Tobias eut tout juste le temps de se demander ce qu'elle voulait dire avant qu'ils soient interrompus par un homme de grande taille vêtu d'un élégant costume noir.

— Pardonnez mon intrusion, dit l'inconnu en retirant son haut-de-forme pour s'incliner avec extravagance devant lady Bancroft. Madame, je suis venu vous présenter mes hommages.

Tout chez cet homme était exotique, depuis son apparence jusqu'à son accent en passant par l'audace dont il faisait preuve en s'adressant à une femme respectable sans lui avoir été formellement présenté.

— Qui êtes-vous, monsieur ? demanda Tobias.

Sa mère répondit avec un petit rire.

— Mais il s'agit bien sûr du docteur Symeon Magnus. Cela fait bien trop longtemps. Vous n'avez pas changé d'un iota. Il faudra que vous me révéliez votre secret !

Tobias contemplait le nouveau venu avec étonnement. Il le reconnaissait à présent, mais seulement vaguement. Ses souvenirs d'enfance étaient flous, désordonnés.

Magnus s'inclina de nouveau et lady Bancroft lui tendit sa main. Il s'en saisit et la porta à ses lèvres d'une manière qui fit rosir les joues pâles de la mère de Tobias. Qui qu'il puisse être, cet homme savait s'y prendre.

— Quelle agréable surprise, dit-elle. Êtes-vous depuis longtemps en Angleterre ?

— Pas tellement, répondit-il avec aisance. Soyez assurée que je n'aurais pas voulu retarder le plaisir de renouer contact, milady.

— Vous vous rappelez mon fils, Tobias ?

— Bien entendu, mais je constate que c'est désormais un homme.

Ils échangèrent un hochement de tête et Tobias en profita pour étudier ses traits. L'aspect saturnien de son visage sombre était compensé par un bouc et une moustache finement taillés. Ses cheveux étaient trop longs pour la mode de Londres mais bruns et drus. À en juger par la qualité de ses vêtements et du pommeau d'argent sculpté de sa canne, c'était un homme fortuné.

— Quel bijou exquis, commenta Magnus en indiquant la broche en forme de libellule. Elle fonctionne à l'aide d'un ressort, j'imagine ?

— En effet.

Tobias en avait assez de voir cet homme sourire ainsi à sa mère.

— Qu'est-ce qui vous amène dans notre beau pays ?

— Je suis à la recherche de quelque chose.

Le docteur Magnus appuya ses deux mains sur sa canne pour examiner Tobias comme s'il était une monture de prix.

— Et si ce que j'ai entendu dire est vrai, c'est vous que je suis venu voir.

Tobias sentit ses poils se hérisser sous l'effet de la surprise.

— Que pourriez-vous avoir à faire avec moi ?

L'homme sourit. La blancheur de ses dents contrastait avec sa peau sombre.

— Permettez-moi de susciter chez vous un agréable étonnement.

— Comment pourrais-je refuser une telle offre ?

Un groupe d'amies de sa mère approchait ; Tobias tira le nouveau venu à l'écart. Ils s'arrêtèrent sous un chêne. Magnus s'appuya nonchalamment sur sa canne.

— Des sources fiables m'informent que vous êtes le créateur de la machine qui a dévasté *Le Vaisseau fantôme.* L'un de mes associés vous a vu en possession de son épave.

Tobias se crispa, bras croisés.

— Vous tirez beaucoup de conclusions de ces informations.

— Possible, mais la broche qu'arbore votre mère vient les confirmer.

— Qui est cet associé ?

Magnus sourit d'un air énigmatique.

— Vous avez dans le sang une aisance presque magique pour la création. J'étais présent au Royal Charlotte Theater. Votre action était puérile mais une telle imagination témoigne d'un énorme potentiel. Supérieur, à mon avis, à celui votre père. Et je l'ai connu au sommet de son art en tant que créateur.

Instinctivement, Tobias appuya sa main contre le tronc de l'arbre, en quête de soutien. Il n'avait jamais été en quoi que ce soit supérieur à l'illustre lord Bancroft, et certainement pas dans un domaine important à ses yeux. Mais qui était au courant de l'existence de l'atelier ? L'un de ses amis avait-il vendu la mèche ?

Il finit par se remettre suffisamment de sa surprise pour reprendre la parole :

— Vos compliments sont particulièrement généreux dans la mesure où il s'agissait, comme vous l'avez dit, d'une farce puérile.

Le docteur Magnus inclina la tête sur le côté en dévisageant Tobias de ses yeux sombres et mystérieux.

— Vous êtes sur la défensive. J'imagine qu'on ne peut pas vous le reprocher. Rares sont ceux qui reconnaissent le véritable talent.

Sous l'effet du regard scrutateur de cet homme, Tobias se sentait aussi mal à l'aise qu'un gamin en culottes courtes.

— Permettez-moi d'être direct. Que puis-je faire pour vous ?

Le docteur Magnus balaya l'herbe du bout de sa canne.

— Ce que je veux ? Ce genre de question est toujours dangereux, plein de périls inattendus.

— Et pourtant vous attendez clairement quelque chose de moi.

N'avait-il pas eu cette même conversation avec Evelina la veille ? Sur le moment, il lui avait fourni une réponse qui lui avait paru habile mais qui n'avait probablement pas satisfait Evelina plus que Magnus ne le satisfaisait à présent.

L'étranger avait baissé les yeux à terre et s'exprimait d'une voix lente, mesurée.

— Je dispose de beaucoup d'argent et d'un grand savoir. C'est de votre talent artistique et mécanique dont j'ai besoin. Et je m'interroge : si nous rassemblions nos ressources, jusqu'où pourrions-nous aller ?

— Aller ?

Le mot promettait tout mais ne spécifiait rien. Tobias craignait de se laisser aller à montrer trop d'intérêt.

— J'ai de nombreux projets en tête. En arrivant en Angleterre, j'avais l'idée d'en parler à votre père. Mais il paraît, disons, préoccupé.

— Mon père ? s'étonna Tobias. Ce n'est pas un créateur. Plus maintenant.

— C'est ce que j'ai cru comprendre, bien tristement. Il l'était autrefois, mais je suis sûr que vous le saviez.

— En effet.

— Bien sûr, nous avons tous été jeunes un jour. Et les projets que j'ai en tête sont conçus pour des hommes jeunes, pleins d'ambition et de soif d'aventure. Ils ont quelque chose d'ésotérique.

Magnus sourit, un sourire teinté d'espièglerie et d'un soupçon de tristesse mélancolique.

Tobias était intrigué. Les gens s'étaient intéressés à lui pour son nom, pour son physique ou pour ce qu'il pouvait faire pour eux mais jamais pour ce qu'il aimait vraiment chez lui.

— Et en échange de tout cet argent et de tout ce savoir, vous ne voulez que mon talent ? Ainsi, j'imagine, que celui de mes associés ? Je ne saurais prétendre avoir construit le calamar à moi seul.

Il ne pouvait pas tenir ses amis à l'écart d'un tel coup de chance.

Magnus haussa un sourcil.

— Oui, ils y seront associés s'ils le souhaitent. Je veux toutes vos compétences et votre imagination. Et que vous y concentriez tous vos efforts.

Tobias avait brusquement l'impression d'être soûl ; le sol semblait tanguer sous lui. Il se retint de nouveau à l'arbre en tentant de transformer ce mouvement en un geste décontracté.

Quelqu'un veut de moi. Pour ce que je suis. Ça doit être ce que ressent une jeune fille qui reçoit une demande en mariage. De la part d'un prince.

Tobias laissa échapper un rire dans lequel on entendait l'écho du vertige qui l'avait saisi.

— Tous nos efforts ? C'est tout ?

— Et le secret le plus absolu, naturellement. Certaines de mes idées sont tout à fait révolutionnaires. Je serai néanmoins ravi de les partager avec de jeunes esprits brillants, répondit Magnus avec un sourire chaleureux. En tant qu'ami de longue date de votre famille, j'espère que vous serez d'accord pour voir en moi un oncle à titre honoraire.

— Tout à fait.

Et Tobias ferait même mieux que ça, car il se sentait tel le fils prodigue qui trouve un foyer au moment où il s'y attend le moins. Un foyer et – Tobias tenta de réprimer cette pensée qui lui paraissait si faible et immature – peut-être aussi le père qu'il avait toujours rêvé d'avoir.

CHAPITRE 16

Le ton des conversations monta dans les aigus, comme un orchestre changeant de clés. Evelina se tourna pour voir ce qui se passait. Un homme à la mise impeccable s'avança directement sur la pelouse sans même attendre d'être accueilli pour prendre ses aises dans le jardin de lord Bancroft. Evelina reconnut Jasper Keating, le roi Doré. Entre ses cheveux blancs et son maintien presque militaire, il correspondait à l'idéal aristocratique de l'homme de pouvoir. Sans doute l'une des raisons pour lesquelles il avait pu faire des affaires dans les quartiers les plus riches de Londres.

Le fait qu'il soit l'instigateur de son invitation à être présentée devant la Cour ne faisait qu'augmenter la suspicion d'Evelina à son égard. En lui écrivant une lettre de remerciements pour exprimer sa gratitude, elle avait eu la sensation d'être un pion remerciant le roi durant une partie d'échecs.

—Chaque fois que cet homme se présente quelque part, j'ai l'impression que c'est la Mort qui vient en visite, souffla Imogen à voix basse. Une faux dans une main et dans l'autre l'un de ces affreux livres de blagues à quatre sous. Son public aurait envie de gémir pendant qu'il le lui lit mais il est trop terrifié pour ne pas rire.

Evelina examina le nouveau venu.

—Au moins la Mort a un certain sens de l'ironie. Ce type a l'air d'être le genre à apprendre par cœur son bilan comptable.

Une chose cependant distinguait Keating des autres invités : la nuée d'hommes en costumes sombres qui le suivaient comme son ombre. Même si cela ne la regardait en rien, la vue de tous ces parasites serviles irritait Evelina.

Un thé constituerait le meilleur antidote. Evelina plaça une tasse sous le samovar automatisé. Dans un gargouillis, celui-ci cracha un jet d'Orange pekoe avant d'y projeter une tranche de citron. Le thé chaud déborda dans la soucoupe.

—Je n'avais pas demandé de citron.

—Ces machins ne font jamais ce que tu attends mais sont incroyablement efficaces dès qu'il s'agit de faire ce que tu ne veux pas. On appelle ça le progrès.

Imogen enfourna un minuscule carré de gâteau dans sa bouche puis lécha le glaçage sur son doigt avec un regard coupable aux alentours pour voir si quelqu'un l'avait vue.

—Ça me rappelle..., dit Evelina avec toute la décontraction dont elle était capable. Tu te souviens de ce dont nous parlions un peu plus tôt ?

—Oui, répondit Imogen en remplissant sa propre tasse. Je ne risque pas de l'oublier.

Elles avaient passé du temps à lire les derniers articles de journaux à propos de la mort des palefreniers. D'une manière ou d'une autre, la presse avait aussi appris pour Grace, ce qui avait maintenu l'affaire en vie pendant un jour de plus, quoique déjà reléguée aux dernières pages des gazettes. Evelina avait cependant pu voir le visage de lord B à la table du petit déjeuner lorsqu'il avait trouvé l'article. Il n'avait pas l'air ravi.

Evelina se rapprocha de son amie.

—À ton avis, pourquoi ton père a-t-il conservé ces automates ?

Elle avait raconté à Imogen ce qu'elle avait vu à l'intérieur des malles, mais sans évoquer la magie. Moins il y aurait de gens au courant, plus il serait aisé de garder secret cet aspect de l'affaire.

La question ne parut pas perturber Imogen, qui haussa les épaules.

—Jusqu'à cette affreuse histoire avec les palefreniers, j'ignorais qu'ils étaient encore chez nous. Je pensais que mon père les avait laissés à Vienne en même temps que la plupart de ses anciens projets.

—C'est ton père qui les a fabriqués ? demanda Evelina, stupéfaite.

Il y avait une énorme différence entre bricoler des machines et concevoir un appareil fonctionnel de cette complexité.

—Mais oui. Il les avait faits pour nous amuser ma sœur et moi quand nous étions toutes petites. Il était très doué, mais il a cessé de bricoler à peu près au moment où Anna est morte et où je suis tombée malade. Je crois que c'est pour ça qu'il déteste ce genre de choses à présent. Cela lui rappelle une époque qu'il préférerait oublier. Je ne crois pas que mes parents se soient jamais remis de la mort d'Anna. Et les poupées ravivent tous ces souvenirs.

C'était plutôt logique. Anna avait été la jumelle d'Imogen. D'après le daguerréotype richement encadré qu'Evelina avait vu dans le boudoir de lady Bancroft, les deux petites filles se ressemblaient comme deux gouttes d'eau.

Evelina extirpa le citron de sa tasse à l'aide d'une cuillère.

— C'est peut-être de cela dont lord Bancroft veut parler quand il se plaint du manque de subtilité du Conseil de la vapeur. Il en sait autant sur les machines que les barons eux-mêmes.

— C'est plus qu'une histoire de subtilité. C'est une chose de pouvoir fabriquer une superbe broche en forme de libellule comme l'a fait Tobias, c'en est une toute autre de concevoir une centrale qui offre de quoi éclairer la moitié de Londres… ou la plonger dans l'obscurité si l'envie t'en prend.

» Tout le monde veut le pouvoir. Les barons l'ont. Et donc ce sont eux qui gagnent.

Imogen se pencha vers son amie tandis qu'un des invités s'arrêtait pour récupérer un sandwich au cresson.

— Tous les opportunistes politiques les suivent dans chacune de leurs manœuvres tels de pauvres petits épagneuls attendant qu'une miette leur tombe sous le nez. C'est ce qu'affirme le *Prattler*.

— C'est honteux. Tu as encore lu les journaux.

— Ne le dis pas à mon père. Il pense qu'absorber trop d'informations ruinera mes chances de faire un bon mariage.

Mais elle avait raison à propos des épagneuls. Evelina reporta son attention sur Keating.

— Que vient faire ici Sa Vapeuritude ? Je pensais que ton père et lui étaient en mauvais termes.

Imogen haussa les épaules.

— Mon père a soudain envie de se faire de nouveaux amis. Il manigance quelque chose, comme d'habitude. Quant à la raison de la venue de Keating, j'imagine que, même quand on possède la moitié de Londres, un repas gratuit a toujours meilleur goût.

— Quel cynisme !

— Le pessimisme est la base de toutes les attentes raisonnables. Si tu ne prévois rien de bon, rien ne peut vraiment te choquer.

Evelina réprima un éclat de rire.

— Je plains ton futur mari.

— Uniquement s'il n'est pas capable de me suivre. Ce qui semble malheureusement probable. Je commence à croire qu'une usine dans le Yorkshire produit des boîtes entières de jeunes gens insipides et qu'ils se battent tous pour se retrouver sur mon carnet de bal.

— Pauvre Imogen !

— Bah ! répondit celle-ci en avalant un autre petit gâteau. Oh, regarde ! Voilà Alice Keating vêtue d'une autre de ses robes parisiennes.

Evelina tourna la tête pour constater que la jeune fille aux cheveux cuivrés se dirigeait effectivement vers elles tout en devisant joyeusement avec un duo de jeunes mâles. Elle se demanda ce que cela faisait d'avoir le roi Doré comme père.

— Mais quelle est cette vision qui surgit devant moi ? s'écria le jeune homme à la gauche d'Alice en apercevant Imogen.

Il leva une main pour se protéger les yeux et tendit l'autre avec l'air d'un marin ayant repéré quelque paradis tropical. Alice eut l'élégance de ne pas s'offusquer de cette concurrence. Ou fallait-il simplement y voir le signe de son manque d'intérêt envers le rustre ?

Imogen rougit et Evelina but une gorgée de thé pour éviter de glousser.

Le grand escogriffe s'appelait Percy Hamilton. En tant que fils cadet de lord Bushwell, il avait été destiné à rejoindre la marine mais sans jamais y parvenir. Il avait fait un mauvais détour du côté de l'enfer du jeu et perdu son commandement avant même d'être enrôlé.

L'autre garçon était Stanford Whitlock : grand, ténébreux, costaud et pugiliste de renom. Et plutôt doué dans sa partie, si l'on en jugeait par l'état impeccable de son beau visage. Son père était un riche banquier, si bien que les Whitlock se retrouvaient sur toutes les listes d'invitations. Il demeura au côté d'Alice mais contempla Imogen tel un homme affamé posant soudain les yeux sur un rôti cuit à point.

Si celui-ci ne pipait mot, l'autre ne cessait pas de parler.

— Oh, qu'on me déconnecte, vous êtes tellement charmante, miss Roth !

Evelina se tourna vers Alice Keating en cherchant quelque chose à dire.

— Quel plaisir de vous voir ici.

Alice lâcha le bras de Whitlock pour ouvrir son ombrelle. Celle-ci arborait une frange de minuscules pompons jaunes qui s'accordaient avec sa robe. Ils s'agitèrent joyeusement sous l'effet de la brise.

— Comme vous dites. Je suis ravie d'être venue. Voudriez-vous faire un tour dans le jardin, miss Cooper, en laissant ces soupirants se prosterner aux picds de leur déesse ?

Evelina jeta un coup d'œil à Imogen, qui écarquilla les yeux dans une parodie de panique. Imogen prétendait détester avoir autant de prétendants mais Evelina la soupçonnait d'apprécier secrètement toute cette attention.

— Mais certainement, répondit-elle en posant sa tasse.

Elle ne connaissait pas bien Alice, mais l'invitation paraissait tout à fait innocente.

Abandonnant Whitlock devant les rangées de sandwichs, Alice entreprit de longer la pelouse.

— Je vois que lord Bancroft a décidé d'ajouter de l'éclairage autour de la maison et dans le jardin. Voilà qui devrait être très joli à la nuit tombée.

C'était vrai. Certains de ces récents ajouts étaient de grands réverbères, d'autres de minuscules globes suspendus au-dessus des fenêtres et des portes. Étant donné le prix que faisaient payer les barons de la vapeur, cet engouement pour les éclairages extérieurs symbolisait aussi l'argent que chacun était prêt à jeter par les fenêtres.

— C'est la mode, répondit évasivement Evelina avant de désigner un embranchement sur leur chemin. Si nous passons par ici, vous verrez les parterres de tulipes. Elles sont très jolies en cette période de l'année.

Alice suivit sa suggestion, le regard tourné au moins autant vers ses pieds que vers ce qui l'entourait. Evelina avait l'impression qu'elle n'avait pas fréquenté beaucoup de monde jusqu'à l'année passée et était encore un peu timide.

Elle changea de sujet.

— Je suis reconnaissante et redevable envers votre père, dit-elle.

— Pourquoi cela ?

— Il a fait en sorte que je participe à la présentation.

— Ah ! oui. Je suis certaine que cela lui fait plaisir... Vous avez raison, les tulipes sont superbes, répondit Alice avec un regard oblique vers Evelina.

Evelina approuva d'un hochement de tête et admira le tapis de fleurs rouges, roses et jaunes tout en se demandant pourquoi Alice l'avait accostée. À présent qu'elles étaient seules – trop à l'écart du banquet pour attirer beaucoup d'invités –, elle n'eut pas longtemps à attendre pour le découvrir.

Le soleil qui filtrait à travers la soie fine de l'ombrelle d'Alice nimbait sa chevelure de reflets couleur de feu.

— Nous ne nous connaissons pas très bien, commença-t-elle. Mais l'autre soir j'ai rencontré certaines de vos condisciples de Wollaston à l'occasion d'une soirée musicale.

— Voilà qui ne présage rien de bon, répondit Evelina sur un ton badin en tâchant de paraître moins alarmée qu'elle ne l'était vraiment.

Alice rit. Ce n'était pas le rire tintant qu'Evelina avait entendu durant les quelques occasions où elles avaient fréquenté les mêmes salons et les mêmes dîners mais un gloussement franc qui semblait bien plus authentique.

—Au contraire ! Elles m'ont toutes dit que vous étiez intelligente et très indépendante. Et scrupuleusement honnête également.

—Je me demande qui j'ai bien pu offenser par ce biais.

—Eh bien, j'ai cru comprendre que l'école avait fermé l'année de votre départ, répondit la jeune fille sur le ton de la plaisanterie.

Le souvenir fit grimacer Evelina.

—La directrice a pris sa retraite au terme d'un incident malheureux impliquant des morts-vivants mais c'est une histoire des plus ennuyeuses.

Alice releva la tête, une lueur d'intérêt dans le regard.

—Voilà qui est intrigant. Mon informateur n'avait pas mentionné ce détail.

Evelina se sentait de plus en plus mal à l'aise.

—Pourquoi vous intéressez-vous à l'académie de Wollaston ?

—Pas à l'académie, à vous. C'est vous qui m'intéressez.

—Pourquoi ?

Alice laissa échapper une bouffée d'air ; moins un soupir que le souffle de quelqu'un qui s'apprête à livrer une confession. Elle fit tournoyer son ombrelle en faisant s'envoler les franges jaunes.

—Quand j'ai entendu dire que vous étiez la nièce de Sherlock Holmes, cela m'a rendue curieuse. Je suis la fille de mon père. Quand je cherche à résoudre un problème, je fais des recherches en profondeur.

—Je vous déçois ?

—Au contraire.

L'expression d'Alice changea, une petite ride apparut entre ses sourcils.

—J'aimerais avoir l'occasion de mieux vous connaître.

—Je suis flattée.

—Non, vous ne l'êtes pas. Et je le dis sans amertume aucune. Vous vous demandez pourquoi nous avons cette conversation.

Enfin, Alice croisa le regard d'Evelina. Loin des yeux dorés de son père, ceux d'Alice étaient d'un bleu saisissant.

—Je m'inquiète pour mon père. Je voudrais savoir pourquoi il fait appel aux services de votre oncle. Et je veux savoir s'il y a une chance pour que vous me disiez la vérité à ce sujet.

Evelina retint brièvement son souffle. Elle avait entendu dire qu'Alice Keating était parfois très directe mais ne s'était pas attendue à cela.

— Mon oncle ne discute pas de ses affaires avec moi. Il tient beaucoup à respecter la confidentialité promise à ses clients. Dans tous les cas, j'ignore de quoi ils ont pu parler.

Alice fronça les sourcils.

— Vous me le diriez si vous le saviez ?

— Ce ne serait pas à moi de partager de tels secrets.

Pendant un long moment, Alice fusilla du regard le parterre de fleurs comme s'il l'avait offensée.

— Et mon père ne me révèle rien de concret. Mon bien-être dépend du sien. Je devrais être au courant.

— Il ne vous a pas associée à ses affaires ?

Après tout, certains des barons de la vapeur étaient des femmes.

— Non.

Ce petit mot était lourd de sens.

— Ah…

Evelina déglutit avec difficulté. Cela ne la concernait pas mais elle ne comprenait que trop bien la situation. Comme beaucoup de femmes, Alice était intelligente mais sa famille sous-estimait ses capacités.

— J'aurais aimé pouvoir vous aider.

— Merci, répondit Alice.

Elle releva la tête. Les boucles élaborées de sa chevelure cuivrée faisaient penser aux ressorts de quelque mystérieuse invention. Le soleil faisait scintiller ses peignes ornés de diamants.

— Vous êtes franche, Evelina Cooper. Et cela me plaît. Peut-être serons-nous amies un jour.

Evelina sourit, soudain convaincue qu'elle pourrait en venir à apprécier la fille du roi Doré.

— J'en serais honorée.

— Bien.

Elles repartirent en direction des festivités. Alice affichait la mine de quelqu'un qui traverse un long calvaire.

— J'imagine qu'il est temps de me remettre en quête d'un mari qui plaira à mon père.

— Un qui *vous* plaira, la reprit fermement Evelina. C'est vous qui aurez à vivre avec lui, après tout.

Alice rit de nouveau mais cette fois son rire était aigu et nerveux.

— Très juste, mais lui devra accepter la vie auprès de mon père. Une difficulté que seul un homme doté d'une grande force oserait affronter.

Evelina n'avait pas de mal à le croire.

— Quand un tel homme se présentera, vous aurez intérêt à lui sauter dessus.

— Voilà qui fait très carnivore.

Ce fut au tour d'Evelina de rire.

— Ma mère-grand m'a toujours dit que le grand marché du mariage était déconseillé aux âmes fragiles.

— Dans ce cas, répondit Alice, sortons les couverts et bon appétit !

Imogen observait Stanford Whitlock, mal à l'aise. Il était agréable à regarder mais avait la malheureuse habitude de s'humecter sans cesse les lèvres. La vue de cette grande langue rose rappelait à Imogen un mastiff qu'elle avait autrefois possédé. Elle était tentée de lui lancer un morceau de viande pour voir s'il le saisirait entre ses mâchoires.

— Mais figurez-vous que Bouton-d'or était favorite dans la quatrième course, pépiait Percy Hamilton.

Il n'avait cessé de se rapprocher tout en parlant et semblait sur le point d'acculer Imogen contre la table.

— Elle avait une superbe démarche, vraiment. J'étais persuadé qu'elle pourrait battre Flasque du débauché d'au moins une bonne tête.

— Et elle l'a fait ? demanda poliment Imogen. Comment s'en est sortie la fringante Bouton-d'or ?

— Que je sois déconnecté si elle n'a pas perdu un fer dans le virage ! Moi j'ai perdu mes derniers shillings ce jour-là, raconta joyeusement Percy. Mais j'ai tout récupéré lors de la rencontre suivante. Il faut avoir confiance, la chance finit toujours par tourner.

Imogen n'était pas complètement en désaccord. À l'inverse d'Evelina qui prévoyait toutes les éventualités, elle était plus patiente envers l'univers. Cependant, Imogen avait également appris que la vie était courte et qu'on ne devait pas la gâcher en compagnie d'agaçants jeunes gens.

S'il mentionnait encore une fois le fait d'être « déconnecté », elle allait se mettre à hurler.

Percy s'avança encore un peu plus et la tournure d'Imogen heurta la table. Les tasses de thé tintèrent discrètement.

— Monsieur Hamilton, auriez-vous l'amabilité de reculer de quelques pas ?

Avant qu'il puisse répondre, Whitlock l'avait saisi par l'encolure et tiré en arrière. Percy émit un bruit étranglé, ses pieds s'agitant au-dessus du sol.

— C'est mieux ? demanda Whitlock.

— Oui, merci, répondit Imogen en souriant.

Elle scrutait les alentours dans l'espoir d'apercevoir Evelina venant à sa rescousse. La fatigue commençait à se faire sentir. Imogen n'avait jamais été très robuste et le stress des derniers jours lui pesait.

— Vous pouvez le reposer maintenant, ajouta-t-elle.

Whitlock relâcha sa prise et reprit l'attitude qu'il avait jusque-là. Impassible. Muet.

Imogen sentit la tension monter en elle alors même que Percy se lançait dans un nouveau récit de grandeur équestre. Mentalement, elle était tentée de surnommer Whitlock « l'Œil Fixe ». Elle se demanda si c'était ce que ressentaient les lapins juste avant qu'un renard se jette sur eux.

— Miss Roth.

Cette troisième voix la fit sursauter. Elle pivota sur la gauche : Bucky Penner lui souriait. Comme toujours, il avait l'air d'un homme préparant un mauvais coup et voilà qu'elle était dans son collimateur.

— Que puis-je faire pour vous, monsieur Penner ? demanda-t-elle d'un ton quelque peu acide.

C'était un ami de longue date de Tobias et la familiarité (sans parler de ses farces incessantes aux dépens des sœurs de son meilleur ami, comme la fois où il avait collé les semelles des chaussures de Poppy après qu'elle se fut assoupie sous le poirier) avait eu raison de la politesse formelle entre eux.

— Vos falbalas bloquent l'accès au thé, répliqua-t-il avec un regard appuyé à sa tournure.

Lui seul pouvait donner des accents aussi indécents à une remarque factuelle.

— En effet, mon cher, répondit-elle. Mais savez-vous vraiment ce que sont les falbalas ?

— Je sais qu'il s'agit d'un ornement apprécié des femmes de toutes conditions et qu'ils s'interposent entre moi, humble adorateur de la théière, et l'objet de mon désir.

Face à Bucky, la seule chose à faire était de lui retourner directement son impudence.

— Peut-être que, telle une déesse de jadis, j'exige l'obéissance avant de laisser passer les adorateurs.

— Cet homme vous dérange ? demanda l'Œil Fixe, prouvant ainsi qu'il pouvait parler.

Sans lui prêter attention, Bucky haussa un sourcil.

— Allez-vous réellement me priver de mon breuvage, miss Roth ?

—Vous vous êtes présenté dans le rôle d'humble adorateur, monsieur Penner. J'aimerais assister à une petite séance d'adoration, si vous voulez bien.

—Vous êtes une déité bien cruelle, madame, d'arborer ainsi l'innocent visage de Vénus tout en vous dotant du tempérament impitoyable de Junon.

Imogen croisa les bras. Enfin, elle commençait à s'amuser !

—À quel point avez-vous vraiment soif de thé, monsieur Penner ? Hommage doit être rendu où et comme il se doit.

Elle planta son regard dans le sien, prête à lui faire baisser les yeux. C'était une erreur. Il soutint son regard sans faire montre du moindre embarras.

Imogen sentit des papillons s'animer dans son ventre et le rouge lui monter aux joues. C'était horriblement gênant. Avec sa peau pâle, le moindre rougissement apparaissait tel un grand drapeau rouge. Pourtant, elle refusait de céder.

—Je dirais…, commença Percy, hésitant.

Mais personne ne lui prêtait la moindre attention. Aux yeux d'Imogen, Percy et Whitlock auraient aussi bien pu être frappés par la foudre et réduits en cendres.

Imogen n'avait jamais remarqué la délicieuse nuance marron des yeux de Bucky, semblable au meilleur chocolat noir belge. Ni la façon dont ses cheveux bouclaient à leur extrémité, l'invitant à y passer les doigts pour les lisser. Ni la manière dont les coins de sa bouche se recourbaient, le rire au bord des lèvres.

Elle avait toujours vu en Bucky Penner le faire-valoir de Tobias : ni aussi beau, ni aussi aventureux, mais avec les pieds fermement campés sur le sol. Elle constatait à présent que ce n'était qu'à moitié vrai. Tout chez lui débordait de vie.

Cette découverte l'emplissait d'allégresse, comme si une moitié de son âme prenait enfin conscience de ce que l'autre moitié savait déjà. Et, dans le même temps, elle était consternée car elle ne se sentait pas prête. La saison n'avait même pas encore commencé. Son cœur était censé demeurer enveloppé dans son joli papier de soie blanc pour quelque temps encore.

N'agis pas comme une dinde. C'est Bucky. Même son nom est ridicule. Imogen avait terriblement envie de se retirer de leur petit duel de volonté mais n'était pas sûre de savoir comment s'y prendre pour ne pas se ridiculiser au passage. *Pouah !* Si ça continuait, elle allait finir par réellement en pincer pour le meilleur ami de Tobias.

Ce qui serait franchement embarrassant.

Presque aussi embarrassant que le moment où Bucky retira son chapeau et posa le genou à terre dans une pose qui ressemblait à s'y méprendre à celle d'un soupirant réclamant sa main.

— Ma glorieuse déesse, vous remportez la partie. Je me déclare vaincu par votre majesté. Y a-t-il quelque chose que vous voudriez que j'embrasse dans mon témoignage d'admiration ? Votre main, ou vos pieds peut-être ? Je crois avoir lu ça un jour dans un poème aux rimes malheureuses…

» Mais peut-être pourrions-nous trouver quelque chose de plus adapté à vos glorieux falbalas. Une offrande à base de glace au citron et de lettres d'amour à étaler sur votre autel ?

— Monsieur Penner ! Relevez-vous tout de suite ! hoqueta Imogen.

Elle regardait autour d'elle, affreusement mortifiée. Une fausse demande en mariage était déjà terrible mais de la part de Bucky… Tout le monde saurait qu'il se moquait d'elle.

— Cessez ces bêtises et buvez donc votre satané thé !

Il se releva en un instant et plongea vers les tasses, si vite que leurs corps se heurtèrent. Elle perçut celui de Bucky comme un mur chaud et dur et laissa échapper un léger « ouf ! ». Il la rattrapa par le bras et l'aida à recouvrer l'équilibre avant de choir dans le pot de crème.

— Ça va ? demanda-t-il, hilare.

— Je m'en remettrai.

La peau d'Imogen la démangeait comme s'il l'avait plongée à l'intérieur d'un champ magnétique. Une sensation grandissante d'embarras brûlant la prit aux tripes. Et, si bizarre que ça puisse paraître, c'était plutôt agréable. *Glace au citron et lettres d'amour.* Oui, elle devait admettre que ça sonnait plutôt bien.

Rassemblant toute la dignité dont elle était encore capable, elle regarda autour d'elle. Percy et l'Œil Fixe s'étaient éclipsés. Elle tenta de le regretter sans vraiment y parvenir.

Quand Bucky baissa les yeux vers elle, sa moue moqueuse s'était muée en un sourire bien plus curieux et mystérieux.

— Quand vous défiez quelqu'un, miss Roth, assurez-vous d'avoir réellement l'intention de gagner.

Imogen se força à déglutir. Elle avait la bouche sèche et l'impression d'avoir une boule de croquet coincée dans le gosier.

— C'est une question de principes, monsieur Penner. Je ne suis peut-être pas une véritable déesse mais je m'attends néanmoins à recevoir des fleurs avant un baiser, fût-il déposé seulement sur mes pieds.

Il plissa les yeux et un demi-sourire se fit jour sur ses lèvres.

— Je m'en souviendrai, miss Roth.

— M. Keating a apporté des jouets, annonça Imogen à Evelina quelques minutes plus tard.

Evelina remarqua qu'elle avait le rouge aux joues mais d'une manière qui traduisait l'excitation plutôt que la fièvre. Evelina doutait néanmoins que cela ait à voir avec le roi Doré. Elle se demanda ce qui avait pu se passer pendant qu'elle s'entretenait avec Alice.

L'un des toutous de Keating installait une sorte d'équipement scientifique dans le jardin.

— Allons par là-bas pour mieux voir, proposa Evelina.

Imogen fit la grimace.

— Je parie que ce sera sans intérêt. Personne n'apporte jamais rien d'amusant si papa est dans les parages. Ça aura sans doute un rapport avec cette nouvelle galerie qu'ouvre Keating. Pléthore de poteries grecques, à ce que j'ai compris.

— Allons-y quand même.

Elles traversèrent la pelouse, Evelina à un ou deux pas derrière son amie. Imogen s'arrêta à côté de Tobias.

En le voyant, Evelina sentit son ventre se nouer sous l'effet d'un mélange désagréable de regret et de colère. Elle vira instinctivement sur la gauche pour s'assurer qu'Imogen se tiendrait entre eux. Après la scène qui s'était déroulée devant l'horloge, elle n'avait aucune envie d'être près de lui.

Il se raidit à son approche, ses épaules aussi rigides que le nœud dans l'estomac d'Evelina. Ce qui ne fit que l'agacer un peu plus. Elle aurait aimé pouvoir reprendre son baiser. Non, ce n'était pas vrai. Elle aurait voulu faire en sorte qu'il représente plus pour Tobias qu'un accroc à sa fierté.

Elle l'avait observé tout l'après-midi. Elle l'avait vu se disputer avec lord B un peu plus tôt, puis discuter avec animation avec le docteur Magnus. Quoi que celui-ci ait pu lui dire, Tobias en était sorti ragaillardi. Il se tenait les épaules bien droites et semblait nimbé d'une énergie à peine contenue. Il se tramait quelque chose.

Le docteur n'était toutefois visible nulle part. À vrai dire, lord B et Magnus ne s'étaient jamais approchés à moins de dix mètres l'un de l'autre. Mais ce n'était pas une surprise.

La souris s'était présentée dans la chambre d'Evelina une bonne demi-heure après sa rencontre avec Tobias la nuit précédente. Elle avait rapporté que Magnus cherchait un levier pour négocier avec Jasper Keating. Il existait un objet que Keating possédait ou qui allait entrer en sa possession et Magnus désirait l'aide de Bancroft pour l'obtenir. Bancroft avait refusé mais Magnus s'était montré insistant. D'après la souris, le docteur avait fini par se replier avec l'air de quelqu'un jouant la première manche d'une partie au long cours. La souris n'avait entendu aucune référence directe aux automates.

Le fil des pensées d'Evelina fut interrompu par le fait que l'homme qui mettait en place l'étrange appareil semblait avoir terminé. Il s'essuya les mains et se hâta de retourner auprès de Keating d'un air empressé.

— Que se passe-t-il ? demanda Imogen à son frère.

— Le sbire du roi Doré, Jackson, s'apprête à faire une démonstration. Ils utilisent une énorme pile sèche.

Le regard d'Evelina repéra Jasper Keating debout près du couple de lord et lady Bancroft. Ils n'étaient qu'à quelques pas les uns des autres, dans une atmosphère apparemment conviviale. Pourtant la tension dans l'air était telle qu'on aurait pu craindre une combustion spontanée. Même s'il était politiquement avantageux d'inviter le roi Doré, le froid que sa présence jetait sur l'assemblée ne semblait guère en valoir la peine.

Jackson ouvrit grand les bras dans un geste qui rappelait le vieux Ploughman quand il s'apprêtait à annoncer le numéro de corde raide.

— Mesdames, messieurs. Très chère hôtesse.

Il s'inclina vers lady Bancroft, qui hocha gracieusement la tête.

Evelina fit rapidement la liste des articles visibles. Batterie. Fils électriques. Deux globes de verre où clignotaient des arcs électriques en folie.

— Un imbécile va se prendre une méchante décharge, marmonna Tobias.

Relevant les yeux, Evelina s'aperçut que le tampon qui les isolait l'un de l'autre n'était plus là. Imogen s'était déplacée et fronçait les sourcils en direction de Bucky Penner, qui discutait avec deux autres jeunes gens. Evelina se demanda brièvement à quelles bêtises Bucky s'apprêtait à se livrer puis reporta son attention sur la scène qui se jouait sous leurs yeux.

— Pour ceux qui ne me connaissent pas, mon nom est Aragon Jackson et j'ai la bonne fortune d'être l'employé de M. Keating. Mon rôle chez Keating Distribution consiste à concevoir de nouvelles manières de rendre le gaz, la vapeur et d'autres types d'énergie exploitables et utiles au sein de vos foyers. Aujourd'hui, mesdames et messieurs, je vous propose quelque chose d'entièrement nouveau !

Evelina s'attendait presque à voir Jackson brandir une bouteille de tonique miraculeux.

Il pointa son doigt vers la foule et pivota lentement sur lui-même pour englober par son geste toute l'assemblée.

— Je vous pose la question. Qui parmi vous a déjà sonné la cloche sans discontinuer pour appeler des serviteurs paresseux qui ne sont jamais venus ?

Grognant dans son for intérieur, Evelina se demanda s'ils allaient devoir supporter la présentation d'un énième nouveau modèle d'automate.

— Qui ici a dû patienter avant de recevoir ses rafraîchissements ou son journal ? Qui a dû attendre pour qu'on ajuste l'éclairage ? Qui peut encore supporter d'avoir affaire ne serait-ce qu'un jour de plus à des domestiques inattentifs et durs à la détente ?

Un murmure parcourut l'assemblée. Evelina jeta un coup d'œil nerveux aux domestiques qui se tenaient debout, aussi immobiles que des poupées de cire, à la périphérie de la foule. Trois d'entre eux venaient d'être assassinés. Le moment était mal choisi pour les persécuter.

— Cette invention constitue la réponse ! déclara Jackson avec un grand geste vers sa création. J'ai besoin d'un volontaire.

Deux des hommes de Keating forcèrent une bonne en uniforme noir et blanc à s'approcher. Evelina en eut l'estomac noué. C'était Dora. Jackson lui sangla quelque chose au bras puis plaça un bandeau à l'aspect étrange sur le sommet de son crâne. La paire d'antennes qui en dépassait faisait penser à un insecte. Un fil courait depuis le bandeau jusqu'au brassard et un autre du poignet de Dora jusqu'à l'énorme batterie posée sur la pelouse.

— Qu'est-ce que c'est que ça ? gronda Tobias.

— Grâce aux tout derniers progrès en matière de transmission radio sans fil, vos attentes peuvent être communiquées directement aux domestiques chargés du service.

Il montra du doigt ce qui ressemblait à un manipulateur pour télégraphe posé sur une table près de la batterie.

— Plus jamais vous n'aurez à actionner un cordon de sonnette pour voir au final vos désirs rester lettre morte au milieu de communs déserts. Vos gens de maison n'auront désormais aucune excuse pour ignorer vos demandes.

Jackson se pencha et actionna le manipulateur. Dora poussa un cri et porta ses doigts au bracelet.

Evelina sursauta et balaya la scène du regard à la recherche d'une explication.

— Qu'est-ce qui se passe ?

Elle prit alors conscience qu'elle seule avait parlé à voix haute.

— Oui! annonça Jackson aux spectateurs soudain silencieux. Cette nouvelle invention convoquera vos serviteurs, sans fil et sans bruit, n'importe où dans votre maison. Impossible pour eux de tirer au flanc ou de se cacher. Le seul équipement nécessaire est celui que vous voyez ici, auquel s'ajoute l'une de nos nouvelles piles à combustible portables, assez petites pour rester accrochées à la ceinture d'une domestique au travail. Le personnel ne saurait évidemment être attaché à une batterie aussi massive que celle que vous voyez ici.

Il marqua une pause en attendant qu'un rire poli ait traversé les rangs de la foule. Puis il tapota de nouveau le manipulateur. Dora poussa un deuxième petit cri.

Cette fois, Evelina vit des étincelles. Et de la fumée. *Quelque chose ne va pas. Il ne cherche tout de même pas à lui faire mal?* Mais peut-être que si. La manière qu'avait Keating de fusiller lord Bancroft du regard semblait contenir une forme d'avertissement.

Les spectateurs s'étaient tus de nouveau, à l'exception d'une personne qui gloussait. Evelina étudia les membres de l'assemblée. Imogen avait pâli. Bucky n'était plus là. Lord Bancroft semblait scandalisé, lady B horrifiée. Pourtant nul ne bougea quand Jackson se pencha pour ajuster certains boutons. Les gens regardaient tous Jasper Keating, comme s'ils avaient compris un sous-entendu qu'Evelina ne pouvait qu'essayer de deviner.

Puis elle entendit une vieille dame derrière elle murmurer quelque chose à son amie.

— Je ferais attention si j'étais Bancroft, dit-elle. Il se retrouve en terrain glissant cette semaine, depuis qu'ils l'ont surpris à investir son argent chez Harter Moteurs. Il n'est pas très sage de parier sur la concurrence, surtout avec toutes ces rumeurs qui racontent que les gens bien nés se joignent aux rebelles.

» Si vous voulez mon avis, c'est à lui que cette décharge est destinée, pas à sa bonne. Keating se sert simplement d'elle pour envoyer un avertissement.

Personne ne bougeait, personne ne disait rien. C'était comme si tous étaient silencieusement tombés d'accord sur le fait que la torture en public d'une domestique était parfaitement normale. *Ils ont tous trop peur du roi Doré pour lui dire d'arrêter.*

Elle aussi. Elle était l'invitée de lord et lady Bancroft. Ce serait un sommet d'ingratitude que de les embarrasser devant l'élite de Londres. S'opposer aux barons de la vapeur lui vaudrait non seulement d'être embarrassée mais aussi d'être punie. Et, à l'inverse de la plupart des riches invités autour d'elle, Evelina savait à quoi ressemblait la vie dans le caniveau.

Mais elle savait également ce que c'était d'être impuissante. Personne n'avait défendu Grace Child. Qu'arriverait-il si personne n'agissait pour Dora ? Le cœur d'Evelina battait la chamade ; elle était trop terrifiée pour bouger et trop horrifiée pour rester silencieuse.

Son pied, comme mû par sa propre volonté, s'apprêtait à faire un pas vers l'inéluctable chute quand Tobias lui agrippa le poignet pour la maintenir de force à son côté. Il lui décocha un coup d'œil tout en secouant imperceptiblement la tête. Elle lut l'exaspération dans ses yeux écarquillés, mais peut-être aussi un peu d'admiration.

— Monsieur Jackson, lança-t-il en élevant la voix, vous parlez bien de convoquer les domestiques, pas de les faire cuire ?

Des rires nerveux retentirent à travers le jardin. Tobias relâcha lentement le poignet d'Evelina, comme s'il craignait de la voir se précipiter malgré tout pour causer un scandale.

— Merci, murmura-t-elle.

Il esquissa un bref sourire puis se retourna et s'avança d'un pas vif en direction de la machine avant qu'elle puisse ajouter quoi que ce soit. Passant devant Dora, il défit l'appareil accroché à son poignet, lui retira son étrange tiare et la poussa gentiment vers la maison. Elle n'eut pas besoin qu'on le lui dise deux fois.

Tobias se tourna vers les invités de son père.

— Cette démonstration est terminée. Il est clair que l'appareil est défectueux.

— Tobias ! aboya son père.

Mais le charme était déjà brisé. Un brouhaha gagna rapidement la foule des invités, désireux de retrouver un certain sentiment de normalité. Nombreux furent ceux à pratiquement se ruer sur la table proposant du brandy. Evelina mit à profit tous ces corps en mouvement pour s'approcher discrètement de la machine et, surtout, pour voir ce qu'allait faire Tobias. *Il me surprend sans cesse.*

— Notre jeune ami voudrait-il faire une démonstration de ses compétences supérieures ? demanda Jackson avec un soupçon d'insolence.

Il n'avait peut-être pas le sang bleu de Tobias mais était sous la protection de Jasper Keating, un argument de poids depuis quelque temps.

— Aurait-il une certaine aisance en matière de mécanique ? poursuivit-il.

En guise de réponse, Tobias l'écarta d'un coup d'épaule et s'accroupit pour examiner l'appareil. Il tourna un potentiomètre vers la gauche en fusillant Jackson du regard.

— Espèce d'idiot, gronda-t-il, le réglage était assez fort pour infliger une décharge fatale à cette jeune femme. Votre technologie sans fil est encore loin d'être parfaitement au point.

— Ce n'est de toute évidence pas le cas, intervint Keating.

Il se tenait à côté de Jackson, suffisamment proche pour avoir entendu la remarque marmonnée de Tobias.

— Comme vous pouvez le constater, elle n'est pas morte, dit-il.

— Tobias ! répéta lord Bancroft d'une voix grave et tendue.

Un monde entier d'avertissement résonnait dans ce simple mot.

Prudence, songea Evelina. Si lord B était inquiet, elle l'était aussi. Keating parcourut les quelques mètres qui le séparaient des époux Bancroft.

Le jeune homme ignora à la fois son père et Keating, son attention fixée sur les fils connectés à la batterie. Evelina savait que, quand Tobias travaillait sur un appareil, il s'isolait du monde des mortels ordinaires.

— Je pourrais le faire fonctionner, cela dit, souffla-t-il.

— Peut-être, dit Keating. Mais vous considérez à tort que l'appareil n'était pas réglé exactement comme nous le souhaitions.

L'expression de colère sur le visage de lord Bancroft fit frissonner Evelina.

— Tobias est encore jeune, monsieur Keating. À cet âge, le sang ne fait parfois qu'un tour au détriment du bon sens.

Une explication aurait lieu entre le père et le fils avant la fin de la journée.

— Un tempérament aussi indépendant est également susceptible d'attirer les ennuis.

Keating posa deux doigts sur la broche en forme de libellule de lady Bancroft pour en bloquer les ailes. Le joli carillon de la broche se changea en une série de cliquetis désagréables. Lady Bancroft recula d'un pas et Keating la laissa faire. Il avait défié mille conventions sociales rien qu'en la touchant mais, une fois de plus, personne n'osa dire un mot.

La vision du corps inanimé de Grace Child flottait dans l'esprit d'Evelina. Non qu'elle crût que Keating ait quelque chose à voir avec sa mort ou celle des palefreniers. Pourquoi aurait-il fait cela ? Cela dit, lui et les autres industriels, avec leurs gardes-rues et leur goût du pouvoir, avaient encouragé un monde où se produisait ce genre de brutalités.

Une domestique pouvait se faire égorger. Une autre se voir infliger des décharges électriques répétées devant ses employeurs sans qu'ils tentent de la protéger. Une lady pouvait se faire insulter durant sa propre fête d'anniversaire tandis que son mari se tenait à quelques pas de là.

Les pensées d'Evelina trouvaient un écho dans le dégoût qui se lisait sur les traits de Tobias. Il se releva, son regard noir oscillant entre Keating et son père, puis plaqua le bracelet contre la poitrine de Jackson et actionna le manipulateur. L'homme tressaillit mais ce n'était rien par rapport aux sursauts qui avaient secoué Dora.

—- Je pense que vous constaterez que c'est un peu plus sûr, lança-t-il avec un ultime regard glacial à l'intention du roi Doré.

Puis il se détourna en laissant choir le bracelet. Jackson le rattrapa sans réfléchir, ce qui lui valut une seconde décharge. Tobias le laissa cafouiller et retourna vers la maison en suivant le même chemin que celui emprunté par Dora.

Evelina aurait voulu applaudir.

CHAPITRE 17

Chronologie des événements :

4 avril	22 h 45	Les palefreniers montent dans le grenier pour récupérer cinq malles contenant des automates.
	23 heures	Voix masculine et féminine entendues depuis les hauteurs.
	23 h 30	Les palefreniers quittent le grenier.
	Minuit	Rentrée par la fenêtre et descendu l'escalier. Parlé à Dora et Imogen.
	Minuit	Porte extérieure verrouillée par Bigelow.
	Après minuit	Retour de Grace, puis de Tobias (d'où ?).
5 avril	0 h 30	Dora voit Tobias parler à Grace dans le jardin. Arrivée de Nick ?
	0 h 45	Croisé quelqu'un dans le couloir.
	1 heure	Maisie découvre le corps de Grace. Nick s'en va.
	1 h 10	Bigelow réveille lord Bancroft dans la bibliothèque.

1 h 15	**Tobias arrive sur les lieux, prétendant sortir du lit.**
Avant l'aube	**Palefreniers à la recherche d'un maréchal-ferrant réveillent aubergiste.**
Fin de matinée	**Corps des palefreniers découverts à Hampstead, dévalisés.**

Mon enquête auprès de la maisonnée indique que tous étaient présents cette nuit-là excepté Tobias.

Extrait du journal privé d'Evelina

Ils avaient été déconnectés.

Evelina avait l'estomac noué. Le chauffage s'était éteint cinq minutes après le départ de Jasper Keating, privant d'eau chaude cuisines et salles de bains. Les cuisinières avaient été obligées de faire la vaisselle à l'eau glacée. Puis le gaz était venu à manquer dès l'arrivée du crépuscule. Par chance, il était toujours facile de se procurer des bougies et ils en avaient de nombreuses à disposition. Lord B n'avait jamais fait installer le gaz dans les étages supérieurs, n'éclairant que les pièces que les invités étaient susceptibles de voir.

L'offense de Tobias avait apparemment déclenché des représailles. Pas besoin d'élever la voix ou de faire une scène. Keating n'avait eu qu'à envoyer des ouvriers couper les tuyaux qui alimentaient Hilliard House pour que sa position soit connue de tous. Difficile de rater une maison plongée dans l'obscurité au milieu des toutes les propriétés brillamment illuminées.

Évidemment, personne n'avait prononcé le mot « déconnecté » à voix haute. Le roi Doré était trop rusé pour ça. Tout comme Dora avait servi d'écran pour la première vengeance de Keating contre lord Bancroft, une panne mystérieuse – et simultanée – des tuyaux de gaz et de vapeur dissimulait la seconde.

— C'est un de ces trucs qui se produit parfois, avant lancé le chef d'équipe des réparateurs de Keating Distribution, d'une voix assez forte pour que tout le monde l'entende. Ce sera réparé dès qu'on aura reçu la pièce de rechange.

Ce qui pouvait signifier dans cinq minutes ou jamais, selon le bon vouloir du roi Doré.

Parmi les invités à avoir entendu l'ouvrier, les moins suspicieux acceptèrent la panne comme le résultat d'un dysfonctionnement. Les plus cyniques contemplaient la scène d'un œil désapprobateur, sans rien dire. La seule question dans l'esprit d'Evelina était de savoir pendant combien de temps une maison pouvait être « en panne » avant d'être officiellement déclarée « déconnectée ». Pas très longtemps, supposait-elle. L'avertissement était on ne peut plus clair. Bancroft avait intérêt à bien se tenir.

Pour couronner le tout, l'inspecteur Lestrade et ses hommes arrivèrent au moment où l'essentiel des invités prenaient congé. Evelina était pratiquement certaine que le roi Doré était derrière ce nouveau rebondissement car Lestrade ne parut se soucier ni de la fête ni de la coupure d'alimentation orchestrée par le baron de la vapeur. Habituellement, la police prenait plus de pincettes avec les membres de la bourgeoisie.

— Simples questions de routine, je vous assure, avait-il promis.

Lestrade avait pris place sur la chaise située face au sofa où était assise Evelina, sans mentionner la déconnexion ni en mots ni en actes. Impossible de dire s'il agissait ainsi par stratégie ou par délicatesse. Ils se trouvaient dans le salon même où elle avait rencontré sa grand-mère mais il n'y avait cette fois ni thé ni biscuits. Rien que quelques bougies, l'inspecteur à tête de fouine et elle. En temps normal, une jeune lady aurait été accompagnée d'un chaperon. Mais tous étaient mobilisés par la panne.

L'inspecteur avait sorti carnet et crayon.

— Redites-moi comment vous vous êtes retrouvée auprès de la défunte ?

Le fait qu'il soit venu l'interroger signifiait qu'il n'avait pas trouvé de pistes plus prometteuses. Evelina s'interrogea à propos de son oiseau. Cela faisait trois jours qu'il était parti. Il était censé avoir espionné Lestrade mais n'était pas réapparu. L'inquiétude nouait le ventre d'Evelina.

— Que faisiez-vous quand vous avez entendu qu'il se passait quelque chose dans la maison ? demanda-t-il.

Elle était dans sa chambre avec Nick, mourant d'envie de le voir rester tout en espérant qu'il s'en aille. Son esprit tâtonna à la recherche d'une réponse différente. N'importe quoi pour esquiver la question.

— Vous n'utilisez pas de cylindre phonographique ?

— Je n'en ai pas besoin, miss, répondit-il avec agacement.

— Mais cela vous permettrait de retranscrire les déclarations au mot près.

— Parfois ce ne sont pas les mots qui comptent, miss, mais ce qu'ils dissimulent.

Le regard qu'il lui décocha la glaça jusqu'aux os. Oncle Sherlock impressionnait peut-être l'inspecteur Lestrade mais pas Evelina. Elle relata les événements de cette nuit-là – du moins ceux qu'elle estimait avisé de lui raconter – sans se faire prier plus longtemps. Elle ne dirait pas grand-chose qu'il ne sache déjà.

— Si je puis me permettre, miss, toute cette histoire n'a pas l'air de beaucoup vous affecter.

Evelina fixa son attention sur la bougie allumée sur la table auprès d'elle.

— Me pâmer ne serait utile ni à vous ni à Grace.

— En effet, miss.

— Je ne me conduis pas de manière très féminine à vos yeux.

— Je trouve que vous êtes une jeune femme étonnamment calme.

Quelle que soit son opinion, Lestrade lui prêtait une oreille attentive et prenait beaucoup de notes. Lorsqu'elle eut terminé de parler, il se relut silencieusement en marquant sa progression au fil de la page avec la pointe de son crayon.

— Vous déclarez avoir entendu des bruits au-dehors plus tôt ce soir-là. À quelle heure était-ce ?

— J'ai entendu l'horloge de l'église sonner 23 heures.

— Vous êtes très précise, miss. C'est appréciable.

Elle eut un petit sourire.

— Je tiens de source sûre que l'observation de broutilles peut résoudre bien des affaires.

Il tourna vers elle un regard peu amène.

— Vous parlez comme Sherlock Holmes.

— C'est mon oncle.

— Je sais, répondit-il, sourcil levé. Il m'a dit de prêter une attention toute particulière à ce que vous diriez et m'a promis le pire s'il vous arrivait quoi que ce soit avant la fin de cette affaire.

Evelina fut prise d'effroi.

— Vraiment ? Il est au courant ?

— Oh mais oui ! Il a dû se rendre en hâte sur le continent, sans quoi il serait ici lui aussi, je n'en doute pas.

La panique submergea Evelina qui s'agita sur son siège, mal à l'aise. Elle avait eu l'intention de prendre Lestrade de vitesse, résoudre le meurtre de Grace et éloigner la police de lord B et de ses automates. Mais chaque seconde qui passait semblait faire empirer les choses. À ce rythme, il ne resterait plus rien de la famille avant qu'elle ait obtenu le moindre résultat.

D'un seul coup, elle se sentit oppressée par les ombres épaisses du salon mal éclairé.

—Au passage, demanda Lestrade sur un ton décontracté, auriez-vous une idée du moment où le jeune M. Roth est rentré ce soir-là ?

Il avait failli la prendre au dépourvu.

—Je n'ai pas vu Tobias rentrer, répondit-elle.

—Vous a-t-il dit quand il était arrivé ?

La scène devant l'horloge lui revint en mémoire. Le baiser. Sa non-confession quant à l'endroit dont il revenait ce soir-là. Un endroit dont il ne parlerait pas. Et le baiser. Si elle avait eu un peu de jugeote, elle aurait livré Tobias. Tout raconter à Lestrade afin de montrer au jeune aristocrate qu'elle n'était pas l'une de ces idiotes que l'on faisait taire avec quelques mots doux et une étreinte clandestine.

D'un autre côté, il avait tenu tête à Jasper Keating pour protéger Dora. Tobias était loin d'être parfait mais il ne méritait pas d'être jeté sous les roues de la locomotive lancée à toute vapeur de l'inspecteur. *Peu importe ce que découvrira Lestrade, ce sera faux. Car je suis au courant pour l'or et la magie alors que lui non.*

—Tobias ne m'a rien dit. Les jeunes gens se confient rarement aux amies de leurs petites sœurs.

Les lèvres de Lestrade frémirent, à moins qu'il s'agisse seulement du mouvement des ombres que la bougie projetait sur ses traits.

—Je vois ce que vous voulez dire, miss. Dans ce cas, je crois que j'ai tout ce que j'attendais de vous.

Il referma son carnet mais plongea ensuite la main dans la poche de son pardessus.

—Je viens de me rappeler une chose : je me suis entretenu avec le docteur Magnus en arrivant ce soir. Il m'a demandé de vous remettre ceci.

Il s'agissait d'une boîte cartonnée toute simple provenant de chez un boulanger, avec les taches de gras et la ficelle idoines.

—Qu'est-ce que c'est ? demanda Evelina.

—Je n'en ai aucune idée, miss. J'ai suggéré qu'il le confie à lady Bancroft, comme le voudrait l'usage quand une jeune fille est concernée, mais il m'a répondu que le contenu vous appartenait et qu'il ne faisait que vous rendre ce que vous aviez perdu.

Evelina prit la boîte et retira la ficelle. Soulevant le couvercle, elle découvrit son oiseau gisant immobile, raide et aplati.

Elle ne put réprimer un hoquet de surprise. Soudain, ses mains lui semblèrent maladroites, ses bras lourds, comme anesthésiés. Elle referma instinctivement la boîte pour en dissimuler le contenu.

— Vous ne vous attendiez pas à cela, n'est-ce pas, miss ? demanda Lestrade avec un regard inquisiteur.

— Non. Je ne savais pas où il était passé. Une chance qu'il l'ait retrouvé.

Le ton de sa voix était neutre à ses propres oreilles mais elle sentait monter la panique derrière cette façade sous contrôle. Il y avait quelque chose de terrifiant chez le docteur Magnus et il avait manipulé son invention. Avait-il tué l'oiseau ? *Comment a-t-il su que c'était le mien ? Personne ne nous a ne serait-ce que présentés l'un à l'autre...*

Elle se remémora sa première rencontre avec Magnus dans la bibliothèque et se sentit comme pétrifiée. Elle avait perçu la magie chez lui de la même manière que sur l'enveloppe en possession de Grace. Avait-il senti la même chose chez elle ? Apposait-elle sans le savoir sa signature sur ses créations ? Elle n'avait jamais vraiment réfléchi à ce danger particulier.

Elle aurait voulu prendre l'oiseau et l'examiner sous toutes les coutures mais n'osait pas piquer l'intérêt de l'inspecteur. Elle se força donc à poser la boîte sur le côté comme si elle n'avait pas d'importance. Sa main, toutefois, s'attarda près de la table. Elle avait du mal à supporter que l'oiseau se retrouve hors de portée de main.

Lestrade se leva et elle l'imita, les mains jointes afin qu'il ne voie pas qu'elles tremblaient.

— Dois-je sonner pour que le valet de pied vous raccompagne, inspecteur ? demanda-t-elle. Ou bien y a-t-il quelqu'un d'autre que vous souhaitiez interroger ?

— Je retrouverai le chemin de la sortie. Je pense que j'en ai terminé pour aujourd'hui.

Un sourire sinistre passa sur les lèvres de Lestrade.

— Vous m'avez fourni le récit le plus détaillé auquel j'ai eu droit jusqu'à présent, miss. Peu de gens semblent remarquer ce qu'il advient des domestiques, même lorsqu'ils se font tuer.

— Avez-vous découvert quoi que ce soit à propos de ces pauvres palefreniers ?

Elle savait qu'il ne répondrait sans doute pas aux questions d'un témoin mais espérait que la réputation de son oncle participerait à lui délier la langue. Ce qui parut être le cas.

— Nous avons retrouvé les chevaux et le chariot. Ils étaient mis en vente dans une foire. Nous interrogeons l'individu qui tentait de les vendre. Il prétend les avoir trouvés, abandonnés, dans la cour de sa ferme.

— Voilà qui est étrange ! Aucun signe de la cargaison ?

Le visage de Lestrade s'assombrit.

— Pas le moindre. Lord Bancroft affirme que les malles sont pleines de souvenirs de ses années passées en Autriche. Il semble désireux de les récupérer au plus vite. Vous avez une idée de leur contenu ?

— Non.

Elle ne savait rien, c'était vrai. Rien qui puisse aider Lestrade en tout cas.

Il croisa son regard et parut satisfait par ce qu'il y lisait.

— Savez-vous si ces palefreniers avaient des liens avec la jeune fille assassinée ?

— Encore une fois, je n'en sais rien.

Il soutenait toujours son regard.

— Ils ont été tués de la même manière, la gorge tranchée.

Evelina sentit son sang se glacer.

— Navré si je vous ai choquée. Vous semblez prendre tout cela avec tellement de recul.

Il paraissait sincèrement contrit.

Ce n'était pas tant la manière dont ils étaient morts que le lien entre les meurtres qui troublait Evelina.

— Êtes-vous en train de suggérer que c'est le même tueur ? Qu'il a tué Grace – peut-être parce qu'elle l'a surpris – avant de poursuivre les palefreniers et de leur voler les malles ?

Ce qui expliquerait pourquoi l'or était resté sur le corps de Grace. Ce n'était pas ce après quoi courait le tueur. Il voulait les automates que lord Bancroft avait fabriqués des années plus tôt. Mais en quoi étaient-ils importants ?

Lestrade parut un peu surpris.

— C'est une possibilité. Je n'écarte aucune hypothèse.

— Certainement, inspecteur. C'est évidemment la meilleure manière de procéder.

Elle se rassit, trop bouleversée pour rester debout.

— Bon, au revoir, miss.

Lestrade s'inclina légèrement puis sortit. Evelina resta assise sans bouger pendant quelques instants. Ses pensées tourbillonnaient si vite qu'elle n'arrivait à se concentrer sur aucune d'elles.

Puis elle entendit un petit bruit familier. Baissant les yeux, elle aperçut la souris qui émergeait d'entre les coussins du sofa. Ses fines moustaches métalliques frémirent d'un air interrogateur.

— Oiseau t'a été rendu ?

Evelina ravala une boule dans sa gorge.

— Je crois qu'il est cassé.

— *Laisse-moi voir.*

Elle souleva la souris et la déposa sur le rebord de la table avant de rouvrir la boîte à gâteaux. La souris posa ses pattes de devant sur le côté de la boîte et s'y hissa pour regarder par-dessus le rebord.

— *Eh bien ! Regardez-moi ces ailes. Tu lui as donné des pierres précieuses. Pourquoi à Oiseau et pas à moi ?*

— Tu es une espionne d'intérieur. J'avais besoin que tu sois discrète.

La sourit émit un grognement dépité, sorte d'étrange exhalation mécanique.

— *Et voilà le sort qu'on me réserve, forcée de passer mon existence de servitude à ramper sous les meubles pendant que celui-ci flotte à travers les airs tel un fichu bijou de chez Fabergé. Bon, on ne peut pas dire que ça t'aura porté chance, Oiseau.*

Evelina tendit la main pour saisir l'appareil inerte. L'oiseau gisait sur le dos, ailes dépliées, pattes en l'air, ventre exposé. Il avait l'air pathétique.

— Tu as déjà entendu parler du respect dû aux victimes ?

— *Et toi, tu as déjà entendu parler des victimes qui tirent au flanc ?*

Soudain, Oiseau se redressa et jaillit hors de la boîte, traversant la pièce avant que le « tic » de la pendule sur la cheminée n'ait eu le temps de faire « tac ».

— *Enfin ! J'ai bien cru ne jamais échapper à ce sorcier.*

— Tu es en vie ?

— *Toujours prompte à énoncer les évidences !*

Oiseau vint se poser au creux de sa main.

La fierté et l'excitation envahirent Evelina lorsqu'elle sentit les serres délicates se refermer autour de ses doigts.

— Tu vas bien ? murmura-t-elle en l'examinant attentivement.

Il y avait une légère égratignure sur l'une de ses ailes mais, cela mis à part, il paraissait indemne.

— *Bien sûr. Je suis rapide.*

— Pas de chats en laiton ?

Il ouvrit son bec pour lancer un trille dégoûté. Voilà qui était intéressant. Evelina ne l'avait pas doté d'un larynx. Le deva avait dû trouver comment faire par lui-même.

— *Seulement le sorcier. Il m'a saisi dans l'air au moment où j'atterrissais dans le jardin cet après-midi.*

Evelina jura à mi-voix.

— Le sorcier ? Tu veux parler du docteur Magnus ?

Oiseau écarta les ailes dans un geste qui exprimait de l'embarras.

— Il n'aurait jamais dû avoir le droit d'entrer dans cette maison. Dès qu'il m'a attrapé, j'ai fait semblant d'être mort. Je ne lui ai rien dit.

— Et pourtant il a su que tu étais à moi.

— Il a senti les effluves de ton pouvoir. Le métal dont je suis fait a absorbé ta magie. N'importe quelle magicienne digne de ce nom sait cela.

Evelina avait vu juste. Il avait perçu la magie en elle tout comme elle en lui.

Oiseau émit un nouveau pépiement.

— Ce n'est pas moi qui le lui aurais dit, en tout cas. Je suis un professionnel. Qu'est-ce que cette souris fait ici ?

— Elle est là en renfort.

L'oiseau et la souris se regardèrent. Peut-être communiquaient-ils silencieusement ou peut-être s'affrontaient-ils simplement du regard, Evelina n'était pas capable de le dire. Mais elle se prit soudain à souhaiter que mamie Cooper soit là pour voir ce qu'elle avait réalisé à l'aide de sa magie.

Après tout, le cirque Ploughman était en ville. Evelina plongea instinctivement la main dans sa poche pour palper la coupure de presse faisant la publicité du spectacle. Si elle parvenait à quitter discrètement la maison, elle pourrait leur rendre visite.

Mais après tous ses efforts pour se forger une nouvelle vie, pour s'offrir de même qu'à Nick la possibilité d'un nouveau départ, ce serait une pure folie de retourner là-bas, même pour une simple visite. Elle avait fait son choix. Et puis une fille de cirque ne serait jamais présentée à la reine.

Et pourtant il s'agissait d'un chapitre de son existence qu'elle avait le sentiment de devoir relire avant de pouvoir tourner tout à fait la page.

Oiseau s'immisça dans ses pensées.

— Tu vas devoir être prudente. Les sorciers sont dangereux. Leur magie ne fait pas appel à la vie. Ce sont les énergies de la mort qu'ils manipulent.

Evelina se tassa sur son siège.

— Le docteur Magnus est le meurtrier ?

Oiseau alla se percher sur le sommet de la boîte et frotta son bec brillant contre l'une de ses plumes.

— Comment le saurais-je ? C'est toi qui joues les détectives.

Souris agita sa queue maigrelette.

— Tu es peut-être décoré de gemmes, frérot, mais tu manques franchement de manières.

— Ces derniers jours dans la rue ont été moches et durs, rétorqua Oiseau. *Seuls les plus revêches survivent.*

Souris agita ses moustaches mais Evelina intervint :

— Qu'as-tu découvert ?

— J'ai suivi ton policier. Il a passé beaucoup de temps à s'entretenir avec les domestiques des maisons alentour à propos de la morte. Ils n'ont dit que les choses habituelles.

— Comme quoi ?

— Qu'elle travaillait dur. Qu'elle aimait s'amuser. Qu'on l'avait vue accompagnée par quelques hommes mais que ces derniers temps elle semblait favoriser un prétendant particulier.

Celui qui l'avait mise enceinte, sans doute.

— C'est tout ?

— Ton homme a aussi rendu visite à un voyou qu'il a qualifié de garde-rue des Dos-jaunes. Mais il était alité après avoir reçu un coup de couteau à la jambe. Pas franchement prêt à discuter.

— Pourquoi Lestrade l'a-t-il questionné ?

— C'était lié à une autre affaire mais le nom de la fille a été mentionné. Les Dos-jaunes l'avaient vue aller et venir sur leur territoire. On dirait que le prétendant en question l'avait convaincue de faire affaire avec des individus peu recommandables. Mais elle n'a jamais révélé son nom.

Était-ce par amour que Grace avait transporté de l'or et des pierres précieuses à travers Londres ? risquant sa liberté, si ce n'était sa vie, pour quelques baisers ? Evelina était déçue, et sur de nombreux plans.

— J'espérais des informations plus précises.

— L'inspecteur Lestrade aussi. Tu as de la chance de m'avoir. J'ai fait un arrêt supplémentaire. À ce moment-là, ma curiosité était piquée.

— Vraiment ?

L'espoir s'était réveillé dans le cœur d'Evelina.

— Ton policier insistait beaucoup sur le fait qu'elle venait de rentrer d'un voyage la nuit où elle est morte.

Ah oui ?

— Alors j'ai parlé au deva qui habite la haie près du portail. Il dit qu'il l'a vue en compagnie d'un homme.

— Tobias.

— Exactement. Mais le deva de la haie m'a dit autre chose : ce n'était pas le premier couple à se présenter devant la porte latérale cette nuit-là.

— J'ai entendu un homme et une femme qui discutaient là-bas plus tôt dans la soirée.

— Le deva de la haie affirme que l'homme et son ombre étaient déjà venus auparavant.

— Son ombre ? demanda Evelina.

— Ce n'est pas auprès des arbustes qu'on obtient les meilleures informations.

À cet instant, Imogen passa la tête dans l'embrasure de la porte et les pensées d'Evelina s'éparpillèrent.

— Te voilà. J'ai cru que tu avais raccompagné l'inspecteur vers la sortie.

Elle se glissa dans la pièce et referma la porte derrière elle, toujours vêtue de la robe rose et vert pastel qu'elle portait dans le jardin.

— Toutes ces questions ! Quelle façon affreuse de terminer cette horrible journée. Pourquoi tout cela n'aurait-il pas pu attendre un peu ? Pauvre maman ! J'ai dû l'emmener se coucher. C'était trop pour elle. Une panne des tuyaux d'alimentation ? Toute personne dotée d'une once de bon sens sait que nous avons été déconnectés !

Les lèvres d'Imogen tremblèrent mais elle se força à avaler sa salive et serra les mâchoires, refusant de pleurer. Evelina se leva et prit son amie dans ses bras.

— Imogen, je suis désolée de ce qui s'est passé.

Imogen prit une longue inspiration tremblante.

— Ce n'est pas ta faute. Je ne sais pas ce que nous allons faire…

Evelina relâcha son étreinte et guida Imogen vers le siège que Lestrade avait occupé.

— Ton père est un homme plein de ressources. Il trouvera une solution.

Et moi aussi.

— C'est une chose d'avoir offensé M. Keating, mais avec en plus l'arrivée de la police… Qu'est-ce que ça signifie, à ton avis, le fait que Lestrade débarque ce soir comme par hasard ?

Cela ne pouvait rien présager de bon mais Evelina n'allait pas ajouter aux inquiétudes d'Imogen. S'asseyant à son tour, elle jeta un coup d'œil à Souris. Celle-ci avait bondi à l'intérieur de la boîte et s'y tenait assise, aussi immobile et rigide qu'Oiseau.

— Je pense que les policiers ont retardé les questions à la famille autant qu'il leur était possible de le faire. Ils ont commencé par les domestiques mais je ne crois pas qu'ils aient appris grand-chose d'utile. Sans quoi ils auraient arrêté quelqu'un et nous auraient épargné cette épreuve.

À cet instant, l'extrémité de la longue queue d'acier de Souris tressaillit, comme si elle avait conscience d'être observée. On entendit le métal racler le fond de la boîte.

Imogen se pencha vers la table sur laquelle celle-ci était posée.

— Qu'est-ce que tu as là-dedans ? Oh ! quels appareils adorables et bien pensés ? J'aurais bien besoin de voir quelque chose d'épatant après tout ce qui s'est passé.

—*Appareil?* maugréa Oiseau. *Je suis plus qu'un simple bibelot de laiton!*

—Ils te plaisent? demanda Evelina avec désinvolture. *Silence! Elle n'est pas censée savoir que vous êtes vivants!*

—*Elle a dit « adorable » et « bien pensé »*, reprit Oiseau. *En vertu de quoi je peux pardonner le reste.*

—Bien sûr, j'adore celui-là.

Imogen sortit l'oiseau de la boîte et faillit le lâcher lorsqu'il battit des ailes pour tenter de garder l'équilibre.

—Ça alors, il bouge! C'est Tobias qui l'a fabriqué?

L'oiseau poussa un cri moqueur. Evelina ne répondit pas; elle était trop occupée à se demander pourquoi diable il ne faisait pas semblant d'être mort. Évidemment, c'était un deva. Voire une diva. Tout aussi imprévisible, en tout cas.

—C'est toi qui l'as fait, c'est ça?

Imogen tourna vers Evelina un regard entendu en caressant la tête brillante de l'oiseau. Celle-ci oscillait de plaisir, les pierres précieuses scintillant à la lumière de la bougie. Puis Oiseau laissa échapper un roucoulement d'adoration. Evelina vit la compréhension illuminer le beau visage d'Imogen dont l'expression se figea.

—Cette créature est imprégnée de magie, dit-elle.

Evelina retint son souffle, son corps tout entier brusquement changé en glace. Elle se pencha si vivement qu'elle faillit tomber de son siège.

—Chut!

Imogen la dévisagea avant de baisser la voix pour murmurer:

—Mécanique et magie. Une machine vivante! Tu as conscience de ce que tu as fait? C'est du pur génie!

Evelina détourna les yeux; elle avait du mal à trouver le courage de croiser le regard de son amie. Elle ne pouvait s'empêcher de penser à Nellie Reynolds et à son procès en sorcellerie.

—Tu ne dois le dire à personne. Promets-le-moi!

Imogen était trop excitée pour demeurer sérieuse.

—C'est un truc que tu tiens de la famille de ton père?

Evelina agita les mains dans un geste de dénégation.

—Une partie seulement. Promets que tu ne diras rien.

—Evelina…

Cédant à la panique, Evelina agrippa le poignet d'Imogen.

—Promets-moi!

Surprise par tant de poigne, Imogen poussa un petit cri.

—Oui, je te le promets. Bien sûr que je te le promets!

Evelina se pencha un peu plus vers elle.

— Tu as vu ce que le roi Doré a fait à Dora. Que crois-tu qu'il ferait s'il découvrait que je dispose d'une toute nouvelle manière de faire fonctionner les machines ? As-tu entendu parler de l'actrice qu'ils ont arrêtée ?

Imogen pâlit et ferma brièvement les yeux.

— Tu as ma parole. J'ai entendu parler du procès de Nellie Reynolds.

— Je savais qu'on pouvait se fier à elle. Elle est bien, cette petite.

Oiseau frotta sa tête contre la main d'Imogen, tel un chat qui réclame qu'on lui gratte les oreilles. Elle s'exécuta puis poussa un petit cri de surprise en voyant Souris grimper sur sa jambe pour pouvoir, à son tour, réclamer de l'attention.

Imogen contempla Souris de ses grands yeux écarquillés.

— C'est ça ton secret.

— Oui, admit Evelina dans un souffle.

— Je ne le partagerais avec personne, si j'étais toi, affirma Imogen avec sérieux en touchant du doigt le nez de Souris. Dans ce monde, certaines choses sont trop merveilleuses pour ne pas être également dangereuses.

— Tu me connais, je suis prudente.

Il n'y avait eu qu'une occasion, dans une situation de vie ou de mort, où Evelina avait révélé son secret. Durant les pires moments de la maladie d'Imogen à l'école, Evelina l'avait sentie qui s'étiolait. Elle avait passé des heures à convaincre l'essence d'Imogen de demeurer dans son corps. Une bataille qu'elle avait remportée, mais le simple souvenir de cette horrible nuit lui faisait encore trembler les mains. C'était ainsi qu'Imogen avait eu un aperçu de ce qu'Evelina pouvait faire. Mais elles n'en parlaient que rarement, sauf peut-être au plus noir de la nuit, quand Imogen faisait des cauchemars où son âme abandonnait son corps pâle et froid, ou bien se voyait piégée dans un lieu sombre et étouffant. Alors elles cessaient de faire semblant.

Les doigts d'Imogen se figèrent.

— Je savais que tu faisais de la magie mais je n'imaginais rien de tel.

— Tu avais déjà trop de secrets à garder. Ça me paraissait injuste de te faire porter celui-ci en plus des autres.

Imogen répondit par un bruit d'agacement si sonore que l'oiseau sauta dans la paume d'Evelina.

— Je ne suis pas d'accord ! Il va falloir que tu te fasses pardonner.

Si Evelina ne s'était pas sentie coupable jusqu'à présent, c'était en train de changer.

— Bien sûr, dit-elle. Que puis-je faire en ce sens ?

Imogen ferma les yeux, ses doigts lisses caressant toujours la silhouette luisante de Souris.

— Un jour je te réclamerai une énorme faveur et tu seras obligée de dire oui.

— D'accord. Mais à quel genre de faveur penses-tu ?

Imogen esquissa un sourire oblique.

— Au moment de prendre congé ce soir, Stanford Whitlock m'a fait sa demande. Quand papa apprendra que j'ai dit non à un beau parti, il faudra que j'en assume les conséquences. J'aurai besoin d'une amie pleine de ressources à mon côté.

— Mais tu me parles de Stanford Whitlock, répondit Evelina sur un ton plein de dérision. Lord Bancroft ne peut pas vouloir de lui comme gendre !

— Son père est banquier et à la tête d'une indécente fortune. N'importe quel père baverait tel un chien affamé à l'idée d'attirer une telle richesse dans le giron familial.

— Mais tu es en droit d'espérer un homme doté à la fois d'argent et d'un peu d'esprit. Je veux croire que ton père n'est pas à ce point aux abois.

Imogen se prit le visage entre les mains, laissant Souris redescendre vers le nid soyeux de ses jupes.

— Je ne sais pas, Evelina. Avec papa, je ne sais jamais ce qui tient de la menace, de la vérité ou simplement de son ambition en action. Ma seule certitude est que, si cette histoire de déconnexion perdure, je devrai m'estimer chanceuse si j'épouse le fil du boucher.

— Bon, au moins tu pourras compter sur de bonnes réserves de jambon.

L'indignation s'était emparée d'Evelina. C'était le genre de situation angoissante qu'elle avait espéré épargner à Imogen mais jusqu'à présent son enquête n'avait fait que soulever de nouvelles questions.

Imogen releva la tête, sourcils froncés.

— Du jambon ?

Puis elle se mit à rire et à pleurer à la fois tandis que la tension accumulée durant les douze dernières heures remontait d'un coup à la surface.

Evelina la serra dans ses bras en se mordant la lèvre inférieure pour ne pas sangloter à son tour. L'enjeu était trop grand pour qu'elle se permette de fléchir. Pas même pour un instant.

CHAPITRE 18

Londres, 7 avril 1888
West End
Samedi, 23 heures

La nuit suivant l'affrontement avec Striker, Nick scruta du regard la foule qui se pressait près du Savoy Theatre jusqu'à identifier sa cible. Le programme sur la porte annonçait que l'on jouait *Ruddigore*, de Gilbert et Sullivan. À en juger par l'humeur des spectateurs qui émergeaient sur les trottoirs du Strand, la représentation était un succès. La cohue l'obligeait à se faufiler entre les piétons allant et venant depuis les restaurants et les théâtres alentour. Les fiacres bloquaient la rue, les ornements de cuivre et d'or des harnais luisant dans la lumière incertaine. Les beaux vêtements de soirée, si lumineux et colorés à l'intérieur des riches immeubles du quartier, apparaissaient à présent tout en nuances d'indigo et bordeaux.

Ah ! le voilà.

Cela faisait des heures que Nick suivait sa proie après avoir retrouvé sa trace presque par accident sur Oxford Street en fin d'après-midi. Le docteur Magnus ne portait bien entendu que du noir depuis son haut-de-forme jusqu'à l'extrémité brillante de ses chaussures de ville. Un corbeau au milieu des paons.

Il se fondait dans l'obscurité, au point de n'être parfois visible que grâce aux reflets du pommeau d'argent de sa canne. À l'inverse de la plupart des noctambules, il se déplaçait seul, vif et décidé là où les autres marchaient d'un pas tranquille en devisant.

Nick jeta un nouveau coup d'œil autour de lui, à la recherche des Dos-jaunes cette fois. De nombreux rats des rues rôdaient dans les parages, mais aucun que Nick reconnaisse de la poursuite sur le toit. Mieux, il n'y avait aucun signe de Striker. La cheville de Nick était encore gonflée et douloureuse, et il n'était absolument pas prêt pour une deuxième manche. Évidemment, il était possible que les gardes-rues se tiennent simplement à l'écart de ce no man's land au sud-est du Strand. La zone symbolisait la trêve précaire entre les Dos-jaunes et les Bleus Garçons.

Nick s'écarta du mur de briques contre lequel il était appuyé et suivit Magnus d'un pas nonchalant en prenant soin de toujours conserver au moins deux groupes de passants entre lui et sa proie. Et en veillant à ne pas boiter. Montrer un signe de faiblesse ne manquerait pas de faire de lui une cible.

Nick regarda le grand docteur évoluer à grandes enjambées entre les lampadaires à gaz, sa canne oscillant au rythme de ses pas. Ses gestes avaient quelque chose d'enjoué, comme s'il se repassait la chanson de clôture de la pièce. Pourtant, Nick n'aurait jamais imaginé que le docteur Magnus puisse profiter de plaisirs aussi simples. Il lui était tout simplement impossible d'associer cet homme avec ce genre d'impulsions innocentes.

Nick avait retrouvé Magnus le soir suivant l'incident avec Striker. Ou plus exactement Magnus était venu le trouver à l'endroit où le cirque de Ploughman se produisait. Le docteur avait montré beaucoup d'intérêt pour l'atelier de Tobias Roth et plus encore pour les précautions que le jeune homme prenait pour s'y rendre. De toute évidence, ces informations allaient s'avérer utiles pour les plans du docteur, quels qu'ils soient.

Une fois son compte-rendu effectué, Nick avait considéré sa dette soldée. Il avait accepté de fournir des informations sur Tobias Roth au docteur en échange de sa protection vis-à-vis de la police. C'était chose faite. Il était désormais temps de satisfaire sa propre curiosité. Qui était le docteur Magnus et que manigançait-il ? *Quoi que ce puisse être, je doute que ça implique caramels et cotillons. Il se trame un truc sinistre.*

Au fil de sa progression rapide d'une flaque de lumière à la suivante, les pans de son manteau se fondaient avec les ombres comme s'il se déplaçait au sein de sa propre aura de ténèbres. C'était évidemment une illusion d'optique mais cette vision avait quelque chose de troublant, comme si sa silhouette risquait à tout instant de se changer en nuage de chauve-souris.

Magnus tourna à gauche dans une rue beaucoup moins fréquentée. Nick accéléra l'allure pour le rattraper mais se ravisa quand une décharge de douleur traversa sa jambe blessée. Il retint son souffle et fit plusieurs petits pas à cloche-pied pour recouvrer son équilibre. À sa grande surprise, Magnus s'arrêta et se retourna.

— Vous venez, monsieur Niccolo? demanda-t-il en se faisant entendre sans paraître élever la voix.

Nick s'empourpra. Il était expert en filature. Comment le docteur avait-il su qu'il était là ? À cette distance, il ne percevait pas l'aura magique de Magnus. Mais peut-être les perceptions du docteur étaient-elles plus affûtées que les siennes? Quoi qu'il en soit, il adopta une démarche nonchalante – sans tout à fait dissimuler une grimace au moment de s'appuyer sur sa cheville douloureuse –, comme si c'était exactement ce qu'il avait prévu de faire.

— Bonsoir, monsieur, dit-il avec une révérence extravagante.

— J'imagine que vous souhaitez me faire un nouveau rapport?

Nick esquissa un sourire pour dissimuler la panique qui s'emparait de son esprit. Comment pouvait-il se justifier?

— Je me demandais si vous aviez encore besoin de moi.

C'était évidemment tout l'inverse de la réalité. Son vrai désir aurait été d'épingler l'étrange personnage sur une feuille cartonnée pour l'étudier tel un insecte de collection. Mais ce n'était évidemment pas la réponse à donner.

Magnus lui fit signe d'approcher, l'air sardonique.

— Je n'en doute pas, dit-il. Dans ce cas, suivez-moi. J'habite un peu plus loin.

Nick hésita, momentanément pris de court. Était-il sur le point de voir le domicile du docteur? S'il voulait découvrir qui était Magnus, ce serait un excellent début. Mais une fois passé le seuil de la demeure, en ressortirait-il un jour?

La question le fit frissonner et ses tripes se glacèrent. Oserait-il se mesurer à l'intelligence de Magnus? Qui pouvait dire de quels pouvoirs était dotés l'étranger en plus de cette aura de magie noire? *Et d'une certaine curiosité à propos des gens chez qui Evie séjourne.*

Tout cela ne présageait rien de bon.

Au loin, une horloge sonna et Magnus esquissa un mouvement d'impatience.

Fortune, sois donc ma catin ce soir!

Nick rejoignit le docteur en se demandant de quel pas leur danse serait faite. Magnus ne dit rien et Nick encore moins. Ils parcoururent quelques pâtés de maisons avant de s'arrêter dans une petite rue élégante de hautes bâtisses georgiennes dotées de grilles en fer forgé et de minuscules jardins en façade. D'étroites fenêtres encadrées de blanc étaient serties dans les murs de brique rouge. Le résultat était à la fois sobre et d'un bon goût impeccable. Aucun panneau n'indiquait le nom de la rue mais Magnus se dirigea vers la maison au numéro 113.

— Nous ferons vite, annonça-t-il en ouvrant la porte d'entrée. J'ai eu une journée longue et compliquée.

— Navré de l'apprendre, monsieur.

Nick suivit le docteur à l'intérieur. L'endroit était silencieux et aucun serviteur ne se précipita pour prendre le manteau du maître de maison.

Magnus abandonna sa cape et son chapeau sur un banc recouvert de velours près de la porte et rangea sa canne dans une grande urne chinoise décorée de chrysanthèmes bleus.

— Votre impudence est déplacée. Pourquoi me suiviez-vous en réalité ?

Nick ne répondit pas tout de suite. L'entrée n'était pas très grande mais le sol était en marbre et le cadre de la porte décoré de rinceaux en feuille d'or. C'était la première fois qu'il pénétrait dans la demeure d'un homme fortuné – en tout cas par la porte d'entrée – et la vision de tant de richesse le déstabilisait. C'était une chose de savoir qu'il était pauvre mais se retrouver brusquement face à tout ce qu'il ne pourrait jamais avoir lui faisait un effet très différent. Un goût amer lui envahit la bouche comme s'il venait de mâcher les cendres de ses propres rêves.

La colère le priva de toute prudence.

— Je suis curieux de savoir ce que vous voulez à Tobias Roth, monsieur. Il est peut-être intelligent mais ce n'est guère plus qu'un joli minois.

Tout en ouvrant la porte qui donnait accès au reste de la maison, le docteur Magnus se tourna vers lui, une expression de mépris moqueur sur le visage.

— Et j'imagine que vous êtes infiniment plus malin et plus capable que lui ? Nick sans nom et sans éducation.

Nick était piqué au vif mais il réagit en pénétrant dans les appartements du docteur comme s'il était lui-même propriétaire d'un lieu beaucoup plus somptueux. L'astuce ne consistait pas à plastronner mais à remplir simplement l'espace de sa présence. Le b.a.-ba pour un homme de spectacle.

Il contrôla les traits de son visage en regardant autour de lui. Il nota le cuir vert estampé qui recouvrait les murs et le tapis si épais que l'extrémité de ses bottes y disparaissait à chaque pas. Le centre de la pièce était occupé par une énorme table aux pieds arqués dont les coins étaient sculptés de motifs ondulés. Des piles de livres s'y entassaient, ainsi que divers appareils dont Nick supposa qu'ils avaient un usage scientifique.

Il se sentait remué par une émotion qu'il n'aurait pas su nommer. Il ressentait de l'envie, bien sûr, mais ce n'était pas tout. Cela s'associait, entre autres, à une fureur si aiguë que la bile lui brûlait la gorge. *Qu'a-t-il fait pour mériter tout ceci ? Comment un seul homme peut-il espérer profiter de tant de choses ?*

Magnus actionna un appareil fixé au mur et un gigantesque chandelier s'alluma au-dessus de leurs têtes. Les petits ornements en verre tintaient sous l'effet des courants d'air parcourant les très, très hauts plafonds mais la lumière demeurait forte et stable. Nick discernait à présent une sorte de balcon courant tout autour de la pièce, de hautes bibliothèques recouvrant chaque centimètre disponible le long des murs.

Nick ravala ses émotions au service de sa curiosité.

— Ça ne ressemble pas à un éclairage au gaz.

— Ce n'en est pas. Il s'agit d'une lumière électrique incandescente obtenue à l'aide d'un générateur. Rien ici ne fonctionne au gaz ou au charbon. Je refuse de faire affaire avec ces soi-disant barons de la vapeur.

— Vous avez été déconnecté ?

— Non. Je n'ai jamais pris la peine de faire relier la maison à leurs circuits de distribution.

— Pour quelle raison ?

Mal à l'aise, Nick poursuivait son observation des lieux. Il remarqua l'odeur poussiéreuse et les toiles d'araignées dans les coins d'ombre. Peut-être Magnus n'avait-il effectivement aucun domestique. Mais s'il n'était en Angleterre que depuis peu, d'où provenaient tous ces livres ?

— Laissez-moi vous répondre de manière indirecte. Le Savoy est un théâtre intéressant, dit Magnus. Apparemment, le projet d'origine consistait à l'éclairer entièrement à l'électricité. Ils étaient même allés jusqu'à embaucher quelqu'un pour construire un générateur.

— Et ?

Nick se moquait complètement de cette histoire mais il émanait des paroles de Magnus une impression de danger latent. Sans doute Nick n'allait-il pas tarder à changer d'avis.

— Mais d'Oyly Carte, le propriétaire, continue à utiliser le gaz fourni par le roi Doré. Il semble qu'il y ait eu un brusque changement de cap quand leur spécialiste en électricité a été retrouvé mort. Il s'est vidé de son sang après avoir avalé une dizaine d'ampoules électriques brisées. Le type qui avait conçu lesdites ampoules, un certain M. Cygne, a connu un destin similaire. Beaucoup ont plaisanté sur le fait que le Savoy était son « chant du cygne ».

Nick jura tout bas.

— En quoi un simple théâtre peut-il avoir autant d'importance pour les barons de la vapeur ?

— Les barons de la vapeur ? Personne ne les a accusés de quoi que ce soit.

— Qui d'autre aurait pu faire le coup ?

— Précisément. Et s'ils laissaient un établissement faire ce qui lui plaît, quiconque en aurait les moyens se libérerait de leur joug collectif. Ce sont des maîtres cupides, après tout. On paie une fois pour la lumière, une autre pour le chauffage et une troisième si l'on a la chance de recevoir l'électricité au sein de son entreprise. Mais gare au client qui tenterait de réduire les coûts en convertissant la vapeur en électricité ou en remplaçant le gaz par une chaudière sans la permission expresse du distributeur. Ceux-ci ne voudraient pas perdre une occasion de récupérer leur dîme.

— En quoi êtes-vous impliqué, monsieur ?

Il avait posé la question avec audace, non à la façon d'un serviteur s'adressant à son maître mais d'homme à homme. Comme d'habitude, sa fierté constituait son seul outil.

Magnus le jaugea longuement avant de répondre.

— Moi ? Je ne suis qu'un humble docteur qui pratique l'art du mesmérisme. Mon implication ne représente rien… Et cependant, comme pour chaque homme, femme ou enfant de ce monde, mon implication est tout. Il y a de nombreux théâtres à Paris, New York, Florence, Vienne et Saint-Pétersbourg. Il y a aussi des hôpitaux, des universités, des champs de courses. Le monde entier observe ce qui se passe au sein de l'Empire avec le plus grand intérêt. L'Europe devrait-elle rester les bras croisés à regarder un pouvoir autrefois puissant se faire saigner à mort ? Devrait-elle entrer en guerre ? La question de savoir quand intervenir au nom de la reine Victoria, et avec quelle force, fait l'objet de grands débats.

— Et s'ils n'interviennent pas ?

Nick était curieux, à présent. Il avait rarement l'occasion de réfléchir au-delà de son horizon personnel mais tout cela l'intriguait.

— Quelqu'un finira par le faire. Inévitablement, serais-je tenté de dire. Mais sera-t-il trop tard ? Vos magnats de la vapeur ont déjà étendu leurs tentacules vers les États allemands. J'aimerais trancher ces tentacules et pourrais même y parvenir si je joue intelligemment les cartes dont je dispose.

Depuis quand un simple mesmérien se mêlait-il d'affaires internationales ? Le docteur Magnus était clairement plus qu'il ne voulait l'admettre.

— Vous vous souciez de ce qui se passe en Allemagne ?

Magnus se mit à rire, exposant au passage ses dents blanches.

— Avant de m'accuser d'avoir des tendances philanthropiques, laissez-moi d'abord préciser que les barons ont quelque chose que je désire.

— De quoi s'agit-il ?

— Cela ne regarde que moi.

Magnus se laissa tomber sur une bergère de velours rouge dont le haut dossier enveloppant faisait penser à la queue d'un paon. Il fit signe à Nick de s'asseoir sur un repose-pieds. Nick choisit de s'appuyer contre la table, bras croisés. Il préférait rester debout et mobile.

— Donc vous allez les affronter ? demanda-t-il en scrutant le visage basané de Magnus.

Que possédaient les barons de la vapeur qui puisse intéresser cette créature ?

— Je ne suis pas un rebelle dans le sens habituel. Je travaille seul. Mais je prévois de leur mettre des bâtons dans les roues. On pourrait dire qu'à l'heure qu'il est je cherche le meilleur bâton pour ce faire.

Nick baissa les yeux vers les piles de livres sur la table. La plupart avaient l'air très anciens, le cuir des coins usé au point de laisser apparaître le tissu effiloché de la couverture. Les titres contenaient des mots qu'il ne connaissait pas, ou peut-être n'étaient-ils même pas en anglais.

— Alors, docteur Magnus, ces antiques grimoires vous disent que Tobias Roth ferait un bon bâton ?

— Il a un talent exceptionnel pour la mécanique et les contacts idéals par le biais de sa famille. Son père, en particulier, a accès à la haute société. Cela fait partie de ce dont j'ai besoin. Mais je m'intéresse également à miss Cooper. J'ai vu quelque chose qui venait d'elle, une invention qui m'a coupé le souffle.

Nick s'était figé intérieurement, mais il refusa de laisser paraître la moindre réaction sur son visage.

— Elle sort à peine de l'école.

Il fut soulagé de constater que sa voix demeurait neutre, sans que l'on puisse deviner le sentiment d'alarme qu'il ressentait à l'idée qu'Evie soit dans le collimateur de ce sinistre individu.

— C'est la jeune fille pour laquelle vous avez escaladé l'enceinte de Hilliard House, n'est-ce pas ? Assez âgée, donc, pour les baisers volés ?

Nick se détourna de Magnus en faisant mine d'examiner l'un des appareils perchés sur les piles d'ouvrages moisissant. Cela ressemblait terriblement à un alambic miniature mais jamais Nick n'aurait bu le liquide verdâtre contenu dans les minuscules fioles disposées sous l'interminable tube.

Au moment de se retourner, Nick avait formulé son mensonge.

— Non, monsieur, je m'intéresse plutôt à la sœur de Tobias Roth. La jeune fille aux cheveux clairs.

Le docteur Magnus arbora un sourire rusé, comme s'il faisait semblant d'y croire.

— Ah ! alors la beauté à la chevelure d'or aime qu'on la secoue un peu, c'est ça ?

Nick haussa les épaules.

— Elle est jolie et riche.

— Et qui pourrait rester insensible à des arguments aussi évidents ?

Nick longea machinalement la table. Il souhaitait mettre un peu plus de distance entre Magnus et lui avant que son inquiétude pour Evelina se lise sur son visage.

À mi-chemin, il repéra un ensemble de plans déroulés depuis un rouleau mécanique. Il avait déjà vu ce genre d'accessoire par le passé. Des pans de soie spécialement conçus pour être utilisés comme du papier puis enroulés à l'intérieur d'étuis pas plus grands qu'un portefeuille.

Nick se pencha pour voir de quel genre de plans il s'agissait et laissa échapper un hoquet de surprise. Le dessin représentait le plan de coupe d'un ballon dirigeable si gracieux que Nick s'attendit presque à le voir flotter hors de la page. Les détails étaient tellement précis qu'il pouvait presque s'imaginer en arpentant le pont. Détourner le regard s'avéra quasi douloureux.

Magnus continuait à parler, le menton appuyé au creux de sa paume.

— J'aimerais tout savoir d'Evelina Cooper. Et découvrir ce dont elle est capable.

— Dans quel domaine ?

— Tous. Je veux connaître les moindres détails concernant cette fille, si anodins soient-ils.

Ces dernières paroles avaient pris la forme non d'une déclaration mais d'un ordre.

Nick releva vivement la tête.

— Pourquoi ferais-je ça ?

La voix du docteur se fit plus narquoise.

— Devrais-je dire à la jeune blonde que vous êtes secrètement amoureux de miss Cooper ? C'est par la fenêtre de la chambre de cette demoiselle que vous êtes sorti cette nuit-là, n'est-ce pas ?

Nick ne répondit pas. Il ignorait comment Magnus pouvait le savoir, quelle invention d'Evie il avait pu voir ou ce qu'il avait l'intention de faire avec les informations qu'il réclamait à Nick. Il ne savait qu'une chose : cet homme était une menace.

Magnus haussa un sourcil.

— Ou peut-être devrais-je simplement informer le monde que miss Cooper accueille des comédiens gitans dans sa chambre à coucher ?

Nick tressaillit sous l'effet d'une honte brûlante. Son désir pour Evie les avait piégés tous les deux.

— En quoi ruiner sa réputation servirait-il vos objectifs ?

— Et comment cela servirait-il les vôtres ? Je me pose la question. Cela la mettrait-il à votre portée ?

Magnus se leva et lança une poignée de pièces d'argent sur la table.

— Voici une avance sur votre salaire, Nicholas Sans-nom. Allez-vous jouer le rôle du mufle ou du chevalier au cœur pur ?

Nick contemplait l'argent comme s'il risquait de se consumer à son contact. Il serra les poings, pris d'une folle envie de saisir l'un des énormes livres pour l'abattre sur le visage moqueur du docteur. Ce choix n'en était pas un. Il pouvait espionner Evie et la trahir auprès de Magnus ou refuser son argent et ruiner l'avenir de la jeune femme. *Je pourrais refuser. Et alors elle pourrait être à moi.* Mais c'était un mensonge. Jamais elle ne le remercierait de l'avoir renvoyée chez Ploughman et il n'avait aucun espoir de garder le secret. Tôt ou tard, elle apprendrait ce que Nick avait fait. Ils n'avaient jamais été capables de dissimuler la vérité l'un à l'autre.

Il força ses doigts à se détendre, un à un. Il devait y avoir un moyen de se montrer plus malin que Magnus. Il ne pouvait pas se laisser guider par son orgueil. Pas à cet instant. Il devrait d'abord échafauder un plan. Tel un faucon, il choisirait soigneusement son moment pour frapper. *Tu me devras une faveur, Evie.*

Il ramassa les pièces d'argent et prit ostensiblement le temps de les compter. Une moue méprisante apparut sur le visage de Magnus, qui le regardait faire.

— Il y en aura d'autres si vous m'apportez des informations exploitables.

— Exploitables pour quoi ?

— Cela ne vous regarde pas. Vous ne comprendriez pas même si je prenais le temps de vous l'expliquer.

C'était l'insulte de trop. L'espace d'une seconde, une voile de fureur blanche recouvrit le champ de vision de Nick et il serra les pièces entre ses doigts, tremblant du désir de les balancer au visage de Magnus. Evelina ne voulait peut-être pas de lui de la manière qu'il avait espérée mais elle était… son amie, sa bien-aimée, ce qui ressemblait le plus à une sœur pour lui. Et aucun refus de sa part n'empêcherait Nick de l'aimer de toutes les manières qu'un homme avait d'aimer une femme. Nick ne possédait peut-être pas grand-chose en dehors des vêtements qu'il avait sur le dos, mais il était loyal.

S'il avait pu envisager la possibilité de s'éloigner définitivement d'Evie, l'idée venait de s'envoler. Elle avait toujours besoin de lui. Il se força à arborer un air nonchalant.

— Si vous le dites, monsieur.

— Voyez ce que vous pourrez trouver durant les prochains jours. Un dîner est organisé chez lord Bancroft auquel je compte participer. Et j'entends m'y rendre muni d'autant d'informations que possible.

Nick fit une petite révérence moqueuse.

— Très bien, monsieur.

— Et maintenant, sortez de chez moi.

Nick balaya la pièce du regard, mémorisant tout ce qu'il pouvait avant de se diriger vers la sortie d'un pas tranquille. Magnus ne s'en était pas rendu compte mais il venait de déclarer la guerre.

CHAPITRE 19

Londres, 8 avril 1888
West End
Dimanche, 22 heures

Bancroft quitta son club habituel – l'*Apollonius*, près de Grosvenor Street – à son heure habituelle et s'éloigna à pied dans la nuit printanière et moite. Comme chaque fois, la chaleur et le confort du fumoir l'accompagnèrent sur la moitié du pâté de maisons avant de se dissiper progressivement sous les doigts de la brise. La seule différence entre cette soirée et n'importe quelle autre fut qu'au lieu de tourner à gauche pour se rendre au théâtre – c'était l'excuse que Bancroft donnait pour renvoyer son fiacre – il tourna à droite dans le dessein de découvrir ce que lui voulait Harriman.

Pour une fois, il avait refusé les rafraîchissements qu'on lui proposait. Il tenait à avoir l'esprit clair pour brandir le revolver Enfield confortablement dissimulé sous son manteau. La tension courait dans ses veines ; il se sentait à la fois excité et terrifié. Le danger potentiel avait la capacité de vous rajeunir de dix ans.

Ses pensées s'interrompirent au moment où quelques gouttes de pluie tambourinèrent sur son chapeau. Il ouvrit son parapluie en l'inclinant contre le vent. La journée avait été semée d'averses, le pavé ayant à peine le temps de sécher avant que le ciel se couvre de nouveau. À présent, la pluie scintillait dans l'éclat doré des réverbères de Keating Distribution, enfilade d'aiguilles lumineuses s'enfonçant dans l'obscurité. L'air avait la lourdeur qui promettait l'arrivée du brouillard tôt dans la nuit. Bancroft accéléra l'allure.

Si l'expédition de ce soir visait à récupérer la dernière part de l'or, cela constituerait sans doute son unique visite dans l'antre de Harriman. Ce qui voulait dire qu'il devait être attentif à chaque détail, noter mentalement toutes les éléments de l'entreprise qu'il allait découvrir. Malgré l'audace dont il avait fait preuve en participant à ce complot, Harriman manquait d'expérience. Et Bancroft avait appris par le biais de ses propres erreurs passées qu'on ne mettait pas un terme à ce genre d'opération en trinquant entre alliés avant de se dire gentiment adieu. Il y avait toujours une quantité stupéfiante de détails à régler, à commencer par les serviteurs qui savaient – littéralement ou figurativement – où les cadavres étaient enterrés.

Grace aurait fait partie de ces individus problématiques. Il tenta d'imaginer son visage mais il ne put se remémorer que son corps lorsqu'il l'avait prise dans son dressing privé, ses membres pâles enveloppant avec langueur le velours rouge du siège. Ses cheveux sentaient le pain chaud et, pendant la semaine qui avait suivi, les petites miches accompagnant le dîner de Bancroft avaient déclenché chez lui un frisson d'érotisme.

Bancroft tourna au coin d'une rue, dissimulant son visage derrière son parapluie au moment de croiser un groupe de jeunes officiers. Ici et là, des silhouettes sombres rôdaient dans l'embrasure des portes et des voix l'appelaient discrètement depuis les fenêtres des étages pour l'inciter à s'attarder un peu.

Bancroft poursuivit sa route en faisant de son mieux pour avoir l'air d'un homme affairé alors qu'en réalité il aurait tant voulu s'arrêter et oublier la pluie, le froid et ses souvenirs. La faiblesse n'avait pas sa place dans cet épisode.

Ma situation me rend-elle si vulnérable que je doive faire ce qu'ordonne Harriman ?

Avant même d'avoir formulé sa pensée, il sut qu'il n'aimerait pas la réponse. *Oui.*

Sous l'emprise des diables jumeaux Besoin et Avidité, il devenait prêt à tout risquer pour réussir. Sa famille, sa carrière et ses plans personnels l'exigeaient. Sans eux, il n'y avait pas de Bancroft… et il voulait que ce nom ait un sens.

Les rumeurs abondaient à propos d'une opération majeure contre les barons de la vapeur, un complot dont la piste remontait jusqu'au trône, connu sous le nom de code « Baskerville ».

Un gouvernement occulte trié sur le volet était en train de se mettre en place et en faire partie serait l'aboutissement de tous ses plans. Il ambitionnait d'en être et cela ne se ferait jamais s'il était perçu comme vulnérable.

Et Dieu savait qu'il allait devoir agir s'il voulait survivre à la colère de Keating. Le baron de la vapeur avait frappé fort en lui coupant l'accès au réseau de tuyaux et de valves qui couraient telles des veines nourricières sous les rues de Londres. Sans vapeur ni gaz, Bancroft se retrouvait plongé dans le froid et l'obscurité. Et, plus important encore, il devenait invisible.

Jusqu'à présent, l'excuse officielle de Keating à propos d'une conduite de gaz défectueuse avait tenu bon, déguisant à moitié la vérité comme un drap recouvrant un cadavre. Tout le monde savait que Bancroft avait été sanctionné mais jusqu'à présent les portes des clubs lui étaient toujours ouvertes et les vendeurs de viande et de légumes continuaient à livrer ses cuisines en temps et en heure. Sur un mot de Keating, cependant, cette période de grâce prendrait fin et c'en serait fini de lui.

En l'absence des mille et une lumières autour de Hilliard House, il se retrouverait au ban de la société… et ses rêves d'une carrière politique seraient complètement annihilés.

Il devait contre-attaquer, contre Keating, contre les barons, contre tout ce qui se dressait entre lui et son futur. Et si cela impliquait de jouer le jeu de Harriman ce soir, ainsi soit-il.

Il n'y avait pas grand-chose qu'il ne soit pas prêt à faire pour atteindre ses objectifs. En tant qu'ambassadeur, Bancroft s'était assis à la table d'hommes qui massacraient des villages entiers pour le sport et négociaient leurs filles vierges en échange d'un coin de terre stérile. Il avait toujours été prêt à faire face à l'impensable si cela permettait d'obtenir le résultat attendu.

Bancroft s'arrêta. Il avait atteint la fin de la portion civilisée de son itinéraire. *Je suis sur le point d'entrer en territoire criminel.* L'entrée de la ruelle constituait un interstice étroit entre deux immeubles non loin de Bond Street, le premier d'une rangée de magasins d'un côté, les bureaux d'un courtier en assurances de l'autre. Derrière ces façades respectables se trouvait un alignement apparemment tranquille de petits entrepôts et autres bâtisses à usage utilitaire. Ceux qui avaient besoin d'y accéder pouvaient passer par un large portail fermé la nuit et surveillé par un gardien… ou par cet étroit passage entre les bâtiments.

Bancroft replia son parapluie, lequel était trop large pour la ruelle. Puis il tâtonna à la recherche de la crosse de son arme en écoutant les bruits de la rue, guettant d'éventuels bruits de pas discrets ou le sifflement d'une lame que l'on dégaine. Après un bref instant de procrastination supplémentaire, il pivota sur le flanc et se glissa entre les immeubles en prenant soin de ne pas se frotter aux briques couvertes de suie.

Au bout d'une dizaine de pas, la ruelle s'élargissait jusqu'à pratiquement se changer en une vraie petite rue. À l'inverse du reste de Londres, elle était étrangement déserte. Et il y faisait terriblement sombre.

Convaincu d'être à présent hors de vue de l'artère principale, il sortit de sa poche un tube en laiton auquel il imprima une torsion. Il attendit ensuite que les produits chimiques à l'intérieur se mélangent et qu'un éclat verdâtre émane du flanc de verre du tube. Lorsque la lumière fut assez vive pour y voir clair, il se remit en route en scrutant chaque ombre, chaque renfoncement. Il entendit des coups de marteau au loin, un homme et une femme échangeant des invectives et, à bonne distance, quelqu'un qui jouait un morceau mélancolique sur un concertina. Mais tous ces bruits étaient distants.

Dans la ruelle proprement dite, il n'avait pour toute compagnie que le son de ses propres pas.

Grace est passée par ici, elle a foulé ces mêmes pavés. Cette pensée le rendait plus nerveux qu'il ne voulait bien l'avouer. *Avait-elle peur?*

L'entrepôt où il se rendait se trouvait sur la droite. La façade était gardée par un grand automate dont il devinait la silhouette massive dans l'ombre. Il avait donc pour instruction de faire le tour de l'entrepôt et de frapper à la fenêtre de derrière. Il tourna au coin, se fraya précautionneusement un chemin au milieu des mauvaises herbes et des détritus, puis tapota contre le carreau crasseux avec le manche de son parapluie.

Une tache lumineuse apparut, comme si quelqu'un avait rapproché une lampe de la vitre. L'espace d'un bref instant, il aperçut les contours pâles d'un visage qui disparut de nouveau. Quelques secondes plus tard, on entendit le cliquetis d'un verrou et une porte étroite s'ouvrit à quelques pas de là.

—Vous êtes ponctuel, commenta Harriman au moment où Bancroft entra.

Il avait retiré sa veste et relevé les manches fines de sa chemise blanche. Les boutons en argent de son gilet luisaient dans la lumière oscillante de la vieille lampe à huile qu'il tenait à la main.

—Je ne vois pas quel intérêt il y aurait à être en retard.

Bancroft regarda autour de lui. Un balai à franges et un seau étaient appuyés contre le mur à quelques pas de l'entrée. Le reste de l'entrepôt n'était qu'un immense fouillis de caisses, d'établis et d'ombres d'un noir d'encre. Son regard revint se poser sur le seau.

—Ça sent le sang.

—J'étais en train de le nettoyer, répondit Harriman avec un haussement d'épaules.

Il accrocha la lampe à un clou planté dans le bois brut du mur.

— Malheureusement, le bois est vieux et assoiffé, impossible de faire disparaître totalement la tache. Je vais saupoudrer un peu de la sciure des caisses pour cacher tout ça.

Un sentiment de malaise s'empara de Bancroft, l'incitant à scruter une deuxième fois l'entrepôt. Tout lui paraissait soudain beaucoup plus sinistre, en particulier Harriman.

— À qui appartient ce sang ?

— Le Grand Han s'est chargé de régler quelques détails. Je lui avais dit de s'en occuper dans les sous-sols, mais il a laissé les choses dégénérer, répondit Harriman en s'emparant d'un chiffon pour s'essuyer les mains. Après quoi, j'ai écopé de la corvée de nettoyage.

Le Grand Han était le colossal contremaître que Harriman avait embauché pour surveiller les ouvriers qui accomplissaient le véritable travail. Bancroft ne l'avait rencontré qu'une seule fois, et c'était suffisant pour toute une vie.

— Des « détails », c'est ainsi que vous désignez les individus qui posent un problème ? demanda Bancroft.

Peut-être avait-il sous-estimé la mauviette de cousin de Keating.

— « Individus qui posent un problème », répéta Harriman avec un rire forcé. Si vous préférez le dire comme ça. On ne pouvait pas prendre le risque de les voir parler...

» Je me suis posé des questions, vous savez, en me demandant jusqu'où je devais vraiment aller. Il n'y a pas à Londres beaucoup de Chinois qui iraient signaler la disparition de l'un d'entre eux. Et encore moins de fonctionnaires pour s'en soucier s'ils le faisaient. C'est pour ça qu'on avait fait appel à eux.

Avait fait appel. Au passé. Bancroft n'avait pas besoin d'une règle à calcul pour deviner de quel côté la balance de Harriman avait penché. Douze ouvriers avaient péri. Il n'était plus question que de Grace mais de treize âmes sacrifiées pour lui acheter son or. Une soudaine vague de nausée et de vertige s'abattit sur Bancroft mais il la laissa passer sans réagir. Il avait des années de pratique en la matière.

— Tous les ouvriers étaient des inconnus ? On ne risque pas de voir des familles venir frapper à la porte ?

— Non, les Chinois sont toujours en transit. Des marins, ici un jour, partis le lendemain. Nombre de ceux-là venaient tout juste de débarquer au port. Personne ne reconnaîtra leur travail, même s'il y avait moyen d'identifier les répliques qu'ils ont fabriquées.

— Vous voudriez me faire croire que les maîtres-orfèvres abondent dans une population de marins ?

— Je ne sais pas très bien comment le Grand Han les a trouvés. Il a des contacts qui s'étendent jusqu'à Canton. Quoi qu'il en soit, nous n'avions que deux maîtres. Les autres n'étaient que des apprentis ou des paysans recrutés sur les navires.

L'esprit de Bancroft fonctionnait à toute vitesse à la recherche de faiblesses potentielles dans ce plan.

— Tous les ouvriers ont disparu ? Les douze ?

— Pour reprendre les mots de Han, il les a donnés à manger à la mère Tyburn ce soir. En morceaux.

Harriman jeta son chiffon sur une pile de déchets empilés contre la paroi.

— Venez. Je vais vous montrer.

— Ai-je vraiment besoin de voir ça ? demanda Bancroft, méfiant.

— Si vous voulez votre or, répondit Harriman. Après que j'ai été obligé d'éponger du sang toute la soirée, le moins que vous puissiez faire est de jeter un œil à la fosse au cœur de laquelle j'ai trimé des mois durant.

Bancroft s'agaça. Il était l'instigateur de l'opération et Harriman était chargé d'exécuter le travail. Ils s'étaient mis d'accord depuis le départ et rien n'aurait dû justifier le ressentiment de Harriman. Mais, bien trop souvent, ce n'était pas ainsi que les choses se passaient. En particulier maintenant que Bancroft rencontrait des problèmes avec le puissant cousin de Harriman.

Il était plus opportun de pacifier les choses avec Harriman plutôt que d'essayer de le remettre à sa place. Bancroft se força donc à acquiescer.

— Si vous voulez.

— Trop aimable de votre part, milord, répondit Harriman avec un rire railleur.

Il chassa du pied une épaisse couche de sciure jusqu'à faire apparaître un anneau de fer serti dans le sol, large comme trois fois la paume de la main. Le métal tinta quand il s'en saisit puis, avec un grognement d'effort, Harriman souleva le couvercle d'une grande trappe. Il y avait de la lumière en contrebas car un léger éclat jaunâtre illuminait des marches de bois grossières. Une odeur humide d'égouts remonta jusqu'aux narines de Bancroft. *Ça pue autant que le reste de cette affaire.*

Harriman l'observait attentivement.

— Ce qui se trouve sous la surface n'est pas à votre goût ?

— Vous donnez désormais dans la métaphore, Harriman ? gronda Bancroft. Laissez donc ça aux poètes.

L'autre eut le culot de lui répondre par un sourire suffisant.

— Je descends en premier, dit-il.

Les pas de Harriman résonnèrent dans l'escalier. Bancroft le suivit, une main sur son pistolet, l'autre pressant un mouchoir contre son nez pour se protéger de l'odeur.

— Est-ce que cela conduit directement dans les égouts ?

— Pas vraiment. Nous en sommes bien à l'écart.

— J'entends de l'eau.

Harriman atteignit le fond et leva la tête vers lui.

— Nous sommes ici près de la Tyburn. En tout cas, c'est ce qu'affirment les habitants du coin.

Bancroft voyait à présent clairement la cave. Elle semblait s'étendre bien au-delà des limites de l'entrepôt. L'endroit tenait plus de la caverne sous les rues que du simple sous-sol d'entrepôt. Des murs délimitaient deux côtés des lieux mais, face à l'escalier et sur la droite, l'espace semblait s'étendre à l'infini. Cela donnait l'impression que la rue avait été surélevée quelque part dans le passé, recouvrant au passage des niveaux inférieurs. Ou peut-être l'homme avait-il simplement ajouté sa patte aux grottes souterraines façonnées par la nature. Le plafond était en roche brute et sa hauteur variait selon les endroits.

— Je n'avais aucune idée de l'existence d'un tel endroit dans les sous-sols.

— Londres est pleine de surprise.

Et certaines d'entre elles sont affreuses. Arrivé au bas des marches, Bancroft s'immobilisa. Il découvrait à présent ce que Harriman avait qualifié de « fosse ». Elle occupait l'espace directement situé sous l'entrepôt. Le plafond était haut, laissant voir les poutres de soutènement des bâtiments au-dessus, et l'éclairage fonctionnel. Des conduites de gaz couraient le long du mur et venaient alimenter un petit générateur. Une série d'établis formaient un carré approximatif. Une forge, un équipement d'électro-galvanisation, un four à poterie et pléthore d'autres outils étaient alignés sur le pourtour de la zone de travail ou suspendu aux chevrons au-dessus. Installé à l'étage et généreusement éclairé par le soleil, cela aurait pu être le genre d'atelier où Bancroft lui-même se serait autrefois senti à l'aise. Mais ce n'était pas ce qui avait retenu son attention. Son regard s'était arrêté sur la rangée de cages qui courait le long de deux murs. C'était de là que provenait la puanteur : effluves combinés de crasse jamais lavée, de quartiers dénués d'aération, de souillures nocturnes et de désespoir.

Bancroft s'approcha sans dire un mot. À un certain niveau, il avait su que Harriman – ou plutôt Han Zuiweng – gardait les ouvriers en lieu sûr pour éviter qu'ils s'enfuient ou racontent à quiconque qu'on les forçait à participer à une scandaleuse opération de contrefaçon. Il n'avait simplement pas laissé son imagination s'attarder sur ce que ce « lieu sûr » pouvait signifier.

Mis en cage. Employés comme esclaves. Assassinés. Bienvenue au sein de l'Empire.

Un frisson glacé naquit au creux de son ventre et se répandit tel un flot de givre à travers ses veines. Malgré ses années passées à dîner en compagnie d'individus malfaisants, il frissonna. Puis il s'en voulut d'une telle faiblesse.

— C'est ça que vous vouliez que je voie ?

Harriman traversa la pièce pour le rejoindre.

— Il reste un ultime détail. Nous nous sommes occupés des petites mains mais il reste Han.

Bancroft se remémora la conversation qu'ils avaient eue à Hilliard House.

Je me demandais pourquoi vous insistiez pour que je vienne en personne et je suis sur le point de le découvrir.

— Que voulez-vous que je fasse ?

— Han est plus dangereux à lui seul que tous les autres réunis.

— Dans ce cas, tuez-le.

Mais Bancroft savait bien que c'était plus facile à dire qu'à faire. Le Grand Han, Han Zuiweng, Han le Soûlard, Han le Démon… quel que soit le nom qu'on lui donnait, c'était une énorme créature toute en muscles qui faisait une tête de plus que Bancroft et facilement le double de son poids.

Harriman blêmit.

— Si vous m'aidez, je vous dédommagerai pour ce qui a été volé à votre servante. Je prendrai sur ma part de l'or.

Bancroft sentit son pouls s'accélérer malgré lui. Il redressa légèrement le dos, mais prit soin de ne laisser aucune émotion percer dans sa voix. Harriman était le sous-fifre, celui qui aurait dû obéir aux ordres et non les donner. Mais il s'agissait clairement ici du genre de détails qu'il ne pouvait pas régler.

Si Bancroft voulait faire taire Han, il allait devoir se salir les mains.

— Vous avez un plan ?

Un sourire de reptile apparut sur les lèvres de Harriman mais disparut bien vite. Ses tempes luisaient de transpiration.

— Oui. J'ai drogué son vin. Cela l'a rendu assez obéissant pour me permettre de le guider jusqu'à l'une des cages avant qu'il s'évanouisse. Mais ça fait des heures qu'il dort et je doute que la drogue fasse encore effet très longtemps.

Il indiqua du doigt la dernière cage de la rangée. Elle était plongée dans l'ombre mais en plissant les yeux Bancroft devina une silhouette affaissée contre la paroi de roche.

— Que voulez-vous que je fasse ? Que je lui tire dessus ?

Harriman eut un geste d'impuissance.

— Il faut que quelqu'un s'en charge. Embaucher un autre tueur pour le faire ne ferait que compliquer les choses.

— Et pourquoi pas vous ? Vous auriez pu le faire une fois qu'il s'était endormi.

L'impuissance de Harriman se changea en détermination.

— J'en ai assez fait.

— Et si c'est moi qui tire je serai impliqué plus avant. Une autre façon de garantir mon silence et de vous protéger, répliqua Bancroft presque en riant. Oh, ne prenez pas un air aussi embarrassé ! Ce genre de manœuvre est aussi prévisible que le déroulement d'un bal des débutantes. J'y suis impliqué depuis bien plus longtemps que vous. Au final, en l'absence de témoins, ce ne sera que ma parole contre la vôtre.

Quelque chose passa dans le regard de Harriman.

— Bon, je me demande si vous aviez aussi prédit que je mettrais votre part du paiement final dans la cellule avec Han. Si vous voulez votre or, il faudra vous occuper de lui. Je vous avais dit d'apporter un pistolet. J'espère que vous l'avez fait.

Un voile de fureur voila brusquement la vision de Bancroft, une colère si intense qu'il inspira en sifflant entre ses dents. Il envisagea un instant d'abattre Harriman et tant pis pour l'or. Malheureusement, il ne pouvait prendre le risque que Keating devienne curieux en apprenant la disparition de son cousin.

— Vous ne savez vraiment pas à qui vous avez affaire.

— Oh ! mais si. Et je ne prends aucun risque, milord, rétorqua Harriman, glacial. Et vous avez vu juste : je vais faire en sorte que vous respectiez votre part du marché.

Bancroft s'arrêta devant la cage. Les barreaux étaient vieux, du fer rouillé décoré de motifs complexes qui lui fit penser à quelque antique ménagerie. Mais ce qu'il avait pris pour un homme endormi n'était qu'une pile de vêtements.

— Harriman, qu'est-ce que ça veut dire ?

L'interpellé devint blanc comme un linge.

— Mon Dieu ! il s'est échappé..., souffla-t-il en ouvrant la porte de la cage. Il a carrément cassé la serrure !

Bancroft étouffa un juron.

— Des suggestions ?

Les ombres paraissaient soudain plus épaisses, comme si elles s'étaient changées en fumée. Harriman tournoyait sur lui-même, tentant vainement de surveiller toutes les directions à la fois.

— Bancroft, écoutez-moi ! Han a un compagnon.

— Un compagnon ?

— Une créature qu'il peut appeler. Elle garde cet endroit, mais c'est lui qui la contrôle, d'une manière que je ne comprends pas.

Bancroft commençait à s'agacer. La caverne semblait de plus en plus sombre.

— Un chien ?

— Non, c'est une chose. Une chose étrangère. Il l'a appelée dans l'entrepôt pour tenir les voleurs à l'écart.

— Je ne comprends rien à ce que vous dites ! s'emporta Bancroft.

— Harriman ! gronda une voix derrière eux. Toi briser honneur !

Ils firent volte-face et se retrouvèrent nez à nez avec le Grand Han. Il s'était déplacé aussi silencieusement que les ombres qui l'enveloppaient. Il ne portait pour tout vêtement qu'un pantalon bouffant, son large torse exposé aux regards. De lourds bracelets de cuir cloutés de cuivre recouvraient ses poignets. Il avait le crâne aussi lisse qu'un œuf, mais son épaisse moustache noire descendait jusque sous son menton. Ses yeux étaient aussi sombres et froids qu'une nuit de décembre.

Bancroft n'avait aucun mal à croire que Han avait taillé en pièces une dizaine d'hommes avant de se débarrasser d'eux dans les profondeurs impénétrables de la rivière souterraine. *Je n'aurais jamais dû laisser Harriman s'occuper du recrutement.*

Tous se figèrent, comme s'ils craignaient de voir ce qui se produirait quand ce tableau s'animerait. La tension s'accumula dans le cou de Bancroft. Il aurait voulu dégainer son Enfield mais se força à attendre. Le timing était crucial.

L'obscurité se mit à crépiter, comme si quelque chose y brûlait. Tout autour d'eux, la fumée ténébreuse bouillonna et commença à se solidifier. Les propos de Harriman au sujet du compagnon de Han parurent soudain plus clairs : c'était une créature invoquée. Une patte griffue fendit l'air à un cheveu de la tête de Bancroft. Celui-ci cracha un juron mais une seule syllabe passa ses lèvres avant que la terreur lui obstrue complètement la gorge. Il était capable d'affronter la violence et le sang, mais pas la sorcellerie. Tout homme avait une peur qui lui était propre. Dans son cas, c'était la magie. Il se mit à trembler de tout son corps.

Sans prévenir, Harriman poussa Bancroft en direction de Han puis fonça vers l'escalier. Bancroft trébucha et perdit son chapeau. Son genou heurta le sol avec un craquement douloureux. Han se précipita sur Harriman et lui agrippa l'épaule de son énorme main. Harriman tournoya sur lui-même en agitant bras et jambes telle une poupée qu'un enfant aurait jetée en l'air.

Tenant Harriman à bout de bras, Han abattit son pied sur le visage de Bancroft qui bascula en arrière. Il voulut tirer son pistolet mais un deuxième coup de pied violent l'envoya bouler avant qu'il puisse s'en saisir. Harriman s'écrasa au sol non loin de lui, le souffle coupé par l'impact.

Han émit un grondement digne d'un rottweiler. La fumée solidifiée s'enroula autour de ses jambes en une lente et sensuelle caresse. L'énorme Chinois s'avança vers eux, aussi gracieux qu'il était massif, et tendit la main vers Bancroft. Une image du sol couvert de sang là-haut dans l'entrepôt traversa l'esprit de ce dernier.

Il tâtonna pour saisir l'Enfield, chercha la crosse sous son manteau, se prit les doigts dans la chaîne de sa montre et finit par retrouver le pistolet sous sa hanche. Il roula sur lui-même au moment où Han saisit le dos de son manteau, l'immobilisant l'espace d'une seconde. Mais Bancroft rua et pivota sur lui-même avec assez de force pour déchirer les coutures du vêtement. Il se retrouva nez à nez avec l'affreux faciès de son agresseur. Bancroft leva l'Enfield, l'arma et tira. Le son se répercuta sur les parois de pierre, l'écho donnant l'impression qu'une dizaine de coups de feu avaient retenti. Un petit trou rond apparut sur le front de Han. Des morceaux de crâne et de cervelle se répandirent dans l'air derrière lui. Bancroft s'écarta juste à temps pour ne pas être écrasé par la chute de son corps massif.

Quelque chose cria, un ululement long et féroce. Bancroft se redressa avec un grognement d'effort, conscient de la moindre douleur dans chacun de ses os et de ses muscles. Les doigts serrés sur la crosse, il balaya l'air de son pistolet et le braqua alternativement vers un coin de la pièce, puis un autre. Mais les ombres se dispersaient et se fondaient de nouveau dans la pierre et l'air fétide.

Bancroft prit conscience qu'il haletait et se força à maîtriser son souffle. Il frissonnait, les tripes nouées par la peur, mais la crise était passée.

J'ai survécu.

Un rapide coup d'œil lui confirma que Han ne se relèverait pas, pas avec l'arrière du crâne en miettes. Pour le meilleur ou pour le pire, Harriman s'en était sorti. Après quelques tentatives infructueuses, il finit par se redresser à genoux en gémissant.

— C'est fini ?

— Oui.

— C'est allé vite.

Bancroft grimaça en sentant son épaule protester. Il ramassa son chapeau, qui avait roulé vers un coin d'ombre.

— Ça ne prend pas longtemps pour mourir d'une balle dans la tête. Votre « détail » est réglé, semble-t-il.

Harriman ne répondit pas immédiatement mais se passa la langue sur les lèvres.

— La bête d'ombre reviendra. Han lui avait ordonné de garder l'entrepôt.

— Han est mort.

— Mais elle non. Elle continuera à protéger ce qu'elle pense appartenir à son maître.

Bancroft eut la chair de poule et recula involontairement d'un pas.

— Vous avez eu tort de vous frotter à la magie, Harriman. Tôt ou tard, elle se retourne toujours contre vous.

Harriman baissa piteusement la tête.

— En quoi est-ce différent du reste de notre existence ?

Bancroft eut un rire de dérision.

— Courage, l'ami. Jusque-là vous avez fait en sorte que d'autres commettent vos meurtres pour vous. C'est le signe d'un talent dont même votre cousin serait fier !

Harriman se redressa, un air contrarié sur le visage. Puis il jeta un regard au cadavre défiguré de Han Zuiweng et vomit tripes et boyaux.

Bien décidé à ne pas repartir sans son or, Bancroft le laissa à ses haut-le-cœur et entreprit de fouiller la cellule fracturée. Il retourna tout le contenu de la cage. Du bout de sa botte, il renversa le tas de haillons puants et jura en voyant des puces sauter en tous sens. Lorsqu'il ressortit les mains vides, Harriman s'était levé et s'appuyait contre le mur.

— Où est mon or ? demanda Bancroft.

— S'il n'est pas là, c'est que Han l'a pris. Et, s'il l'a pris, il l'aura stocké avec le reste de ses affaires, répondit Harriman d'une voix lasse.

— Et où sont-elles ?

L'autre se retourna pour contempler les ombres sans fin qui s'étendaient sous les rues.

— Ce salopard avait le goût du secret. Son antre était quelque part là-dedans. Il y a des kilomètres de tunnels et rares sont ceux qui sont déserts, si vous voyez ce que je veux dire. Autant dire qu'on peut considérer l'or comme perdu.

Sa colère le brûlait comme de l'acide. Bancroft se précipita sur Harriman et lui décocha un coup de poing dans la mâchoire. Harriman tituba et son crâne heurta la roche. Il glissa le long du mur et s'affaissa à terre, les jambes tordues sous lui.

Une douleur remonta dans le bras de Bancroft, aussi acérée qu'un coup de couteau, mais elle lui permit de reprendre ses esprits. Il dégaina l'Enfield et le braqua sur le front de Harriman.

— Donnez-moi une seule raison de ne pas vous tuer.

Harriman s'était mis à trembler.

— Je vous rembourserai tout. Je vous le jure !

— Comment ? Vous avez tué tous vos ouvriers.

Un flot de larmes s'échappa des yeux de Harriman ; sa lèvre supérieure était luisante de morve.

— Mais Jasper ne sait rien ! Je l'ai trompé une fois, je peux recommencer.

— Vous avez vu ce dont je suis capable si vous me décevez. J'ai besoin d'argent. Et vite !

Harriman hocha frénétiquement la tête.

Bancroft pesait le pour et le contre. Il avait déjà tué un homme ce soir et n'avait aucune envie d'en tuer un autre. Mais ces considérations n'étaient pas les plus importantes. Laisser partir Harriman représentait un risque. C'était un homme faible et déloyal. S'il le tuait maintenant, cependant, il n'aurait aucune chance de récupérer le moindre shilling perdu. Et l'idée de disposer d'une vipère apprivoisée si proche du roi Doré avait quelque chose d'attrayant.

Je suis déjà tellement sur le fil du rasoir, qu'est-ce qu'une prise de risque supplémentaire ?

Bancroft rangea son arme.

— Je pars.

Était-ce l'expression déterminée sur son visage ? Cette fois, en tout cas, Harriman ne trouva rien à redire.

Bancroft repartit par là où il était arrivé, retourna jusqu'à Bond Street et prit le chemin de son domicile. La pluie avait cessé mais la brume rampait entre les immeubles, ravivant le souvenir déplaisant de la bête d'ombre. Au moment où il était parti, Harriman pleurnichait à l'idée de découper le corps pour le tirer jusqu'à la rivière souterraine, mais Bancroft était resté de marbre. Si Harriman voulait escroquer son cousin, il allait devoir acquérir plus de force de caractère. Telle était la règle dans les guerres secrètes. Tous les participants devaient tirer des leçons des conséquences : ce soir, c'était le tour de Harriman.

Tout en marchant, Bancroft glissa les doigts dans sa poche vide. Elle aurait dû contenir de l'or. Une partie aurait servi à combler les trous de sa fortune personnelle, mais l'essentiel était déjà réservé pour ses projets secrets, les nombreuses opérations qu'il avait organisées et financées dans l'espoir de faire tomber Jasper Keating et les autres barons de la vapeur. Des plans qui lui vaudraient une place au sein du gouvernement occulte.

Un jour, lord Bancroft se lèverait, piétinant les décombres de leurs empires industriels, pour accepter la richesse et les titres que méritait un sauveur de l'Empire. Conseiller de la reine, peut-être. Premier ministre ?

Bancroft s'autorisa un sourire pincé, amusé par ses propres fantasmes. Mais personne n'avait jamais fait de pas de géant en rêvant modestement. Il était le deuxième fils de sa famille – destiné à n'hériter de rien – et avait su rêver assez pour recevoir un titre et des terres. Il avait épousé la fille d'un comte. Pourquoi ne sortirait-il pas vainqueur d'une lutte contre une poignée de commerçants voyous ?

La seule contrainte était que son combat devait rester invisible ; telle était la leçon qu'il lui incombait de retenir. Il avait agi trop publiquement dans l'affaire Harter et toute sa famille en payait actuellement le prix, toutes lumières éteintes et leur futur ne tenant qu'à un fil. Adele et les enfants se trouvaient au cœur de l'enchevêtrement de ses motivations et il était obligé d'admettre, avec amertume, qu'il les avait trahis en commettant une telle erreur. Bancroft devait régler le problème et s'assurer qu'il ne puisse se reproduire.

Cela consisterait, entre autres, à s'assurer qu'Evelina Cooper et son oncle demeureraient à l'écart de ses affaires.

L'itinéraire de Bancroft l'emmena vers le sud. Plus loin dans la rue, il aperçut un rassemblement de fiacres qui signifiait que quelqu'un – lord Hansby, à en juger par l'adresse – donnait une fête. Bancroft traversa la rue pour éviter d'avoir à croiser la foule amassée sur le trottoir et examina rapidement sa propre personne pour vérifier qu'il n'affichait aucun stigmate de l'affrontement avec le Grand Han. Ses vêtements étaient froissés mais relativement propres. Impossible de changer quoi que ce soit aux coutures déchirées à son épaule, en revanche, ni au fait que l'échauffourée l'avait laissé perclus de courbatures.

Une silhouette immobile dans l'éclat doré d'un réverbère juste devant lui attira son attention. *Keating ! Quand on parle du loup…*

Keating tourna la tête et se redressa. Il était clair qu'il avait vu Bancroft, qui ne put que s'approcher. Inutile d'essayer de se cacher.

Le roi Doré s'était drapé dans une cape de laine noire. Ses yeux, d'une étrange teinte ambrée, paraissaient jaunes dans l'éclat de la lampe à gaz. Il gratifia Bancroft d'un bref regard dédaigneux, comme s'il méritait à peine qu'on s'y arrête.

— Vous profitez de l'air nocturne, Bancroft ?

Celui-ci se força à sourire en repensant à sa poche vide.

— Une simple petite promenade après une soirée paisible au club.

— Il fait trop sombre et trop froid chez vous, hein ?

Keating inclina la tête sur le côté avec une expression qui semblait dire qu'il n'écoutait qu'à moitié les paroles de Bancroft.

— J'espère que mon message est passé. Je n'aime pas vous voir ainsi dans le froid mais c'était nécessaire. Le vent est comme le gaz dans mes tuyaux, il souffle là où je le décide.

Bancroft ravala une plaisanterie à propos des problèmes intestinaux de Keating. Il préféra le dévisager avec un calme étudié, alors même que son cœur battait la chamade sous l'effet de l'excitation. L'heure n'était semble-t-il plus aux fictions polies et Keating était prêt à parler ouvertement de ce qu'il avait fait. C'était assez éprouvant pour les nerfs mais, si le roi Doré en avait tout à fait fini avec lui, il n'aurait pas entamé cette conversation. Bancroft se détestait de sentir un élan d'espoir mais il se devait de survivre.

Il s'assura d'adopter un ton plaisant et sans relief.

— Qu'attendez-vous, monsieur ? Une démonstration de défi ou un témoignage de soumission ?

— À vous de choisir. Je vous accorderai une deuxième chance mais jamais une troisième.

Quel incroyable culot ! Bancroft se retrouva momentanément sans voix. Par chance, le bruit d'un tram à vapeur vint couvrir ce blanc et lui laissa le temps de se reprendre.

— Et qu'implique cette deuxième chance, monsieur Keating ?

Keating fit un grand geste du bras. De toute évidence, il se réjouissait de la situation.

— Je pardonnerai à votre garçon ses propos scandaleux lors de votre garden-party, mais recadrez-le, Bancroft. Il ne vous fait pas honneur.

Bancroft se hérissa. Il aurait certes aimé avoir encore la possibilité d'administrer une fessée à son fils, mais personne d'autre ne pouvait prétendre à ce privilège. Conscient du regard de Keating posé sur lui, il conserva néanmoins son sang-froid.

D'une pichenette, le roi Doré chassa une poussière sur sa cape.

— Et je fermerai les yeux sur votre erreur de jugement à propos de Harter Moteurs. Pour cette fois, l'éclairage va revenir à Hilliard House, mais c'est la dernière. Soit nous sommes amis, soit vous êtes fini. Suis-je bien clair ?

— Parfaitement clair.

Il a raison. Tant que je n'ai pas d'argent, il me tient en son pouvoir.

Bancroft avait espéré quitter l'atelier de Harriman avec un nouveau versement d'or mais il avait joué de malchance. Le Grand Han avait caché l'or quelque part dans le labyrinthe des tunnels qui constituaient le royaume noir. Bancroft aurait pu se lancer à sa recherche, mais ses chances d'en ressortir vivant étaient minces.

Ce qui laissait Keating en position de force. Tout ce que pourrait tenter Bancroft – en tout cas avant de disposer d'une nouvelle fortune à investir dans ses plans et projets – tiendrait du suicide. Et Keating n'était pas un imbécile. Il tiendrait Bancroft à l'œil et s'assurerait qu'il ne mette pas les mains sur de nouvelles ressources.

La réalité de sa situation lui fit l'effet d'un venin inondant ses veines, la souffrance si vive qu'il laissa échapper un sifflement entre ses dents. Il ne se serait pas senti plus pris au piège s'il avait été enfermé dans l'une des cages souterraines de Harriman. Lui qui avait travaillé si dur et si longtemps pour sa carrière, voilà qu'un fabricant de chaudière grippe-sou lui prenait tout. *Ce n'est pas possible. Il doit bien me rester des cartes à jouer.*

Et pourtant non. Pas pour le moment, en tout cas.

Keating ébaucha un sourire affable, mais ses yeux, eux, ne souriaient pas.

— Je crois que nous nous comprenons parfaitement, lord Bancroft. Ah, mon fiacre arrive enfin !

Bancroft regarda le baron de la vapeur monter dans son véhicule et prit note du port arrogant de Keating. Celui-ci s'imaginait clairement tenir l'Empire entre ses mains. Et s'il parvenait à se débarrasser des autres barons, ce pourrait bien être le cas.

Le conducteur fit claquer son fouet et le fiacre s'éloigna.

Bancroft le suivit des yeux, assailli par de telles vagues de fureur en son for intérieur que son corps lui parut engourdi. Une nausée au goût de haine lui remonta dans la gorge. Il se tourna et vomit tripes et boyaux dans le caniveau.

Par les dieux ! songea-t-il, un filet de bave suspendu à ses lèvres, *j'ai besoin d'un verre.*

CHAPITRE 20

Londres, 9 avril 1888
West End
Lundi, 13 heures

Imogen et Evelina se prélassaient dans la victoria, l'image même de l'élégance oisive dans leurs robes de jour éminemment coquettes, coiffées de chapeaux tout neufs. C'était le moment de se faire admirer. Le véhicule bas était juste assez large pour permettre aux deux jeunes femmes de s'asseoir côte à côte tandis que le conducteur, perché sur son siège surélevé à l'avant, guidait une paire de chevaux gris.

La capote de la calèche était repliée. Autant profiter du beau temps. Les rues très courues du West End étaient envahies de personnes venues faire leurs courses. Le cocher avait été contraint de ralentir nettement l'allure.

—À ton avis, combien de temps avant que quelqu'un invente une tournure gonflable ? demanda Imogen d'une voix pleine d'ennui.

—Pardon ? répondit Evelina, dont l'esprit réintégra le présent de manière presque audible.

Elle était en train de pester en son for intérieur sur le fait que la vie d'une jeune lady, avec ses séances d'essayage, ses rendez-vous à domicile, la garden-party et l'église la veille–sans parler du temps perdu à faire face à la coupure de gaz et de chauffage à Hilliard House–, laissait peu d'occasions pour mener discrètement l'enquête. Beaucoup d'efforts et de détermination avaient été nécessaires pour libérer un après-midi afin de remonter la piste du sac en soie de Grace.

Ne parlons pas des automates, du docteur Magnus et de tout le reste. Dieu merci ! lord B n'a pas appris que l'Œil Fixe avait fait sa demande à Imogen.

Au moins n'avaient-elles pas eu à gérer cette crise-là.

Il apparaissait de plus en plus clair qu'un véritable travail d'enquête nécessitait de bien organiser son temps. Oncle Sherlock dormait et mangeait à peine lorsqu'il était sur une affaire ; elle savait à présent pourquoi. La vie quotidienne prenait trop de temps. Si elle voulait devenir une enquêtrice efficace, elle devrait apprendre à beaucoup mieux gérer les activités routinières… même si elle doutait de pouvoir se priver de repas.

Au moins lord Bancroft – qui ce matin-là se mouvait comme s'il était tombé dans l'escalier – avait-il fait la paix avec le roi Doré. Les tuyaux de gaz et de vapeur avaient été reconnectés durant la nuit, offrant à Evelina le luxe merveilleux d'un bain très chaud. Même si elle avait vécu des années sans ce genre de confort, elle devait admettre qu'elle y avait vraiment pris goût.

— Je me disais que ce serait vraiment pratique d'avoir des sous-vêtements gonflables et dirigeables. On pourrait s'autogonfler avec de l'hydrogène et filer au-dessus de tous ces embouteillages, lui lança Imogen avec un clin d'œil. J'ai des centaines d'idées pour exploiter tes talents scientifiques, tu sais !

Evelina s'imagina des hordes d'élégantes aux postérieurs gonflés comme des ballons fourmillant dans les airs… et chassa vite cette vision de son esprit.

— Le pilotage pourrait être un problème.

— Des hélices ?

— Ça risquerait de grossir la silhouette, non ?

— Très juste.

Imogen se pencha en avant pour regarder dans la rue.

— Je crois que le magasin que nous cherchons est là-bas sur la droite. Applegate, vous pouvez nous arrêter où vous voudrez dans cette rue.

Le conducteur, un homme d'âge mûr au ventre rebondi, arrêta les chevaux, puis aida les jeunes femmes à descendre.

— Attendez-nous ici, lui dit Imogen. Nous n'en aurons pas pour longtemps.

Il lui sourit avec tendresse. Tous les serviteurs masculins étaient sous le charme d'Imogen.

— Mais certainement, miss. Prenez votre temps.

— Ce n'est pas toujours facile de choisir une paire de gants, répondit-elle. Ou un chapeau. Ou une ombrelle.

— Ne vous préoccupez pas de moi. J'ai apporté ma pipe. J'attendrai aussi longtemps que vous voudrez.

Imogen gratifia Applegate de son plus joli sourire, puis conduisit Evelina vers une petite boutique dont les marches affichaient le jaune d'or du roi Doré. Pratiquement tous les magasins de la rue arboraient du jaune sur leur façade, en signe d'allégeance au baron de la vapeur. Évidemment, cela signifiait aussi que sur chaque vente un certain pourcentage allait dans la poche de Jasper Keating. Et, dans le riche quartier du West End, cela représentait des milliers ou peut-être des millions de livres à l'année. Evelina avait du mal à estimer le montant.

Elle nota chaque détail. Cette partie de Londres la fascinait, depuis le théâtre jusqu'aux clubs pour gentlemen en passant par les soi-disant fournisseurs universels – chez qui l'on pouvait tout acheter, des bottes aux biscuits – et ce qu'on décrivait comme les bordels les plus en vue de Londres. Même si elle n'était pas censée remarquer ce genre d'établissement.

Les rues étaient pleines de femmes issues des milieux riches et respectables, dont beaucoup donnaient l'impression d'avoir fui leur enclave familiale de banlieue et pris le train jusqu'à Londres pour faire les magasins. Bouche béante et yeux écarquillés, elles couraient d'un marchand à l'autre dans une véritable orgie d'achats ininterrompus.

Les sens d'Evelina n'en étaient que plus en alerte. Avec autant de cibles faciles battant le pavé, des pickpockets expérimentés se trouvaient forcément au cœur de la cohue. Elle jeta des coups d'œil prudents aux ombres entre les immeubles et aux coins dissimulés derrière les calèches en stationnement ou l'échoppe d'un vendeur de tartes. Elle vit de nombreux gamins des rues et quelques voyous plus âgés. L'un d'eux n'hésita pas à croiser son regard en lui faisant un clin d'œil, comme s'il savait exactement ce à quoi elle pensait.

Evelina s'assura de rester au plus près d'Imogen. Son amie n'avait bien sûr pas remarqué les gens de la rue. Les riches ne les voyaient jamais.

Un carillon retentit lorsqu'elles entrèrent chez Markham Tissus. Derrière le comptoir de chêne ciré, des casiers accueillaient bobines de rubans et rouleaux de toutes les étoffes imaginables. On avait disposé des miroirs à bascule sur la gauche et la droite du comptoir pour permettre aux clientes d'examiner soieries et calicots en s'imaginant une robe taillée dedans.

Imogen joua de son charme dès ses premières paroles.

— Monsieur Markham, je sais que vous disposez de la sélection de soies orientales la plus complète qui soit. Je l'ai su dès le jour où ma mère m'a amenée ici à notre retour à Londres, dit-elle avec un grand sourire à l'intention du commerçant.

Le marchand corpulent rougit de plaisir jusqu'au sommet de son crâne dégarni.

— Mais bien sûr, miss Roth ! C'est toujours un plaisir de me mettre au service de votre famille. Et du vôtre aussi, miss Cooper. Je considère comme un honneur d'avoir pour clientes des personnes de votre qualité. À notre époque où les gens vont et viennent sur les voies ferrées, le fait qu'un marchand connaisse ses clients et inversement n'est plus une évidence.

— Vous avez bien raison, monsieur, répondit Imogen en écarquillant légèrement les yeux. C'est la première fois que je vois une telle cohue dans les rues !

— Une vraie bousculade, ajouta Evelina dans le rôle du chœur. J'imagine que c'est l'affluence depuis que Keating Rail vend ses billets à moitié prix lors des journées spéciales dédiées aux achats.

Le commerçant gonfla les joues.

— Vous pouvez le dire, avec des trajets spéciaux depuis la campagne directement jusqu'à la gare locale, deux fois par semaine. M. Keating avait promis d'augmenter le commerce local si nous acceptions d'afficher ses couleurs et il a tenu parole. Nul ne saurait prétendre le contraire.

Ce qui signifiait que non seulement le roi Doré avait raffermi sa prise sur le plus riche quartier commerçant de Londres, mais également qu'il levait une dîme sur les ventes supplémentaires des marchands et empochait l'argent de tous les billets de train vendus. Evelina se remémora la maxime du vieux Ploughman, qui dictait de ne jamais conclure une affaire qui ne faisait pas gagner d'argent de trois manières différentes. Jasper Keating aurait un bel avenir dans le monde du cirque si ses plans pour prendre le contrôle de l'économie de l'Empire tombaient à l'eau.

— On voit beaucoup plus de monde, c'est sûr, même si parfois l'ancienne manière de faire des affaires avec des familles que je connais bien me manque un peu, admit Markham. Avec tous ces trains spéciaux et les grands magasins qui attirent toutes sortes de gens grâce à leurs publicités et leurs prix réduits, difficile de prédire qui pourrait passer le seuil de mon magasin.

Ou quelles dames ont des maris aux finances solides, songea Evelina.

Depuis quelque temps, certains magasins n'acceptaient plus que de l'argent liquide, une position différente de l'époque où il était normal d'avoir une ardoise et de ne la payer que quelques fois par an.

— Rien n'est plus comme avant, poursuivit Markham. Sauf nos belles marchandises, bien sûr. Mon établissement ne fait jamais de compromis sur l'excellence.

— Ni sur le choix, je n'en doute pas, répondit Imogen, qui paraissait soulagée de revenir à un sujet familier. Je cherche un motif très particulier et je suis sûre que vous l'aurez.

Elle entreprit de décrire le tissu du sachet de trésors que Grace Child avait eu sur elle. Elles étaient tombées d'accord pour ne pas le montrer à Markham, au cas où. C'était une chose d'entrer dans la boutique à la recherche d'un tissu spécifique et une autre de lui agiter la preuve d'un crime sous le nez. Elles ignoraient jusqu'à quel point le marchand pouvait être impliqué.

Tandis qu'Imogen parlait, Evelina prit le temps d'examiner les lieux plus en détail. Elle aurait aimé pouvoir apporter Souris et Oiseau pour l'aider dans sa tâche, mais elle les avait tous deux récompensés avec le vin et le miel promis. Après avoir goulûment avalé la mixture poisseuse – laquelle semblait disparaître sans se retrouver dans leurs ventres mécaniques –, les devas s'étaient abandonnés à un bienheureux sommeil si profond qu'Evelina n'avait aucune idée de quand ils se réveilleraient.

Elle avait été contrainte de les ranger au fond de son tiroir et sous une pile de sous-vêtements car il s'avérait que ces idiotes de créatures ronflaient.

Evelina se retrouvait donc à mener seule l'enquête. Elle laissa Imogen alimenter la conversation et entreprit de faire lentement le tour de la salle en affichant la mine d'une jeune lady frappée d'ennui mais trop polie pour inciter son amie à se dépêcher.

La partie de la boutique accessible au public était minuscule, chaque centimètre carré de paroi recouvert d'étagères et chaque étagère occupée par toutes sortes de rouleaux et de boîtes. Dans un coin sombre de la pièce était mise en vente une machine à nouer les baleines de corset (cette simple idée faisait frissonner Evelina) et un espace sur le mur était recouvert par les cartes de visite jaunissantes de nombreux tailleurs. À côté se trouvait un rideau séparant l'avant du magasin de l'arrière-salle.

Écartant le tissu de quelques centimètres, elle aperçut d'autres étagères garnies de marchandises ainsi qu'une machine à coudre et une presse à repasser à vapeur. Elle entendit également des voix qui parlaient vite et bas. Elle fut d'abord incapable de comprendre ce qu'elles disaient, puis comprit rapidement pourquoi. Elle avait reconnu la langue – ou une autre très similaire – d'un groupe d'acrobates rencontrés des années plus tôt. Markham ne se contentait pas de vendre des soieries chinoises ; il employait des tailleurs chinois.

Elle ne se serait pas arrêtée là-dessus – après tout de nombreux étrangers de toutes sortes vivaient à Londres, en particulier du côté des docks – si elle n'avait également capté les effluves d'une puissante magie. Ça n'avait rien à voir avec les relents qu'elle avait perçus sur les automates. Ceux-ci étaient sombres, évoquant un maléfice poisseux et huileux concocté par un humain. Ce qu'elle percevait ici ressemblait plus à ses devas, une entité vivante poussée à servir une fonction spécifique. À bien y réfléchir, elle avait peut-être capté des éléments appartenant à deux créatures magiques distinctes.

Et cette combinaison – aussi unique que le millésime d'un vin – était exactement la même que celle qu'elle avait perçue sur le trésor volé de Grace Child.

Elle sentit l'excitation bouillonner en elle. C'était un indice, un lien réel et tangible avec la jeune femme morte et ce à quoi elle était mêlée. Evelina serra les poings et faillit sautiller sur place d'excitation.

Beaucoup de choses perdaient soudain de leur importance : fille du cirque ou lady, débutante ou bas-bleu, elle était dans son élément, occupée à ce pour quoi elle était faite.

Mais Grace était morte, ce qui signifiait que le danger n'était pas loin. Evelina ravala sa salive en même temps que son allégresse, puis se tourna pour voir comment s'en tirait Imogen. Son amie lui décocha un regard entendu. Le rouleau de soie verte étalé sur le comptoir présentait exactement le même motif que le sachet.

Le carillon de la porte retentit et deux autres femmes entrèrent dans la boutique. Markham les salua de manière obséquieuse.

— Cette étoffe est exactement ce qu'il me faut, monsieur Markham, déclara joyeusement Imogen. Mais je ne suis pas certaine qu'il y en ait assez pour couvrir mes besoins. Vous avez d'autres rouleaux en stock ?

— Désolé, miss, j'ai bien peur que celui-ci soit le dernier.

— Pas de chutes ?

— Pas de celui-ci ou de mes plus belles soieries. Mes tailleurs utilisent toutes les chutes pour faire des sacs à chaussures ou à bijoux, ce genre de choses. Ils les revendent aux autres commerçants pour enrichir leurs stocks. Vous avez malheureusement sous les yeux tout ce qu'il me reste de cette étoffe.

Imogen fronça les sourcils.

— Je me demande si ça suffira. Permettez-moi de consulter mon amie.

— Bien sûr, miss Roth, répondit-il en s'inclinant respectueusement avant de tourner son attention vers les nouvelles clientes.

Evelina fit signe à Imogen d'approcher au plus vite et son amie la rejoignit d'un pas tranquille en caressant au passage une longueur de ruban.

— C'est ça, dit Imogen d'une voix décontractée comme si elle ne parlait que du matériau pour fabriquer sa prochaine robe du soir. C'est exactement le rouleau de tissu que nous cherchions.

— Il y a autre chose, l'informa Evelina.

Elle avait parlé à voix basse en gardant un œil sur le tenancier, lequel était déjà complètement absorbé par sa prochaine vente.

— Tu te sens prête pour un peu d'exploration ? demanda-t-elle à Imogen.

Celle-ci haussa un sourcil.

— Toujours.

Evelina la saisit par la manche et la tira de l'autre côté du rideau. L'arrière-boutique était plus grande que l'entrée, avec une large double porte donnant sur une venelle ensoleillée. Evelina eut à peine le temps de deviner la présence d'établis et de machines avant que deux hommes aux cheveux nattés habillés de vêtements chinois ne se relèvent d'un bond en lançant des exclamations sonores. L'un d'eux tenait à la main une énorme paire de ciseaux. Elle entendit Imogen inspirer bruyamment et sentit ses propres tripes se nouer.

Evelina prit son amie par la main et fila vers la porte ouverte.

— Excusez-nous ! Nous ne faisons que passer.

Les hommes parurent désorientés, comme s'ils hésitaient entre les chasser et s'incliner poliment devant elles car il s'agissait de toute évidence de clientes de leur patron. Les deux jeunes filles détalèrent.

— Où va-t-on ? demanda Imogen.

Elle manqua de heurter Evelina quand celle-ci cessa brusquement de courir.

— Et qu'est-ce qu'on cherche ?

Evelina aurait aimé le savoir. Son but immédiat était de trouver la source de la magie mais sa nature restait un mystère total. Elle pivota sur elle-même en regardant autour d'elle.

— Quoi ? demanda Imogen.

— Hmm…

Evelina ajusta une épingle à chapeau pour s'assurer que l'angle désinvolte de son couvre-chef n'avait pas changé. Elle ne se souciait pas vraiment du chapeau mais cherchait une excuse pour gagner un peu de temps et réfléchir.

La ruelle était d'apparence ordinaire : sale et malodorante, avec des murs de briques noircies par la suie et le passage du temps. Plus large que d'autres venelles, elle recevait assez de soleil pour que quelques mauvaises herbes poussent autour d'une dépression au sol où s'accumulait une eau saumâtre. Moins typique était le fait qu'il n'y avait personne en vue. Il aurait dû y avoir au moins quelques chiens errants et des gamins crasseux. Ce n'était pas bon signe.

Parcourue par un frisson glacé, Evelina se prit soudain à souhaiter être venue seule tandis qu'Imogen serait restée en sécurité chez elle. Imogen avait envie d'aventure mais sans comprendre réellement ce que cela signifiait.

— Viens.

Elle prit Imogen par la main et se remit en route. Quelques portes plus loin se dressait une bâtisse trapue ressemblant à une grange qu'elle supposa être un entrepôt. En se rapprochant, Evelina eut une vision plus claire de l'étrange tas de métal posté devant la porte de l'entrepôt. Elle avait d'abord cru à un simple empilement de ferraille.

Malheureusement, il s'agissait d'un automate de plus de deux mètres cinquante de haut. Il n'avait pas de tête à proprement parler et avait clairement été conçu pour le combat plutôt que la réflexion philosophique. *Un chien de garde.*

Les palpitations de stress dans son ventre se muèrent en profonde appréhension. Evelina était assez proche de l'entrepôt pour sentir qu'il s'agissait de la source de la magie. *Pourquoi faut-il toujours que ce soit des lieux minables et sales ? Pourquoi pas un agréable salon de thé, pour changer ?*

Evelina se racla la gorge.

— C'est là que je vais, dit-elle.

— Euh… pourquoi ? demanda Imogen en jetant un coup d'œil dubitatif à la silhouette de métal.

Evelina s'humecta les lèvres avec l'impression soudaine que les baleines de son corset étaient bien trop serrées.

— Parce que c'est d'ici que proviennent les résidus magiques trouvés sur l'or.

— En oubliant le fait que j'ai manipulé quelque chose qui était imprégné de magie, que tu le savais et que tu ne m'en as rien dit, comment sais-tu que c'est la même magie ?

— Elle a quelque chose de piquant.

— Piquant ?

— Comme un cataplasme à la moutarde. Brûlant et irritant.

— Tu es sûre que ce n'est pas plutôt mon irritation que tu perçois ? Tu devrais avertir les gens quand…

Evelina frémit d'impatience.

— Imogen ! tu t'inquiéteras de ça plus tard. J'avais purifié le sac de toute magie bien avant que tu le touches.

Son amie fit une grimace.

— Ah ! très bien. Et cette sensation provient de là ?

— C'est ça.

Imogen soupira en jouant avec la poignée de son réticule.

— J'imagine que je vais simplement devoir te croire sur parole. Moi, cet endroit me donne la chair de poule, mais ça ne constitue pas une preuve de quoi que ce soit.

— Et pourtant si. Cela explique pourquoi il n'y a personne dans la ruelle. Tout le monde perçoit la magie, même sans s'en rendre compte. Et s'il y a ici un charme destiné à maintenir les gens à l'écart, c'est exactement ce qu'il fera.

Evelina dévisagea son amie, essayant de maîtriser le ton légèrement moqueur de sa voix.

— Tu prends tout ça très bien, commenta-t-elle.

Imogen eut un petit rire.

— Avoir failli mourir plusieurs fois quand j'étais petite rend tout le reste parfaitement gérable à mes yeux. Même si cet affreux automate me fait hésiter.

— La plupart des réserves et des entrepôts en sont équipés. Balade-toi du côté des docks et tu en verras partout.

Imogen, qui n'était jamais allée dans un endroit aussi exotique, tourna vers elle un regard plein de curiosité.

— Les voleurs posent à ce point des problèmes ?

Evelina hocha la tête.

— Plus la machine est grosse, plus le marchand est important.

Elle ne put s'empêcher de repenser aux automates volés de lord Bancroft en se demandant une nouvelle fois ce qu'ils avaient de si important.

Imogen paraissait impressionnée.

— Celui-ci est plutôt massif. Je me demande à qui il appartient.

— À quelqu'un qui l'a mis là uniquement pour les apparences. Il est rouillé.

— Est-ce que ça veut dire qu'il laissera des taches sur mes jupes au moment de me réduire en bouillie ?

— Seulement s'il t'attrape.

— C'est très sport.

— Ne bouge pas d'ici.

Evelina se dirigea vers l'énorme silhouette de métal et s'arrêta à quelques pas. Dans un couinement métallique, l'automate pivota sur l'une de ses jambes afin de lui faire face. Un geste plutôt inutile dans la mesure où il n'avait pas d'yeux pour la voir ni même de tête susceptible d'accueillir les yeux en question. En conséquence de quoi, Evelina fut bien en peine de savoir où regarder et eut la sensation déconcertante de se montrer involontairement grossière.

Au bout de cinq longues et bruyantes secondes, l'automate termina son changement d'orientation. Son énorme pied d'un gris terne émit un « clump » sonore en projetant un nuage de poussière. Des cliquetis retentirent à l'intérieur de la machine tandis que son moteur logique interne s'animait et faisait défiler une série de cartes perforées à la recherche de la situation d'urgence intitulée « jeunes femmes impertinentes ».

Puis il laissa échapper une volute de vapeur : le signal que sa chaudière se préparait à l'action, et aussi que l'appareil avait besoin d'être réparé. Les chaudières à charbon qui équipaient ces machines étaient petites mais offraient un fort rendement tant que leur boîtier demeurait intact. Si en revanche le système subissait une perte de pression, il n'était pas étonnant que cette machine soit lente.

Evelina tapa du pied. Cette chose ne constituait de toute évidence qu'un avertissement. La forme de magie qu'elle percevait à l'intérieur de l'entrepôt était le véritable gardien.

— Excusez-moi. Monsieur Automate ?

Il ignora ses salutations et leva lentement un poing au-dessus de sa tête. Le mouvement s'accompagna d'un grincement de métal et d'une averse de flocons de rouille. Evelina se dit que, si elle se tenait absolument immobile et n'essayait pas d'esquiver, il serait peut-être parvenu à lui assener un coup puissant.

Mais l'automate s'était coincé. Le bras avait atteint son point le plus haut et paraissait incapable de redescendre, l'articulation coincée à son zénith. L'engin fut secoué par l'équivalent robotique d'un haut-le-cœur. Evelina leva calmement le bras pour examiner son poitrail. Elle y trouva l'habituel panneau que l'on pouvait retirer pour exposer les rouages internes. Elle constata que la peau de métal était rendue chaude et glissante par les fuites de vapeur. Les doigts de ses gants furent vite détrempés.

— Evelina ! s'écria Imogen.

Celle-ci s'écarta d'un bond au moment où l'automate, enfin débloqué, abattit son poing sur le sol juste à l'endroit où elle se tenait. Puis elle attendit patiemment qu'il se redresse avec moult grincements.

— Je n'en ai pas pour longtemps, dit-elle.

Pendant que l'automate levait son bras pour une deuxième attaque, elle ouvrit le panneau avant. Dressée sur la pointe des pieds, elle déconnecta le circuit pneumatique principal, puis poussa un juron : elle s'était brûlé le pouce. L'automate se figea, bras toujours levé. Evelina plissa les yeux pour lire la date de fabrication sur le dos du panneau : 1856. Pas étonnant que cet engin soit si lent. C'était une vraie antiquité. L'étiquette d'entretien indiquait « Graviers Fitzgerald ».

— Je crois que notre ami était conçu pour casser des cailloux, annonça Evelina quand Imogen la rejoignit.

— On ne peut pas dire que ce soit un bon garde.

— Son apparence est impressionnante. Ça suffit sûrement pour décourager ceux qui passeraient là par hasard. Un coup d'œil à cet automate et le mécréant ordinaire préférera rester à l'écart... au moins jusqu'au moment où il s'apercevra qu'on peut facilement le contourner.

Ce qui signifie que la véritable protection contre le vol se trouve à l'intérieur et qu'elle est d'ordre magique.

Evelina avait les mains moites.

— Bon, ce n'était pas très difficile, s'enthousiasma Imogen. Et maintenant ?

— Maintenant je vais explorer les alentours.

— Je viens avec toi.

S'éloignant de la machine, Evelina se sentit gagnée par l'effroi. Les rayons du soleil lui semblaient soudain aussi pâles qu'une soupe diluée à l'eau.

— Non, on ne sait pas ce qu'il peut y avoir à l'intérieur.

— Je ne vais pas retourner à la calèche et t'y attendre comme un gentil petit toutou obéissant !

Evelina lui lança un regard funeste, mais Imogen ne bougea pas. Evelina finit par céder en priant les dieux pour ne pas mettre son amie en danger.

— Alors reste bien près de moi.

La porte de l'entrepôt n'était pas fermée ; elle s'ouvrit en grinçant. La lumière du jour provenant des fenêtres placées haut sur les parois inachevées découpait des bannières troubles dans la pénombre. Evelina sentit des picotements sur son visage comme si elle s'avançait au milieu d'un essaim d'insectes en colère. Un phénomène causé par le véritable gardien. Elle avala sa salive sans que cela apaise sa gorge desséchée.

Elle leva une main en signe d'avertissement et tendit l'oreille pour repérer un éventuel mouvement mais n'entendit rien.

— Allons-y doucement, dit-elle dans un murmure. Il y a clairement de la magie à l'œuvre ici.

Imogen s'arrêta.

— Quel genre de magie ?

— Je ne sais pas encore, répondit Evelina en l'attirant auprès d'elle. Reste avec moi. On pourrait être obligées de ressortir à toute vitesse.

Des caisses s'empilaient à l'une des extrémités de la salle. Certaines n'avaient plus de couvercle, laissant voir la paille et la sciure employées au conditionnement du contenu. Un pied-de-biche était posé contre le mur.

— Ça n'a pas l'air d'être la réserve du marchand de tissus, commenta Imogen. Je ne vois aucun rouleau d'étoffe. En fait, je ne vois rien qui ressemble aux articles d'un magasin. Qu'est-ce que c'est que cet endroit ?

— Les marchandises d'un importateur, peut-être ? Les étiquettes sur les caisses sont en plusieurs langues. Je crois que celle-ci est grecque.

Elles se déplacèrent en silence parmi les rangées de caisses en bois en prenant soin de rester ensemble. Le son le plus audible était celui de l'ourlet de leurs jupes frottant contre la sciure ancienne qui recouvrait le sol. Imogen avait raison : on ne voyait ni piles d'assiettes, ni meubles, ni aucun autre article pour la maison. C'était comme si les objets déballés avaient déjà été emportés.

— Qu'est-ce que c'est que tout ça ? demanda Imogen en désignant un établi et plusieurs râteliers d'outils de menuiserie à l'autre extrémité du bâtiment.

— On dirait une sorte d'atelier, non ? Peut-être que certains objets sont envoyés en pièces détachées et qu'ils les assemblent ici ?

Evelina repéra un entassement fascinant d'engrenages anciens et de roues dentées, comme si quelqu'un avait éventré un magasin entier d'horloges.

— Je me demande si le roi Doré est au courant de l'existence de toutes ces pièces mécaniques. On pourrait construire la moitié d'une usine avec tout ça.

— Il est au courant de tout, non ? demanda Imogen sur un ton acide. J'ai vérifié la liste, tu sais. Il n'a jamais été invité à la fête de ma mère.

Evelina se rapprocha pour mieux voir. Certaines pièces brillaient tels des sous neufs, d'autres étaient anciennes et usées par le passage du temps. La corrosion réduisait ce qui était sans doute autrefois des rouages à l'état de squelettes dentelés. L'imagination d'Evelina conjura des visions de naufrages et de chasseurs de trésors.

— Il y a des taches de sang sous la sciure ! s'exclama Imogen avec dégoût en grattant le sol du bout de sa botte.

— L'un des ouvriers a dû se blesser.

Evelina accorda à peine un coup d'œil au sang. Elle avait vu beaucoup d'accidents au sein du cirque et en avait même connu quelques-uns, comme la fois où elle avait essayé de reproduire l'un des tours de Nick avec un couteau et sans supervision. Elle arborait encore une cicatrice discrète en travers de la paume.

Je veux revoir le cirque. La vérité était qu'elle voulait surtout revoir Nick. C'était un besoin urgent, fiévreux, qui consumait tout, ne laissant derrière lui que souffrance et faiblesse.

C'était de la folie. Désirer Nick était égoïste, douloureux pour elle et pire pour lui. Après avoir tourné et retourné mille fois la situation dans son esprit, elle avait pris le parti de ne pas choisir la facilité. Pour leur bien à tous les deux. Un avenir meilleur que ce qu'elle avait laissé derrière elle s'ouvrait à elle et elle aurait dû se sentir reconnaissante. Pourtant, la tristesse lui transperçait le cœur à la façon d'un coup de poignard.

Elle inclina la tête et expulsa de force cette idée en se concentrant sur le fouillis d'objets sur l'étagère en face d'elle. À cet instant, quelque chose entra en contact avec son esprit.

Elle eut un mouvement de recul comme si elle avait reçu une décharge venant de la maudite machine d'Aragon Jackson.

— Qu'est-ce qui se passe ? demanda Imogen.

— Il y a quelque chose ici.

— Ton cataplasme à la moutarde magique ?

Non, ce n'était pas cette sensation grouillante et piquante mais un autre genre de présence. Quelque chose de très, très ancien. Elle se rapprocha de nouveau de l'étagère contenant les mouvements d'horloge et rassembla le courage nécessaire pour entrouvrir de nouveau sa conscience.

Cela réapparut, tendant son esprit vers elle tel un bébé réclamant qu'on le porte, mais tellement ancien. Et tellement seul. La chose voulait qu'Evelina la trouve au milieu des débris de machines abandonnées. C'était l'une d'elles et en même temps tellement, tellement plus. La présence le lui transmit non à l'aide de mots mais par le biais d'une peine dans son cœur si vive que des larmes de tristesse lui montèrent aux yeux.

Elle s'approcha encore un peu, main tendue.

— Evelina ?

Elle écarta un amoncellement de vis et de roues dentées qui s'éparpillèrent bruyamment au sol. Du bout des doigts, elle chercha la source des pensées, tâtonnant à l'aveugle avec l'idée d'apaiser ses suppliques. Puis sa main la toucha. La sensation était étrange ; contraste du métal froid et d'une énergie pleine de chaleur, assez proche de la combinaison de l'oiseau mécanique et de son deva.

Traversée par un frisson de curiosité, Evelina comprit qu'il s'agissait d'une autre combinaison de magie et de métal. Quelqu'un avait accompli la même chose qu'elle et placé un esprit au sein d'un corps mécanique. Mais cela remontait à très, très loin.

Elle ôta le reste des débris et des pièces détachées pour saisir le morceau de métal à deux mains. Il n'avait rien de très spectaculaire, simple cube de cuivre et de fer d'environ vingt centimètres de côté. La surface était irrégulière et bosselée comme si du métal fondu avait été déversé sur un mécanisme d'horloge rudimentaire. À moins que la surface du cube n'ait été emportée par la corrosion jusqu'à révéler ce qui se trouvait en dessous.

La chose qui se trouvait à l'intérieur tendit vers elle sa conscience profonde et archaïque. À présent qu'elle l'avait trouvé, qu'elle la tenait entre ses doigts, elle percevait plus que sa seule solitude. Cela s'accompagnait d'un sentiment de profondeur, ou peut-être d'immensité. C'était comme de lire d'un seul coup le contenu entier d'une bibliothèque. Comme de tomber au cœur d'un ciel rempli d'étoiles.

— Evelina !

Elle sursauta et se tourna vers Imogen.

— Pardon ?

— Quelle est cette chose ?

— Je n'en suis pas sûre, mais elle veut venir avec nous.

Imogen fit une moue incrédule.

— Vraiment ?

— Je crois que quelqu'un était sur le point de la jeter au rebut.

— Ah oui ?

L'expression de son amie laissait entendre que l'idée ne semblait pas déraisonnable.

— Mais c'est vivant, expliqua Evelina. Semblable à mon oiseau, mais en bien plus sophistiqué.

Imogen cligna plusieurs fois des yeux.

— Une sophistication qui n'a malheureusement pas pris la forme d'ailes ou de roues. Ou de grand-chose d'autre, d'ailleurs. Tiens, emballe-la là-dedans, ça fera un sac de fortune, dit-elle en retirant son châle.

Evelina hésita presque à l'accepter.

— Merci. Je crains que ton châle soit souillé, par contre.

Imogen haussa les épaules.

— Dépêche-toi, c'est tout. Cet endroit me donne vraiment la chair de poule.

Elle avait raison. L'entrepôt semblait s'assombrir, l'obscurité s'étendant progressivement depuis les coins de la pièce. Il faisait également plus chaud ; on avait l'impression qu'une chaudière s'était allumée sous les lattes de bois. Evelina perçut un sentiment d'alarme émanant du cube, un sentiment qu'elle partageait. La présence agressive qui devait appartenir au gardien gagnait en intensité. On était passé de la sensation de fourmis rampant sur la peau à quelque chose de plus acéré, comme si un millier de lames minuscules rebondissaient sur l'épiderme d'Evelina.

— Je crois qu'on ferait mieux de partir, dit-elle à mi-voix.

Elle enveloppa le cube dans le châle et noua les deux extrémités du tissu pour former une poignée. De nouveau, elle regretta d'avoir mêlé son amie à la situation.

Imogen ouvrit la bouche pour parler mais aucun son ne passa ses lèvres. Evelina fit volte-face pour voir ce que regardait son amie et se figea. L'itinéraire de retour avait disparu au sein d'une brume obscure, comme si la nuit était tombée sur le côté opposé de l'entrepôt. Il lui fallut un instant pour comprendre ce qu'elle voyait. Puis Evelina sentit ses tripes se glacer d'effroi. Les ombres se déplaçaient, s'enroulant sur elles-mêmes pour former une vague de ténèbres mouvantes.

CHAPITRE 21

— Qu'est-ce que c'est que ça ? demanda Imogen d'une voix rauque.

— Tu te souviens ce que je t'ai dit sur les devas ?

— Oui.

— C'est le plus gros foutu deva que j'aie jamais vu !

Imogen ne réagit même pas à la grossièreté d'Evelina. Elles avaient d'autres chats à fouetter. Les ombres tourbillonnantes se dressaient depuis le sol avec une grâce sinueuse et paraissaient gagner en épaisseur et en densité à chaque seconde. La partie avant s'agita dans l'air telle la tête d'un ver en quête de nourriture. Sous les yeux d'Evelina, l'arrière s'allongea jusqu'à former une longue queue fouettant l'air. *Un drake du feu.*

Il ne s'agissait pas du deva d'un arbre ou d'un ruisseau, petit, informe et plus ou moins inoffensif, mais d'un être ancien. La capacité d'adopter une forme physique nécessitait un énorme pouvoir et de telles créatures étaient rares. Evelina n'avait rencontré qu'un seul témoin d'une telle apparition : un vieil homme qui lui avait raconté l'histoire du grand esprit de l'ours qui parcourait les terres du Nord. Le reste n'était que légende… jusqu'à maintenant. Cette créature semblait tout droit sortie des contes de fées de mamie Cooper.

Les sensations que causait sa magie se firent plus vivaces, mille aiguilles raclant la chair d'Evelina. Elle baissa les yeux vers ses bras, s'attendant à moitié à voir un lacis sanglant suinter à travers les fines manches de sa robe.

— On repart par où on est venues, haleta-t-elle.

— Ça me va.

Elles tournèrent les talons et s'enfuirent vers la porte, les froissements de leurs jupons résonnant dans l'espace caverneux. Elles avaient fait cinq ou six mètres quand Evelina capta un mouvement du coin de l'œil. Dans un glissement ondulatoire, la vague d'ombre avait traversé la pièce pour leur couper la route. Evelina attrapa Imogen par le bras et l'arrêta juste au moment où la créature se redressait en leur barrant le passage.

Evelina crut discerner de grandes mâchoires ornées de longues moustaches et des yeux couleur de péridot. Des écailles rouges luisaient dans les ténèbres tels des charbons ardents, comme si le cuir de la chose était fait d'un feu couvant et vivant.

Terrifiée, Imogen fit un bond en arrière avec un cri aigu. Evelina la poussa sur le côté et se plaça face au monstre, prête à défendre son amie de la même manière qu'elle l'avait toujours fait dans la cour de l'école.

Elle soupesa le cube dans son écharpe en cachemire et se demanda ce que penserait l'entité à l'intérieur à l'idée de servir d'arme improvisée.

— On ne peut pas repartir, dit Imogen d'une voix tremblante. Il nous prendrait aussi de vitesse !

La chose fondit vers elle en faisant claquer des crocs qui se recourbaient hors de sa gueule telles des défenses. Ses pattes courtes et musclées fendirent l'air lorsqu'elle se cabra et frappa de nouveau.

Evelina se baissa et tira Imogen derrière elle entre deux empilements de caisses. La bête donna un coup de queue accompagnée d'une onde de chaleur. Une odeur de sciure brûlée parvint aux narines d'Evelina. Une simple flammèche au mauvais endroit et la créature mettrait le feu à l'entrepôt tout entier.

Au deuxième coup de queue, une petite caisse s'écrasa au sol. Une poterie en argile explosa, projetant autour d'elle une multitude de minuscules billes de verre. Evelina grimaça quand l'une d'elles l'atteignit à la joue. Ce qui ressemblait à une patte griffue s'écrasa sur les billes roulantes, des serres incurvées émergeant de la silhouette d'obscurité scintillante. Evelina entendit le verre crisser comme s'il était réduit en poudre.

Un irrépressible désir de fuite lui parvint depuis le cube. S'enfuir vite, désespérément, vers les mâchoires de la bête s'il le fallait, mais fuir !

Evelina n'avait aucune envie de le contredire.

Elle entreprit de reculer lentement avec l'espoir qu'elles parviendraient à filer discrètement de l'autre côté de la rangée de caisses. Soudain, elle sentit dans son dos un souffle brûlant. Tournant vivement la tête, elle se retrouva face au regard vert luminescent de la créature. Ses pupilles fendues ressemblaient à celles d'un chat. Son corps long et sinueux se tenait lové au sommet des caisses, ses pattes posées sur le rebord et sa tête penchée pour voir ce qui se trouvait derrière.

Les battements de cœur d'Evelina résonnèrent jusque dans sa bouche et elle sentit sur sa langue le goût cuivré de la terreur.

— Qu'est-ce qu'on fait ? haleta Imogen, dont les doigts agrippaient douloureusement le bras d'Evelina. Qu'est-ce qu'il peut nous faire ?

Paralysée par la peur, Evelina pouvait à peine remuer les lèvres.

— La seule explication pour sa présence est que quelqu'un lui a jeté un sort pour qu'il serve de gardien. Si nous voulons sortir d'ici, il va falloir faire un sacrifice.

— De quel genre ?

— J'ai besoin d'un objet tranchant. En métal.

— J'ai une épingle à chapeau.

— Quelque chose qui ressemble plus à une lame.

— Ça c'est plus ta partie.

Quand Evelina reprit la parole, sa voix était rauque.

— N'importe quoi qui soit tranchant. Il me faut du sang, en grande quantité. Il faut que ce soit plus qu'une piqûre ou une éraflure.

Elle entendit le bruissement que faisait Imogen en cherchant parmi ses affaires. Il était ironique, étant donné la quantité de roues crantées, d'engrenages et de débris métalliques présents dans l'entrepôt, qu'elles se retrouvent coincées dans l'unique coin n'offrant pas le moindre objet utile.

— Je n'ai que mon porte-cartes.

— Donne-le-moi.

Imogen obtempéra. Le porte-cartes était une jolie boîte décorée de myosotis laqués bleus et or. Evelina retira ses gants, l'ouvrit et vida les cartes de visite entre les mains d'Imogen. Plusieurs se répandirent au sol et Imogen dut se baisser pour les ramasser à tâtons.

Puis Evelina arracha le couvercle. C'était une fine tranche de métal et la charnière brisée était coupante. Avec un geste vif, Evelina la fit courir en travers de la chair de sa paume en appuyant de toutes ses forces. Un filet de sang apparut immédiatement, qu'elle laissa s'écouler par terre.

La bête se pencha pour laper le sang de son épaisse langue noire, à la façon d'un chat buvant du lait.

— Cours ! ordonna Evelina d'une voix crispée, la gorge serrée par la tension.

Imogen détala. Evelina se glissa entre les caisses pour lui emboîter le pas, le cube dans son châle battant contre sa jambe. La bête bondit derrière elle avec un miaulement affamé, son dos ondulant dans un mouvement entre reptation et course sur ses courtes pattes.

Elle était rapide. Evelina eut à peine le temps de passer le seuil avant que la lumière du soleil arrête net la créature. Les deux jeunes filles continuèrent à courir et mirent toute la longueur de la ruelle entre elles et l'entrepôt avant qu'Imogen soit obligée de s'arrêter. Elle était pantelante, épuisée par l'effort.

— Cette… chose… était un deva. Comme ton oiseau ? haleta-t-elle.

— Non. Elle était beaucoup plus puissante.

Evelina tenait contre elle sa main blessée ; elle pouvait sentir les pulsations de son cœur à travers la blessure. Elle prit conscience qu'elle claquait des dents, son corps finalement rattrapé par la peur.

— Mamie Cooper m'avait parlé de ce genre de créatures. Certains les appellent démons. D'autres dragons. Je ne sais pas quel est le bon terme mais il est possible de les invoquer et de les contrôler pour qui est assez fort et connaît les sortilèges adaptés.

— Et ils ne peuvent pas sortir sous le soleil ?

— Ce n'est pas tout à fait ça. Ils sont placés là pour garder quelque chose. Tant que tu resteras à l'écart de leur territoire, ils ne s'occuperont pas de toi, à moins…

Evelina baissa les yeux vers la forme cubique enveloppée dans le châle.

— Que tu leur prennes quelque chose.

Evelina lâcha un juron et sentit des larmes brûlantes lui couler sur les joues.

— Oh non…

L'étrange miaulement retentit à travers la ruelle. Le dragon considérait les possibilités qui s'offraient à lui. Le peu de bruit qu'il pouvait y avoir dans la ruelle cessa immédiatement, comme si Londres retenait son souffle. Il n'y avait rien ni personne en vue à l'exception des bâtiments de briques noircies.

Evelina examina les alentours et s'aperçut qu'elles avaient battu en retraite plus loin qu'elle ne l'avait cru. Une odeur de pain flottait dans l'air. Un parfum délicieux qui semblait irréel dans cet endroit sinistre et plein de suie. Puis, aussi soudainement qu'ils avaient cessé, des bruits de voix enthousiastes reprirent depuis la porte ouverte à quelques pas de là. Evelina se tritura le cerveau à la recherche d'une idée.

— C'est la porte de derrière d'un salon de thé, non ?

— On dirait.

Evelina prit Imogen par la main et lui fit passer le seuil.

— Traverse la boutique, sors dans la rue, retrouve le fiacre et attends-moi là-bas. Pas de discussion.

Imogen lui lança un regard étonné.

— Qu'est-ce que tu vas faire ?

— Tout va bien se passer. Je te raconterai ça plus tard.

— Pourquoi ne viens-tu pas simplement avec moi ?

Evelina jura entre ses dents avant de répondre :

— Peu importe où j'irai, cette chose me poursuivra sans relâche. Et je ne peux pas m'enfuir d'ici sans mettre d'autres personnes en danger.

Poussant de nouveau Imogen devant elle, Evelina franchit le seuil à son tour. Sa main s'était remise à saigner et il ne faisait aucun doute que l'odeur de son sang attirerait la bête.

Un souffle chaud s'abattit sur elle au moment où elle passa la porte, faisant voleter les mèches de cheveux autour de son visage. Deux boulangers à la forte carrure se figèrent, interdits, en voyant débarquer deux jeunes femmes de la bonne société. Evelina poussa une dernière fois Imogen, qui passa en courant le rideau les séparant de la salle principale du salon de thé.

Evelina resta en arrière en balayant les plans de travail du regard. En quelques secondes, elle trouva ce qu'elle cherchait : un sac de sel encore à moitié plein dont elle se saisit prestement. L'un des boulangers poussa un cri de protestation, mais elle était déjà repartie et plongeait vers la ruelle. Un peu de sel déborda du sac jusque sur sa plaie. La douleur cinglante lui fit monter les larmes aux yeux.

C'était une arme inattendue mais la seule à laquelle elle ait pu penser pour se confronter au dragon. Evelina n'était pas certaine de comprendre comment fonctionnait le sel – de manière chimique, magique ou en vertu de certaines règles établies –, mais il semblait invalider l'énergie qui maintenait en vie les créatures comme les devas de jardin. Une manière certaine de tuer les esprits de la terre ou du feu consistait à les noyer dans la mer. Un esprit de l'océan, évidemment, posait un tout autre problème.

Elle revint dans la venelle à temps pour voir approcher le dragon. Il était nettement moins visible sous la lumière du jour, semblable à un nuage de fumée épaisse. Mais sa magie n'en était pas moins puissante.

C'est de la folie !

L'espace d'un instant, elle envisagea de simplement jeter le cube dans sa direction avant de s'enfuir. À l'instant où elle eut cette pensée, une vague de panique émana du paquet suspendu à son épaule. L'émotion n'était pas la sienne, mais les genoux d'Evelina tremblèrent et la terreur lui transperça brusquement le cœur.

Tout va bien. Je ne vais pas t'abandonner. Elle serra le châle entre ses doigts, résistant tout juste à une soudaine envie de le bercer contre sa poitrine pour le rassurer. Elle n'aurait pas été plus capable de l'abandonner que de noyer un sac plein de chatons.

Une onde de gratitude s'éleva en elle, aussi douce qu'un parfum d'encens. Les larmes montèrent aux yeux d'Evelina.

Et puis la bête se tint en face d'elle, dressée sur ses pattes arrière et ouvrant grand sa gueule ténébreuse. L'énergie en jaillit avec une force à vous écorcher vif, tel un millier de lames prêtes à déchiqueter les chairs d'Evelina. Celle-ci fut brusquement incapable de respirer quand les dents du dragon – devenues affreusement solides – scintillèrent sous le soleil.

La taille de la chose l'obligeait à lever de plus en plus haut la tête. Jusque-là, Evelina avait eu peur mais s'était forcée à agir malgré tout car elle avait une tâche à accomplir. Mais à présent sa détermination partait en fumée. Ses jambes tremblaient comme si ses os se dissolvaient. Les doigts qui tenaient le sac de sel perdaient leur force, laissant échapper la toile de tissu grossier.

Mais elle reprit ses esprits quand le souffle brûlant du monstre lui fouetta le visage. Elle devait agir, et immédiatement, avant qu'il la détruise, elle et tous ceux qu'il estimerait coupables d'avoir touché à son trésor. Evelina plongea la main dans le sac de sel et en saisit une pleine poignée avec laquelle elle forma une ligne au sol entre eux.

— Par le sel je te contrains.

Elle s'exprimait d'une voix tremblante. Ses paroles semblaient s'écraser à terre sous le poids de la panique qui l'assaillait. Pourtant, le dragon recula avec un grondement féroce évoquant le bruit de la soie que l'on déchire. Evelina inspira en tremblant et recula d'un pas au cas où la contrainte n'aurait pas fonctionné.

La créature avait cessé d'avancer mais pas d'attaquer. Des flammes jaillirent soudain de sa gorge et noircirent les pavés. Evelina plongea vers la gauche et roula sur elle-même avant de s'écraser contre l'un des murs noirs de suie. En se redressant, elle se prit les pieds dans l'ourlet de sa robe et tituba jusqu'au bord d'un escalier.

Elle avait perdu beaucoup de sel et le cube était tombé par terre. Le châle d'Imogen n'était plus que cendres fumantes. Dans un geste saccadé, Evelina plongea désespérément la main dans le sac de sel et en jeta une nouvelle poignée.

— Par le sel je te bannis !

Elle tomba à genoux en criant ces mots. L'effet fut instantané. Le géant de fumée, d'écailles et de crocs roula sur lui-même en se contractant à toute vitesse telle une tache d'encre aspirée par la plume d'un stylo. Les oreilles, les griffes et la queue qui fouettait l'air furent les derniers à disparaître en même temps que leur enveloppe d'ombre. Il ne resta alors plus qu'une boule de feu tourbillonnante suspendue dans les airs à hauteur d'homme. Evelina cilla plusieurs fois ; ses yeux avaient du mal à accepter ce qu'ils voyaient. La boule palpitait et crépitait avec un bruit évoquant du bacon en train de frire dans une poêle.

Elle se releva, les tempes couvertes de sueur, et s'approcha avec méfiance de la boule de feu. Celle-ci n'était pas entièrement rouge mais également parcourue d'éclats jaunes et orange. Sa surface était veinée de noir, comme si des morceaux de cendre s'y accrochaient.

— Je suis désolée, dit-elle d'une voix douce, tu ne peux pas arpenter les rues de Londres en faisant peur aux gens. Mais, si je ne me suis pas trompée, tu étais ici par force et non par choix.

De même que le cube, le gardien ne disposait pas d'un langage qu'elle aurait pu comprendre. Elle perçut cependant sa colère, aussi incendiaire que son apparence. Qui savait quel âge avait cet être ou d'où il venait ? À un certain moment, il avait été capturé et contraint par magie à servir le propriétaire de l'entrepôt.

Evelina versa le restant du sel au creux de sa paume puis en saupoudra la boule.

— Par le sel, je te renvoie chez toi. Porte-toi bien.

L'être disparut avec un bruit de bouchon qui saute. Puis Evelina se retrouva debout dans la ruelle vide, sale et épuisée, du sang s'écoulant de sa main jusque sur sa robe tachée et déchirée. Elle se retourna pour regarder vers l'arrière-salle du salon de thé et découvrit avec horreur que les boulangers se tenaient là et l'observaient. *Cette fois, je me suis mise dans le pétrin.*

L'un d'entre eux secoua la tête, visiblement impressionné.

— Merci, mademoiselle. Ça fait des mois que cette chose nous empoisonne la vie. Toute cette fumée finissait par se mêler au pain et lui donner un goût de brûlé. Mais ni les gardes ni le pasteur n'ont rien voulu savoir. Ils m'ont dit que j'imaginais des choses. Comme si je ne pouvais pas voir un grand lézard de feu juste sous mon nez !

Evelina n'en fut pas surprise. Les gens du peuple savaient reconnaître la magie quand ils en voyaient, même s'ils avaient oublié comment s'en protéger. Le timing des événements, en revanche, était intéressant : on ne parlait ni en années ni en jours mais en mois. Que s'était-il passé plusieurs mois auparavant pour déclencher l'arrivée du dragon dans cette ruelle ?

Plus bas dans la venelle, elle vit les tailleurs chinois sortir en courant de l'arrière-boutique de Markham en levant les mains au ciel. Elle n'aurait pas su dire s'ils se réjouissaient ou la maudissaient.

Elle reporta son attention sur les boulangers.

—Je suis navrée, j'ai utilisé tout votre sel, dit-elle.

—Un petit prix à payer pour un grand service.

La démarche raide, Evelina s'approcha de la porte en s'arrêtant pour récupérer le cube. Celui-ci était toujours chaud au toucher mais ne lui brûla pas les mains.

—Je vous en prie, ne parlez de ceci à personne.

Le boulanger se tapota le coin du nez.

—Pas un mot, promis. On est au courant pour l'actrice. Ça ne vous arrivera pas, pas à cause de nous.

Les deux hommes s'écartèrent pour la laisser entrer dans la cuisine. Si fatiguée qu'elle avait du mal à parler, elle déposa le sac de sel vide sur la table.

Mais l'artisan bavard avait encore des choses à dire.

—Évidemment, c'est ce qui arrive quand des gens venus d'endroits bizarres s'installent dans le quartier. Toutes sortes d'allées et venues, des gens qui entrent et sortent de cet entrepôt aux heures les plus incongrues. Et un vacarme digne d'un millier d'elfes au travail. J'ai entendu de ces histoires!

Evelina repoussa les mèches de cheveux collées sur son front, puis s'essuya le visage du dos de la main. Des larmes. Peut-être était-ce seulement à cause de la fumée.

—Mieux vaut sans doute ne pas y prêter attention et rester à l'écart, dit-elle. Évitez d'y mettre votre grain de sel.

Le boulanger fit une grimace.

—Le sel, ouais. Vous avez bien raison, miss.

Evelina traversa le salon de thé et ressortit par l'entrée principale sans un regard pour les autres clients. Elle ne pouvait qu'imaginer leurs regards effarés devant sa robe souillée. Elle savait qu'elle mourrait de honte dans une petite heure mais, en cet instant, elle était trop épuisée pour se soucier de quoi que ce soit.

L'estomac noué par l'inquiétude, Imogen observait la façade du salon de thé. Elle serrait de ses doigts tremblants le rebord du siège du fiacre tandis que mille scènes affreuses se jouaient dans son esprit. Evelina sortie de force par des officiers de police. Evelina emportée sur une civière.

Imogen savait son amie douée pour s'attirer les ennuis les plus improbables, mais elle n'aurait jamais pensé à un dragon.

J'ai vu un dragon!

Elle eut envie de courir à travers les rues pour l'annoncer à la cantonade, mais elle était assez intelligente pour ne pas le faire. Pour la sécurité de tous, il faudrait que cela reste un secret qu'elle emporterait avec elle dans la tombe.

Quel cadeau intéressant Evelina m'a fait là. Qui d'autre aurait pu me montrer une chose pareille ?

Personne qu'Imogen puisse s'attendre à rencontrer. La moitié du temps, Evelina donnait l'impression de rester en retrait, comme si elle doutait d'être la bienvenue dans le monde. Ce qui paraissait bizarre pour une personne aussi capable et aussi protectrice envers les autres. De l'avis d'Imogen, la présence de son amie rendait le monde bien meilleur… à la possible exception des inquiétudes qu'elle lui causait lors de moments comme celui-ci.

— Allez, Cooper, dépêche-toi ! maugréa-t-elle sur un ton empreint de frustration.

Imogen ne désirait rien plus que de se battre au côté de son amie, l'épée à la main et un cri de guerre sur les lèvres. Mais si elle constituait un pion de choix dans les projets de construction d'empire de son père, elle restait une fille fragile dont le seul talent déclaré à ce jour consistait à choisir des robes et à esquiver les cours de mathématiques. Peut-être pouvait-elle aussi tenir la jambe d'un commerçant en cas de besoin, mais sa poitrine était encore douloureuse du peu d'efforts physiques qu'elle avait fournis ce jour-là. Dans un vrai combat elle ne serait qu'une gêne, un danger pour Evelina et pour elle-même.

Dégoûtée, elle se rejeta en arrière sur son siège, manquant d'écraser le sachet de petits pains qu'elle avait acheté dans le salon de thé. C'était la seule idée qu'elle avait eue pour apaiser le propriétaire du magasin après qu'Evelina l'eut poussée de force hors de la cuisine. Imogen avait trébuché contre une table qui proposait une dizaine de thés différents et renversé la moitié des sachets par terre. Par chance, les commerçants étaient prompts à pardonner ce genre de comportement dès lors que de l'argent changeait de main. Au moins les petits pains sentaient-ils bon.

Imogen scruta la rue des deux côtés de la portière au cas où Evelina émergerait d'un autre immeuble. Applegate fit le tour du véhicule et tripota le harnais des chevaux tout en gardant un œil attentif sur sa protégée.

— Dois-je aller voir si miss Cooper a besoin d'assistance ? demanda-t-il pour la deuxième fois.

— Oh ! pas la peine, répondit Imogen sur un ton léger. Elle n'avait pas l'air décidée à choisir le tissu pour sa robe alors je suis allée prendre un thé.

Le cocher lui décocha un regard suspicieux, peut-être parce qu'elle épiait l'entrée du salon de thé et non celle du marchand de tissus. Elle s'empressa de reporter son attention sur la boutique de Markham.

— Sauf bien sûr si vous aimez les rubans et les dentelles, ajouta-t-elle.

L'idée le fit pâlir et remonter sur son siège haut perché à l'avant. Imogen se mordilla la lèvre inférieure, si nerveuse qu'elle en tremblait presque.

Allez, Cooper, tue ton dragon et reviens vite par ici !

C'est à ce moment qu'elle aperçut Bucky Penner descendant tranquillement la rue. Un début de sourire se lisait sur ses lèvres, comme si on venait de lui raconter une histoire coquine. Cela dit, il avait toujours cet air-là. C'était l'un des nombreux aspects qu'elle trouvait à la fois charmant et agaçant chez lui.

Les nœuds glacés dans son estomac se dénouèrent un peu. Si pénible soit-il, voir Bucky la rassurait. Quand il l'aperçut à son tour, son sourire s'élargit. Il se détourna néanmoins pour examiner les étals d'un fleuriste.

Alors je ne mérite même pas qu'on vienne me saluer ?

Imogen écarta le sac en papier et se cala contre les coussins de la banquette. L'irritation qu'elle ressentait envers Bucky vint s'ajouter à son inquiétude pour Evelina, au point de lui soulever le cœur. Elle aurait voulu hurler, crier de rage, faire n'importe quoi d'autre que de rester assise dans ce fiacre comme une gentille fille.

Au même instant, Bucky s'éloigna du kiosque, un petit bouquet à la main. Soulevant légèrement son chapeau à l'intention d'Imogen, il traversa la rue en direction de la victoria.

— Bien le bonjour, miss Roth, dit-il d'une voix affable.

Son regard s'arrêta brièvement sur Applegate. Il ne faisait aucun doute que tout ce qu'il dirait serait rapporté à lord Bancroft. Il ne serait donc pas question de déesses ce soir.

— Bien le bonjour, monsieur Penner. J'ose espérer que vous allez bien, répondit-elle sur un ton très comme il faut.

L'œil de Bucky se fit narquois.

— Très bien, en effet. Je constate que vous montez de nouveau la garde devant les réserves de thé, avec un équipage complet cette fois.

Imogen plissa les yeux.

— À vrai dire, pas du tout. Thé en libre accès pour tous. Tenez, prenez donc un petit pain.

Elle entrouvrit le sachet en papier et le lui tendit avec un air de défi.

Bucky esquissa un sourire, brusquement remplacé par un froncement de sourcils inquiets. Baissant les yeux pour voir ce qu'il regardait, Imogen constata avec horreur que sa manchette en dentelle était déchirée. Des traces de saleté maculaient ses gants de couleur claire, conséquences de sa fuite précipitée hors de l'entrepôt. Elle sentit le rouge lui monter aux joues quand Bucky croisa son regard, une question parfaitement lisible dans ses yeux marron.

— Vous avez eu une matinée chargée ? demanda-t-il sur ton poli avec un autre coup d'œil en biais vers Applegate.

Imogen écarquilla les yeux en guise d'avertissement muet.

— Rien de fâcheux, répondit-elle. Nous avons simplement fait les boutiques.

Il prit un petit pain dans le sachet, une expression de conspirateur sur le visage.

— Loin de moi l'idée de questionner les conquêtes mercantiles du beau sexe. Mais gardez à l'esprit que je suis toujours disponible pour porter des paquets si la situation l'exige. J'espère que vous n'y verrez pas un sentiment trop cavalier. Mais je suis l'ami de votre frère depuis bien trop longtemps pour ne pas me considérer également comme le vôtre.

D'un seul coup, la bouche d'Imogen lui semblait aussi sèche que la sciure répandue sur le sol de l'entrepôt. Elle referma vivement le sachet en refusant de laisser voir qu'elle était troublée même si le rouge lui était monté des joues jusqu'aux sourcils.

Quel manque de sophistication !

Après quelques instants de lutte intérieure, elle retrouva néanmoins l'usage de la parole.

— C'est très aimable de votre part, monsieur Penner.

Quelque chose dans l'attitude de Bucky indiquait réellement qu'elle pouvait se fier à lui si nécessaire. Un sentiment d'immense gratitude apaisa la crispation intense qui lui nouait l'estomac et elle inspira pleinement pour ce qui lui parut être la première fois depuis des heures.

Puis Bucky lui tendit le bouquet. Il était petit, assemblage rond de primevères enveloppées dans un napperon en papier. Elle accepta par réflexe malgré les innombrables mises en garde qu'elle avait pu recevoir quant au fait d'accepter des fleurs de la part d'un jeune homme. C'était le signal qu'il la courtisait, ce qui n'était tout simplement pas possible. Pas Bucky. En tout cas pas dans le monde qui lui était familier.

— Qu'est-ce que c'est ? demanda-t-elle en trouvant immédiatement sa question stupide.

— Des fleurs, répondit-il sur un ton pince-sans-rire. Ou, si vous préférez, un gage en vue d'événements futurs.

Il afficha un sourire espiègle avant de mordre dans le pain de ses grandes dents blanches.

La gorge d'Imogen se serra. Elle lui avait demandé de lui offrir des fleurs avant de l'embrasser, se rappelait-elle à présent. Cette prise de conscience la rendit malhabile et elle faillit lâcher le bouquet.

— Des primevères. Comme c'est charmant.

— Mes sœurs affirment que les fleurs ont une signification. J'espère avoir fait un choix approprié.

Les primevères étaient les fleurs de l'admirateur silencieux mais tenace. Cela voulait-il dire que Bucky nourrissait depuis longtemps des sentiments pour elle ? Submergée par une panique soudaine, Imogen releva les yeux vers lui, mais Bucky avait tourné la tête.

— Et voici miss Cooper qui sort du salon de thé, lança-t-il, jovial.

Il inclina son chapeau en direction de la jeune fille brune qui se rapprochait.

Evelina ! Elle était seule – sans menottes aux chevilles ni civière – et ses vêtements semblaient un peu en désordre, mais elle était indemne. Imogen ressentit un immense soulagement, qui se heurta néanmoins à une nouvelle inquiétude à propos de Bucky. Elle ouvrit la bouche pour parler mais aucun son n'en sortit. *Suis-je en train de donner trop d'importance à un simple bouquet ?*

Bucky regardait toujours en direction d'Evelina.

— Miss Cooper a l'air quelque peu tracassée. Comment le fait de se procurer de simples rafraîchissements est-il devenu source de tant de complications ?

Imogen revisita en pensée la garden-party et sa rencontre avec Bucky près de la fontaine à thé. Elle avait senti quelque chose s'éveiller en elle, la reconnaissance d'une attirance pour cet homme qui n'était jusqu'alors que l'ami taquin de son grand frère. Elle posait à présent sur lui un regard sérieux et prit conscience que ce qu'elle ressentait à son égard promettait des heures d'intéressante contemplation.

— En matière de thé rien n'est jamais aussi simple qu'il y paraît, monsieur Penner.

Il se retourna enfin vers elle, son sourire un peu moins empreint de certitude. C'était le moment idéal pour mettre fin à ce flirt avant qu'il ne commence. *Et c'est le même Bucky Penner qui avait saboté mon pianoforte pour déclencher une explosion miniature chaque fois que j'appuyais sur le* ré *situé près du* do *du milieu du clavier.* La première fois, son cœur avait failli s'arrêter. Et elle ressentait toujours de l'appréhension dès qu'elle jouait ce morceau particulier de Czerny.

— Alors peut-être devrais-je prendre congé, répondit-il avec dans la voix un soupçon de déception.

— Puisque miss Cooper est de retour, je dois moi-même m'en aller, approuva Imogen.

— Vous ne souhaitez pas que je reste et vous assiste en quoi que ce soit ?

— Je vous remercie, mais non.

Le visage de Bucky se crispa imperceptiblement, mais elle lui tendit la main, manchette déchirée comprise.

— À un autre jour, je n'en doute pas.

Une lueur passa dans les yeux de Bucky. C'était visiblement le message qu'il désirait entendre. Il saisit le gant sale d'Imogen dans le sien et frôla ses doigts du bout des lèvres.

— À un autre jour, miss Roth. Et merci infiniment pour le petit pain.

Il se redressa, s'inclina devant Evelina et s'éloigna dans la rue en dévorant la viennoiserie avec un plaisir évident. Imogen le regarda repartir avec d'inattendus papillons dans le ventre. Elle se demanda si elle avait réveillé un second dragon, plus imprévisible encore que le précédent.

Quand Evelina rejoignit la rue, la victoria était garée devant le salon de thé et l'attendait. Elle avisa un homme près du fiacre : ce cher Bucky Penner, affichant la mine d'un chat qui vient de manger un canari. À la manière dont il s'éloigna rapidement, elle eut le sentiment qu'il faisait de son mieux pour donner l'impression de passer là par hasard. Malgré tout, elle ne put s'empêcher de ressentir une certaine curiosité. Quelque chose lui avait-il échappé ? C'était difficile à dire. Son intuition lui soufflait que, comme beaucoup de ceux qui semblent sympathiques et décontractés, Bucky était très doué pour dissimuler ce qu'il pensait réellement.

Une fois arrivée devant la calèche et la sécurité qu'elle représentait, Evelina sentit ses forces l'abandonner. Elle se cramponna à la victoria, refusant de laisser ses genoux céder sous elle. Interloqués, Imogen et Applegate l'aidèrent à s'installer à bord du véhicule.

— Juste ciel ! que s'est-il passé ? l'interpella Imogen, pâle comme un linge. Tu es partie si longtemps que j'ai failli appeler la cavalerie !

Ce qui n'était pas tout à fait une menace en l'air dans la mesure où le capitaine Diogenes Smythe était l'un des admirateurs d'Imogen.

— Je me suis occupée de notre fumeux ami, répondit Evelina.

— Pardonnez-moi, miss Cooper, intervint le vieux cocher, mais puis-je vous demander ce qui s'est passé ?

C'était une manière polie de l'avertir que lord Bancroft recevrait un rapport circonstancié sur les événements de la journée. Il émit quelques bruits de bouche à l'intention des chevaux et les guida au sein de la circulation.

— Nous avons croisé des voyous, dit Evelina.

Ce n'était guère convaincant mais, prise de court, elle n'avait rien trouvé de mieux.

— Ils m'ont prise à partie, ajouta Imogen. Et de manière extrêmement grossière.

— Des voyous avec un énorme... euh... chien, poursuivit Evelina. Je suis restée sur place pour désigner les malotrus à deux apprentis boulangers qui se sont chargés du problème. Il y a eu quelques débordements.

— Vous avez toujours été aventureuse pour une jeune lady, répondit le conducteur. Il aurait été préférable que vous veniez me chercher pour m'occuper d'eux. Mais, tant que vous n'êtes pas blessées, j'imagine que tout va bien. J'ai cependant du mal à imaginer ce que ces voyous et leur molosse faisaient dans un magasin de tissus destiné aux dames de qualité telles que vous.

Il n'y avait aucune réponse valable à cela. Les deux jeunes filles échangèrent des regards de conspirateurs. Evelina ravala un rire nerveux.

— Ils n'étaient pas chez Markham mais derrière le salon de thé.

Imogen lui présenta son sachet.

— Un petit pain ?

— Tu t'es acheté des viennoiseries ? Pendant que je risquais ma vie, tu t'offrais des petits pains ?

Imogen haussa les épaules.

— Je me suis dit que, puisque j'étais sur place, autant en profiter. Ceux au citron et raisins de Corinthe sont délicieux.

Evelina en prit un et mordit dans le pain moelleux et sucré. Les dames n'étaient pas censées manger dans la rue, mais Imogen imita son amie sans se soucier des petites boules de sucre qu'elle répandait sur sa robe. Même les meilleures manières devaient parfois céder face au danger et à la bravoure.

— Alors, qu'avons-nous appris ? demanda Imogen.

Evelina jeta un coup d'œil au cocher.

— C'est de là que provenait le... euh... l'échantillon de tissu. Il doit avoir un lien avec l'entrepôt situé derrière.

Imogen se pencha vers elle et baissa la voix au point qu'Evelina comprit l'essentiel de ce qu'elle disait en lisant sur ses lèvres.

— Tu veux parler du lien avec l'étranger ? Ils importent des choses qu'ils ne devraient pas ? Je croyais que l'opium, les marchands d'esclaves et tout ça c'était dans l'East End.

— Moi aussi.

Mais le crime ne s'arrêtait évidemment pas à la frontière des territoires des barons de la vapeur. Les malfrats agissaient partout où l'on pouvait gagner un shilling sans se faire prendre. Evelina porta ses lèvres à l'oreille d'Imogen.

— Je crois qu'il ne serait pas déraisonnable d'imaginer que ce qu'ils importent a un rapport avec le contenu du sac de Grace.

— Mais on n'en est pas sûres, si ? répondit Imogen.

— On dirait mon oncle.

Elle pouvait presque entendre la voix d'oncle Sherlock déclarant « pas de spéculations, rien que des faits ».

Imogen observa Applegate du coin de l'œil, mais il était occupé à vociférer contre un groupe de gamins des rues pour qu'ils s'écartent du chemin.

— Alors que savons-nous de manière certaine ? murmura-t-elle à Evelina.

— Que ce qui se trouvait dans cet entrepôt était bien gardé. Aucune chance pour que les gens du coin viennent troubler les lieux. Et même si un voleur déterminé s'était rendu compte que l'automate ne valait pas mieux qu'un tas de ferraille, il y avait un gardien à l'intérieur. La marchandise doit avoir de la valeur. Sinon, pourquoi se donner autant de peine ?

Mais quel rapport tout cela pouvait-il avoir avec Grace Child, les Roth ou quoi que ce soit d'autre ?

Le pied d'Evelina buta contre la surface du cube, qu'elle avait déposé sur le plancher de la victoria. D'après Tobias, Grace avait mentionné un Chinois. Fallait-il y voir un lien avec les ouvriers chinois près de l'entrepôt ? Sans doute puisque son sac provenait du même quartier, probablement fabriqué à partir des chutes de M. Markham. Evelina avait compris que les résidus accrochés à l'or que transportait Grace constituaient un mélange de deux formes de magie. Elle les avait trouvées toutes les deux : le dragon et le cube. Elle avait vaincu le premier et emporté le second.

Evelina avait beaucoup appris à l'occasion de cette virée dans les magasins.

Mais à présent que retombait son sentiment de triomphe les conséquences de ses actes recouvraient le socle de son courage comme autant d'anguilles froides et gluantes. À quel point s'était-elle rendue vulnérable ?

Ceux qui se servaient de l'entrepôt maîtrisaient suffisamment la magie pour contrôler le gardien et pourtant ils avaient enterré le cube sous une pile de débris. Que pouvait-on en conclure à leur sujet ? N'avaient-ils pas conscience de la magie qu'il recélait ? Si seulement le deva du cube avait pu parler ! Mais, même si elle percevait sa présence, il ne connaissait pas de mots qu'elle puisse comprendre. Il était incapable de lui dire qui l'avait posé sur cette étagère, seulement qu'il devait s'en échapper.

En toute logique, Evelina aurait dû pouvoir considérer cette aventure comme un succès. Mais elle avait soulevé trop de nouvelles questions et peut-être dérangé un nid de guêpes trop gros pour elle. *Qui serait capable de capturer un drake du feu ? Magnus, peut-être ? C'est effectivement un sorcier*, songea Evelina. Mais quelque chose lui disait qu'il n'aurait pas laissé le cube au milieu de rebuts. Il en aurait perçu la magie.

— Quelle est l'étape suivante ? demanda Imogen.

Evelina n'hésita pas. Au moins savait-elle désormais par où entamer ses recherches. Applegate ayant cessé de crier, elle se pencha pour chuchoter à l'oreille d'Imogen :

— Nous devons découvrir à qui appartient l'entrepôt et ce qui pouvait bien se trouver dans ces caisses. Je te parie ton mantelet en dentelle que l'or de Grace se trouvait dans celles-ci. Je veux savoir qui les a expédiées et quelle était leur destination.

CHAPITRE 22

Londres, 9 avril 1888
QG de l'Élégante Société pour la prolifération impertinente des occasions novatrices
Lundi, 16 heures

— Un homme a des besoins qui vont au-delà d'une brebis empaillée, affirma Tobias avec tout l'aplomb de celui qui est complètement ivre.

— Tu me vois soulagé de l'apprendre, répondit Bucky.

Il se resservit un verre puis tendit la bouteille à son compagnon. Bucky était de fort bonne humeur depuis son arrivée au club-house une heure plus tôt. Il avait l'air de quelqu'un qui venait de gagner une grosse somme au jeu.

Tobias, lui, n'était pas sûr de savoir dans quel état il était, si ce n'était soûl.

Il écarta la bouteille d'un geste de la main. Le club-house, avec ses meubles miteux jonchés d'outils et ses machines à demi terminées, avait déjà commencé à tournoyer de manière agaçante comme le font les choses quand on est ivre. Un état qui l'avait pris par surprise. Il avait cru ne pas courir de risque dans la mesure où ils ne buvaient rien qui soit sorti de leur distillerie personnelle, une machine à vapeur dotée de compresseurs spéciaux qui avait explosé avec un enthousiasme spectaculaire la semaine précédente.

L'accident avait eu des résultats tragiques. La brebis, dont l'apparence n'avait jamais été très honorable, avait perdu une oreille et plusieurs poignées de sa laine. Ce qui justifiait bien que Bucky aille piller la cave de son père pour les alimenter en bordeaux.

— Ce que je veux dire c'est que…

Tobias ne termina pas sa phrase. Il avait oublié ce qu'il voulait dire. Bucky s'affala de nouveau sur son siège.

— L'aventure du calamar est terminée et maintenant tu t'ennuies.

Tobias pointa son verre de vin plus ou moins en direction de Bucky ; ou était-ce l'un de ses jumeaux ?

— C'est ça ! C'est exactement ça. On s'est occupé du *Vaisseau fantôme*. Il nous faut un nouveau navire à couler.

Tobias contempla fièrement le club-house. L'Élégante Société pour la prolifération impertinente des occasions novatrices se réunissait au sein d'une dépendance reconvertie surplombant une petite cour pleine de broussailles à un pâté de maisons et demi de chez son tailleur. C'était tout ce que n'était pas sa demeure familiale. À l'exception des outils, il n'y avait rien qu'ils n'aient pas fabriqué ou récupéré. Un lieu bâti par l'imagination et non par l'argent. Un lieu où ils étaient libérés de leur haute naissance, une occasion de découvrir leur valeur.

Ce n'était évidemment pas ainsi que la plupart des gens auraient perçu leur action. C'était une chose de tâter de la mécanique quand on était écolier, mais un vrai gentleman ne se salissait pas les mains. Pas au contact du cambouis, de la rouille et de pièces mécaniques. Inacceptable, même pour les excentriques.

Tant pis si Tobias n'était jamais aussi heureux que les mains plongées dans les entrailles d'une machine, les poumons envahis par les effluves âcres de la graisse et de l'acier. Des moments où il avait un impact sur les choses, où il ne se contentait pas de parler, de planifier ou de critiquer mais où il *agissait*.

Une telle félicité devenait rare. Même les pauvres n'avaient plus guère d'occasions de bricoler puisqu'il était devenu impossible d'acheter des pièces de rechange pour réparer quoi que ce soit. Cela à cause des barons de la vapeur et de la façon étrange qu'avaient les pièces détachées de disparaître avant d'arriver sur les rayonnages des magasins.

Même le fait que l'ESPION puisse mettre la main sur tous les articles qu'ils voulaient était la preuve qu'ils n'étaient qu'une bande de rupins à l'esprit dérangé plutôt que de vrais artisans. Ce qui n'avait aucun sens. Mais plus rien n'avait de sens désormais. Depuis quand les choses étaient-elles devenues si compliquées ?

— Il nous faut un nouveau projet, dit-il. On a fait le calamar. On a fait notre alambic… enfin, jusqu'à ce qu'il explose.

— Il a bien failli nous emporter avec lui, celui-là.

— Il y a eu la catapulte à légumes.

— Le trapèze à cheval.

— Le cravateur autoétrangleur.

Un appareil censé produire des nœuds papillons parfaitement formés. Tobias gloussa puis se mit à tousser quand le vin lui remonta dans les narines.

— Je me fabrique mes jouets.

— C'est vrai.

Bucky avait trois sœurs et Tobias enviait la petite armée de nièces et de neveux de son ami. Les enfants savaient apprécier toutes les merveilles mécaniques que produisait l'ESPION. Il y avait de pires manières de passer un après-midi que de faire rire un gamin.

— Il faut que je fabrique quelque chose…

Il aurait tant aimé que Magnus refasse surface. Il l'appelait de tous ses vœux, avec une ferveur enfantine. Après avoir promis de leur donner à faire quelque chose d'excitant, l'étranger s'était volatilisé au milieu de la garden-party et n'avait pas reparu depuis. C'était comme si on avait offert à Tobias un délicieux dessert glacé avant de lui retirer son bol dès la première cuillerée.

— On trouvera une idée, affirma Bucky avec un soupir d'aise. On trouve toujours.

— Je m'ennuie.

— Pour l'amour de Charles Babbage, ne va pas faire un pari aussi compliqué que le précédent ! Choisis un truc facile. Trouve-toi une nouvelle maîtresse.

— Arrête… Mon père veut que je séduise miss Cooper.

Les mots étaient sortis avant que Tobias ait conscience de ce qu'il disait. Bon sang !

Il saisit la bouteille et remplit son verre. Il savait bien qu'il aurait été préférable d'être plus sobre, pas plus soûl. Mais s'il buvait suffisamment il oublierait ce faux pas.

Bucky posa son vin. La lumière de l'après-midi sur son visage le faisait ressembler à un jeune cavalier peint par Rembrandt.

— Je croyais que le *pater* n'était pas favorable à cette fille.

Tobias se frotta les yeux de sa main libre.

— Oublie ce que je viens de dire, dit-il.

Bucky parut soudain tout à fait sobre.

— Pas question. Qu'est-ce qui se passe ?

Maintenant que la langue de Tobias s'était déliée, impossible de l'arrêter.

— C'est cette affreuse affaire avec la domestique. L'oncle de Cooper est ce fameux détective, Sherlock Holmes. Mon père craint qu'elle déniche des informations embarrassantes pour nous. Tu sais comment il est vis-à-vis de sa carrière politique.

— Alors il veut que tu l'occupes ? De préférence à l'horizontale ? bredouilla Bucky.

— Ne sois pas vulgaire. Elle n'est pas de ce genre-là.

— Donc tu vas te contenter de lui faire croire qu'elle a une chance d'être choisie par l'héritier de lord Bancroft ? C'est un peu bas, non ?

— Ce genre d'intrigue de salon se pratique couramment.

— Et ça justifie tout ?

— Depuis quand es-tu devenu un moraliste ? s'agaça Tobias.

Bucky laissa échapper un rire sans joie.

— Il faut bien que quelqu'un s'exprime au nom des bonnes mœurs. Que dirais-tu si je faisais la même chose à ta sœur ?

— Imogen ? demanda Tobias, horrifié. Pourquoi ? Elle n'a pas d'oncle.

Bucky se passa la main sur le visage.

— Mon Dieu ! il y a des jours où je suis ravi d'être le fils d'un marchand arriviste. Vous, les aristos, vous êtes complètement malades.

Tobias souleva la bouteille pour constater qu'elle était vide.

— Mon père n'a son titre que depuis quelques années.

Bucky déboucha une autre bouteille.

— Il paraît qu'il n'y a pas pire qu'un converti. Est-ce qu'au moins tu trouves miss Cooper intéressante ?

— Bien sûr. Elle est tout à fait convenable.

Et jolie. Elle lui faisait penser à un églantier, d'autant plus charmante qu'elle était un peu sauvage. *Chienlit, je suis soûl.*

— Pour faire ce qu'ordonne ton père, tu l'apprécies juste assez ? ou de trop ?

— J'ai essayé, figure-toi. Ça n'a pas marché. Son instinct de détective ou je ne sais quoi. Elle a vu qu'elle ne pouvait pas me faire confiance. Mon cœur n'y était pas.

Bucky fronça les sourcils.

— Oh… Alors où en êtes-vous ?

Tobias eut un rire amer.

— Dès l'instant où elle est partie, je me suis mis à la désirer.

Il y eut un long silence. L'inquiétude de Bucky était presque palpable.

— Ça ne te ressemble pas. Tu dors assez en ce moment ?

Tobias reposa son verre.

— Je sais bien l'impression que ça donne. Mais n'en fais pas grand cas. Ce n'est qu'une fille.

Le mensonge lui laissa un goût rance sur la langue. Bucky secoua la tête.

— Oublie ton père.

— Ai-je le choix ? Elle ne veut pas que je l'approche.

— Je doute que ce soit si grave. Mais si tu continues à insister et qu'elle s'obstine à te repousser tu risques de t'investir d'autant plus.

— Et alors ? J'ai besoin d'un projet.

— Et sans qu'on n'ait rien vu venir, tu vas te retrouver à lui demander sa main.

Tobias eut l'impression que son cœur s'était arrêté. Il enfouit sa tête entre ses mains et sentit le monde osciller au milieu des vapeurs d'alcool. Il imagina la peau douce d'Evelina sous ses doigts, son souffle sur ses lèvres. S'il lui faisait sa demande, refuserait-elle ?

La question enfla dans son esprit jusqu'à devenir sa seule et unique préoccupation.

Le dîner achevé, Evelina était assise dans sa chambre, penchée au-dessus de son minuscule secrétaire. Elle avait reçu un petit mot de la part du docteur Watson indiquant que son oncle était reparti vers le continent après être rentré à Baker Street pendant une journée à peine. La seule indication qu'il lui fournissait était que son oncle se rendait en Bohême pour gérer les conséquences d'on ne sait quelle débâcle. De quoi attiser la curiosité d'Evelina, c'était certain, mais cela signifiait surtout qu'elle disposait d'un peu plus de temps pour trouver des réponses.

Ce qui ne voulait pas dire qu'elle se réjouissait de travailler seule, pas après ses mésaventures dans l'entrepôt. Elle se demandait toujours ce qui arriverait quand les propriétaires remarqueraient que leur dragon n'était plus là. Elle avait certes disposé de la magie nécessaire pour le renvoyer chez lui mais quel genre de pouvoirs possédaient ses maîtres ? Et que diable le dragon avait-il été chargé de protéger ? À quel point Imogen et elle avaient-elles vraiment été en danger ? *Beaucoup trop.* Elle allait devoir agir avec prudence dans sa quête de réponses au sujet de l'entrepôt.

Le fait que d'autres magiciens soient impliqués dans l'histoire l'inquiétait plus qu'elle ne voulait bien l'admettre. Elle avait l'habitude de compter sur la magie comme un avantage secret, mais elle ne pouvait désormais plus espérer être la seule à avoir un atout dans la manche. Elle repensa au mystérieux docteur Magnus. Elle restait convaincue que, même sans lien direct avec l'entrepôt, il avait un intérêt dans cette affaire. *Que dois-je faire à son sujet?* Et que pouvait-elle faire? Elle avait déjà tant de fils à démêler, Magnus devrait attendre son tour.

Evelina frotta ses paupières lourdes et tâcha de se concentrer sur les papiers devant elle. La fenêtre était entrouverte et Oiseau – désormais réveillé – sautillait sur le rebord. Souris s'était lovée en boule près de son encrier, son nez noir glissé entre ses petites pattes en acier. Le cube était posé sur la commode, enveloppé dans ce qui restait du châle d'Imogen.

Evelina l'avait d'abord caché tout au fond de son armoire, en même temps que son vanity-case d'accessoires magiques et mécaniques. Mais ce soir elle l'avait sorti en songeant qu'il apprécierait peut-être un peu d'air frais et de compagnie. Au-delà, elle n'avait aucune idée de ce qu'il convenait d'en faire ni de ce qu'il pouvait désirer.

En attendant, elle travaillait à décoder la lettre que Grace avait transportée dans le sachet de soie. Evelina l'avait dépliée et posée sur le bureau à côté de l'ouvrage de son oncle, et s'était munie d'une feuille vierge. D'après tous les indices qu'elle avait pu réunir, le document employait la méthode du chiffre de Vigenère.

D'après la brochure, une *tabula recta* était constituée d'une série d'alphabets décalés d'une lettre. Il existait des variations mais elle avait dessiné la plus simple.

A	B	C	D	E	F	G	H	I	J	K	L	M	N	O	P	Q	R	S	T	U	V	W	X	Y	Z
B	C	D	E	F	G	H	I	J	K	L	M	N	O	P	Q	R	S	T	U	V	W	X	Y	Z	A
C	D	E	F	G	H	I	J	K	L	M	N	O	P	Q	R	S	T	U	V	W	X	Y	Z	A	B
D	E	F	G	H	I	J	K	L	M	N	O	P	Q	R	S	T	U	V	W	X	Y	Z	A	B	C
E	F	G	H	I	J	K	L	M	N	O	P	Q	R	S	T	U	V	W	X	Y	Z	A	B	C	D
F	G	H	I	J	K	L	M	N	O	P	Q	R	S	T	U	V	W	X	Y	Z	A	B	C	D	E
G	H	I	J	K	L	M	N	O	P	Q	R	S	T	U	V	W	X	Y	Z	A	B	C	D	E	F
H	I	J	K	L	M	N	O	P	Q	R	S	T	U	V	W	X	Y	Z	A	B	C	D	E	F	G
I	J	K	L	M	N	O	P	Q	R	S	T	U	V	W	X	Y	Z	A	B	C	D	E	F	G	H
J	K	L	M	N	O	P	Q	R	S	T	U	V	W	X	Y	Z	A	B	C	D	E	F	G	H	I
K	L	M	N	O	P	Q	R	S	T	U	V	W	X	Y	Z	A	B	C	D	E	F	G	H	I	J
L	M	N	O	P	Q	R	S	T	U	V	W	X	Y	Z	A	B	C	D	E	F	G	H	I	J	K
M	N	O	P	Q	R	S	T	U	V	W	X	Y	Z	A	B	C	D	E	F	G	H	I	J	K	L
N	O	P	Q	R	S	T	U	V	W	X	Y	Z	A	B	C	D	E	F	G	H	I	J	K	L	M
O	P	Q	R	S	T	U	V	W	X	Y	Z	A	B	C	D	E	F	G	H	I	J	K	L	M	N
P	Q	R	S	T	U	V	W	X	Y	Z	A	B	C	D	E	F	G	H	I	J	K	L	M	N	O
Q	R	S	T	U	V	W	X	Y	Z	A	B	C	D	E	F	G	H	I	J	K	L	M	N	O	P
R	S	T	U	V	W	X	Y	Z	A	B	C	D	E	F	G	H	I	J	K	L	M	N	O	P	Q
S	T	U	V	W	X	Y	Z	A	B	C	D	E	F	G	H	I	J	K	L	M	N	O	P	Q	R
T	U	V	W	X	Y	Z	A	B	C	D	E	F	G	H	I	J	K	L	M	N	O	P	Q	R	S
U	V	W	X	Y	Z	A	B	C	D	E	F	G	H	I	J	K	L	M	N	O	P	Q	R	S	T
V	W	X	Y	Z	A	B	C	D	E	F	G	H	I	J	K	L	M	N	O	P	Q	R	S	T	U
W	X	Y	Z	A	B	C	D	E	F	G	H	I	J	K	L	M	N	O	P	Q	R	S	T	U	V
X	Y	Z	A	B	C	D	E	F	G	H	I	J	K	L	M	N	O	P	Q	R	S	T	U	V	W
Y	Z	A	B	C	D	E	F	G	H	I	J	K	L	M	N	O	P	Q	R	S	T	U	V	W	X
Z	A	B	C	D	E	F	G	H	I	J	K	L	M	N	O	P	Q	R	S	T	U	V	W	X	Y

Elle avait ensuite copié le message lettre par lettre en laissant un espace en dessous pour la clé.

J	S	A	M	R	J	S	Q	J	E	L	M	X	T	B	Z	W	T	F	Y	L	N	L	X	G	L	R	O	W	B	Y	H	C	I	F

Le décryptage était facile si l'on disposait de la clé, laquelle était constituée d'un mot ou d'une phrase. Elle n'aurait alors qu'à trouver la première lettre de la clé au sommet de la *tabula recta*. Elle descendrait ensuite le long de la colonne jusqu'à trouver la première lettre du message codé puis remontrait la ligne jusqu'à son extrémité gauche. La lettre qui se trouverait dans la colonne la plus à gauche serait la première lettre du message décodé. Répéter l'opération avec la deuxième lettre de la clé pour trouver la deuxième lettre du message et ainsi de suite. La clé serait répétée jusqu'à ce que toutes les lettres du message soient décodées. Simple comme bonjour… pour qui connaissait la clé. Ce qui n'était pas le cas d'Evelina. Et il pouvait s'agir de n'importe quoi.

Saleté! Un sentiment d'impuissance l'envahit tandis qu'elle scrutait les lettres. Il n'existait aucun sort, aucun juron ni aucune crise de nerfs susceptible de donner brusquement du sens à cette phrase sans queue ni tête. *Saleté! Saleté! Saleté!*

La frustration était en train de faire un sort aux bonnes manières que lui avait inculquées son école privée, tout du moins dans son for intérieur.

Evelina sentit le cube se tendre vers elle et toucher délicatement son esprit. L'émotion qui accompagnait ce contact dénué de mots était aussi apaisante que si on lui avait caressé les cheveux. Cette présence lui rappelait mamie Cooper.

Longtemps auparavant, Evelina avait pris l'habitude de s'asseoir auprès de sa grand-mère diseuse de bonne aventure pendant que la vieille dame retournait carte après carte pour les clients qui visitaient sa tente avec l'espoir d'en apprendre plus sur leur avenir. L'atmosphère dans la tente se faisait plus sombre et les sons étaient étrangement étouffés, comme si la magie qui accompagnait la lecture des cartes aspirait les bruits et la luminosité alentour. Durant ces moments, la petite Evie se blottissait au plus près de sa grand-mère, ravie de sentir la chaleur du châle en laine râpeux de l'aïeule contre sa joue. Les cartes usées se retournaient, « snic, snic, snic », et la voix douce de la voyante se lançait dans le récit des événements à venir.

Evelina se souvenait encore de l'odeur de la tente, effluves de terre humide et d'animaux, fragrances d'encens et parfums des herbes issus de l'armoire à pharmacie de la vieille dame. Un demi-shilling de plus permettait aux clients d'acheter un philtre d'amour ou un porte-bonheur. Quand mamie en vendait un, leur dîner s'en trouvait parfois un peu plus copieux.

À l'époque, les cartes lui avaient paru aussi mystérieuses que l'était à présent le cryptogramme. Mais elle avait fini par apprendre leur langage : amour, tromperie, succès, défaite. Rien, cependant, n'aurait pu trancher les fils qui la rattachaient à cette tente. Ils pouvaient s'étirer parfois mais sans jamais se rompre. Elle serait toujours la petite chérie de mamie Cooper, quelles que soient les tentatives de l'académie Wollaston pour tenter d'expurger son âme.

Et pourtant je ne suis plus la même fille. Elle fait partie de moi mais je suis plus que cela. On ne peut pas remettre une plante à l'intérieur de sa graine.

Constatant que son esprit s'était laissé aller à divaguer, Evelina se força à reporter son attention sur le cryptogramme. *C'est sans espoir.*

Oiseau lança l'un de ses étranges trilles mécaniques. *Quelqu'un vient!*

Evelina rangea vivement les papiers dans le tiroir du secrétaire et le referma en hâte. Oiseau quitta le bord de la fenêtre pour se percher dans un arbre à proximité. Souris demeura où elle était, dans sa meilleure imitation de presse-papiers.

On frappa doucement à la porte.

— C'est Tobias. Puis-je entrer ?

— Allez-y.

Il entra dans la chambre et referma la porte derrière lui. Evelina se leva, mal à l'aise. La bienséance aurait voulu que la porte demeure ouverte.

— Je dois vous parler, dit-il à voix basse. Pardonnez-moi, mais il faut que ce soit en privé.

Il n'avait pas l'air particulièrement sobre, ce qui ne faisait rien pour la rassurer.

— À quel sujet ? demanda-t-elle.

Il marqua un temps d'arrêt et la gratifia d'un sourire distrait.

— Vous êtes tellement sérieuse. Savez-vous que je ne vous vois presque jamais rire ?

Elle haussa les sourcils.

— C'est ça que vous êtes venu me dire ?

— Non, même si ça méritait clairement d'être dit.

Il tira à lui le tabouret de la coiffeuse et s'assit, lcs coudes posés sur les genoux. Il avait soudain l'air épuisé.

— Je..., dit-il en laissant sa phrase en suspens.

Evelina attendit. Son appréhension se transformait en inquiétude pour Tobias.

— Que se passe-t-il ?

— Je ne sais pas par où commencer.

Elle fit pivoter la chaise de son secrétaire pour lui faire face et s'assit, les mains sur les cuisses. Elle aurait voulu tendre la main vers lui, lui offrir un peu de réconfort, mais c'était une pente savonneuse.

— Vous m'en voulez toujours ? demanda-t-il en la regardant par en dessous.

La question prit Evelina par surprise. Elle sentit ses joues s'empourprer.

— C'est important ?

— Pour moi, oui. Je suis désolé. Il y a des choses que vous ignorez.

Elle en avait assez de ses secrets.

— Alors vous ne sauriez me blâmer de fonder mon jugement sur ce que je sais.

Il grimaça.

— Touché. Je vous demande de croire à mon honnêteté quand je… Bon, c'est une question de confiance mutuelle, non ? Je dois vous faire confiance si je veux que vous fassiez de même. Mais je voudrais que vous gardiez pour vous tout ce que je vais vous dire.

Evelina entendit le grattement des pattes d'Oiseau sur le rebord extérieur de la fenêtre. Elle eut un frisson de panique et se décala pour dissimuler de son mieux la fenêtre aux yeux de Tobias.

Encore des secrets. Il y en a décidément beaucoup trop.

— Je peux garder pour moi vos confidences, mais ne me dites rien que vous regretteriez ensuite.

Pour être honnête, elle ne voulait rien savoir de ses maîtresses, de ses dettes de jeu ou des dépravations qui pouvaient avoir lieu dans les clubs qu'il fréquentait. L'imagination d'Evelina lui fournissait déjà assez de matière sans qu'il s'en mêle.

Tobias courba le dos, les mains appuyées sur les genoux.

— Cette nuit-là, la nuit où Grace est morte, j'ai fabriqué un calamar géant et démoli l'opéra, marmonna-t-il d'une voix étouffée.

Evelina demeura complètement stupéfaite pendant quelques instants.

Chienlit ! Elle se plaqua une main sur la bouche.

— Seigneur, c'était vous ? souffla-t-elle derrière ses doigts. J'aurais dû m'en douter !

— Vous ne devez en parler à personne, sans quoi nous nous ferons arrêter, siffla Tobias.

Elle porta son autre main à sa bouche comme pour se forcer à rester silencieuse. Ses épaules s'étaient mises à trembler. Elle avait appris ce qui s'était passé en lisant les journaux. Des larmes de rire apparurent aux coins de ses yeux.

Tobias rougit.

— Ce n'est pas si drôle !

— Mais si ! hoqueta-t-elle. Votre père y était ?

Il hocha la tête et ne put réprimer un sourire à son tour.

— Tel Jupiter s'apercevant qu'il avait laissé ses éclairs dans son chariot.

Ils se mirent tous les deux à glousser, le bruit retenu et étouffé de deux conspirateurs craignant d'être découverts. N'y tenant plus, Evelina se leva pour regarder par la fenêtre. Elle avait besoin de rire à gorge déployée mais ils risquaient d'être entendus. Et elle ne pourrait jamais se calmer tant que Tobias se tiendrait ainsi devant elle, l'air aussi coupable qu'un petit garçon qui vient de voler une tarte.

Bien sûr que c'était lui ! Qui d'autre aurait pu faire une chose pareille ? Elle frémit sous l'effet d'une nouvelle secousse d'hilarité et essuya les larmes aux coins de ses yeux.

— C'est l'origine des marques sur votre visage ce soir-là ? demanda-t-elle.

Il hocha la tête, penaud.

— Il y a eu une sacrée bagarre.

Un énorme nœud d'inquiétude se dénoua dans le cœur d'Evelina. Si c'était lui qui avait mis cette pagaille monstre à l'opéra, plein de bonne humeur et d'espiègle folie... eh bien, ça ne cadrait pas avec un horrible meurtre commis de sang-froid. *Tobias est forcément innocent.*

Comment aurait-il pu en être autrement de l'homme qui avait défendu Dora face aux roi Doré ? Tobias Roth était beau, intelligent et original. Il n'y avait pas de place dans l'univers d'Evelina pour qu'il soit autre chose que bon et généreux.

Oiseau s'était envolé et filait de-ci de-là au milieu des branchages, aussi joyeux qu'Evelina elle-même. Elle entendit Tobias se mouvoir dans son dos et était sur le point de se retourner quand il posa doucement les mains sur ses épaules. Elle se crispa, craignant de bouger, craignant que lui ne bouge, craignant qu'il s'en aille. Comme s'il avait perçu son incertitude, il se tint parfaitement immobile.

— Je vous aurais au moins vu rire, dit-il.

Sa voix, douce et grave, provenait de juste derrière elle. Son souffle, rendu aigre par l'odeur du vin, lui chatouillait l'oreille. Ses doigts étaient chauds, doux... mais il y avait de la force derrière cette douceur.

— Quel merveilleux idiot vous faites, chuchota-t-elle.

Malgré son instinct qui l'incitait à la plus grande circonspection, elle avait envie de son contact.

Il eut un petit rire.

— Vous êtes sans doute la seule femme dans tout l'Empire à savoir qui je suis et à penser cela de moi. Pour l'aspect merveilleux, en tout cas. Le côté idiot est généralement considéré comme une vérité.

Evelina se mordit la lèvre ; elle avait peur de rompre le charme de cet instant. *Penseriez-vous que je suis merveilleuse si vous saviez tout de moi ?*

Tobias poursuivit d'une voix basse où perçait l'urgence.

— Je veux que vous sachiez que je suis honnête avec vous.

Une prudence renouvelée s'empara immédiatement d'Evelina.

— Votre père…

— Ne nous préoccupons pas de lui, répondit-il en lui serrant gentiment les épaules.

— Cela reste votre père. N'allez pas vous attirer d'ennuis en mon nom.

— Il compte pour moi mais je dois suivre les élans de mon propre cœur. Je sais désormais qui je suis.

Elle songea à sa propre situation, aux chemins qu'elle avait empruntés et tous ceux qui lui restaient encore à parcourir. Son cœur se serra pour Tobias.

— Ce n'est pas toujours aussi simple qu'il y paraît. Il y a beaucoup de routes qui ne mènent nulle part.

— Oui, je sais. J'en ai déjà suivi quelques-unes.

Evelina ravala sa salive. Elle se demanda ce que tout cela pouvait vouloir dire. *Ne va pas inventer des choses qui n'existent pas. Il est venu avouer pour l'opéra. Le reste est aussi fiable qu'un banc de sables mouvants.*

— En ce moment, tout est plus déroutant que jamais, dit-elle.

Il émit un petit bruit désabusé.

— J'ai le sentiment qu'il va encore se passer beaucoup de choses avant la fin de la saison. Et je ne parle pas que des bals et des invitations à prendre le thé.

Champagne, demandes en mariage et… ah oui, triple homicide saupoudré de sorcellerie. Que de rigolades !

— Je suis du même avis.

— Vous vous assurerez que je reste sur le droit chemin.

Il frôla l'extrémité de son oreille du bout des lèvres puis recula. Elle se tourna vers lui et eut le souffle coupé par la douceur qui se lisait dans ses yeux gris.

— Je ne peux pas être votre conscience, dit-elle.

Il esquissa un sourire oblique. Son visage était pâle, comme s'il était brusquement rattrapé par l'excès de boisson.

— Certains d'entre nous se comportent mieux quand ils ont des comptes à rendre.

Elle sourit et secoua la tête.

— Il va falloir que vous vous demandiez des comptes tout seul.

Voilà la caractéristique des vrais professionnels. Ils peuvent travailler sans filet.

Mais Tobias lui faisait suffisamment confiance pour lui confier son secret. Peu importe le fait qu'il était clairement ivre, ce n'était pas anodin. Peut-être même pouvait-elle lui faire un peu confiance après tout.

— Bonne nuit, Tobias.

Le sourire de guingois s'élargit pour laisser place à son air espiègle coutumier.

— Bonne nuit, délicieuse Evelina. Parler avec vous fait toujours de moi un homme meilleur.

— Il ne vous en faut pas beaucoup, marmonna-t-elle en le poussant vers la porte.

Avec un bref éclat de rire, Tobias se retourna et sortit.

CHAPITRE 23

Londres, 10 avril 1888
Résidence des Keating
Mardi, 9 heures

Le roi Doré refusa d'un geste de la main la tasse de thé supplémentaire que lui proposait Alice. Elle reposa la théière Wedgwood sur son trépied et se rassit sur la chaise de l'autre côté de la minuscule table du petit déjeuner.

Elle avait déjà mangé un peu plus tôt et n'était revenue, semblait-il, que pour le dorloter. Un geste charmant mais il avait suffisamment d'expérience des affaires pour savoir que ce n'était pas gratuit. Si elle n'avait rien eu à lui demander, elle l'aurait laissé à ses journaux du matin.

Les rayons du soleil conféraient à sa chevelure l'éclat cuivré d'un brasier. Elle était vêtue pour sortir, tirée à quatre épingles dans un ensemble beige foncé que Keating avait commandé chez Worth à Paris. L'élégance d'Alice faisait honneur à l'argent dépensé.

— Une journée bien remplie vous attend, papa ? demanda-t-elle gentiment.

— Trop remplie. Et toi ?

Elle replia sa serviette avec un air d'ennui délicat qui le fit se crisper. Sa chère fille se servait de cet air languide comme un léopard de ses taches : un camouflage pour dissimuler son approche. Bon, très bien. Elle voulait quelque chose dont elle savait qu'il ne le lui accorderait pas facilement.

— Mes activités du jour consisteront en un essayage, un spectacle musical, peut-être une promenade à cheval à Rotten Row et, si je me sens suffisamment énergique, l'héritier de la fortune de Westlake a encouragé sa mère à m'inviter au théâtre ce soir. Un opéra italien au Royal Charlotte.

— Je croyais qu'ils donnaient du Wagner. Quelqu'un m'en a dit du bien l'autre jour.

— La production a été dévorée par un calamar géant.

Keating marqua un temps d'arrêt, sa cuillère à œuf suspendue en l'air.

Le genre de choses qui n'arrivent qu'à Londres !

— Vive l'opéra italien, dans ce cas. Passe une bonne soirée.

Elle lui adressa un coup d'œil faussement timide.

— Je préférerais être avec vous.

Il haussa un sourcil. Elle s'apprêtait à lui demander une faveur, c'était certain.

— Pas là où je serai aujourd'hui, dit-il.

— Une nouvelle bataille brutale et sanglante au nom du commerce ?

Il se demandait parfois si elle savait à quel point c'était littéralement le cas.

— Plusieurs, même.

— Comme c'est palpitant. Dans ce cas, je vais vous laisser rassembler vos troupes.

Elle se pencha, l'embrassa sur la joue, puis se dirigea vers la porte.

Trop facile. Il leva les yeux vers sa silhouette svelte et élégante qui se découpait sur le papier peint lie-de-vin damassé.

— Tu es attachée au fils du duc de Westlake ?

Elle se figea avant de se retourner lentement vers lui dans un bruissement de jupes.

— Pas particulièrement. Il a un titre, cela dit. Et le bal annuel de sa mère est l'un des événements de choix de la saison.

L'inclinaison de son menton suggérait que tout cela n'avait pas beaucoup d'importance et il comprit à quoi elle jouait, au moins en partie. Elle avait des vues sur quelqu'un et désirait son approbation. Mais son Alice était trop subtile pour afficher directement son véritable désir. En tout cas pas durant une négociation. Il lui avait appris à mener ses affaires mieux que ça. *Peut-être devrais-je la laisser jouer un petit rôle au sein de la firme.*

Un élan de fierté – et un peu d'inquiétude paternelle – lui gonfla la poitrine.

— Préférerais-tu épouser une fortune ou une lignée ?

Le début d'un sourire apparut sur les lèvres joliment formées. Ils se comprenaient.

— Les deux sont des attributs bienvenus mais je préférerais un homme avec un esprit indépendant.

Il ressentit une douleur juste en dessous de la chaîne de sa montre, comme si on lui avait enfoncé une lame dans le ventre. Était-ce lié au fait qu'elle envisageait un futur dont il ne ferait pas systématiquement partie ? Il étouffa son émotion dans l'œuf, mais ne put s'empêcher de penser qu'Alice lui ressemblait peut-être un peu trop et pas assez à sa pauvre et très obéissante mère défunte.

Keating émit un petit bruit moqueur et reporta son attention sur son œuf.

— Bonne chance pour trouver un homme de ce genre lors de tes soirées musicales.

Une étincelle de triomphe s'alluma dans les yeux bleus d'Alice.

— Exactement !

Il posa sa cuillère, de plus en plus agacé.

— Et puis-je savoir, jeune fille, ce que cela signifie ?

— Je voudrais quelqu'un ayant assez d'intelligence pour vous assister. Quelqu'un qui ne se contentera pas de vous lécher les bottes.

Elle avait raison, bien sûr, mais cette déclaration le laissa choqué.

— Depuis quand ai-je besoin d'aide ?

Il lut du défi dans la manière dont elle redressa le menton.

— Vous avez la grandeur nécessaire pour bâtir un patrimoine durable. Je refuse de prendre un mari qui viendrait tout gaspiller.

Keating sentait les rets de sa logique se refermer sur lui. Il aurait pu lui rétorquer qu'elle épouserait celui qu'il lui ordonnerait d'épouser, puisque c'était ainsi que les choses se faisaient. Mais il préféra ménager sa fierté.

— Bien entendu.

Elle inclina la tête de façon un peu timide. Elle pensait avoir gagné mais tentait de dissimuler sa satisfaction.

— Raison pour laquelle je peux compter sur vous pour protéger mes intérêts, papa. Vous êtes le plus admirable des chiens de garde.

— Tu me flattes, répondit-il.

Il regarda sa fille s'éloigner en songeant qu'il détestait déjà l'homme qui la lui enlèverait. Et c'est là, avec une soudaine vulnérabilité dans le regard, qu'elle annonça la dernière chose au monde à laquelle il se serait attendu.

— L'objet de mon affection est Tobias Roth.

Après quoi, Alice quitta immédiatement la pièce, presque au pas de course.

La consternation avait transformé le petit déjeuner de Keating en une masse de grumeaux graisseux. Il demeura assis, immobile, bouche bée.

Roth! C'était l'imbécile blond qui avait ridiculisé Aragon Jackson. *Et moi.*

Elle plaisante forcément. Et pourtant il voyait la logique d'une telle attirance. Le garçon pouvait se prévaloir des qualifications habituelles : bonne éducation, physique avantageux, authentique pedigree, les attributs d'une famille qui réussit. Et il se montrait juste assez rebelle pour attirer l'œil des femmes.

Il était clair qu'il s'y connaissait également en mécanique.

Mais Keating avait d'ores et déjà prévu de ruiner le père en guise de représailles pour l'affaire Harter. Bancroft se montrait à présent obéissant, mais seulement parce qu'il se savait surveillé de près. Il tenterait quelque chose dès que l'attention du roi Doré serait ailleurs.

Et pourtant… il existait d'autres manières de se venger. Peut-être pourrait-il se montrer inventif et voler l'héritier de ce que Bancroft imaginait laisser derrière lui au nez et à la barbe de l'aristocrate. Il savoura l'idée en dressant la liste de toutes ses délicieuses nuances comme s'il s'agissait d'un bon vin.

Il aimait tant faire plaisir à sa fille.

Keating ruminait toujours l'idée en s'installant dans le bureau du rez-de-chaussée de son adresse sur Mayfair. La maison londonienne n'était pas aussi grande que sa grande demeure à Bath ou même que la propriété qu'il avait achetée près de Truro, mais elle portait en elle un parfum d'antique aristocratie. C'était l'odeur de l'ancienneté et de l'argent, comme si le pedigree de ses anciens propriétaires s'était fondu au cœur du bois et de la brique.

Les pièces bénéficiaient de hauts plafonds et de dorures, avec des panneaux aux peintures délicates dans les chambres à coucher et de la marqueterie au sol. Les cheminées étaient encadrées de porphyre et les énormes croisées drapées de velours si lourd qu'il fallait deux hommes forts pour retirer chacun des panneaux lors du ménage de printemps. La maison avait autrefois appartenu à la maîtresse d'un duc mais, en la découvrant âgée et malade, Keating avait vu l'occasion de négocier à la dure.

Il avait bien évidemment fait ajouter des installations modernes, telles ces pistes pneumatiques qui couraient en une étroite étagère le long du lambris. De minuscules voitures en argent y allaient et venaient, à la manière d'un chemin de fer miniature. Elles permettaient de livrer à boire, à manger ou n'importe quel objet de petite taille par la simple pression d'un bouton sans être dérangé par l'intrusion de domestiques. Pour qui souhaitait préserver son intimité, il suffisait d'envoyer une requête à l'office au travers d'un tuyau acoustique puis d'attendre que l'article requis arrive par la minuscule voie ferrée.

Une touche finale pour une demeure digne du fondateur de Keating Distribution et qu'il serait fier de léguer à Alice dans le futur.

Mais que ressentait-il à l'idée du fils Roth posant ses bottes sur le garde-feu ? Keating souhaitait que sa fille se marie haut sur l'échelle sociale et il était bon de noter que Tobias hériterait du titre de son père. *Alice pourrait être la nouvelle lady Bancroft.* Pas mal, même si l'idée qu'elle puisse devenir la prochaine duchesse de Westlake était plus séduisante encore.

Keating n'était pas certain d'approuver son souhait d'épouser un homme doté d'une cervelle. *Un intellect trop développé pourrait s'avérer problématique chez un gendre.*

Il avait à peine formulé cette pensée que la porte lambrissée s'ouvrit et que son premier rendez-vous s'avança avec l'air d'un touriste en goguette. Keating l'étudia attentivement. Grand, vêtu d'un costume noir à la coupe continentale. Un bouc soigneusement taillé et une émeraude de la taille de l'ongle de Keating sertie sur son épingle de cravate. *Tape-à-l'œil, à la limite de la faute de goût.*

— Docteur Magnus, je présume ? dit Keating. J'ai vu votre nom sur mon carnet de rendez-vous, mais je ne me souviens pas avoir organisé cette entrevue.

— Votre secrétaire s'en est chargé, à ma demande, répondit son visiteur en s'asseyant sans y être invité sur l'un des fauteuils Oxford en cuir.

— Je me souviens que lord Bancroft nous a présentés l'un à l'autre à l'occasion de la fête d'anniversaire de sa femme.

— Tout à fait. Et comme je n'ai pas la prétention d'imaginer que vous vous souvenez du moindre détail de la conversation, laissez-moi vous rappeler que je suis un homme de science récemment arrivé à Londres.

Absolument fascinant. Keating s'assit sur l'autre fauteuil en faisant de son mieux pour donner l'illusion que ce choix de sièges était son idée.

— Que puis-je faire pour vous ?

— Dans la mesure où vous et moi sommes des hommes très occupés, j'ai songé qu'une aimable conversation nous permettrait peut-être de faire l'économie de longs moments passés à se tourner autour en montrant les crocs, si amusant que ce puisse être.

— Montrer les crocs à quel propos ?

Keating ressentait une certaine confusion. Il fallait généralement quelques minutes avant d'en arriver aux hostilités, mais l'inconnu semblait s'être lancé sans attendre.

Magnus eut un geste aérien de la main.

— Vous avez fait en sorte que *Herr* Schliemann déterre le coffret d'Athéna et l'expédie jusqu'à Londres. Dès que j'ai appris qu'il avait été localisé, je me suis lancé sur ses traces.

— Comment l'avez-vous su ?

Un sentiment de méfiance prit le roi Doré aux tripes. Il avait fait tout ce qui était en son pouvoir pour garder secrète la découverte de la relique.

Une expression presque affamée se peignit sur la peau sombre du visage de Magnus.

— J'ai mes méthodes et mes propres observateurs au sein de la communauté archéologique. Cela fait de nombreuses années que je recherche le coffret.

La méfiance se changea en inquiétude. Mal à l'aise, Keating changea de position sur le coussin en crin de cheval de son fauteuil.

— Vraiment ? Votre intérêt doit être grand si vous avez fait le voyage depuis... l'endroit d'où vous venez pour suivre ce qui n'est sans doute qu'une piste bien mince.

L'étranger plissa les yeux.

— Je vous en prie, ne me prenez pas pour un imbécile.

Offensé, Keating se redressa sur son siège.

— Je vous demande pardon ?

— Je sais que Schliemann a trouvé le coffret et qu'il l'a fait envoyer ici, jusqu'à votre entrepôt. Je suis son travail depuis longtemps. Il a opéré sur de nombreux sites que je pensais depuis longtemps oubliés. J'ai mis à contribution l'un des membres de son équipe, payé très généreusement pour me prévenir de toute découverte intéressante. Il m'a fourni tous les détails concernant le trésor découvert à Rhodes, y compris le nom du navire à bord duquel il a voyagé.

Maudit soit-il ! Keating s'expliquerait avec Schliemann par le prochain courrier.

— Très bien. En quoi le coffret vous intéresse-t-il ?

— Il est unique.

— Je dirais qu'il est gros et voyant. *(Exactement comme votre épingle de cravate.)* Cela ne justifie guère de traverser des océans pour le trouver.

Le sourire carnivore de Magnus exposa ses dents blanches.

— De nouveau cette fausse et inutile ingénuité. Alors laissez-moi vous dire pourquoi il est si intéressant afin de nous éviter cette petite danse.

Seule une poignée d'Anciens savait comment lier un esprit naturel au sein d'un dispositif mécanique. Le coffret d'Athéna est le seul exemple encore existant de cet art oublié.

Keating eut toutes les peines du monde à masquer son trouble.

— Je suis bien conscient des légendes entourant cet objet. *(Et du fait qu'il pourrait me coûter ma fortune ou faire de moi le maître de l'Empire.)* Cela ne me dit pas pourquoi vous êtes à présent assis dans mon bureau.

— Pour la plus évidente des raisons : je veux le coffret.

La surprise arracha un rire au roi Doré.

— Ah oui, vraiment ?

L'étranger se pencha en avant, son expression légèrement railleuse.

— Vraiment, ne serait-ce que pour étudier son fonctionnement.

Keating croisa les jambes et déforma un soupçon la vérité pour l'adapter à la situation.

— Je n'ai pas le coffret en ma possession. Sa livraison a été retardée.

Bien entendu, Keating avait contacté Holmes dès le problème identifié, mais ce n'était pas tout. Une poignée de caisses avaient été séparées du reste, pour une arrivée plus tardive. Le manifeste d'expédition prétendait que cette ultime cargaison avait été livrée plusieurs jours avant que Harriman soit en mesure de confirmer son arrivée. Keating avait rendu visite au propriétaire de la compagnie de navigation en exigeant urgemment que ses biens soient retrouvés. En vain.

Sa frustration devait se lire sur son visage. Magnus plissa les yeux.

— Ne me dites pas que vous avez laissé un objet d'une telle valeur vous glisser entre les doigts ?

— Rien de tel. Il ne s'agit que d'un problème logistique.

Harriman avait mené l'enquête et fini par découvrir que les caisses avaient été livrées dans un autre établissement plus bas dans la rue. Tout était en ordre… à l'exception du coffret. Celui-ci restait introuvable. Les hommes de Keating se chargeaient de prendre à part les propriétaires des autres entrepôts du coin pour un interrogatoire pointu.

Il avait fait parvenir ces nouvelles informations à Holmes, mais le détective n'était pas à Baker Street. À peine l'imbécile arrogant avait-il accepté l'affaire qu'il était parti précipitamment pour la Bohême au nom d'une autre urgence. Il n'avait pas eu l'air de comprendre que Keating avait besoin de lui à Londres, immédiatement, pour découvrir ce qu'il était advenu de la cargaison de Schliemann. Si Keating ne voyait pas rapidement des résultats, il serait obligé de rappeler Holmes à l'ordre.

— Vous admettez donc qu'il a été perdu ? reprit Magnus d'une voix douce.

L'embarras et la colère firent rougir Keating. Il referma ses doigts sur les clous en laiton qui décoraient l'accoudoir de son fauteuil comme s'il essayait de les arracher du bout des ongles. « Perdu » était un mot qu'il se refusait à employer. Holmes allait forcément résoudre l'affaire... lorsqu'il se déciderait enfin à s'y intéresser.

— Non. Je dis simplement que je ne l'ai pas ici.

— Alors envoyez quelqu'un le chercher. Permettez-moi de l'examiner.

— Je ne crois pas, non.

Mécontent, Magnus joignit les mains en triangle devant lui, sourcils froncés.

— Je vois bien que vous me cachez la vérité. Soit vous mentez et l'avez perdu, soit vous mentez et l'avez dissimulé quelque part au service de vos propres objectifs. Votre usage des faux-fuyants est tel qu'il est difficile de savoir où est la réalité.

— Croyez ce qui vous plaira. Le coffret n'est pas ici.

— Alors nous voilà dans une impasse. Pour aujourd'hui.

— Si vous le dites.

Magnus eut un petit sourire dénué d'humour.

— Je crois que vous l'avez en votre possession, monsieur. Et je me donne pour objectif de faire en sorte que vous me le remettiez.

Keating s'était montré plus que patient. Son ton devint glacial.

— Je ne tenterai pas de vous en dissuader. Je peux seulement vous avertir que je suis de ces hommes qu'il est dangereux de mécontenter.

Il y eut un moment de silence. La lumière chaleureuse qui filtrait entre les lourds rideaux verts faisait scintiller l'écran de cheminée en cuivre. Keating vit leurs reflets ondoyer sur la surface de métal poli, le premier tout en élégance grisonnante, le second sombre et étrange. Au-dehors, on entendit le bruit d'un fiacre qui passait.

Les pensées de Keating s'enchevêtraient : Alice, le fils Roth, Holmes, le coffret. Il tentait de tisser le futur à l'aide de fils qui ne cessaient de se rompre. Et voilà qu'arrivait ce dénommé Magnus pour emmêler encore un peu plus l'écheveau. Le docteur devait disparaître, si possible sans causer de bruit ni de troubles. *Seuls des égaux peuvent se retrouver dans une impasse. Ce corbeau cabotin m'est bien inférieur.*

Il sentait la fureur enfler en lui.

— Je crois qu'il est grand temps que vous partiez, monsieur.

— Pas encore. Il y a deux jours, j'ai visité l'endroit où vous stockez votre trésor. Des ouvriers chinois, soigneusement gardés, et votre propre cousin à la tête des opérations. Il n'existe aucun moyen pour un voleur de se faufiler au travers de vos mesures de sécurité. Celles-ci sont, disons, extrêmes.

À quel point s'est-il renseigné sur moi ? Et que veut-il dire par « extrêmes » ?

Il avait laissé la gestion de l'entrepôt à Harriman, qui lui avait paru suffisamment compétent dans son travail… jusqu'à maintenant. Ils n'attendaient pas de nouvelles cargaisons et Harriman avait laissé les Chinois retourner dans leurs familles pour une petite semaine. Mais la veille quelqu'un s'était introduit dans l'entrepôt après avoir désactivé l'automate gardant l'entrée. La bonne nouvelle était que les pièces destinées à l'exposition étaient déjà stockées au sein de la galerie, si bien que rien n'avait été volé. Magnus avait-il joué un rôle dans cette intrusion ? Si c'était le cas, serait-il venu ici ? Keating n'était pas capable de le dire.

Il eut une grimace de colère.

— Que puis-je faire pour que vous partiez ?

Magnus laissa échapper un gloussement déplaisant.

— Donnez-moi le coffret. Tôt ou tard, vous devrez vous rendre à mes arguments.

Les lèvres du roi Doré formèrent une grimace féroce.

— Et pour quelle raison le ferais-je ?

Magnus se releva dans un mouvement fluide et gracieux.

— En raison de qui je suis et de ce que je suis.

Bancroft se redressa à son tour ; il n'aimait pas la sensation de Magnus le surplombant de toute sa taille. Malheureusement, le docteur était plus grand que lui et se pencha pour qu'ils se retrouvent nez à nez.

Il sourit et son sourire n'avait rien d'agréable.

— Viendra le moment où vous serez soulagé de me remettre le coffret car il s'agit du prix à payer – et du seul moyen – pour obtenir la paix.

Il toucha la pierre verte qui décorait sa cravate. Le soleil disparut de la pièce, la laissant froide, humide et plongée dans la pénombre. Des ombres se propagèrent depuis les coins, recouvrant la scène d'un voile de grise moisissure. Keating sentit un frisson glacé remonter le long de ses jambes comme si des mains froides surgissaient de tombes cachées sous le tapis. Il fut pris d'un désir soudain et lâche de supplier le docteur de laisser revenir la lumière. Mais il se mordit l'intérieur de la joue, refusant de laisser claquer ses dents.

— C'est de la magie. L'usage de la magie est illégal au sein de l'Empire. Et punissable de mort.

Le docteur agita un doigt.

— Oh ! voyons. Vous êtes bien crédule pour un homme d'affaires. Je ne suis qu'un simple mesmérien.

— Un mesmérien ? répéta Keating d'une voix qui lui semblait trop aiguë. Ceci va bien plus loin qu'une illusion mentale, monsieur.

— En êtes-vous bien certain ? rétorqua Magnus avec un petit rire.

Le son déclencha chez Keating un frisson de terreur. Il recula brusquement, comme si le contact de Magnus était empoisonné.

— Vous le regretterez ! dit-il.

Magnus leva les yeux au ciel dans une démonstration exagérée de patience.

— Allons, il est extrêmement imprudent de me menacer. Ne me forcez pas à recourir à des platitudes cinglantes dignes de mauvais romans.

Keating était un homme courageux, mais quelque chose dans la pénombre ravivait toutes ses terreurs d'enfant.

— Tous les hommes peuvent saigner. Est-ce une platitude ?

Magnus fit la grimace.

— Mais tous les hommes n'ont pas de fille, monsieur Keating. Et la vôtre est si charmante. Pensez à elle tout en réfléchissant à mon offre.

Il y eut un moment de silence sidéré où Keating s'étrangla, le souffle coupé.

— Bonne journée, monsieur Keating. Je vous croiserai en ville. Souvent.

Magnus s'inclina avec grâce et s'éclipsa.

Keating se laissa retomber sur son siège, rassuré par le retour instantané de la lumière à travers la vitre, sans toutefois se sentir le moins du monde réchauffé.

Jusqu'à ce que la fureur explose en lui telle l'éruption d'un volcan.

CHAPITRE 24

Face à un homme comme le docteur Magnus, le seul antidote était l'action. Et le roi Doré disposait des ressources pour ce genre de choses. Il avait Striker.

Au sud de Marlborough et à l'est de Regent Street se trouvait l'une des zones les plus pauvres du district doré. L'hospice des pauvres de St James occupait l'un des coins de ce quartier dont les habitants survivaient avec quelques shillings par semaine. Pour quelques shillings de plus, Keating s'était offert une armée de Dos-jaunes.

Placé à leur tête, Striker avait constitué une trouvaille plus brillante encore. Il était fort, dur, ambitieux, mais également doté d'un vrai talent pour les armes à feu. Pas seulement pour s'en servir mais aussi pour les fabriquer à partir de pièces détachées et de rebuts. Illettré, à peine capable de s'exprimer correctement, Striker était une sorte de prodige, un Mozart primitif de l'armement.

Keating l'avait immédiatement pris sous son aile. Il voyait en lui un spécimen rare et utile à garder à proximité… mais pas trop. Le garde-rue profitait de certains privilèges : un endroit à lui et assez d'argent pour se payer à manger, de l'alcool et une prostituée de temps en temps. Mais Striker pouvait toujours apercevoir l'hospice depuis sa fenêtre. Un petit rappel utile.

Le domicile de Striker ne comptait pas parmi les endroits où Keating aimait se rendre mais il était préférable de donner certains ordres en personne. Il emmena néanmoins des valets supplémentaires pour surveiller le fiacre et deux autres pour l'escorter à l'intérieur de l'immeuble où habitait Striker, au cas où.

On était en journée, si bien que l'endroit semblait étrangement calme, comme si les briques même de la bâtisse délabrée cuvaient encore le gin de la nuit dernière. Les parties communes du rez-de-chaussée comprenaient un salon sur la gauche de l'entrée. Sans doute l'endroit où les prostituées s'occupaient de leurs clients. Au-dessus se trouvaient trois étages de logements censément privés. Striker habitait au sommet d'une longue volée de marches étroites et crasseuses, dans l'une des chambres à l'angle du bâtiment.

Keating monta derrière l'un de ses hommes, le second fermant la marche. Le milieu des marches s'affaissait en grinçant, si bien qu'il se retrouva à longer la paroi par sécurité avant de s'écarter pour que sa manche ne frotte pas contre la peinture sale.

Le premier valet, qui avait atteint le palier avant lui, frappa lourdement à la porte de Striker.

— Allez-vous-en ! lança la voix du garde-rue, étouffée par le bois.

Le valet frappa de nouveau.

— Par l'enfer, mais qu'est-ce que vous me voulez ?

Entre-temps, Keating était arrivé, légèrement haletant.

— C'est Keating.

— Alors entrez, monsieur.

Légèrement plus poli mais pas franchement accueillant.

Keating tourna la poignée branlante et poussa la porte. Le spectacle qui s'offrit à sa vue lui fit l'effet d'une mise en garde à propos du salaire du péché. L'odeur était pire encore, celle du gin bon marché ayant macéré à l'intérieur du corps humain avant d'être excrété sous forme de sueur.

Striker était assis à une table en bois recouverte de bricoles diverses, sa chemise usée à moitié boutonnée et sa jambe bandée tendue devant lui. Malgré sa peau basanée, son teint était gris et ses yeux rougis par le manque de sommeil. Peut-être la douleur l'empêchait-elle de dormir.

Si c'était le cas, il avait trouvé une source de réconfort : la bouteille débouchée qu'il tenait mollement entre ses doigts. Il passa sa main libre dans ses cheveux en épis, sans doute vaguement conscient de son apparence échevelée.

C'était la première fois que Keating le voyait sans son manteau recouvert de métal. Il distinguait à présent les formes de ses bras puissamment musclés sous la toile de sa chemise crasseuse.

Voyant que Striker tentait de s'extraire de son siège, Keating lui fit signe de rester assis.

— N'essayez pas de vous lever, dit-il.

S'il ne s'étalait pas au sol à cause de sa blessure, ce serait sous l'effet de la boisson. Striker se laissa retomber en arrière.

— Merci, monsieur. Bien aimable.

Keating regarda autour de lui et sentit quelque chose craquer sous ses semelles lorsqu'il bougea les pieds. Il n'y avait pratiquement aucun meuble. On trouvait un lit défait dans un coin et une cheminée équipée d'une marmite, mais guère plus. Quelque chose s'était encroûté dans la marmite et l'odeur venait s'ajouter aux effluves malodorants qui flottaient dans l'air.

Keating sentit venir un haut-le-cœur.

— Comment va la jambe ? demanda-t-il.

Le visage de Striker s'assombrit, mais il haussa ses épaules massives.

— La blessure est assez propre. Elle guérira.

— Ravi de l'entendre.

C'est sans doute ce qu'il y a de plus propre dans la pièce.

Keating baissa les yeux vers la table. Au milieu des assiettes, des morceaux de ficelle et des détritus se trouvaient plusieurs des armes de Striker, leurs coques entrouvertes laissant déborder leurs entrailles de rouages et de fils électriques. Réparations, inventions, améliorations, il n'en avait jamais fini avec ses créations. Un travail constamment remis sur le métier. Et toujours de meilleure qualité que ce que Keating pouvait acheter pour ses rats des rues, quelle que soit la somme investie. *Sous la crasse et les mauvaises manières, cet homme est un atout.*

Il éparpilla le bazar du bout de son doigt ganté jusqu'à faire apparaître le manche d'un coupe-papier en argent. Pas le genre d'objet qu'on s'attendait à trouver chez un garde-rue.

— S'agit-il de l'arme qui vous a blessé ?

Striker laissa échapper un grognement et but une lampée au goulot de sa bouteille avant de s'essuyer les lèvres avec sa manche.

Avisant l'écusson sur le coupe-papier, Keating fronça les sourcils. La surprise, puis le ver insidieux de la colère, le prit aux tripes. Il saisit le couteau et referma son poing autour de l'élégant blason. *Bancroft.* Comment une lame appartenant à Bancroft s'était-elle retrouvée dans la jambe de Striker ? Ces derniers temps, la famille Roth semblait se faufiler partout dans ses affaires, comme autant de mauvaises herbes.

— Puis-je le garder ? demanda-t-il en glissant sans attendre le coupe-papier dans sa poche.

Striker retroussa les lèvres.

— Allez-y. J'en ai d'autres. Une lame est une lame, et celle-ci est loin d'être la plus aiguisée. Elle m'a bien amoché, cela dit. Le salaud de gitan qui m'a planté était un professionnel.

Intéressant. Quel lien Bancroft pouvait-il entretenir avec un expert du couteau ? Ou s'agissait-il simplement d'une étrange coïncidence ? C'était une nouvelle piste à suivre.

Voyant Striker boire une nouvelle lampée, il décida d'en venir au fait.

— J'ai un travail pour vous. Un homme qui doit être éliminé.

Le garde-rue tourna le regard vers sa cuisse bandée.

— Rapidement ?

— Immédiatement. Il se fait appeler docteur Magnus. J'imagine qu'il doit loger dans un endroit assez proche. Il a l'intention de me causer des problèmes et je ne le tolérerai pas.

— Donnez-moi moi un jour ou deux et je serai de nouveau sur pied.

— Embauchez d'autres hommes et faites-le tout de suite. Employez donc certaines de ces nouvelles armes à feu que vous avez créées. Je sais que vous en avez plein d'intéressantes en stock au chantier naval.

Il avait tout récemment organisé le transfert de l'arsenal de réserve de Striker vers un hangar gardé et fermé à clé dans un lotissement appartenant à Keating Distribution. Jusque-là, le garde-rue avait amassé ses mortelles inventions dans un coffre de marin au pied de son lit. La réputation du coin étant celle d'un repaire de voleurs et d'assassins, ce n'était qu'une question de temps avant que les armes se retrouvent entre les pires mains imaginables. La tranquillité d'esprit valait bien le coût de fabrication d'une nouvelle clé.

Cependant, Striker tressaillit à la mention du chantier naval. Il se reprit très vite mais Keating l'avait vu.

— Quel est le problème ?

— Ce foutu gitan m'a pris ma clé.

Un voile blanc recouvrit le champ de vision de Keating et, l'espace d'un bref instant, la pièce disparut. Puis elle revint, teintée du rouge de sa fureur.

— *Quoi ?*

Il avait craché ce mot avec une colère telle que les deux valets qui l'accompagnaient reculèrent d'un pas. Ils savaient ce dont il était capable.

Keating pouvait à peine respirer. Tout le matériel appartenant à Harter Moteurs, et bien d'autres choses encore, était également stocké dans ce hangar. Mais le vrai problème n'était pas là. Le vrai problème était sa déception.

— Quelle négligence, Striker, dit-il dans ce qui n'était à présent qu'un murmure. Je vous faisais confiance pour protéger mes arrières. Vous m'entendez ? Je vous faisais confiance. Et vous m'avez déçu.

Striker pinça les lèvres, l'air déterminé.

— Je la récupérerai. J'ai soif de revanche. Une soif terrible, monsieur.

Keating se pencha au plus près de Striker, ses narines agressées par la puanteur du garde-rue. Mais il n'eut aucun mouvement de recul, pas même quand ses lèvres effleurèrent l'oreille de ce dernier.

— Comment se fait-il que je n'apprenne ceci que maintenant ? Pourquoi n'êtes-vous pas venu immédiatement me prévenir ?

Striker tourna les yeux vers lui mais sans soutenir son regard.

— Je ne pouvais pas marcher, monsieur.

Keating laissa échapper un juron. La valeur marchande du matériel confisqué à Harter était incalculable. Si le voleur savait ce qu'il faisait, le hangar aurait déjà été vidé. Les fournisseurs d'énergie à la sauvette saisissaient toutes les occasions de voler les barons de la vapeur. Et tous les barbiers, les boulangers et les fabricants de bougies étaient prêts à les payer. Le seul moyen de garder le contrôle était de s'assurer que rien – ni machine, ni générateur, ni appareil éolien – ne serait jamais fabriqué dans les bicoques et les ruelles des bas-fonds de la ville.

— Piètre performance pour un homme censé faire régner l'ordre dans mes rues. Vous auriez pu m'envoyer un courrier.

— J'ai jamais appris à écrire. Et je pouvais pas envoyer un messager sans qu'il sache nos affaires.

— Des excuses !

Et ce délai signifiait que changer les cadenas serait au mieux une mesure tardive. Il se tourna néanmoins vers l'un de ses hommes.

— Grimsby, envoyez quelqu'un vérifier le hangar. Qu'on y mette de nouveaux cadenas.

Avec une expression qui frôlait l'insolence, Striker posa la bouteille sur la table. Elle était vide.

— Mes excuses encore une fois, monsieur.

Des paroles aussi sincères qu'on pouvait l'espérer de la part de Striker. Mais Keating resta de marbre. Les excuses ne signifiaient rien. Elles n'étaient que l'épilogue de la négligence.

— Vous avez de la chance que je vous laisse vivre pour me faire ces excuses. Savez-vous ce que me faisait mon père quand je le mécontentais étant enfant ?

— Non, monsieur.

Keating grinça des dents un bref instant avant de répondre.

— Il ne m'autorisait pas à manger tant que la faute n'était pas corrigée. Oh ! j'avais le droit de me mettre à table et les repas m'étaient servis, mais je ne devais pas y toucher. Si je le faisais, on me battait jusqu'au sang. J'ai donc appris à rester assis en humant mon dîner. Ma bouche se remplissait de salive, j'avais des crampes d'estomac, mais interdiction de manger. Pas avant que le péché que j'avais commis, quel qu'il soit, ne soit épongé. Et pour être certain que je ressentais toute la force de mes échecs, ma mère non plus n'avait pas le droit de manger, ni mes frères et sœurs. Si un seul de nous faillait, nous souffrions ensemble. Père était impartial en la matière.

Keating plongea son regard dans celui de Striker sans y voir autre chose qu'une sorte de curiosité. Quel qu'ait pu être le sort de Keating, on pouvait raisonnablement penser qu'un bâtard à la peau sombre du quartier des docks avait vu pire. Ce qui ne faisait qu'attiser la colère de Keating, dont le ressentiment enfla des tripes jusqu'à la gorge.

— Mon père était un saint homme, cracha-t-il. Il enrobait ses punitions dans les textes sacrés. Difficile pour un enfant de trouver des arguments face aux citations bibliques.

En parlant, Keating avait reculé d'un pas et planté ses pieds dans le sol. C'est à ce moment qu'il frappa en mettant tout son poids derrière un impeccable crochet du gauche. Son poing s'écrasa avec un bruit mat sur le côté du visage de Striker. Et Keating était rapide, trop rapide pour que le garde-rue pris de court puisse bloquer le coup.

Striker vola de sa chaise et s'étala face contre terre en glissant parmi les détritus tel un gros sac de farine.

Tu ne t'attendais pas à ça venant de moi, hein? Le sang de Keating bouillonnait dans ses veines ; la violence agissait tel un tonique. Il agita les doigts de sa main endolorie et grimaça sous l'effet de la douleur et des prémices d'un sourire. *Faire couler le sang peut être plus libérateur que les faveurs d'une catin.*

— De ma part, vous n'aurez droit à aucun sermon. Je préfère que les choses restent simples.

Striker roula sur le flanc, une main plaquée sur son visage. Le valet de Keating s'avança, au cas où le garde-rue aurait voulu riposter. Une colère meurtrière brillait dans le regard de Striker, mais il resta à terre.

Keating se rapprocha jusqu'à se tenir au-dessus du garde-rue et le poussa du bout de sa botte.

— Les chiens ont parfois besoin d'une bonne raclée. Maintenant relevez-vous et mettez-vous en chasse.

CHAPITRE 25

— De quoi j'ai l'air ? demanda Imogen en pivotant vivement sur elle-même afin que sa traîne s'enroule autour de ses pieds tel un félin affectueux.

— Ravissante, comme toujours, répondit Evelina. Tous les hommes présents s'évanouiront immédiatement, submergés par ta stupéfiante beauté.

Imogen fit une grimace.

— Je ne suis pas trop pâle pour cette couleur ?

— Non. Ça te va bien.

Imogen portait une robe nacre, d'une nuance crème en à peine plus foncée, au corsage décoré de fleurs brodées roses et vert pâle enroulées autour d'un treillis chatoyant de minuscules rouages en laiton. Un style appelé *à l'automate**, la dernière mode depuis *à la girafe** et *à l'égyptienne**. Personne n'aurait pu confondre Imogen avec un automate, mais l'effet chatoyant était très réussi.

— Et pourquoi es-tu si difficile au sujet de ta toilette ? demanda Evelina avec désinvolture. Aurais-tu des vues sur quelque beau jeune pair du royaume ?

Pour sa part, elle avait opté pour une robe plus simple, dans une nuance de rose qui mettait en valeur sa peau plus mate. Le visage d'Imogen rougit jusqu'à avoir à peu près le même teint que son amie.

— Non, pas de raison particulière.

Bras dessus bras dessous, elles entreprirent de descendre les marches.

* En français dans le texte. (*NdT*)

— M. Penner sera-t-il de la partie ? demanda Evelina en repensant à la scène aperçue au sortir du salon de thé.

Bucky avait embrassé la main d'Imogen, dont le visage exprimait tout sauf le mécontentement. Mais son amie affectait à présent la plus parfaite innocence.

— Je n'en ai aucune idée, je t'assure.

Evelina n'insista pas, mais se promit d'ouvrir l'œil durant la soirée.

Les deux jeunes filles avaient passé l'après-midi à se préparer pour la saison ; la présentation officielle aurait lieu dans quelques jours seulement. Evelina avait pris livraison des trois nouvelles robes qu'elle avait commandées au moment de son arrivée à Londres et, sur les recommandations insistantes de sa mère-grand, en avait commandé trois de plus. La couturière avait également terminé les retouches sur la robe de soirée que sa mère portait à l'occasion de sa propre présentation. Elle était à présent étalée sur son lit, trop jolie pour être rangée immédiatement.

Il était bien évident qu'il y avait plus important à faire que d'acheter de nouveaux vêtements. Comme d'identifier le propriétaire de l'entrepôt où elle avait découvert le cube. Elle n'avait cependant pas trouvé le moyen de s'y prendre sans attirer l'attention sur elle, chose qu'elle souhaitait absolument éviter. Par ailleurs, un exemplaire du *Guide Barrett de la mécanique de l'Europe de jadis* l'attendait sur son bureau pour alimenter ses recherches sur le mystérieux cube.

Mais Evelina restait humaine. Aucune jeune femme intelligente à l'orée de sa vie d'adulte n'aurait pu résister totalement à l'idée fascinante de mois entiers de festivités. Et il y avait quelque chose de merveilleux à voir son nom inscrit sur tant d'invitations. Elle avait même été obligée de faire imprimer de nouvelles cartes de visite.

Par ailleurs, pour être honnête, la rencontre avec la créature de l'entrepôt l'avait rendue prudente. Elle n'avait en rien renoncé à sa détermination de protéger Imogen et sa famille, mais ceux qui avaient fait appel au dragon passaient sans doute Londres au peigne fin à la recherche d'autres praticiens de la magie. Et en lui retournant Oiseau, Magnus avait démontré qu'il en savait plus sur elle qu'elle ne l'aurait voulu.

Sans être lâche, elle ressentait une envie de plus en plus pressante de disparaître au cœur de la foule des jeunes débutantes innocentes pour ne plus se préoccuper que de danser la valse et de collecter des rubans pour sa charlotte dans le confort d'un univers parfaitement sûr.

Elles arrivèrent à la porte du salon où s'affairaient déjà de nombreux invités. À présent que les lumières s'étaient rallumées sur Hilliard House avec la bienveillante bénédiction du roi Doré, il semblait que la crème de Londres se pressait pour participer au dîner donné par lord Bancroft.

En un rapide calcul, Evelina dénombra une dizaine d'hommes portant au moins le titre de baronnet. Elle aperçut lord B, entouré d'hommes en costumes sombres arborant monocles et favoris grisonnants. Réparties sur la périphérie de la salle, leurs épouses donnaient à admirer leurs robes aux couleurs de fleurs. Evelina et Imogen échangèrent un regard puis se dirigèrent vers le groupe de gens plus jeunes dans le petit salon mitoyen.

Evelina repéra Tobias et Bucky, en compagnie d'une poignée d'autres jeunes gens. Tobias riait d'une plaisanterie en arborant son habituel sourire d'ange déchu. Une douloureuse sensation de brûlure envahit la poitrine d'Evelina en le voyant. Quand il se tourna dans sa direction, elle lut de l'intérêt dans le regard sombre qu'il braquait sur elle.

Evelina s'empourpra à l'idée que Tobias Roth puisse la trouver belle. Elle détourna les yeux, le cœur trop plein d'émotion pour soutenir son regard, et se laissa emporter par une soudaine recrudescence d'espoirs complexes.

Imogen poussa une exclamation de plaisir à la vue de ses amis et plongea au cœur de l'assemblée avec un grand sourire.

— Messieurs, nous voici arrivées. Vous pouvez vous prosterner.

— Belles dames ! s'exclama Bucky en faisant une grande révérence.

Percy Hamilton mit un genou à terre, les mains pressées contre sa poitrine dans une posture d'adoration exagérée.

Imogen répondit quelque chose mais Evelina n'entendit pas ses paroles. Elle était trop occupée à observer l'expression soigneusement maîtrisée d'Imogen, que démentait la façon dont ses yeux gris s'illuminaient dès qu'elle se tournait vers Bucky. Pas étonnant que la jeune femme perde toujours quand elles jouaient ensemble au whist. Imogen était incapable de dissimuler ses émotions quand celles-ci avaient de l'importance.

Bucky, pour sa part, se frayait tranquillement un chemin au sein du groupe des jeunes gens, écartant ses rivaux de l'épaule sans qu'ils aient tout à fait conscience de ce qui se passait. Evelina sourit pour elle-même en voyant le rose monter lentement aux joues de son amie.

Soudain, Tobias fut auprès d'elle.

— Mes compliments à votre couturière. Elle vous rendrait presque justice.

Evelina redressa le menton en affichant une assurance qu'elle était loin de ressentir.

— Aurais-je besoin de justice ? Peut-être devrais-je me chercher un défenseur si je souhaite me mêler à des gens si plein d'esprit ce soir, dit-elle sur un ton qui se voulait un peu sec.

—Indéniablement. Je crois comprendre que chez la femme la haute couture fait office d'armure, répondit Tobias avec un sourire entendu.

Il était l'incarnation parfaite du fils d'ambassadeur, vêtu d'un manteau noir très habillé et d'une chemise d'un blanc immaculé aux boutons sertis de perles.

Au moment de faire mentalement le rapprochement entre cet homme et le créateur du calamar mécanique, Evelina sentit naître une douleur derrière un œil, comme si son crâne menaçait d'exploser.

—Je croyais que l'armure d'une femme était sa vertu, dit-elle.

—Une idée fausse perpétuée par les gens mal habillés. La vertu ne l'emporte guère ailleurs que dans les opéras les plus légers.

Il se pencha un peu plus près et baissa la voix tout en l'attirant dans l'embrasure de la fenêtre en saillie. Au contact de sa main sur son bras, Evelina sentit ses jambes flageoler sous l'effet d'un agréable frisson.

—Et je suis sûr qu'il y aura une touche de mélodrame ici ce soir, poursuivit Tobias. Père a proclamé le roi Doré invité d'honneur.

—Quoi ? chuchota Evelina, tournant le dos à la salle.

Elle s'était toujours demandé pourquoi dans la haute société tant d'amateurs de ragots savaient si bien lire sur les lèvres.

—Après que le roi Doré a plongé sa demeure dans le noir, je comprends bien que votre père doive se montrer poli. Mais que fait-il de l'horrible scène dans le jardin avec Dora ?

—Tout cela est politique. Au moins n'est-il pas venu accompagné de cet imbécile de Jackson.

Tobias tira sur l'une de ses manchettes parfaitement amidonnées, une expression amère sur le visage.

—Brusquement, Keating s'intéresse beaucoup aux activités de mon père. De quoi rappeler ce vieil adage qui recommande de garder ses amis auprès de soi et ses ennemis plus près encore.

Evelina sentit sa gorge se serrer.

—Qu'en dit lord Bancroft ?

—Que peut-il faire si ce n'est sourire et sortir son meilleur vin ? répondit Tobias, sourcils froncés. C'est compliqué. Tout tourne autour de questions de marchés, d'investissements et de brevets. Les barons nous piègent tous un par un en prenant nos portefeuilles en otage.

Evelina laissa échapper un soupir de frustration et se surprit à regarder par la fenêtre en songeant avec nostalgie à la liberté de ses moments sur la corde raide, où elle pouvait danser au-dessus de toutes les complexités. C'était une belle soirée de printemps, le soleil commençait tout juste à disparaître derrière les toits londoniens. Le petit morceau de ciel qu'elle apercevait était parsemé de nuages aux ventres teintés d'or par la lumière déclinante. À entendre le ton de Tobias, on aurait pu croire que le soleil ne se lèverait plus jamais.

— Tiens, tiens ! dit-il soudain. Qui donc arrive dans l'allée ?

Evelina se pencha de quelques centimètres pour voir ce que lui cachaient les plis du lourd rideau de velours. Une panique soudaine lui coupa le souffle.

— Le docteur Magnus ! siffla-t-elle.

Elle fut assaillie par une vision de la boîte contenant son oiseau. Ses bras se couvrirent de chair de poule et elle s'écarta vivement de la fenêtre, manquant de heurter Tobias.

— Qu'est-ce qu'il fait ici ? demanda-t-elle.

Mais Tobias laissa échapper un petit gloussement. Il semblait soudain d'humeur plus légère.

— Avec un peu de chance, il est venu pour me voir.

— Pourquoi ? hoqueta Evelina, assez fort pour que quelques têtes se tournent vers eux.

— Il a une allure quelque peu exotique, je vous le concède, mais vous n'avez rien à craindre. Malgré la vieille querelle qu'il entretient avec mon père, c'est un homme bien, vous savez. Il veut que je l'aide à fabriquer quelque chose, termina-t-il avec un grand sourire enfantin.

Elle se rappela la garden-party et la joie qu'avait manifestée Tobias après sa discussion avec Magnus.

— Faites attention, lui dit-elle.

— À quoi ?

Il la gratifia d'un sourire perplexe puis lui serra gentiment le bras et la laissa là, près de la fenêtre, avec une boule d'inquiétude dans la poitrine.

Nick avait un plan. Il était, après tout, l'Indomptable Niccolo.

Quelques pièces d'argent – ou même une poignée de rubis – n'auraient pas permis à Magnus d'acheter les informations qu'il voulait à propos d'Evelina. Pas auprès de Nick. Il n'était pas un héros, même au sens le plus large du terme – il avait fait sa part de mauvaises actions au nom de la survie et avait même tué un homme qui s'était présenté chez Ploughman avec de terribles intentions –, mais il avait ses limites et Evie constituait l'une d'entre elles. L'argent était utile, mais il était habitué à en manquer et ce qu'il désirait le plus au monde n'était pas à vendre.

Il ne s'était pas remis de ses retrouvailles avec Evie dans cette chambre élégante et confortable, avec sa chevelure noire retombant en cascade dans son dos et sa peau couleur de lis. Il aurait donné son âme pour pouvoir de nouveau la toucher et pour qu'en retour elle le touche comme il l'attendait, comme il savait au plus profond de lui-même qu'ils étaient nés pour le faire.

Jamais il ne vivrait cela s'il la trahissait.

Quatre jours s'étaient écoulés depuis qu'il avait suivi le docteur jusqu'à chez lui et il s'était débrouillé pour ne faire qu'un unique et inoffensif rapport. Il ne savait toujours pas exactement ce que Magnus voulait à Evelina, pas plus qu'il ne comprenait son intérêt pour Tobias Roth. Mais de la part d'un étranger suspect maniant la magie mortuaire cela ne pouvait rien présager de bon.

Dissimuler les véritables informations n'était pas très difficile. Avertir Evelina était une autre paire de manches. À la suite des meurtres, la propriété de Hilliard House était désormais discrètement gardée par des hommes équipés d'armes à feu. Inutile à présent d'espérer faire un passage éclair dans la chambre à coucher d'Evie, même si sa cheville était presque guérie. Ou alors en sautant en parachute depuis un dirigeable pour atterrir sur le toit.

Jusqu'à ce soir, en tout cas. Avec l'arrivée des invités et l'attention des domestiques monopolisée par les fiacres et les allées et venues des livreurs du côté des cuisines, il était parvenu à traverser le jardin et à entrer par une fenêtre ouverte, un exploit en soi avec cette mode de mettre des lampes partout. Il fallait qu'il pénètre dans la maison car c'était là que Magnus se rendait, bien trop près d'Evie au goût de Nick. Il se devait de la prévenir. Il voulait qu'elle sache qu'il était là si elle avait besoin d'aide. Si le docteur allait trop loin, l'Indomptable Niccolo était un expert lorsqu'il s'agissait de décourager les voyous à l'aide d'un couteau.

Nick se tenait accroupi dans une pièce qui servait sans doute à stocker les produits de ménage. Il avait choisi cette fenêtre parce qu'elle lui était accessible mais aussi parce que personne n'était passé devant pendant un moment. Il y avait des seaux et des balais dans un coin, ainsi que des étagères où s'alignaient sacs de borax, cristaux de soude et pots de cire. Un appareil mécanique monté sur roues était posé, silencieux, face à lui. Peut-être l'une de ces étranges machines qui aspiraient la poussière au sol. Les riches étaient bizarres. Après tout, le sol n'était-il pas l'endroit où la poussière était censée se trouver ? Nick haussa intérieurement les épaules.

Dans tous les cas, personne n'allait vouloir aspirer les sols, pas avec des invités dans la maison. Ce qui faisait de cette pièce une bonne cachette.

Il s'avança jusqu'à la porte, tourna la poignée et entrouvrit le panneau pour jeter un coup d'œil à l'extérieur. Il osait à peine respirer.

Deux hommes descendaient lentement le corridor en discutant à voix basse. Nick se figea en reconnaissant la silhouette familière du docteur Magnus. Magnus qui semblait avoir des yeux derrière la tête et qui avait repéré Nick quand celui-ci l'avait pris en filature. Quelque chose disait à Nick que se faire prendre une deuxième fois serait une très mauvaise idée. Il se tassa encore un peu plus sur lui-même, son œil pressé contre le minuscule interstice.

Les deux silhouettes s'arrêtèrent et se firent face. Nick fut surpris de voir que l'autre homme n'était autre que lord Bancroft. Il avait observé les allées et venues d'Evie pendant assez longtemps pour être en mesure d'identifier à peu près tous les habitants de Hilliard House.

Voilà qui est intéressant.

Que faisaient-ils dans les sous-sols de la demeure ? Les rupins n'étaient pas censés s'y arrêter. Même les domestiques avaient déserté cette partie de la maison. La réception battant son plein, ils se trouvaient du côté de la nourriture, des boissons et des chevaux. Nick s'en était assuré avant de se faufiler à l'intérieur ; autant en tout cas qu'il l'avait pu en épiant les conversations sur le pourtour de la propriété.

Mais il tenait justement la réponse, n'est-ce pas ? Personne ne devait savoir que les deux hommes se trouvaient là. Nick prit soudain conscience qu'il avait retenu sa respiration pendant trop longtemps et fut pris d'une envie de tousser. Il aspira un peu d'air aussi discrètement que possible.

— Je crois comprendre que vous constituez la dernière acquisition du roi Doré, dit Magnus d'une voix teintée de sarcasme. Son nouvel ami, ou en tout cas son nouveau laquais destiné à améliorer ses liens avec la classe politique. Étrange quand il y a quelques jours à peine les rumeurs affirmaient que vous étiez décidé à le défier. Une histoire de soutien malavisé à un nouveau genre de moteur.

— Il a choisi de m'inviter à travailler avec lui plutôt que contre lui.

Bancroft s'exprimait sur un ton bouillant d'impatience alors que Magnus conservait un parfait sang-froid.

— En d'autres termes, il vous a mis sous sa coupe. Miséricordieux de sa part. D'un autre côté, un lord est considéré comme du gros gibier, même pour un baron de la vapeur. Vous écraser totalement aurait pu lui donner un peu de fil à retordre.

— Content de l'entendre, commenta Bancroft, railleur.

De quoi parlent-ils ? La tension entre les deux hommes était presque palpable et dépassait clairement le cadre de cette conversation précise. *Et quel rapport avec le roi Doré ?*

— Keating est prudent. Vous pourriez lui être utile. Et puis il est désireux d'obtenir un titre pour lui-même, après tout. Titre qu'il lui sera difficile d'extorquer à Victoria après avoir monté la tête d'un vicomte sur le mur de son bureau. En règle générale, les aristocrates trouvent assez déplaisant de voir leurs pairs publiquement mis à terre.

Magnus lissa les poils de son bouc, l'air pensif.

— Soyez heureux que cela ait eu lieu maintenant. Quelques années de plus et Keating aurait sans doute disposé d'un pouvoir tel qu'il n'aurait pas eu à se modérer.

Bancroft croisa les bras et s'inclina légèrement en arrière afin de soutenir le regard de Magnus, qui le dépassait de quelques centimètres.

— Merci de souligner le côté précaire de ma situation, mais je vous assure que j'avais pleinement conscience de l'abîme qui s'ouvre devant moi.

L'ambassadeur avait l'air las, songea Nick en ajustant sa position pour mieux voir son visage. Sa mise avait beau être impeccable, sa peau était aussi fripée que des vêtements dans lesquels on aurait dormi deux semaines durant. Il donnait aussi l'impression de s'être battu. Il avait un hématome sur le côté du visage et tous ses gestes semblaient douloureux.

— Mais quelque chose me dit que vous n'êtes pas venu ici pour me donner des conseils, ajouta-t-il, lèvres retroussées.

Magnus hocha la tête.

— C'est vrai. J'ai besoin de votre aide avec Keating.

— Vous avez perdu l'esprit ? Je n'ai aucune influence sur lui !

D'un geste tranchant de la main, Magnus rejeta toute objection.

— Vous savez toujours trouver le bon angle, ambassadeur. Ce n'est pas pour rien que vous êtes devenu diplomate... Keating a quelque chose que je désire. Vous devez le convaincre de me le livrer.

— Certainement pas !

— Ah non ?

La voix du docteur s'était faite grave et dangereuse, comme du velours imprégné d'un poison au contact mortel.

— Je savais que vous diriez cela et je suis largement en avance sur vous. J'ai quelque chose que vous voudrez récupérer. Pas seulement pour votre bien mais également pour celui de votre famille.

— *Vous !* s'exclama Bancroft dans un grondement. C'est vous qui avez assassiné mes hommes.

Nick tressaillit. *Assassiné ?*

— Je n'ai rien fait de tel, répondit Magnus en haussant les épaules. Il n'est pas nécessaire que vous me croyiez, mais je vous jure que ce n'est pas ma main qui a brandi cette lame. En revanche, j'ai vos malles et leur contenu en ma possession.

Par tous les diables, mais de quoi parlent-ils ? Nick commençait à avoir des crampes dans les jambes mais il n'osait pas bouger d'un centimètre.

Bancroft bondit sur Magnus comme s'il voulait l'étrangler sur place. Magnus esquiva l'attaque, agrippa l'ambassadeur par son revers et le plaqua contre le mur blanc du couloir réservé aux domestiques.

— Reprenez-vous, l'ami !

Nick entendit le souffle rauque de Bancroft, la respiration lourde et sifflante d'un homme presque à bout de forces. Magnus le maintint néanmoins collé à la paroi jusqu'à ce que l'ambassadeur plus âgé cesse de se débattre, vaincu.

Le docteur reprit la parole entre ses dents serrées.

— Keating détient le coffret d'Athéna. Il me le faut.

Le visage de Bancroft se crispa.

— Qu'est-ce que vous racontez ?

— Keating construit une galerie. Il a l'intention de présenter le coffret dans son exposition de trésors archéologiques. Mais je le veux pour mes recherches. C'est un objet trop important pour laisser Keating le ranger dans un musée.

— Pourquoi ne pas le lui demander, tout simplement ?

— Je l'ai fait. Il a tergiversé et m'a raconté une histoire à dormir debout à propos d'une expédition retardée. Il est clair qu'il veut le garder pour lui.

Nick avait du mal à suivre. Cela faisait trop d'informations, trop vite et il avait envie – ou plutôt besoin – de se redresser. Son désir de fuir se faisait plus pressant à chaque seconde. Être surpris en train de les épier était déjà assez grave en soi, mais il ne faisait aucun doute que ce qu'il venait d'entendre était très important, même s'il n'en comprenait pas tout le sens. Il entreprit de se redresser, centimètre par centimètre, en priant pour que ses genoux ne craquent pas.

— Il provenait de Grèce ? demanda Bancroft avec une note de circonspection dans la voix.

— De Rhodes.

Bancroft laissa échapper une respiration sifflante mais ne dit rien. Nick se demanda ce que signifiait ce silence.

Le docteur Magnus relâcha Bancroft et lissa le revers de sa veste.

— Bon, vous vous chargerez de le récupérer pour moi, n'est-ce pas ? Je ne désire que le coffret. Et je ne suis pas un homme déraisonnable.

Bancroft émit un bruit paniqué, comme si son expérience de Magnus disait tout l'inverse. Le sorcier eut un petit rire.

Une ombre de défi passa sur les traits de Bancroft.

— Qu'allez-vous en faire ?

— Mon travail. À des fins d'ordre et de bienveillance.

— Bienveillance ? cracha Bancroft. Parlez plutôt de tyrannie. Non, de vanité. Vous et Keating désirez la même chose : voir votre reflet partout où vous porterez les yeux. Peut-être que si le monde est recréé à votre image vous finirez par avoir le sentiment de réellement exister.

Magnus maugréa ce qui aurait pu être un blasphème.

— Et vous vous désintégrez pour n'être plus que l'ombre de l'homme que vous étiez. Récupérez le coffret pour moi et je disparaîtrai. En dehors de cela, je me moque de savoir à quels jeux vous et Keating déciderez de jouer.

— Et si je n'y parviens pas ?

La voix de Bancroft avait changé. À l'oreille de Nick, cela sonnait comme un mélange de colère et de prise de conscience soudaine. Il aurait pu parier que l'aristocrate venait de comprendre quelque chose, même s'il n'aurait pas su dire de quoi il s'agissait.

— J'ai vos malles. Jasper Keating n'est pas le seul à pouvoir vous causer du tort. J'espère que vous n'aurez pas besoin d'une démonstration.

— Je me souviens de ce que vous avez fait en Autriche.

Les muscles de Nick étaient tendus à l'extrême, figés sous l'effet d'une fascination horrifiée. C'était comme de contempler un horrible accident dont on ne supportait pas d'être témoin sans toutefois pouvoir détourner la tête.

Soudain, Bancroft s'écarta brusquement du mur, forçant Magnus à reculer. L'ambassadeur pivota sur les talons de ses souliers vernis et s'éloigna d'un pas rapide. Pas un mot, pas même un signe de tête. Rien que son dos tourné, droit, carré et impeccablement revêtu de noir.

Peu importait. Même Nick voyait bien qu'il avait perdu. Magnus éclata d'un long rire grave. Puis, après une ou deux minutes, il suivit le même chemin d'un pas nonchalant.

Une main plaquée contre le mur, Nick put enfin se redresser de toute sa taille. Il était en sueur, les tripes nouées par une affreuse sensation de malaise. En partie du fait de la tension. Il avait frôlé la catastrophe. Par toutes les furies, dans quel genre d'endroit Evelina vivait-elle ?

Au moment où Imogen remarqua la façon dont son frère regardait Evelina, une minuscule vrille d'inquiétude vint perturber son contentement. La soirée était idéale sous tant d'aspects : Evelina et elle ne risquaient pas d'être attaquées par un dragon, la lumière était revenue, sa robe était parfaite et la compagnie aurait difficilement pu être plus agréable. Et elle observait Bucky Penner avec un immense intérêt après avoir constaté qu'il n'était jamais à plus de quelques pas d'elle. Cependant, la même chose semblait se produire entre Evelina et son frère, et cela la troublait.

Imogen adorait son frère, cela ne faisait aucun doute, mais elle n'entretenait aucune illusion quant à ses activités dans les clubs qu'il fréquentait. Bucky faisait de même, certes, mais certains jeunes gens semblaient traiter ce genre de manigances comme un rite de passage : un moment dans le temps que l'on conservait précieusement en vue de s'y replonger avec un plaisir nostalgique quelques années plus tard. Imogen ne voyait rien à reprocher à cela.

Mais Tobias n'avait jamais donné l'impression de pouvoir se projeter dans ce genre de futur et cela inquiétait Imogen, à la fois pour lui et pour Evelina.

Elle se laissa tranquillement porter vers eux, consciente que leur discussion ne la regardait en rien mais incapable de s'en empêcher.

Elle n'eut pas le temps de les approcher suffisamment pour entendre ce qu'ils se disaient ; la voix grave de son père lui parvint de quelque part dans son dos.

— À quel jeu jouez-vous ? gronda-t-il.

Imogen se figea, sa main levée en direction du plateau de verres de sherry qu'un des valets lui tendait. Puis elle comprit que ce n'était pas à elle que lord Bancroft s'adressait. Elle souleva son verre puis pivota doucement sur elle-même en buvant une gorgée pour constater qu'elle tournait le dos à son père, lequel parlait à un homme qu'elle identifia comme étant le cousin de Jasper Keating. Comment s'appelait-il déjà ? Harrison ? Hartman ?

Quel que soit son nom, il répondit d'une voix tendue :

— J'ai suivi vos instructions à la lettre, ni plus ni moins. J'ai rapporté les caisses à mon entrepôt et informé mon cousin de leur arrivée.

Imogen sentit plus qu'elle ne vit son père tressaillir. Lorsqu'il reprit la parole, ce fut dans un murmure furieux.

— Nous en reparlerons plus tard.

— Vous devez me croire. Celui qui vous a laissé entendre qu'il manque un objet ne sait pas ce qu'il dit.

— Il est peut-être fou, concéda le père d'Imogen. Mais jamais il ne m'a dit quelque chose dont il n'était pas certain. Quoi qu'il en soit, ce n'est pas une conversation que nous pouvons avoir ce soir.

Sur ces mots, lord Bancroft s'éloigna, laissant Imogen en possession d'une information à la fois intrigante et troublante. Elle lança nonchalamment un regard vers l'interlocuteur de son père en ayant l'air de chercher quelqu'un d'autre. Harriman ! C'était ainsi qu'il s'appelait. Malgré son lien de parenté avec le roi Doré, c'était un homme sans importance. Que faisait son père avec un individu de ce genre ?

Quoi que ce puisse être, cela impliquait un entrepôt et des caisses – l'entrepôt de Harriman, semblait-il – et l'un des plans de son père. Les bras d'Imogen se hérissèrent sous l'effet d'un frisson glacé. Elle avait depuis longtemps pris conscience, sans doute bien plus que Tobias, que lord Bancroft était en permanence mêlé à une dizaine de projets plus ou moins secrets ou illégaux. Tel était le destin d'une fille intelligente forcée d'être discrète et polie, comme faisant partie des meubles. On en apprenait parfois beaucoup plus qu'on ne l'aurait souhaité.

À présent, un millier de détails lui revenaient en mémoire. Harriman s'était présenté à la maison quatre jours plus tôt, un passage discret pour rencontrer directement son père sans l'habituelle conversation autour d'un thé que dictaient les convenances lors d'une visite à domicile. Harriman et le père d'Imogen avaient-ils un lien avec les caisses qu'elle avait vues dans l'entrepôt ? avec les taches de sang sur le sol ? avec la mort de Grace Child ?

Imogen se sentit soudain très faible. Le goût du sherry sur sa langue lui parut écœurant.

Mon Dieu ! et s'il était coupable de quelque chose ?

Evelina avait dit que la prochaine étape de leur enquête consisterait à découvrir à qui appartenaient et l'entrepôt et les caisses. *Elles étaient destinées au cousin de Harriman, le roi Doré.* Et son père semblait penser que Harriman était responsable de la disparition d'un objet. Lord Bancroft avait donné à Harriman l'ordre de rapporter des caisses. Les rapporter d'où ? Et pourquoi ? *Et dois-je en parler à Evelina ?*

La question la taraudait telle une douleur physique. Son premier réflexe aurait été de partager avec son amie tout ce qu'elle venait d'entendre, mais la prudence la retint. C'était une chose de poursuivre un tueur en se disant que cela laverait Tobias de tout soupçon. C'en était une autre quand le meurtrier pouvait s'avérer être votre père.

Ridicule ! Elle chassa immédiatement cette idée. *Ce n'est pas possible. Je refuse d'imaginer une telle chose.*

Son père était un conspirateur mais cela s'arrêtait là. Le mieux à faire était d'oublier qu'elle avait surpris cette conversation. C'était le problème lorsqu'on épiait les gens : il était trop facile de comprendre de travers. Imogen frissonna, piégée entre ce que son esprit savait et ce que son cœur supportait d'accepter.

— Miss Roth ?

Elle sursauta si violemment qu'elle faillit renverser du sherry sur sa robe.

— Monsieur Penner !

— J'interromps vos pensées ? demanda-t-il en la dévisageant de son regard franc.

— Elles n'étaient pas très plaisantes.

Elle supposait qu'il l'avait observée toute la soirée, analysant chaque nuance de son attitude envers lui. Cela l'avait rendue nerveuse jusqu'à maintenant… mais, après l'incident avec son père, elle n'avait plus l'énergie de contrôler le moindre de ses battements de cils.

— Une distraction serait la bienvenue, dit-elle.

Il eut une petite grimace ironique.

— Je suis heureux d'avoir une certaine utilité.

— Il semble que j'aie perdu la mienne, répondit-elle avec un raclement de gorge. Je ne vois aucune théière devant laquelle monter la garde.

Ils se regardèrent pendant quelques instants, Imogen se sentant de plus en plus mal à l'aise et ne sachant quoi dire. Son esprit cherchait désespérément un sujet approprié : le temps au-dehors, l'animation des convives, le beau brocart du gilet de Bucky. Tout cela semblait assez ennuyeux pour faire fuir n'importe qui en hurlant, or elle avait envie qu'il reste auprès d'elle.

— Comment se portent vos sœurs ?

Il en avait trois. Une plus âgée que lui, deux plus jeunes. Imogen leur avait rendu visite l'été précédent.

— Elles s'épanouissent, répondit-il avec un hochement de tête poli. Bruyamment et avec enthousiasme. Comment va Poppy ?

— Elle va bien. Elle est actuellement hébergée chez nos grands-parents à Horne Hill.

— Dans le Devonshire ?

— Oui.

Par miracle, les épaules d'Imogen étaient en train de se dénouer, même si une partie de son esprit restait monopolisée par la discussion qu'elle avait surprise entre son père et Harriman.

— J'ai l'espoir que d'ici un an ou deux Poppy soit remise du trauma de la catapulte, ajouta-t-elle.

Bucky détourna les yeux.

— Ah… Eh bien, il faut dire que c'était la saison des prunes et que mon père venait de m'offrir un livre sur de Vinci et ses inventions.

— Terrible erreur de la part d'un parent, répliqua Imogen avec une sévérité feinte.

Le scandale de « l'affaire des prunes » remontait à plusieurs saisons mais elle ne se lassait jamais de le taquiner sur le sujet.

Il sourit à ce souvenir et de petites pattes-d'oie apparurent aux coins de ses yeux.

— Au contraire, miss Roth. Mon père gagne sa vie en fabriquant des armes à feu. L'idée que son fils et héritier tire sur tout ce qui l'entoure ne saurait être la cause d'une quelconque inquiétude parentale.

Les Penner étaient peut-être – comme le disait le père d'Imogen – « aussi ordinaires qu'un plant de navets » mais leurs grandes usines d'armement dans le Yorkshire avaient réalisé des profits rondelets durant les trois dernières générations.

— Un futur magnat est bien obligé d'affiner son adresse au tir d'une façon ou d'une autre, j'imagine. Mais Poppy reste encore un peu troublée par vos exactions de l'époque. Elle regarde le moindre fruit mûr d'un œil très soupçonneux.

— Bah… j'étais bien décidé à toucher chacun des carreaux de la fenêtre de sa chambre. Il y en avait quatorze, si je me souviens bien. Excellente occasion de pratiquer le tir sur cible, mais cela n'a duré que le temps d'un après-midi. Elle s'en remettra.

— Êtes-vous aussi méchant avec vos propres sœurs ?

— Méchant ? répondit-il avec un grand sourire. De telles attentions constituent au contraire l'expression de mon plus grand respect.

Imogen haussa un sourcil.

— Il doit s'agir d'un respect des plus sincères pour sacrifier autant de prunes véreuses.

Il s'inclina alors devant elle, tout en manières courtoises.

— Lorsqu'il s'agit de dames que je considère comme des diamants de la plus belle eau, je préfère les abreuver d'attentions plus attrayantes.

Imogen se sentit rougir et se détourna pour poser son verre de sherry sur le plateau d'un serviteur qui passait.

— Oui, bien sûr. Je crois savoir que votre père possède aussi quelques brasseries ?

Il éclata d'un rire franc qui fit sourire Imogen en retour. Elle n'avait pas pu s'en empêcher.

— C'est tout à fait exact, miss Roth, et je préfère les bières de mon père à ses armes. Mais, avant que cette déclaration ne vous cause une quelconque inquiétude, je promets de ne jamais vous asperger de bonne bière du Yorkshire.

— C'est un soulagement.

Il la gratifia d'un regard toujours plein de malice, mais d'un genre beaucoup plus adulte.

— J'ose croire que vous ne vous opposerez pas à des attentions de nature à moins vous éclabousser ?

— Moins d'éclaboussures, certes, mais s'agit-il là de leur unique qualité ? À notre époque, une dame doit veiller à ce qu'aucun fruit pourri ne soit impliqué.

En d'autres termes, qu'avez-vous derrière la tête, Bucky Penner ?

Bucky lui prit la main et s'inclina au-dessus avec tout le dévouement de sir Walter Raleigh jurant obéissance à la reine.

— Madame, soyez assurée que chacune de mes intentions est sincère, honorable et garantie cent pour cent dénuée de fruit.

Imogen inspira entre ses dents quand les lèvres de Bucky touchèrent ses doigts gantés. Elle ne l'avait jamais vu aussi sérieux et ses manières en disaient beaucoup plus que ses paroles.

Il désire donc réellement me courtiser !

Avec un pincement dans la poitrine, Imogen prit brusquement conscience de ce qui rendait Bucky différent de tous les autres jeunes gens qui sollicitaient une danse ou la possibilité de tourner les pages tandis qu'elle jouait du piano. Comme Evelina, Bucky avait passé beaucoup de temps chez eux au fil du temps. Certaines de leurs plaisanteries duraient depuis des années. Elle était la fille dont les toasts devaient toujours être légèrement brûlés. Il était le garçon systématiquement occupé à préparer quelque salissante bêtise. Leurs personnalités respectives, et pas seulement la fortune qu'elle avait à lui offrir, faisaient partie de l'équation.

Bucky se redressa et son regard plongea dans celui d'Imogen avec un sérieux inhabituel. Un éclair de compréhension passa entre eux, aussi vif et léger que l'ombre d'un martinet : une étape essentielle venait d'être franchie. Ils étaient désormais d'accord pour partager plus que du badinage.

Et puis la voix de Percy Hamilton résonna dans l'air et le charme se brisa.

— Qu'on me déconnecte ! Vous voilà, miss Roth !

Bon sang ! Au même instant, toutes ses autres inquiétudes lui revinrent à l'esprit : son père, le meurtre, les barons de la vapeur… toutes convoquées par la voix stridente de Percy. Avec en toile de fond la certitude angoissée qu'elle serait vendue à celui qui pourrait le plus pour la carrière de son père.

Comme s'il avait perçu son besoin d'être rassurée, Bucky serra brièvement ses doigts entre les siens.

CHAPITRE 26

Evelina avait passé la dernière demi-heure à prétendre que tout était normal. Les invités entraient et ressortaient du salon, chaque arrivée la faisant sursauter de crainte qu'il s'agisse de Magnus. Sa première idée avait été de simuler un mal de tête pour pouvoir s'échapper à l'écart de l'assemblée, mais elle se sentait plus en sécurité au milieu de la foule. Et puis céder à une pitoyable lâcheté aurait été une très mauvaise manière de démarrer la saison.

Le courage était parfois la seule arme valable. Lors de la première journée de classe à l'académie Wollaston, la directrice l'avait forcée à se tenir debout sur un tabouret devant la classe, raide et mal à l'aise avec ses anglaises et ses jupons, tandis qu'on la présentait à ses camarades. D'un seul regard sur cet océan de visages malveillants, elle avait su qu'elle ne s'intégrerait jamais. Au premier signe de faiblesse, les autres l'abattraient telle une biche au milieu des loups. Seule Imogen s'était montrée quelque peu curieuse de savoir qui était Evelina. L'école préparait les jeunes esprits à la vie d'adulte, mais jamais de la manière dont les parents s'y attendaient.

Aussi Evelina continuait-elle à sourire et à faire gentiment la conversation, bien décidée à paraître heureuse et animée. Une fontaine à champagne fit son entrée, poussée sur un chariot par deux valets. Evelina n'était pas certaine que ce soit un succès. La pompe étant à vapeur, la chaleur faisait fondre la glace trop rapidement et quelques-uns des invités se plaignirent discrètement du fait que le vin était légèrement trop chaud.

—Je ne crois tout simplement pas que ces nouvelles inventions soient si utiles. Je veux dire, les trains sont efficaces et l'industrie leur trouve de l'utilité, mais la vapeur n'a pas sa place dans la demeure d'un gentleman, affirma un barbu répondant au nom de sir Darius Thorne.

—Pour ma part, j'apprécie la nouveauté, protesta un autre. Le changement est le bienvenu. Les traditions méritent qu'on les malmène un peu de temps à autre.

—Les traditions sont peut-être ennuyeuses mais elles sont rarement bruyantes, malodorantes et graisseuses, sans oublier vulgaires.

—Vous devriez rendre visite à mes beaux-parents pour le dîner de Noël. Ils vous donneraient tort sur ce point! Quoi qu'il en soit, à votre place je ferais attention à mes propos. Avec les rumeurs qui courent sur les bourgeois ayant rejoint les rebelles, il est préférable d'adorer la vapeur et toutes ses applications, en tout cas publiquement.

Evelina fit le tour de la salle en cherchant du regard quelqu'un à qui parler. Elle pensait avoir aperçu la chevelure rousse d'Alice Keating. Elle se retrouva malheureusement prise dans une cohue près de la porte avant d'avoir pu trouver la fille du roi Doré.

La conversation allait bon train dans son dos.

—Vous saviez que le procès Reynolds aurait lieu la semaine prochaine? demanda une voix de basse qui sonnait comme un tuba humain.

—Ils ont fait vite, répondit une autre voix, de ténor celle-là.

—Il paraît que ça ne durera pas plus d'un jour ou deux. On est déjà en train de nettoyer la cour de la prison pour installer le bûcher.

—J'espère qu'il s'enflammera plus vite que le précédent.

—Vous parlez du sorcier de l'école de garçons?

—J'avais payé une belle somme pour y assister et la fumée l'a étouffé avant qu'on puisse le voir brûler.

Troublée, Evelina repartit discrètement par où elle était venue et faillit emmêler la tournure de sa robe avec celle de lady Liverton. Quand le plateau mécanique passa en vibrant devant elle, elle prit un verre de sherry pour se donner des forces. Il y avait vraiment trop de monde dans la pièce.

Elle terminait de siroter le liquide sucré quand un rire gras et joyeux retentit quelque part derrière elle. Pivotant sur elle-même, elle vit le commissaire de la police londonienne en train de deviser aimablement avec Jasper Keating.

Pas étonnant qu'oncle Sherlock soit parfois méfiant envers la police. Ils font ami-ami avec les barons de la vapeur.

—C'est vraiment dingue, racontait le commissaire. Au moins une demi-douzaine de corps retrouvés en morceaux hier, rapportés par la marée. Désolé qu'ils se soient avérés être les Chinois de votre cousin.

Terriblement gênant de perdre un groupe complet. Une histoire de guerre tribale, j'imagine. On ne peut rien leur faire avouer, à ceux-là. Et on ne comprend pas un mot de ce qu'ils racontent. Des babillages à propos d'un dragon. Le surnom de leur gros bonnet, peut-être ?

— Ils ont dû fumer leur propre opium, répondit Keating, visiblement contrarié. Harriman va devoir embaucher une nouvelle équipe. Je lui dirai d'opter pour des locaux cette fois.

Une horreur glacée avait remplacé la chaleur du sherry dans le gosier d'Evelina. Elle se mordit la lèvre inférieure en se rappelant le sang qu'Imogen avait trouvé sur le sol de l'entrepôt et les tailleurs chinois qui travaillaient à côté. *Un dragon ? Des corps ?* Les journaux n'en faisaient pas mention. Il faut dire que la mort d'étrangers, si horrible soit-elle, ne semblait jamais aussi importante que celle d'un homme comme le roi Gris.

Elle n'eut pas le temps de réfléchir plus avant. Elle venait d'apercevoir avec stupéfaction le docteur Magnus qui s'inclinait au-dessus de la main d'Alice Keating. Le regard du docteur s'attarda sur la jeune fille rousse avec une expression qui tenait plus de la curiosité scientifique que de l'appréciation masculine.

Evelina évalua la distance qui la séparait de la porte, mais il la vit avant qu'elle puisse passer à l'action. Sa haute et sombre silhouette s'avança vers elle, la force de sa personnalité le précédant telle une vague. Evelina rassembla son courage.

— Ma chère miss Cooper, quel plaisir.

Il s'inclina bien bas, les yeux rieurs.

— J'espérais que nous nous rencontrerions de nouveau, dit-il. Jusqu'à présent, nous n'avions fait que nous croiser dans l'embrasure d'une porte ou deux.

— En effet, nous n'avons pas été présentés l'un à l'autre comme il se doit.

— Je sais que de telles choses sont censées se faire par le biais d'une connaissance mutuelle, mais elles semblent toutes occupées à prendre du bon temps ailleurs. Je suis le docteur Magnus, un vieil ami de la famille Roth.

Il se tenait si près qu'elle percevait le pouvoir qui émanait de lui. Evelina le regarda dans les yeux en faisant de son mieux pour dissimuler le fait que son aura magique lui picotait la peau. Il ne s'agissait pas d'un pouvoir propre et lumineux mais de quelque chose de sombre et poisseux.

Elle resta longtemps muette puis céda à son impulsion d'aller droit au but. S'il était aussi dangereux qu'elle le supputait, il était inutile de se perdre en petites manœuvres.

— Je crois comprendre que c'est vous qui avez trouvé mon petit oiseau. Je vous suis extrêmement reconnaissante de son retour.

Il la gratifia d'un long et lent sourire.

— C'est un plaisir que de pouvoir rendre service, dit-il.

— Comment avez-vous su que c'était le mien ?

Elle supposait avoir été trahie par l'empreinte de sa propre magie mais la réponse de Magnus l'intéressait. Il exposa ses grandes dents blanches.

— J'ai mes méthodes, dont j'espère qu'elles vous apparaîtront clairement au fil de la soirée. Il me semble que l'on nous appelle pour dîner. Vous venez ? demanda-t-il en lui tendant son bras.

Elle n'avait aucune envie de rester plus longtemps auprès de lui, mais refuser aurait constitué un sommet de grossièreté. Elle glissa précautionneusement sa main gantée par-dessus la manche du docteur et le laissa l'escorter jusqu'à la salle à manger. Elle entendit le rire d'Imogen quelque part devant eux et se prit à souhaiter être restée auprès de son amie malgré la présence de Stanford Whitlock et du capitaine Smythe, qui suivaient Imogen à la trace.

Le capitaine avait failli renverser du champagne sur son plastron quand Imogen avait souri dans sa direction, et ce malgré le fait que ce sourire était peut-être destiné à Bucky, qui se tenait juste derrière lui à ce moment précis. Imogen et Bucky semblaient ne jamais s'être éloignés l'un de l'autre de plus d'une dizaine de pas au fil de la soirée. Si Evelina avait pu avoir des doutes sur le fait qu'il se passait quelque chose entre eux, ceux-ci étaient à présent dissipés.

Et elle se sentait aussi troublée que Smythe, quoique pour des raisons très différentes. Le docteur Magnus affichait un air affamé qui lui faisait penser aux tigres du cirque.

La pièce était vaste et raffinée, les lampes à gaz tamisées afin d'éclairer avec douceur la somptueuse assemblée. La table était décorée de bouquets de fleurs d'une élégante simplicité disposés dans des calices d'argent. Les valets allaient et venaient dans un ballet gracieux, respirant l'efficacité avec leurs gants blancs et leurs visages impassibles. Evelina identifia son carton de table, écrit de la main de lady Bancroft.

Dans une soudaine montée d'angoisse, elle découvrit qu'elle était assise à côté de son cavalier. Elle se força à ravaler sa salive en réprimant à grand-peine son envie de déchirer le carton incriminé. Le docteur Magnus tenait à avoir une conversation avec elle et elle supposait qu'il n'avait rien laissé au hasard. Chez certains hommes, cela aurait pu paraître engageant mais, après la livraison de son oiseau dans une boîte à gâteaux, cela lui donnait la chair de poule.

— Vous ne comptez pas vous asseoir, miss Cooper ? demanda-t-il sur un ton légèrement moqueur.

Elle n'aimait pas qu'on joue avec elle. Le pourtour de son champ de vision s'assombrit sous l'effet de la colère et des baleines trop serrées de son corset. Elle fit un pas en arrière.

Magnus haussa un sourcil. La pièce se remplissait de convives et la lumière faisait scintiller joyaux et soieries. Le bruit des conversations emplit les oreilles d'Evelina tel le babillage d'un ruisseau au printemps. Elle avait du mal à réfléchir. Si elle causait un scandale, elle n'aurait jamais le cran de revenir. *Courage. Ce n'est qu'un tyran intimidant de plus à affronter.* Evelina ravala son malaise et s'installa sur son siège.

La soirée ne s'améliora pas immédiatement. La première entrée était une soupe glacée verte de la couleur d'un étang laissé à l'abandon. Jamais elle ne pourrait avaler ça. Elle devrait donc afficher un air affairé ou se laisser prendre au piège d'une conversation avec le docteur. Elle tenta d'adresser la parole à l'homme assis à sa gauche, mais c'était un banquier qui n'avait aucune idée de la manière de converser avec une jeune lady.

Saisie d'ennui, elle parcourut la table du regard. Lord Bancroft avait le teint rougi d'un homme ayant déjà vidé plusieurs verres. Le roi Doré se trouvait à sa droite. Malgré leur sourire, la tension entre eux faisait des étincelles. S'il n'avait pas eu les mains liées, Bancroft aurait clairement fait mettre son invité dehors.

Ils étaient tous les deux d'âge mûr, fiers et habillés de manière impeccable, mais la ressemblance s'arrêtait là. Alors que Keating paraissait aussi dur, net et tranchant que l'acier, Bancroft était comme de la pierre ancienne, poreuse et prompte à s'effriter, ses traits s'affaissant sous l'effet du temps et de la boisson. Son tempérament colérique, en revanche, n'était en rien altéré. Ce qu'on lisait dans les regards qu'il dardait sur Magnus ressemblait beaucoup à de la haine.

La façon dont Keating observait Tobias rappelait à Evelina un scientifique examinant une nouvelle forme d'algue. Tobias semblait faire de son mieux pour divertir la fille de Keating, mais Evelina voyait bien qu'il agissait ainsi par politesse. Il était préoccupé et tentait de le cacher tandis que la pauvre Alice déployait tous ses efforts pour le charmer. Evelina ressentit un pincement d'antipathie qui n'avait rien à voir avec Alice elle-même et tout avec sa proximité avec Tobias.

Voyant Evelina désœuvrée, Magnus s'engouffra dans la brèche tel un requin aux onctueuses manières.

— Pour répondre à votre question de tout à l'heure à propos de votre oiseau, dit-il d'une voix basse qui n'était clairement destinée qu'à elle, j'ai en premier lieu été aiguillé par les émanations imprégnant le métal dont il est fait. Je pense que vous et moi nous reconnaissons mutuellement pour ce que nous sommes.

Elle se souvint d'Oiseau disant que Magnus avait perçu ses effluves. *C'est donc bien vrai. Ceux qui pratiquent la magie peuvent repérer les traces les uns des autres.* Elle avait pu remonter la piste de la magie présente sur l'or de Grace jusqu'à l'entrepôt, mais n'avait pas croisé suffisamment de praticiens des arts magiques pour éprouver sa théorie plus avant.

Il afficha un sourire aimable.

— Je suis mesmérien de profession mais nous partageons un intérêt commun pour les mécaniques imaginatives.

Elle se demanda ce qu'il voulait dire par « imaginatives ». Cela englobait-il le fait de leur donner vie ? Elle eut du mal à trouver une réponse polie.

— Ah oui, vraiment ?

— Qu'est-ce qui vous a poussée à vous intéresser à ce sujet ?

— Des choses et d'autres. Les machines sont comme des casse-tête à résoudre, répondit-elle en souriant d'une manière qu'elle espérait convaincante. Et j'apprécie les casse-tête.

Il la gratifia d'un sourire tout aussi factice.

— Alors peut-être trouverez-vous ceci intéressant.

Il porta la main à sa poche et en sortit quelque chose qu'il garda caché au creux de sa paume tandis qu'on débarrassait la soupe pour servir un turbot nappé de sauce au citron. Le plat s'accompagnait d'effluves de poivre concassé et de persil ; l'estomac d'Evelina se ragaillardit.

Une fois que les domestiques se furent éloignés, Magnus posa l'appareil sur le tissu damassé de la nappe. Il s'agissait d'un minuscule scarabée fait d'un métal noir et brillant. Le docteur effectua un mouvement des doigts et murmura un mot unique. Avec un léger cliquetis métallique, le scarabée traversa la table d'une blancheur immaculée en se cachant sous les bords dorés des assiettes. Evelina se crispa, persuadée qu'une dame allait forcément se mettre à crier ou s'évanouir.

— Rangez ça ! siffla-t-elle. Lady Bancroft ne mérite pas qu'on gâche sa réception !

Et ce n'était pas le pire. Il employait la magie. En public. N'avait-il pas entendu parler de Nellie Reynolds ? La respiration d'Evelina se fit haletante ; elle se cramponna au rebord de la table.

— Je suis un mesmérien de grand renom, miss Cooper, ronronna presque le docteur. Les gens s'attendent à être surpris et éblouis quand je suis dans la salle.

— Vous prenez de trop gros risques.

Magnus ne lui prêta pas attention. Sans se faire voir, le scarabée s'enfonça dans la jungle des bouquets décoratifs et des couteaux à beurre. Il escalada même le poignet de lady Fairchild en grimpant le long de son bracelet d'émeraudes, mais elle était trop fascinée par sa conversation avec le jeune M. Bellamy et se contenta de se frotter la main d'un air absent une fois l'insecte passé. Celui-ci pataugea dans de la soupe renversée, laissant derrière lui de minuscules pois verts, avant de terminer son grand tour de la table pour revenir dans la main de Magnus. Celui-ci accompagna un nouveau geste d'un mot de commande avant de déposer cérémonieusement l'appareil devant Evelina.

— Qu'en pensez-vous ? demanda-t-il.

Frappée de panique, elle s'en saisit immédiatement pour le cacher sous la table. Le scarabée bourdonnait de la même énergie poisseuse que Magnus lui-même, au point qu'Evelina ressentait le besoin de s'essuyer les mains dans sa serviette. Elle retourna la créature à moitié dissimulée par le rebord de la nappe, en songeant qu'elle aurait aimé que les lieux soient mieux éclairés. Un examen attentif, cependant, révéla l'absence d'une quelconque clé de remontage.

— Comment fonctionne-t-il ?

Magnus se pencha pour porter ses lèvres à l'oreille d'Evelina. Il portait une eau de toilette exotique.

— Un sortilège relativement simple, dit-il.

Il n'y a pas de deva !

— Un simple tour de charlatan, poursuivit-il. Cette chose n'est pas douée de réflexion, elle est dénuée de toute intelligence. Elle brûle son énergie de la même manière qu'une allumette se consume.

De la sorcellerie. Lorsqu'elle se tourna pour braquer son regard sur lui, le visage du docteur était bien trop proche du sien. Elle vit à son expression qu'il avait lu le mélange de curiosité et de crainte sur ses traits.

La magie puisait dans la vie. Si elle ne provenait pas d'un deva piégé, il n'existait que deux autres sources de pouvoir. La première était l'énergie propre du magicien : c'était dangereux mais cela demeurait éthique. La seconde était la vie dérobée à quelqu'un d'autre. Les sorts les plus noirs provenaient de meurtres.

Ceux qui, comme mamie Cooper, pratiquaient la magie blanche faisaient appel aux devas. Le reste appartenait au domaine ténébreux des sorciers. Evelina reposa le scarabée aussi vite que s'il s'agissait d'un scorpion vivant.

— Un jouet dangereux, milord, si la mauvaise personne vous voyait faire.

Vous auriez pu nous faire enfermer ou exécuter tous les deux !

À son grand soulagement, il reprit l'insecte et le rangea dans sa poche.

— Peut-être suis-je imprudent mais cette démonstration nous fait faire l'économie d'interminables explications sur ce que je suis. Et le fait que vous compreniez le sens de cette discussion m'en apprend beaucoup à votre sujet, miss Cooper.

Evelina se sentit piquée au vif.

— Qu'attendez-vous de moi ? chuchota-t-elle.

S'il tirait des conclusions de la compréhension qu'elle avait des choses, elle apprenait beaucoup du simple fait que pratiquement tous les échanges s'étaient faits à voix basse. On ne conversait pas en public avec le docteur Magnus.

Il agita la main en l'air.

— Je suis en quête de la vérité. Depuis longtemps je suis convaincu que la vérité absolue se trouvera non dans un concept abstrait mais dans une conscience vivante. Incarnée, si l'on peut dire.

Magnus s'interrompit pour examiner le plat suivant.

— Du bœuf. Tellement anglais.

Evelina y goûta mais elle était trop nerveuse pour prêter attention aux saveurs.

— Et ? demanda-t-elle.

— Hum… du romarin, quelle bonne idée. Où en étais-je ? Ah oui ! La vérité est aussi ancienne que l'univers. Si vous souscrivez à l'idée que l'homme cherche à atteindre la perfection, à revenir à l'état parfait de vérité qui existait au moment de la création, quand l'esprit et la chair sont apparus, vous devrez me concéder que l'esprit rationnel, tel que démontré par notre niveau technologique en plein essor, constitue une expression de notre désir de vérité et du merveilleux repos qu'offre la sagesse parfaite.

— Pardon ?

Un soupçon d'impatience passa sur les traits de Magnus.

— Nos inventions représentent notre désir de matérialiser la vérité divine.

— Parce qu'elles sont rationnelles et capables de perfection.

Malgré sa prudence, Evelina était intéressée.

— Exactement ! répondit le docteur, l'index dressé. La machine se situe au croisement du rationalisme et de la créativité. Ce qui manque dans cette équation, c'est l'esprit. Si l'on pouvait insuffler un esprit à une machine, nous atteindrions alors l'équilibre parfait de la vérité. Pas comme mon jouet en forme d'insecte mais une authentique union entre l'esprit et la machine. Une chair complètement rationnelle dotée de toute la divine intelligence d'un esprit.

Evelina tenta d'imaginer Oiseau comme l'expression d'une vérité divine. En vain. Il n'en restait pas moins que Magnus était aussi curieux qu'elle quant à la possibilité de mêler machine et magie. Mieux, il était prêt à en discuter. Au sentiment d'appréhension qui comprimait la poitrine d'Evelina vint s'ajouter un frémissement d'excitation.

— Qu'accomplirait cette combinaison de machine et d'esprit ?

Magnus reposa sa fourchette. Sa mine était on ne peut plus sérieuse.

— La libération de la douleur pour ceux qui la subissent. Le pouvoir mécanique illimité pour ceux qui ont besoin. Le génie pour ceux qui savent comment le trouver.

— Du génie ?

— Imaginez la rapidité de la pensée humaine combinée à la force infatigable du cuivre et de l'acier. Quels calculs brillants cela permettrait d'accomplir ! Et ce ne serait que le début. Imaginez la sagesse qu'apporterait la véritable immortalité.

Evelina embrocha un morceau de pomme de terre au bout de sa fourchette. Elle n'arrivait pas à décider si le docteur Magnus était dérangé ou un génie révolutionnaire.

— Vous êtes l'inventeur de cette philosophie ?

— Pas uniquement. Je cherche à faire progresser mon œuvre par l'étude des textes anciens et la création de mes propres exemples. Appareils anciens et nouvelles bizarreries de la nature, si l'on peut dire.

Quelque chose dans son expression laissait entendre qu'il s'agissait d'une plaisanterie pour initiés. Evelina en fut agacée mais poursuivit néanmoins.

— Avez-vous appliqué ces théories ?

— Absolument. Mes compétences mécaniques ont toujours constitué mes plus grandes limitations. J'ai autant de talent que les créateurs les plus accomplis mais m'ennuie très vite face au caractère assommant de l'application pratique. Mes plus grands succès ont toujours eu lieu quand j'œuvrais avec quelqu'un qui se chargeait de cette partie du labeur.

Cela explique-t-il son intérêt pour Tobias ?

— Et alors ?

— Oh ! il y a eu quelques solides victoires. J'ai fabriqué des automates, de grandes réussites à l'époque. Il y a également eu cette horloge qui contenait certains de mes meilleurs travaux. Je me demande si Bancroft l'a toujours chez lui.

— Oui, absolument.

Evelina posa sa fourchette, soudain suspendue aux paroles de Magnus.

—J'ai toujours été fascinée par cette machine, dit-elle. Vous accepteriez de m'expliquer comment elle fonctionne ?

—La voilà, dit Magnus après qu'ils se furent échappés au moment du dessert. Cela fait des années que je n'avais pas vu cette beauté.

L'horloge sur le palier du deuxième étage constituait un élément familier de la maison. C'était un grand meuble en noyer dont le sommet en forme d'arche était encadré de fleurons sculptés. C'était aussi l'horloge la plus complexe qu'Evelina ait jamais vue, dotée de sept cadrans mobiles en plus du cadran chiffré et des carillons. La partie supérieure de l'arche détaillait le zodiac. La partie inférieure laissait voir les phases de la lune, chacune dotée d'un visage délicatement peint.

En dessous se trouvait une fente d'où émergeaient à intervalles irréguliers des cartes perforées, lesquelles retombaient le plus souvent au sol, au grand déplaisir des femmes de ménage. Seul lord Bancroft semblait comprendre la signification de ces cartes. Evelina détestait le fait de n'avoir jamais réussi à percer leur mode de fonctionnement ou celui de l'horloge. Raison pour laquelle sa curiosité avait écarté toute prudence vis-à-vis du docteur Magnus. C'était lui qui avait *fabriqué* la machine : en quelques minutes il pourrait combler le gouffre d'ignorance frustrante dans lequel elle se trouvait.

Elle se tourna vers lui, obligée de lever la tête pour croiser son regard sombre.

—Le cadran affiche tout. Heure. Date. Pression atmosphérique. À chaque seconde de chaque minute. Le tout avec exactitude. Lord Bancroft m'a dit qu'il n'avait besoin d'ajuster le mécanisme qu'une fois par an, de quelques secondes seulement. Et cela uniquement à cause de l'inclinaison du plancher, qui affecte l'équilibre du balancier.

Le docteur Magnus s'inclina légèrement, comme pour accepter ce témoignage de la supériorité de sa création.

—Cependant, poursuivit Evelina en tapotant du doigt le flanc verni du caisson, le cadran censé indiquer la météo n'a jamais fonctionné. Sur la plupart des horloges, le cadran météo est lié à la pression atmosphérique, beau temps si elle est haute, mauvais temps si elle est basse. Ici, il semble opérer de manière indépendante… et le résultat est toujours faux. Ce soir le ciel est parfaitement dégagé et pourtant l'aiguille pointe vers des nuages orageux.

—Vraiment ? demanda Magnus en souriant.

Evelina fronça les sourcils en le voyant ainsi amusé.

— C'est un défaut de conception majeur, reprit-elle. Peut-être y a-t-il une lacune dans la technologie ? En ouvrant le caisson, j'ai pu voir que cette partie du mécanisme est connectée à des fioles de liquide plutôt qu'à un quelconque baromètre.

Magnus caressa l'horloge avec la même tendresse que s'il s'agissait d'un animal de compagnie.

— Qui sait si l'affichage se réfère à la météo au sens littéral ?

— Il existe un autre genre de météo ?

— La valeur prédictive de ce mécanisme est métaphorique.

— Métaphorique ? répéta Evelina, incrédule.

— Vous n'avez pas vu les cartes qu'il produit ?

— Bien sûr que si. Il en tombe sans cesse de nouvelles en ce moment. Mais c'est du charabia.

— Non, pas du charabia mais le fruit d'un chiffrement que Bancroft et moi avons conçu ensemble. Les cartes constituent des prédictions et des avertissements. Conformément à la façon dont je l'ai conçue, cette horloge est accordée aux courants au sein de l'éther. Dès qu'il y a une perturbation, l'horloge la signale.

Evelina porta une main à son front comme pour essayer d'apaiser le martèlement des pensées sous son crâne.

— Que je vous comprenne bien : ces fioles de liquides colorés à l'intérieur de l'horloge détecteraient les fluctuations dans l'éther ?

— Pour dire les choses de manière simpliste, oui. Il s'agit de composés chimiques de ma création dotés de divers niveaux de viscosité. Ils sont accordés d'une manière qui permet de détecter les plus infimes vibrations énergétiques. Si quelqu'un au Turkestan vous veut du mal, cet appareil le saura. Et il vous le dira, si toutefois vous savez déchiffrer ses messages.

Vingt autres questions surgirent dans l'esprit d'Evelina, y compris celle de savoir pourquoi lord Bancroft s'inquiétait à ce point de prédire ce qui l'attendait. Bien sûr, n'importe qui aurait aimé être averti d'une malchance à venir, mais s'attendait-il à des ennuis précis ? *Trois meurtres. Des ennemis assis à sa table. Bien sûr que oui !*

— Pourquoi avez-vous fabriqué cette horloge ?

— Parce que je le pouvais. Et à cette époque lord Bancroft était un ami. J'étais heureux de lui offrir un outil pour l'aider dans ses ambitions politiques. Malheureusement, il prétend désormais détester les arts magiques.

— La magie est interdite au sein de l'Empire.

— Aussi inepte que de dire que l'air est interdit. Elle est là, qu'on l'approuve ou non. Je sens que vous possédez un talent, miss Cooper, de la même manière que vous pouvez sentir le mien. La question est de savoir si oui ou non vous avez le courage d'apprendre à en tirer pleinement avantage.

Evelina pensa aux instruments dans son vanity-case, à tous les outils magiques dont mamie Cooper ne lui avait jamais expliqué l'usage. Un homme tel que Magnus aurait beaucoup à lui enseigner à propos de son héritage magique.

— Peut-être est-ce vous qui accéderez la première à la sagesse parfaite.

Il la dévisageait avec une intensité dévorante. Inclinant légèrement le menton, il plongea toute la force de son regard dans le sien.

— Peut-être est-ce ce que je cherche depuis tant d'années.

— Euh...

Evelina s'était sentie à son aise jusqu'à cette nouvelle mention d'une parfaite sagesse. Cela sonnait aussi faux que le boniment d'un colporteur cherchant à lui vendre un remède miracle en allant trop loin dans les promesses.

— Si j'avais le potentiel pour une sagesse aussi remarquable, je ne me retrouverais pas dans un escalier obscur en compagnie d'un inconnu et sans chaperon, dit-elle.

Elle se tourna pour partir, mais il la retint par le bras dans une poigne de fer. Vrillée par la peur, elle lâcha un hoquet et libéra vivement son bras.

Magnus se rapprocha d'elle, les yeux luisants.

— Ne vous comportez pas comme une idiote. Je pourrais vous donner accès à des mondes impossibles. Répondre à toutes vos questions. Rendre votre vie remarquable.

Evelina recula vivement en maudissant la lourdeur encombrante de sa robe.

— Si je dois vivre une vie remarquable, ce ne sera pas selon vos caprices, milord !

Magnus pinça les lèvres.

— Vraiment ?

Puis sa main fendit l'air et se referma sur le poignet d'Evelina avec une force telle qu'elle crut que ses os allaient se briser.

CHAPITRE 27

Nick passa tel un fantôme devant les fenêtres du salon en s'assurant de rester dans l'ombre autant que possible, ses pieds ne faisant pas un bruit sur la terre meuble des massifs de fleurs. Il se redressa juste assez pour jeter un œil à l'intérieur. Une domestique solitaire était en train d'essuyer le contenu d'un verre renversé sur le tapis. Il se baissa hors de vue avant qu'elle le remarque, avec l'impression de jouer le rôle d'un voleur dans une pièce comique.

Où était donc passée Evelina ? Il l'avait aperçue quittant la salle à manger avec le docteur Magnus, mais sans être en mesure de voir où ils allaient. Ayant évité de justesse de tomber nez à nez avec Magnus et Bancroft, il savait que passer par le rez-de-chaussée n'était pas vraiment envisageable. Mais regarder par les fenêtres ne l'avançait pas beaucoup.

Fichue Evie! Qu'avait-elle dans la tête pour s'en aller seule en compagnie de Magnus ? *Tu aurais dû l'avertir à son sujet. Tu aurais dû trouver un moyen de la prévenir.*

Aurait pu, aurait dû. C'était l'histoire de sa vie. Quoi qu'il en soit, il allait à présent agir, même si cela l'obligeait à se rendre ridicule ou à plaquer Magnus au sol. Son instinct lui soufflait que cet homme était un fauteur de troubles démoniaque et Nick s'était donné pour mission de protéger Evie. C'était ainsi depuis le premier jour où il l'avait vue, petit chérubin espiègle avec de longues anglaises brunes et de la boue plein ses jupes. Il n'allait pas l'abandonner maintenant.

Il entendit les bruits du seau et du balai de la bonne qui quittait le salon. Il y avait de nombreuses croisées, toutes très simples à ouvrir à l'aide d'un couteau tel que celui qu'il avait apporté. Et, à présent que la nuit était tombée, il pouvait envisager d'escalader sans être vu cette façade relativement peu fournie en éclairages décoratifs.

Les fenêtres les plus hautes étaient pour la plupart plongées dans le noir, mais celles des deux premiers étages restaient allumées, leurs carreaux colorés flottant tels des joyaux dans l'obscurité. Nick se hissa le long du mur en s'aidant d'une gouttière et de l'embrasure des fenêtres. Après tout ce temps passé accroupi à se déplacer discrètement, il prit plaisir à délier ainsi ses muscles, même si sa cheville ne tarda pas à se manifester.

Il grimpa à la verticale entre les fenêtres donnant sur l'escalier et celles des chambres. Dans la première, il vit l'une des femmes de chambre occupée à repriser l'ourlet d'une robe du soir pour sa maîtresse visiblement impatiente. Il s'écarta hors de vue et se décala latéralement, déplaçant une main après l'autre, pour regarder par la fenêtre de l'escalier.

La surprise le cueillit avec une telle force que ses doigts glissèrent de quelques centimètres. *Par les dieux noirs !*

Le docteur Magnus tenait Evelina par le poignet et la tirait vers lui. Nick la vit trébucher en essayant de se libérer. Il sortit instantanément son couteau et entreprit de forcer le loquet de la croisée. Avec un sifflement de douleur et de dégoût, Evelina leva sa main libre et gifla le docteur. Alors que la fureur envahissait le visage de Magnus, le loquet céda et Nick ouvrit la fenêtre. Il se laissa glisser jusqu'à l'escalier, les pieds devant. Il était plus loin du sol qu'il ne l'avait cru et atterrit avec un grand bruit sourd.

Le cri de surprise d'Evelina résonna sous la voûte du haut plafond.

— Nick !

Magnus fit volte-face, ses traits déformés par la colère.

— Que diable faites-vous ici ?

Nick connut une sorte d'instant de lucidité. Magnus : puissant, riche, dangereux. Nick : à moitié en haillons, complètement hors de son élément. Les mots lui manquèrent. Il brandit son couteau en supposant que ce serait assez clair.

— Et vous êtes son Galaad ? demanda Magnus, incrédule.

— Nick, fais attention, dit Evelina à mi-voix.

Il ne put lui accorder qu'un coup d'œil mais lut la gratitude sur son visage. Il était là, prêt à la défendre, à lutter à son côté comme il était censé le faire. Le savoir lui donnait du courage. Il se ramassa sur lui-même, sachant d'instinct que Magnus attendait une ouverture pour frapper. La façon dont il se battrait, en revanche, restait impossible à prédire. Nick n'utilisait pas la magie mais il avait assez de Sang dans les veines pour percevoir les vibrations magiques dans l'air.

— Docteur Magnus, j'apprécierais vivement que vous quittiez cette maison, dit Evelina d'une voix tendue.

L'expression de Magnus se fit plus dangereuse que jamais.

— Vous n'êtes pas la propriétaire des lieux, ni même l'une des enfants du propriétaire. Vous n'avez aucun pouvoir sur l'accès à cette demeure.

Le cœur de Nick battait la chamade mais un flot de colère chauffée à blanc se répandit à travers ses veines, une colère en partie dirigée contre lui-même. Il aurait dû trouver un moyen d'arrêter Magnus dès l'instant où il avait eu des doutes à son sujet… soit quelques secondes à peine après l'avoir rencontré.

Aurait pu, aurait dû. Il en avait fini avec ça.

— Vous avez entendu la dame, dit-il. Il est temps de partir.

— Je ne crois pas, répondit froidement Magnus.

Nick se fendit vers l'avant, main tendue pour repousser le docteur, son couteau dans l'autre en cas de besoin. Une altercation attirerait l'attention et ce n'était pas bienvenu. Dans ces circonstances, cela dit, quelle importance ? Se faire jeter dehors était le moindre de ses soucis.

Mais soudain Magnus disparut. Nick pivota sur lui-même pour le chercher du regard et se retrouva saisi par une douleur atroce, sauvage. La souffrance était telle qu'il eut l'impression d'être suspendu dans les airs, le bras gauche tendu, la main droite refermée autour du couteau, les genoux fléchis, son poids soigneusement réparti sur ses orteils. Chaque fibre de son être parut se rétracter sur elle-même alors que la douleur se frayait violemment un chemin à travers le moindre de ses nerfs. Il avait l'impression d'être écorché vif centimètre par centimètre.

Il eut conscience du poignard qui lui échappait, du flash de lumière brûlante sur la lame, du bruit sourd et lointain quand il heurta le tapis. Quelque part sur sa gauche, il perçut vaguement un tourbillon de couleur rose quand Evelina pivota pour lui prendre la main. Mais il aurait été incapable de tourner la tête, même si ça vie en dépendait. Les racines de ses cils lui faisaient trop mal pour oser bouger les yeux.

Il eut la sensation d'un mal rampant s'accrochant à lui, de doigts courant à tâtons sur sa peau à la recherche d'ouvertures pour atteindre le cœur de son être. Figé, incapable de bouger, il se hérissa d'horreur en sentant le maléfice lui griffer les yeux et les oreilles, s'immiscer à l'intérieur de ses narines et entre ses dents en quête d'un moyen d'accéder à son âme.

Et puis quelque chose en lui céda et il s'effondra. Cela ne se produisit pas d'un seul coup mais un muscle à la fois, emportant os et tendons dans leur chute. Son genou droit fut le premier à toucher terre. L'impact lui remonta jusque dans la mâchoire et il se mordit la langue.

Puis sa hanche heurta le tapis, suivi du reste de son corps. Quand sa tête s'écrasa par terre, le monde était déjà plongé dans le noir.

De très loin lui parvint une pensée perplexe : il s'était toujours attendu à mourir durant un numéro, ou peut-être de vieillesse et de trop de boisson, mais pas à rendre son dernier souffle sur le tapis luxueux d'un rupin.

— Salaud ! siffla Evelina en plongeant vers le couteau.

Magnus l'agrippa par le bras avec assez de force pour lui faire un bleu au-dessus du coude. Ils étaient tous les deux accroupis sur le palier et leurs genoux se touchaient presque. Nick gisait immobile sur la droite d'Evelina, sa poitrine se soulevant à peine.

La fureur faisait bouillir les sangs d'Evelina au point d'en avoir le vertige, son esprit envahi par le désir de rendre les coups. Lèvres retroussées, elle gronda au visage de Magnus.

Le sourire du docteur était presque aussi sauvage.

— Il y a donc une tigresse derrière cette peau blanche et douce. Tant mieux pour vous.

— Que lui avez-vous fait ?

Elle avait récupéré la lame, dont la courbe familière reposait au creux de sa paume. Fidèle à son souvenir, c'était un couteau ancien au manche d'ivoire, chaud et doux contre sa peau. Comme Nick, il faisait partie d'un passé qui la rendait forte dans le présent.

Magnus répondit en enfonçant ses doigts entre les tendons d'Evelina pour l'obliger à lâcher prise sur le couteau.

— Abandonnez, Evelina. Vous ne pouvez pas lutter contre moi.

— On va voir ça ! cracha-t-elle.

Mais sa prise faiblit et elle laissa la lame retomber sur le tapis. Impossible de faire autrement. Alors elle frappa de son autre poing.

Il agrippa également cette main-là et projeta Evelina en arrière avec aussi peu de manières que s'il s'agissait d'une botte de foin. Elle chuta en lâchant un petit cri, trop entravée par son corset et ses jupes pour résister. Magnus se redressa et la domina de toute sa hauteur, le couteau désormais dans sa main.

— Vous êtes à moi ! lui dit-il à mi-voix. Aussi sûrement que si je vous avais enchaînée et emportée avec moi. Cela fait de nombreuses années que je vous cherche. Vous détenez les secrets que je désire. Confiez-les-moi et en retour vous profiterez de mes enseignements.

Evelina le fusilla du regard, trop furieuse pour parler.

— Mon savoir vous intéresse. Ce simple fait constituera une magie suffisante pour vous attirer jusqu'à moi, affirma-t-il.

— C'est bien mal me connaître !

Il esquissa un sourire sépulcral.

— Si cette pensée vous réconforte, accrochez-vous-y.

Le besoin de nier ses paroles balaya tout bon sens. Elle lui cracha dessus et l'épaisse projection de salive s'écrasa sur la jambe de son élégant pantalon avant de retomber mollement telle une limace luisante.

Le regard qu'il darda sur Evelina la liquéfia sur place.

— Je constate que je n'accomplirai rien de plus ce soir, dit-il. Je reviendrai bientôt vous rendre visite, miss Cooper.

Il planta la pointe du couteau dans la rampe. La lame se ficha en vibrant dans le bois, tel un échassier figé dans une étrange posture.

Puis le docteur Magnus fit volte-face et descendit l'escalier. Evelina se releva dans un grand bruissement des jupes froissées et arracha le couteau avec un grognement d'effort.

Magnus avait dû l'entendre mais ne se retourna pas. Il était visiblement confiant dans le fait qu'elle ne lancerait pas le couteau, même si son dos était là, exposé, à quelques mètres en contrebas.

Evelina frotta son pouce contre le manche en regardant sa silhouette disparaître au bas des marches.

— Nick ! siffla-t-elle.

Les paupières du jeune homme papillonnèrent avec un faible « hein ? » en guise de réponse.

La peur nouait l'estomac d'Evelina. Elle scrutait l'escalier dans un sens puis dans l'autre, terrifiée à l'idée qu'ils se fassent prendre. Après trois meurtres que la police n'avait pas su résoudre, Nick ferait le coupable idéal aux yeux d'un juge. Il fallait qu'elle le ranime.

Elle contempla longuement son beau visage, ses traits d'oiseau de proie et sa peau lisse et mate. L'éclat de la lampe à gaz se reflétait sur sa boucle d'oreille en or. Evelina sentit son cœur se serrer sous l'effet d'un mélange de désir et de souvenir, d'une tristesse pour ce qui ne serait jamais. *Il a tout risqué pour me sauver.*

C'était à elle de le sauver à présent et elle n'avait pas le temps de jouer à la jeune fille douce et innocente. Elle avait envie de toucher son visage, d'en parcourir du doigt chaque gracieux relief, de plaquer ses lèvres sur les siennes. Il était endormi et ne se rendrait compte de rien. Elle n'aurait jamais à admettre sa faiblesse.

Mais s'abandonner à ses sentiments ne le sauverait pas. Cela risquait plutôt de les condamner tous les deux. Ignorant les larmes qui lui montaient aux yeux, Evelina lui assena une gifle cinglante dont le seul bruit la fit grimacer.

Nick ouvrit brusquement les yeux.

— Réveille-toi, bon sang ! maugréa Evelina.

Il porta lentement une main à sa tête, plissant les yeux comme si chaque mouvement était douloureux. Il ouvrit et referma plusieurs fois la bouche ; on avait l'impression qu'il avait oublié comment parler.

— Où est-il ? demanda-t-il enfin.

— Parti.

Disparu dans un silence inquiétant après un dernier regard maléfique. Elle frissonna au souvenir du visage du docteur, dont la grimace réprobatrice l'avait glacée jusqu'au plus profond d'elle-même. Cela s'était terminé vite – un ultime regard avant de descendre les marches –, mais ces quelques secondes lui avaient paru interminables. Assez longtemps pour qu'elle ait le sentiment de mourir un peu. Assez longtemps pour qu'elle ait failli rester prostrée devant la forme inanimée de Nick, le visage niché contre lui telle une enfant cramponnée à son parent pour le supplier de ne pas la laisser seule.

Elle essaya de ne rien laisser paraître. Elle devait se montrer plus forte que ça.

— Il a battu en retraite.

— D'accord...

Evelina se redressa et prit Nick par le bras en essayant de le relever par la même occasion. Mais il était trop massif et elle se crut revenue à l'époque de ses six ans.

— Lève-toi ! Tu n'es pas en sécurité ici.

Il se remit debout avec difficulté, tituba légèrement et faillit tomber quand sa cheville céda sous lui. Il s'appuya contre le mur pour reprendre son équilibre.

— Tu sais, un baiser aurait aussi bien fonctionné que la gifle.

Il parlait d'une voix rauque, mais une étincelle de sa personnalité était de retour dans ses yeux sombres. Evelina aurait pu en pleurer de soulagement.

— Non, tu serais resté étendu là jusqu'à dimanche prochain dans l'espoir d'en recevoir un deuxième.

Il afficha un sourire oblique.

— J'ai chassé le méchant. Ça mérite bien une récompense, non ?

Les larmes piquaient les yeux d'Evelina. *Fichue idiote !*

— La gifle ne l'a emporté que de peu, dit-elle. Tu peux marcher ?

— Presque.

Elle l'agrippa, passa un bras autour de sa taille et l'aida à se redresser. Il sentait les chevaux et le vent rafraîchissant de la nuit printanière. Elle ferma les yeux et déglutit en faisant de son mieux pour ne pas se laisser troubler par la chaleur de sa peau et le contact de son corps svelte contre le sien. Tôt ou tard, un domestique allait passer par là. Il fallait qu'ils s'éloignent rapidement hors de vue.

— Mon couteau, dit-il.

— Je l'ai, répondit Evelina d'une voix tendue.

L'horloge émit un « bong » sépulcral, suivi d'un long grincement. Une carte jaillit hors de la fente. Par habitude, Evelina la rattrapa avant qu'elle tombe au sol.

Nick contempla l'horloge, les yeux plissés.

— Que diable ?

— Ce n'est pas important.

Elle fourra la carte dans sa poche et s'éloigna en aidant Nick à boitiller jusqu'à un petit salon au bout du couloir. Le feu était éteint et il faisait froid, mais au moins ne seraient-ils pas dérangés pendant quelque temps. Dénuée d'une vue intéressante, guère meublée à l'exception de quelques étagères garnies d'anciens almanachs, la minuscule pièce ne servait que rarement. Une fois Nick à l'intérieur, Evelina ferma la porte à clé. Le jeune homme se laissa tomber sur un canapé avec gratitude.

Les seules lumières provenaient des ampoules scintillantes disposées devant la fenêtre au-dehors, attestant du fait que lord Bancroft était loin d'être déconnecté. Evelina alluma l'une des lampes à huile et baissa la flamme au niveau le plus faible. Comme la lumière se répandait entre ses mains, elle sacrifia au rituel de l'allumette et de la flamme pour essayer de reprendre une contenance.

Ses doigts lui paraissaient épais et maladroits, sa respiration un peu trop rapide. La panique n'était pas loin mais, tant qu'elle continuerait à s'affairer, elle n'aurait pas à s'arrêter sur le fait que Nick était juste là, à quelques pas d'elle, blessé et vulnérable… et qu'il s'était mis en danger pour elle.

Il était à présent de la responsabilité d'Evelina de lui faire quitter la maison, et ce suffisamment en forme pour lui permettre d'éviter la police, Magnus ou les valets de lord Bancroft. Ça n'allait pas être facile. Quoi qu'elle fasse, il y aurait un risque.

Elle se tint devant lui pendant quelques instants, les mains sur les hanches, et fit courir son regard sur ses longues jambes minces et son épaisse chevelure noire. S'occuper de lui lui était naturel. Elle avait toujours compté sur lui, mais c'était elle qui lui reprisait ses chemises et s'assurait qu'il vienne dîner. C'était ainsi qu'elle avait gagné sa pitance durant sa jeunesse, mais elle faisait également tout cela par amour. Ce qu'elle ressentait à présent était un écho de cette époque ; le lien entre eux était plus solide que jamais.

— Comment te sens-tu ? demanda-t-elle après s'être éclairci la voix.

— La douleur est passée…

Sa peau était toujours d'une pâleur grisâtre, mais il haussa les épaules et se pencha en avant, les coudes appuyés sur les genoux, puis se tint la tête entre les mains.

— Enfin presque, ajouta-t-il.

Evelina hésita, jouant nerveusement avec l'ourlet de sa robe.

— Je ne suis pas sûre qu'on puisse se remettre de ce genre d'attaque en quelques minutes.

Quand il releva la tête vers elle, ses pommettes étaient couvertes d'une fine pellicule de sueur.

— Que peut-on faire d'autre ? Tu vas appeler un docteur, au risque de te mettre dans le pétrin ?

— Je le ferais si je pensais que ça pouvait t'aider.

Il émit un bruit qui disait qu'il ne la croyait pas. Une poussée de colère fit monter le rouge aux joues d'Evelina.

— Ne sois pas idiot ! Plus rien n'aura de valeur si tu meurs.

Dans un sursaut de lucidité, elle s'aperçut soudain que c'était vrai. Nick lui était loyal à l'extrême mais elle aussi à sa façon. Et c'était là le danger. *Je l'aime toujours. Je ne cesserai jamais de l'aimer.* Mais rien de tout cela n'avait d'importance ; ils n'avaient aucun avenir ensemble.

— Quoi qu'il en soit, tu boites. Tu ne peux pas faire ton numéro dans cet état.

Elle s'agenouilla devant lui et fit courir ses mains sur sa cheville. Il lui lança un regard perçant, mi-stupéfait, mi-suspicieux.

— Qu'est-ce que tu fais ?

Sans un mot, elle lui retira sa botte, sans prêter attention au sable et à la boue qui maculaient le cuir souple et usé. Puis elle posa ses mains sur sa chaussette en laine brute en essayant de ne pas penser au fait qu'elle ressemblait à celles que confectionnait mamie Cooper. Si elle se laissait aller à la nostalgie, elle n'aurait aucun espoir de parvenir à se concentrer.

Ainsi qu'elle s'y était attendue, dès l'instant où elle abaissa la chaussette pour toucher la peau de Nick, le pouvoir jaillit sous ses doigts comme si elle avait soudain invoqué une rivière de feu argenté brûlant. Cela ne se serait pas produit au simple contact de sa main mais à présent – maintenant qu'elle le touchait avec une intention claire, qu'elle *choisissait* d'appeler à elle l'âme de Nick – l'énergie affluait tel un torrent. Il s'agissait de la combinaison de leurs pouvoirs, ce phénomène que personne ne pouvait expliquer quand leurs deux sangs se rencontraient. Et il ne leur était pas plus envisageable d'être ensemble et de ne pas l'appeler que de cesser de respirer.

Le flux était impossible à décrire. Cela faisait un peu penser à ce qu'était la cannelle pour la langue ou le chant lointain d'un oiseau pour l'oreille, vif, sucré et imprégné d'un désir plein d'urgence – mais aucun mot n'aurait pu tout à fait exprimer cette sensation. C'était comme un goût de paradis et en même temps cela lui faisait monter les larmes aux yeux. C'était tout ce qu'elle et Nick avaient été quand ils étaient ensemble. Tout ce à quoi elle avait renoncé pour leur bien mutuel.

Elle entendit Nick inspirer, un sifflement d'anticipation mêlée de réticence. Lui aussi savait ce qui pouvait se produire.

— Tu as besoin d'un soin, dit-elle en tentant de se montrer sèche. Tu ne vas pas escalader la fenêtre dans cet état. Tu tomberais et te briserais le coup.

— Evelina…, dit-il en retirant son pied. Laisse-moi simplement repartir. Tu sais bien qu'il ne faut pas.

Nick avait raison. Mais s'il glissait et se brisait un os en sortant par la fenêtre, il y avait toutes les chances pour qu'il ne monte plus jamais à cheval. Il se retrouverait à la rue et mourrait de faim. Si elle était capable de donner la vie aux rouages et à l'acier, elle devait pouvoir soigner une simple blessure.

— Je suis plus forte qu'autrefois. Je peux le contrôler.

Le doute se lisait dans le regard de Nick.

— Mais je ne sais pas comment faire pour t'aider. Je n'ai jamais su.

— Fais-moi confiance, dit-elle d'une voix douce en espérant ne pas trop s'avancer.

Durant les quelques secondes où elle avait invoqué leur énergie, elle avait senti à quel point celle-ci avait gagné en force depuis la dernière fois. Ils étaient adultes, à présent, et plus des enfants, avec toute l'intensité que cela impliquait. Elle saisit son pied et le fit reposer sur ses genoux.

— Il faut que tu ressortes d'ici en un seul morceau. Et c'est le seul moyen que je vois pour ça.

Ses paroles étaient factuelles mais elle avait l'estomac complètement noué. Ce n'était pas seulement la peur qu'ils soient découverts, mais aussi l'excitation des retrouvailles avec ce pouvoir si addictif. Et elle avait une excuse imparable : la cheville de Nick était enflée et chaude au toucher.

Evelina y déversa son énergie, visualisant l'assemblage complexe des os et des muscles, l'articulation, le sang et les tendons, avec pour objectif de guérir.

Le feu argenté gagna en éclat et son apparence se fit de plus en plus solide tandis qu'elle travaillait. Cela faisait partie du danger : quand leurs deux sangs opéraient de concert, la magie ne se comportait pas de manière normale. Elle aurait dû être invisible et pourtant n'importe qui, porteur ou non du Sang, était capable de voir ce pouvoir à l'œuvre.

Evelina avait beau avoir fermé la porte à clé, un soupçon d'inquiétude persistait au fond de son cœur. *Je vous en prie, faites que personne n'entre dans la pièce!*

En levant le regard vers Nick, elle le vit fermer les yeux. Elle-même avait la tête qui tournait; les sensations électriques agissaient comme un vin fort. Tout devenait beaucoup plus intense: le tassement du tapis sous ses genoux, le bruissement des vêtements contre sa peau, l'odeur du dîner qui flottait depuis l'étage inférieur. Le sentiment s'intensifia avec chaque respiration, rognant la prudence au bénéfice du pur plaisir des sens.

Non, non, non, concentre-toi sur ta tâche immédiate!

Évidemment, Nick lui-même ne lui était pas d'une grande aide. Il était tout à fait déplacé pour une jeune femme de toucher ainsi un homme et les muscles souples et puissants de sa jambe faisaient naître toutes sortes d'idées impures. Elle se surprit à voir sa main, comme animée d'une vie propre, remonter jusqu'au genou du jeune homme.

Et puis il se pencha vers elle et posa la main sur sa joue. Le feu argenté se propagea et son éclat les engloutit tous les deux.

Elle lâcha sa cheville et sentit son corps se redresser tandis que Nick se baissait vers elle. Elle enroula ses bras autour de son cou. La vague de pouvoir qui jaillit quand ils se touchèrent lui coupa le souffle. Le feu d'argent parut s'intensifier à chaque battement de son cœur. Il forma un halo dont le pourtour donna naissance à une sorte de brume qui noya la pièce sous les décharges électriques de leurs émotions communes. Cela semblait être la chose la plus naturelle et la plus merveilleuse au monde: se laisser aller à une étreinte et partager pleinement leurs pouvoirs, sans inhibitions.

Evelina sentit le contrôle qu'elle exerçait sur elle-même et sur sa magie lui échapper tels des rubans de satin arrachés par une bourrasque soudaine. D'un seul coup, elle se retrouva au cirque, au cœur du printemps constant de ses années adolescentes où Nick représentait tout son univers.

Elle se pencha en avant, rongée par le désir de poser ses lèvres sur les siennes comme si cela pouvait faire revivre le passé au cœur du présent et la combler.

Puis une poignée de vieux almanachs volèrent à travers la pièce en éparpillant leurs pages déchirées. Ils heurtèrent les murs avec des bruits sourds, puis retombèrent à terre tels des oiseaux abattus en vol. Nick battit en retraite avec un juron, laissant Evelina éperdue. Comme elle, il était hors d'haleine, sa peau basanée constellée de sueur.

Un feu s'alluma brutalement dans l'âtre et s'engouffra dans la cheminée dans un grand jet de flammes. Puis un vent sorti de nulle part tourbillonna à travers la pièce en agitant les rideaux et la chevelure d'Evelina.

À la lumière vive du feu, elle put lire les émotions qui passaient dans les yeux de Nick : désir, peur, émerveillement.

— Nous avons fait venir les devas, dit-il à voix basse. Il y en a des dizaines !

Lentement, presque à contrecœur, Evelina reprit sa position accroupie et pivota sur elle-même pour balayer le salon du regard. De minuscules boules de lumière voletaient dans l'air tels des grains de poussière étincelants intoxiqués par le soudain jaillissement d'énergie dans la pièce. Elles étaient belles, billes duveteuses bleues, vertes et or pas plus grandes que sa main… mais pourtant emplies d'un potentiel destructeur. Habituellement, les devas étaient trop petits pour soulever un livre ou allumer une flamme par eux-mêmes, mais le feu argenté avait tout changé. *Nous avons invoqué des devas. Des devas ivres et en délire.*

Un groupe de petites lumières bleues fit tomber un bougeoir du haut de la table. Il chuta bruyamment sur le tapis et la bougie heureusement éteinte roula à terre.

Evelina eut un frisson d'appréhension. Elle se demandait jusqu'à quelle distance les devas avaient perçu la vague de pouvoir. Souris et Oiseau étaient rangés en lieu sûr dans sa chambre. L'avaient-ils sentie ? Le parfum de leur énergie avait-il atteint les parcs alentour ? Combien d'autres étaient susceptibles d'apparaître ?

C'était exactement le genre de choses que sa mamie craignait de voir se produire et les trahir. Et la raison pour laquelle elle aurait préféré chasser Nick avant que les autorités arrêtent le cirque tout entier pour avoir abrité des démons en son sein.

Evelina se redressa en bataillant avec ses jupes et s'éloigna tout à fait de Nick.

— Non, non, arrêtez ça ! lança-t-elle en battant frénétiquement l'air de sa main comme si les devas n'étaient que des mouches agaçantes. Arrêtez tout de suite !

Sinon quoi, petite sorcière ? L'un d'entre eux bourdonna autour de sa tête en tirant sur l'une de ses épingles à cheveux.

Evelina resserra la prise sur son pouvoir, le força à réintégrer son être jusqu'au moment où elle crut s'étouffer. Le feu d'argent se tassa sur lui-même, emportant les devas avec lui, ce qui ne fit que concentrer le problème. Les minuscules esprits tournoyèrent comme des moucherons autour de Nick et Evelina en aspirant tout ce qui restait d'énergie, tels des ivrognes s'amassant autour du bar à l'heure de la fermeture. Chevauchant le courant de pouvoir le plus fort, l'un d'eux plongea dans la cheville de Nick, à qui la sensation fit lâcher un juron quand le deva émergea de l'autre côté.

Evelina recula encore afin de mettre plus de distance entre eux et de briser la connexion. Au moment où les dernières lueurs argentées disparurent, le vent soudain mourut. Tandis qu'elle reculait, le feu dans l'âtre retomba, ne laissant derrière lui que quelques braises à l'éclat discret.

Et tout ça à cause d'un simple contact. Et si nous nous étions embrassés ? Si nous nous étions étreints comme mari et femme ? Ils auraient pu déclencher un nouveau grand incendie de Londres.

Nick se massa la cheville.

— J'ai moins mal.

Mais Evelina leva la main pour lui faire signe de se taire. Le bruit qu'elle avait cru entendre se reproduisit : le cliquetis de la poignée de la porte. Son esprit passa immédiatement en revue chaque détail. Ils avaient parlé à voix basse. Le feu était désormais couvant, si bien que très peu de lumière filtrait sous la porte. Mais il y avait eu beaucoup de bruits sourds, de quoi largement attirer l'attention. Tous deux se figèrent telles des statues.

Les devas, de leur côté, poussaient un autre bougeoir vers le sol. Tournant la tête vers Evelina, Nick vit l'expression horrifiée de son visage. Sans un mot, elle pointa le bougeoir du doigt. Ses pieds foulant silencieusement le tapis, Nick plongea pour le rattraper en pleine chute. Juste à temps.

Les tripes d'Evelina formaient un nœud glacé. Elle fit un nouveau pas en arrière, comme si son corps cherchait une cachette alors même que son esprit était gelé, incapable de former une pensée cohérente. Le bouton de porte en laiton ouvragé pivota de nouveau et quelqu'un poussa contre le panneau.

Evelina se mordit la lèvre en regardant les devas qui, privés de leur festin d'énergie couleur d'argent, flottaient sans but à travers la pièce. Nick, le bougeoir toujours à la main, observait alternativement la porte et la fenêtre à guillotine. Celle-ci constituait la seule sortie possible, mais s'il l'ouvrait la personne qui se trouvait derrière la porte l'entendrait forcément.

La poignée cessa de tourner.

— Fermé à clé, murmura quelqu'un. Essayons un autre endroit.

Ces mots furent suivis d'un gloussement à peine audible.

Evelina relâcha le souffle bloqué dans ses poumons. Ce n'étaient que deux invités – ou peut-être des domestiques – profitant de l'agitation d'après-dîner pour s'isoler discrètement pendant quelques instants. Son cœur s'apaisa progressivement tandis que les pas s'éloignaient de la porte. Le risque était écarté… pour le moment.

Quelques devas se glissèrent sous le châssis de la fenêtre. Une autre boule scintillante se changea en aiguille de lumière et disparut entre les lattes du plancher à l'autre extrémité de la pièce. Les autres étaient en train de disparaître tels des flocons de neige, s'évanouissant dans l'air.

La crise était terminée.

Partager leur pouvoir avait été si agréable… mais, à présent que la tension retombait, le corps d'Evelina était comme endolori. Elle se hâta de ramasser les ouvrages renversés et les remit sur l'étagère. Ses mains tremblaient et elle n'avait qu'une envie : lâcher les livres et retourner vers Nick pour revivre cette folie. Ce n'était pas qu'une question de pouvoir. Tous ses anciens sentiments s'étaient réveillés. Elle avait envie d'être auprès de lui, de le toucher.

— Tu devrais y aller…, dit-elle à voix basse. *(Avant que je ne cède et me jette dans tes bras au risque de nous détruire tous les deux.)* Tu vois ce qui arrive quand on est ensemble.

— Je sais, dit-il.

Elle se tourna vers lui. Son expression était parfaitement calme. Pour un forain, le danger faisait partie du quotidien. Ce nouveau péril n'était qu'une occasion supplémentaire de faire un pied de nez au destin.

Evelina, de son côté, n'évoluait plus sur la corde raide.

— J'aimerais avoir ton sang-froid, dit-elle.

Il haussa les épaules.

— Tu espérais qu'il se passe quoi ? Nous n'avons jamais appris à contrôler ce pouvoir.

— Exactement.

Il s'avança d'un pas et leva la main comme pour la toucher, puis laissa retomber son bras. Mamie Cooper avait affirmé que le contrôle était impossible, pas avec le Sang étrange qui coulait dans les veines de Nick. Et si quelqu'un s'y connaissait en magie, c'était bien elle. Evelina ne dit rien, trop oppressée pour parler.

Même sans cette magie incontrôlable, elle n'était pas sûre qu'ils auraient pu rester ensemble. Elle n'appartenait plus au même monde que lui et Nick ne serait jamais à sa place à Mayfair. Et l'amour n'était pas tout. Ses parents avaient subi un décalage similaire et Evelina avait vu sa mère s'étioler telle une fleur arrachée à la vigne vierge qui la maintenait en vie, se flétrir jusqu'à en mourir. Cela avait laissé sur l'âme d'Evelina une ombre impossible à chasser. *J'aimerais tant savoir quoi faire.*

Mais il n'existait aucune garantie. De toute façon, cela n'avait pas d'importance : l'implication de la magie les obligeait à rester loin l'un de l'autre.

Nick avait dû lire ses pensées sur son visage.

— Très bien. Je m'en vais.

— Je suis désolée.

C'était tout ce qu'elle trouvait à dire. Il conserva une expression neutre qui ne révélait rien de ses émotions.

— Une dernière chose avant de partir : j'ai entendu Bancroft discuter avec Magnus.

— Quand ?

Il se laissa retomber sur le sofa. Il était peut-être guéri mais visiblement toujours épuisé.

— Plus tôt dans la soirée. Je cherchais un moyen de te parler. Je voulais t'avertir à propos de Magnus, mais cet endroit est mieux gardé que Buckingham Palace.

Elle serra les bras contre elle, sans oser s'approcher de lui.

— Je suis contente que tu sois resté à l'écart. Venir ici est trop dangereux pour toi.

Il se pencha en avant en la regardant par en dessous. Elle connaissait cette expression ; c'était celle qu'il arborait quand il laissait parler ses tripes.

— Evie, on se connaît depuis trop longtemps pour que je te regarde t'enfoncer au cœur de la tempête sans rien faire.

Que pouvait-elle répondre à cela ? De toute façon, sa gorge était trop douloureuse, gonflée de larmes contenues. Des larmes de gratitude, de regret et surtout de confusion.

— Magnus veut un objet, déclara Nick. Je ne comprends pas ce que c'est mais il pense pouvoir enrôler de force lord Bancroft pour l'arracher au roi Doré. Il a dérobé quelque chose à Bancroft et s'en sert pour faire pression sur lui. Quelque chose – il a parlé de malles et de cargaison – qui pourrait potentiellement le ruiner.

Les automates ! L'excitation envahit Evelina.

— Ça se tient. Bancroft et Magnus étaient autrefois amis mais maintenant ils se détestent.

— Pourquoi ?

Elle secoua la tête.

— Je ne sais pas ce qui a mis le feu aux poudres. Quoi que ce puisse être, lady Bancroft et Tobias semblent ne rien avoir à lui reprocher. C'est une histoire entre les deux hommes.

Elle repensa à la conversation qu'elle avait surprise dans la bibliothèque. Depuis lors, lord Bancroft donnait l'impression d'être hanté. *Voilà pourquoi. Il savait que Magnus avait ses poupées.*

— Evelina ? (Le visage de Nick était pâle et sérieux.) Quel que soit le chemin que tu veux voir ta vie emprunter, ce que nous avons fait ce soir représente qui tu es vraiment. La magie est en toi et c'est une chose face à laquelle les gens qui t'entourent aujourd'hui ne pourront pas t'aider, même les rares qui ne te feraient pas pendre pour ça. Et malgré mon désir d'être auprès de toi – je m'arracherais moi-même le cœur si je pensais que cela pouvait m'offrir ce privilège –, je ne pourrai pas te protéger. Pas là où tu vas. Tu avanceras seule. Et ça me fait peur.

Elle en eut le souffle douloureusement coupé. Elle savait tout cela, bien sûr, mais ne voulait pas l'entendre ainsi mis en mots, surtout pas de la part de Nick. C'était assez dur comme cela pour ne pas y ajouter le souvenir de son visage déformé par la peine. Les larmes embuèrent son regard et sa vision de Nick devint floue.

Il tendit la main pour prendre la sienne. Un léger éclat argenté enveloppa leurs doigts. La paume de Nick était calleuse et chaude, la paume d'un homme habitué à travailler dur.

— Magnus en a après toi… ou après ce que tu sais faire. Je ne sais pas quel est son plan, mais ça ressemble à une prise de pouvoir emballée dans beaucoup de bla-bla et de grands mots. Il est résolu à affronter les barons de la vapeur donc tu peux être sûre que ça ne présage rien de bon.

Il parlait d'une voix douce, grave et rauque, aussi familière à Evelina que l'odeur des chevaux et la terre meuble sous ses pieds nus.

— Je sais que tu tiens à faire attention, que tu veux que ta nouvelle vie reste irréprochable. Mais il faudra que tu sois prête à te battre. Et ce soir n'était qu'un début. Ce n'est pas terminé.

Evelina comprenait à peine la magie dont elle disposait, sans même parler de savoir s'en servir pour se battre. Mais ça n'avait sans doute pas d'importance.

— Qu'est-ce qui motive tout ça au juste ?

— Le pouvoir et l'argent.

Ce qui était plus ou moins la même chose, d'après Tobias.

— La magie n'est qu'un moyen pour y parvenir, ajouta Nick.

— Et je me retrouve au milieu, c'est ça ? Coincée entre ton monde et le sien. Mamie Cooper et mère-grand Holmes.

C'était peut-être un peu trop franc. Nick retira ses doigts et baissa les yeux au sol. Evelina ouvrit et referma la main, ressentant déjà son absence.

— Je ne vais pas te dire ce que tu dois faire. Je t'aime trop pour te garder enfermée dans une boîte, malgré mon désir de te protéger. Mais je t'en supplie, sois prudente.

Ces mots la touchèrent au plus profond d'elle-même et elle eut du mal à retenir ses larmes.

— Promis, dit-elle.

— Si un jour tu décides de revenir chez Ploughman, je te défendrai jusqu'à la mort. Mais si tu restes ici Magnus saura où te trouver, Evelina.

Le cœur d'Evelina battait la chamade sous son corset.

— Je ne pourrai pas fuir éternellement.

S'ensuivit un long silence. Il était clair pour tous les deux qu'Evelina ne retournerait pas au cirque, même si Nick n'en connaîtrait jamais toutes les raisons.

Des années plus tôt, elle n'aurait pas voulu qu'il abandonne la seule famille qu'il connaissait pour son bien à elle. Et ce n'était pas Magnus qui la ferait changer d'avis à présent.

Nick se leva avec raideur.

— Je dois y aller.

Evelina fit un pas vers lui. Elle avait très envie de le prendre dans ses bras tout en sachant qu'elle refuserait alors de le lâcher.

— Qu'est-ce que je dois faire ?

— Voilà une question à laquelle je ne peux pas répondre pour toi, dit-il en secouant la tête.

Il lui effleura la joue, faisant voleter quelques poussières magiques le long de sa peau. Elle aurait voulu se laisser aller à ce contact, profiter du réconfort de sa chaleur familière. La sensation ravivait des souvenirs enfouis au plus profond de son être. *Je ne peux pas le laisser partir. Il fait partie de moi.* Et pourtant il fallait absolument qu'elle le fasse.

Les larmes lui piquaient les yeux.

— Je ne veux pas m'enfuir, ni me cacher, ni être exploitée par quelqu'un d'autre. Je veux simplement être moi-même.

Il recula et laissa échapper un soupir.

— Alors prépare-toi à te battre pour ça parce que seuls les forts peuvent se tenir debout tout seuls.

CHAPITRE 28

Londres, 11 avril 1888
QG de l'ESPION
Lundi, 16 heures

— Il doit bien y avoir un moyen de faire que ça fonctionne !

Tobias recula de quelques pas face à la brebis empaillée et alluma l'appareil. Il était de mauvaise humeur et plus que légèrement ivre. Il avait passé la fin de l'après-midi au club-house situé derrière la boutique de son tailleur pour essayer de démêler, eh bien, à peu près tous les derniers événements.

Les retrouvailles espérées avec le docteur Magnus n'avaient pas eu lieu, à l'exception de salutations polies au dîner. Installé à l'autre bout de la table, Magnus avait disparu juste après le repas. Quant à Evelina, elle était semble-t-il alitée, victime d'une migraine. Ces deux-là s'étaient visiblement mutuellement gâché la digestion et l'avaient laissé seul en compagnie d'Alice Keating. Alice était tout à fait sympathique – à vrai dire, elle était même très jolie et avait beaucoup d'esprit –, mais ce n'était pas Evelina.

Le dîner dans son ensemble avait été tout à fait maussade. La tension entre son père – qui, pour une raison inconnue, donnait l'impression de sortir d'une bagarre –, Jasper Keating et le docteur Magnus l'avait épuisé nerveusement. Il avait compté les minutes avant que Keating dégaine soudain une nouvelle invention pour torturer les invités. Des poucettes à vapeur, peut-être, ou une guillotine à ressort conçue pour trancher plus vite… Il n'avait pas revu Evelina ou Magnus depuis.

À présent, il espérait ardemment que cet après-midi s'avérerait beaucoup plus productif. Il testait sa version de l'appareil avec lequel Aragon Jackson avait tenté d'électrocuter la pauvre domestique.

Tobias était fermement convaincu que, quoi que le roi Doré puisse inventer, l'Élégante Société pour la prolifération impertinente des occasions novatrices était capable de faire mieux.

Une mission qu'il prenait sans doute plus à cœur que le reste de l'ESPION.

Smythe avait son régiment, et Bucky et Edgerton étaient destinés à trouver leur place au sein des manufactures de leurs pères. Tobias était le seul à ne pas avoir de plan d'avenir et, pour parler de manière purement statistique, il ne pouvait pas passer chaque heure de chaque jour à n'être qu'une rature sur la toile de l'univers. Il devait forcément pouvoir faire quelque chose de constructif.

Il s'arrêta pour boire une gorgée de sa flasque puis contempla la brebis dans ses plus beaux atours technologiques. Tobias se souvenait qu'un Serbe avait récemment publié un article sur la transmission sans fil. De ces théories de pointe, Jackson avait tiré une terrible application. L'appareillage était constitué d'un bracelet attaché à l'avant-bras – dans le cas présent, à la patte avant – et d'un récepteur faisant le tour de la tête, un peu comme une tiare surmontée d'une antenne. Tobias l'avait maladroitement agrafé à l'un des petits couvre-chefs à fanfreluches que portaient les femmes de chambre. De quoi donner à la brebis un petit air canaille.

Une petite voix sous son crâne lui rappela la nécessité de mettre les fils électriques à la terre mais l'alcool brouilla le message. Tobias envisagea vaguement d'en faire part à Bucky qui se trouvait non loin de là, puis se ravisa. Prononcer une phrase complète réclamerait plus d'effort qu'il n'était en mesure d'en faire à cet instant précis. Et puis, bon, la brebis empaillée était incapable de ressentir la douleur, après tout.

Tobias se pencha sur la console de commandes installée à une dizaine de pas de l'animal. Il enclencha la transmission : il y eut un crépitement, des étincelles jaillirent et la tête de Laineuse prit brusquement feu.

— Saloperie ! grogna Tobias en vidant un seau d'eau sur son expérience, ce qui déclencha de nouveaux craquements et crépitements.

Bucky croisa les bras et se tapota le menton du bout de l'index.

— Malheureusement, ESPION va devoir modifier son nom pour inclure l'adjectif « incendiaire » en plus de « impertinente ».

Tobias lui répondit par un bruit grossier.

Une silhouette de grande taille émergea du club-house derrière eux.

— Je ne crois pas que les femmes de chambre vont se l'arracher, fit observer Michael Edgerton en écartant une mèche de cheveux bruns de ses yeux.

Il avait toujours un bras en écharpe à la suite de l'incident du calamar. Il était tombé dans la section des trombones.

— Bon sang que ça pue !

Tobias piétina un morceau de laine fumant.

— C'est le parfum du progrès, Edgerton, lança-t-il.

— Il y a ici un gentleman qui prétend te connaître, Roth.

Tobias échangea un regard de surprise avec Bucky, puis traversa la cour à grands pas. Sa surprise initiale se changea en agacement. Pratiquement personne ne connaissait l'existence de leur atelier privé. Il était convaincu que le roi Doré ne tolérait leurs activités que parce qu'ils étaient riches et restaient très, très discrets.

Tobias poussa la porte d'un coup d'épaule, prêt à enguirlander l'importun. Mais il s'arrêta net : Magnus était assis dans le club-house, aussi à l'aise sur l'une de leurs vieilles chaises mises au rebut qu'il l'avait été au milieu des invités à Hilliard House. Sa canne était appuyée contre l'accoudoir de la chaise, surmontée de son haut-de-forme.

— Docteur Magnus !

L'interpellé se leva en voyant Tobias.

— Vous voilà. Et j'ai fait la connaissance de M. Edgerton. Vous, par contre, je ne vous connais pas, cher monsieur… ?

— Penner, répondit Bucky en lui serrant la main.

Magnus sourit chaleureusement.

— Enchanté de vous rencontrer tous. J'ai admiré votre œuvre au Royal Charlotte. Une telle énergie ne devrait pas être sous-estimée, dit-il.

Le compliment adoucit l'humeur de Tobias. Bucky et Edgerton semblaient tout aussi flattés.

D'un geste, Magnus leur fit signe d'approcher.

— Et maintenant que nous avons été présentés, peut-être devrais-je vous expliquer les raisons de ma visite.

Ils s'assirent, Edgerton sur une caisse retournée car Magnus occupait l'une des rares chaises utilisables. Le docteur s'adressa à eux sur un ton de confidence, comme s'il menait une discussion avec de vieux amis.

— Je suis actuellement en quête d'un… comment dire cela ?… d'une *pièce* spécifique pour le projet principal en vue duquel j'aurai besoin de vos talents collectifs. Et, croyez-moi, il s'agit de quelque chose de vaste et de merveilleux pour lequel il me faut une équipe de créateurs de génie.

» Mais l'acquisition de cette pièce me demande du temps et en attendant je suis impatient de voir ce que vous, messieurs, savez faire.

Bucky parut amusé.

— Vous voulez une démonstration ? Le calamar ne vous a pas suffi ?

Le docteur se fendit d'un sourire courtois.

— Cela démontrait votre compétence et votre capacité d'invention. J'aurai aussi besoin d'une grande finesse d'exécution. Considérez cette première commande comme une sorte d'audition pour ce qui viendra ensuite.

Edgerton, qui n'aimait rien tant que relever un défi, s'agita avec impatience sur sa caisse.

Magnus désigna du menton une malle posée contre le mur. Elle était d'un noir sans fioritures, ni vieille ni neuve, les attaches en laiton rendues ternes par une longue utilisation. On aurait pu en trouver un millier d'identiques dans n'importe quel train de l'Empire.

— Le contenu constitue votre mission. Les pièces à l'intérieur nécessiteront d'être réparées et assemblées. Étant donné vos extraordinaires talents, j'estime que ce test est dans vos cordes.

Les membres de la société échangèrent des gestes sur le mode « après vous » et « je n'en ferai rien ». Pris d'impatience, Tobias traversa la pièce et actionna les fermoirs de la malle en se demandant vaguement comment Magnus l'avait transportée jusque-là sans serviteurs visibles à son côté.

Cette pensée s'envola dès l'instant où il souleva le couvercle.

— Par tous les diables !

— En effet, monsieur Roth, répondit Magnus d'une voix teintée de défi.

À l'intérieur se trouvait le corps démonté d'une femme parfaite. Tobias inspira vivement, son cerveau imbibé de brandy à peine capable d'appréhender ce qu'il voyait. Il s'agissait clairement d'un automate, mais différent de tous ceux qu'il avait vus jusqu'alors. Il n'avait rien à voir avec les créatures grotesques de son père ou les monstruosités d'acier qu'on utilisait dans les usines.

La longue chevelure auburn et chatoyante devait être authentique. Il tendit la main et caressa du bout des doigts les vagues de cheveux rougeoyants. Il découvrit qu'une minuscule partie semblait avoir été tondue. Un défaut minime mais qui, à sa façon, conférait une certaine individualité à la perfection du reste. Le visage était en porcelaine et peint avec une telle subtilité qu'il était difficile de croire que ce n'était pas le sang qui faisait rosir ses joues. Les membres étaient lisses et blancs, les mains parfaitement moulées et terminées par de jolis ongles délicats.

Tobias trouva troublant que ces pièces d'un grand raffinement aient été ainsi stockées en vrac au fond de la malle. Il saisit un pied d'où émergeait une articulation de métal brillant à l'endroit où se serait trouvé le tibia. Les orteils nus étaient remarquablement détaillés.

Un frisson l'envahit. Ce n'était pas une machine. C'était un corps démembré fait de céramique et d'acier. D'un seul coup, son estomac se rebella contre le brandy qu'il avait bu.

— J'ai besoin que vous l'assembliez, reprit Magnus. Je voudrais que vous lui redonniez vie.

Edgerton s'était rapproché derrière Tobias. Le défi technique l'attirait aussi sûrement que l'herbe à chat.

— Elle est animée mécaniquement ?

— Oui, c'est la base de son fonctionnement. Cela dit, la conception de mon ange est imparfaite.

Imparfaite ? Ce mot ne convenait pas à la créature qu'il avait sous les yeux, même ainsi démontée. Pourtant Tobias oscillait entre l'excitation et la révulsion.

Les autres s'étaient rassemblés autour de lui face à la malle. Le club-house lui parut soudain étouffant. Sa chemise trempée de sueur lui collait au dos.

Il souleva la tête. Les paupières étaient dotées de cils souples collés en petites touffes. Elles s'ouvrirent avec un « clic » et il se retrouva face à des yeux de verre d'une impossible nuance de bleu. Un frisson remonta le long de son cou. La créature faisait vaguement penser à Alice Keating.

— Comment s'appelle-t-elle ? demanda Bucky.

— Serafina. Elle est censée être la première d'une troupe de poupées grandeur nature, si je parviens à maîtriser la logistique de son fonctionnement. Et c'est sur ce point que vous pouvez m'aider, messieurs.

Edgerton avait sélectionné un bras et examinait les minuscules câbles qui actionnaient les articulations.

— Nous aurons peut-être besoin de pièces supplémentaires.

— Achetez ce dont vous aurez besoin et incluez également le coût de votre temps de travail.

Les jeunes gens s'agitèrent, mal à l'aise. Tous avaient des dettes. Bien que les gentlemen ne soient pas censés travailler pour de l'argent, cette offre de paiement retenait toute leur attention.

Ils libérèrent la table de travail installée à une extrémité du club-house et entreprirent d'y transporter les différents éléments depuis la malle, un par un, en disposant le corps dans une position anatomique adaptée. Certains des membres laissaient apparaître des éraflures ou des signes de réparation, comme si la poupée avait subi des violences. Au fond de la malle se trouvaient de nombreuses pièces de petite taille que Tobias n'était pas certain de pouvoir toutes identifier. Il lui faudrait étudier longuement l'automate avant de déterminer où allait quoi.

Il baissa les yeux vers la poupée en essayant de l'imaginer assemblée. Le torse présentait un rembourrage à base de sciure sous une couche de soie couleur chair dont le toucher ferme rappelait de manière troublante la peau d'une femme. La personne qui l'avait créée n'avait oublié aucun détail de l'anatomie féminine, y compris la fente entre ses cuisses. Tobias ressentit le désir irrationnel de la couvrir pour protéger sa pudeur.

—Qui l'a fabriquée?

Magnus agita la main comme pour dire que ça n'avait pas d'importance.

—Un jeune Italien, à partir d'un plan déjà existant. Hélas, la phtisie l'a emporté avant qu'il ait le temps d'aller au bout de son travail. Les premiers essais ont révélé des lacunes dans la conception et j'ai été obligé de procéder à des réparations. Elle marchait et parlait à la perfection, mais sa capacité de raisonnement s'est avérée primitive, voire aberrante. Un problème courant avec les automates, mais j'imagine que vous le saviez déjà. Je viens juste de recalibrer cette portion de son mécanisme et j'aimerais me lancer dans de nouveaux tests immédiatement.

—Elle aura donc vécu plus longtemps que son créateur original.

Tobias déposa la dernière pièce – une main – contre le flanc de l'automate. Les doigts froids glissèrent au-dessus des siens comme s'il était simplement endormi.

—Elle est orpheline et fille unique. Pour combien de temps? Cela dépendra de vous.

—Si vous l'avez démontée, ne pouvez-vous pas assembler de nouveau chaque élément? demanda Edgerton.

Magnus sourit.

—Si, bien sûr. Mais j'ai la conviction qu'un lien essentiel se forme entre le créateur et sa création. En la ramenant à la vie vous la nourrirez, devenant en quelque sorte ses époux au moment de repasser dans ce monde. Ou bien vous n'en ferez rien et elle restera une marionnette.

—Ses époux? demanda Tobias.

Ses pensées avaient dérivé vers les détails anatomiques poussés de Serafina. Il y remit de l'ordre, entre dégoût et amusement.

—Je parle ici de manière métaphorique, évidemment.

Magnus souleva la tête pour admirer le visage peint.

—N'allez pas voir dans mes propos une grossière tentative de plaisanterie. Comme je vous l'ai dit, Serafina constitue un test. Les questions qu'elle pose n'ont rien à voir avec les rouages et les ressorts, et encore moins avec la chair.

Bucky haussa les sourcils mais ne dit rien. C'était celui d'entre eux qui semblait le moins s'intéresser à la poupée.

Ce dernier échange était passé complètement au-dessus de la tête d'Edgerton, qui se passionnait avant tout pour la mécanique. Il plissait les yeux en examinant la cavité en acier de la hanche gauche, complètement absorbé.

— L'usure est sérieuse ici. Elle deviendra prématurément arthritique si ces pièces ne sont pas remplacées. La courbure n'est pas adaptée à la forme de l'articulation.

— Ce sera difficile à corriger ? demanda Tobias.

Edgerton haussa les épaules et pris des mesures à l'aide d'un rapporteur.

— C'est un travail plus précis que ce qu'on peut faire ici. L'employé de mon père est en ville aujourd'hui. J'irai lui parler avant qu'il prenne le train du soir pour Sheffield. Soit il aura ce qu'il nous faut, soit je lui demanderai de faire une commande sur mesure.

Il jeta un coup d'œil à Magnus.

— Si je dois faire venir quelque chose depuis Sheffield, cela pourra nécessiter de graisser la patte des hommes du roi Doré. Vous savez comment sont les barons de la vapeur dès qu'on parle de machines.

Magnus se contenta de hocher la tête en faisant une petite pichenette comme si le coût n'avait aucune importance.

Edgerton sortit. Tobias et Bucky restèrent sur place, chacun d'un côté de la table. Bucky se tourna vers Magnus, une expression incertaine sur le visage.

— Qu'allez-vous faire d'elle une fois qu'elle sera opérationnelle ? Vous disiez que vous vouliez former une troupe de ces poupées ?

— Il existe un genre bien particulier de théâtre qui nécessite des acteurs durables.

Magnus se leva et se dirigea à grandes enjambées vers la malle. Il ne portait pas de cape, mais on aurait pu jurer en voir une tournoyer autour de sa silhouette lorsqu'il s'arrêta et plongea la main dans la malle.

— Voici les plans, dit-il.

Il leur présenta une pochette brune et dénoua la ficelle qui la maintenait fermée. Puis il en tira une poignée de croquis qu'il aligna sur le bord de la table de travail. Tobias eut la surprise de reconnaître l'écriture de son père.

— Oui, confirma Magnus. Elle profite des plus récentes technologies mais les concepts originaux étaient l'œuvre de votre père. Votre talent a des origines claires. Mon espoir est qu'à l'inverse de lui vous ne vous laisserez pas embrouiller par des considérations terre à terre. Un don tel que le vôtre exige de pouvoir voler librement !

Magnus croisa son regard et le soutint comme pour s'assurer que le jeune homme saisissait toute l'importance de ses paroles.

— Je ne suis qu'un dilettante, dit Tobias.

Magnus eut une moue qui affirmait que l'humilité était charmante mais absolument pas nécessaire. Tobias fut contraint de goûter le parfum du mensonge sur sa langue.

Il n'avait aucune envie d'être un simple amateur. Il sentit monter en lui le désir brûlant de se montrer à la hauteur de la tâche que leur proposait le docteur Magnus. Cela ressemblait à une faim dévorante, ou à la soif qui vient après une nuit entière passée à boire. Il était le fils d'un aristocrate fortuné. La vie n'exigeait pas de lui qu'il fasse ses preuves mais quelque chose d'autre, quelque chose d'important en lui, si.

Magnus répondit sans quitter Tobias des yeux.

— Mon but a toujours été d'unir artifice et *anima*.

— Qu'est-ce que ça veut dire ? demanda Bucky avec un rire nerveux.

— On pourrait interpréter ce concept de mille manières. J'aime à penser que nous mettons toujours un peu de notre âme dans ce que nous créons. En retour, les créations nourrissent leurs créateurs en séduisant le public par leur beauté.

— À vous entendre, on pourrait croire que votre poupée est la promise d'un vampire, dit Bucky.

Magnus éclata d'un rire qui n'avait cependant rien de rassurant.

— La comparaison est juste, d'une certaine façon, mais je ne présenterais pas les choses en termes aussi crus. Les créateurs ont besoin de l'admiration et de l'émerveillement de leur public de la même manière qu'un revenant a besoin de sang.

Les traits de Bucky frémirent comme s'il se retenait de toutes ses forces pour ne pas rire.

— J'espère que vous n'allez pas laisser des enfants jouer avec vos poupées.

Le docteur Magnus plissa les yeux.

— Je ne laisse pas n'importe qui profiter de mes jouets.

Puis, avec un gloussement :

— Serafina est chère à mon cœur. Je lui dois beaucoup. Créer quelque chose de beau purifie l'âme, vous ne croyez pas ?

— Je me demande ce qu'une brebis en flammes peut bien signifier quant à mes chances de trouver le salut, commenta Tobias avec une grimace.

Bucky se gratta le menton.

— C’est sûrement un peu mieux qu’un alambic qui explose. Mais pas de beaucoup.

CHAPITRE 29

Je ne devrais pas être ici, c'est de la folie pure.

Evelina se tenait sur le trottoir en face de l'amphithéâtre Hibernia, les yeux levés vers le panneau qui proclamait « L'INDOMPTABLE NICCOLO ! LES FABULEUX COOPER VOLANTS ! ». Elle tentait d'identifier la sensation brûlante dans sa poitrine. Regret ? Jalousie ? Soulagement d'avoir échappé à cette vie ?

C'était surtout un sentiment de perte. Sa présentation officielle aurait lieu le lendemain. Après cela ce serait la saison, puis peut-être l'université, si elle y parvenait. Evelina portait la magie en elle, mais son chemin s'orientait clairement vers une vie au sein de la bourgeoisie. Elle avait fait ce choix depuis longtemps déjà.

Et pourtant, après avoir revu Nick la nuit précédente, elle se sentait vide et prise de doute. Il continuait à veiller sur elle. Dans le monde compliqué au sein duquel elle évoluait désormais, elle était terrifiée de ne jamais retrouver ce type d'affection inconditionnelle. De ne jamais le mériter. De ne jamais aimer aucun homme, pas même Tobias, autant que lui.

Nick n'était pas le seul à lui manquer. Elle avait désespérément envie de retrouver mamie Cooper. Mais celle-ci voudrait-elle la voir ? Dans les rêves d'Evelina, il arrivait que la vieille femme tourne vers elle un regard si plein de reproche qu'elle se réveillait brusquement, en larmes. Evelina avait l'impression d'être deux personnes distinctes : une qui fuyait Ploughman en direction de la sécurité offerte par la haute société, l'autre qui lui hurlait au visage que jamais elle ne pourrait se couper de cette part d'elle-même.

Evelina prit une inspiration tremblante, serrant très fort son réticule orné de perles contre sa jupe à rayures bleu marine. *Maudit sois-tu, Nick!* Elle savait qu'elle ne pouvait pas retourner en arrière et pourtant il avait réussi à la faire vaciller.

Elle irait à sa présentation officielle et elle prendrait sa place dans la haute société mais, avant de pouvoir s'avancer devant la reine, il fallait qu'elle retourne chez Ploughman pour un dernier regard. C'était un rite, un rituel et peut-être un adieu.

Evelina avait eu l'intention de venir seule pour cet au revoir avant d'inviter Imogen à la dernière minute. Depuis la veille, son amie lui semblait trop calme, presque hagarde.

Evelina attribuait cela au stress de la présentation. À moins qu'Imogen n'ait fait un nouveau cauchemar, peut-être celui où elle se retrouvait piégée à l'intérieur d'une boîte. C'était le plus fréquent et celui qu'Imogen détestait le plus. Dans tous les cas, il lui fallait une distraction et le cirque Ploughman constituait le remède idéal. Cela semblait déjà fonctionner.

— Qu'est-ce que tu attends? demanda Imogen, tout excitée, en la tirant par le coude. Allons acheter nos places! Où est-ce qu'on les récupère? Oh! il y a une petite cabine près de l'entrée, là-bas.

Evelina tourna la tête vers l'endroit qui lui désignait Imogen et, effectivement, aperçut une petite billetterie automatisée. L'amphithéâtre Hibernia était une salle très tendance aux couleurs éclatantes or et vermillon. Une grosse horloge s'élevait sur le toit, ses rouages cuivrés visibles au travers de son énorme coupole de verre. L'endroit tout entier ressemblait à un jouet d'enfant.

— On pourrait croire que j'aurais le sentiment de revenir ici triomphante, dit doucement Evelina.

Sa voix était à peine audible, en partie couverte par le bruit des bicyclettes à vapeur et la voix d'un garçon qui vendait des tourtes chaudes.

Imogen fit un effort visible pour maîtriser son excitation et afficher l'expression compatissante de rigueur.

— Mais ce n'est pas le cas, dit-elle.

— Je me sens un peu honteuse. C'est comme si en partant j'avais voulu leur dire qu'ils ne sont pas assez bien pour moi. Et c'est tellement loin de la vérité...

— Mais tu n'avais pas le choix. C'est mère-grand Holmes qui t'a emmenée loin d'eux.

Evelina ne répondit pas, concentrée sur les rayons de soleil qui tombaient à l'oblique sur la façade du théâtre.

— Dans tous les cas, tu as fait ce qui te semblait bon à l'époque. Comment aurait-il pu en être autrement ?

Evelina prit le bras de son amie.

— J'ai perdu certaines choses. Je ne m'en étais pas rendu compte à l'époque.

L'une des bicyclettes traversa une flaque et fit décoller une nuée de pigeons.

— Tes amis, ta famille ? Tu ne les as pas perdus. Ils sont juste ici.

Evelina repensa à mamie Cooper. Peut-être que tout irait bien si elle pouvait simplement la voir, la serrer de nouveau dans ses bras et bavarder autour d'une tasse de thé très, très fort.

— Il n'y a pas que les gens. C'est une vie tellement différente, Imogen. Je faisais partie des Cooper volants. Le cirque lui-même me manque. Il y a un moment dans le numéro où tu flottes dans les airs. Même si la foule rugit, tu n'entends plus qu'un silence absolu. Et les seules choses sur lesquelles tu peux compter sont ton sens de l'équilibre et ce silence pour te porter jusqu'à la barre du trapèze. C'est une question de vie ou de mort.

Imogen tourna vers elle un regard perçant.

— Je ne t'avais jamais entendue parler de ça.

Peut-être parce qu'elle était théoriquement trop jeune pour prendre part au numéro. Légalement, en tout cas. Elle avait toujours fait très attention à ne pas trop en dire.

Elle reporta son attention sur le panneau d'affichage.

— Je crois que je ne voulais pas admettre que ça me manquait. M'en aller m'a fait l'effet d'un coup de couteau dans le bras ou la jambe.

Elle s'avança vers la billetterie, Imogen à son côté. Le fiacre les avait déposées près des boutiques à quelques pâtés de maisons de là et reviendrait les chercher d'ici à deux heures. Avec un peu de chance, personne à Hilliard House ne saurait à quoi elles avaient occupé leur après-midi.

Imogen interrompit le fil de ses pensées.

— Que feras-tu si tu croises Magnus dans la rue ?

Evelina lui avait raconté les événements de la veille, sans toutefois mentionner la magie qu'elle avait partagée avec Nick. Le choix de divulguer ce secret n'appartenait pas qu'à elle.

Penser à Magnus obscurcissait tout le reste, comme un nuage s'interposant devant le soleil.

— Pour le moment, je n'irai nulle part sans être accompagnée.

— Et sur le long terme ?

Un jeune homme qui s'était retourné pour regarder Imogen se cogna dans un réverbère. Elle parut ne rien remarquer.

— Il est compromis dans les meurtres, j'en suis certaine.

Elle n'avait pas l'intention de mentionner l'implication de lord Bancroft dans l'affaire, pas avant d'y être absolument obligée. Après tout, Imogen était sa fille.

— Donc Magnus fait partie de l'enquête.

Même si elle s'était exprimée à voix basse, le ton d'Imogen trahissait son excitation.

— Cela demandera sans doute des efforts mais on va l'avoir, dit-elle.

Aux yeux d'Evelina, pourtant, elles n'avaient rien ni personne, à l'exception de nouvelles questions sans réponses.

— Si mon oncle Sherlock se chargeait de cette affaire…

Imogen lui donna un petit coup dans le bras.

— Il examinerait le problème à sa manière. Tu as des ressources qu'il n'a pas. Il se serait peut-être fait dévorer par ce maudit dragon, même si je ne doute pas qu'il aurait d'abord déduit la teneur de son petit déjeuner trois semaines plus tôt rien qu'en examinant les résidus sur ses crocs. Oublie ton oncle. Regarde tout ce que nous avons appris jusqu'à maintenant.

— À savoir une masse de faits sans liens entre eux.

Elles accélérèrent le pas pour éviter une voiture à vapeur qui roulait trop vite pour une rue si fréquentée.

— C'est le problème quand on recherche la vérité, dit Imogen en agitant la main en l'air. Elle n'est jamais parfaitement claire et nette, quoi que puisse en dire le sympathique docteur Watson. J'ai toujours envie de savoir quel genre d'articles cet importateur recevait. On n'a rien trouvé à part des caisses vides et un fouillis de pièces mécaniques.

Imogen arborait de nouveau une expression crispée. Evelina fronça les sourcils.

— Tu es sûre de vouloir être mêlée à mon enquête ?

— Évidemment !

Imogen semblait presque irritable, ce qui ne lui ressemblait pas du tout. Evelina aurait aimé ajouter quelque chose mais elles étaient arrivées devant la billetterie. Celle-ci fonctionnait à pièces, le guichetier mécanique à l'intérieur ayant l'apparence d'un chat tigré vêtu d'un chapeau melon et d'un nœud papillon de couleur verte. Imogen glissa ses shillings dans la fente puis tira sur le levier.

Le chat agita frénétiquement la queue et souleva son couvre-chef du bout de sa patte, après quoi un billet émergea d'une fente bordée de rinceaux dorés sur la façade du guichet. Imogen prit son billet et Evelina répéta l'opération.

Sur les billets, on pouvait lire : « DRAME ÉQUESTRE : LES CHEVALIERS DE TATIANA L'EMPORTENT SUR LES FORCES DU ROI OBERON. » Evelina se sentit un peu soulagée. Au moins ne faisaient-ils plus Waterloo. Il y avait une limite au nombre de fois où l'on pouvait regarder Wellington triompher de ce bon vieux Bonaparte, en particulier plusieurs décennies après les faits.

— Je crois qu'on arrive trop tard pour voir la bataille, dit Evelina. Tant mieux, cela dit. Je préfère la seconde partie.

La séance de l'après-midi avait attiré du monde mais le théâtre était grand et il restait de nombreuses places assises. Imogen insista pour leur trouver des sièges dans les loges les plus basses, tout près de la piste recouverte de sciure. Evelina fit pivoter son siège de manière que son visage se retrouve dans l'ombre des rideaux de la loge. Elle se demanda combien de membres de la troupe allaient la reconnaître, et combien elle en reconnaîtrait. Elle n'était pas certaine d'être prête pour cette confrontation.

Imogen lui adressa un sourire narquois.

— J'ai hâte de voir ce fameux Nick, dit-elle. Il est vraiment si indomptable que ça ?

— Il aime à le penser.

Les préparatifs du numéro suivant étaient en cours. Une jeune fille se déplaçait entre les sièges pour vendre des glaces. Evelina n'avait pas faim mais se souvenait très bien de leur goût froid et sucré. L'odeur du cirque n'avait pas changé : poussière flottant dans l'air, effluves des animaux, relents persistants de transpiration. Elle se sentit submergée par un sentiment de décalage qui faussait sa perception du temps et de l'espace et la laissait aussi esseulée qu'un fantôme qui aurait survécu au siècle de sa naissance.

Imogen sortit une élégante mallette en cuir blanc dont le couvercle, libéré par l'action de fermoirs situés sur le flanc, se souleva pour laisser apparaître des lorgnettes de spectacle télescopiques. Elle scruta les visages au sein des autres loges.

— J'aperçois les Whitney mais personne d'autre de notre connaissance. Oh ! attends... ils s'en vont.

C'était un soulagement. Mais à peine les épaules d'Evelina s'étaient-elles détendues que le spectacle commença. Le vieux Ploughman s'avança, les bras levés comme pour une invocation. Il s'arrêta au milieu de la piste et s'inclina d'un côté puis de l'autre. Les genoux et les coudes de son costume étaient sans doute un peu plus usés que dans le souvenir d'Evelina et sa taille un peu plus engoncée, mais sa voix tonnait toujours avec la même grandiloquence.

— Chers messieurs! Belles dames! commença-t-il en guise d'introduction.

Au son de sa voix, Evelina s'était redressée, comme si elle était toujours soumise à ses ordres.

Dès le prologue de Ploughman achevé, Maximilien le Féroce fit défiler ses lions et ses tigres sur la piste. Les félins bondissaient au-dessus de son bâton avec une souplesse telle qu'ils paraissaient faits d'un liquide couleur fauve. En reconnaissant le vieux lion balafré, Evelina frissonna brièvement sur son siège. On pouvait dire beaucoup de choses du colosse aux pas feutrés qu'était Xerxès, mais certainement pas qu'il était apprivoisé.

À peine la queue du dernier fauve avait-elle disparu que le Maharaja apparut, accompagné de Bessie l'éléphante qu'il fit se dresser sur ses pattes arrière et tenir un ballon en équilibre sur sa trompe. C'était le plus étonnant chez les éléphants : pourquoi une créature aussi massive aurait-elle fait quoi que ce soit pour un simple humain ? Ils le faisaient pourtant et devaient bien avoir leurs raisons. Des animaux indéniablement complexes.

Une nuit, à l'âge de huit ou neuf ans, Evelina avait trouvé refuge dans la douce chaleur de l'enclos des éléphants. C'était la fin d'une mauvaise journée ; elle avait fait quelque chose de mal et mamie Cooper l'avait grondée. Evelina s'était blottie contre Bessie en pleurant toutes les larmes de son corps. L'éléphante l'avait enveloppée de sa trompe, aussi douce avec la petite fille qu'elle l'était avec son propre éléphanteau, et l'avait bercée jusqu'à ce qu'elle s'endorme presque. Ce souvenir vivace la traversa, ravivant des liens à la fois doux et indéfectibles avec le passé.

Quand l'éléphante quitta la piste, avec le Maharaja et son singe en équilibre sur son dos, le mouchoir qu'Evelina tenait dans ses doigts n'était plus qu'une boule compacte de tissu humide. Imogen lui prit l'autre main.

Ce fut le tour des cavaliers, deux chevaux bais avançant côte à côte. Deux jeunes hommes se tenaient debout sur la selle et, perché sur leurs épaules, se trouvait Nick. Sa chevelure noire voletait derrière lui, dévoilant les traits réguliers de son visage. Il leva triomphalement les mains en l'air, les soieries scintillantes de son costume ondoyant dans le courant d'air créé par le trot régulier des montures. La foule applaudit, enthousiasmée par les fanfaronnades assumées des cavaliers.

Quand ils eurent fait le tour de la piste, un autre cheval entra dans l'arène, une jument légèrement plus petite, grise avec une crinière et une queue flottantes décorées de rubans colorés. Nick poussa un cri depuis son perchoir et le cheval se cabra pour danser quelques instants, ses sabots fendant l'air. Immédiatement, Evelina comprit qu'il s'agissait de la monture spéciale de Nick. Il avait toujours entraîné ses chevaux à faire ce tour. Parfois, c'était presque comme s'il avait la capacité de parler à ses bêtes, de la même manière qu'il pouvait comprendre pratiquement n'importe quel deva. Cette affinité avec les animaux faisait profondément partie de son identité.

Alors que les deux chevaux galopaient de nouveau autour de la piste, il saisit l'un des trapèzes suspendus au plafond. Dans un mouvement fluide, il décolla des épaules des autres cavaliers puis pivota autour du trapèze pour se balancer au-dessus de la foule, bras tendus pour montrer que seules ses hanches touchaient la barre. Evelina leva la tête ; elle avait beau savoir à quel point il était doué, elle était nerveuse. Il n'y avait pas de filet et il avait été sérieusement malmené la nuit passée.

Il siffla et sa jument se rapprocha en agitant la tête. Dans un mouvement plus félin qu'humain, Nick tournoya autour de la barre, exécuta une pirouette dans les airs, atterrit en position accroupie sur la piste couverte de sciure et, sans le moindre temps d'arrêt, bondit sur la selle. Le cheval se mit en branle, enchaînant les tours de l'arène à une allure plus rapide que celle des autres cavaliers.

Puis Evelina s'aperçut que les autres avaient disparu et qu'elle n'avait rien remarqué. Les murs de l'auditorium auraient pu s'effondrer qu'elle n'aurait rien vu. L'Indomptable Niccolo, les traits tirés par la concentration, monopolisait toute l'attention.

Evelina avait vu de nombreux cavaliers voltigeurs mais Nick avait un style unique.

Il chevaucha debout sur la selle, puis exécuta un appui renversé pour se retrouver tête en bas et se suspendit à la selle jusqu'à ce que ses doigts touchent la sciure. Le public applaudissait et Imogen lui serrait la main avec une telle force qu'Evelina doutait que le sang y circule encore. Mais Nick en avait simplement fini avec les préliminaires.

Un jeune jongleur en costume d'arlequin s'avança en faisant tourbillonner quatre balles tandis que deux clowns apportaient un mât barré de rayures colorées monté sur un socle. Lorsque les clowns repartirent, le jongleur prit position devant le mât. Tandis que le cheval trottait autour de la piste, Nick sortit une poignée de couteaux et les lança entre les balles en mouvement. Chaque lame se planta dans une rayure rouge du mât sans jamais toucher les balles… ni le jongleur.

Les spectateurs étaient silencieux ; pas un souffle ne s'échappait de ces centaines de bouches béantes. Et puis le mouvement des balles changea.

L'une d'entre elles rebondit au sol et s'éleva dans l'air comme une grouse tirée de sa cachette.

« Tchac ! » Un poignard la cloua au mât.

Une deuxième balle tenta de s'échapper. « Tchac ! »

« Tchac, tchac ! »

Le jongleur leva ses mains vides, les balles clouées au bois en une ligne verticale impeccable au-dessus de sa tête. D'un bond, Nick se remit debout sur sa selle pour accepter la soudaine avalanche d'applaudissements. Evelina et Imogen s'y joignirent avec autant d'enthousiasme que les autres, Imogen allant même jusqu'à pousser un ululement guère digne d'une lady.

L'une des femmes de la troupe accourut, tenant une brassée de roses. Immédiatement, le jongleur entreprit de les faire tourbillonner au-dessus de sa tête. Les fleurs ne constituaient pas les accessoires idéaux pour ce genre de numéro, mais cela fonctionna suffisamment bien pour que Nick en attrape une en plein vol au passage.

Il finit par ralentir sa monture et s'arrêta au pied de la loge d'Evelina. Tous les regards se braquèrent sur le jeune artiste agile aux traits d'oiseau de proie tandis qu'il levait la rose dans un gracieux salut.

Puis tous les yeux se posèrent sur elle, l'objet de son geste. L'espace d'un instant, elle vacilla. Mais il lui était impossible de refuser. Elle se leva et se pencha par-dessus la rambarde de la loge pour accepter la fleur.

Nick avait le souffle court, le col de sa chemise humide de sueur entrouvert sur sa peau sombre et luisante en dessous. Ses yeux plongèrent dans ceux d'Evelina, électrisés par le triomphe de sa performance.

Evelina était captivée. Ses doigts se refermèrent sur les pétales de la rose, velours doux et sensuel. Nick ne prononça pas un mot, ses doigts frôlant les siens quand elle saisit la fleur, et elle perçut le picotement de leur magie partagée. Même si elle avait pu l'entendre parler par-dessus le tapage du public, ce n'aurait pas été nécessaire. Tout était très clair.

Elle avait été aveuglée par le passé sans voir le présent. Durant leurs années de séparation, il s'était métamorphosé en magicien de l'air et de l'acier. Evelina s'était élevée vers de nouveaux sommets, mais elle comprenait désormais que lui aussi. Le cirque était son royaume et il y régnait en maître.

Je te vois vraiment à présent. Son corps fut parcouru d'un tremblement, suivi par une vague de chaleur inopportune. La pure prouesse physique de Nick lui avait laissé la bouche sèche.

Elle porta la rose à son visage et en huma le parfum. Nick inclina gracieusement la tête, interrompant enfin ce dangereux échange de regards. Il fit pivoter sa jument grise, dédia un ultime salut de la main à la bête rugissante qu'était devenue la foule en faisant se cabrer et hennir sa monture. Puis il disparut.

Evelina retomba plus qu'elle ne s'assit sur son siège. Son cœur martelait sa poitrine aussi vite et aussi fort que les sabots de la jument.

—Juste ciel! s'exclama Imogen en s'éventant à l'aide de son mouchoir. Alors c'est lui ton Niccolo? Oh là là…

Evelina hocha faiblement la tête puis toucha le bras d'Imogen.

—Attends-moi ici, s'il te plaît. J'ai quelque chose à faire.

Ce qu'elle venait de voir lui avait quelque peu brisé le cœur, ou peut-être seulement la gangue de crainte qui retenait celui-ci prisonnier. Le passé l'entraînait désormais tel un courant contraire.

Il fallait qu'elle voie mamie Cooper.

CHAPITRE 30

Londres, 11 avril 1888
Hilliard House
Mercredi, 18 heures

Lord Bancroft dévisageait son fils, assis en face de lui de l'autre côté de son bureau. Étrangement, la tête de tigre montée sur le mur au-dessus de leurs têtes semblait imiter son expression. Peut-être parce qu'elle était figée dans son habituel rictus menaçant.

— J'ai reçu cet après-midi un message de Markham Tissus qui voulait savoir si oui ou non Imogen désirait acheter un certain brocart de soie car une autre cliente était intéressée par le même rouleau. Sur le moment, ça n'a pas retenu mon attention… (Les doigts de Bancroft tressaillirent.) Imagine donc ma consternation quand, moins d'une demi-heure plus tard, Jasper Keating est arrivé en personne pour soumettre deux objets à mon attention.

Le père de Tobias ouvrit un tiroir et sortit les deux objets incriminés, qu'il déposa sur le bureau. Le premier était un coupe-papier en argent, le second une carte de visite frappée du nom d'Imogen.

— Ceci, reprit-il en désignant la lame, a été retiré de la jambe du garde-rue du roi Doré – une créature du nom de Striker – il y a quelques jours seulement. Il s'en est fallu de quelques centimètres que l'artère dans sa jambe ne soit tranchée.

— C'est malheureux mais en quoi cela nous concerne-t-il ?

— Regarde bien, jeune sot.

Son père tendit le coupe-papier à Tobias de manière qu'il puisse voir le manche.

— Il porte le blason des Bancroft. D'après les domestiques, il provient de la chambre d'ami où miss Cooper séjourne actuellement. J'aimerais savoir ce qu'il faisait planté dans la chair d'un voyou des rues.

— Oh…

Tobias se redressa sur son siège, soudain convaincu de l'intérêt d'être attentif.

Bancroft posa le doigt sur la carte de visite.

— Ceci a été retrouvé dans un entrepôt appartenant à Keating. L'un de ses cousins, M. Harriman, le dirige pour lui. Et M. Harriman a porté cette carte à l'attention du roi Doré.

Bancroft remua la mâchoire comme s'il se préparait à cracher.

— Harriman était terriblement contrarié par la preuve indéniable de la présence d'intrus sur place. En conséquence de quoi, il a embauché des hommes de main pour veiller sur sa personne.

Tobias doutait que sa sœur puisse déclencher ce genre de réaction. La paranoïa de Harriman s'appuyait forcément sur autre chose que la découverte de la carte de visite d'une jeune femme sur le sol de son entrepôt. Tobias connaissait cependant assez bien son paternel pour ne pas l'interrompre quand il était ainsi lancé.

Bancroft abattit sa paume sur le bureau.

— Je me pose la question : que faisait ma fille là-bas ? Le seul indice dont je dispose est que Markham Tissus se trouve juste à côté et qu'Imogen s'y est rendue *en compagnie de miss Cooper.*

Son père avait lourdement mis l'accent sur ces derniers mots.

— Ton rôle consistait à distraire cette fille pour la tenir à l'écart de nos affaires, pas de lui permettre d'aller et venir librement en mêlant ma fille à Dieu seul sait quelles difficultés.

Tobias ouvrit la bouche pour protester puis se ravisa. Il avait l'habitude de se sentir coupable pour une chose ou une autre – et en général il l'était –, mais pas au point d'éprouver un sentiment de responsabilité pour les frasques d'Imogen. Elle était responsable de ses propres actions, poussée ou non par Evelina.

Il eut droit au regard noir caractéristique de lord Bancroft.

— Alors ? Que comptes-tu faire ?

Tobias aurait préféré qu'il cesse avec Evelina. Il avait envie d'elle, beaucoup même, mais pas selon les termes dictés par son père. Il ravala douloureusement sa salive.

— C'est une jeune fille innocente et notre invitée. N'attendez pas de moi que je la déshonore. Je vaux mieux que ça.

Voilà, il l'avait dit. Il avait tenu tête à son père.

— Ne fais pas l'idiot ! s'emporta Bancroft. Les innocentes jeunes filles ne poignardent pas les voyous et n'arpentent pas les ruelles sordides. Je veux découvrir ce qu'elle croit savoir à propos du meurtre de cette maudite servante.

Tobias était décontenancé par ce changement de sujet.

— Quel rapport avec Imogen ?

— Je pense qu'il est temps qu'Imogen apprenne à se débrouiller sans elle. Je veux que miss Cooper ait fait ses valises avant la fin de la semaine.

Tobias fronça les sourcils. Le tour que prenait la conversation ne lui plaisait pas du tout.

— Qu'est-ce qui vous fait croire qu'elle sait quoi que ce soit ?

Son père étrécit les yeux, l'air mécontent.

Que craignez-vous qu'elle découvre ? C'était la question que Tobias voulait vraiment poser. Mais il n'était pas certain d'avoir envie d'en connaître la réponse. Il choisit donc de changer de sujet à son tour.

— Que s'est-il passé entre vous et le docteur Magnus ? Pourquoi avez-vous une telle inimitié pour lui ?

Le teint de son père devint brusquement cendreux.

— Ne me parle plus jamais de lui. Plus jamais !

Ce fut au tour de Tobias de plisser les yeux. Un étrange sentiment l'envahit, une impression de bouleversement de l'ordre établi. C'était habituellement lui qui était en tort. Lui dont la vie était chaotique. Et soudain tout était différent : les rôles étaient inversés et c'était son tour de regarder son père se débattre dans les ennuis.

— Concentre-toi sur ce qui est important, s'agaça ce dernier. À commencer par cette agression d'un garde-rue avec notre coupe-papier. Je ne peux me retrouver à devoir présenter de nouvelles excuses à Jasper Keating. Pas si je veux maintenir cette famille à flot.

— Ce qui, père, constitue une autre manière de m'ordonner de me comporter comme un mufle, répondit sèchement Tobias.

— Et pourquoi pas ? Tu es doué pour ça, d'après ce que j'ai compris.

Son père remit la lame et la carte dans le tiroir.

— Je vois mal en quoi distraire une jeune femme pourrait t'être difficile.

Tobias resta assis sans rien dire, abasourdi. Il aurait voulu se mettre en rage et fulminer, mais un terrible embarras retenait sa langue. *Il est impliqué !*

La seule question était de savoir jusqu'à quel point lord Bancroft était mêlé au meurtre de Grace Child. Tobias ressentit une soudaine envie de vomir ou de s'enivrer comme jamais. Voire les deux. Son père avait toujours été terrifiant, oppressif, mais il constituait un modèle, celui face auquel Tobias ne se sentait jamais à la hauteur. Son père n'était pas censé être ignoble et méprisable.

Lord Bancroft rompit le silence.

— Maintenant sors de mon bureau et fais ton devoir envers ta famille.

Et en quoi consistera-t-il ?

Evelina avait eu raison en disant qu'il aurait du mal à trouver sa véritable voie. Après une vie essentiellement consacrée à la boisson, aux prostituées ou à la construction d'un calamar géant, il ne savait quoi faire. On ne lui avait jamais appris comment se montrer utile.

Sans un mot, Tobias se leva et quitta la pièce en souhaitant ne jamais y revenir.

Bancroft contempla d'un air maussade la porte qui se refermait derrière Tobias. Il fallait à tout prix éviter de fournir à Keating une arme supplémentaire contre lui, mais il semblait impossible de faire comprendre à son fils l'importance de la situation. Pourquoi n'avait-il pas simplement coincé la fille dans un corridor isolé pour lui montrer ce que savait faire un jeune homme fort et en bonne santé ? Il était désormais trop tard, même pour ce genre d'expédient.

Le fait que la jeune Cooper se soit introduite dans l'entrepôt – en y mêlant sans aucun doute Imogen – était intolérable. Que Keating ait fait en sorte qu'elle participe à la présentation à la reine constituait une complication, mais elle pourrait certainement être expédiée ailleurs juste après. Il existait forcément une manière polie de faire prendre la porte à une jeune fille trop curieuse.

Et, une fois qu'elle aurait quitté la demeure, il pourrait lui arriver toutes sortes de choses. Ce qui serait le cas, si Bancroft avait son mot à dire.

Il ne pouvait pas prendre le risque qu'elle apprenne ce qui s'était passé dans l'entrepôt. Il doutait même que laisser Harriman en vie soit une bonne idée. Malheureusement, le cousin de Keating semblait avoir anticipé ce risque.

Ce qu'il avait dit à Tobias à propos de ses gardes du corps était vrai. Il y en avait dans toute la maison de cette tête de fouine, et Bancroft pensait savoir pourquoi. D'après Harriman, les dernières caisses de l'expédition étaient arrivées tôt le matin aux alentours du 4 du mois. Pensant qu'elles contenaient quelque chose de particulièrement précieux, l'imbécile les avait stockées dans le sous-sol de l'entrepôt sans prévenir Keating de leur livraison.

Cette nuit-là, Harriman avait confié un message codé à Grace. Message qui avait disparu en même temps que l'or qu'elle transportait. Mais deux jours plus tard – et c'était là que les choses devenaient intéressantes – le même Harriman avait prétendu que sa missive était sans importance. Bancroft se souvenait de ses paroles : « *J'avais lu les lettres de Schliemann à propos de cette ultime cargaison. Un ou deux très gros morceaux. Les caisses étaient tellement en retard que je n'étais pas sûr d'avoir le temps de faire des copies. Si elles étaient déclarées perdues, tout le monde n'y verrait que du feu et nous pourrions simplement conserver leur contenu.* »

Mais il avait ensuite décrit les caisses comme ne contenant rien d'autre que des poteries, des bijoux et de la vaisselle.

Une expression rusée s'était peinte sur les traits de Harriman à ce moment-là. Elle s'était évanouie trop vite pour que Bancroft soit certain de ce qu'il avait vu, mais il était sur le qui-vive depuis lors. Sa prudence s'avérait justifiée. Harriman lui avait montré les caisses quand il le lui avait demandé, mais quelque chose manquait : ce que Magnus appelait le coffret d'Athéna.

Bancroft se leva pour contempler par la fenêtre le jardin circulaire au centre de Beaulieu Square. Le jardin était ordonné, bien taillé, et la peinture des grilles immaculée. Bancroft fut saisi d'une soudaine envie de sortir en courant pour aller plonger les mains dans la boue froide de ce début de printemps et saccager cette perfection. Quelque chose de primitif en lui réclamait que le monde extérieur soit plongé dans le même chaos que son esprit.

Qu'était ce satané coffret ? Magnus le voulait et avait approché Keating pour l'obtenir. Il s'agissait forcément d'un objet précieux. Ce qui signifiait que Magnus et Keating seraient tous les deux à sa recherche… et les dieux seuls savaient ce qu'ils risquaient de découvrir au passage. Mais il semblait évident que Harriman l'avait fondu et gardé l'or obtenu pour lui.

Bancroft s'était donc rendu du côté de chez Harriman. C'était à cette occasion qu'il avait découvert que ce crétin avait recruté un duo d'apparence redoutable pour garder sa modeste maison de ville. Seul un œil entraîné aurait pu les repérer, le premier en train de fumer sous un réverbère, l'autre sirotant un verre de vin devant la boutique du trottoir d'en face. Mais tous les deux avaient paru aux aguets en voyant Bancroft arriver. De toute évidence, Harriman avait peur qu'il comprenne ce qui s'était passé et ne passe à l'action.

Ce souvenir raviva la fureur de Bancroft, qui s'écarta brusquement de la fenêtre. Il ne voulait pas regarder au-dehors mais en lui, pour trouver de quoi alimenter sa rage. La colère était préférable à la peur.

Magnus détient les automates. Il n'existait pas meilleure monnaie d'échange pour s'assurer que Bancroft l'aiderait à récupérer le coffret auprès de Keating. *Mais Keating ne l'a pas. Le coffret n'existe plus.* Comment Magnus réagirait-il à une telle nouvelle ? Rendrait-il les automates ou les détruirait-il par dépit ? Croirait-il même la vérité ?

Secoué de soubresauts silencieux, Bancroft enfouit son visage dans ses mains. Il aurait voulu pouvoir hurler de frustration sans faire accourir une dizaine de serviteurs.

Il tendit la main pour prendre sa carafe et son verre, et les posa sur le bureau devant lui. Mais il marqua un temps d'arrêt, ses doigts courant le long des motifs complexes du cristal taillé.

Il était tenté de dire tout simplement à Magnus d'aller chercher son jouet magique auprès de Harriman et qu'on en finisse. Malheureusement, il serait alors contraint d'expliquer plus qu'il ne voulait que Magnus en apprenne. Et Harriman irait forcément raconter à Keating quelque mensonge affirmant qu'on l'avait obligé par la force à participer aux plans de Bancroft. Jamais il ne sortirait victorieux d'un tel scénario.

Ce qui avait commencé comme un plan élégant pour obtenir des fonds et se trouver une place au sein du cercle restreint des aristocrates rebelles s'était transformé en château de cartes qui menaçait de s'écrouler au moindre souffle de vent mauvais. Malheureusement, il était entouré de langues trop bien pendues. En tant que cerveau du complot, Bancroft devait garder le cap jusqu'à ce que l'opération de contrefaçon soit arrivée à son terme. Il restait un dernier élément, une dernière phase à mener à bien. Et, heureusement, Harriman n'en avait pas connaissance. C'était ainsi qu'il fallait s'y prendre : avoir toujours dans la manche un atout qu'on était le seul à connaître.

De renard dévalisant le poulailler, Bancroft se retrouvait à présent tel Renart en cavale. Le seul moyen de survivre consistait à se faufiler entre Keating et Magnus et à les laisser s'étriller mutuellement le cerveau au nom de ce mystérieux coffret.

Bancroft était malin et chanceux. Cela pourrait fonctionner. Il voulait sa part de l'or et devait absolument arracher les automates des griffes de Magnus. Ne restait qu'à prier que sa chance dure.

Je lève mon verre à cette idée. Il retira le bouchon de la carafe et se versa une mesure de brandy. L'alcool avait un goût de victoire, mais ne suscita malheureusement en lui aucune idée géniale.

Cette pensée déboucha sur une autre et il s'empara d'une lettre qui lui avait été envoyée, à moitié par plaisanterie, par une connaissance du club qui savait que Bancroft appréciait les paris.

« Le voici, disait la missive, le pari improbable dont vous rêviez. Quelques-uns d'entre nous, en bons esprits contrariants, ont décidé d'y prendre part. Quoi de plus aléatoire que les chances d'une actrice vieillissante sans maquillage, sans texte et sans planches pour l'accueillir. Si la Reynolds sort vivante de cette histoire, le rideau sera tombé sur l'Empire tel que nous le connaissions. »

Bancroft saisit sa plume et une feuille de papier vierge. « Je participe à hauteur de dix livres. »

Étant donné l'état précaire de la bourse des Roth, cela représentait beaucoup d'argent pour un pari perdant. Mais si quelqu'un était prêt à prier la déesse des causes perdues, c'était bien Bancroft.

En débouchant dans le couloir à l'extérieur du bureau de son père, Tobias se demanda où aller. Il lui était déjà arrivé de se confier à Imogen, mais elle était sortie en compagnie d'Evelina. Il allait devoir démêler tout cela par lui-même.

Ou peut-être pas tout à fait.

Il prit la direction du petit salon privé de sa mère. Autrefois, elle avait régné sur la maisonnée à chaque instant et chaque jour. Elle chapeautait toujours l'ensemble des activités sociales, mais se retranchait de plus en plus régulièrement dans cette petite pièce tranquille, avec ses pensées pour seule compagnie.

Lorsqu'il ouvrit la porte et jeta un regard à l'intérieur, il faillit bien ne pas la voir. Le gris pâle de sa robe se fondait dans les tons discrets des murs et des rideaux. Elle était assise sur le sofa, un livre à la main mais les yeux tournés vers le jardin au-dehors.

— Mère ? dit-il à voix basse.

Quand elle se retourna, la lumière du soleil fit jouer des reflets argentés dans son opulente chevelure d'or. Ainsi à contre-jour, elle ressemblait tellement à Imogen qu'il battit plusieurs fois des cils.

— Oui ?

— Puis-je m'asseoir un peu avec vous ?

Elle lui désigna l'autre extrémité du sofa.

— Des soucis avec ton père ?

Étaient-ce les seules occasions où il venait lui parler ? L'idée le fit grimacer.

— Oui, mais je voulais vous parler de quelque chose qui pèse sur ma conscience.

Elle fronça les sourcils.

— De quoi s'agit-il, Tobias ?

— La jeune domestique qui est morte. Grace Child.

— Oui ?

Dans le regard de lady Bancroft brillait cette acuité perspicace qu'il avait connue lorsqu'il était un petit garçon farceur. À cette époque, elle n'avait jamais paru le considérer ni coupable d'avance, ni nécessairement innocent.

—Je l'ai croisée avant sa mort. Et je n'en ai jamais parlé à la police.

—Pourquoi cela ?

—Ça n'avait rien à voir avec son décès, je vous le promets, mais j'étais sorti faire quelque chose… eh bien… d'un peu imprudent.

Elle ébaucha un sourire mélancolique.

—Et quel genre de mère serais-je si je n'étais pas capable de garder le secret sur les confidences de mon fils ?

Tobias ferma brièvement les yeux et s'aperçut à quel point il avait eu besoin d'entendre ces mots.

—Peut-être pourrez-vous m'aider à comprendre ce que Grace m'a dit.

Lady Bancroft posa son livre et lui prit les mains dans les siennes. La lumière printanière éclairait doucement sa silhouette et faisait scintiller les pierres serties sur son alliance.

—Raconte-moi.

Tobias réfléchit prudemment, ses yeux braqués sur la bague. Il n'avait pas tout dit à Evelina. Il n'avait raconté à personne cette partie du récit de Grace.

—Je rentrais à la maison, il était tard et je suis allé vers la porte latérale. Elle se trouvait devant.

Sa mère attendit patiemment tandis qu'il prenait encore un peu de temps pour mettre de l'ordre dans ses pensées.

—Ils avaient fermé les portes et elle ne pouvait pas entrer. Au début, j'ai simplement eu l'impression qu'elle voulait rejoindre son lit sans que Bigelow sache qu'elle était dehors après le couvre-feu. Je n'y voyais pas d'inconvénient.

» Quelle importance pour moi si l'une des femmes de chambre faisait la fête ? J'ai apprécié l'idée de lui faire une petite faveur. Mais après, juste avant d'entrer ensemble dans la maison, elle m'a retenu par le bras et a demandé à me parler.

—Que voulait-elle ?

Tobias passa la langue sur ses lèvres.

—Elle m'a dit qu'elle avait de gros ennuis… J'ai d'abord cru qu'elle voulait dire qu'elle… euh… allait voir sa famille s'agrandir et qu'elle avait besoin d'argent.

Sa mère plissa un peu plus les sourcils.

— C'était le cas, si l'on en croit ce qui se raconte au sous-sol.

La nausée s'empara de Tobias, accompagnée de chair de poule et d'une bouffée de chaleur. Grace avait paru si terrifiée, non seulement pour elle-même mais aussi pour son enfant à naître.

— Possible. Mais ce n'était pas son seul souci. Elle m'a dit…

Il s'arrêta, distrait par le souvenir de ses traits piquants, à la fois fragiles et pleins d'audace. « *Nous autres filles du peuple, on doit saisir notre chance là où on la trouve* », avait-elle dit avec son phrasé populaire, menton redressé. Et puis elle s'était mise à pleurer.

Il se racla la gorge.

— Le fin mot de l'histoire est qu'elle s'était retrouvée mêlée à une affaire illégale et qu'elle cherchait à en sortir. Elle estimait que ce n'était qu'une question de temps avant de se faire prendre.

La mère de Tobias affichait une mine inquiète.

— Que lui as-tu dit ?

— Je lui ai demandé ce qu'elle voulait que je fasse. Elle semblait penser que je pourrais lui trouver un poste quelque part loin d'ici. J'ai dit que j'essaierais. Les Penner ont une maison dans le Yorkshire. Elle aurait peut-être pu déménager là-bas. Mais dès le lendemain on la retrouvait morte…

Sa mère serra gentiment ses mains entre les siennes puis les lâcha.

— Pauvre fille. C'était très généreux de ta part mais ça n'aurait jamais fonctionné. Nous n'aurions jamais pu recommander une domestique qui s'était de toute évidence impliquée dans quelque chose de peu recommandable.

» Cela dit, je vois pourquoi tu n'as pas pu dire quoi que ce soit à l'inspecteur Lestrade. Nous ne voudrions pas que la rumeur puisse dire que nous hébergions une criminelle.

Le doute s'insinuait dans l'esprit de Tobias. Sa mère n'avait visiblement pas compris où il voulait en venir.

— Grace craignait de signer son arrêt de mort en en parlant à qui que ce soit. Je pense qu'elle avait peur de quelqu'un dans la maison.

Il observa attentivement le visage de sa mère. La confusion laissa place à la consternation, puis elle secoua la tête.

— Impossible.

— Je n'en suis pas si sûr.

— Comment peux-tu dire une chose pareille ? s'exclama-t-elle.

— Qui sommes-nous, mère ? rétorqua-t-il tout en détestant la dureté dans sa voix. Vous souvenez-vous de la femme de chambre qui s'est fait électrocuter durant notre garden-party ? Combien d'étapes entre la torture et le meurtre ?

— Tobias !

Il vit une lueur de crainte passer dans les yeux écarquillés de sa mère.

— Qu'est-ce qui a bien pu te mettre une telle idée en tête ?

Il avait senti les fissures de son univers s'élargir sous ses pieds au moment de la garden-party. Peut-être Grace les avait-elle vues avant lui.

— Père est coupable de quelque chose.

— Comment peux-tu dire ça ?

— Je ne sais pas, répondit sèchement Tobias.

Comment se faisait-il que la conversation soit revenue à son père. D'un autre côté, leurs vies entières semblaient tourner autour de lui.

Sa mère avait pâli. Il décida d'abandonner le sujet de Grace pour essayer une autre approche.

— Quel est le lien entre père, le docteur Magnus et les automates ? Ils ont l'air tous les deux obsédés par le sujet.

— Les automates ? De quoi parles-tu ?

— Ceux que nous avions à Vienne. Ceux qui ont été volés.

Elle s'appuya lentement contre le dossier du sofa en contrôlant avec soin chacun de ses mouvements.

— Ah ! ceux-là.

— Qu'ont-ils de si important ?

— Le docteur Magnus a aidé ton père à les fabriquer il y a longtemps, répondit sa mère avec lassitude en esquivant la question. C'est une partie de sa vie sur laquelle ton père refuse de revenir.

Tobias laissa échapper un rire dur.

— Et pourquoi non ? La science est la seule chose que nous ayons en commun et il refuse ne serait-ce que d'en parler.

La colère l'étrangla, trop intense pour qu'il la laisse sortir. Il se tut. Sa mère paraissait éprouvée.

— On ne devrait pas remuer certaines choses, murmura-t-elle. Quoi qu'il ait pu se passer, cela s'est produit à cette période affreuse où tes sœurs étaient très malades.

— Une jeune femme est morte. Ainsi que deux de nos valets. Évoquer des souvenirs un peu difficiles semble un prix à payer acceptable.

Sa mère cligna plusieurs fois des yeux en évitant son regard.

— Tobias, arrête ça. Pour mon bien si ce n'est pour le tien.

— Est-ce qu'il a tué Grace Child ?

Elle releva la tête, lèvres entrouvertes sous l'effet de la stupeur. Une culpabilité brûlante s'empara de Tobias. Il n'avait pas eu l'intention d'aller aussi loin. Sa mère était la dernière personne à qui il aurait pu vouloir faire du mal. Elle supportait déjà trop du fardeau de son père. Et pourtant il retint son souffle, dans l'attente de sa réponse.

— Je ne sais pas, dit-elle.

Ses paroles avaient si peu de force qu'il l'entendit à peine.

— Je suis désolé.

Il ne savait pas pourquoi exactement. Peut-être pour tout, tel le bouc émissaire sacrificiel.

Elle se redressa et joignit ses mains sur ses cuisses. Elle refusait toujours de le regarder et resta assise là, dans cette lumière qui couronnait d'or sa chevelure et parait ses traits d'ombres tranchées.

— Que vas-tu faire ?

Tobias n'en savait rien. Que lui réserverait l'avenir si lord Bancroft était arrêté pour meurtre ? ou même si sa carrière s'effondrait ? Imogen ne ferait jamais son merveilleux mariage. Sa jeune sœur, Poppy – érudite, maladroite et plus heureuse à la campagne qu'au cœur du tourbillon londonien –, souffrirait elle aussi.

Si son père tombait en disgrâce, ce serait aussi le cas de sa mère. Combien de temps tiendrait-elle à vivre dans la gêne, forcée d'assumer les conséquences de l'ambition brisée de son mari, avant que les ombres se referment complètement sur elle ?

Quelle part de l'avenir reposait-elle sur le fait que Tobias garde ses soupçons pour lui ? La bile bouillonnait dans ses tripes. Il ne voulait pas d'une telle responsabilité.

— Je dois découvrir ce qui est arrivé à Grace, dit-il à mi-voix. Sans ça, je ne saurai pas où est mon devoir.

— Ton devoir ? demanda sa mère avec raideur en se tournant enfin pour le regarder. Envers qui ? Envers quoi ?

— Mon honneur, si vous préférez.

— Il n'existe rien de tel, répliqua-t-elle d'une voix rauque. Il est temps que tu grandisses et que tu apprennes au moins cela.

— Mère ?

Les traits de lady Bancroft se crispèrent.

— L'honneur est l'excuse qu'invoquent ceux qui ne supportent pas d'affronter leur propre faiblesse. Alors ils se saisissent de leur honneur comme Michel de sa sainte lame et fauchent ceux qu'ils aiment au nom d'un intérêt supérieur.

Tobias resta assis, sonné et silencieux. Sa mère roula en boule son minuscule mouchoir.

— Je suis désolée, dit-elle. Je ne peux pas supporter cette conversation plus longtemps.

Elle se leva et, voyant qu'il s'apprêtait à faire de même, lui fit signe de ne pas bouger.

— Reste assis.

— Mère…

— Reste assis et, avant de faire quoi que ce soit, songe à la calamité que tu t'apprêtes à causer.

— Mais s'il est coupable ? Que serais-je censé faire dans ce cas ?

La souffrance se lisait sur les traits de lady Bancroft quand elle se retourna pour le dévisager.

— Il est peut-être coupable mais le suis-je, moi ? Et tes sœurs ? Si tu le punis, tu nous punis aussi. C'est ainsi que fonctionne le monde. Sa culpabilité est-elle à ce point importante ?

Le pire était qu'elle jugeait son mari capable de meurtre. Il le voyait dans ses yeux. Il pourrait choisir de se taire mais ne pourrait jamais la protéger de ses propres soupçons.

— C'est important pour vous, dit-il.

Elle leva la main en indiquant son pouce et son index écartés d'à peine deux centimètres :

— Pas plus que ça, dit-elle. J'ai des enfants. Cela me rend aveugle à tout le reste.

Tobias ne trouva rien à dire. Sa mère sortit.

Il contempla ses mains qui reposaient, immobiles, sur ses cuisses. Tout ce qu'il voulait dans cette vie était construire d'intéressantes machines. Au lieu de quoi…

Il se sentit gagner par une indignation grandissante. Il aurait voulu ne plus faire partie de cette famille, mais il n'y avait rien qu'il puisse faire pour changer de sang.

CHAPITRE 31

Londres, 11 avril 1888
QG de l'ESPION
Mercredi, 23 heures

Le club-house était aussi silencieux qu'un… Bon, Tobias était assez déprimé pour ne pas avoir besoin de cette comparaison. Ses échanges avec son père et sa mère l'avaient laissé à vif.

La bouteille de brandy qu'il avait prélevée dans la réserve privée de son père avait d'abord eu un goût d'ambroisie chaud et sucré. Cependant, une fois atteint le point où il n'éprouvait plus de plaisir à boire, il avait eu l'impression d'ingurgiter un poison nauséabond jusqu'à, finalement, ne plus percevoir le moindre goût.

Les restes du calamar de fer avaient triste allure, seuls dans la cour. Edgerton et lui les avaient discrètement récupérés dans le dépotoir derrière le Royal Charlotte, où les vieux décors se couchaient pour mourir. Les récupérateurs étaient passés par là, désossant le monstre de métal comme des charognards nettoyant une carcasse. Tobias avait pleuré sa créature avec toute l'intensité d'un parent endeuillé. Cela avait été son unique véritable triomphe.

Le calamar gisait à présent sur le dos, ses trois pattes restantes dressées en l'air, cadavre de mouche tombé sur le rebord de fenêtre d'un géant. Tobias s'assit sur son ventre d'acier, bouteille à la main, et caressa affectueusement l'une de ses articulations.

—Quelle nuit ça a été !

Il s'en était sorti de justesse. Et puis cette fichue domestique était morte. Tobias leva de nouveau le goulot à sa bouche et le cogna accidentellement contre ses dents.

Il leva vers le ciel des yeux étrécis. Malgré la fumée de charbon qui assombrissait les étoiles, il eut l'impression de contempler des cieux vastes et impressionnants. Le moment semblait bien choisi pour virer philosophe mais incliner la tête en arrière lui rappela la quantité de brandy qu'il avait ingurgitée.

Quelles options lui restaient-ils à présent ? Il pouvait rentrer dans le rang derrière ses parents. Choisir une profession que son père approuverait. Mettre de côté ses talents. Protéger sa famille. Exploiter l'affection d'Evelina pour la manipuler. Et, plus important encore, enterrer toutes les vérités déplaisantes qu'elle ou son oncle pourraient découvrir. Autant d'idées qui le dégoûtaient d'avance.

À vrai dire, il se disait qu'il était peut-être tombé amoureux d'Evelina. Pas parce qu'elle était jolie ou intelligente, même si cela ne faisait pas de mal, mais parce qu'elle se souciait réellement de qui il était. Et c'était quelque chose qui méritait qu'on se batte, qu'on prenne des risques. Il n'avait pas menti en disant qu'elle faisait de lui un homme meilleur. Il aurait besoin d'elle s'il ne voulait pas perdre son âme. Non, il ne trahirait pas la femme qu'il aimait.

Il pouvait aider Evelina à identifier le meurtrier de Grace Child et tout autre squelette dissimulé dans les placards de la famille Roth. Mais ce chemin-là menait à la ruine, non seulement pour son père mais aussi pour les femmes innocentes de la famille.

La première possibilité – le déshonneur – était impensable et la seconde – la ruine totale – insupportable.

Il se leva ; le désespoir lui offrait un second souffle. L'obscurité tournoyait autour de lui d'une manière désagréablement intime. Avec une ultime caresse affectueuse au calamar, il revint à pas prudents vers le club-house, par la porte duquel s'échappait une douce flaque de lumière.

Il avait laissé une bougie allumée dans la lanterne suspendue à une poutre du plafond. Tobias se laissa à moitié tomber sur un siège loqueteux. Il restait deux centimètres de brandy au fond de la bouteille mais il la mit de côté. Il était déjà dans cet état où le monde tanguait dès qu'il fermait les yeux. Il braqua son regard vers le sol et se concentra de son mieux sur les interstices entre les lattes du plancher pour empêcher la pièce de se mettre à tourner.

Tobias avait besoin d'un mentor. Quelqu'un qui sache qui il était et pourrait l'aider à en faire quelque chose. Pour être parfaitement honnête, l'intensité qui se dégageait de Magnus avait quelque chose d'intimidant. Mais son savoir, son argent et ses idées constituaient une vraie planche de salut. La meilleure option pour Tobias consisterait à surpasser en toutes occasions les attentes de l'étranger en espérant trouver le moyen de se faire un nom grâce à son talent. Cela pourrait déboucher sur des revenus indépendants de sa famille et, par là même, sur la liberté de faire ses propres choix.

Comme il se sentait un peu mieux, il se leva et se rendit jusqu'à la table de travail. Serafina y était toujours étendue, nue. Edgerton avait dû passer à l'atelier car les jambes de l'automate avaient été correctement rattachées, le problème des articulations de ses hanches résolues en un temps record. Tobias ressentit de nouveau un désir irrationnel de couvrir sa nudité.

Il fait froid ici. Magnus aurait dû lui apporter des vêtements. Elle en a forcément, non ?

Tobias fouilla dans les tiroirs. Il devait y avoir d'autres raisons derrière le démontage de la poupée. Ah ! oui, un problème avec le système logique. Mais Magnus avait déclaré l'avoir corrigé, non ? Elle était prête pour un nouvel essai.

S'il avait eu des doutes à propos de son état d'ébriété, les instants qui suivirent les dissipèrent brutalement. Il sentait les yeux de Serafina épier les moindres de ses gestes. C'était forcément un effet de son imagination car il reconnut ces yeux comme étant ceux d'une de ses nombreuses maîtresses, puis d'une autre, puis d'Evelina.

Quand il releva la tête, les paupières de la poupée étaient paisiblement fermées. Il émit un grognement mécontent, agacé par sa propre faiblesse.

Il fallait qu'il se mette au travail. S'il pouvait consacrer ses mains et son esprit à un problème pratique, tout le reste de ses soucis s'estomperaient. C'était le seul moment où il se sentait vraiment en paix.

Il retira son manteau et se mit à l'œuvre sur la poupée de Magnus. Au départ, ses gestes furent malhabiles, affecté par son ébriété, mais la concentration eut raison de ce flou et lui permit d'attendre un état proche de l'hypervigilance. Les bras se rattachèrent facilement au bout d'à peine une heure de labeur. La tête était une autre paire de manches. Il lui manquait une goupille à glisser d'une oreille à l'autre pour déverrouiller le mécanisme de programmation à ressorts qui tenait lieu de cerveau à Serafina. Elle se trouvait sans doute parmi les petites pièces accumulées au fond de la malle.

Il faisait trop sombre pour voir à l'intérieur ; il s'agenouilla pour fouiller à tâtons dans la malle. Il ne trouva pas la goupille, mais découvrit que le fond était garni d'un carton noir et épais. À moitié coincés en dessous se trouvaient des documents qui semblaient s'être échappés de la pochette de croquis.

Tobias les sortit et découvrit la goupille coincée entre deux feuilles de papier. Il déposa le tout sous la lumière de sa lampe et entreprit de remettre de l'ordre dans les pages, à la recherche d'instructions supplémentaires sur la manière d'activer l'automate. Il n'avait vu aucune source d'alimentation réelle et cela le rendait curieux. En termes d'apparence, Serafina était un produit de qualité supérieure, mais la véritable mise à l'épreuve d'un appareil de ce genre se faisait quand les rouages se mettaient en mouvement.

Tobias s'appuya dos à la table, les chevilles croisées. Les pattes de mouche qui recouvraient les pages étaient en italien. Pas la langue qu'il connaissait le mieux. Il ne lui fallut cependant pas longtemps pour comprendre qu'il s'agissait des notes du créateur original de Serafina.

« Je me meurs », lut-il.

Formidable. Il n'était absolument pas d'humeur à subir les idées noires de quelqu'un d'autre.

« J'ai volé la goupille et l'ai jetée dans le puits saint devant la cathédrale. Si Dieu le veut, ce vol me sauvera la vie. »

Le puits saint? De quoi avait-il peur? Tobias feuilleta les pages, sourcils froncés. Cet homme était complètement fou. Qui plus est, son plan avait échoué puisque la goupille – ou sa remplaçante – se trouvait dans la malle avec ces feuillets.

Tobias laissa les pages retomber dans la malle et récupéra la bouteille de brandy avant de revenir à la table en contemplant le corps étendu de Serafina. *Bon, voyons ce que cette dame peut faire.* Soulevant l'épaisse chevelure rousse, il glissa la goupille dans son emplacement.

Quand rien ne se produisit, Tobias se sentit étrangement soulagé.

Il était difficile de ne pas être perturbé par un objet qui semblait à ce point vivant mais ne l'était pas. Dans la lumière tremblante de la lanterne, les traits de porcelaine avaient la même apparence que la chair, les jointures aux coins de ses mâchoires quasiment invisibles. Celui qui l'avait sculptée aimait le corps des femmes et avait soigné les moindres détails, de ses seins parfaits dotés de mamelons roses aux courbes douces de son ventre et de ses cuisses.

Les ombres semblaient se presser autour d'eux et un profond silence régnait dans la pièce. Tobias entendait les pulsations de son propre cœur.

Il cligna des yeux et raffermit sa prise sur le goulot de la bouteille. Il aurait pu jurer que les ombres s'infiltraient à l'intérieur de la poupée telle une épaisse fumée noire. D'étranges nappes de ténèbres mouvantes s'élevaient depuis le sol et remontaient le long des pieds de la table pour se glisser sous la silhouette inanimée tels des insectes rampants. La poupée les absorbait au cœur de sa chair remplie de sciure.

Et Tobias sentit qu'il s'affaiblissait, comme s'il perdait son sang. *Ça n'est pas possible.*

Il reposa la bouteille et l'écarta de la main. Il était soûl. Il ressentait simplement la fatigue soudaine qui survient quelques heures après une beuverie intense. Ce moment où une petite sieste semble être la meilleure chose au monde.

Il décrocha la lampe de son support au plafond et la rapprocha de la table. Les détails lui apparurent plus clairement. Les mèches irrégulières dans la chevelure de Serafina n'avaient pas été coupées mais brûlées. L'avait-on approchée trop près d'une bougie ?

Il se pencha d'un peu plus près. Les cheveux sentaient la fumée mais il s'en dégageait également un parfum frais, comme si elle s'était trouvée dehors peu de temps auparavant. Il se serait attendu à une odeur de renfermé, mais elle n'était peut-être pas restée longtemps enfermée dans la malle. Magnus avait dû la démonter pour réparation très récemment.

Et la confier à l'ESPION pour être remontée. La tâche que le docteur leur avait confiée n'était pas destinée à tester leurs aptitudes, c'était une certitude. Il avait fallu faire preuve de délicatesse pour raccorder les différentes pièces de la poupée entre elles, mais Tobias aurait pu faire le travail seul en un après-midi. Qu'avait dit le docteur, déjà ?

« Serafina constitue un test. Les questions qu'elle pose n'ont rien à voir avec les rouages et les ressorts. »

Qu'avait-il voulu dire par là ?

Tobias n'eut pas à attendre longtemps la réponse. La poitrine remplie de sciure se gonfla en inspirant. Une décharge de terreur lui parcourut l'échine. Il s'écarta précipitamment de la table, son cri incrédule résonnant au milieu des ombres denses. *De la magie !*

Un silence suffocant s'ensuivit. Il semblait soudain n'y avoir plus d'air dans la pièce malgré la porte ouverte sur la nuit. Tobias se frotta les yeux, persuadé d'être victime de son imagination devenue folle. Mais son esprit ne s'en emballa pas moins pour tenter de remettre de l'ordre dans ce qu'il venait de voir de la même manière qu'une femme de chambre arrange un lit défait. Pas de draps froissés. Pas de couvertures chiffonnées. Rien que des coins parfaitement nets et rationnels.

Je ne suis pas dans un conte pour enfants.

On était à Londres, le vrai Londres plein de monstres comme son père et Jasper Keating. Face à eux, la présence de la magie noire semblait superflue.

D'accord, mais le dernier homme à travailler sur Serafina a retiré la goupille pour la plonger dans de l'eau bénite. Ça ne peut pas être bon signe.

La nausée lui sapait les jambes. Il s'assit lourdement sur son siège.

Si c'était un conte pour enfants, sa source d'alimentation manquante serait la magie et le docteur Magnus serait un sorcier. Après tout, n'a-t-il pas dit que les artistes mettent un peu de leur âme dans leurs créations ? Et n'est-ce pas le vol d'énergie vitale qui alimente la sorcellerie ?

— Les sorciers ne trompent pas les gens pour leur faire assembler des poupées maléfiques !

Il avait parlé à voix haute, en essayant d'oublier les bavardages de Magnus à propos d'époux et de nourriture et les histoires de vampires de Bucky.

Il fallait qu'il rejette ces pensées à haute voix car il était clairement ivre et prêt à se laisser convaincre par ce délire. Mais il aurait également pu dire que les inconnus ne devenaient pas soudain les mentors de jeunes talents sur la base d'une farce en plein opéra. Les bons Samaritains n'attiraient pas les jeunes gens talentueux en faisant appel à la blessure causée à leur âme par l'amertume d'un père.

Si Tobias voulait un conte de fées, il n'avait pas besoin de chercher plus loin que dans ses propres idées. Magnus ne s'était intéressé à Tobias que parce qu'il voulait le recruter pour son mystérieux projet. *Et il ne voudra de moi que si je réussis le test de Serafina.*

Il se leva, s'approcha de la table de travail et posa sa main sur la poitrine de la poupée, prêt à se convaincre qu'elle ne bougeait pas réellement. Pourtant, il la sentit se soulever.

Tobias se mit à trembler et les larmes lui montèrent aux yeux.

La respiration doit faire partie du mécanisme.

Il n'avait pas examiné de très près l'intérieur de la poitrine.

« Je me meurs », avait écrit l'Italien. La magie mortuaire fonctionnait en dérobant la vie. Serafina avait-elle survécu en aspirant celles de ses créateurs ? *Ne sois pas ridicule !*

Alors… qu'avait-il sous les yeux ? Un mécanisme ? Un miracle ? L'éveil d'une créature bien décidée à le dévorer ? Dans les contes pour enfants, la foi était toujours mise à l'épreuve. Devait-il faire confiance au docteur Magnus quoi qu'il arrive ? Garder courage et accepter toutes les ténébreuses horreurs auxquelles le docteur le soumettrait sous prétexte que c'était le seul moyen de progresser vers le grand projet, vers le niveau supérieur, et d'obtenir le soutien dont il avait besoin pour prendre son indépendance ?

Les paupières de Serafina s'ouvrirent d'un coup, ses yeux bleus implacables braqués sur lui. Puis elle leva une main et les délicats doigts de porcelaine caressèrent sa joue, leur contact à la fois fluide et froid. Avec un léger cliquetis, sa mâchoire s'entrouvrit, laissant apparaître les blanches extrémités de dents minuscules et parfaites dans un sourire au charme sinistre.

Tobias émit un son à mi-chemin entre le gémissement et le cri de terreur. Sans réfléchir, il saisit la goupille et tira. Puis il resta debout, la goupille à la main, les joues striées de larmes chaudes.

« *Les questions qu'elle pose n'ont rien à voir avec les rouages et les ressorts.* »

Il s'était demandé qui il était. À présent, il le savait.

Tobias Roth était un être désespérément lâche.

CHAPITRE 32

Londres, 12 avril 1888
Hilliard House
Jeudi, 8 heures

Evelina était assise face au miroir de sa coiffeuse, les yeux dans le vague. Elle avait conscience que c'était une matinée ensoleillée aussi pétillante qu'une bouteille de champagne frais. Plus haut dans le couloir, elle entendit la voix d'Imogen s'exclamer à propos d'un bouton, d'une plume ou autre objet d'importance nationale. Elle sentait sur ses épaules le poids de sa somptueuse robe de présentation dont les plis blancs s'étalaient autour d'elle telle une épaisse couche de neige.

Mais rien de tout cela ne pénétrait vraiment son esprit embrumé. Elle dérivait, tournoyant sur elle-même comme une brindille impuissante emportée par un torrent déchaîné. Même enfant, Evelina avait su que quitter le cirque l'emmènerait loin de tout ce qu'elle connaissait, mais elle comprenait à présent à quel point cet acte était irrévocable. Elle n'y retournerait jamais. Même si elle avait pu réintégrer le cirque de Ploughman, il ne serait plus jamais le lieu qu'elle avait connu.

Mamie Cooper était morte. Nick ne lui avait rien dit. Elle l'avait appris auprès du vieux Ploughman lui-même, plein de gentillesse et ravi de la voir mais ne sachant trop comment lui annoncer la nouvelle.

L'hiver avait emporté la vieille femme deux ans à peine après le départ d'Evelina. Tous les autres membres du clan étaient partis eux aussi pour se lancer dans des métiers plus ordinaires ou en quête de spectacles plus riches, même si Ploughman avait conservé les adjectifs « fabuleux » et « volants » de l'ancien numéro des Cooper.

Elle n'avait pas demandé plus de détails. Trop choquée pour prolonger sa visite, trop apeurée à l'idée de découvrir qui d'autre elle avait perdu, elle était repartie immédiatement en récupérant Imogen au passage. De toute façon, sans mamie Cooper, plus rien ne semblait avoir de sens.

Evelina n'avait toujours pas pleuré. Elle finirait par le faire mais la douleur s'était enfoncée trop profondément, comme une écharde que la chair ne pouvait éjecter avant que la blessure se soit envenimée. La seule chose qu'elle puisse faire était d'avancer, brindille dans le torrent sans rien à quoi se raccrocher.

Dans son dos, la bonne de lady Bancroft enfonça une nouvelle épingle dans la chevelure sombre d'Evelina et fixa la coiffe de plume exigée par le code vestimentaire très précis du grand chambellan. C'était habituellement Dora qui la coiffait mais lady B ne souhaitait prendre aucun risque en vue de la présentation.

— Est-ce que cela vous convient, miss ? demanda-t-elle.

Evelina ne doutait pas que cela conviendrait parfaitement. Elle savait la jeune femme excellente dans sa partie. Elle se força néanmoins à se concentrer sur son reflet dans le miroir. Sous l'effet combiné de la coiffure élaborée et de son humeur, elle eut l'impression qu'une étrangère lui rendait son regard.

— C'est superbe, Jeannette. Merci.

La domestique s'éclipsa. Evelina resta assise à sa coiffeuse en laissant s'écouler la matinée. Elle était accablée de chagrin mais rien n'avait changé. Pas vraiment. Elle se rendrait à la présentation, ferait la révérence et continuerait sur sa lancée. Vers le mariage ou l'université.

Pourquoi Nick ne m'a-t-il pas dit que mamie était morte ?

Une omission qui lui faisait de la peine. Mais ce n'était pas une nouvelle pour lui, si ? Comment avait-elle pu s'imaginer que tout était resté à l'identique simplement parce qu'elle était partie ? Et elle n'avait pas vraiment pris le temps de s'asseoir avec lui pour discuter tranquillement. *Non, je ne peux pas blâmer Nick.*

La rose était pressée entre les pages du *Guide Barrett de la mécanique de l'Europe de jadis*, la couverture dissimulant ses pétales écarlates aux regards curieux. Un souvenir et un témoignage de ce qui aurait pu être. Nick était désormais le roi de son propre univers et elle n'avait pas le droit de le mettre en danger. La fidélité du jeune homme constituait sa faiblesse et elle devait y faire attention pour leur bien à tous les deux.

Si elle avait pu formuler un vœu de son choix durant cette matinée de présentation – censément le « sésame, ouvre-toi » du futur d'une jeune femme –, elle aurait demandé un avenir paisible et sûr pour eux deux. Malheureusement, cela impliquait de le laisser en paix.

L'horloge – l'horloge de Magnus – sonna l'heure et quart. Comme anesthésiée, Evelina se leva, sans oublier de se munir de ses longs gants blancs et de son éventail.

Sa mère lui avait parlé de la Cour. Cela faisait office d'histoire du soir pour Evelina : jolies robes et bonnes manières, aristocrates et palais somptueux, l'assurance d'avoir de la chaleur, de la lumière et de quoi manger à sa faim. Être présenté était la culmination des rêves de son père quand il s'était enfui et enrôlé au service de la reine, s'engageant pour une vie de guerre avec l'espoir de devenir quelqu'un.

Evelina menait la mythologie familiale à son terme. Elle avait remporté la récompense tant espérée.

Elle aurait aimé pouvoir se sentir heureuse. Pour ne rien arranger, ils avaient reçu ce matin des nouvelles de la part du docteur Watson. Son oncle Sherlock était de retour en Angleterre, mais s'était arrêté en chemin pour rendre visite à mère-grand Holmes. La vieille dame n'était pas en forme, et cela allait au-delà de ses plaintes habituelles.

Malgré leurs relations parfois orageuses, la nouvelle avait inquiété Evelina. Mais jamais mère-grand ne lui aurait été reconnaissante d'oublier la Cour pour se précipiter à son chevet dans un excès de sentimentalisme. Au contraire, elle désirait voir Evelina faire oublier les péchés passés de sa mère. Cependant, le moment aurait difficilement pu être plus mal choisi après la nouvelle concernant mamie Cooper. *Faites que je ne les perde pas toutes les deux. Pas maintenant.*

Un profond sentiment de solitude s'empara d'elle. Il n'y aurait personne d'un côté ou de l'autre de sa famille pour assister à son triomphe.

Imogen et sa mère étaient déjà parties dans leur carrosse. Evelina voyagerait avec la duchesse de Westlake, sa marraine et pourtant une quasi-inconnue.

La duchesse arriva à l'heure prévue, accueillit Evelina au sein de son majestueux équipage et reprit la route à une allure soutenue en direction de Buckingham Palace, où se tiendrait le grand salon de la Cour.

La duchesse était une femme opulente aux cheveux gris et dénuée de la moindre fantaisie. Elle examina Evelina de pied en cap comme si elle était la dernière recrue de ses écuries. Si l'on pouvait s'interroger sur sa volonté de parrainer Evelina, il ne faisait aucun doute qu'elle était parfaitement préparée. Elle était venue avec une servante et deux sacs pleins de poudres, pinceaux, rubans, matériel de couture, gants et bas de rechange.

Elle avait semble-t-il une longue expérience de la présentation des débutantes et gérait l'affaire avec l'énergie d'un général sur le champ de bataille.

— Vous êtes-vous bien abstenue de boire du thé après votre petit déjeuner ? demanda la duchesse d'un ton sec.

— Oui, Votre Grâce, répondit humblement Evelina.

— Bien.

Evelina avait deviné pourquoi et il s'avéra qu'elle avait vu juste. La cohue des fiacres à l'extérieur du palais était inimaginable. Elles durent attendre des heures avant de pouvoir poser le pied à terre et pénétrer dans les antichambres étouffantes où il fallut patienter encore. L'endroit était plein à craquer de femmes de plus en plus affamées et tendues. Rien n'avait été mis en place pour le confort des débutantes et de leurs marraines.

Evelina scruta les lieux à la recherche d'Imogen et lady Bancroft, marraine de sa fille. La duchesse les aperçut la première.

Malgré le faste de l'occasion, Imogen restait elle-même.

— Je n'arrive pas à croire que nous soyons ici ! Et que tu fasses tout ceci avec moi ! Je te serrerais volontiers contre moi mais nos robes se froisseraient !

Evelina se mit à rire. La profonde étrangeté de la situation allégeait un peu son humeur et l'excitation joyeuse des jeunes filles autour d'elle était contagieuse. Cela dit, elle n'y croirait toujours pas tout à fait avant d'avoir réellement embrassé la main de la reine.

— J'attendrai que ce soit fini pour célébrer notre réussite, s'il me reste assez de forces. Apparemment, c'est conçu comme une épreuve d'endurance.

— Je suis passée par là avec mes propres filles, déclara la duchesse avec un soupir. Chaque fois je me demande comment un empire qui règne sur le monde peut faire en sorte qu'une activité de quinze minutes prenne toute la journée.

— Je suis morte de faim, grommela Imogen.

On approchait de l'horaire de début fixé à 15 heures. Elles avaient quitté la maison avant 9 heures ce matin-là.

— Le grand chambellan est sans pitié, répondit sombrement Evelina.

Le grand chambellan gouvernait les présentations avec un sens très strict de la tradition. En dépit de la fascination de la reine Victoria pour les appareils ingénieux et les jouets mécaniques, on ne trouverait aucune invention dernier cri durant ces événements. Le « grand chameau lent » – tout le monde ne le portait pas en haute estime – décidait des personnes dignes d'être présentées à la reine et ce qu'elles devaient porter à cette occasion. Aux yeux d'Evelina, cela donnait l'impression qu'il avait confondu présentation et mariage.

Toutes les débutantes arboraient des robes blanches et de longs voiles vaporeux. Les robes étaient toutes dotées de manches courtes et d'un décolleté. Foulard, châles et écharpes n'étaient pas autorisés à moins de présenter un certificat médical. Apparemment, la Cour avait envie de voir dévoilée un peu de la peau de ses jeunes filles.

Les coiffes obligatoires comportaient des plumes d'autruche blanches – trois pour les femmes mariées, deux pour les célibataires –, légèrement inclinées vers la gauche et flottant pompeusement dans les airs. À en juger par le nombre de candidates qui les tripotaient, beaucoup avaient du mal à les garder en place. Les épingles tiraient sur la chevelure d'Evelina, qui menaçait de s'affaisser sous le poids de ce ridicule voile emplumé.

Les filles étaient présentées par ordre de rang social. Evelina, fille d'un capitaine de l'armée, étaient parmi les dernières.

Quand enfin son tour arriva, toute l'importance de l'occasion s'imposa à elle. C'était le moment où elle entrait vraiment dans le monde des gens de qualité. Une marque d'acceptation qu'ils reconnaissaient, son admission au sein de la haute société. *Merci, oncle Sherlock.*

Evelina s'avança dans le grand salon. De la main gauche, elle tendit sa carte au grand chambellan tout en serrant fort son bouquet de la droite. Les gentilshommes servants se précipitèrent pour étendre sa longue traîne – trois mètres de long sur cent trente-six centimètres de large, conformément au protocole – derrière elle.

— Miss Evelina Cooper, annonça le grand chambellan.

Evelina se retrouva soudain face à une vaste salle envahie par les silhouettes de papillons pâles des dames de la Cour et des débutantes. Des hommes en costumes sombres ou en uniformes ponctuaient la scène comme autant de points d'exclamation. Mais ce fut le petit groupe situé du côté opposé de la pièce qui capta toute son attention. La reine Victoria et deux des princesses, flanquées de leurs valets.

Petite, dodue et grise de cheveux, la reine avait célébré son jubilé d'or l'été précédent. À présent, dans sa robe sombre, elle faisait un peu penser à mamie Cooper. Une pensée qui déclencha une nouvelle vague de tristesse chez Evelina.

En se rapprochant, elle discerna mieux le visage de la souveraine. Une étincelle d'humour se lisait dans son regard plein d'intelligence.

Quelque chose dans cette interminable parade de jeunes filles se débattant courageusement avec leurs plumes et leurs traînes amusait la reine. *Elle est exactement comme mamie Cooper. Sévère mais avec un fond de bienveillance.*

Evelina s'arrêta devant la reine Victoria et faillit oublier l'étape suivante. Son hésitation ne dura que le temps d'un battement de cœur, mais ce fut suffisant pour la ramener brutalement à sa situation immédiate. C'était le moment de faire la révérence. Elle devait descendre très bas, presque jusqu'à poser un genou au sol, mais presque seulement. Evelina s'inclina et la reine lui tendit sa main à embrasser. Les filles d'aristocrates recevaient un baiser sur le front. Celles des gens du commun étaient tenues d'embrasser la main de la souveraine.

Evelina inclina la tête au-dessus de la main charnue aux bagues scintillantes et sentit sa traîne osciller derrière elle en suivant le mouvement. La reine dégageait un parfum d'eau de rose.

— La duchesse de Westlake est votre marraine, dit Victoria. Où est votre mère ? Je n'ai pas souvenir d'elle.

Cette question aurait sans doute dû la soulager, songea Evelina. Elle avait entendu dire que la reine examinait la liste des jeunes filles avant chaque cérémonie. Sa curiosité avait dû être piquée en découvrant une inconnue présentée sous le patronage d'une duchesse.

Evelina s'inclina de nouveau, les larmes lui montant soudain aux yeux. Elle n'avait pas encore pleuré alors pourquoi, pourquoi fallait-il que cela se produise devant la reine ?

Elle cligna plusieurs fois des yeux pour bannir les larmes avant qu'elles se mettent à couler.

— J'ai bien peur que ma mère ne soit morte de fièvre il y a longtemps, Votre Majesté.

Victoria releva le menton d'Evelina de la main qu'elle venait d'embrasser.

— Pauvre poussin. Vous avez un joli visage. Ce qui n'est pas facile à vivre en l'absence d'une mère.

— Je fais de mon mieux pour agir avec raison, Votre Majesté.

— Nous sommes ravie de l'entendre, miss Cooper.

L'éclat amusé – mais plutôt bienveillant – était à présent perceptible dans la voix de la reine aussi bien que dans ses yeux vifs.

Evelina se redressa en prenant soin de ne pas perdre l'équilibre ni de se prendre les pieds dans sa robe et son immense traîne. Puis elle s'inclina de nouveau en direction des autres membres de la royauté. Ceux-ci semblaient légèrement perplexes. Sa Majesté s'adressait rarement aux jeunes filles. Evelina termina par une dernière brève révérence à la reine.

L'un des gentilshommes servants s'avança rapidement pour saisir la traîne d'Evelina et la lui draper par-dessus le bras. À partir de là, bouquet à la main et plumes sur la tête, elle devait s'éloigner à reculons du trône, avec moult révérences supplémentaires, et faire en sorte de ressortir sans se détourner. On ne tournait pas le dos à la famille royale.

Evelina mesura sa chance d'avoir passé ses jeunes années à étudier l'acrobatie tant son sens de l'équilibre fut mis à contribution. Le temps qu'elle ressorte, la débutante suivante s'avançait déjà vers la reine. Evelina finit par se retourner et découvrit que la duchesse était d'ores et déjà auprès d'elle.

— Alors, jeune fille, vous sentez-vous différente ?

Non. Elle s'était attendue à plus et était vaguement déçue. Et pourtant elle percevait un changement, comme si la brindille à laquelle elle avait pensé ce matin était tombée au bas d'une cascade sans jamais pouvoir revenir en amont du torrent, pour le meilleur ou pour le pire.

C'était cependant une réponse trop alambiquée pour la duchesse et Evelina se ravisa.

— J'ai le sentiment d'avoir bénéficié d'un privilège extraordinaire, dit-elle.

— C'est le cas.

La duchesse releva son nez impressionnant vers Evelina en semblant la jauger avec un regard neuf.

— Je serai ravie d'accueillir une petite chose intelligente telle que vous dans mon salon, dit-elle.

Elles sortirent du palais et se rendirent au-dehors afin qu'on leur apporte leur calèche. Evelina se réjouissait à la perspective d'un avenir proche où elle pourrait enfin manger, boire et – plus que tout – se rendre aux toilettes. Un coup de vent agita son voile et, l'espace d'un instant, l'aveugla.

La duchesse écarta le tissu vaporeux de son visage.

— Merci, dit Evelina. Vous êtes fort aimable.

— Je connaissais votre mère, vous savez.

Evelina fut surprise.

— Vraiment ?

Un peu plus loin, un tram à vapeur passa en sifflant sur la chaussée. Les passagers poussèrent des cris et firent de grands signes à l'intention de toutes les jeunes filles emplumées qui attendaient leurs fiacres.

— Je suis certaine que la reine aussi, quoi qu'elle en dise. Elle vous laisse votre chance.

La duchesse fronça ses sourcils d'un gris métallique.

— Vous êtes tout le portrait de Marianne. Assurez-vous de ne pas commettre les mêmes erreurs qu'elle.

Evelina entrouvrit les lèvres sur une réplique acerbe qui lui venait des tripes. Tout son chagrin à propos de mamie Cooper revint, assombri de colère et trop brut pour se parer de politesse.

La duchesse avait dû le lire sur son visage. Elle posa une main gantée sur le bras d'Evelina, étouffant dans l'œuf la repartie désastreuse qu'elle s'apprêtait à lancer.

— Ne vous méprenez pas ! Je comprends l'envie d'aimer et d'être heureuse, croyez-moi. Mais la haute société est une mer traîtresse. Je dis la même chose à mes propres filles. Une jeune femme se doit de trouver un navire capable de faire face aux tempêtes. Choisissez votre mari autant pour sa solidité que pour ses grandes et belles voiles.

Evelina baissa les yeux.

— Je comprends.

La duchesse afficha un sourire presque affectueux et agita son éventail vers Evelina dans un geste de réprimande feinte.

— Et je veux que vous ayez cela à l'esprit ce soir car je pense que la haute société va s'enticher de vous, Evelina Cooper. Il n'y aura pas pénurie de jeunes messieurs désireux de danser avec vous. Ah, voici notre fiacre !

Et une surprise pour clore l'après-midi. Elles grimpèrent en voiture mais il y avait quelque chose sur le siège. La duchesse le ramassa après avoir failli s'asseoir dessus.

Il s'agissait d'une fleur à laquelle était attaché un ruban blanc.

— Comment est-ce arrivé là ? Elle porte une étiquette à votre nom, miss Cooper.

Evelina fit mine de prendre la fleur, mais la duchesse choisit de lire d'abord le message. Elle le tint à bout de bras pour pouvoir déchiffrer l'inscription.

— « Pour vous féliciter en ce jour si propice. Vous devez être très fière d'un tel accomplissement. »

Elle retourna l'étiquette avec un reniflement sceptique.

— Plutôt pompeux, quel qu'en soit l'auteur. Ah ! cela vient du docteur Magnus. Je ne peux pas dire que je l'apprécie particulièrement.

Evelina prit la fleur avec autant de précautions que s'il s'agissait d'une vipère. Les paroles étaient pleines de politesse mais la rose était identique à celle qu'elle avait reçue des mains de Nick. Le docteur Magnus savait où elle s'était rendue et ce qu'elle avait fait la veille. Et à présent il était là, tout près, pour lui montrer ce dont il était capable.

Une tension nouvelle s'empara de ses épaules et noua les muscles de sa nuque. Elle se sentait exposée dans cette robe échancrée, comme si sa magie et son passé chez Ploughman étaient tatoués sur sa peau.

— Je ne l'apprécie pas non plus.

— C'est la preuve que vous êtes intelligente, répondit vivement la duchesse de Westlake. Malgré les airs élégants qu'il se donne, il y a chez cet individu quelque chose de douteux. Pour en revenir à notre discussion sur les hommes et les bateaux, celui-ci me fait penser à quelque navire maudit digne du *Vaisseau fantôme.* Tout à fait fascinant jusqu'au moment où vous vous retrouvez attachée à la quille, cap sur l'enfer.

Malgré la tension qui lui nouait l'estomac, Evelina eut soudain envie de rire.

Dans ce cas, Tobias ferait bien de commencer à construire un nouveau calamar!

CHAPITRE 33

Le bal du duc et de la duchesse de Westlake, organisé dans leur somptueuse résidence de Mayfair, était le premier événement majeur pour les débutantes de la saison londonienne. Même si la plupart des jeunes filles, y compris Imogen, profiteraient également d'un bal organisé par leurs familles, ce premier tour sur la piste de danse était aussi attendu que leur visite au palais plus tôt dans la journée.

La duchesse exploitait pleinement son carnet d'adresses et son influence mondaine était telle que rares étaient ceux qui osaient refuser ses invitations. La crème de la haute société serait présente pour accueillir les nouvelles venues à peine sorties du grand salon de la Cour.

L'événement marquait l'ouverture officielle de la chasse aux maris. Evelina avait toujours eu envie d'assister au bal de la duchesse de Westlake ; elle l'avait désiré de tout son cœur depuis qu'elle en avait appris l'existence. Mais elle comprenait désormais ce que ressentaient les pouliches soigneusement étrillées et aux crinières garnies de rubans avant d'être vendues aux enchères.

Nerveuse, elle patientait à l'extérieur en attendant le fiacre. Elle avait ressenti le besoin de prendre un peu l'air avant l'heure du départ. C'était peut-être un risque, mais elle se sentait encore asphyxiée après ces longues heures passées au palais. Elle aurait voulu escalader quelque chose, être fouettée par le vent à dix bons mètres au-dessus du sol.

Les nuages renforçaient la couleur sombre du ciel avec une promesse de pluie à venir mais qui, par chance, n'était pas encore là. La coutume dictait que les débutantes portent du blanc pour la soirée des Westlake, si bien qu'Evelina demeurait pratiquement immobile, ses chaussons de danse rangés dans un joli sac pailleté, sa cape recouvrant entièrement les volants de sa jupe blanche. Quelque part au cœur de la sculpture élaborée de sa coiffure, une épingle à cheveux s'enfonçait douloureusement dans son cuir chevelu.

C'était son premier véritable bal et elle avait mal au ventre à force d'appréhension. Elle ne serait pas embarrassée si quelques pages de son carnet de bal demeuraient vierges mais… et si personne ne l'invitait à danser ? Elle n'était ni une grande beauté ni une grande héritière. Et si tous les hommes défilaient devant elle sans la voir ? Et si elle passait toute la soirée seule et délaissée ?

Cette seule idée lui tire-bouchonnait les entrailles. Elle avait déjà dû repousser un accès de hoquet. Qu'on lui donne plutôt une corde raide à franchir, un dragon à vaincre. Ce bal constituait une vraie torture.

Un sifflement discret se fit entendre de l'autre côté du portail : une note longue suivie de trois brèves. *Nick!*

Ou pas. Avec Magnus dans les parages, elle ne pouvait rien prendre pour acquis. Elle fit quelques pas prudents en direction du portail métallique qui s'ouvrait sur la rue – ou plutôt qui se serait ouvert si l'on avait été en journée. Depuis le meurtre, Bigelow avait pris l'habitude de le fermer à clé dès le coucher du soleil. Evelina s'assura de ne pas trop s'éloigner ; elle voulait pouvoir rejoindre la grille en quelques instants si nécessaire.

— Nick ? demanda-t-elle à voix basse.

Il apparut soudain de l'autre côté des barreaux de fer.

— Evie.

Le son de sa voix rauque lui fit l'effet d'un contact familier. Avec un petit cri étouffé, elle se précipita jusqu'à la grille. Mais elle n'avait pas la clé pour l'ouvrir. Elle scruta le visage de Nick, dont les lampes à gaz jaunes éclairaient indirectement les traits réguliers.

— Que fais-tu ici ? demanda-t-elle.

Un froncement de sourcils creusa une ride verticale au-dessus de son nez.

— Je monte la garde pour Magnus. Que fais-tu dehors toute seule ?

— J'attends un fiacre.

Il agita la main dans un geste d'exaspération.

— Autant accrocher une pancarte au-dessus de ta tête annonçant « Demoiselle en détresse, à cueillir tant qu'elle est mûre ». Tu devrais retourner à l'intérieur.

Nick avait souffert lors de sa précédente rencontre avec Magnus. Ce souvenir donna la chair de poule à Evelina tout en affûtant son esprit.

— D'accord. Et toi, que feras-tu s'il se montre ?

— Je trouverai quelque chose.

Elle émit un petit grognement d'agacement. Les larmes lui montèrent aux yeux et elle fut soulagée que l'obscurité les dissimule.

— Sois prudent, Nick. Sers-toi de ta tête. Il a laissé une rose dans ma calèche cet après-midi. Identique à la tienne.

Il y eut un long silence, pas seulement lié aux implications du geste du docteur mais aussi au souvenir du moment passé sur la piste du cirque : Nick en chevalier triomphant, Evelina en reine d'amour et de beauté. Il passa le bras entre les barreaux pour lui prendre la main.

Même à travers ses gants de soie, elle perçut la chaleur de ses doigts quand il l'attira un peu plus vers lui. La cape d'Evelina s'entrouvrit, laissant apparaître la forme moulante de sa robe de bal échancrée. Nick fit courir son regard jusqu'à ses pieds puis remonta lentement vers son visage en s'attardant à plusieurs reprises sur sa silhouette avec un air appréciateur.

Evelina avait les joues en feu. Elle se demanda s'il était réellement venu pour Magnus.

— Aussi belle qu'un tableau, dit-il d'une voix qui descendait dans les graves.

Elle avait soudain la bouche très sèche.

— Tu as tes costumes, j'ai les miens.

Il se rapprocha des barreaux et s'appuya contre le métal tel un prisonnier tentant de voir hors de sa cellule. Puis il porta les doigts d'Evelina à sa bouche et les effleura du bout des lèvres.

— Nick, arrête, souffla-t-elle.

Il continuait à la dévorer des yeux, mais la lueur moqueuse qui s'était allumée dans son regard lui rappela le Nick différent et puissant qu'elle avait vu sur la piste. Celui qui l'avait fait fondre. Il ne lui lâcha pas la main.

— Y a-t-il quelque chose de mal à vénérer une belle dame ?

— Ne me taquine pas.

Elle aurait voulu s'exprimer avec colère mais sa voix était plutôt suppliante.

Nick étrécit les yeux, une moue renfrognée sur les lèvres.

— Où vas-tu ce soir ?

— Au bal des Westlake.

Elle entendit des voix et jeta un coup d'œil par-dessus son épaule. S'ils se montraient trop imprudents, on risquait de les surprendre en train de discuter à travers la grille fermée tels les amants d'un mauvais roman d'amour.

La pression de la main de Nick l'obligea à reporter son attention sur lui.

— Alors comme ça on va danser ?

Son ton avait des accents déplaisants. De la jalousie ?

— N'est-ce pas ce que l'on fait lors d'un bal ?

Il secoua la tête et elle lut dans son regard quelque chose qui ressemblait à de la peine.

— Regarde-toi, ma petite Evie Cooper.

— Nick ! lâche-moi, supplia-t-elle.

Entendant le fiacre qui arrivait, elle retira sa main.

À cet instant, Nick disparut avec la même rapidité que l'un de ses couteaux fendant l'air. Evelina fit volte-face et repartit vers la maison en le maudissant.

L'esprit confus et envahi par la culpabilité, elle resta silencieuse durant l'essentiel du trajet jusqu'à l'élégant manoir du duc de Westlake. Une fois descendue avec l'aide d'Applegate, elle fut confrontée à l'ampleur de l'événement. Des véhicules de toutes sortes – à chevaux ou à vapeur – encombraient la rue sur plusieurs centaines de mètre de part et d'autre de la demeure. Tout ce que Londres comptait d'aristocrates convergeait vers le faisceau de lumière dorée émanant de l'entrée du manoir. Evelina réprima difficilement son envie de s'accrocher à l'élégante robe à tournure de lady Bancroft comme un bambin craignant de perdre sa mère. La cohue perdura jusqu'à ce qu'elles franchissent enfin le seuil.

— Il y a vingt-quatre danses, s'enthousiasma Imogen en examinant son carnet de bal après qu'elles eurent retiré leurs capes et enfilé leurs chaussons de danse. Vingt-quatre occasions de distinguer les crapauds des automates.

Haute d'à peu près dix centimètres, la petite brochure était dotée d'une couverture riche en couleurs et décorée à la feuille d'or ainsi que d'un crayon miniature suspendu à un cordon. Une boucle en ruban permettait d'accrocher l'ensemble. Ce qui rendait les carnets de cette saison uniques était la façon novatrice dont ils s'ouvraient. Si l'on appuyait sur le bouton de gauche, seules les pages contenant des danses non encore allouées se déployaient. Le bouton de droite donnait accès à l'ensemble.

Evelina passa le ruban de son carnet à son poignet.

— Tu as une préférence quant à tes partenaires ?

— J'ai un faible pour les crapauds. Au moins ils ont de la personnalité.

— Et le potentiel de se changer en princes ?

Imogen affecta une moue philosophe malgré le rouge qui lui montait aux joues.

— Peu probable, dit-elle. Parfois un crapaud n'est rien d'autre qu'un crapaud. Mais il peut s'agir d'un très gentil crapaud. Je crois que nous irions plus loin si nous pouvions accepter cet état de fait.

Evelina se demanda si cet amphibien particulier était l'héritier de la fortune industrielle des Penner, mais retint diplomatiquement sa langue.

Leur petit groupe se rassembla au sommet du grand escalier qui descendait vers la salle de bal brillamment illuminée. Evelina perçut la chaleur qui remontait depuis la piste de danse comme un nuage presque palpable. Un valet de pied prit leurs invitations.

— Lord et lady Bancroft, annonça-t-il d'une voix de stentor. L'honorable Imogen Roth et miss Cooper.

Tobias, bien entendu, se présenterait plus tard en compagnie de ses amis, avec un peu de chance avant que tous les invités soient rentrés chez eux. Les jeunes gens intéressants arrivaient toujours en retard.

Les Bancroft descendirent les marches d'un pas lent, la main gantée de lady Bancroft à peine posée sur le bras de l'ambassadeur, tel un oiseau prêt à s'envoler. Vint ensuite Imogen, d'une beauté solaire, suivie d'Evelina. La froideur du marbre s'infiltra à travers les semelles de ses chaussons de danse. Des visages se levèrent pour les regarder, pour la voir flotter jusqu'au bas de l'escalier dans sa belle robe d'une blancheur de crème fouettée. Elle redressa légèrement le menton.

La descente lui offrit une bonne vision de l'assemblée. Beaucoup des hommes présents à la table de lord Bancroft se trouvaient là, y compris Jasper Keating. Dans le coin opposé de la pièce, presque dissimulé au sein de la foule mais attentif aux événements, se tenait le docteur Magnus. Sa présence surprit Evelina. Elle doutait que la duchesse l'ait invité. D'un autre côté, il semblait avoir le don de se trouver toujours là où il le désirait.

Malgré la chaleur qui régnait dans la salle, elle frissonna en se rappelant la poigne brutale qu'il avait refermée sur son bras. Elle dut mobiliser toutes ses ressources pour ne pas montrer sa peur ; plutôt mourir que de paniquer devant lui !

Arrivée dans la salle de bal, Evelina plongea la main dans son réticule à la recherche du pelage d'acier de sa souris mécanique.

— *Surveille le docteur Magnus. Note à qui il parle et tout ce qu'il fait, mais assure-toi bien de me revenir avant que les danses soient terminées.*

Elle se baissa en faisant mine d'ajuster les lacets de l'un de ses chaussons de danse et relâcha immédiatement Souris au niveau des plinthes sculptées du mur. L'animal mécanique fila dans un flash de couleur grise, dix fois plus rapide qu'un rongeur ordinaire. Evelina se redressa pour répondre à une question de lady Bancroft en prenant soin d'afficher une expression neutre.

Je suis au milieu de la foule, c'est déjà ça. Magnus n'osera pas me menacer ici.

Et, avec un peu de chance, elle découvrirait peut-être quelque chose d'utile.

Elle n'aurait pas dû s'inquiéter à propos de son carnet de bal. Le corps diplomatique aurait pu apprendre beaucoup de lady Bancroft et de ses acolytes. Elles savaient parfaitement orienter sans en avoir l'air le bon grain des candidats en direction des deux jeunes filles tout en écartant l'ivraie d'un mot bien placé ou d'un mouvement de leur éventail. En quelques minutes, Imogen devint la reine de la soirée, suivie de près par Evelina.

Ainsi qu'Imogen l'avait prédit, il y avait quelques crapauds intéressants et bon nombre d'automates. Le premier nom connu sur son carnet était l'un des amis de Tobias, Michael Edgerton, qui lui avait demandé d'être sa partenaire de quadrille. L'une des danses où la conversation était possible et même attendue.

— Vous dansez de fort gracieuse manière, miss Cooper, dit-il.

Il devait avoir conscience de la banalité de son propos car il parut légèrement embarrassé.

De son côté, Evelina chercha désespérément une réponse appropriée. Lui retourner le compliment était hors de question : grand et efflanqué, Edgerton se mouvait avec l'élégance d'une girafe chaussée de patins à glace.

Elle tâcha de se remémorer quelque chose à son sujet. Les hommes étaient censés aimer parler d'eux-mêmes, après tout.

— Vous intéressez-vous toujours aux utilisations domestiques potentielles d'une alimentation électrique à courant alternatif ? demanda-t-elle.

Edgerton se trompa dans les pas et évita de peu la collision.

— En théorie, répondit-il brièvement. L'usage n'en est pas encore autorisé.

Ce qui, une fois traduit, signifiait que les barons de la vapeur n'avaient pas encore trouvé le moyen de s'approprier cette technologie. Elle se souvint qu'un dénommé Ferranti avait été chassé de Londres après avoir tenté de l'exploiter. Evelina exécuta une pirouette tout en cherchant une réponse inoffensive. Mais Edgerton reprit la parole :

— Comment diable vous êtes-vous rappelé mon intérêt pour ce sujet ?

— Parce que cela m'intéresse également.

Il esquissa un sourire gauche.

— Voilà qui est inhabituel, miss Cooper. En tant qu'homme, on ne s'attend pas à s'entretenir de ce genre de choses sur la piste de danse. Habituellement, c'est plutôt rubans et bouquets de fleurs.

La façon dont il s'exprimait laissait planer le doute sur son opinion. Était-il pour ou contre les bouquets ?

La danse se termina. Evelina fit la révérence puis accepta qu'il l'escorte un peu plus loin.

Elle décida de se risquer à un peu d'honnêteté.

— Trouvez-vous vraiment ma question rebutante, monsieur Edgerton ?

— Juste ciel, non, miss Cooper !

Il marqua un temps d'arrêt et se pencha vers elle en baissant la voix.

— Je me montre simplement prudent à propos, disons, de mon intérêt pour les nouvelles technologies. Et vous devriez faire de même. Quelqu'un pourrait confondre votre curiosité avec autre chose. Vous savez ce que l'on dit : si l'on veut vraiment s'essayer aux sciences nouvelles, mieux vaut partir pour les Amériques.

C'était une référence indirecte aux barons de la vapeur. Evelina se mordilla la lèvre en maudissant son manque de considération.

— Toutes mes excuses, dit-elle.

Le sourire d'Edgerton se para de fossettes inattendues.

— Ne vous excusez pas d'être intéressante, miss Cooper. Cela ne fait qu'ajouter à votre charme.

Dans un autre coin de la salle, Imogen s'était retrouvée acculée par l'Œil Fixe. Elle avait refusé sa proposition mais, là où la plupart des jeunes gens auraient compris et cessé leurs avances, Stanford Whitlock y avait vu un défi. Malheureusement, à moins de choisir d'informer ses parents de son refus, elle était obligée de supporter ses marques d'attention. Tel était le prix de la liberté.

Toujours très beau, l'Œil Fixe était plus impressionnant encore en tenue de soirée. Malheureusement, il avait ingurgité suffisamment de courage liquide pour délier sa langue. Pire encore, un Cyrano bien intentionné avait sans doute écrit ses répliques pour lui.

— Ma chère miss Roth, comment est-il possible que vous soyez si radieuse ? demanda-t-il de sa voix curieusement monocorde.

La question se conclut par un sourire qui aurait aussi pu être la conséquence de légères crampes d'estomac.

— Je n'utilise que les savons les plus purs, répondit-elle aimablement en acceptant le verre de limonade qu'il lui proposait. C'est assez étonnant ce que les cosméticiens peuvent accomplir avec de l'huile d'amande.

— Vraiment ?

— Oui, vraiment.

Imogen avait pitié de cet homme né sans le moindre talent pour la conversation. Ou pour la danse. Ils n'avaient fait qu'un tour de piste avant qu'elle se plaigne d'être trop épuisée pour poursuivre la polka.

En réalité, elle avait surtout craint pour sa sécurité… et celle de tout objet fragile à cent mètres à la ronde.

— Même si, reprit-elle, j'ai lu dans un manuel pour dames que la paille de fer confère une rougeur charmante aux joues.

Il écarquilla les yeux.

— Cela ne serait-il pas douloureux ?

— Mais une jeune femme de valeur sera prête à tout pour se rendre attirante. C'est notre premier devoir envers la haute société, monsieur Whitlock.

Il se concentra quelques secondes, comme pour se souvenir de quelque chose.

— Vous êtes indéniablement l'un des joyaux de notre assemblée ce soir, miss Roth. Voulez-vous un peu de limonade ?

— Merci, monsieur Whitlock, mais vous venez de m'en apporter.

— Oui, bien sûr.

De nouveau cet air distant. Il donnait l'impression de feuilleter mentalement les pages d'un carnet de notes. Imogen balaya désespérément les lieux du regard en quête d'un sauveur.

— Et vous, monsieur Whitlock, poursuivez-vous toujours vos activités pugilistiques ?

— Oui, miss Roth, toujours. (Un soupçon de vie avait animé sa voix mais cela ne dura pas.) Bien entendu, une jeune femme de qualité telle que vous ne saurait s'intéresser à un sport aussi brutal.

— Ah non ? s'agaça Imogen. Un peu de sang ne me fait pourtant pas peur.

— Par le ciel, miss Roth ! dit-il avec un rire forcé allant de pair avec le reste de ses manières. Les affrontements sont trop rudes. Il y a même des hommes qui prennent des paris, vous savez.

— Quelle sauvagerie. Vous devez être très courageux pour vous y rendre. Oh ! regardez, voici le capitaine Smythe. Nous avions prévu de danser la prochaine valse.

» Bonjour ! roucoula-t-elle en agitant ses doigts gantés de dentelle.

Diogenes Smythe était fringant dans son uniforme bleu de hussard dont les passements dorés et argentés scintillaient dans la lumière des lampes à gaz. Il était moins massif que Whitlock mais tout aussi grand et doté d'un charme ténébreux. Plus important encore, il avait toute la verve qui manquait à Whitlock. En un clin d'œil, il répondit à son appel.

— Ma reine des neiges, ronronna-t-il en s'inclinant au-dessus de sa main. Le blanc vous va comme un poème. Et je suis positivement ravi de vous voir libérée des salles de classe pour vous joindre à nous.

Il se redressa, une main sur la hanche et l'autre reposant contre son flanc à l'endroit où son sabre était habituellement accroché. Ne manquait plus qu'un photographe prêt à immortaliser la pose. Smythe sourit, exposant ses belles dents blanches sous sa moustache soigneusement taillée.

De l'automate au paon, songea Imogen. *Cela manque décidément de princes dans le lot.*

Mais au moins était-il bon danseur. Après avoir dit adieu à l'Œil Fixe, ils s'élancèrent sur la piste dans un tourbillon séduisant. Le capitaine s'assurait de pivoter sur lui-même chaque fois qu'ils passaient devant un miroir, comme pour examiner son propre profil sous tous les angles possibles. Imogen n'en prit pas ombrage. Il était amusant, même si tous ses récits ne parlaient que de lui et de ses aventures militaires, l'épée à la main.

Dans la mesure où Smythe était malin, audacieux et l'ami de Tobias, elle était prédisposée à l'apprécier. Mais pas assez pour que ses pensées s'attardent sur lui une fois qu'il l'eut ramenée auprès de lady Bancroft, ainsi que le voulait l'étiquette.

Imogen chantonna quelques instants tandis qu'il s'éloignait. L'effort la laissait légèrement souffrante. Elle n'aurait jamais l'endurance d'Evelina et serait contrainte de se ménager tout au long de la saison. Quoi qu'il en soit, elle passait un excellent moment, avec toutes ces lumières scintillantes et cette jolie musique.

De quoi lui faire oublier quelques instants ses inquiétudes à propos de son père et de ce qu'il pouvait bien tramer. Elle était sur les nerfs depuis qu'elle avait surpris sa discussion avec M. Harriman ; elle avait peur d'en parler à Evelina et peur du tort qu'elle pourrait causer en gardant ainsi l'information pour elle. Il ne semblait pas y avoir de solution idéale.

Après tout ce qui s'était passé – meurtre, déconnexion, cette affaire dans l'entrepôt –, une soirée de réjouissances était une bénédiction. Elle se faisait du souci à propos de beaucoup de gens – toute sa famille, pour commencer, et Evelina, qui en faisait plus ou moins partie de toute façon –, mais ces soucis seraient encore là au matin. Tous les méchants et les dragons pouvaient bien faire une pause ce soir. Un premier bal n'arrivait qu'une fois dans une vie et elle avait l'intention d'en savourer tous les aspects, jeunes gens stupides y compris.

Elle actionna l'ouverture de son carnet de bal, à ce point fascinée par le mécanisme qu'elle le referma pour avoir le plaisir de recommencer. Lorsqu'elle eut enfin fini de s'amuser et décida de regarder le nom de son prochain partenaire, elle vit que la case suivante était dédiée à une scottish – et elle adorait cette danse –, mais que personne n'y avait inscrit son nom. Son cœur se serra.

— M'accorderez-vous cette danse ?

Elle releva la tête et son estomac fit une agréable petite pirouette.

— Monsieur Penner ! Je suis navrée, je ne vous avais pas vu.

Il eut un petit hochement de tête plein d'autodérision. Il était grand et bien fait mais n'était pas du genre à imposer sa présence comme Whitlock ou à plastronner comme Smythe. Il avait plutôt l'air de quelqu'un qui prenait son temps : légèrement amusé et prêt à beaucoup pardonner. Et puis il avait fière allure dans ses plus beaux atours.

— À présent que vous avez posé sur moi votre lumineux regard, daignerez-vous prendre ma main ?

Imogen le gratifia de son premier vrai sourire de la soirée.

— Allez-vous vous montrer horriblement agaçant et me taquiner sans merci ? ou me marcher sur les pieds ? ou encore ne parler que du temps qu'il fait ?

Il répondit par un sourire chaleureux de son cru.

— Vous comporterez-vous en morveuse arrogante ?

— Ou peut-être devrions-nous simplement danser ?

— Excellente idée !

Il la conduisit vers la piste, une lueur malicieuse dans le regard. Au moment de prendre leur place, elle fit reposer doucement sa main sur son bras en s'assurant de l'exactitude de chacun de ses gestes. Les épaules en arrière, le cou allongé tel un cygne et les bras gracieux, exactement comme le professeur de danse de Wollaston l'avait décrété.

Puis vint le moment où elle était censée dire quelque chose d'infiniment subtil. Elle connaissait Bucky depuis toujours, les mots auraient dû lui venir naturellement. Mais, contre toute attente, son sens de la repartie piquante semblait l'avoir désertée. *Il me rendrait nerveuse ? Impossible !*

Elle énonça donc la première chose qui lui vint à l'esprit.

— J'ai entendu dire que le duc et la duchesse avaient fait installer plus de trois mille de ces minuscules lampes à gaz pour la soirée.

— Pas étonnant qu'il fasse si chaud ici, répondit-il en haussant un sourcil. Mais j'imagine que je ne vous aurais pas vue aussi nettement s'il n'y en avait eu que mille cinq cents.

— La mode est aux éclairages éblouissants.

— Ça n'en reste pas moins idiot.

Elle ressentit une pointe d'agacement. C'était une mode extravagante et coûteuse mais qui lui plaisait bien.

— Les nœuds papillons sont idiots, cela ne vous empêche pas d'en porter un.

— L'essentiel de mon existence est d'un comique impardonnable. Tel est le lot d'un jeune homme riche et oisif.

Avec une aisance gracieuse, il la fit tournoyer sur la piste. Il était plus musculeux que le frère d'Imogen, presque aussi bien bâti que l'Œil Fixe. Auprès de lui, elle se sentait plus fragile qu'une brindille et en même temps incroyablement en sécurité.

Un sentiment bienvenu après les épreuves des derniers jours. Cela la rendait audacieuse.

— Êtes-vous de ces gens qui se moquent de tout mais ne font rien pour améliorer les choses ?

— Par le ciel, non ! Je suis certain qu'il doit rester des choses dont je ne me suis pas moqué. Je suis fortement en faveur des saucisses. Et des toasts beurrés. Et Mme Braithwaite possède un yorkshire tout à fait charmant.

Imogen réprima un rire et eut du mal à conserver son maintien.

— J'apprécie qu'un homme ait des valeurs, dit-elle.

Elle avait le souffle un peu court, mais cela semblait lié à Bucky plus qu'à une éventuelle fatigue physique. Chaque point de contact entre eux lui semblait extraordinairement sensible, comme si sa peau avait été magnétisée. Des sensations qui la firent frissonner, délicieuse palpitation qui lui donnait l'impression d'avoir chaud et froid à la fois.

Bucky sourit d'une manière qui fit apparaître de jolies pattes-d'oie autour de ses yeux.

— Et quelle est votre position à propos des saucisses, miss Roth ?

Mais c'était le moment où les dames formaient une étoile au centre de leur quatuor et dansaient en cercle en faisant tournoyer leurs jupes. Cela lui donna juste assez de temps pour retrouver son sens de l'équilibre et, quand la manœuvre la ramena dans les bras de Bucky, elle fut vraiment ravie de sentir de nouveau son contact. Il était détendu et assuré, soit l'essence même d'un bon danseur. Ils s'avancèrent, changèrent de partenaires, puis revinrent l'un vers l'autre, les pieds d'Imogen touchant à peine le parquet verni.

Bucky ne l'avait pas quittée des yeux un seul instant ; il l'observait avec cette intensité si particulière qui donnait à Imogen une envie presque irrésistible de se pavaner. Personne, pas même l'Œil Fixe, ne l'avait regardée de cette façon. Elle se sentait telle Vénus alanguie sur son coussin d'écume de mer.

Au moment où retentirent les dernières mesures, qu'elle accompagna d'une révérence finale, ils se trouvaient près de l'entrée de la salle des rafraîchissements. Imogen s'aperçut qu'elle avait abandonné sa limonade plusieurs partenaires plus tôt et qu'elle était assoiffée.

— J'aimerais beaucoup boire quelque chose, annonça-t-elle d'une voix plaintive. Mais il semble que la moitié du pays ait eu la même idée !

— Ne craignez rien, gente dame. Le premier devoir d'un chevalier débrouillard est de trouver des raccourcis vers le bol de punch.

De ses doigts gantés chauds et puissants, il lui prit le bras et le passa sous le sien avant de la conduire à l'écart de la foule.

— Je viens souvent ici et je connais une voie détournée.

— Vous m'éloignez de la salle de bal ? S'agirait-il d'un complot machiavélique pour m'écarter du droit chemin ? demanda-t-elle.

Elle était soupçonneuse mais ne pouvait nier que l'idée avait un certain attrait.

— M'imaginer capable de complot serait me surestimer. Tout au plus puis-je concevoir une manœuvre isolée de temps à autre.

— Comme c'est triste.

— Je vais devoir y mettre plus de cœur. Qu'on ne dise pas que je manque d'ambition, même si celle-ci est parfois étrangement mal placée.

Son sourire s'élargit jusqu'à flirter avec l'inconvenance. Imogen y répondit par l'un des siens. Elle se sentait animée d'une incroyable hardiesse.

Il la guida vers un autre couloir. Les gens y étaient moins nombreux et la progression bien plus aisée. Un domestique arriva en hâte dans le sens inverse, guidant un chariot à vapeur chargé d'un plateau qui sentait délicieusement bon. Le passage étant étroit, Bucky tira Imogen dans l'embrasure d'une porte pour le laisser passer.

Imogen prit note de sa prévenance : beaucoup auraient refusé de céder le passage à un serviteur, sans se soucier de la difficulté qu'il aurait pu avoir à tirer le chariot hors de leur chemin.

Bucky avait ouvert la porte afin qu'Imogen et lui aient la place de se tenir debout. La pièce dans laquelle ils avaient trouvé refuge était de ces espaces de rangement nécessaires lors de festivités de cette ampleur. Celui-ci était occupé par des piles de linge de maison, des étuis d'instruments de musique appartenant sans aucun doute au petit orchestre et un tapis roulé. Sur le mur opposé, une seconde porte donnait sans doute sur une pièce attenante car Imogen entendit soudain des voix de l'autre côté.

— Non, non et non !

C'était une voix de femme, empreinte de panique.

Bucky et Imogen échangèrent un regard. Puis il la tira tout à fait à l'intérieur de la pièce et referma discrètement la porte donnant sur le couloir pour ne plus laisser entrer qu'un étroit rayon de lumière.

Il porta ensuite son doigt ganté à ses lèvres.

— J'ai l'impression que quelqu'un a des ennuis, dit-il à voix basse. Je n'en suis pas certain mais il se pourrait que je doive intervenir.

Que peut-il bien se passer ? se demanda Imogen, dont le cœur s'était mis à battre la chamade.

Jasper Keating était assis dans le boudoir à la décoration chargée où la duchesse de Westlake lui avait prié de se rendre. Il était censé l'y attendre jusqu'à ce qu'elle puisse quitter le bal sans se faire remarquer. Cette manœuvre consistant à arriver et repartir séparément constituait le protocole habituel des intrigues romantiques. Si ridicule que cela puisse paraître, la vieille chouette tenait toujours trop à sa réputation pour être vue entrant dans une pièce isolée avec un autre homme que son mari.

Ce n'était pas – *jamais de la vie !* – le motif de leur rencontre, mais Keating était néanmoins contraint de poireauter dans ce petit salon plein de rayures roses qui lui faisait penser à une confection en pâte d'amande pour un gâteau d'anniversaire de petite fille.

Contraste étrange avec ses activités de la veille à la même heure : il avait traversé les chantiers navals pour examiner la remise où Striker avait stocké ses armes. Son employé avait déjà inspecté le tout, mais Keating n'aurait pas eu l'esprit tranquille sans l'avoir vu de ses yeux. La clé perdue lui faisait toujours l'effet d'une trahison, d'une forme de mépris à l'égard d'une faveur qu'il avait faite à cette racaille des rues. Si Striker n'avait pas été aussi doué dans sa partie, il aurait fait partie des détritus du jour, abandonné dans le caniveau pour nourrir les rats et les chiens errants.

Keating serra le poing et observa les coutures de son gant, tendues à craquer sous l'effet de sa poigne. *Un crétin négligent et ingrat !*

Il se leva pour faire les cent pas, panthère piégée dans un cauchemar envahi de roses et de chérubins.

La veille, le ciel au-dessus des docks était d'un gris pâle émaillé de nuages comme autant de taches d'encre, le soleil mourant derrière les rangées d'entrepôts. Keating et ses hommes se déplaçaient d'un pas rapide entre les bâtisses de briques et de bois. Nombre de quais étaient sous le contrôle de Keating Distribution mais pas tous. Et chaque édifice était soigneusement gardé. Des automates se dressaient devant chaque entrée, un éclat rouge couvant au fond de leurs yeux et de la balafre qui leur tenait lieu de bouche. Certains roulaient sur des rails, d'autres se déplaçaient pesamment sur deux ou quatre pattes. Personne dans l'escorte de Keating n'aurait été assez bête pour poser le pied sur le territoire d'un concurrent. Des hommes étaient morts pour moins que ça.

Le temps de rejoindre le bâtiment recherché, le soleil s'était couché et on avait allumé les lampes autour des structures appartenant à Keating. Les lumières jaunes noyaient les pavés et la brique dans une brume sépia, une couleur assortie à la puanteur suffocante des eaux froides de la rivière. Le vent glacial qui venait de la Tamise n'avait cessé de souffler au visage de Keating, une morsure qui semblait s'enfoncer jusqu'à l'os. Il avait de nouveau maudit Striker d'avoir rendu ce déplacement nécessaire.

Et il avait juré de nouveau quand l'entreprise s'était avérée inutile. Le cadenas de l'entrepôt était intact, comme son homme de main le lui avait rapporté. Ils l'avaient déverrouillé pour ouvrir en grand les lourdes portes en chêne et éclairer le vaste espace qui se trouvait derrière. L'énorme bâtiment était un rêve de créateur : une vaste gueule de baleine où s'entrecroisaient d'immenses étagères de presque quatre mètres de haut garnies de pièces mécaniques, de pistons, de jauges, de tuyaux et de tous les matériaux saisis chez Harter Moteurs, y compris les modèles fonctionnels de leurs moteurs à combustion. Dans les profondeurs du ventre de la baleine se trouvait l'armurerie de Striker et ses armes fantastiques, une puissance de feu suffisante pour mettre Londres à feu et à sang. Le contenu de l'entrepôt entier aurait pu alimenter une révolution.

Mais tout, jusqu'au dernier boulon, était intact. Keating – pourtant guère émotif – avait failli en pleurer de soulagement. Il n'avait évidemment pas laissé paraître le moindre soupçon de son inquiétude aux yeux de ses hommes, se contentant d'ordonner que l'on change les serrures avant de ressortir.

Striker, quant à lui, ne se verrait plus confier de clés.

Keating allait et venait dans le boudoir de la duchesse de Westlake, vaguement conscient des sons de l'orchestre et du murmure lointain des conversations. Il faisait chaud dans cette pièce mal aérée, encore plus par comparaison avec son souvenir du vent froid balayant le chantier naval. Et pourtant, si déplaisant qu'ait pu être le trajet jusqu'à l'entrepôt, il avait pris plus de plaisir à cette action concrète qu'à ce menuet élaboré de rencontres secrètes et de plans chuchotés. Là-bas, sur les quais, les choses étaient simples, claires et d'une rapidité brutale.

Il marqua l'arrêt devant une peinture, une scène pastorale impliquant des moutons et un duo d'amoureux. Les moutons avaient l'air de s'ennuyer. Quand la porte du boudoir s'ouvrit, ce fut presque avec enthousiasme qu'il tourna la tête.

La duchesse de Westlake entra toutes voiles dehors et referma la porte derrière elle.

—Monsieur Keating, merci d'accepter de me rencontrer de manière si impromptue. Comme vous le savez, je me trouve dans une grande urgence.

Keating s'inclina et attendit qu'elle se soit assise avant de reprendre lui-même son siège. Une fois de plus, il se demanda pourquoi le reste du Conseil de la vapeur se souciait à ce point de cette prétendue conspiration de Baskerville. S'ils s'inquiétaient à propos des aristocrates, ils auraient dû s'intéresser à la manière dont lui manipulait la duchesse. Les grands de ce monde étaient aussi sensibles aux pots-de-vin et aux menaces que n'importe qui. Et une fois prises au piège, les mouches – peu importe le nombre ou la grandiloquence de leurs titres – ne pouvaient plus se rebeller contre l'araignée.

—Comme toujours, c'est un plaisir pour moi de vous servir au mieux de mes capacités. Cependant, je ne suis pas certain de savoir ce que je peux faire de plus.

Elle releva la tête dans un geste plus impérieux que suppliant.

—Non, non et non ! Il faut que vous m'aidiez. Nous devons forcément pouvoir conclure un arrangement.

—Ce sera difficile.

—Vous êtes un homme d'affaires, n'est-ce pas ? Votre spécialité n'est-elle pas de conclure des accords ?

—Votre Grâce, répondit Jasper Keating, franchement agacé, vous n'êtes pas en position de négocier.

La duchesse de Westlake le fusilla du regard. Sa silhouette trapue lui faisait penser à une figure de proue grossièrement taillée qui aurait trouvé le moyen de s'arracher à son navire.

—J'ai payé tout ce que je pouvais, dit-elle d'une voix dure. Ma fortune personnelle n'est pas illimitée.

Keating s'en moquait, mais il fit de son mieux pour ne pas montrer son irritation. Cette femme était bien décidée à sauver la vie de sa cousine mais la cause était perdue d'avance. Nellie Reynolds était une actrice ; elle n'avait de valeur que tant qu'elle restait la prunelle des yeux du public.

Une fois cette adoration évaporée, elle ne valait guère plus qu'une catin sans attraits arpentant les plus viles ruelles de Londres. Keating n'avait aucun intérêt pour ce genre de rebut et n'était pas certain de comprendre pourquoi la duchesse se donnait tout ce mal.

Il afficha néanmoins un air faussement concerné avant de poursuivre :

— Les avocats coûtent cher et sir Philip Amory est le meilleur de tout Londres. Je l'ai approché comme vous me l'avez demandé mais je ne crois pas qu'une plus grosse somme constitue la solution, même si vous en aviez les moyens. Le public s'est retourné contre elle.

— Nellie est ma cousine. Je ne peux pas l'abandonner.

Agitée, la duchesse se leva et fit le tour du boudoir. La soie rouge et blanche de sa robe de bal miroitait au fil de ses mouvements dans un froufrou évoquant le bruit des vagues sur une plage.

— Elle n'est peut-être pas l'enfant légitime de mon oncle, mais nous nous connaissons depuis l'enfance. Je lui ai appris à lire et à écrire son nom sur la même ardoise que moi. C'était la plus jolie petite fille que l'on puisse imaginer.

La seule chose que Keating détestait plus que le sentimentalisme était les récits d'enfance heureuse. Ces histoires étaient trop éloignées de sa propre expérience pour lui paraître crédibles. Il s'appuya contre le dossier raide de son fauteuil en songeant qu'il aurait aimé que les convenances l'autorisent à allumer un cigare.

— Pourquoi le monde est-il devenu fou ? se lamenta l'aristocrate. N'importe quelle personne douée de bon sens verrait bien que Nellie est aussi dénuée d'énergie magique qu'un réverbère. Elle ne me laissait même pas l'emmener voir une gitane à la foire pour se faire prédire l'avenir. Il n'y a pas plus pragmatique qu'elle.

Ni plus ordinaire. Keating ne dit rien. La duchesse avait sans doute raison à propos de l'absence de magie chez sa bâtarde de cousine, mais la question n'était pas du tout là. Les acteurs, les poètes et autres individus du même genre étaient bien trop prompts à se moquer des barons de la vapeur. L'un d'entre eux devait payer le prix de cet affront et Nellie Reynolds constituait la cible la plus évidente. Mieux, il devait une faveur à Amory et lui trouver une cliente comme l'actrice – avec la duchesse prête à financer les honoraires outrageux de l'avocat – soldait élégamment son compte débiteur.

Les bénéfices de cette opération ne cessaient de se multiplier. Intercéder auprès d'Amory avait fait de la duchesse sa débitrice, ce qui s'était avéré utile au moment d'arranger la présentation de la nièce du détective.

Même si cette partie de l'affaire n'avait pas encore porté ses fruits. Une question sur laquelle il se pencherait dès le lendemain à la première heure.

L'aristocrate était toujours en train de parler.

— Et puis nous avons grandi ensemble. Nous n'avons jamais vécu à plus de quelques kilomètres l'une de l'autre. Si elle pratiquait la sorcellerie, je le saurais !

Il était temps qu'elle entende la vérité. C'était même un service à lui rendre.

— Milady, pardonnez-moi d'exprimer le fond de ma pensée, mais cette Reynolds est le fruit d'une relation illégitime, une actrice et une sorcière. Vous devriez vous distancer d'elle.

La duchesse écarquilla les yeux, scandalisée.

— Elle est innocente, monsieur ! Où sont les preuves de cette magie ? Quelques accessoires pour la scène dans ses malles ? Balivernes ! On raconte qu'elle possède une boule de cristal pour invoquer les démons. Il s'agit d'une décoration de jardin issue de ma propre cour que je lui ai donnée en mars denier. Je sais que ces accusations sont sans fondement !

Même Keating fut obligé de grimacer.

— Je ne la laisserai pas être condamnée au bûcher, dit-elle d'une voix étranglée.

Elle se laissa retomber sur le divan, qui grinça de manière alarmante. L'époque où elle pouvait se pâmer avec délicatesse était depuis longtemps révolue.

Keating forma un triangle de ses mains jointes.

— Madame, elle a pratiquement été déclarée coupable. Votre association avec elle entacherait la réputation de votre maison. Vous finiriez parmi les Déconnectés.

— Je suis la duchesse de Westlake, répliqua-t-elle. Nul ne saurait me couper l'accès à la vapeur !

C'était le moment que Keating attendait. Sans la moindre émotion, il se prépara à donner le coup de grâce.

— Votre Grâce, c'est moi qui fournis la vapeur. Je vous ai aidé en ami et en gentleman. J'ai préservé le secret et j'ai agi comme intermédiaire à votre demande. Je comprends parfaitement qu'il y a certaines choses que vous ne pouviez faire vous-même en tant que membre respecté de l'aristocratie. Il n'aurait pas été approprié que vous ayez en personne affaire aux geôliers et aux policiers.

Il s'était donc chargé de toutes ces tâches déplaisantes et avait petit à petit remporté la confiance de la duchesse. Avec la patience d'un chat posté devant un aquarium, il avait attendu son heure tout en saisissant les occasions qui s'offraient à lui. À présent, les affaires des Westlake étaient profondément liées à Keating Distribution, tout cela parce que la duchesse aimait sa cousine. Il songea qu'il était sans doute un peu redevable à Nellie Reynolds, finalement. Dommage qu'il n'ait aucune intention de payer cette dette.

La moue de la duchesse évoquait le faciès d'un poisson.

— Et j'apprécie vos efforts, monsieur Keating. Vous avez agi en ami.

Ce à quoi il répondit froidement :

— Mais je suis avant tout un homme d'affaires. Je n'hésiterai pas à faire ce qui est nécessaire pour maintenir l'harmonie entre mes clients. Je refuse de voir le groupe perturbé par les actes d'une seule personne, si illustre soit-elle.

L'incrédulité puis la douleur envahirent le regard de la duchesse, remplacées ensuite par de la résignation mâtinée de haine. Keating ressentit un pincement qui tenait presque du regret. *C'est le moment où elle prend conscience que sa cousine est perdue. Que c'est moi qui détiens toutes les cartes.*

Quand elle répondit, ce fut d'une voix aiguë, presque stridente.

— Êtes-vous en train de dire que, si la haute société me tourne le dos du fait de mes tentatives pour sauver ma cousine du bûcher, vous me couperez l'accès au chauffage et à l'éclairage ?

— Vous allez vite au bout des choses, milady. Mais soyez assurée que je n'agirais ainsi qu'en dernier ressort. Je sais que votre fils a une certaine tendresse pour ma fille Alice. C'est une jeune fille obéissante et elle se mariera conformément à mes recommandations.

Elle s'était peut-être entichée du fil Roth mais cela pourrait évoluer… avec les encouragements appropriés.

Tel était le fondement de sa manœuvre : si la fortune tout entière des Westlake était en péril, la duchesse se montrerait malléable à propos de la main de son fils. Et Keating s'assurerait que ce soit le cas. Pour Alice, l'alliance serait fameuse, associant titre et fortune.

— Comme c'est réconfortant, répliqua sèchement la duchesse. Je ne doute pas que vous ayez éduqué votre fille dans l'idée qu'elle ferait un bon mariage.

Le commentaire irrita Keating.

— Alice n'a rien dont elle ne saurait être fière.

Le reniflement de son interlocutrice était empreint de toute la hauteur qui accompagnait son titre et son lignage.

— Tout à fait, monsieur Keating. Je crois même comprendre qu'elle arbore les vêtements à la mode de Paris avec beaucoup d'aplomb.

Keating plissa les yeux. Incroyable comme les aristocrates pouvaient vous insulter sans dire quoi que ce soit que l'on puisse précisément pointer du doigt. Quoi qu'il en soit, c'était lui qui avait le doigt sur l'interrupteur.

—Comme vous dîtes, Votre Grâce.

Le visage de la duchesse était de pierre.

—J'apprécierais que vous partiez à présent, monsieur Keating.

Il baissa les yeux pour dissimuler son sourire. Il avait gagné.

—Très bien, Votre Grâce.

—Votre Grâce, dit une voix masculine, vous n'êtes pas en position de négocier.

L'homme qui avait parlé semblait très agacé.

Épiant la conversation depuis la pièce attenante, Imogen toucha le bras de Bucky et sentit le tissu fin de sa manche à travers ses gants de dentelle.

—Votre Grâce? chuchota-t-elle.

Il posa une main sur la sienne et se pencha au plus près de son oreille. Son souffle était chaud.

—Attention à ce qu'ils ne nous entendent pas avant que ce soit nécessaire.

La poitrine contractée par l'inquiétude, Imogen croisa les bras sur son ventre. Ils se trouvaient dans une position inconfortable à entendre ainsi un échange qui ne leur était pas destiné, mais Bucky avait raison. La situation était tendue. Ils ne pouvaient pas s'éloigner au cas où le danger serait bien réel. D'un autre côté, qui aurait voulu donner l'alarme sans que ce ne soit absolument nécessaire? Une erreur s'avérerait horriblement gênante pour toutes les personnes impliquées.

Bucky entreprit de fouiller la pièce. Il se saisit d'un balai qu'il reposa ensuite en faveur d'un battoir à tapis plus robuste. Il le soupesa au creux de sa main pour jauger, clairement, son potentiel en tant qu'arme. Bucky n'arborait peut-être pas l'uniforme du capitaine Smythe, mais son esprit pratique ne perdait pas de temps. *Mais que se passera-t-il si l'autre a une arme à feu?*

—J'ai payé tout ce que je pouvais, dit la femme sur un ton dur.

—Les avocats coûtent cher et sir Philip Amory est le meilleur de tout Londres. Je l'ai approché comme vous me l'avez demandé mais je ne crois pas qu'une plus grosse somme constitue la solution, même si vous en aviez les moyens. Le public s'est retourné contre elle.

—Nellie est ma cousine. Je ne peux pas l'abandonner.

Bucky se tourna vers Imogen, l'air stupéfait. Il articula silencieusement les mots:

—Nellie Reynolds?

Imogen écarquilla les yeux à son tour tandis que la conversation s'interrompait sur un silence tendu. Elle osait à peine respirer. Bucky fit un geste interrogatif auquel Imogen répondit par un haussement d'épaules.

— Et j'apprécie vos efforts, monsieur Keating. Vous avez agi en ami.

Keating! Imogen faillit s'étrangler. Mais elle comprit soudain pourquoi la duchesse avait parrainé Evelina. Si Keating l'aidait à sauver sa cousine, elle devait être prête à faire tout ce qu'il lui demandait en retour.

La duchesse reprit la parole d'une voix de plus en plus aiguë :

— Êtes-vous en train de dire que, si la haute société me tourne le dos du fait de mes tentatives pour sauver ma cousine du bûcher, vous me couperez l'accès au chauffage et à l'éclairage ?

— Vous allez vite au bout des choses, milady. Mais soyez assurée que je n'agirais ainsi qu'en dernier ressort. Je sais que votre fils a une certaine tendresse pour ma fille Alice. C'est une jeune fille obéissante et elle se mariera conformément à mes recommandations.

La menace était si pleine d'audace qu'Imogen en resta bouche bée.

— Comme c'est réconfortant.

La duchesse s'était exprimée d'un ton sec.

— J'apprécierais que vous partiez à présent, monsieur Keating, dit-elle quelques instants plus tard.

— Très bien, Votre Grâce.

Imogen sentit sa gorge se serrer sous l'effet de la panique. Et s'il repartait par une voie détournée et les découvrait, Bucky et elle ?

Bucky reposa le battoir et rejoignit Imogen en un clin d'œil.

— Venez ! murmura-t-il en lui prenant la main.

Il ouvrit la porte donnant sur le couloir et fit signe à Imogen de le suivre. À peine avait-il refermé derrière eux qu'elle entendit la porte intérieure s'ouvrir.

Par chance, le corridor était désert à ce moment précis. Personne ne vit Imogen émerger d'une salle plongée dans l'ombre, tirée par un jeune homme à la démarche précipitée. Cela aurait suffi à ruiner sa réputation avant même le début de la saison.

Mais la chance les abandonna après seulement quelques pas. Jasper Keating sortit de la pièce, aussi détendu que s'il était le propriétaire des lieux. *C'est peut-être ce qu'il espère devenir.* Un peu plus tôt, Imogen avait vu le fils de la duchesse danser avec la fille du roi Doré, Alice.

Mais à peine avait-elle formulé cette pensée que Bucky la poussa brusquement contre le mur, faisant de son corps un bouclier comme s'il s'apprêtait à l'embrasser. Les poumons d'Imogen se vidèrent d'un coup et lorsqu'elle reprit son souffle elle ne put respirer que l'odeur de Bucky. C'était un parfum viril de tabac et de whisky, de laine et de savon. Grisée, Imogen laissa le désir l'emporter rien qu'un instant sur sa peur. Keating les dépassa sans leur prêter attention.

Mais même après que le roi Doré eut disparu à l'autre bout du corridor, Bucky ne s'écarta pas. Non, il se pencha un peu plus vers elle, scrutant les traits d'Imogen de ses yeux avec la même intensité que s'il contemplait une œuvre d'art. Au contact de son souffle chaud et vif sur son visage, elle sentit sa respiration s'accélérer sous l'effet de l'excitation. Dans un geste lent et presque révérencieux, il leva une main gantée et lui toucha la joue du bout des doigts. Imogen était hypnotisée, son âme tout entière égarée quelque part dans l'espace étroit entre eux.

Lorsqu'il prit la parole, sa voix était grave et rauque.

— Quoi qu'il advienne, ne dites pas un mot de tout ceci. Faites comme si vous n'aviez rien entendu.

Ces propos ramenèrent Imogen à la réalité, rompant le charme du contact de ses doigts.

— Mais… ne devrions-nous pas faire quelque chose ?

Quoi, elle l'ignorait. Mais la duchesse de Westlake tentait de secourir sa cousine, quitte à prendre des risques considérables. Un comportement des plus respectables aux yeux d'Imogen.

Bucky secoua la tête et fronça les sourcils d'un air inquiet.

— Ce n'est ni le lieu ni le moment. Ainsi que vous avez pu le voir, il est impossible de s'isoler vraiment durant ce genre d'événement. Nous en reparlerons à une autre occasion. Ou peut-être beaucoup d'autres…

» Mais je ne veux pas que vous preniez le moindre risque avant que nous ayons eu le temps d'y réfléchir. Il est parfois très dangereux d'être en possession de certaines informations.

Il plongea son regard dans le sien et elle lut de l'insistance dans ses yeux.

— Promettez-le-moi, dit-il. Et nous déciderons ensemble de ce qu'il faut faire. Ne tentez rien seule.

— Je vous le promets, dit-elle.

Mais une partie au moins de son esprit était obnubilée par l'extrême proximité de son visage et le fait que leurs souffles se mêlaient à chaque mot. *Va-t-il m'embrasser ?* Elle n'était pas sûre d'en avoir envie à cet instant, au milieu de ces événements si sinistres, mais elle commençait à se lasser d'attendre qu'il agisse.

Quelque chose dans l'expression de son visage la poussa à se demander s'il pensait la même chose. Si c'était ou non le bon moment.

Elle fit en sorte de se rapprocher d'un ou deux centimètres et tendit imperceptiblement le cou vers lui.

Alors les yeux de Bucky s'écarquillèrent très légèrement et la décision fut prise. Il pressa ses lèvres contre les siennes en un baiser brûlant et affamé. Imogen avait beau avoir anticipé cet instant, elle tressaillit avant de se laisser aller et de goûter Bucky comme lui la goûtait. Un feu s'alluma dans son ventre, puis remonta brusquement jusqu'à son cerveau dans une flambée soudaine qui lui donna le tournis. Elle se redressa sur la pointe des pieds, refusant de laisser quoi que ce soit l'empêcher de profiter à plein de ce moment.

Le baiser de Bucky était enthousiaste. À cet instant, il lui démontra que, tout comme elle, il pouvait mettre de côté la face sombre du monde pour savourer la vie. Lorsque enfin ils se séparèrent, elle était presque haletante. *C'est donc de cela qu'il s'agit quand on parle de s'embrasser à en perdre la tête!*

— Je regrette une chose, murmura-t-elle. J'aurais vraiment voulu vous voir défier l'homme le plus puissant de l'Empire avec un battoir à tapis pour seule arme. Le spectacle aurait été incroyablement héroïque.

Bucky eut un petit rire, les yeux étincelant de plaisir. Il y avait dans son regard un soupçon de possessivité qui l'agaçait et la ravissait simultanément.

— Ma chère miss Roth, si cela vous impressionne, je m'assurerai de vous montrer ce que je peux faire avec des oranges.

Il la gratifia alors d'un sourire qui la laissa flageolante. Le monde menaçait peut-être de s'écrouler autour d'elle, mais Imogen était sous l'emprise de quelque chose de plus puissant encore.

Jasper Keating s'arrêta pour échanger quelques civilités prudentes avec lady Bancroft. Evelina le remercia de nouveau pour son soutien dans l'organisation de sa présentation. L'air distrait, il la dévisagea d'abord comme s'il ne se souvenait pas de qui elle était. Puis, au moment de leur souhaiter une agréable soirée, il s'enquit de son oncle en donnant l'impression de vouloir apprendre où se trouvait le détective. Une fois de plus, Evelina se demanda, intriguée, ce qui avait pu se passer entre les deux hommes.

Quelques minutes plus tard, Tobias fit son entrée, aussi en retard qu'il était possible de l'être sans insulter leur hôtesse. Il était rasé de près – ses cheveux encore humides du bain qu'il venait de prendre – et vêtu d'un impeccable costume de soirée noir. Il s'approcha avec un verre de limonade qu'il offrit à Evelina. Son sourire, cependant, n'était pas aussi malicieux que d'habitude. Il paraissait soucieux.

— Qu'est-ce qui ne va pas ? demanda Evelina.

— J'ai été retardé.

Elle se demanda ce qu'elle pouvait se permettre de dire puis décida de se montrer franche.

— Vous n'avez pas dormi à la maison la nuit dernière.

— Je… démontais un projet.

Elle sourit.

— Vous avez perdu la notion du temps.

— Non, ce n'est pas ça.

Il se frotta les yeux de sa main libre.

— Cela ne s'est pas passé comme prévu. Je l'ai démonté. Découpé. J'ai voulu le brûler mais cette maudite chose refusait de prendre feu. J'y suis retourné dans la journée pour terminer le travail.

Il semblait réellement ébranlé. Elle posa la main sur son poignet.

— Tobias ?

Il pinça les lèvres et baissa les yeux sur ses mains.

— Ça va. J'ai simplement eu un aperçu d'un chemin que je ne peux pas emprunter. Le prix pour y accéder est de ceux que je refuse de payer.

Une petite partie égoïste d'elle-même avait envie de lui dire que cette conversation n'était guère appropriée pour son premier bal. Elle avait envie de romance, de fleurs, de célébration. Elle ravala ce sentiment par trop égocentrique à ses yeux.

— Je ne comprends pas.

Il lui fit un petit sourire.

— Je suis ravi d'être ici, avec vous, au milieu de ces lumières éclatantes. Au final, c'est tout ce qu'il faut en retenir. Sincèrement.

Evelina lui serra gentiment le poignet puis retira sa main. Difficile de lui offrir plus de réconfort sans savoir quel était le problème.

— Cette soirée est dédiée à la musique et à la danse, dit-elle.

Tobias se reprit et retrouva un peu de ses manières habituelles.

— Vous reste-t-il des disponibilités dans votre carnet de bal ? S'il y en a, je les veux toutes. Et, quoi qu'il arrive, la valse est pour moi.

Sous le fourreau couvert de dentelle de son corsage, le cœur d'Evelina s'affola, suspendu en plein battement par le sérieux qui se lisait dans ses yeux gris. C'était beaucoup plus qu'une simple lueur de malice. En un clin d'œil, Tobias venait d'introduire un nouvel élément dans l'équation ; cela faisait quelque temps que ce qui se nouait entre eux n'était plus un jeu, mais la barre était montée d'un cran.

Evelina demeura comme clouée sur place par son regard, doutant d'elle-même et en même temps désespérément certaine du fait qu'elle avait envie de lui. Envie de croire au désir qui se lisait si clairement sur son visage.

Il m'a promis qu'il était honnête.

Elle se racla la gorge et tendit la main vers sa limonade.

— J'ai bien peur que le capitaine Smythe n'ait déjà réservé la valse, dit-elle.

Une moue désapprobatrice apparut sur les lèvres finement sculptées de Tobias.

— Alors je n'aurai d'autre choix que de le défier dans un duel au pistolet à la première heure. Je suis un excellent tireur, vous savez.

— Ce plan est-il bien sage, monsieur Roth ? Excellent tireur ou non, je dois vous rappeler qu'il est militaire de carrière.

— « Monsieur Roth » ? Quel formalisme. Vous me blessez dans mon orgueil.

— Je pense qu'un certain formalisme s'applique quand un homme se propose de se faire tuer d'une manière aussi insensée.

Il haussa un sourcil.

— Vous trouvez le champ de l'honneur insensé ?

— Oui, quand la cause du duel tient à trois minutes de Johann Strauss dans sa période la plus joyeusement débridée.

Il saisit le carnet de bal suspendu à son poignet.

— Alors quand serez-vous disponible pour moi, Evelina ?

L'espace d'un instant, les papillons dans le ventre d'Evelina l'emportèrent sur la raison. Puis elle se força à revenir à la réalité. Il avait des cernes sombres sous les yeux et une crispation perceptible de la mâchoire. Tobias semblait parfois épuisé après avoir fait ribote toute la nuit mais ceci était bien plus sérieux. Les événements de la semaine écoulée lui pesaient également. Il avait autant besoin qu'elle d'une soirée riante et lumineuse. Le moins qu'elle puisse faire était de le distraire.

Elle inclina la tête.

— Quand ? Je crois que la sagesse réclame que l'on n'emploie jamais des expressions telles que « quand vous voudrez » et « toujours » avec les jeunes messieurs. Les absolus les terrifient.

Tobias esquissa un sourire.

— En tant que jeune homme, permettez-moi de vous reprendre. Les absolus exercent une épouvantable fascination. Le dosage entre l'épouvante et la fascination dépend entièrement de la personne en face de nous.

Il inscrivit soigneusement son nom pour toutes les danses restantes avant de replacer cérémonieusement la boucle en ruban par-dessus le gant d'Evelina.

Celle-ci avait le cœur battant. Cela ne se faisait pas pour un jeune homme de réserver autant de danses dans la même soirée, et encore moins d'écrire son nom par-dessus un autre. C'était grossier, inédit et, de la part de Tobias, ce qui se rapprochait le plus d'une demande officielle.

Au moment où il remit le carnet en place, elle sentit la force de ses longs doigts habiles à travers la fine étoffe de ses gants. Puis il lui prit la main et la porta à ses lèvres sans que jamais son regard ne quitte le sien.

— Mettons donc à l'épreuve l'absolu de « quand vous voudrez » et de « toujours », dit-il.

Le pouls d'Evelina s'emballa comme un mécanisme d'horloge trop remonté. Elle appuya le verre de limonade glacée contre sa joue pour apaiser sa peau en feu.

— Vous vous montrez égoïste, monsieur Roth. J'aperçois Alice Keating, entre autres, qui vous jette des œillades éperdues.

— Je ne veux personne d'autre que vous. Vous êtes vivante et lumineuse tandis que j'émerge d'un lieu fort ténébreux.

Il lui prit le verre des mains et le posa sur une console alors que l'orchestre se lançait dans un pot-pourri des valses de Chopin.

— Vous venez ?

Evelina flotta à son côté jusqu'à la piste de danse, consciente de vivre tous les fantasmes qu'elle avait entretenus depuis sa première rencontre avec le charmant grand frère d'Imogen des années plus tôt. À l'époque, Tobias tenait à ses yeux plus du jeune dieu intouchable que de l'homme de chair et de sang. Elle était de nouveau submergée par cette sensation d'admiration émerveillée qui conférait à ce moment une solennité dépassant de loin la réalité d'une simple danse.

Elle le laissa la prendre dans ses bras et s'abandonna à l'attraction sensuelle de la musique. Quand le corps de Tobias entraîna le sien dans un premier tourbillon, pour la première fois de sa vie elle fut tentée de succomber à la pâmoison. C'était tout à fait délicieux. Evelina Cooper n'avait jamais l'occasion de se laisser aller au vertige et elle profita à plein de cette sensation.

Mais, évidemment, elle ne s'évanouit pas d'un seul coup entre ses bras. Elle se retint également de jurer quand les dernières notes retentirent dans l'air torride de la salle de bal, malgré une tentation très forte. C'était l'entracte et Tobias partit en quête d'une boisson fraîche pour les désaltérer.

Un orchestre mécanique se mit à jouer, remplaçant les vrais musiciens avec un pastiche de Gilbert et Sullivan à la tonalité parfaite mais dénué de vie. Personne n'essaya même de danser dessus.

L'affreuse musique ramena Evelina à la réalité et la joie extravagante qui l'habitait s'amenuisa un peu. Elle n'était pas sûre de saisir les motivations de Tobias, mais elle allait devoir remettre de l'ordre dans son carnet de bal. La duchesse de Westlake ne la remercierait pas si elle précipitait un scandale à l'occasion de sa soirée.

Je dois me conduire correctement, par respect pour Tobias. Et par respect pour moi.

C'est à ce moment qu'elle prit conscience que Souris n'était pas réapparue depuis son arrivée. Elle regarda nerveusement autour d'elle en scrutant le sol à la recherche de la petite silhouette grise et familière.

—Quelque chose ne va pas, miss Cooper? demanda Michael Edgerton qui passait par là.

Evelina sursauta.

—Je… euh… il me semble avoir perdu un bouton.

—De quelle couleur est-il? demanda-t-il aimablement en examinant le sol à son tour.

Mince! Elle ne pouvait pas en vouloir au grand jeune homme d'essayer de l'aider, mais elle aurait préféré qu'il s'en aille rapidement.

—Oh! j'ai dû faire erreur. Regardez, mon gant a bien tous ses boutons, finalement.

Elle leva la main pour lui en donner la preuve.

—Ah! très bien, dit-il avec un air sceptique. Si vous en êtes certaine…

—Absolument, répondit-elle en souriant. Mille mercis.

Edgerton prit congé avec un léger hochement de tête. Elle avait mal géré la situation et Dieu savait ce qu'il devait penser. Mais le sort de Souris inquiétait trop Evelina pour s'en émouvoir. Un pincement au ventre lui disait que quelque chose n'allait pas.

Elle chercha du regard Tobias, toujours en quête de rafraîchissements. La pièce où l'on servait les boissons était prise d'assaut; il ne serait pas de retour avant un moment.

Ce qui laissait à Evelina le temps de partir en quête de Souris. Après un dernier regard par terre, elle s'éloigna du bal pour prendre la direction de la salle de jeu, où les fortunes se défaisaient et se refaisaient en une soirée à la faveur d'une carte ou d'un lancer de dés.

Par l'embrasure de la porte, elle aperçut le coin d'une table près de laquelle trois ou quatre jeunes gens s'étaient rassemblés. Un peu plus loin dans le couloir, elle passa devant une pièce où des gentlemen installés autour d'une table basse se détendaient en riant, verre à la main. Certains fumaient le cigare et de minuscules colibris mécaniques vrombissaient à travers la pièce pour canaliser la fumée vers un appareil de ventilation automatisé.

Vint ensuite une pièce où deux jeunes filles oscillant entre plaintes et gloussements avaient retiré leurs chaussures pour délasser leurs orteils meurtris d'avoir trop dansé. Elles ressemblaient tant à Imogen et Evelina que celle-ci s'arrêta quelques instants pour les observer en se demandant, envieuse, pourquoi son amie et elle ne partageaient pas un moment de ce genre. Leur vie était récemment devenue bien trop sérieuse.

Elle chassa cette pensée et reprit sa progression. D'autres portes, ouvertes pour la plupart, menaient à des pièces à l'usage moins clairement défini. Evelina poursuivit sa route sans s'arrêter, cherchant Souris non seulement du regard mais avec l'ensemble de ses sens. Elle était certaine que la petite créature était quelque part, tout près, et cette impression se renforça au fur et à mesure qu'elle s'éloignait des festivités.

Elle perçut bientôt sa présence, étincelle lumineuse située un peu plus loin devant et sur sa gauche. Mais un obstacle se dressait entre elles, comme une ligne tracée au sol que Souris ne pouvait pas traverser pour revenir vers elle.

Evelina identifia alors sa destination : une pièce aménagée pour permettre aux dames de se reposer et de se rafraîchir en privé. Elle était vide, la force qui gardait Souris prisonnière à l'intérieur ayant sans doute maintenu tout le monde à l'extérieur. La gorge serrée, Evelina jeta un coup d'œil par l'embrasure de la porte.

La pièce était éclairée par deux appliques à gaz dont l'éclat se reflétait dans les miroirs aux cadres dorés accrochés sur le mur opposé afin d'augmenter la luminosité des lieux. On y trouvait un paravent japonais, de petits divans et un plateau à vapeur garnie de gâteaux et de limonade à disposition de ces dames. Evelina entra ; elle percevait la présence de Souris comme un fragment d'elle-même qui se serait égaré.

Immédiatement, la barrière qu'elle avait perçue disparut et elle sentit une légère traction sur l'ourlet de sa robe. Baissant les yeux, elle aperçut Souris qui tirait sur le tissu avec ses minuscules pattes avant. Sous prétexte de rajuster son chausson, Evelina se baissa et rangea l'animal dans son réticule. *Le docteur Magnus est juste derrière toi*, lui dit la minuscule créature.

Evelina se retourna d'un coup et sentit Souris bringuebalée à l'intérieur de son réticule. Le deva avait dit vrai. Le docteur Magnus s'inclina légèrement, superbe dans son costume de soirée noir et blanc.

— Vous êtes une vraie vision de rêve, miss Cooper.

Et lui une vraie apparition. Une épingle de cravate semblable à un œil brillant transperçait son revers.

— Docteur Magnus, répondit-elle avec une révérence raide.

L'idée d'être seule avec lui dans la pièce la rendait nerveuse.

— Pardonnez mes méthodes pour m'assurer de votre attention. J'aimerais vous parler, mais nous nous croisons dans un lieu qui n'est guère propice à une authentique conversation.

Evelina se hérissa.

— Je n'ai aucune envie de converser avec vous.

— Mais j'ai beaucoup à vous dire, répliqua-t-il avec un regard lourd de sens. Ainsi que je vous l'ai expliqué auparavant, vous possédez un talent qui m'intéresse grandement. Depuis de très longues années j'étudie la possibilité d'insuffler un esprit dans une machine, une tâche qui m'a donné le plus grand mal même au niveau le plus basique. Et pourtant vous y parvenez sans effort, comme en témoigne votre oiseau et la petite souris que vous transportez à cet instant même dans votre sac. Je vous enseignerai tout ce que je sais si vous voulez bien me rendre la pareille.

Evelina tressaillit avec la même force que si elle avait été électrocutée par la machine de Jasper Keating. Elle n'aurait surtout pas voulu que quelqu'un les entende.

— Docteur Magnus ! faites attention à ce que vous dites. Nous sommes peut-être seuls mais quelqu'un pourrait tout à fait passer par ici.

Il hocha la tête.

— Comme je l'ai dit, cet endroit n'est guère propice à la discussion. Il serait largement préférable de nous retrouver en privé. Peut-être dans mes appartements sur Pemberton Row ?

— Je ne suis pas une idiote ! chuchota-t-elle. (Elle finissait toujours par chuchoter lorsqu'elle parlait avec lui.) Pourquoi devrais-je vous faire confiance, ici ou ailleurs ?

— Puis-je vous faire un exposé sincère de mes intentions ?

— Que voulez-vous dire ?

— Il me semble évident que vous aimeriez savoir pourquoi votre terrain de prédilection est si tristement désert. Je vous rapprocherai de cet objectif.

Evelina fronça les sourcils ; elle se méfiait de tout ce qu'il pouvait lui dire.

— Milord, le sens de ces déclarations est loin d'être clair.

— C'est souvent le cas avec les pièces d'un puzzle prises au hasard.

Il eut un geste aérien de la main, tout en grâce et en élégance.

— Sachez ceci : vous n'êtes pas la seule voie possible pour apprendre et je ne suis pas homme à négliger une occasion. En plus de vous-même, exemple vivant d'un talent très rare, il existe également une relique ancienne appelée le coffret d'Athéna qui fait partie de l'exposition archéologique dont Jasper Keating a fait l'acquisition en Grèce. J'aimerais beaucoup étudier ce coffret, mais Keating prétend ne pas l'avoir en sa possession.

Evelina étrécit les yeux. Nick avait dit que Magnus en avait après un objet de pouvoir et qu'il tentait de forcer lord Bancroft à le soutirer pour lui au roi Doré. Il devait s'agir du coffret. Et s'il provenait de Grèce, cela avait-il un lien avec les étranges inscriptions qu'elle avait vues sur les caisses ? Elle décida de prendre un risque.

— Et il a stocké les éléments de cette exposition dans un entrepôt ?

Elle était si crispée que son cou lui faisait mal. Elle s'efforça de conserver une expression absolument neutre dans l'espoir qu'il abandonne et la laisse tranquille. Au lieu de quoi, il lui offrit son plus charmant sourire. Si elle n'avait pas su à quoi s'en tenir, elle l'aurait jugé dévastateur.

— Oui, l'entrepôt que vous avez si joliment exorcisé. Beau travail, Evelina.

— Comment savez-vous cela ?

— J'ai visité les lieux après votre passage. Avec tout le métal aux alentours, il était encore plein des effluves de votre combat contre le gardien. Vous devriez être plus prudente avant de balancer ainsi votre magie tous azimuts. Vous laissez une piste très nette pour ceux qui savent la suivre.

Evelina rougit, mais refusa de se laisser provoquer. C'était l'homme qui avait voulu la convaincre d'étudier les arts obscurs auprès de lui. Il avait fait du mal à Nick et l'avait manipulée pour qu'elle se retrouve dans cette pièce ce soir. Elle aurait dû être en train de se démener pour ressortir au plus vite.

Au lieu de quoi, elle saisit l'occasion de lui poser des questions. C'était le problème avec le docteur Magnus : malgré toute la répugnance qu'il lui inspirait, il était le seul à mieux comprendre la magie qu'elle. Un attrait insidieux pour Evelina.

— Que s'est-il passé dans cet entrepôt ? demanda-t-elle. J'ai entendu parler d'ouvriers chinois qui s'y seraient trouvés.

La mention de leur décès était finalement apparue dans les journaux.

— Et M. Markham, le commerçant, emploie des tailleurs chinois, ajouta-t-elle.

Le docteur Magnus haussa les épaules.

— Les hommes de Markham pourraient très bien être d'honnêtes artisans exerçant leur art. Ou alors ce sont des guetteurs. Je n'en sais rien. La seule information concrète dont je dispose est que j'ai découvert des quartiers d'habitations cachés sous l'entrepôt.

Evelina écarquilla les yeux. Elle était passée complètement à côté. Cela dit, elle avait rapidement dû fuir devant le gardien.

— Il y avait du sang répandu par terre, reprit-elle. Et on a trouvé des corps dans la Tamise.

— Alors les Chinois qui travaillaient pour Harriman ont été éliminés.

Les bribes d'informations qu'elle avait collectées formaient soudain un tout cohérent.

— C'est absolument horrible !

— Je suis d'accord, répondit Magnus, sourcils froncés. Mais je pense que cela répond à votre question. L'entrepôt est vide. Il ne reste plus trace de ce qui s'est passé là-bas.

Il croisa les bras, le visage sombre et mécontent.

— Il y avait des établis dans le sous-sol de l'entrepôt et des signes de la présence d'autres équipements. Mais ce qu'ils faisaient à cet endroit reste un mystère pour moi. Je n'aime pas ça.

Sur ce point au moins, Evelina était d'accord avec lui. Le docteur afficha une moue irritée.

— Je ne suis pas convaincu que le coffret soit vraiment porté disparu.

Cette logique la laissait perplexe.

— Pourquoi ne savez-vous pas où il est ?

Il semblait savoir tout sur tout. Evelina trouvait étrange que ce point précis reste dans le flou. Il lui adressa un regard agacé.

— J'ai des sources d'information partout mais je ne suis pas encore omniscient.

— Je ne comprends toujours pas pourquoi Keating affirmerait ne pas l'avoir en sa possession si tel n'est pas le cas. L'objet ne fera-t-il pas partie de l'exposition, de toute manière ?

— Peut-être cherche-t-il uniquement à le tenir à l'écart des chercheurs tels que moi. Peut-être que, de même que beaucoup de collectionneurs, il se refuse à partager les trésors qu'il a accumulés pour son seul usage. Les raisons potentielles sont nombreuses. Je sais simplement qu'il me ment et que j'en tire mes conclusions.

— Bien sûr, répondit-elle avec lenteur, tout à la fois fascinée et horrifiée.

Tant de pièces du puzzle s'assemblaient à présent : la conversation à moitié compréhensible entre Magnus et Bancroft que Nick avait surprise, ce qu'elle avait vu dans l'entrepôt, l'intérêt de Magnus pour son oiseau. De nouvelles questions explosèrent dans son esprit tel une nuée de pigeons effrayés, mais le docteur reprit la parole avant qu'elle ait pu en saisir une seule. Son visage s'était adouci pour afficher une expression presque amusée.

—À présent que je vous ai communiqué les informations dont je dispose pour résoudre ce mystère, cela me vaudra-t-il une certaine confiance de votre part, chère Hélène ?

—Hélène ?

—Une figure de style. Hélène est une femme emplie de sagesse, la vérité divine incarnée dans la chair. Lisez les récits de Simon le Mage et vous comprendrez. Hélène était la clé de l'amour universel.

—Vous avez une étrange notion de la flatterie.

—Je cherche simplement à vous rallier à ma cause. Votre savoir et le mien, une fois associés, constitueraient une force puissante.

—N'y comptez pas. Ni maintenant ni dans cent ans, répliqua Evelina.

—Jamais ?

—Jamais.

—Vous parlez comme l'héroïne d'un mauvais roman. *Jamais* représente un long moment passé à vous tenir à l'écart de quelque chose que vous ne comprenez pas.

Il se rapprocha nonchalamment, réduisant la distance entre eux. Evelina rassembla son courage ; elle refusait de céder face à lui.

—Vous pratiquez la magie mortuaire. C'est ce que font les sorciers.

—Alors je suis un sorcier. Qu'est-ce que cela signifie pour vous ?

—Que vous servez les ténèbres.

—Vous tenez beaucoup à votre lumière, n'est-ce pas ? répondit Magnus en touchant la pierre verte de son épingle à cravate. Mais vous n'avez pas la moindre idée de comment la préserver. Peut-être ne comprenez-vous pas à quel point vous avez besoin de mes enseignements.

L'air parut se coaguler autour d'Evelina, dont les bras se couvrirent de chair de poule. Son cœur s'emballa sous l'effet de la peur. *Le docteur Magnus invoque sa magie.*

Et puis toute pensée logique cessa.

Les lumières dans la pièce s'affaiblirent. Les flammes des appliques à gaz et des lustres brûlaient toujours à la même hauteur, mais elles avaient perdu leur éclat, laissant place à une atmosphère d'un gris sale et inquiétant. Les sons de l'orchestre mécanique provenant de la salle de bal parurent s'affaiblir sans toutefois qu'Evelina puisse dire si c'était une perception ou la réalité.

Elle sentit la panique monter en elle. Les baleines de son corset lui semblaient soudain trop serrées, ses mains froides et moites. Elle serra les bras contre elle tandis qu'un sentiment de crainte se répandait alentour.

— Docteur Magnus, je vous en prie !

Il tourna lentement la tête pour l'observer avec toute l'indolence d'un serpent enroulé sur lui-même.

— Il faut que vous preniez conscience de ma force. Que vous compreniez que vous ne pouvez pas vous opposer à ma volonté.

Puis il tendit la main et lui agrippa l'avant-bras dans cette même poigne de fer qui l'avait forcée à lâcher le couteau.

Si la peur qui flottait à travers la pièce était aussi discrète et insidieuse qu'une brume prenant progressivement possession des lieux, celle-ci était un torrent. Elle remonta le long de son bras comme si on la lui avait injectée, filant droit vers le cœur de son être. C'était la mort. C'était la terreur, le moment où les mourants comprenaient que leur destin était scellé, le dernier souffle coincé dans leur gorge, l'ultime pensée paniquée avant que se referment les ténèbres.

Evelina hoqueta ; son cœur battait si fort que c'en était douloureux. Son instinct lui hurlait de s'éloigner, de s'enfuir, mais ses membres étaient si engourdis qu'elle pouvait à peine rester debout, sans parler de bouger. Tel un animal acculé, elle riposta avec la seule arme dont elle disposait.

Sa magie se cabra et s'écrasa contre l'horreur qui l'envahissait, telle une muraille soudain érigée. Ce n'était pas grand-chose ; il n'y eut ni épée de feu ni éclair de foudre, simplement un refus.

— Laissez-moi !

Magnus laissa échapper un petit rire.

— Non.

La barrière d'Evelina n'était pas suffisante et elle n'avait aucun entraînement au-delà de ce que mamie Cooper lui avait enseigné dans l'enfance. Magnus avait raison de dire qu'elle avait beaucoup à apprendre. Dans la salle, l'atmosphère était de plus en plus sombre et trouble. La terreur se répandait à travers tout l'espace, jusque dans l'air qu'elle respirait.

Evelina sentit ses entrailles se tordre, la panique telle une nuée d'insectes s'immisçant à travers les interstices de la barricade qu'elle avait dressée. Elle ferma les yeux pour refouler tout ce qu'elle pouvait. En elle résidait une noirceur authentique, mais il s'agissait de sa nuit personnelle, aussi épaisse que de la boue. Elle y projeta son énergie pour la rendre plus épaisse encore. Magnus battit en retraite, un tout petit peu seulement, mais cela lui donna espoir.

Elle insuffla mentalement vie à la boue, l'emplissant de vers de terre, de créatures fouisseuses, de racines et de ruisselets d'eau. Il s'en dégageait une odeur riche de terreau et d'effluves de graines en train d'éclore. Celles-ci éclatèrent, s'élevèrent et jaillirent hors de la terre dans une explosion de feuillages.

Magnus recula et retira sa main du bras d'Evelina comme s'il s'était brûlé. Elle tituba en arrière et heurta le mur. Une vague d'épuisement la submergea ; ses poumons avaient à peine assez de force pour inspirer. Elle avait toujours peur mais il s'agissait cette fois d'une véritable émotion interne. Elle pourrait faire avec.

L'étonnement se lisait dans les yeux du docteur.

— Intéressante démonstration, miss Cooper. Vous feriez une très bonne élève si seulement vous cessiez de vous accrocher à la sagesse communément admise. La mort l'emporte toujours sur la vie, au moment venu.

— La vie se nourrit de la mort, rétorqua-t-elle d'une voix faible. Ni l'une ni l'autre ne sont définitives.

La surprise de Magnus se changea en condescendance.

— Vous en savez décidément bien peu sur le cosmos.

Les lumières se ravivèrent. La table roulante mécanique reprit vie en sifflant et traversa lentement la pièce. Frissonnante, Evelina regarda autour d'elle pour s'assurer que rien n'avait changé dans la salle. Personne ne poussait de hurlement, nul ne se ruait vers la sortie. C'était plutôt bon signe.

Elle ignorait combien de temps s'était écoulé. Sans doute quelques secondes seulement, mais elle avait l'impression que cela se comptait en semaines. D'un seul coup, elle vit Keating et deux des valets de pied des Westlake debout sur le seuil de la pièce, observant l'éclairage d'un air consterné.

Evelina pivota sur elle-même et recula d'un pas devant leur arrivée soudaine. Un mouvement qui la fit heurter Magnus, lequel la retint en la prenant doucement par les épaules. Elle s'écarta vivement sur le côté.

Une rage impie se lisait sur le visage de Keating. Evelina aurait aussi bien pu être invisible : Keating ne lui adressa pas un regard, toute son attention concentrée sur Magnus.

Le docteur soupira.

— Hélas, la possibilité d'un scandale en public prend corps. Voici venir le méchant de l'histoire !

Une repartie à base d'hôpital et de charité vint à l'esprit d'Evelina, mais l'idée mourut avant d'avoir pu prendre corps.

— Sortez d'ici, Magnus ! lança Keating. Personne ne vous a invité.

— Et de quelle autorité réclamez-vous mon départ ?

— La duchesse est mon amie.

— Allons, Keating. Les hommes comme vous n'ont pas d'amis.

Un tic nerveux déforma le visage du roi Doré.

— Partez. Vous n'avez pas été invité.

— Et pourtant me voilà et j'ai trouvé exactement ce qu'il me fallait, rétorqua Magnus avec un regard en biais vers Evelina.

Celle-ci recula, plus mal à l'aise que jamais. La colère de Keating envahit les lieux.

— Sortez avant que je ne vous expulse par la force !

— Est-ce une menace ? Il me semblait que nous avions eu une petite discussion à ce sujet, monsieur Keating.

— Vous ne m'intimiderez pas. Et je ne veux plus vous voir dans mes rues. Ni nulle part où brillent mes ampoules.

Keating s'exprimait d'une voix dure et maîtrisée. Il s'arrêta à quelques pas de Magnus, ses sbires juste derrière lui.

— Le fait de vous trouver en train d'accoster une jeune lady de bonne réputation ne fait qu'ajouter à votre crime.

Il y eut une pause puis Magnus exécuta une langoureuse révérence devant Evelina.

— Bonne nuit, miss Cooper. Nous nous reparlerons. Votre partenaire de danse doit certainement vous attendre.

Tobias ! Elle lança un coup d'œil inquiet vers la porte. Il se demandait sans doute où elle était passée. Profitant du fait qu'elle tournait la tête, Magnus la saisit de nouveau par le coude et l'attira brièvement à lui pour murmurer à son oreille :

— À la prochaine fois.

Il se détourna, écarta Keating d'un coup d'épaule et se dirigea à grands pas vers la porte. Dès qu'il fut parti, Evelina entendit les premières mesures d'un morceau endiablé. Le véritable orchestre était de retour, tel un oiseau reprenant son chant dès l'orage passé.

Evelina se laissa aller contre le mur. Sous les innombrables couches de mousseline et de baleines de corset, son dos était moite de transpiration. L'épuisement lui avait vidé l'esprit, à l'exception d'une minuscule idée qui se développa telle l'une des pousses vertes de sa muraille intérieure.

Je l'ai battu. Peut-être pour cette fois seulement mais il n'est pas invincible.

Le roi Doré fit un signe de tête aux valets de pied. Ils s'élancèrent après Magnus, sans doute pour s'assurer qu'il s'en allait vraiment.

— Qui est pour vous ce docteur Magnus, miss Cooper ? voulut savoir Keating.

Evelina frissonna de nouveau, cherchant Tobias du regard. Il se tenait toujours à une dizaine de mètres de là.

— Le docteur Magnus est le vaisseau fantôme.

Le roi Doré la dévisagea, les yeux plissés.

— Vous savez ce qui arrive à la jeune femme dans cette histoire, n'est-ce pas ? Elle finit par se jeter à la mer.

Elle laissa échapper un rire où perçait une pointe de folie.

— Je préfère la version où elle s'enfuit avec le kraken.

À ce moment, son instinct lui fit tendre la main vers son réticule. Ses doigts se refermèrent sur le petit sac décoré de perles, qu'elle chiffonna en une boule de tissu vide. Sa surface était recouverte d'une couche de la magie poisseuse de Magnus. Et Souris avait disparu.

CHAPITRE 34

Nick lâcha un juron. Evie serait en sécurité au bal. L'événement était public et le fils à papa resterait sans doute dans les parages, prêt à intervenir à la seconde où quelqu'un marcherait sur les pieds d'Evie.

Après l'avoir laissée à la porte de Hilliard House, Nick était retourné chez Ploughman.

Il se rendit immédiatement aux écuries, récupéra une brosse et entreprit de panser sa jument. Seule une faible lumière filtrait à l'intérieur de la stalle et l'air était lourd de la chaleur de la bête. Quand elle hennit, il perçut toute la bienveillance qui émanait d'elle. Ceux qui affirmaient que les animaux ne pouvaient pas parler n'écoutaient simplement pas.

En l'absence de représentation ce soir-là, Nick avait du temps pour lui. Il n'avait aucune envie de faire la bringue et, pour une fois, les gestes routiniers et l'odeur terreuse de sa monture ne parvenaient pas à l'apaiser. Il serra les mâchoires, envahi par le ressentiment. *Tobias!*

Nick connaissait ce genre de types. Des belles gueules qui venaient au théâtre un soir avec leur bien-aimée et le lendemain avec leur catin. Elle méritait mieux que ça.

Il ralentit son geste, rompant la cadence du brossage. La jument tourna la tête vers lui, intriguée.

— Cette foutue robe blanche, grommela-t-il. Elle ressemblait à la jeune vierge d'un mélodrame à la noix.

Le doux relief de ses seins au-dessus du décolleté de sa robe de soirée… Cette simple image écrasait la raison sous le talon de la possessivité masculine. Il aurait dû se détacher d'elle. Tourner la page. Mais il n'était pas fichu d'y parvenir.

La jument agita la queue.

— L'endroit n'est pas sûr. Pas avec ce satané docteur Magnus dans les parages…

Et pas quand Tobias Roth regardait Evelina à la manière d'une pâtisserie dans une vitrine.

Le regard las dont le gratifia la jument était tout aussi acerbe que l'un des sermons de mamie Cooper.

L'opulente demeure des Westlake était loin de l'amphithéâtre Hibernia, mais Nick se retrouva dans la rue face au manoir moins d'une heure plus tard, occupé à se frayer un chemin au milieu des fiacres.

Il entendait des rires et des bribes de conversations ainsi que quelques notes de musique de-ci de-là. Cela aurait dû le rassurer mais son appréhension était telle que sa peau le démangeait. À moins que ce ne soit la conséquence de son désir inassouvi ?

Ou cette étrange sensation d'être suivi. Il l'avait d'abord ressentie du côté de Portman Square et ça ne l'avait pas quitté depuis. De quoi l'inciter à caresser du bout des doigts les poignards sanglés sous sa veste.

Le manoir du duc de Westlake était une forteresse et la place de Nick était dehors, avec les garçons de courses et les éboueurs. Conscient qu'il ne pourrait pas approcher la maison, il resta donc à l'écart, en gardant ses distances avec le groupe de valets de pied qu'il surprit en train de partager une bouteille de brandy dérobée à leur maître. Il n'avait aucune envie de se battre.

Et le fait d'être loin de la porte d'entrée n'avait pas d'importance. Même s'il trouvait Evelina, allait-il la ramener sous son bras chez Ploughman telle une fugueuse ? Elle s'y refuserait et il ne s'attendait pas à ce qu'elle change d'avis.

Alors pourquoi diable traîner ses guêtres à l'extérieur du bal ? Irrité, il s'appuya contre une voiture à cheval momentanément abandonnée par son équipage. Il n'avait pas l'habitude de rester sans rien faire ; ses doigts réclamaient quelque chose à lancer, à réparer ou avec lequel jongler.

Nick était sur le point de céder à la raison et de retourner au Hibernia quand le docteur Magnus descendit en hâte les marches de l'entrée en rajustant précipitamment son haut-de-forme. Nick abandonna sa posture négligée, soudain parfaitement alerte. Un instant plus tard, deux valets de pied émergèrent de l'entrée et s'immobilisèrent sur le seuil tels des rottweilers privés de leur proie. Étant donné le don de Magnus pour semer la zizanie, il n'était pas bien difficile de relier les deux événements.

À cet instant, une lueur dorée jaillit hors de l'obscurité et vint se poser sur la roue de la voiture. Surpris, Nick faillit la chasser du dos de la main.

— *Hé!* s'exclama une voix dans sa tête.

Nick cligna plusieurs fois des yeux en tentant de digérer le fait que la lueur dorée était en réalité un oiseau de laiton apparemment doué de vie. Il sautillait d'un côté puis de l'autre en le dévisageant alternativement de ses deux yeux brillants.

— Salut ? dit Nick d'une voix hésitante.

L'oiseau agita les ailes avec agacement.

— *Miracle, ça sait parler! Tu es le seul dans le coin doté d'une goutte de Sang. Tu dois être celui qu'elle cherchait.*

Plissant les yeux pour distinguer la créature, Nick tenta d'associer ce qu'il voyait à la voix qui retentissait dans son esprit.

— Tu es un deva.

Il était en mesure de communiquer avec la plupart des devas même s'il n'avait aucun talent pour les invoquer… sauf lorsqu'il touchait Evelina.

— *Et toi tu sens le cheval. Elle m'a dit d'aller chercher de l'aide si j'en avais besoin. Puisque tu sembles n'avoir rien à faire, peut-être que tu pourrais donner un coup de main ?*

— Elle ?

— *Celle qui m'a fabriqué, monsieur le valet d'écurie. Tu sais, la cocotte qui te fait grimper par les fenêtres.*

— Evelina t'a fabriqué ?

Qui d'autre ?

La question méritait d'être posée. Nick croisa les bras et examina l'oiseau. Il avait pu observer le génie des délicates machines à pièces du grand-père Cooper. Et le Sang coulait dans les veines de mamie Cooper. Si Evelina avait hérité de ces deux talents, pourquoi n'aurait-elle pas trouvé le moyen de les fusionner dans une unique création ?

Ce qui expliquerait l'intérêt que Magnus lui portait.

Enfer et ténèbres ! que ferait un sorcier d'un tel savoir ?

Cette pensée s'épanouit dans ses tripes telle une fleur maléfique. La peau de Nick se glaça. Il ramassa l'oiseau et le glissa à l'intérieur de sa veste. Cela lui valut un coup de bec sur le pouce qui le fit grimacer.

— Arrête ça ! gronda-t-il. Tu dois rester caché.

— *Garde tes bonnes idées dans ta tabatière, le gitan. Désolé de t'avoir dérangé. J'ai cru que parce que tu avais assez de Sang pour m'entendre tu pourrais te rendre utile !*

Nick abandonna l'idée de garder le contrôle de la petite créature, qui se tortilla jusqu'à sortir de sa poche et remonter le long de sa veste.

Elle finit par enfoncer douloureusement dans son épaule ses serres minuscules semblables à des aiguilles.

—Que veux-tu que je fasse? demanda Nick avec un rictus de douleur.

—*Le sorcier!*

—Magnus?

—*Il a pris Souris. Aussi habile qu'un pickpocket.*

—Souris?

Nick avait l'impression de jouer le rôle de l'écho.

Le volatile agita ses ailes de laiton en produisant une sorte de minuscule carillon.

—*Souris s'occupe du travail en intérieur. Je suis un espion d'extérieur. Je ne peux pas franchement voleter à l'intérieur d'une salle de bal, donc ta petite copine me gardait dans son sac à chaussures en cas de besoin. Bonne idée, sinon il nous tiendrait tous les deux.*

L'esprit de Nick était assailli de questions qu'ils n'avaient pas le temps d'aborder. Il décida de s'en tenir aux bases: Souris. Enlevée. Pas bon.

—D'accord. Je suivrai Magnus à pied, tu passes par les airs. Je sais où il habite.

—*Compris.*

L'oiseau s'envola dans un vrombissement mélodieux.

Nick se représenta mentalement un plan des rues. Ils étaient à environ trois kilomètres du domicile de Magnus. Il semblait logique que le docteur s'y rende avec le fruit de son larcin.

Motivé par sa nouvelle mission, Nick se faufila à travers les rues, l'oreille dressée à l'écoute du moindre bruit de pas. En atteignant le perron de la maison de ville de Magnus, il ralentit l'allure. Il n'avait aucune intention de se jeter maladroitement dans un piège et n'aimait guère l'idée d'acculer un sorcier sans avoir établi un plan. Il savait de quoi Magnus était capable.

La demeure du docteur était silencieuse et plongée dans le noir. Il remonta silencieusement l'escalier en fouillant les ombres du regard. Soit Magnus n'était pas encore rentré, soit il était assis à l'intérieur et l'attendait.

Le souvenir de la souffrance infligée par le sorcier sapa ses forces et le laissa haletant. Il força cependant ses pieds à grimper, marche après marche, et fit glisser un couteau au creux de sa paume moite.

Arrivé au sommet, il s'arrêta et tendit l'oreille. Rien. Ses sens n'étaient pas aussi aiguisés que ceux d'Evelina, mais il sonda de son mieux l'intérieur de la maison sans détecter la moindre présence. Il était sur le point de se convaincre que l'endroit était désert quand un frottement métallique se fit entendre.

Nick leva les yeux, s'attendant à voir débarquer l'oiseau. Au lieu de quoi, il eut droit au baiser froid d'un canon d'arme à feu plaqué sous son oreille.

— Tu m'as pris ma clé, voleur.

La frustration submergea son esprit quand il reconnut la voix. Striker. *Enfer et ténèbres !*

— Je ne vous avais pas déjà tué ? lança-t-il.

Il savait à présent qui l'avait pris en filature.

— Tu m'as seulement laissé aussi éclopé qu'une vieille carne, mais ça fait qu'un compte de plus à régler. (Le métal vint appuyer contre sa mâchoire.) Alors, où elle est ?

Nick jugula un tressaillement de peur.

— La poche intérieure de ma veste.

La pression du canon cessa et une main puissante fit pivoter Nick. *Parfait.* Il s'écarta en prenant appui sur son adversaire et se servit de l'élan pour écraser son pied à l'endroit exact où il avait lancé le coupe-papier d'Evelina la fois précédente. Une fois Striker déséquilibré, Nick fondit sur lui et frappa de nouveau. Striker ne cria pas, mais se plia en deux dans un gargouillis de souffrance étranglé.

Nick s'empara de l'arme. Par chance, il s'agissait d'un revolver merveilleusement ordinaire et non de la bulbeuse monstruosité que Striker avait brandie durant leur précédente rencontre. Il vérifia le barillet. Entièrement chargé.

— Comment diantre faites-vous pour prendre qui que ce soit par surprise avec ce manteau métallique ?

— Donne-moi la clé, siffla Striker.

Un prisonnier était la dernière chose dont Nick aurait pu avoir besoin et la clé ne lui était d'aucune utilité. Exaspéré, il fouilla dans sa poche et en sortit la chaîne qu'il avait arrachée du cou du garde-rue. Il la lui lança et Striker l'attrapa au vol. Son visage s'illumina un bref instant avant de reprendre son air renfrogné habituel.

Nick brandit le revolver à deux mains, décidé à se débarrasser au plus tôt de cet idiot.

— Je suis ici pour arrêter un homme qui a fait du tort à quelqu'un que j'aime. Soit vous m'aidez, soit vous vous tirez.

— Et moi je traque le docteur depuis deux longues journées, mais c'est sur toi que je tombe. On dirait que je n'ai pas perdu mon temps, finalement.

D'un mouvement rapide, Striker dégaina un deuxième revolver de sous son manteau et actionna un interrupteur sur le flanc de l'arme. Celle-ci s'anima en bourdonnant. Elle était plus élégante que celle de la fois précédente et, aux yeux de Nick, paraissait plus redoutable encore. Des éclairs bleutés crépitaient sous un dôme de verre au sommet du barillet.

— T'as déjà tué un homme ? demanda le garde-rue.

— Une fois, répondit Nick.

Il serrait les dents, refusant de laisser paraître sa peur. Dans la lumière bleutée émanant du revolver, le sourire qui apparut sur les lèvres de Striker avait quelque chose de sinistre. Le canon de son arme infernale ne bougeait pas d'un iota.

— On s'améliore avec la pratique, dit-il. Je sais de quoi je parle.

Une sensation de vertige s'empara de Nick, la même que lorsqu'un numéro se passait mal et qu'il sentait venir la chute. La fragilité des os humains face à six mètres de dégringolade, l'estomac remonté au niveau de ses oreilles.

Oh merde ! ça y est. Je suis cuit.

Il connut un moment de regret. Toutes ces choses qu'il n'avait pas faites durant sa courte vie…

À peine cette pensée avait-elle traversé son esprit que son œil fut attiré par un reflet dans la rue. Il releva les yeux et vit que le docteur Magnus se trouvait là, le pommeau d'argent de sa canne captant l'éclat des réverbères.

Le regard de Nick croisa celui de Striker et il y lut le reflet de ses propres doutes. Peut-être qu'ils ne s'entre-tueraient pas ce soir après tout.

— Je vois que vous vous êtes rencontrés, dit Magnus d'un air amusé. Vous m'avez suivi à la trace, monsieur Striker. J'imagine que le roi Doré est mécontent de moi.

Les traits de Striker se durcirent.

— C'est pas moi qu'il envoie quand il veut vous inviter à prendre le thé.

Il leva son étrange arme à feu mais, avant qu'il puisse tirer, le docteur brandit sa canne.

Par réflexe, Nick se baissa. Dans le même mouvement, il saisit le bras de Striker et le tira au sol.

La façade de la maison explosa. Des éclats de bois et de briques furent projetés à travers les airs. Il y eut un grand bruit de verre brisé et de chambranles fendus. Des flammes pâles léchèrent la porte et dévalèrent les marches comme un feu liquide avant d'être ravalées dans l'obscurité et de s'éteindre.

Le feu avait manqué la botte de Nick de quelques centimètres seulement. Il avait l'impression d'avoir été brûlé à la cheville.

— Foutredieu ! cracha Striker, qui avait roulé sur lui-même et pointait son arme vers la rue. Qu'est-ce que c'était que ça ?

— On dirait qu'il compte se défendre, maugréa Nick en se mettant à couvert derrière l'une des colonnes du porche.

Le projectile de Magnus avait sérieusement endommagé la façade de sa maison, sans toutefois en enfoncer la porte. Nick avait la peu rassurante conviction que le docteur avait retenu ses coups dans l'espoir de préserver sa propriété.

Il s'avançait à présent vers eux tandis qu'un épais nuage d'obscurité bouillonnante se formait autour de lui. Aucune lumière ne se reflétait plus sur les boutons de son manteau ou le pommeau de sa canne. Il était enveloppé d'une absolue noirceur.

— Des idées ? l'apostropha Striker.

L'esprit de Nick cherchait désespérément quelque chose à utiliser.

— Il est malin. Il savait qu'il serait suivi et attendait qu'on se montre. Il a sans doute déjà eu affaire à des gens qui essayaient de le tuer.

— Trop tard pour s'en soucier maintenant, répliqua Striker avec mépris. T'as des idées *utiles* ?

Nick avait vaguement conscience de bruits et de lumières provenant de chaque côté de la rue. Les voisins. Ils n'avaient pas le temps de faire dans la subtilité.

— Fais-lui sauter la tête.

— D'ac.

Striker déchargea son arme en direction de Magnus. Elle émit une sorte de « zzzoup » suivi d'un flash iridescent. Sur le trottoir d'en face, un cerisier fut réduit en miettes. Striker contempla son arme d'un air frustré.

— Y a encore des soucis avec la portée.

— Par l'enfer ! qu'est-ce que c'est que ce truc ? demanda Nick.

— Perturbateur étherien, répondit Striker avec un sourire mauvais.

— C'est quoi le... (Il n'eut pas le temps de finir sa question.) Attention !

Si le tir de Striker avait fracassé l'arbre, la force de l'explosion avait provoqué un rebond de l'énergie déployée. Lorsqu'elle entra en collision avec le nuage noir de Magnus, il y eut un bruit semblable au déchirement d'un grand drap de lit. Nick vit le docteur trébucher en avant, visiblement pris par surprise. L'instant d'après, des étincelles bleu pâle crépitèrent au sein du nuage, nimbant Magnus d'un éclat sinistre tandis qu'il titubait vers eux.

Nick eut beaucoup de mal à comprendre ce qui se produisit ensuite. Magnus leva les bras comme pour se protéger d'un coup. Des serpents d'énergie frémissante remontèrent le long de son nimbe d'obscurité en donnant l'impression d'aspirer les ombres que Magnus avait rassemblées. Puis les arcs énergétiques se rassemblèrent en un nœud de foudre aveuglante dardant des éclairs vers le ciel nocturne.

— Saleté ! grommela Striker. Je crois que je l'ai mis en rogne.

Magnus pivota sur lui-même. Sous l'effet de la lumière bleutée, son visage s'était mué en un masque terrifiant. Nick sentit son estomac se glacer en voyant le docteur agripper l'énergie mouvante et crépitante que l'arme de Striker avait libérée avant de la projeter à travers les airs.

La porte dans le dos de Nick explosa dans un bruit de tonnerre. Trente centimètres plus bas et c'est Striker qui aurait été réduit en miettes.

— Écarte-toi du porche ! s'écria Nick en sortant de derrière son pilier dans le seul dessein de bondir à l'écart.

Une nouvelle décharge fila dans leur direction et atterrit cette fois devant eux. La force de l'impact projeta Nick à l'intérieur de la maison. De la boue lui éclaboussa le visage et l'aveugla. Il eut vaguement conscience de voler à travers l'entrée avant de retomber dans la grande salle, celle qui accueillait la grande table et tous les livres. Il heurta violemment le sol, face contre terre, et glissa sur le tapis pour s'arrêter au pied du fauteuil à haut dossier de Magnus.

Il avait mal partout. Étourdi et à moitié sourd, il agita bras et jambes pour tâcher de distinguer le sol du plafond. Il avait toujours les doigts serrés autour du revolver dans sa main droite. Une bonne chose, sans doute. Sans trop savoir comment, il parvint à se redresser à genoux. Son dos lui faisait terriblement mal. Lorsqu'il tenta de se tenir droit, il s'aperçut que la partie gauche de sa veste était trempée de sang chaud et collant.

Nick chercha une émotion en lui, sans rien trouver. Lever son bras gauche était difficile mais il parvint à retirer sa veste. Une énorme entaille courait en diagonale depuis son aisselle jusqu'à sa hanche. Sa première hypothèse fut qu'un objet tranchant était entré en collision avec lui durant l'explosion et l'avait ouvert aussi proprement qu'un couteau de cuisine. Des ruisseaux de sang s'échappaient lentement de la blessure.

Regarde-moi un peu ça.

Puis il commença à avoir chaud et se sentit mal. Son cœur battait à tout rompre sous le coup de la terreur. Il se leva en titubant et saisit un chiffon sur l'une des dessertes pour l'appuyer contre la blessure. Il en ramassa un autre, ainsi que des liasses de papiers, et glissa tout ce qu'il pouvait sous sa veste avant de la reboutonner. Blessé ou pas, il devait toujours débarrasser le monde du docteur Magnus.

Il n'avait aucune idée de ce qui se passait dans la rue. Il s'avança, vacillant, oscillant entre une forte envie de se cacher et son besoin de ressortir par l'entrée en ruine, le revolver à la main. Il trouva un compromis en s'appuyant contre ce qui restait de l'embrasure de la porte pour jeter un coup d'œil dans l'obscurité. La rue était quasi invisible, noyée sous une brume ténébreuse. Et, d'une façon ou d'une autre, l'influence du docteur maintenait les gens à l'écart et empêchait quiconque de voir ce qui se passait. Tant mieux. Il n'aurait pas voulu abattre accidentellement un innocent.

Et puis, d'un seul coup, Magnus se retrouva devant lui, à mi-chemin des marches du perron.

— Vous êtes devenu un authentique fâcheux, Nick Sans-nom !

— *Hé !*

Nick perçut la panique dans la voix de l'oiseau. Celui-ci était assez proche pour toucher son esprit. Nick appuya sur la détente mais Magnus avait disparu. Il crut entendre la balle toucher quelque chose mais sans pouvoir en être sûr. L'instant d'après, il entendit le son étrange de l'arme de Striker. « Zoup ! Zoup ! Zoup ! »

Nick se baissa et se couvrit les yeux pour éviter d'être aveuglé par les flashs. Sa respiration était devenue sifflante ; le moindre geste était douloureux. Mais, même à travers ses mains, il vit l'air prendre feu autour de Magnus, l'éclat de lumière se teintant d'un rouge sanglant entre ses doigts. Quel que soit le fonctionnement du revolver de Striker, il réagissait à la magie comme une flammèche rencontrant un baril de poudre.

Le grondement de douleur du docteur se changea en hurlement. Nick mit le genou à terre en clignant des yeux pour chasser les points blancs qui constellaient son champ de vision. Le cri s'affaiblit jusqu'à n'être plus qu'un gémissement. Puis ce fut le silence.

Le corps de Nick se couvrit de chair de poule, les poils au garde-à-vous sur ses avant-bras. Il n'avait entendu qu'une seule fois un cri de ce genre, quand un tigre avait ouvert le ventre de l'un des chevaux. *Dieu nous pardonne !*

Une silhouette sombre gisait à l'endroit où Magnus s'était trouvé. Elle puait la chair grillée, un peu trop similaire à ce que Nick avait mangé pour le dîner. Un jet de bile lui remonta dans le gosier, mais il se força à la ravaler. Il avait trop peur de vomir avec la blessure ensanglantée qui lui barrait le flanc.

Striker se tenait sur la gauche de Magnus, illuminé par les crépitements bleutés émanant de son arme. Dans un geste presque mécanique, il baissa la main pour actionner un interrupteur. L'arme s'éteignit dans un vrombissement.

Nick se redressa et sauta en grognant dans l'herbe épaisse en contrebas. Il n'y avait plus d'escalier.

— Tu as trouvé le réglage de la portée.

— Ouais, répondit Striker en se frottant le front.

Ni l'un ni l'autre n'avait la mine triomphante. Il n'y avait pas lieu de se réjouir. Magnus était étendu à terre, sa poitrine une masse calcinée d'os et de sang. Il était tombé sur le flanc, des morceaux de son haut-de-forme jonchant les pavés un peu plus loin, ses doigts recroquevillés dans la poussière. Son regard fixe ne laissait aucun doute quant au fait qu'il était mort. Striker lui avait tiré dans le dos, faisant exploser son cœur à travers sa cage thoracique.

Bon, il n'importunerait plus Evelina. Prenant une grande inspiration hachée, Nick s'agenouilla pour fouiller Magnus.

— Tu lui fais les poches ?

Striker semblait plus curieux que critique. Nick trouva ce qu'il cherchait : une minuscule souris. À l'intérieur, il perçut une conscience tremblante de terreur. Il la glissa dans sa propre poche.

— J'ai ce que je voulais.

Striker hésita un instant, puis fouilla le corps à son tour et lâcha un grognement satisfait en mettant la main sur le porte-monnaie du docteur.

Saisi par une soudaine appréhension, Nick détourna les yeux de la flaque de sang qui assombrissait les pavés. À quelques mètres de là, il aperçut des reflets cuivrés dans la lumière incertaine. L'oiseau gisait en morceaux, brisé par la force de la déflagration. Nick ignorait si la destruction du mécanisme libérait le deva ou si celui-ci était piégé dans cette coquille brisée.

À présent que la magie de Magnus était levée, c'était le chaos dans la rue. Le brouillard noir se dissipait et les gens sortaient de chez eux pour contempler les dégâts. Ils seraient sur eux dans quelques secondes.

— Viens ! lança Striker. Faut dégager d'ici.

Oubliant sa blessure, Nick s'agenouilla pour récupérer les débris de la création d'Evelina. Il dénoua le foulard autour de son cou et s'en servit pour rassembler les morceaux.

— Viens ! répéta Striker en haussant la voix.

Nick glissa le foulard sous sa chemise. Le contact du laiton était frais contre sa peau brûlante.

— Bon Dieu, l'ami !

Striker souleva Nick par le col, puis écarquilla les yeux en découvrant le sang qui maculait les vêtements de ce dernier.

Le son aigu d'un sifflet de policier retentit. Le garde-rue cracha un juron.

— T'aimes bien me compliquer la vie, hein ?

CHAPITRE 35

Une violente explosion détruit une maison
L'ambiance tranquille d'un quartier respectable du district jaune a volé en éclats hier soir quand une détonation d'origine inconnue s'est produite au 113, Pemberton Row. Le propriétaire des lieux, le docteur Symeon Magnus, a été retrouvé mort devant son domicile, de toute évidence victime d'une violente agression. La police enquête mais se refuse à tout commentaire pour le moment.

The Bugle

Londres, 13 avril 1888
Hilliard House
Vendredi, 15 heures

Evelina essayait de lire le *Guide Barrett de la mécanique de l'Europe de jadis*. Cependant, les événements de la veille avaient laissé des traces : elle était épuisée, inquiète et incapable de se concentrer sur plus de trois mots d'affilée.

Et les problèmes ne cessaient de s'accumuler. Une semaine entière s'était écoulée sans qu'elle découvre qui avait tué Grace Child et les palefreniers, ni pourquoi les automates avaient tant d'importance. Et elle avait cent questions en tête à propos de la relique grecque qu'on appelait le coffret d'Athéna.

Evelina avait consulté les livres qu'elle avait pu trouver sur le sujet, mais tous affirmaient qu'il s'agissait d'un instrument de navigation. Magnus avait laissé entendre qu'il était doté de propriétés magiques – la possibilité d'insuffler un esprit dans une machine, entre autres –, mais aucun des ouvrages de la bibliothèque de lord Bancroft ne mentionnait une telle chose.

Et que s'était-il passé dans l'entrepôt ? De nombreuses personnes y étaient mortes, y compris les ouvriers chinois, mais que faisaient-ils exactement là-bas ?

Quoi que ce puisse être, Grace Child et son sac de soie plein d'or constituaient visiblement le lien entre l'entrepôt et Hilliard House.

Evelina s'était lancée dans cette enquête dans le dessein de protéger Imogen et sa famille d'un scandale. Malheureusement, elle n'avait réussi qu'à réunir des éléments pointant vers la culpabilité d'un membre de la maisonnée. Ce n'était qu'une question de logique. Des reliques en or étaient livrées à l'entrepôt dans des caisses puis des lingots artisanaux et des pierres précieuses desserties emportées par une domestique de Hilliard House. Pas besoin d'être un génie pour établir un lien. Il était clair que des individus sans aucun respect pour l'archéologie faisaient fondre les trésors. Keating étant passionné par tout ce qui était grec ou romain, il aurait été contraire à sa nature d'autoriser la destruction de reliques historiques. Par ailleurs, les objets de valeur s'étaient retrouvés dans le vestiaire de lord B, pas dans les coffres de Jasper Keating. Tout laissait à penser que c'était ce dernier qu'on volait.

Alors qui étaient les voleurs et comment s'y prenaient-ils ? Les Chinois avaient-ils joué un rôle ? Et pourquoi avaient-ils été assassinés ? S'il fallait émettre une hypothèse, ils constituaient la cheville ouvrière et étaient arrivés au terme de leur utilité. Ce qui signifiait que le cerveau de l'affaire battait en retraite. Si elle voulait découvrir de qui il s'agissait, elle allait devoir agir vite.

Et pour plus d'une raison. Son oncle Sherlock était de retour à Londres et lui avait écrit pour lui indiquer qu'il travaillait à présent sur l'affaire de Jasper Keating. Il avait prévu de passer voir Evelina dans l'après-midi. En d'autres circonstances, cette visite l'aurait ravie. Mais à présent, avec tant de choses en jeu, c'était un rappel éclatant de son échec à résoudre préventivement le meurtre de Grace.

Et Lestrade contacterait certainement oncle Sherlock, car Scotland Yard n'avait pas plus de succès qu'Evelina. Il n'y avait eu aucune avancée dans la résolution des meurtres des domestiques de lord Bancroft, de la dizaine de Chinois et à présent du docteur Magnus. L'opinion publique n'allait pas en s'améliorant.

Si oncle Sherlock s'impliquait, la question des automates animés par magie ferait forcément surface. La seule chose qu'Evelina puisse faire était d'essayer de tenir son oncle à l'écart de ce volet de l'énigme. Ce ne serait pas facile car Sherlock Holmes n'était pas homme à se laisser aisément abuser.

Evelina enfouit son visage entre ses mains et rassembla ses forces. C'était dur à croire mais son oncle ne constituait que l'un de ses problèmes. Il y en avait d'autres.

Elle avait envoyé Oiseau chercher de l'aide, dans l'espoir que la créature aille trouver Nick, mais il n'était pas revenu. Elle avait vu passer – avec l'impression de recevoir une réponse à ses prières – l'article relatant la mort de Magnus, mais Souris n'était pas pour autant revenue à la maison. Evelina était taraudée par le besoin impérieux de retrouver ses deux créations mais Londres était vaste. Elle aurait aimé fouiller la demeure du sorcier, ou ses effets personnels conservés à la morgue, mais pour cela l'aide de son oncle serait nécessaire. Expliquer son souhait de faire les poches d'un cadavre s'annonçait délicat.

D'un autre côté, il s'agissait d'oncle Sherlock.

— Evelina ?

Tobias venait d'entrer dans le petit salon. Elle accueillit cette interruption avec soulagement et mit son livre de côté.

— Oui ?

— Il y a… euh… une personne qui désire vous voir.

— Mon oncle Sherlock ?

— Non. Le garde-rue de M. Keating, si j'ai bien compris, répondit Tobias avec un froncement de sourcils. Une façon de faire tout à fait inhabituelle, donc j'ai dit à Bigelow que je m'en chargerais personnellement. L'homme ne m'inspire pas confiance. Il dit que son nom est Striker.

— Que me veut-il ?

Tobias prit un air agacé.

— Il refuse de le dire. Mais comme il s'agit de l'homme de main de Keating, il est un peu délicat de le faire jeter au bas de marches.

Evelina était intriguée.

— Alors j'imagine que le mieux est d'aller voir ce qu'il veut.

Une minute plus tard, le dénommé Striker se tenait au centre de la pièce verte et jaune, avec son atmosphère ensoleillée et ses fleurs dans le joli vase chinois. À première vue, il ressemblait à un croisement entre un pugiliste et un tatou cherchant à se faire passer pour une chaudière rouillée. Il sentait le lubrifiant, la poudre à canon et le gin, avec un parfum sous-jacent de sang séché. Un homme à la vie rude.

On y regardant de plus près, en revanche, on pouvait lire dans ses yeux marron une intelligence vive et prudente. Il tenait son chapeau à deux mains et observait Evelina avec une certaine curiosité.

— Pardonnez mon intrusion, miss, dit-il.

Il faisait de toute évidence usage des meilleures manières dont il disposait. À quelques pas de là, Tobias observait la scène, bras croisés. L'expression désapprobatrice sur son visage le faisait ressembler de façon alarmante à son père.

— Considérez-la comme pardonnée, répondit Evelina avec le souhait de dissiper le malaise de Striker. Qu'est-ce qui vous amène ?

— Je suis venu vous donner ceci.

De sa main tachée de cambouis, il lui tendit un petit ballot de tissu. Elle reconnut immédiatement le foulard de Nick. C'était celui qu'il portait la nuit passée. *Pourquoi est-il entre les mains d'un garde-rue ?* se demanda Evelina.

Un frisson d'inquiétude lui parcourut le corps et un goût cuivré lui envahit la bouche. Elle s'avança pour prendre la boule de tissu, mais Tobias la devança.

— Tobias !

— Laissez-moi regarder avant que vous touchiez ce qui se trouve à l'intérieur, dit-il.

Il posa le ballot sur la table et entreprit d'en défaire les nœuds. Le contenu émit un bruit métallique intéressant.

Le regard d'Evelina passa de Tobias à Striker, lequel ne semblait pas impressionné.

— Il n'y a aucun risque, monsieur, dit le garde-rue.

Les coins du foulard retombèrent. Oiseau et Souris étaient étendus sur la table, aussi figés que des jouets mécaniques qui auraient perdu leurs clés de remontage. Tous deux étaient dans un sale état. Oiseau, en particulier, était rapiécé à l'aide d'éléments métalliques qu'on aurait crus tirés du manteau de Striker. Elle tendit son esprit vers eux. Ils étaient immobiles et silencieux mais tous deux bien vivants.

Evelina se tourna vers Striker.

— Merci ! Merci beaucoup !

L'homme rosit et son manteau émit de discrets cliquetis.

— L'oiseau était mal en point. J'ai tenté quelques réparations, miss, mais je n'ai pas les outils pour un travail aussi précis. Nick a dit que vous pourriez prendre les choses en main.

Intrigué, Tobias saisit Souris et la fit rouler au creux de sa paume.

— C'est vous qui les avez fabriqués, Evelina ?

Elle prit soudain conscience que son secret menaçait d'apparaître au grand jour. Elle jeta un coup d'œil à Striker, mais il affichait une expression parfaitement neutre. Un homme habitué à ne pas faire de commentaires.

— Oui, répondit-elle en s'efforçant de rester calme. Comme vous le savez, je m'intéresse aux jouets mécaniques.

Tobias souleva l'oiseau pour examiner son aile rafistolée.

— Aviez-vous autre chose à dire, Striker ?

— Non, monsieur.

— Vous pouvez disposer.

— Comme vous voudrez, monsieur.

Le garde-rue remit son chapeau et se dirigea vers la porte. Il boitait de manière visible.

— Attendez ! s'écria Evelina.

Pourquoi Nick n'est pas venu ?

Striker s'arrêta, sourcils dressés, une lueur discrètement taquine dans le regard.

Les questions se formaient et se défaisaient dans l'esprit d'Evelina. Ne connaissant pas Striker, elle n'était pas sûre de savoir ce qu'elle pouvait lui demander sans risque.

— J'apprécie que vous soyez venu. Et dites à Nick que je le remercie du fond du cœur. J'espère que tout va bien pour lui.

Le coin des lèvres de Striker se redressa, comme s'il comprenait bien plus qu'elle ne l'aurait voulu.

— Je le ferai, miss. Et ne vous inquiétez pas pour lui.

Evelina le regarda partir puis referma la porte du salon. Il n'était pas convenable de se retrouver seule avec Tobias dans une pièce fermée, mais rien dans cette situation n'était normal.

Il examinait toujours les créatures.

— Comment un garde-rue se retrouve-t-il en possession de quelque chosc qui vous apparticnt ?

— Je les avais perdus. Un ami les a retrouvés.

— Ce Nick ? demanda Tobias sur un ton légèrement protecteur.

Il n'avait visiblement rien perdu de l'échange.

— Oui, Nick.

Et où se trouvait l'Indomptable Niccolo ? S'entendre dire de ne pas s'inquiéter constituait une voie royale pour se faire des nœuds au ventre.

Tobias reposa l'oiseau, la mine circonspecte. Mais il avait des questions ; on pouvait presque les voir fourmiller tout autour de lui.

— Vous avez droit à vos petits secrets, dit-il.

Il m'a révélé les siens, après tout. Evelina inspira avec hésitation, l'esprit assailli par un enchevêtrement d'explications et d'excuses, mais elle ne répondit pas tout de suite.

Mes secrets sont encore plus dangereux à partager.

Le lien entre Striker et Nick signifiait que les deux mondes d'Evelina s'étaient croisés de manière imprévue. Pire, son ancien amour pour Nick – sans avenir mais récemment ravivé – était entré en collision avec sa fascination pour Tobias. Il n'existait aucune bonne manière d'explorer cette situation inextricable avec l'un ou l'autre de ses prétendants.

Mais son besoin de se confesser était presque physique : lui parler de sa magie, de ses peurs, de ce que Magnus avait attendu d'elle. Pour espérer vivre quelque chose de réussi, il aurait fallu que rien ne s'interpose entre Tobias et elle, que rien ne fasse obstacle à l'authentique affection qui se développait entre eux. Magnus disparu, le danger n'était-il pas suffisamment éloigné pour rendre ces confidences possibles ?

Non. La prudence la retenait en tout cas de le laisser accéder à tous ses secrets. Elle se sentait cependant suffisamment en sécurité pour se confier un peu.

— Nick est un ami d'enfance. Il voyage avec le cirque Ploughman.

Elle se sentit mal à peine ces mots prononcés, mais il était trop tard pour changer d'avis. Tobias l'examina de la tête aux pieds, de haut en bas puis de bas en haut. Submergée par un douloureux sentiment mêlant défi et déception, elle réprima cependant son envie de se tortiller sur place. Ses genoux tremblèrent et le rouge lui monta aux joues.

— Et vous ? demanda-t-il.

Elle agita les doigts, tentée de serrer les poings.

— J'y ai passé du temps quand j'étais petite fille. Imogen est au courant de tout mais vous comprenez sans doute pourquoi je n'en parle jamais.

— Vous pensez que cela paraît beaucoup trop commun.

— Je suis certaine que c'est ce que dirait votre père. C'est déjà suffisant que tout le monde sache que ma mère a créé le scandale en fuguant par amour avec un soldat issu du petit peuple, même si son courage lui a valu d'être nommé officier sur le champ de bataille.

— Mon père se montre parfois idiot, dit Tobias.

Il s'approcha d'elle et la prit par les épaules.

— Vous êtes peu conventionnelle, Evelina. J'ai toujours su que vous veniez d'un endroit très différent et je ne suis pas surpris qu'il s'agisse d'un cirque. Vous êtes plus légère que l'air quand vous bougez.

Evelina ravala sa salive, incapable de répondre.

Il se pencha vers elle afin que leurs visages soient tout proches.

— Souvenez-vous, je vous ai vue à votre arrivée à l'école d'Imogen. Vous étiez hors de votre élément à l'époque, mais vous ne l'êtes plus à présent. Mes parents savent déjà que votre mère a connu un parcours inégal ; cela n'aura pas autant d'importance à leurs yeux que vous l'imaginez.

Il avait tort. Elle tâcha de le lui dire clairement sans toutefois pouvoir s'empêcher de baisser la tête pour dissimuler son regard.

— Votre père ne vous laissera jamais me faire la cour.

D'un doigt, il lui releva le menton.

— Il me suffirait d'agiter le titre de mon père par la fenêtre pour faire accourir une dizaine d'impeccables jeunes filles. Avec vous, par contre, je suis toujours obligé de revenir sur terre. Je suis assez intelligent pour savoir à qui je devrais prêter attention.

Le choc associé à la confession d'Evelina se dissipait, remplacé par la surprise de constater qu'il l'acceptait. Puis elle prit conscience qu'ils se tenaient très près l'un de l'autre, à quelques centimètres seulement. Scandaleusement proches. Son pouls s'emballa.

— Revenez sur terre, Tobias, dit-elle d'une voix douce. J'ai grandi dans un cirque. J'ai appris à danser sur une corde raide et à voler sur un trapèze. Un jour, vous serez lord Bancroft et siégerez dans la Chambre des lords.

Il haussa un sourcil.

— Un trapèze ? Voilà qui évoque une imagerie tout à fait fascinante.

— Réfléchissez, Tobias !

Oppressée, elle recula d'un pas.

— J'ai réfléchi, dit-il.

Il reprit un air sérieux, un peu las même, et combla la distance qu'elle venait de mettre entre eux.

— Je ne souhaite pas poursuivre dans les traces de mon père, si confortable que ce puisse être. Je n'ai aucune envie d'être le jouet d'un baron de la vapeur. Je souhaite conquérir mon indépendance. Et je ne dis pas cela à la légère. Il y aura des difficultés. J'avais espéré que Magnus me soutiendrait pour m'aider à voler de mes propres ailes. Malheureusement, j'avais tort. Bien plus que je n'ose l'avouer.

Elle repensa à l'humeur qu'il avait affichée durant le bal et se demanda si Magnus en était la cause.

— Je suis désolée, dit-elle.

Il secoua la tête.

— Peut-être dois-je y voir un enseignement. L'indépendance ne s'obtient pas facilement, d'autant moins quand on a pris l'habitude des privilèges de son rang. Ce serait plus simple si j'étais un simple commerçant, un avocat ou un médecin, mais ce n'est pas le cas.

—Quel est votre plan?

Il soupira.

—Me forger un caractère en acier trempé et en un temps record?

—Et si le plan de votre père consiste à vous marier à quelque héritière?

—Je savais que je pourrais compter sur vous pour aborder les questions pratiques.

—C'est mon côté rabat-joie.

Elle n'en attendait pas moins une réponse. Les rayons du soleil inondaient la pièce de leur lumière de miel doré. Tobias sourit faiblement.

—Il n'y a qu'une chose que je sache faire: construire. Cela doit bien avoir de la valeur pour quelqu'un, n'est-ce pas?

—Je pourrais applaudir un homme qui construit.

Le sourire de Tobias disparut.

—Pourriez-vous l'aimer?

C'était une question prudente, un pied posé avec précaution sur la surface d'un étang récemment gelé. Evelina en prit toute la mesure: Tobias venait de se mettre à nu. Elle scruta ses traits, la bouche soudain très sèche. Ses propres émotions brûlaient comme un feu de joie, mais son esprit demeurait alerte et pesait le pour et le contre. *Je pourrais l'aimer. Avec le temps, je pense que je pourrais bâtir un futur avec lui.*

Il était beau, cela n'avait pas changé, mais elle distinguait à présent des lignes plus dures sous sa joliesse. Il y avait un début de maturité dans son expression et Evelina aimait ce qu'elle entendait. Il voulait quelque chose de différent. Elle était différente. Si elle parvenait à tourner le dos au passé, cela pourrait – peut-être – fonctionner.

—Je pourrais, répondit-elle dans à peine plus qu'un murmure. Construire a du sens.

Elle avait parcouru un tel chemin pour en arriver à cette première saison. Elle avait vécu la présentation et son premier bal. Mais cet instant était le premier qui lui donnait le sentiment d'appartenir à la véritable Evelina, pas seulement Evelina la débutante, la jeune femme que sa mère-grand Holmes avait fait de son mieux pour inventer.

Tobias la voulait elle et pas seulement l'idéal d'une jeune fille parfaitement éduquée de la haute société.

—Cela me ravit, dit-il en lui prenant les mains. Construire est une bonne chose. Construire une vie avec vous sera mieux encore.

Sur ces mots, Tobias franchit les derniers centimètres qui les séparaient et pressa ses lèvres chaudes contre les siennes. Dans l'esprit d'Evelina tout devint flou, ses facultés critiques fondant comme la neige sur un poêle brûlant. Tobias sentait le savon et le lin, celui de sa chemise. Les doigts d'Evelina cherchèrent instinctivement son visage, dessinant les contours nets de sa mâchoire et de ses joues rasées de frais.

Et puis il approfondit son baiser et un grand frisson la traversa, accompagné d'une décharge électrique qui fit fondre ses ultimes résistances. Elle s'y abandonna et le laissa faire courir sa main le long de son flanc et de la courbe de sa taille. Ses seins s'écrasèrent contre lui, délicieusement sensibles. Le corps tout entier d'Evelina paraissait brusquement s'éveiller.

Quand leurs lèvres se séparèrent, elle haletait comme si elle venait de courir pendant un ou deux kilomètres. Il n'y avait ni devas ni lueurs argentées, mais le baiser de Tobias n'en était pas moins magique.

Il sourit d'un air terriblement malicieux qui donnait l'impression que tous ses soucis s'étaient envolés.

— Vous testez vos talents d'enquêtrice ?

L'espace d'un instant, elle fut incapable de former des mots. Elle se demanda si elle n'allait pas devoir s'allonger.

— Constitueriez-vous un mystère à résoudre ?

— Peut-être suis-je simplement un crime sur le point d'être commis ?

C'était plus que probable. Il l'avait complètement déboussolée.

— Alors peut-être devrais-je appeler l'inspecteur Lestrade en vue d'une arrestation.

Tobias serra les mains d'Evelina dans les siennes et son sourire se fit légèrement contrit.

— Un petit séjour en cellule pourrait m'être profitable. J'ai beaucoup de choses à planifier.

CHAPITRE 36

«La *détection* est, ou devrait être, une science exacte; elle devrait donc être constamment traitée avec froideur et sans émotion.»

Sherlock Holmes, propos retranscrits par le docteur John H. Watson,
Le Signe des quatre

Evelina s'était enfermée dans sa chambre, écœurée d'elle-même. Elle venait de passer une heure transportée de joie avant de se tourmenter sans fin à propos de ce qui, sans être une demande en mariage formelle, s'y apparentait terriblement. Jusqu'à se sentir de nouveau transportée.

Cette façon qu'elle avait d'être tout à la fois choquée, déchirée de l'intérieur et pleine d'une folle allégresse la laissait perplexe. Pas étonnant qu'on ait consacré tant de pages à l'écriture de poèmes d'amour. Les gens essayaient simplement de donner du sens aux bouleversements de leurs émotions.

Les jeunes hommes étaient des créatures d'une extrême complexité. La duchesse de Westlake les avait comparés à des navires. Evelina ne connaissait rien de la mer, mais Tobias aurait été une réalisation magnifique et élégante dotée de nombreuses voiles blanches, la rencontre entre tradition et innovation. Evelina retourna l'image dans sa tête en se demandant quelle place elle pouvait occuper dans cette métaphore sans que cela devienne vulgaire.

Nick, en revanche, aurait été un vaisseau pirate aux lignes racées. Il arborait d'ores et déjà des anneaux d'or aux oreilles.

Et puisqu'on parlait de jeunes messieurs insondables, il y avait aussi ce dénommé Striker qui – d'après Souris et Oiseau – avait d'abord été l'ennemi de Nick avant de devenir son compagnon d'armes.

Nick et Striker avaient tué Magnus ensemble – en se sauvant mutuellement la vie –, ils avaient bu d'énormes quantités de gin bon marché, s'étaient plongés dans les plans de dirigeable que Nick avait accidentellement volés à Magnus dans une tentative pour panser ses blessures, et avaient fini par rendre visite à un chirurgien quand il était devenu clair que Nick avait besoin d'une véritable assistance médicale. Des soins que le garde-rue du roi Doré pouvait réclamer à volonté pour ses Dos-jaunes. Au moins Keating faisait-il quelque chose pour ses hommes.

Au final, tout le monde s'en était sorti. Sauf Magnus.

Et qu'est-ce que tout cela t'inspire? Elle était heureuse que Souris et Oiseau soient de retour. Infiniment soulagée de savoir que Nick était hors de danger et que Magnus ne soit plus. Et pleine de gratitude – une immense gratitude – envers Nick pour s'en être assuré.

Et pourtant? Une impression de perte s'éveillait en elle et des larmes inattendues venaient troubler sa vision. Magnus avait su qui elle était. Il aurait pu lui enseigner beaucoup de choses, quoique sans doute pour un prix qu'elle n'aurait jamais voulu payer. Il l'avait menacée, lui avait dérobé ses créations, avait tenté de la pervertir. Quoi qu'il en soit, la perte d'une vie et d'un tel savoir ne pouvait être prise à la légère.

Elle laissa échapper un souffle haché.

Par contraste, la logique des rouages et des ressorts lui semblait des plus apaisantes.

Son précieux petit oiseau était perché sur le rebord de son vanity-case, occupé à picorer vis et engrenages comme s'il s'agissait de graines.

Evelina avait dû retravailler certaines des réparations de Striker, mais la plupart étaient aussi bonnes que ce qu'elle aurait pu faire en personne sans refondre complètement le laiton. Ce rapiéçage donnait à Oiseau un petit air canaille qui faisait un peu penser à Striker lui-même. Souris n'avaient pas été aussi sérieusement endommagée, mais avait connu des moments difficiles durant le baroud d'honneur du docteur Magnus.

Evelina frotta le ventre de Souris pour faire disparaître une éraflure.

— *Je ne sais pas pourquoi tu te donnes tant de mal pour cette... chose*, se plaignit Oiseau.

— Tu n'as pas envie d'une amie? demanda-t-elle.

— *Qu'ai-je donc en commun avec un rongeur?*

À l'occasion des réparations, elle avait garni ses petites pattes de velours afin que ses déplacements soient parfaitement silencieux. Souris les agitaient en l'air pendant qu'Evelina la frottait.

— Vous pourrez dire du mal des chats en laiton.

C'est à ce moment que Souris intervint.

— *Après cette fascinante conversation, peut-être pourrions-nous évoquer les scores des derniers matchs de cricket ? Comment suis-je censée travailler avec quelque chose qui, sans la grâce des dieux, aurait pu être une omelette ?*

— Vous n'êtes tous les deux que des jaloux. Chacun de vous voudrait être le seul et unique appareil mécanique doué de vie.

— *C'est absurde*, se défendit Oiseau avec raideur.

— *Je suis unique*, se vexa Souris.

— Ça, c'est sûr, répondit Evelina, pince-sans-rire, sans cesser de gratter.

— *Je proteste contre cette servitude illogique*, se plaignit encore Souris.

Evelina posa son chiffon.

— Et pourtant tu sembles apprécier de te faufiler partout, dit-elle. J'irais même jusqu'à dire que tu adores ça.

— *Cela offre un certain intérêt sensationnaliste.*

Evelina sortit ses loupes.

— Si vous voulez vraiment partir, je ne vous forcerai pas à rester. Mais alors vous ne saurez pas le fin mot de l'affaire.

Ils restèrent tous les deux silencieux.

— Je suis sérieuse. À sa manière, Magnus a tenté de me capturer comme je l'ai fait avec vous. Et ça ne m'a pas plu. Je ne veux pas faire subir ça à qui que ce soit.

Oiseau sauta sur le secrétaire depuis le vanity-case, ses pattes dérapant sur la surface lisse.

— *On te tiendra au courant.*

Ce qui semblait indiquer que se plaindre était plus amusant que d'obtenir ce qu'ils demandaient.

Une autre présence sondait l'esprit d'Evelina. Le cube lui faisait penser à un chat cherchant les caresses qui donnerait de petits coups de patte pour attirer son attention.

Elle le cachait en général dans le fond de son armoire, mais le sortait lorsqu'elle était dans sa chambre. Il semblait apprécier la compagnie, même si les autres devas ne le comprenaient pas plus qu'elle. Grattage et polissage n'avaient rien changé à son aspect. C'était toujours une masse rouillée d'engrenages et de rouages partiellement fondus, mais l'intelligence qu'elle contenait était infiniment plus que cela.

Le cube était posé sur le coin du secrétaire. Souris avait grimpé dessus et nettoyait les résidus de poli à métal sur ses moustaches. Evelina caressa du bout des doigts la surface grêlée et rugueuse du cube, froide au toucher. En retour, il entra en contact avec son esprit, d'une manière douce, presque aimante. Il y avait dans cette présence quelque chose de féminin, de quasiment maternel.

— Qu'es-tu donc ? chuchota Evelina. De quoi as-tu besoin ?

Une réponse lui parvint, une voix ferme et claire sous son crâne, mais dans une langue qu'elle ne connaissait pas. Elle n'avait jamais réfléchi au fait que les esprits de la nature puissent parler différentes langues. Ou peut-être y avait-il une autre raison qui les empêchait de se comprendre ? Les devas s'adressaient à ceux en qui coulaient le Sang, mais mamie Cooper avait l'habitude de dire qu'il existait jadis de nombreuses tribus différentes, toutes dotées de talents spécifiques et d'affinités avec différents types de devas. Cela semblait logique. Au fil des années, Evelina avait parlé à seulement un ou deux esprits de l'air contre des centaines de devas issus de la terre, des plantes et des arbres.

Évidemment, rien de tout cela ne l'aidait à présent.

— Je ne comprends pas, dit-elle.

La voix retentit de nouveau, rauque et douce, mais empreinte d'un sentiment d'urgence. Elle faisait vibrer la corde sensible d'Evelina, cherchant à lui faire comprendre… quelque chose. Fatiguée comme elle l'était, celle-ci sentit des larmes de frustration lui piquer les yeux.

— J'aimerais pouvoir t'aider.

— *Helen.*

Evelina tressaillit.

— Comment m'as-tu appelée ?

— *Helen ?*

Cette fois, le nom était teinté d'espoir. Ce n'était pas grand-chose, mais cela constituait un début de véritable communication. C'était aussi le nom que le docteur Magnus avait employé au bal.

Il lui avait également parlé du coffret d'Athéna, en laissant entendre que celui-ci combinait magie et machine. Elle contempla le cube en se demandant qui l'avait jeté parmi les détritus dans l'entrepôt. Une personne incapable d'entendre les devas. Un ouvrier négligent ? Quelqu'un qui, en tout cas, était aveugle à tout ce qui ne brillait pas.

Si le cube était doré et scintillant, je me demanderais s'il s'agit de l'objet que tout le monde cherche. Mais si j'ai raison et que certains des trésors de Keating ont été volés et fondus, l'histoire pourrait être très différente. Et si le cube était tout ce qui reste du coffret ?

L'idée était stupéfiante. Elle agrippa le rebord de son secrétaire comme si le contact du bois dur pouvait l'empêcher de s'envoler vers de trop délirantes spéculations.

Je dois procéder lentement et ne pas tirer de conclusions hâtives !

Puis on frappa à la porte et ses pensées s'éparpillèrent.

Evelina saisit Oiseau et le fourra dans la poche de sa jupe, étouffant ses pépiements indignés. Elle laissa tomber Souris dans le vanity-case, referma le couvercle et saisit la montre qu'elle faisait semblant de réparer. De manière improvisée, elle jeta un napperon par-dessus le cube. Le résultat était étrange, mais c'était le mieux qu'elle puisse faire dans l'instant.

— Entrez ! lança-t-elle en se retournant dos au secrétaire.

Imogen passa la tête au coin de la porte.

— Ton oncle est arrivé.

— Il était temps.

Evelina lissa ses jupes et se hâta de suivre son amie.

Sherlock Holmes, détective-conseil, se tenait dans le hall d'entrée de Hilliard House. Bien que parfaitement immobile, il paraissait occuper tout l'espace. Grand et sec, il semblait remarquablement à l'aise dans son léger manteau d'été, comme s'il passait par hasard après une petite balade.

Le pas d'Evelina se fit soudain hésitant. Malgré sa mise impeccable, son oncle avait d'épais cernes sous les yeux. Il donnait l'impression de ne pas avoir fermé l'œil durant les trois dernières semaines. À quoi avait-il travaillé ? Une affaire en rapport avec la Bohême ?

— Lord Bancroft n'est pas ici, monsieur, annonça Bigelow.

— Je n'ai pas demandé à voir lord Bancroft, répondit Holmes sur un ton égal. Je suis venu m'enquérir de ma nièce.

— Me voici, mon oncle.

Evelina s'arrêta pour exécuter une petite révérence. Si le docteur Watson avait été là, il y aurait eu des étreintes et des sourires, mais Sherlock Holmes n'était pas le genre d'homme que l'on embrassait automatiquement.

— J'ai profité de mon retour du continent pour faire un arrêt chez ta grand-mère, annonça Holmes en ôtant son haut-de-forme. Elle va beaucoup mieux. Je suis persuadé que la nouvelle de ton succès au palais constituait le meilleur tonique qui soit.

Il avait dit cela d'un air pince-sans-rire mais non dénué de bienveillance.

— Au cours de notre conversation, j'ai pu établir qu'elle connaissait par cœur l'intégralité du code vestimentaire et chaque étape de la procédure.

Ils échangèrent un sourire ironique, une façon de partager toute leur commisération sans prononcer un mot.

— C'est une belle journée. Que dirais-tu d'une promenade ? demanda-t-il. Je crois que nous avons nombre de sujets intéressants à aborder.

Cinq minutes plus tard, Evelina descendait la rue en hâtant le pas pour suivre les grandes enjambées de Holmes. Ils faisaient le tour du jardin circulaire qui décorait le centre de Beaulieu Square.

— Je suis ici spécifiquement parce que Lestrade m'a adressé un courrier, expliqua-t-il. Je crois comprendre que trois des domestiques de lord Bancroft ont été assassinés. J'ai oscillé entre mon absolue confiance en ta capacité à faire face et ma crainte qu'un maniaque armé d'un poignard n'arpente les couloirs de cette demeure. Puis je me suis demandé pourquoi personne d'autre n'avait jugé bon de m'en informer, termina-t-il avec un regard acerbe vers Evelina.

Elle sentit sa gorge se serrer. Il avait fallu à son oncle moins d'une minute pour entamer la conversation qu'elle appréhendait le plus.

— Qu'auriez-vous fait si vous l'aviez su ? Vous étiez à l'étranger.

— C'était nécessaire. Mon affaire s'est révélée avoir des ramifications inattendues.

— Nul doute que vous aurez trouvé cela intéressant.

Il s'empourpra légèrement, comme si les ramifications en question pouvaient avoir quelque chose de personnel. *Une femme ? Non, impossible.*

— Pas un intérêt d'un genre très plaisant, j'en ai peur. Je ne peux divulguer de détails mais disons simplement qu'il y a quelques mois s'est produit une sorte de scandale impliquant une aventurière et un membre de l'aristocratie bohémienne. Le pire a été évité et, pour autant qu'on puisse en juger, la question réglée.

— Et ?

— Les barons de la vapeur ont des intérêts dans plusieurs pays étrangers, y compris la Bohême. Ils ont retrouvé cette femme, Irene Adler, et cherché à l'obliger à servir leurs intérêts en Bohême par tous les moyens à sa disposition. Elle savait que, si elle acceptait, aucun des partis impliqués n'en sortirait indemne.

Evelina était intriguée. Elle avait déjà entendu mentionner Irene Adler de manière allusive. Son oncle se taisait chaque fois que le docteur Watson prononçait son nom.

— Que s'est-il passé ?

— Elle m'a demandé mon aide. Je la lui ai accordée.

— Et les barons de la vapeur ?

Holmes balança sa canne d'une manière presque enjouée.

— Mieux vaudrait que je me tienne soigneusement à l'écart du roi Écarlate pendant quelque temps. Imagine-toi qu'il m'a accusé de faire partie de ce qu'il appelait la conspiration de Baskerville.

C'était d'autant plus difficile à imaginer que Holmes n'était pas très doué pour la collaboration, ce qui était généralement requis dans une conspiration. Quoi qu'il en soit, Evelina rangea le nom dans un coin de son esprit. Connaissant son oncle, il pouvait très bien l'avoir mentionné pour une raison précise. Elle n'était sûre de rien, mais il serait inutile de l'assaillir de questions avant qu'il soit disposé à en dire plus.

Ils marchèrent en silence pendant un moment, laissant passer quelques vélos à vapeur. Dans le ciel au-dessus de la ville, des ballons d'hydrogène flottaient tels des oiseaux colorés dans la lumière de la fin d'après-midi. Keating Service avaient lancé des expérimentations de télégraphe aérien, tirant des câbles à travers les cieux pour anticiper la création de stations de communications volantes à bord de dirigeables. Pour l'heure, toutefois, les oiseaux et le mauvais temps posaient bien des problèmes.

Elle glissa un rapide coup d'œil vers son oncle. Il déclenchait parfois le chaos dans son sillage de la même manière qu'une femme de chambre agitait les moutons de poussière avec son balai, mais les gens se tournaient vers lui pour rétablir l'ordre, pour ramener la société à la normale. Pour une fois, elle s'interrogea sur le coût de l'ordre rétabli. Comme elle l'avait remarqué plus tôt, il semblait lessivé, au point que l'on distinguait les os de son visage sous sa peau pâle.

— Vous avez travaillé trop dur, dit-elle.

— Je suis sûr que Watson écrira quelque chose sur le sujet, répondit-il avec dérision.

Elle changea de propos. S'il choisissait de ne pas en dire plus, insister serait pure perte. Il était vain de discuter avec un homme qui considérait que dormir et se nourrir constituaient une entrave à l'exercice de l'intellect.

— Je suis contente que vous soyez venu, dit-elle.

Il lui fit un bref sourire qui tenait presque de la grimace.

— Alors mettons-nous au travail. Redis-moi tout ce dont tu te souviens à propos de cette servante assassinée, sans rien omettre.

Evelina tressaillit.

— Je croyais que vous étiez à l'œuvre sur une affaire pour le roi Doré ?

Il parut surpris ; une expression qu'elle n'avait pas souvent vue chez lui.

— Tu vis dans une maison pleine de dangers. Croyais-tu sincèrement que je pourrais ne pas m'en soucier à présent que Lestrade a jugé bon de m'informer ?

— Keating n'est pas homme à aimer qu'on le fasse attendre.

— Comme le prouvent les nombreuses lettres de mécontentement qu'il m'a adressées cette semaine. Peu importe, je m'occuperai de Jasper Keating en temps voulu. Le mystère qui l'afflige n'est qu'une simple histoire d'objet égaré. Maintenant, dis-moi ce que tu sais.

Ce qu'elle fit, en mentionnant les plus infimes détails dont elle se souvenait. Le récit avait quelque chose de presque thérapeutique. Plus de bourbier d'émotions compliquées, plus de décisions et de choix avec lesquels se débattre. Tout n'était que faits nets et carrés. Elle était là pour les convoyer, pas pour les interpréter.

Les yeux mi-clos, il absorba son monologue : la mort de Grace, l'or et les émeraudes, les automates, les palefreniers, l'indice qui l'avait conduite jusqu'à l'entrepôt, la conversation entre lord Bancroft et le docteur Magnus, la description que celui-ci avait faite des logements souterrains et, finalement, sa mort. Elle ne mentionna rien de son propre usage de la magie ou de la véritable nature des automates.

— Fascinant, déclara-t-elle une fois qu'elle eut terminé. Le coffret d'Athéna semble attiser bien des convoitises. Keating est venu me voir pour le récupérer. Il semble que mon affaire et la tienne se recoupent.

Mon affaire. Evelina en aurait presque eu le souffle coupé. C'était puéril et bête, mais le fait qu'il ne se soit pas moqué de son enquête maladroite la ravissait.

— Ce qui semble confirmer que le coffret n'est pas en sa possession.

— Magnus pensait que Keating l'avait, Keating le croyait volé et Bancroft s'est retrouvé entre les deux. Tous les aspects d'une farce de la commedia dell'arte, ce qui me pousse à croire qu'il nous manque un acteur.

Elle le dévisagea avec fascination. C'était la raison pour laquelle c'était lui le grand détective.

— Vraiment ? Comment le savez-vous ?

— Observe les trous dans notre récit et tu tiendras la trajectoire de notre mystérieux acteur.

— Comment faire ?

Plissant les yeux, elle leva la tête vers le soleil pour deviner l'heure qu'il était. Elle aurait aimé que son oncle arrive plus tôt car la conversation pourrait prendre des heures. L'idée qu'ils puissent être interrompus durant cette occasion unique d'examiner les indices un par un lui donnait envie de hurler.

— Qu'y a-t-il que nous ignorons ? demanda-t-il.

Il avait passé les mains dans son dos et affichait un air professoral.

— Qui a tué les Chinois ?

— Et ?

— Où se trouve le coffret.

À moins que ce ne soit moi qui l'aie ? Mais impossible d'expliquer la raison pour laquelle elle suspectait que c'était le cas. Il aurait fallu avouer que le cube lui parlait.

Il hocha la tête.

— Bien. Et ?

— Pourquoi Grace transportait de l'or et l'identité du tueur si nous estimons que ce n'était pas Magnus lui-même. Il a admis avoir volé les automates pour faire pression sur Bancroft.

— L'as-tu déjà vu utiliser une lame ?

Une remarque acérée, si je puis dire.

— Non. J'ignore quel genre d'arme à feu ou d'arme blanche avait la faveur de Magnus.

Magnus était un sorcier, mais c'était une information que son oncle remettrait forcément en question. Et cela les mènerait sur un chemin qu'elle n'était pas prête à emprunter. En tout cas pas tout de suite.

— Nous ignorons beaucoup de choses, en fait.

Holmes secoua la tête, l'air presque irrité.

— Faux. Mais tu oublies plusieurs éléments : les voix que tu as entendues, l'identité de l'individu dans le couloir, ou celle du père de l'enfant de cette pauvre fille.

Evelina eut un rire attristé.

— Rien que de petits détails.

— Des progrès du côté du cryptogramme ?

— Malheureusement non.

Elle se sentait complètement dépitée.

— Peu importe. Crois-le ou non, tu as accompli un travail acceptable pour ce qui est de rassembler les informations. Il ne reste plus qu'à y mettre bon ordre. Je discerne l'intervention de non pas un mais deux participants inconnus.

Ils avaient fait le tour de Beaulieu Square et traversaient de nouveau les jardins de Hilliard House. Ils s'arrêtèrent devant la porte où Tobias avait rencontré Grace Child la nuit de sa mort. Holmes s'accroupit pour regarder par terre et sortit une loupe afin de scruter chaque brin d'herbe. Evelina le regarda faire, légèrement incrédule.

— Que cherchez-vous ?

— Il y a là d'intéressantes cendres de cigarette.

Voilà qui composait un bel oxymore.

— Il devait y avoir cinquante personnes lors de la garden-party. La moitié au moins étaient des hommes et la moitié d'entre eux fumaient. Ce ne sont pas les cendres qui manquent, intéressantes ou non. Et une semaine s'est écoulée depuis le meurtre.

Holmes se redressa et s'épousseta les genoux.

— Tu as raison, parfois la cendre n'est que de la cendre. Je ne le sais jamais avant d'avoir regardé. Et sache que la plupart des gens sont impressionnés par ce petit numéro.

Evelina haussa un sourcil.

— Cependant, reprit-il en rangeant sa loupe, revenons à la chronologie des événements. Grace Child attendait dehors jusqu'à ce que le jeune M. Roth la fasse entrer peu après minuit et demi. On l'a ensuite retrouvée morte vers 1 heure du matin.

— Oui.

— Elle avait, disais-tu, une bougie dont la cire s'est renversée sur le sol ?

— Oui, à l'endroit où elle l'a lâchée.

Il leva l'index.

— Pourquoi se tenait-elle dans le vestiaire avec une bougie ? Elle n'aurait pas dû en avoir à moins d'être allée la chercher une fois entrée dans la maison. Pourquoi n'est-elle pas simplement partie se coucher ?

Evelina commençait à comprendre.

— Elle attendait quelqu'un. Pendant quelques minutes, même, d'après la quantité de cire fondue.

Sherlock hocha la tête.

— Qui attendait-elle ? Il y a trois candidats possibles : un habitant de la maison, l'inconnu qui t'a croisée dans le couloir à une heure moins le quart ou celui qui parlait dehors à 23 heures. Le premier a plus de chances d'être celui qui a rencontré la fille. Il est assez probable que le second soit le tueur.

— Il ne s'agit pas d'une seule et même personne ?

— Il y a le fait qu'elle avait toujours l'or sur elle. Je pense que la personne qu'elle voulait rencontrer ne s'est pas présentée. Peut-être qu'en l'attendant la jeune femme a surpris quelqu'un d'autre.

L'excitation bouillait dans les veines d'Evelina.

— Bien sûr ! Magnus voulait voler les automates ! Est-il possible que ce soit lui qui ait arpenté les couloirs cette nuit-là ?

— C'est possible, voire franchement probable, répondit Holmes avec un haussement d'épaules. Il sera facile de reconstituer les événements.

— Par où allons-nous commencer ?

Il leva les yeux vers Hilliard House.

— Par le dîner. Il me semble humer le fumet d'un délicieux gigot d'agneau. Et sans doute le moment est-il venu pour moi d'échanger quelques civilités avec les autres participants de notre petit jeu.

CHAPITRE 37

Son père le regardait fixement, bouche bée de stupéfaction, une expression que Tobias n'avait jamais vue chez le *pater* auparavant. Cela lui donnait envie de sortir à reculons du bureau comme l'on battrait en retraite face à un chien enragé.

— Qu'est-ce que j'apprends à propos de Holmes ?

Bancroft se leva derrière son bureau, son expression digne du tigre grondant monté sur le mur derrière lui.

— Ici ? Sous mon toit ?

Les rayons de soleil obliques qui entraient par la fenêtre faisaient luire les ornements en laiton du plan de travail. De quoi conférer à la scène une dimension dramatique supplémentaire en créant l'impression que tout le bureau était sur le point de prendre feu. Et peut-être était-ce le cas.

— Mère vient de l'inviter à dîner.

Bancroft se rassit brusquement, comme si ses réserves s'étaient brusquement vidées.

— Tout ce que je te demandais était de distraire la jeune Cooper.

— Navré de ne pas être le mufle que vous voudriez que je sois, répondit Tobias.

Son père lui lança un regard noir. L'appréhension de Tobias se changea en agacement.

— Qu'est-ce que Holmes risque de découvrir, selon vous ?

— Ce ne sont pas tes affaires.

Une digue céda au plus profond de Tobias, libérant un flot de colère. Il y avait une limite au mépris qu'il pouvait endurer.

— Ce ne sont pas mes affaires et pourtant vous vous sentez obligé d'égrener des sous-entendus inquiétants en insinuant qu'il est de mon devoir de vous aider à dissimuler quelque chose !

Son père se redressa sur son siège, les yeux luisant de colère.

— Qu'as-tu dit ?

— Quel est ce sombre secret ? Bon sang ! je sais très bien que ça a un rapport avec les automates.

Tobias se pencha au-dessus du bureau, ivre de la sensation de dire enfin ce qu'il avait sur le cœur.

— Je le sais parce que Magnus possédait une poupée, une ignoble création. Les vôtres sont loin d'être aussi jolies que son jouet, mais elles partageaient le même parfum de malfaisance. Même moi j'ai pu m'en rendre compte, alors que je ne connais rien à la magie.

Il se laissa retomber sur sa chaise. Évoquer les automates le rendait malade. Son esprit ne cessait de conjurer l'image de la poitrine de Serafina animée par une parodie de respiration humaine. Cette vision était comme une souillure tenace, une tache d'encre à travers laquelle il était désormais forcé de percevoir le monde. Les seuls moments où elle s'effaçait étaient lorsqu'il se trouvait en compagnie d'Evelina.

Avec des gestes raides, son visage tel un masque de pierre, Bancroft ouvrit une boîte posée sur son bureau. Sculptée dans du bois de santal et décorée d'un treillage d'argent, elle faisait à peu près la taille d'une miche de pain. Le couvercle s'ouvrit, laissant voir une double rangée de lames d'acier aussi aiguisées que des scalpels, serties sur un cadre. Bancroft actionna un levier et la boîte télescopique se déplia sur une hauteur de soixante centimètres, les lames à son sommet.

— Attention à ce que tu t'apprêtes à dire. Il y a des parties de notre histoire familiale qu'il est préférable de laisser en paix.

Tobias ravala sa salive en voyant son père saisir une missive posée sur une pile de courrier près de lui. Lord Bancroft tint la lettre au-dessus des lames et appuya sur un bouton de l'appareil. Les élégantes mâchoires d'acier s'activèrent frénétiquement, aspirant le papier pour le mettre en lambeaux.

« Tchac, tchac, tchac ». La lettre fut réduite en morceaux plus petits que l'ongle de son auriculaire. Des secrets à jamais envolés. À moins qu'il n'y ait un message moins subtil encore dans ces lames brillantes et acérées.

La tête de son père se découpait à contre-jour sur le coucher de soleil au-dehors. Tobias pouvait imaginer que son père lui coupe les vivres, mais il n'avait jamais envisagé qu'il puisse donner son héritier en pâture à la déchiqueteuse de courrier brevetée de MacDonald.

« Tchac, tchac, tchac » fit une deuxième page.

Ce petit jeu fatiguait Tobias.

— Je m'en fous.

Son père parut d'abord choqué puis vaguement approbateur.

— Je vais te dire une chose : ces automates représentent le pire moment de ma vie.

Lord Bancroft faisait rarement des déclarations aussi personnelles. Tobias espérait qu'il ne s'agissait pas du prélude à une rencontre intime avec la déchiqueteuse.

— Pourquoi ? Et qu'ont-ils à voir avec le docteur Magnus ?

Il ne s'attendait pas à obtenir une réponse, mais la question méritait d'être posée. La main de Bancroft trembla et il sacrifia un nouveau document orné d'armoiries, ses doigts dangereusement prêts des lames. L'estomac de Tobias se noua.

— Ils constituent le moyen par lequel Magnus s'est assuré de son emprise sur les fondements mêmes de cette famille.

L'intensité dans la voix de son père fit presque plus d'effet à Tobias que les lames en mouvement.

— Il est mort maintenant, répondit-il d'une voix douce.

Il se demanda soudain si son père avait orchestré le meurtre.

— Je n'y croirai pas avant d'avoir vu son cœur cesser de battre.

— Que peut bien vous avoir fait Magnus ?

— Il pratiquait les formes de magie les plus sombres.

— Je sais.

Les contes populaires affirmaient que la magie était risquée. La loi que c'était de la trahison. Tobias y voyait le mal, tout simplement. Il l'avait vu lui rendre son regard au travers des yeux de verre bleus de cette poupée démoniaque.

À un moment durant la soirée – de toute évidence avant d'être réduits en charpie –, Magnus avait dû récupérer sa création. Lorsque Tobias était retourné à l'atelier au matin, équipé d'huile et d'allumettes pour tenter de nouveau de la brûler, Serafina et sa malle n'étaient plus là. Cependant, elle était toujours là, quelque part, démontée et attendant de pouvoir se nourrir de son prochain gardien.

— Parlez-moi des poupées que Magnus vous a volées.

Étonnamment, son père répondit.

— Je les ai fabriquées. Au départ, elles n'étaient rien de plus que des domestiques mécaniques.

— Je m'en souviens. Je me rappelle leur présence à la maison.

Il parlait sans nostalgie. Lorsqu'il était enfant, ces créatures cliquetantes au regard vide lui avaient fait peur.

« Tchac, tchac, tchac ».

Tobias passa la langue sur ses lèvres. Peut-être qu'un petit séjour en bord de mer serait le bienvenu pour ses parents. Un endroit reposant. Un endroit loin, très loin, de tout objet tranchant.

— Magnus avait des idées sur la manière de leur insuffler sa magie. Elles ont été souillées et j'ai donc été contraint de les mettre hors-service.

Son dernier courrier réduit en confettis, Bancroft éteignit la machine.

Alors que les lames ralentissaient et s'arrêtaient, Tobias se cala au fond de sa chaise, tremblant presque de soulagement.

— C'est le moment où Imogen et Anna sont tombées malades.

Son père releva la tête avec un regard circonspect.

— En effet.

— Pourquoi ne pas avoir simplement détruit les automates ? Pourquoi les avoir transportés jusqu'ici ?

L'espace d'un instant, son père eut l'air mélancolique.

— Au départ, les expériences de Magnus étaient amusantes, voire stupéfiantes. Il était capable de les faire marcher, danser ou accomplir des tâches domestiques.

Il se reprit et son ton devint plus dur.

— Mais lorsqu'elles sont devenues trop indépendantes, j'ai commencé à m'inquiéter pour le bien-être de ma famille. Je lui ai dit d'arrêter. Il a prétendu que je lui avais demandé d'améliorer mes créations, qu'il avait fait tout cela à ma demande.

— Et ? l'aiguillonna Tobias.

— Il a exigé un paiement. D'un montant exorbitant. Je n'avais pas une telle somme. J'ai menacé de les découper en morceaux. Il a répliqué que la magie dont il les avait imprégnées frapperait notre famille en retour si j'abîmais ne serait-ce que leur peinture. J'ai été forcé de les traîner d'un bout à l'autre de l'Europe, tels des boulets à mes chevilles. Je pensais néanmoins que si je pouvais garder le secret à leur sujet nous serions tous en sécurité.

— Et puis Magnus est venu jusqu'ici.

Son père s'affaissa sur son fauteuil.

— Quand j'ai entendu dire qu'il était à Londres, j'ai voulu faire transporter les malles jusqu'à une minuscule propriété achetée sous un faux nom. Mais il est tout de même parvenu à me les voler. Magnus savait ce que valait son silence. Je n'ai pas osé risquer son courroux et il a exploité à plein cet avantage.

C'était donc pour cela qu'il était présent à la garden-party et comptait parmi les convives du dîner. Pendant tout ce temps, Magnus tenait son père sous la menace d'une arme invisible.

Et je lui ai fait confiance. Quel imbécile ! On devrait m'enfermer avec une camisole de force sur le dos pour éviter que je sème un peu plus la pagaille.

Son père se leva et marcha jusqu'à la fenêtre.

— Maintenant il est mort et je n'ai aucune idée de l'endroit où elles sont cachées.

— Il ne peut plus révéler vos secrets.

— La magie est interdite dans tout l'Empire. Un mot de leur existence et je serai ruiné. Notre famille sera condamnée.

— Alors nous devons les retrouver.

— Bien sûr.

Mais la voix de son père ne contenait pas beaucoup d'espoir. Il alla chercher deux verres, y versa du whisky et en tendit un à son fils.

L'histoire des poupées tenait debout et correspondait au peu de souvenirs que Tobias avait de cette lointaine époque. Pourtant, pour un homme décidé à garder le secret sur les automates, lord Bancroft avait offert une généreuse récompense pour les récupérer. Il lui avait raconté leur histoire, certes, mais pas dans son intégralité. Son père lui cachait toujours quelque chose.

La colère consuma ce qu'il lui restait d'humeur conciliante. Il laissa le whisky sur le bureau, écœuré par son odeur.

— Il y a d'autres sujets dont nous devons discuter, dit Bancroft en retournant à sa place. La broche que tu as confectionnée pour ta mère a fait forte impression sur le roi Doré.

Tobias cligna des yeux, surpris.

— Quand vous a-t-il dit ça ?

— Quand il est venu se plaindre d'avoir trouvé notre coupe-papier planté dans la jambe de son garde-rue.

— Ah !

— Il s'est pris d'intérêt pour toi et a mentionné qu'il aurait peut-être un poste à pourvoir dans son équipe. Je lui ai dit que tu y réfléchirais. Il semble que tes bricolages puissent avoir une utilité, finalement.

— Vous m'avez trouvé un travail ? demanda Tobias, incrédule. Auprès d'un baron de la vapeur ?

Les yeux étrécis du *pater* lancèrent des éclairs dignes de Jupiter.

— Notre famille doit cultiver les faveurs de Keating. Le fait que sa fille se soit entichée de toi n'est pas passé inaperçu non plus.

— Bah !

— C'est une jolie fille. Tu as seulement à te montrer civil.

Ce n'était jamais si simple, mais Tobias était fatigué de discuter. *Il semble que j'aie encore de la valeur en tant que pion.* Magnus. Keating.

Son père. Choisir l'un ou l'autre ne changeait pas grand-chose. Il en était venu à les détester tous car, malgré ce qu'il avait dit à Evelina, il ne voyait aucun moyen réaliste de leur échapper. Pas sans jeter sa mère et ses sœurs en pâture aux lions.

Il avait été surpris de constater qu'il avait un certain sens du devoir. Et plutôt moins d'orgueil qu'il ne s'y serait attendu. Il avait l'étoffe d'un homme bien mais pas d'un homme d'exception. Il ne serait jamais ce rebelle brandissant la torche brûlante de la vérité.

Il eut de nouveau la vision de la poitrine de Serafina qui se soulevait et retombait. Était-ce un sourire moqueur au coin de ses lèvres si rouges ?

— En attendant, reprit lord Bancroft après s'être resservi, nous devons nous occuper de Holmes.

Tobias avait presque oublié le détective.

— Offrons-lui à dîner puis renvoyons-le chez lui. Il n'y a rien à découvrir ici. Magnus est mort. Laissons notre mauvaise fortune disparaître avec lui.

Bancroft pinça les lèvres.

— Si seulement c'était si simple.

Des mots qui faisaient étrangement écho aux pensées de Tobias.

Il quitta le bureau de son père quelques minutes plus tard, les tempes battantes et l'estomac nauséeux. Rien que Holmes puisse découvrir ? Bien sûr que si. Sauf que le grand lord Bancroft refusait de dire à son fils de quoi il s'agissait. Alors comment diable pourrait-il empêcher un désastre ?

Tobias s'arrêta devant le petit salon pour écouter le murmure des voix étouffées. Les dernières lueurs du jour se dissipaient, plongeant le corridor dans une ambiance grise. À l'intérieur de la pièce, on servait des verres pour détendre les invités tandis que les couleurs désertaient le ciel, ne laissant derrière elles qu'une atmosphère floue et crépusculaire.

Evelina avait affirmé qu'un membre de la maisonnée avait tué Grace Child. Un acte brutal, soudain. N'était-ce pas en général le fait d'un individu au bord du gouffre, s'agitant violemment comme un nageur qui se noie ? Quelqu'un avec des secrets à protéger ? Un individu piégé sous le joug de puissants ennemis et risquant la ruine ?

Tobias se retourna pour contempler, pensif, la porte du bureau de son père.

CHAPITRE 38

« Vous connaissez ma méthode. Elle est fondée sur l'observation des détails. »

Sherlock Holmes, propos retranscrits par le docteur John H. Watson,
Le Mystère de la vallée de Boscombe

— Très simplement, monsieur Roth, je peux voir au premier coup d'œil, de par l'état de vos ongles, que vous êtes un amateur de créations mécaniques.

Holmes reposa sa cuillère à soupe, bien trop satisfait de sa petite présentation pour se soucier d'un simple consommé.

— Et votre dernière maîtresse était une chanteuse d'opéra italienne. Je le vois à votre tailleur de chemises, qui emploie une forme spécifique pour la boutonnière de la patte de devant. Les seules couturières qui connaissent cette technique viennent de climats plus chauds et travaillent généralement là où leurs talents sont le plus appréciés, c'est-à-dire près des boutiques de costumes de l'opéra italien. Vous aurez sans doute acheté ce vêtement en rentrant chez vous un matin où votre propre chemise n'était plus en état. Cependant, vous avez connu une brouille avec la dame, puis un contretemps avec votre valet personnel.

Holmes s'échauffait à peine mais Tobias bouillait déjà.

— Comment savez-vous cela ?

— Vos chaussures.

— Mes chaussures.

— Indubitablement.

Holmes croisa les mains par-dessus son gilet, sans même chercher à dissimuler sa jubilation.

— Est-il toujours ainsi ? chuchota discrètement Imogen.

— Attends un peu, souffla Evelina. Je sens venir le coup de grâce.

Tobias agita les doigts dans un geste provocateur tandis que ses oreilles rougissaient à vue d'œil.

— D'accord. Allons-y ! Comment mes chaussures trahissent-elles mes mésaventures amoureuses ?

— Il y a une trace de peinture dorée sur l'un de vos talons. Votre valet aurait dû s'en apercevoir s'il était attentif à ses devoirs. Cette marque est d'une couleur particulièrement criarde, employée dans un seul établissement en ville. Lequel était, jusqu'à récemment, dédié à l'opéra germanique. J'imagine que seul un jeune homme banni loin des délices exquis du *bel canto* déciderait de fréquenter le Royal Charlotte.

Tobias tressaillit en entendant ce nom, ce qui signifiait que Holmes avait tapé juste.

— N'est-ce pas l'endroit qui a subi l'attaque d'un crabe géant ? demanda Holmes en retroussant les lèvres d'un air malicieux.

— Un calamar, le reprit Tobias.

Tout le monde tourna les yeux vers lui. Il balaya la tablée du regard.

— Enfin, c'est ce que j'ai lu, dit-il.

Holmes haussa un sourcil dans le silence empreint de curiosité.

— Quel succulent rôti d'agneau, mère, lança gaiement Imogen à l'intention de lady Bancroft, qui se saisit du commentaire avec toute l'habileté d'un joueur de cricket de haut niveau.

Evelina remarqua que, pendant que sa femme vantait les vertus de la sauce à la menthe à l'autre bout de la table, lord Bancroft contemplait son assiette avec morosité. Le teint rougi par trop de vin, il avait l'air d'un homme décidé à en découdre. Evelina picora nerveusement dans son assiette sans détourner tout à fait son attention du maître de maison.

Celui-ci commença cependant par une manœuvre anodine :

— J'ignorais tout à fait qu'un détective-conseil serait également versé dans les arts musicaux, dit-il.

Evelina se détendit un peu. Son oncle aimait parler musique.

— J'ai mes préférences, dit-il. J'apprécie tout particulièrement Tartini.

— Le violon ?

Holmes but une gorgée de vin.

— *Les Trilles du diable*, quel superbe morceau.

— Une partition plutôt sensationnaliste.

— Ce qui n'enlève rien à sa beauté.

— Je crois comprendre que quelqu'un à Copenhague a inventé un nouveau type de penderie qui jouerait *Don Giovanni* sur une mandoline mécanique quand on ouvre la porte, déclara lady Bancroft avec enthousiasme. On peut ainsi s'entendre jouer une sérénade tout en choisissant ses habits pour la journée.

Holmes donna l'impression d'avoir mordu dans un citron par inadvertance.

Les couverts de Bancroft tintèrent contre son assiette de porcelaine comme il s'attaquait à son agneau.

— Je ne suis pas un adepte de l'esthétisme italien, dit-il.

Le détective prit une bouchée de pommes de terre.

— C'est vrai. Vous étiez ambassadeur en Autriche. Mozart et pâte d'amandes.

— La tradition viennoise a énormément à offrir.

Holmes eut un sourire désarmant.

— Je vous accorde volontiers Beethoven, mais vous serais reconnaissant de tenir Strauss hors de mon chemin.

Bancroft grommela des paroles qui furent étouffées par son verre de vin. Il avait beaucoup bu mais semblait rompu à l'exercice. Son élocution en était à peine affectée.

Evelina se pencha sur son assiette en faisant mine d'être fascinée par ses petits pois. Son oncle était un peu trop fier de ses opinions pour faire un invité parfaitement aimable. En tout cas pas quand d'autres individus aussi dominants se trouvaient dans la pièce.

Elle saisit précautionneusement le verseur en argenterie de sauce à la menthe, l'inclina vers son assiette et appuya sur le bouton placé sur l'embout. Un nuage de vapeur s'éleva doucement du couvercle et une généreuse cuillerée de sauce réchauffée à la température idéale se répandit sur son agneau. Une sorte de chaudière en argent repoussé était posée au centre de la table, connectée à une demi-douzaine de ces distributeurs de condiments, incluant le beurre, le jus de viande et la sauce à la groseille. La conséquence directe de cette dernière invention pour dîner *en famille** était l'absence de domestiques dans la pièce. Un petit sifflet à vapeur était posé au sommet de la chaudière, avec une jolie petite chaîne à actionner pour réclamer le plat suivant.

---

* En français dans le texte. (*NdT*)

—Qu'as-tu pensé de ta danse avec le capitaine Smythe la nuit dernière ? lui murmura Imogen.

—Il est trop habitué aux charges de cavalerie.

—Tu n'as plus dansé après l'entracte. Tu es restée assise à côté de Tobias. Mère l'a remarqué. (Imogen lui donna un petit coup sous la table.) Et moi aussi. Tu as quelque chose à me raconter ?

—Je venais d'être importunée par le docteur Magnus et je ne me sentais pas très bien. Tobias s'est montré compatissant.

Imogen s'apaisa quelques instants mais cela ne dura pas.

—C'est tout ? Rien de plus ? As-tu dansé la valse avec lui ?

Les paupières d'Evelina papillonnèrent et elle sentit rougir ses oreilles de la même manière que Tobias un instant plus tôt.

—Une seule. Ton frère est un danseur très correct.

—Evelina Cooper, tu n'as pas une once de romantisme !

Evelina tourna la tête vers Tobias et sentit sa poitrine se serrer. Il était tellement séduisant qu'elle avait le plus grand mal à empêcher des pensées infantiles de se répandre à travers son cerveau comme un pot de mélasse renversé.

—Je ne suis pas tout à fait d'accord.

Imogen roula des yeux en direction de son père. Evelina reporta son attention sur lui. La conversation s'était orientée vers des thèmes plus sérieux et l'ambassadeur commençait à pontifier.

—Comment pouvez-vous remettre en cause la décision du Premier ministre ? Vous êtes l'un de ces nouveaux hommes, Holmes. La science et rien que la science. Aucune place pour les sentiments.

Son oncle était capable – et tout à fait désireux – de débattre de n'importe quel propos s'il s'agissait de défendre une question de logique, mais Evelina se garda d'intervenir. De quoi parlaient-ils ?

Holmes secoua la tête.

—Je ne m'oppose jamais à la science. Mais je pourrais objecter à la mauvaise utilisation qu'en font certains démagogues.

Narines frémissantes, Bancroft réagit comme un taureau face à un drapeau rouge.

—L'un de ces gentlemen rebelles dont on entend tellement parler ces derniers temps ?

Holmes écarquilla les yeux l'espace d'une fraction de seconde. Bancroft l'avait pris par surprise.

—Je vous demande pardon ?

—Êtes-vous de ceux qui voudraient voir les barons de la vapeur eux-mêmes vaporisés par leurs propres engins ?

— Si divertissant que puisse être un tel spectacle, pourquoi souhaiterais-je une chose pareille ? Qu'est-ce que cela m'apporterait ?

Tobias se pencha en avant sur son siège pour s'immiscer de manière visible dans le débat.

— Trouvez-vous logique qu'un groupe d'industriels ait pu acquérir autant de pouvoir ?

Holmes laissa échapper un petit rire sec.

— Pour me faire l'avocat du diable, il y a un précédent. L'Angleterre a connu les grands seigneurs du Moyen Âge et l'emprise grandissante de l'Église. Le peuple a simplement consenti à un type de féodalisme différent. Mais quel que soit mon sentiment personnel, qui suis-je pour remettre en cause la volonté du peuple ?

— J'ai entendu une théorie, annonça Tobias d'un air grave. Certains pensent que la nation ira jusqu'à se fragmenter en petits royaumes, chacun gouverné par son propre baron. Ce serait la fin de l'Empire.

Bancroft avait pâli. Du peu qu'Evelina connaissait de ses positions politiques, il aurait pourtant été d'accord avec son fils peu de temps auparavant. Cependant, Jasper Keating avait été son invité quelques jours plus tôt. S'il avait changé de camp pour faire avancer sa carrière, il serait malvenu pour lui que son fils critique le roi Doré devant des inconnus.

Malheureusement, une lueur malicieuse s'était allumée dans le regard d'oncle Sherlock.

— Si la nation court le risque de se diviser en factions, il est préférable de préserver autant d'idéaux unificateurs que possible.

— C'est-à-dire ? demanda lord Bancroft.

Holmes parcourut l'assemblée du regard.

— Je joue un petit rôle dans le maintien de la justice et peux témoigner personnellement des déficiences du système. Si, en tant que communauté, nous ne sommes pas capables d'offrir au peuple la justice dans un État de droit, pouvons-nous blâmer ceux qui se tournent vers des hommes tels que Jasper Keating pour être protégés ?

Lord Bancroft étrécit les yeux.

— Est-ce ainsi que vous voyez votre rôle ? Défenseur suprême de la justice ?

L'expression moqueuse de Holmes s'évanouit.

— Je ne me prends pas à ce point au sérieux. Cependant, je suis devenu de plus en plus conscient de l'équilibre précaire de notre nation. Le pouvoir engendre le ressentiment et l'atmosphère est lourde de l'un comme de l'autre.

— Je vous repose la question : défendriez-vous l'idée d'une révolution, monsieur Holmes ?

Le mot fit frissonner Evelina. Elle aurait voulu croire qu'il ne s'agissait que du courant d'air frais provenant de la fenêtre dans son dos, mais elle redoutait l'idée d'émeutes dans les rues. Trop de choses seraient détruites : commerces, maisons, écoles, hôpitaux. Evelina se souvenait ce que c'était de vivre sous la menace permanente de la faim.

Son oncle inclina la tête, pensif.

— Je ne fais qu'émettre un appel à la prudence.

— À l'intention de qui ?

— Des coupables. À ceux qui laisseraient un crime irrésolu, en particulier quand les victimes sont pauvres et sans défense.

Evelina se crispa ; elle avait saisi l'allusion à Grace Child. Les autres aussi. Un silence de mort s'abattit sur la pièce. On n'entendait plus que l'activité lointaine du reste de la maisonnée.

Son oncle se tourna pour regarder Bancroft bien en face.

— N'êtes-vous pas d'accord, lord Bancroft ?

Celui-ci fronça les sourcils.

— Vous êtes trop ambitieux. Nul homme ne saurait être juge et jury.

Holmes répondit par un sourire dénué de chaleur.

— Je suis détective. Je détecte.

— Et ce faisant vous rétablissez l'ordre naturel des choses ?

Ce fut au tour de Sherlock de froncer les sourcils.

— Je l'espère bien.

— Alors je vous demanderais de rétablir le bon ordre de ma maison et de retirer votre nièce d'ici.

Choquée, Evelina laissa échapper sa fourchette :

— Milord ?

— Elle n'a cessé de faire des avances à mon fils.

— Père ! s'exclama Tobias.

Le cœur d'Evelina cessa brièvement de battre. Elle se retrouva à moitié hors de sa chaise avant même de prendre conscience qu'elle se levait. Un cri de protestation se forma sur ses lèvres mais elle se rendit compte, horrifiée, qu'elle n'avait pas d'arguments pour se défendre. Elle n'avait fait aucune avance à Tobias mais ne l'avait pas non plus découragé. Pas vraiment.

Tobias s'était levé. La colère se lisait sur ses traits crispés.

— Comment osez-vous ? Evelina est innocente !

Bancroft but le reste de son vin en prenant soin d'ignorer son fils.

— Pardonnez mon garçon, monsieur Holmes. Il a un faible pour les effets dramatiques. Il aurait dû monter sur les planches avec toutes ses catins.

La déclaration était si stupéfiante de maladresse que personne ne dit rien. Un silence pesant s'ensuivit, uniquement interrompu par le bruit du verre de Bancroft retombant sur la table. *Il est ivre.*

Imogen prit Evelina par le bras et la ramena vers son siège. Evelina sentit que son amie tremblait, mais sa propre main était étonnamment stable. Peut-être s'était-elle attendue à ce moment depuis le début.

Son oncle demeura assis et silencieux. Il observait toute la scène tel un chat prêt à bondir.

— Je crois comprendre que la domestique assassinée était enceinte.

Bancroft renifla bruyamment.

— Encore un qui aurait gâché l'air qu'il respire, comme tous mes enfants.

Tobias se tourna vers son père, livide.

— Gâché l'air qu'il respire, *comme tous vos enfants ?*

Les traits de Bancroft s'affaissèrent. Evelina n'arrivait pas à croire ce qu'elle venait d'entendre. *Lord Bancroft était l'amant de Grace ?* Lady Bancroft demeura figée sur son siège, comme changée en statue de marbre.

Le regard de Tobias fit le tour de la table, s'arrêtant brièvement sur chacune des personnes présentes avant de se poser de nouveau sur son père avec une expression horrifiée. Après quoi, le jeune homme quitta brusquement la pièce.

Bancroft se releva en vacillant, laissant sa serviette choir mollement au sol. Il tituba quelques secondes, peut-être pour laisser aux vapeurs d'alcool le temps de se dissiper, puis se tourna vers Holmes :

— Vous n'êtes rien d'autre qu'une mouche du coche équipée d'une boîte de chimie.

Holmes cligna lentement des yeux.

— En effet. Et je sais comment concocter un vrai parfum de scandale.

Sans un mot, lord Bancroft se dirigea vers la porte en chancelant brièvement au moment de passer le seuil. Le silence retomba, stupéfait et interminable.

Evelina aperçut le visage pâle de lady Bancroft. Ses traits étaient décomposés.

— Je suis affreusement navrée, dit-elle. Je n'ai jamais… Il n'a jamais… (Elle ne trouvait plus ses mots et son menton tremblait.) Je ne l'ai pas vu dans cet état depuis…

Elle parut incapable de terminer une phrase. Evelina échangea un bref regard avec Imogen avant que celle-ci se lève pour aller réconforter sa mère. Oncle Sherlock restait tourné dans la direction où Bancroft était parti. Evelina referma les doigts autour de son verre d'eau ; elle aurait été tentée de le jeter au visage du coupable si elle avait su qui blâmer.

— Très instructif, dit Sherlock, presque pour lui-même.

— Comment cela ? demanda Evelina.

— À en juger par cette soirée dans son ensemble, Bancroft pourrait être un dangereux adversaire s'il était sobre. Mais, évidemment, ce n'est que le point de départ.

Imogen aida lady Bancroft à quitter son siège, sans doute pour l'accompagner jusqu'à son lit. Evelina se leva pour leur prêter assistance. À peine avait-elle fait un pas sur le côté qu'elle sentit quelque chose fendre l'air près de sa joue. Au même instant, il y eut un bris de verre dans son dos. Son instinct la poussa à se laisser tomber au sol, en laissant à l'épais tapis le soin d'amortir sa chute. Une chaise se renversa et lady Bancroft poussa un cri perçant. Le fracas d'une cascade de vaisselle brisée interrompit son hurlement.

Le goût aigre de la peur avait envahi la bouche d'Evelina. Elle cligna des yeux en tentant de regarder autour d'elle sans bouger la tête. Le danger était-il passé ?

Le lustre à gaz diffusait sa lumière par-dessus le rebord de la table. Evelina était allongée sur le flanc, les genoux ramenés contre sa poitrine. Elle avait plongé vers l'espace obscur sous la grande table, derrière le rempart rassurant de la forêt de chaises et de pieds de table.

Des morceaux de verre jonchaient le tapis comme autant de glaçons répandus par erreur. Evelina pivota sur elle-même avec précaution pour se mettre à quatre pattes. Voulant se redresser, elle se cogna la tête. La nappe avait été tirée vers le sol de l'autre côté de la table, formant une tente improvisée. Elle bloquait la vue d'Evelina, mais celle-ci entendait tout. Bruits de course. Voix de domestiques. Sanglots de lady Bancroft.

Rampant pour s'extraire de sous le meuble, Evelina se blessa la main sur un éclat de verre. Avec un juron, elle émergea dans la lumière et se redressa prudemment.

C'était le chaos. Lady Bancroft s'était pâmée sur sa chaise. Dora lui tenait la tête tandis que deux valets de pied s'apprêtaient à soulever son corps inerte. Imogen était agenouillée à terre, penchée sur la silhouette sombre de Sherlock Holmes.

— Que s'est-il passé ? demanda Evelina.

— On lui a tiré dessus !

Evelina contourna la table en un instant. Imogen leva vers elle des yeux immenses. Elle appuyait une serviette de table contre l'épaule de Sherlock pour étancher le sang. Ses mains étaient tachées d'écarlate et les jupes de sa robe du soir souillées de manière irrécupérable.

— Qu'est-ce que je dois faire ?

Le cœur battant, Evelina s'agenouilla pour mieux voir. Elle avait les mains tremblantes, et pas seulement à cause du choc causé par l'attaque. Malgré toutes les habitudes frustrantes de son oncle, elle l'aimait sincèrement, et pas seulement parce que c'était un génie. Il la comprenait. Ils n'essayaient jamais de se changer mutuellement. Ils ne faisaient jamais semblant l'un avec l'autre. Elle ne pouvait pas imaginer le perdre.

Le visage de son oncle était plongé dans l'ombre, mais elle le vit serrer les dents sous l'effet de la douleur. Pas de geyser de sang, pas de morceaux d'os luisant dans la lumière des lampes, mais la blessure était sérieuse. Evelina chercha à tâtons la main valide de son oncle et la prit dans la sienne. Elle fut surprise en le sentant serrer la sienne en retour.

— Je vais envoyer chercher le docteur Watson, dit-elle en se forçant à s'exprimer avec calme.

Il laissa échapper un soupir de soulagement à peine audible.

— Préserve la scène de crime. Maintenant. Je survivrai.

Exaspérée, Evelina marmonna un juron.

— Je refuse de vous laisser.

— Miss Roth peut me tenir la main mais pas mener l'enquête. Elle ne connaît pas mes méthodes. Toi si.

Evelina aurait voulu protester mais elle hocha la tête. À cet instant précis, collecter indices et preuves ne semblait pas primordial mais ce serait le cas plus tard.

— Bien, souffla-t-il en tordant la bouche.

Sa voix était si faible qu'elle était à peine audible. Une dizaine de pensées s'entrechoquèrent dans son esprit tandis qu'elle revivait les dernières minutes. La balle avait failli la toucher. Serait-elle morte si elle ne s'était pas levée ? ou bien le tireur avait-il attendu qu'elle bouge ? Elle se releva et, au même moment, Bigelow entra précipitamment dans la pièce.

— Que se passe-t-il, je vous prie ? demanda-t-il avec la voix d'un homme dont l'univers est en train d'imploser.

— Faites mander le docteur Watson ! lança-t-elle.

Elle eut du mal à se rappeler où le docteur résidait à présent qu'il était marié. Cet effort mental s'avéra utile. Le temps de se souvenir de l'adresse et de la noter, elle avait retrouvé un peu de son calme.

— Et aidez miss Roth à s'assurer du confort de mon oncle.

Elle s'éclipsa par la porte latérale de la maison en se déplaçant aussi silencieusement que possible. Certains des domestiques étaient sortis dans le jardin, mais personne n'était allé bien loin. Il y avait un tireur, là-dehors. Sans l'un des hommes de la maison à leur tête, qui oserait aller au-devant du danger ?

Moi, apparemment. Personne d'autre ne cherche d'indices.

Le jardin baignait dans l'éclat surnaturel de la pleine lune. La lumière dorée des réverbères à gaz qui s'alignaient dans la rue n'arrivait pas jusque-là. Evelina frissonna dans la fraîcheur nocturne. Elle ne vit personne dans la cour. Étaient-ils tous déjà partis ?

Des souvenirs l'assaillirent : de la garden-party, du moment où elle s'était assise avec Imogen pour regarder l'or et les gemmes contenus dans le petit sac en soie. Il s'était passé trop de choses ces derniers jours. Des gens étaient morts. Elle priait pour que son oncle ne soit pas le prochain, victime d'une blessure infectée.

Elle essaya de retenir le train de ses pensées, en vain. Si lord Bancroft était le père de l'enfant de Grace Child, cela établissait un lien très fort entre lui et la victime. Mais ce n'était pas ce qui la dérangeait car beaucoup d'hommes couchaient avec leurs domestiques, puis les mettaient à la rue quand leur ventre s'arrondissait. Cela pouvait s'avérer désavantageux durant une campagne politique, mais c'était un scandale dont la plupart des hommes pouvaient se remettre, mis à part quelques silences glaciaux lors de certains dîners. Et lord B avait sans doute les mêmes appétits que n'importe quel homme.

Ce qui la gênait était que lord Bancroft, pour ce qu'elle en savait, semblait plutôt enclin à rechercher une femme sophistiquée pour combler ses envies. Qu'avait à offrir une fille de cuisine, si jolie soit-elle ? C'était l'or qui compliquait les choses. Comme son oncle l'avait indiqué, Grace attendait sans doute quelqu'un quand elle avait été tuée. *Et lord Bancroft s'était endormi dans son bureau.* Si Evelina avait vu juste, c'était à lui que l'or était destiné.

Elle avait désespérément cherché à protéger la famille Roth. Et elle le souhaitait encore. Mais si lord Bancroft était coupable ? Peut-être pas de meurtre mais d'un autre crime ? L'instinct infaillible de son oncle avait déjà exposé le problème à la manière d'un chirurgien exposant une plaie infectée. Il pouvait se montrer brutal, mais ne se trompait que très rarement. Raison pour laquelle on lui avait tiré dessus.

Un tremblement venu de ses tripes s'étendit jusque dans ses membres sous la forme d'un long frisson horrifié. Elle s'était montrée forte dans la salle à manger, inspirée par la maîtrise d'Imogen et le sang-froid de son oncle. Mais à cet instant elle était tentée de se laisser tomber à terre en criant sa détresse tel un chat ébouillanté.

Ce qui n'aurait servi absolument à rien. Elle serra les mâchoires et se força à réfléchir de façon rationnelle, étape par étape. Un cadran solaire se trouvait à un jet de pierre de la maison, entouré par un massif de buissons. C'était la seule couverture possible pour le tireur. De là, il aurait pu observer ce qui se passait par la fenêtre de la salle à manger.

— Evelina.

Elle se retourna et vit Tobias s'approcher depuis la maison.

— Que faites-vous ici ?

Le clair de lune donnait à ses cheveux des reflets argentés. Il avait retiré sa cravate, si bien que le col entrouvert laissait voir les muscles puissants de sa gorge. Il s'arrêta suffisamment près pour qu'elle puisse sentir sa chaleur, tentante dans l'air nocturne et frais.

Il posa la main sur son bras dans un geste d'indéniable affection.

— Vous avez froid.

— Je suis sortie à la recherche d'indices, dit-elle.

— Oh !

Il examina les alentours, comme s'il s'attendait à découvrir un pistolet fumant dans l'herbe. Il sentait le whisky.

— Je suis navré à propos de ce qu'a dit mon père. J'ai essayé d'aller lui parler. Il est dans son bureau, sans connaissance. Inutile d'insister pour ce soir. Mais je le ferai. Je vous le promets.

Sa voix était tendue au point qu'on y discernait de la douleur.

— Mon oncle…

Il se pencha un peu plus vers elle.

— Je sais. C'est affreux.

— La police…

Tobias fit un geste résigné mais il était toujours tendu.

— Je vais faire prévenir l'inspecteur Lestrade. J'aurais simplement préféré qu'ils ne voient pas père dans cet état. Cela ne fera pas de bien à sa carrière.

Ce qui était plutôt ironique étant donné la façon dont Bancroft avait tenté de dissimuler la mort de Grace. Evelina se mordit la lèvre et ravala ces paroles.

— J'ai fait prévenir le docteur Watson, l'ami de mon oncle.

— C'est logique, répondit Tobias sur un ton plus apaisé. Mais, Evelina, oubliez ce que mon père a dit à propos de l'enfant de Grace. N'en parlez à personne, pour le bien de ma mère. C'est tout simplement trop dur pour elle. Et ne dites rien à Lestrade. Cela ne ferait que noircir la situation. D'ailleurs tout ceci ne prouve rien.

Il effleura sa joue du bout des doigts pour l'amadouer. Elle détourna les yeux, trop désorientée pour répondre.

— Je vous en prie…

Avec des gestes doux, il fit pivoter le visage d'Evelina afin que leurs regards se croisent.

— Faites-le pour moi. Pour Imogen.

— D'accord, dit-elle.

Son cœur l'emportait sur sa raison. Tobias lui caressa doucement le front du bout des lèvres, mais elle se sentait toujours aussi mal.

Le terrain avait bougé sous leurs pieds. Sa joie étourdissante avait été salie. Elle aurait voulu pouvoir effacer les dernières heures à coups d'arguments, de colère ou de suppliques pour revenir à cette brève seconde où tout avait paru possible. Même la magie était incapable d'une telle chose.

Elle fit de son mieux pour reprendre ses esprits.

— Nous devrions fouiller les lieux à la recherche d'indices pour que je puisse retourner auprès d'oncle Sherlock.

Elle se demandait cependant, en admettant qu'elle trouve des traces de la présence du tireur, s'il s'agirait d'éléments qu'elle pourrait remettre à Lestrade.

Tobias la dévisagea un instant, puis ses traits se détendirent.

— Ouvrez la voie, charmante détective.

Evelina hocha la tête en priant désespérément de pouvoir se fier à l'affection qu'elle lisait dans ses yeux.

CHAPITRE 39

VERDICT DU PROCÈS EN SORCELLERIE : COUPABLE

L'actrice Eleanor Reynolds a été déclarée coupable d'usage de la magie et condamnée, avec une clémence inattendue, à une peine d'une durée illimitée en tant que pensionnaire des laboratoires scientifiques de Sa Majesté. Sir Philip Amory, qui représentait Mme Reynolds, n'a pas fait de commentaire. On affirme par ailleurs que les paris illégaux sur l'issue du procès allaient bon train.

The Bugle

UNE PARODIE DE MISÉRICORDE, AFFIRME UN CRITIQUE ÉTRANGER

L'opinion de nos pairs venus d'autres nations est toujours instructive. Pietro Costanzo, comte del'Arco et commentateur cultivé de la justice continentale, se trouvait à Londres durant l'arrestation et le procès de la célèbre comédienne dramatique, Mme Eleanor Reynolds. Son compte-rendu officiel du procès qui n'aura duré qu'une journée n'est pas encore écrit, mais l'opinion qu'il a exprimée verbalement n'est rien moins que cinglante. « L'accusation n'est fondée que sur une malle d'accessoires de théâtre laissée chez elle après la dernière de *Macbeth* que jouait sa compagnie. Ainsi que sur le témoignage d'une voisine hostile. Où sont les fruits de ses crimes ? Où sont ses complices ? Où

L'idée d'Hélène comme symbole de la vérité divine avait été une sorte de dada pour Magnus. Par ailleurs, c'était par ce nom, écrit phonétiquement, que le cube appelait Evelina. Peut-être était-ce sa façon d'essayer de l'aider ?

Même s'il était improbable qu'une mystérieuse boîte de métal possédée par un esprit ancien puisse lui fournir la clé d'un message codé, il ne s'était pas passé grand-chose dans la semaine écoulée qui puisse être considéré comme particulièrement logique.

Elle n'avait rien à perdre à faire un essai. Elle inscrivit « Helen » en tant que clé.

J	S	A	M	R	J	S	Q	J	E	L	M	X	T	B	Z	W	T	F	Y	L	N	L	X	G	L	R	O	W	B	Y	H	C	I	F
H	E	L	E	N	H	E	L	E	N	H	E	L	E	N	H	E	L	E	N	H	E	L	E	N	H	E	L	E	N	H	E	L	E	N

La méthode classique pour déchiffrer ce genre de cryptogramme consistait à placer les lettres composant le message codé au sommet de la table et celles de la clé en dessous à partir de la gauche. Les lignes et les colonnes qui coïncidaient épelleraient la solution. Evelina suivit la méthode pendant un moment et n'obtient qu'un nouveau texte dénué de sens. Elle se sentit bientôt sur le point d'abandonner, écœurée, mais il restait encore une dernière technique à essayer. Le livre d'oncle Sherlock indiquait que, parfois, l'organisation de la grille était modifiée, que la clé du code pouvait se trouver dans les colonnes et les lettres du message lui-même le long des lignes. Elle fit un essai.

Elle trouva le H au sommet de la *tabula recta*, fit descendre son doigt jusqu'au J du message codé et identifia un C sur la gauche de la *tabula*. Elle inscrivit C dans la première case de la solution. Elle répéta la manœuvre avec le E et le S qui lui fournirent la lettre O. Puis ce fut L et A donnant P. Au bout de cinq lettres, elle sentit l'excitation monter en elle. Arrivée au milieu du message, elle eut la chair de poule et fut presque prise de vertige en atteignant la fin.

J	S	A	M	R	J	S	Q	J	E	L	M	X	T	B	Z	W	T	F	Y	L	N	L	X	G	L	R	O	W	B	Y	H	C	I	F
H	E	L	E	N	H	E	L	E	N	H	E	L	E	N	H	E	L	E	N	H	E	L	E	N	H	E	L	E	N	H	E	L	E	N
C	O	P	I	E	C	O	F	F	R	E	I	M	P	O	S	S	I	B	L	E	J	A	T	T	E	N	D	S	O	R	D	R	E	S

— « Copie coffre impossible jattends ordres », lut-elle à voix haute. « Copie coffre impossible. J'attends ordres », répéta-t-elle.

« Copie » ? Voilà qui soulevait de nouvelles questions. Beaucoup de nouvelles questions.

Elle saisit le cube et l'examina de près.

— C'est toi le coffret d'Athéna ? demanda-t-elle.

Elle sentit qu'il réfléchissait à la question et cherchait le moyen de se faire comprendre. Désormais inspirée, Evelina reposa le cube et retourna à son bureau pour décoder rapidement le message sur la carte issue de l'horloge. Il disait : « Attention au mensonge. »

Elle émit un grognement d'impatience. C'était à peu près aussi flou que les prédictions des diseuses de bonne aventure de fête foraine. Impossible, à Londres, de jeter un petit pain dans la foule sans toucher un menteur.

Soudain, on frappa frénétiquement à la porte. Souris et Oiseau plongèrent sous les coussins du lit. Alarmée, Evelina rangea ses papiers et jeta pratiquement le cube à l'intérieur de l'armoire avant de déverrouiller la porte de sa chambre.

Imogen se précipita à l'intérieur, le visage strié de larmes.

— Evelina, as-tu lu les journaux ?

Sous l'effet d'une peur soudaine, Evelina se cramponna aux bras de son amie et l'attira plus près.

— Non, que s'est-il passé ?

Imogen lui brandit un exemplaire du *Prattler* sous le nez.

— Lis ça !

Avant toute chose, Evelina tira Imogen vers le lit et la fit s'asseoir. La jeune fille tremblait. Souris et Oiseau émergèrent de sous les coussins, curieux de voir ce qui se passait. Evelina fit pivoter sa chaise de bureau et s'assit pour lire l'article à propos du procès et de la condamnation de Nellie Reynolds.

— D'une certaine façon, je savais que ça se passerait ainsi. Ceux qu'on accuse d'utiliser la magie ne sont presque jamais acquittés.

— Mais elle est innocente ! s'écria Imogen. J'ai entendu une conversation au bal des Westlake. Mme Reynolds est une cousine illégitime de la duchesse…

— Chut ! Ne parle pas si fort ! répondit Evelina en agitant la main.

Prenant conscience de ce qu'elle venait de faire, Imogen se plaqua une main sur la bouche. Lorsqu'elle reprit la parole, ce fut d'une manière plus posée.

— J'étais avec Bucky quand on a surpris cette discussion. Le roi Doré avait tenté d'aider la duchesse mais il la mettait en garde et lui disait d'abandonner. Il a dit que rien ne sauverait Nellie Reynolds et que cela ne ferait que nuire à la duchesse si on découvrait qu'elle aidait la coupable.

— Il avait probablement raison.

La part cynique d'Evelina songea que Jasper Keating aurait pu sauver ou condamner qui il voulait et qu'il avait sans doute manipulé la duchesse. Mais s'attarder sur cette idée n'aurait fait qu'alarmer un peu plus Imogen.

Dans sa détresse, celle-ci s'était mise à pleurer pour de bon, ses fines épaules secouées par les sanglots.

— Nous savions qu'elle était innocente et nous n'avons rien dit ! Nous aurions forcément pu faire quelque chose. Pourquoi n'avoir rien fait ?

Evelina ferma les yeux pendant un bref instant, le cœur serré. Elle rejoignit son amie sur le lit et lui passa le bras autour des épaules. Elle ne dit rien. Il n'y avait pas grand-chose à dire.

— Pourquoi ? chuchota Imogen d'une voix dure. Pourquoi est-ce si difficile de s'opposer à quelque chose d'injuste ? Pourquoi la duchesse n'a-t-elle pas le droit de soutenir sa cousine ? C'est une duchesse, tout de même ! Les gens devraient l'écouter.

Mais le soleil de l'ancienne aristocratie était déclinant et une couronne ducale n'avait plus la même signification que du temps de leurs grands-parents. Les barons de la vapeur dominaient désormais l'Empire. Ce n'était pas comme si Imogen ignorait cet état de fait, mais ce n'était qu'à l'occasion de ces derniers jours qu'elle avait perçu toute l'ampleur de son impuissance.

— Je suis désolée, murmura Evelina. Comment Bucky et toi avez-vous entendu cet échange ?

Imogen se mordilla la lèvre inférieure.

— Par accident. Il m'a demandé de ne rien faire et de garder le secret car nous n'aurions jamais dû les entendre. Il m'a promis que nous en reparlerions par la suite.

— Il t'a donné un bon conseil.

— J'ai pensé que nous trouverions un moyen de prouver l'innocence de Nellie Reynolds, comme le fait ton oncle. Si elle n'a rien fait de mal, nous devrions pouvoir le démontrer à un juge !

— Il est très difficile de prouver ce qui n'est pas.

— Je sais, admit amèrement Imogen. Sur le moment, ça me semblait une idée héroïque. En y repensant maintenant, je m'aperçois que c'était incroyablement naïf.

Evelina fit la grimace en songeant que les propos d'Imogen ressemblaient beaucoup à ceux qu'elle s'était elle-même tenus au début de sa prétendue enquête sur le meurtre de Grace Child.

— Bucky est loin d'être bête et tu lis les journaux, Imogen. Il se passe rarement un mois sans que quelqu'un ne soit accusé d'utiliser des pouvoirs occultes. Si les barons de la vapeur font en sorte que tout le monde craigne la magie, personne n'essaiera de s'en servir contre eux. Et les paris ne font qu'aiguiser l'appétit du public.

— Je sais, répondit tristement Imogen. J'ai entendu mon père annoncer à ma mère que, de manière inattendue, il avait gagné une grosse somme grâce au procès de Nellie Reynolds. Assez pour couvrir le coût de ma saison. Ça l'a fait rire.

Evelina se sentit mal en voyant Imogen pâlir encore un peu plus. Comment la jeune fille pourrait-elle profiter des festivités et de ses nouvelles robes en sachant de quelle manière elles étaient financées ?

Imogen tourna vers Evelina des yeux d'argent brillant de larmes.

— Pire encore, je n'ai pas pu parler à Bucky. Nous n'avons pas eu l'occasion de décider de ce que nous pouvions ou non faire. Et maintenant c'est trop tard.

Evelina resta silencieuse. Elle venait de comprendre que le cœur d'Imogen espérait plus qu'une nouvelle joute verbale avec le meilleur ami de son frère.

— Où est Bucky ? demanda-t-elle.

Imogen sortit un élégant mouchoir et s'essuya le nez.

— Papa a appris que j'avais dit non à Stanford Whitlock. Il est furieux. À partir de maintenant, si je veux aller quelque part sans les avoir, ma mère ou lui, sur le dos, je devrais sortir par la fenêtre.

Ça n'avait aucun sens.

— Mais les Penner ont beaucoup d'argent et Bucky est cent fois plus capable que Whitlock. Ils doivent forcément s'en rendre compte.

— Quelle que soit la fortune des Penner, celle des Whitlock est supérieure. Son père est propriétaire d'une banque. Et Stanford n'est pas le seul prétendant sur la liste de mon père. Le fils des Westlake dispose d'un titre. Selon son échelle de valeur, Buckingham Penner est très clairement un second choix.

Evelina lâcha échapper un juron.

— C'est vraiment injuste, dit-elle.

Les yeux d'Imogen s'emplirent de larmes.

— Je n'épouserai pas quelqu'un qui ne me plaît pas et que je pourrais encore moins aimer. Je refuse !

Lord B ignorait sans doute à quel point sa fille pouvait se montrer têtue. Ils allaient traverser de grosses turbulences.

— Tout est ma faute ! reprit Imogen. Je savais que quelque chose clochait mais je n'ai pas voulu y croire !

Evelina était déroutée.

— Que veux-tu dire ?

— Mon père a des liens avec le cousin de Keating, un certain Harriman. Je les ai entendus converser discrètement durant la réception.

Imogen ferma les yeux comme pour se remémorer la scène.

— Harriman a dit qu'il avait suivi à la lettre les instructions de papa, ni plus ni moins. Qu'il avait rapporté les caisses à l'entrepôt et informé M. Keating de leur arrivée. Il a ensuite ajouté que quiconque prétendait qu'il manquait un objet se trompait. Tu y comprends quelque chose ?

Evelina se sentit presque anesthésiée.

— Un peu.

Imogen savait tout cela depuis des jours. Un sentiment de trahison submergea Evelina mais il ne dura pas. Quelle fille aurait voulu croire que son père se trouvait au cœur d'une histoire criminelle ? Evelina ne pouvait pas en vouloir à son amie.

Mais Imogen paraissait terrassée de chagrin.

— Si j'avais dit quelque chose, peut-être que tout serait terminé à présent… Peut-être que ton oncle ne se serait pas fait tirer dessus…

Un mélange de colère et de tristesse envahit la poitrine d'Evelina.

— On n'en sait rien, dit-elle.

Imogen prit une nouvelle inspiration tremblante.

— Quelle semaine horrible ! D'abord Grace et puis… tout le reste. Et ce que papa a dit sur elle. Depuis la nuit dernière, ma mère refuse de quitter son lit.

C'était vrai. Lady Bancroft s'était complètement retirée dans ses appartements. La révélation de l'infidélité de son mari était déjà assez terrible en soi. Mais en plein dîner et suivie de coups de feu ? C'était intolérable. Après les meurtres et la déconnexion, c'était la goutte de trop.

Imogen inspira plusieurs goulées d'air dans une tentative pour garder la maîtrise de sa voix.

— Tout ça me rappelle mes cauchemars. Je suis piégée dans les ténèbres sans pouvoir fuir ce qui arrive…

Puis la digue céda. Imogen éclata en sanglots, le cœur brisé. Evelina la serra contre elle, indiciblement triste mais impuissante à lui offrir quoi que ce soit. Depuis leur première rencontre, elle avait toujours été capable de protéger Imogen. Mais durant la semaine écoulée elle avait perdu cette capacité. Ce qui lui donnait l'étrange impression de ne plus être à sa place.

— Oh ! Evelina, gémit Imogen. Le pire tient au peu de courage dont je semble capable. Je me croyais plus brave que cela. Et si c'était toi qui te retrouvais au tribunal plutôt que Nellie Reynolds ? Serais-je encore trop lâche pour dire quelque chose ?

Evelina frissonna et serra son amie contre elle.

— Oui, promets-moi de rester lâche si on en arrive là.

Plus tard, Evelina se retrouva, hésitante, devant la porte de la chambre d'amis. Du fait de sa blessure, Holmes était resté à Hilliard House durant la nuit. De toute évidence, on ne chassait pas même le plus provocateur des convives après qu'il eut reçu une balle au cours du dîner.

— Docteur Watson ? appela-t-elle à voix basse.

Elle se glissa à l'intérieur. Les quartiers du deuxième étage comprenaient une chambre à coucher et un salon privé surplombant le jardin de derrière. Ils étaient destinés à un invité masculin, avec des murs de couleur verte et de nombreux meubles en cuir. Une peau de tigre s'étalait devant la cheminée.

Holmes était installé dans un fauteuil en cuir, une ottomane soutenant ses pieds chaussés de pantoufles. Evelina chercha du regard le docteur Watson. Il s'était affalé sur un autre siège, une expression soucieuse sur ses traits d'une bienveillance trompeuse. Non que le docteur Watson ne soit pas bienveillant – c'était l'une des âmes les plus généreuses de l'Empire –, mais nul n'aurait pu devenir le bras droit de son oncle sans être doté d'un bon uppercut et de l'endurance d'un cheval de trait.

Une endurance insuffisante, toutefois, pour l'emporter sur son oncle. Watson semblait au bout du rouleau.

— Cessez de dire des bêtises, Holmes. On vous a tiré dessus !

Oncle Sherlock baissa les yeux vers l'écharpe censée maintenir son bras droit immobile.

— En effet. Et c'est un énorme facteur de motivation.

— Pour accomplir quoi ? répliqua Watson. Vous vider de votre sang? La seule motivation que vous devriez avoir serait le désir de vous reposer.

L'oncle d'Evelina s'apaisa un peu.

— Je voudrais entendre ton compte-rendu, chère nièce. Qu'as-tu découvert à propos de la nuit dernière ?

Après un bref coup d'œil coupable vers Watson, il braqua sur elle le regard d'un professeur demandant à son élève de réciter des vers. Puis son expression s'adoucit.

— Que se passe-t-il ?

— Imogen et lady Bancroft sont dans un piteux état ce matin, répondit-elle. Je m'inquiète à leur sujet.

Elle aurait pu ajouter son oncle à la liste, mais il n'aurait pas aimé être comparé à deux femmes fragiles.

— J'ai rendu visite à lady Bancroft, commenta Watson. Je lui ai prescrit une dose de laudanum. Le sommeil lui fera du bien. J'ai proposé la même chose à miss Roth plus tôt dans la matinée, mais elle a refusé.

— Merci, dit Evelina avec un hochement de tête.

— Je considère que la résolution rapide de cette affaire constituerait le meilleur remède possible, dit Holmes. Plus longtemps elle durera, plus elle aura un impact négatif sur les constitutions fragiles.

Il avait raison. L'inquiétude seule ne servait à rien. Evelina s'éclaircit la gorge et choisit un point de départ pour son compte-rendu.

— J'ai procédé à un examen minutieux des lieux avant l'arrivée de la police ce matin. Une unique série d'empreintes faisait l'aller et retour entre le cadran solaire dans le jardin et le mur derrière la maison. Le tireur est arrivé par la ruelle et s'est servi du cadran solaire pour se dissimuler avant de tirer.

— Autre chose ?

— Il n'a laissé aucun déchet ni aucune trace derrière lui. Les empreintes paraissent appartenir à un homme adulte et en bonne santé.

— À en juger par la taille et la vélocité de la balle, l'arme était sans doute un pistolet, intervint Watson.

Il leva les yeux vers Evelina, son expression à mi-chemin entre affection et exaspération.

— Vous êtes ravissante, ma chère, même si je suis marri de vous voir mêlée à cette horrible affaire. Vraiment, une si jolie jeune femme ne devrait pas être confrontée à une telle violence.

Evelina se souvint du béguin adolescent qu'elle avait entretenu pour le docteur et se consola avec l'idée que, si cette romance s'était épanouie, elle aurait fini par devoir lui flanquer un bon coup sur le crâne.

Elle s'assit et lissa sa jupe.

— Cette histoire est peut-être déplaisante, mais plus tôt elle sera réglée et plus tôt nous pourrons tourner la page.

Un sourire presque imperceptible apparut sur les lèvres de Sherlock.

— Évite simplement de développer un goût pour le meurtre.

— Pour la résolution de meurtres, vous voulez dire ? demanda-t-elle.

Watson poussa un soupir de lassitude.

— Il y a des jours où je ne suis pas loin de penser qu'il s'agit d'une seule et même chose.

— J'ai obtenu une nouvelle information, déclara Evelina. J'ai déchiffré le cryptogramme.

Le regard de son oncle s'illumina.

— Vraiment ?

Evelina sortit de sa poche un morceau de papier qu'elle déplia et relut.

— « Copie coffre impossible. J'attends ordres », dit-elle à voix haute pour Sherlock et Watson. Je ne suis pas certaine de ce que « copie » veut dire ici.

— Ah ! voilà qui devient intéressant, commenta Holmes avec un sourire de félin.

— J'imaginais que nous avions affaire à quelqu'un qui faisait fondre des objets de valeur pour obtenir de l'or, avança prudemment Evelina.

Holmes lui décocha un regard affûté.

— Peut-être que le vol n'est qu'une partie de l'affaire.

Le docteur prit le papier pour relire le texte.

— Comment avez-vous trouvé la clé ?

— L'horloge sur le palier en utilise une pour ses cryptogrammes et je sais qu'elle était connue à la fois de Magnus et de lord Bancroft. La clé est le nom « Helen ». Le docteur Magnus était obsédé par Hélène en tant que personnification de la vérité divine.

Watson tendit le papier à Holmes avec un sourire avunculaire à l'intention d'Evelina.

— Finement observé, dit-il.

— Excellent, surenchérit Holmes en tapotant le fauteuil du bout des doigts de sa main valide.

— Un coup de chance, répliqua Evelina.

Son oncle secoua brièvement la tête.

— La chance est une question de pourcentages. Et les bons pourcentages sont appuyés par une bonne déduction. Ce qui compte le plus ici n'est pas le message mais la clé. J'avais caressé l'idée que Keating puisse être au cœur de cette affaire, mais il semble que ce ne soit pas le cas. Et, si le chiffrage a pu être ajouté à ce ragoût d'intrigues par Magnus, je penche plutôt pour notre hôte.

Oh ! Evelina ferma les yeux quelques instants, épouvantée par les conséquences pour Tobias, Imogen et même la jeune Poppy. Elle se remémora sa conversation dans le jardin avec Tobias et son désir de garder le secret sur la liaison de son père avec la domestique assassinée.

— Vous êtes sûr ? Je sais que lord Bancroft avait une liaison avec Grace Child mais cela dit…

— Reprenons les faits, la coupa Holmes avec un soupçon d'irritation. Après quoi nous pourrons décider de ce que Lestrade a ou non besoin de savoir.

Ces paroles rassérénèrent un peu Evelina, même si elles ne garantissaient rien.

— Le fait qu'il ait couché avec Grace ne prouve rien, dit-elle.

Mais cela sous-entendait beaucoup, et elle vit au visage de son oncle qu'il y avait déjà songé.

Puis le sentiment d'espoir d'Evelina retomba quand ses pensées se tournèrent vers le cryptogramme.

— Quoi qu'il en soit, Imogen m'a délivré ce matin des informations qui ne vont pas dans le sens de son père.

— Raconte-moi ça.

Ce qu'elle fit. Holmes l'écouta attentivement.

— Quel fardeau malvenu pour une si charmante jeune femme. Mais comment crois-tu que cela s'emboîte avec le reste de ce que nous avons appris ?

Evelina lui répondit, tout en sachant très bien qu'il avait déjà tiré ses propres conclusions.

— Si Bancroft donnait des instructions au propriétaire de l'entrepôt, son implication ne fait guère de doutes. Pour ma part, j'ai l'impression que la personne qui a confié l'or à Grace attendait des instructions de la part de lord Bancroft puisque le mot faisait partie du paquet.

— Exactement. Et de mon côté j'imagine qu'en l'absence de réponse l'auteur du message – sans doute ce Harriman – a agi par lui-même et a ce faisant lâché le chat parmi les pigeons.

— Mais que se passait-il exactement dans l'entrepôt ?

Même Magnus n'avait pas paru le savoir.

— S'agissait-il plus que de fondre l'or de Keating au fur et à mesure de l'arrivée des cargaisons ?

— Indéniablement, oui. En premier lieu, il s'agit d'un vol très soigneusement élaboré. Il y a à Londres une bonne demi-douzaine de cerveaux criminels qui seront jaloux de la ruse déployée par notre hôte quand ils l'apprendront dans la presse.

Prise de panique, Evelina se redressa d'un bond. C'était exactement la raison pour laquelle elle avait voulu éviter que son oncle soit impliqué.

— On ne peut pas faire ça. Le confondre ainsi ruinerait sa famille et ce sont mes amis. Il doit y avoir une autre solution !

— On m'a tiré dessus, répondit vivement son oncle. Je ne suis pas d'humeur à t'entendre chercher des excuses à un homme qui, la nuit dernière, faisait de son mieux pour dénigrer ta probité.

Evelina se mordilla la lèvre, en quête d'une manière de détourner son attention.

— J'ai une théorie quant à la raison pour laquelle ils n'ont pas trouvé le coffret.

— Plus tard. J'écouterai tout cela quand je serai prêt. Pour l'heure, je veux entendre un récapitulatif des faits depuis le départ.

Evelina se hérissa devant le ton qu'il employait, mais tint néanmoins sa langue dans un silence rebelle.

— Ma pipe, Watson ! lança son oncle en tendant la main, l'air agacé. Vous l'avez apportée, j'espère ?

— Bien entendu, Holmes.

Il n'était pas possible de bourrer et d'allumer une pipe d'une seule main, si bien que le dévoué docteur se leva pour récupérer une pipe de bruyère sur le manteau de la cheminée. Pendant les quelques instants dédiés à sa préparation, Evelina ferma les yeux et fouilla ses souvenirs en commençant une fois de plus par la nuit où les palefreniers l'avaient surprise dans le grenier.

Se penchant vers l'âtre, Watson alluma la pipe à la flamme perpétuelle qui brûlait dans la bouche d'un dragon sculpté dans la pierre. L'accessoire avait été installé quelques jours plus tôt seulement, un cadeau de la part du roi Doré. Holmes accepta la pipe que lui tendait Watson et fit signe à Evelina de poursuivre.

Elle récapitula l'enquête, étape par étape. S'il n'avait pas été en train de fumer, Holmes aurait pu donner l'impression d'être endormi. Watson, en revanche, écoutait attentivement et elle prit conscience que c'était la première fois qu'il entendait le déroulement des faits. Raison, sans aucun doute, pour laquelle son oncle avait demandé à Evelina de tout récapituler. Lui se souvenait du moindre fragment d'information.

Elle venait d'évoquer la mort de Magnus quand Sherlock leva la main pour lui faire signe de s'interrompre.

— Je voudrais parler à Lestrade, dit-il, et voir ton ami Nick. Ils détiennent les dernières pièces du puzzle.

— Nick !

L'étreinte d'Evie faillit bien le tuer, mais il se retint de gémir comme un chiot roué de coups. Une telle embrassade en valait la peine. Le corps d'Evelina était moelleux partout où il devait l'être et le contact de sa chevelure parfumée rappela au corps de Nick qu'il dormait seul depuis trop longtemps. Mais elle recula avant que leur magie particulière ne puisse faire des étincelles.

Il retira son chapeau en prenant soin de recouvrir de ses doigts l'endroit où le bord s'était déchiré. Sa garde-robe ne s'accommodait jamais très bien de la lumière du jour.

— Ton oiseau est venu me trouver. Me voilà. Il m'a dit que quelqu'un ici avait besoin de me parler.

Elle le dévisagea de ses grands yeux écarquillés. Il faisait peine à voir, il le savait, avec ses coquards, ses pansements et plus d'ecchymoses que de peau intacte. Il ne se produirait pas sur scène pendant quelques jours, c'était certain. Et cela pèserait lourd sur sa bourse.

—Merci pour ce que tu as fait, dit-elle. Tu as pris un risque terrible.

C'était vrai, mais il haussa les épaules. Le seul point positif était que le roi Doré avait souhaité la mort de Magnus. Il était donc possible qu'il intervienne s'ils se faisaient prendre, même si Striker avait des doutes sur la valeur des promesses de Jasper Keating. On était loin du grand amour entre le jeune homme et son maître.

Evie prit Nick par le bras et le guida à travers la vaste demeure. Il y était déjà entré plusieurs fois mais jamais de façon légitime. Débarrassé de la nécessité de surveiller constamment ses arrières, il avait bien du mal à ne pas regarder autour de lui avec la même fascination qu'un garçon de ferme se rendant pour la première fois au marché.

—Mon oncle veut te parler, dit-elle.

—Sherlock Holmes?

Il s'arrêta net, obligeant Evelina à faire de même. Sa jupe bouffante oscilla telle une cloche autour de ses jambes.

—Qui d'autre? Mon oncle Mycroft ne se déplace jamais nulle part, et certainement pas pour me rendre visite.

Se laisser interroger par l'oncle génial d'Evelina? Ça ressemblait à une très mauvaise idée. D'un autre côté, l'homme avait toujours aiguisé sa curiosité.

—Je t'en prie, Nick...

Il fronça les sourcils de la même manière qu'il le faisait à l'époque où elle était haute comme trois pommes.

—Il essaie de résoudre cette affaire pour de bon, dit-elle.

Le flanc de Nick lui faisait suffisamment mal pour le convaincre que la douleur le rendait stupide.

—D'accord, dit-il.

Il avait pénétré dans l'antre du docteur Magnus, il devait bien pouvoir faire ceci. Mais la douleur et la fatigue le privaient d'une bonne partie de l'assurance qui lui avait permis de survivre à cette rencontre.

Cela dit, Sherlock Holmes était seul et loin d'être la figure imposante à laquelle Nick s'était attendu. Le grand détective était enveloppé dans une robe de chambre en brocart. Il paraissait faible et exsangue, mais dans ses yeux brillait un éclat de concentration digne d'un oiseau de proie.

Evelina lui avait raconté que son oncle avait reçu une balle et Nick n'eut pas de mal à la croire. De temps à autre, les fins replis de peau autour des yeux de Holmes se contractaient sous l'effet de la douleur.

Evelina fit avancer Nick de quelques pas, un peu comme une mère présentant son enfant.

— Voici mon ami Nick.

Ami. Il avait été plus que cela, semblait-il, la nuit où ils avaient invoqué les devas. La vérité aurait-elle un jour une chance de s'exprimer entre eux ?

De sa main valide, le détective pianota brièvement sur l'accoudoir de son fauteuil.

— L'Indomptable Niccolo, dit-il.

— Le plus grand détective-conseil du monde, je présume ?

Le flanc de Nick le lançait. Il avait été recousu et pansé, mais il avait de la fièvre et les couleurs dans la pièce étaient un peu trop lumineuses.

Holmes l'observa attentivement et Nick lui rendit son regard. Il y avait une ressemblance familiale entre Holmes et Evelina, notamment au niveau de la forme de leurs yeux, mais il fallait la chercher pour la percevoir. Leur plus grosse similitude tenait à leur situation : ils faisaient partie de la bourgeoisie et Nick non. L'envie lui laissait un goût amer dans la bouche.

Holmes agita les doigts comme pour écarter volontairement tous préliminaires.

— Je vous ai fait venir car vous connaissiez le dénommé Magnus mieux que le reste d'entre nous.

Evie lâcha la main de Nick et recula jusqu'à une chaise sur laquelle elle s'installa. Elle maintenait entre eux une distance de sécurité.

Ce qui laissait Nick seul debout, tel un prisonnier au banc des accusés.

— J'ai brièvement travaillé pour lui, rien de plus.

Holmes haussa un sourcil.

— Ma nièce est très discrète et évite de me dire bien des choses que je soupçonne déjà. Magnus l'a menacée donc je vais accepter, pour le moment, le fait que vous travailliez pour lui et n'avez rien à voir avec sa mort.

Nick maintint une expression absolument neutre. Evelina demeura aussi immobile que la plante en pot dans le coin de la pièce, l'air inquiète.

Holmes hocha la tête, comme si tout cela était conforme à ses attentes.

— Magnus était, à défaut d'un terme plus approprié, un inventeur. Sur quoi travaillait-il ? J'ai cru comprendre qu'il fabriquait des horloges et des automates, mais quoi d'autre ?

Nick se remémora la maison de ville et sa gigantesque bibliothèque.

— Beaucoup de choses. Des éclairages électriques. Des expériences de chimie. Il avait les plans d'un dirigeable.

— La police n'a trouvé aucun plan de ce genre dans les possessions du docteur Magnus. C'était pourtant la seule chose que je m'attendais à les voir rapporter.

Une fois de plus, Nick demeura stoïque.

— Puis-je les voir ? demanda Holmes. Allons, allons ! ajouta-t-il en faisant signe à Nick d'approcher.

Les plans étaient compromettants, tachés de sang et tout droit sortis de la demeure d'un mort. Nick avait eu peur de les laisser avec son matériel au cirque, au cas où quelqu'un fouillerait dans ses affaires. Il les avait donc conservés sous son manteau. Il aurait dû les jeter au feu, et il serait bien obligé de le faire à un moment ou un autre, mais ils étaient trop spectaculaires pour être détruits. Avec lenteur, il sortit le rouleau mécanique et déverrouilla le mécanisme.

— Si vous voulez bien les dérouler, dit Holmes en désignant tristement son bras blessé d'un mouvement du menton.

Nick obtempéra. Le mécanisme en laiton se déroula en plusieurs sections, déployant les feuilles de soie couvertes de dessins depuis un espace qui semblait bien trop petit pour les contenir.

— Je ne vois pas trop le rapport avec la mort d'une fille de cuisine.

— Mais tout cela est lié et ceci constitue peut-être un lien des plus importants.

Evie se leva pour se positionner de l'autre côté du fauteuil de son oncle. Tous les trois examinèrent les plans.

— Le coffret d'Athéna et les pouvoirs qu'on lui prête ont beaucoup fait parler d'eux, déclara Holmes. Mycroft a attiré mon attention sur le sujet après que la rumeur a couru que Schliemann avait découvert l'endroit où il était enterré. Le coffret serait un animal-machine mythique recélant le secret d'un pouvoir illimité résultant du mariage de la magie avec les rouages et les pistons. Mais le fait dont personne ne semble vouloir se soucier est l'usage réel du coffret d'Athéna.

— Que voulez-vous dire ? demanda Nick.

Fasciné par la beauté des plans superbement exécutés de l'engin volant, il en oubliait à qui il parlait.

Evelina rangea une mèche de ses cheveux bruns derrière son oreille.

— Il ne servait pas à la navigation ?

— Si l'on en croit les textes validés comme authentiques. Peut-être plus, si l'on prête foi à des témoignages plus douteux.

Holmes fit la moue, les yeux rivés sur les plans.

— Et nous y voilà. Ce navire n'a aucune source d'énergie.

— Mais ça, là, c'est la chaudière, dit Nick en pointant du doigt un élément du schéma.

Il savait lire et Striker comprenait la mécanique. Ensemble, ils avaient déchiffré l'essentiel de ce qui se trouvait sur le rouleau.

— Une chaudière de cette taille ne fournirait pas l'énergie nécessaire à une propulsion significative. En outre, cet appareil est doté d'un ballon de grande taille mais pas assez grand pour soulever une gondole aussi imposante. Il aurait besoin d'une autre source de poussée.

Holmes indiqua un point situé tout à l'avant du dirigeable.

— Ici. Toute la puissance, la poussée et la capacité de navigation nécessaires. Un deva de l'air.

Nick et Evelina se tournèrent tous deux vers lui, pris de court. Nick retrouva en premier l'usage de sa voix.

— Pardonnez-moi, monsieur, mais qu'est-ce que quelqu'un comme vous peut savoir de ce genre de choses ?

— Je n'ai ni affinités ni une réelle compréhension des sciences de la magie. Cela ne veut pas dire que j'ignore tout de leur existence ou des théories à propos de certains talents hérités par le sang, dit-il d'une voix tranchante en leur lançant un regard lourd de sens.

Evie ouvrit la bouche et la referma quand Holmes leva un doigt pour l'inviter à le laisser poursuivre.

— Pour l'heure, dit-il, tout ce que j'ai besoin de savoir est que Magnus et d'autres accordaient du crédit à de vieilles légendes. De même qu'Archimède de Syracuse, qui écrivit les premiers textes à propos de navires volants et d'objet dotés de la parole humaine.

Le pouls de Nick s'accéléra, ce qui ne fit que rendre la douleur de sa blessure plus lancinante.

— Mais d'autres individus – ici et maintenant – veulent récupérer le coffret, n'est-ce pas ?

— Une machine de guerre volante qui ne nécessite quasiment pas d'énergie ? Et dotée d'une intelligence propre ? répondit le détective avec un rire sec. Je peux dire sans risque qu'on en parle jusqu'à la Bohême.

» Il existe déjà des flottes volantes armées, mais rien qui soit doté d'un tel potentiel. Le baron de la vapeur qui acquerrait le savoir nécessaire à la création de tels vaisseaux posséderait les bases d'une force d'invasion impossible à arrêter.

— Magnus disait vouloir leur mettre un bâton dans les roues.

— Le docteur Magnus était un fou prêt à exploiter notre indignation contre les barons pour ouvrir la porte à ses propres plans d'invasion.

Holmes rendit le rouleau à Nick.

— Vous feriez mieux de cacher ceci loin des regards. Difficile de dire qui pourrait vouloir en faire usage.

— Où est le coffret ? demanda Nick. Vous avez une idée ?

— À vous de me le dire.

D'un geste paresseux de sa main valide, Holmes indiqua une petite table sur laquelle était posé un livre ouvert. On y voyait une gravure représentant un petit coffre richement décoré de gemmes et de chouettes sculptées.

Nick secoua la tête.

— Je ne me souviens pas avoir vu quoi que ce soit de ce genre chez le docteur Magnus.

Holmes s'appuya contre le dossier de son fauteuil. Sa fatigue était visible.

— Il n'a jamais mis la main dessus. Un archéologue du nom de Heinrich Schliemann l'a déterré quelque part en Grèce et expédié jusqu'à Londres. Il était soigneusement gardé mais n'est paraît-il jamais arrivé. Que croyez-vous qu'il se soit passé ?

Nick ne voyait pas en quoi son opinion pouvait avoir de l'importance, mais donna néanmoins son avis.

— Comment savoir si c'est vrai ?

— Précisément, répondit Holmes. Je suspecte à présent que l'opération tout entière constituait un plan élaboré pour récolter l'or contenu dans les reliques. Personne n'a volé le coffret dans l'entrepôt parce que quelqu'un qui était dans le coup – et qui n'avait aucune idée des capacités du coffret – l'a fait disparaître en le faisant fondre.

— Pas tout à fait, dit Evelina.

Les deux hommes se tournèrent vers elle.

— L'or était purement ornemental, dit-elle avec un sourire rusé. Ce qui se trouvait à l'intérieur a été jeté comme un vulgaire bout de ferraille.

CHAPITRE 40

Londres, 14 avril 1888
Galerie Prometheus
Samedi, 20 heures

Même Jasper Keating devait connaître le vieil axiome voulant que « le spectacle continue ». Avec ou sans le coffret d'Athéna, la galerie présentant ses trésors grecs devait ouvrir ce soir-là. Le gotha de Londres était invité à faire l'expérience de la munificence du roi Doré en matière d'archéologie. Ou de pillage, comme l'avait déclaré Imogen d'un ton malicieux.

Les Roth – à l'exception de lady Bancroft – partirent les premiers tandis qu'Evelina louait un fiacre avec son oncle et le docteur Watson. À part Sherlock lui-même, personne – et surtout pas son très patient médecin – n'estimait raisonnable qu'il se déplace. Mais la partie avait repris.

— Je me suis arrangé pour qu'une chaise roulante nous attende sur place, annonça le docteur d'une voix bourrue. Sans quoi la partie risque de tourner court.

Oncle Sherlock ne lui prêta pas attention.

— L'as-tu apporté ? demanda-t-il à Evelina.

— J'ai tout, répondit-elle en tapotant le panier posé sur ses genoux. L'or, les gemmes, l'appareil et la lettre décodée.

— Excellent. Tout cela devrait être particulièrement distrayant.

Evelina n'en était pas si sûre.

— Qu'arrivera-t-il au coffret ? demanda-t-elle.

Holmes ferma les yeux, la tête appuyée contre les coussins de la cabine du fiacre.

—J'imagine qu'il se retrouvera à l'intérieur d'un vaisseau. C'est pour cela qu'il a été créé à l'origine, après tout.

—Mais faut-il vraiment remettre quelque chose d'aussi merveilleux à un homme tel que Jasper Keating ? Au risque de voir naître une armée de navires de guerre ?

—Holmes ? demanda le docteur Watson.

L'oncle d'Evelina ne répondit pas, mais afficha son air le plus insondable et ouvrit un œil.

—J'imagine que si le coffret a été conçu pour voler, dit Watson de sa voix la plus douce, les cieux doivent lui manquer. Il serait injuste de le garder sous clé dans un musée.

Evelina le gratifia d'un sourire reconnaissant. Jusqu'à cet après-midi, le docteur ignorait à peu près tout des devas, mais il faisait néanmoins de son mieux pour suivre la conversation.

—Et pour l'or et la lettre ?

—Je prévois de révéler le vol qui a été commis. Tu en détiens les preuves. Le coffret d'Athéna n'est que l'un des nombreux objets manquants.

—Je comprends l'idée de faire fondre des reliques pour récupérer de l'or, dit Watson. Cela explique pourquoi la domestique avait des lingots bruts et des pierres précieuses sur sa personne. Mais la disparition des objets en question n'aurait-elle pas dû être repérée ?

—Non, répondit oncle Sherlock. Je présume que Keating retrouvera tous les objets de sa collection à l'exception du coffret. Une pièce trop inhabituelle, avec toutes ses parties mécaniques, pour en faire une réplique. Mais de toutes, c'était aussi la plus grosse et la plus précieuse. Ce qui l'a rendue bien trop tentante pour notre voleur, raison pour laquelle le coffret a été déclaré perdu.

—Êtes-vous en train de dire que Harriman l'aurait gardé pour lui ? demanda Evelina.

—Sans aucun doute.

—Vous dites que les autres objets ont été répliqués ? De quelle manière ? l'interrogea Watson.

—J'ai mon idée. Reste à la mettre à l'épreuve.

—Vous voilà de nouveau énigmatique ; c'est lassant.

Sherlock referma son œil.

—Je peux vous promettre un beau spectacle, Watson. M. Keating sera absolument furieux.

— Mais des innocents ne risquent-ils pas de subir les conséquences de cette colère ? s'inquiéta Evelina en songeant à Imogen et Tobias.

— La vérité est impartiale, répondit son oncle d'une voix égale. Cela dit, je ferai de mon mieux pour tenir le plus grand nombre possible de tes amis à l'abri du danger. Et j'ai des méthodes pour ce faire. Sur ce point, tu as ma parole.

C'était relativement rassurant, même si elle n'avait aucune idée de la manière dont son oncle comptait contrôler le roi Doré. Evelina commençait à discerner ce qui allait peut-être se passer, mais c'était comme plisser les yeux pour voir à travers la brume. On distinguait les contours mais pas les détails.

Lestrade leur avait rendu visite après le départ de Nick pour leur faire savoir qu'il avait mené l'enquête à propos des ouvriers chinois. Les tailleurs très observateurs de M. Markham s'étaient avérés être une vraie mine d'informations. L'un d'eux avait eu l'occasion de s'entretenir avec un ouvrier autorisé à sortir de l'entrepôt pour réparer une fenêtre. L'homme avait déclaré que Harriman était leur employeur. Leur contremaître – un de leurs compatriotes – les maintenait dans une situation de servitude forcée. L'information la plus intéressante était que certains d'entre eux étaient des orfèvres.

Le fiacre parvint à la galerie alors que le ciel se parait des nuances indigo du crépuscule. Evelina mit pied à terre, tenant son panier au creux de son bras. La galerie de Keating n'occupait pas la totalité d'un bâtiment et son unique porte s'ouvrait au sein d'une rangée de devantures de style georgien. La façade était taillée dans une pierre claire et flanquée de pilastres corinthiens. Par la porte ouverte, Evelina aperçut un vaste espace ouvert parsemé de piédestaux en marbre accueillant statues et autres objets d'art.

Les réverbères étaient allumés, baignant la façade du bâtiment de l'éclat doré de l'empire de Jasper Keating. Son oncle refusa la chaise roulante qui l'attendait et escorta Evelina jusqu'à la porte. Il se déplaçait d'un pas lent mais régulier.

Lestrade patientait à l'intérieur. L'anticipation se lisait sur ses traits.

— Vous arrivez juste au bon moment, dit l'inspecteur. Tout le monde est là.

— Je vous rejoindrai dans un instant, dit l'oncle d'Evelina. J'ai un petit détail à régler.

— Compris.

Sherlock conduisit Evelina jusqu'à un couloir qui donnait sur une rangée de bureaux. L'une des portes indiquait « Conservateur ». La pièce était vide, mais le bureau donnait l'impression que quelqu'un y était passé récemment. Lettres et factures étaient éparpillées sur le plan de travail.

— Attends ici, lui dit-il avant de repartir.

Evelina posa son panier sur le bureau et regarda autour d'elle. Le cube était demeuré étrangement silencieux depuis que le message avait été déchiffré, comme si sa mission était accomplie. Evelina écarta le tissu dans lequel elle l'avait enveloppé et posa une main sur la surface de métal froid.

— Tu veux que je te laisse ici ? lui demanda-t-elle.

Au départ, elle ne sentit rien. Puis il y eut une sorte de sursaut de conscience, comme une brise creusant des rides à la surface d'un étang.

Puis, d'un seul coup, Evelina se retrouva dans les airs, entourée de nuages et de brume. C'était la première fois qu'elle se connectait véritablement à l'essence du cube. *C'est un deva de l'air, ça c'est sûr !* Elle ne pesait plus rien et s'élevait dans les cieux, la terre et l'eau réduits à l'état de détails en contrebas. Le vent lui chatouillait les pieds et la faisait doucement rebondir au fil des courants aériens. Il lui suffisait de désirer gagner en altitude pour remonter le long des rayons de soleil…

— Evie ?

L'enchantement se rompit et elle se retrouva pesante, les pieds plantés à terre, comme collée au sol. L'espace d'une fraction de seconde, elle avait réellement fusionné avec le deva de l'air. La perte de cette connexion, de cette liberté, la laissait endolorie. Elle s'appuya sur le bureau pour rester debout.

— Nick, dit-elle, le souffle court. Qu'est-ce que tu fais ici ?

— Ton oncle m'a demandé de venir. Il a dit que, puisque j'étais impliqué, je devrais être présent pour le bouquet final. Honorable de sa part.

Nick regarda ses pieds avec une grimace de dépit.

— Qu'est-ce qui ne va pas ? demanda Evelina.

— On arrive à la mi-avril, la saison où on plante le chapiteau. Le cirque Ploughman va se remettre en route. Ça veut dire qu'il est temps que je quitte Londres.

L'idée de le perdre arracha un cri aux lèvres d'Evelina. Le sentiment de vide qui l'envahit lui parut douloureusement définitif. Elle ferma les yeux pour tenter de refouler un soudain torrent de larmes.

— Tu me manqueras, souffla-t-elle. Plus que tu ne l'imagines.

Il lui lança un regard dur.

— En es-tu bien sûre ?

C'était ça : il était jaloux. Cela se lisait dans la posture de son corps, dans chaque angle de son visage. Il repartait avec l'arrivée de la saison nouvelle, comme le cirque l'avait toujours fait. Pour Nick, le printemps verdoyant se changerait en un été étouffant et poussiéreux, passé à voyager de places de marché en villes minières, tandis qu'Evelina profiterait de sa saison de bals et de fêtes avant de se retirer dans un manoir à la campagne durant les mois les plus chauds. Impossible d'imaginer deux vies plus dissemblables.

Elle avait autrefois admiré Nick. Il aurait voulu qu'elle lui demande de rester mais elle ne l'avait pas fait. Maintenant, il se croyait indigne de son intérêt.

Ce n'était pourtant pas le cas. Il était son Nick et le serait à jamais.

— Tu me manqueras. J'en suis certaine.

— Et Roth ?

Elle savait ce qu'il voulait dire mais fit mine du contraire.

— Quoi donc ?

— Je t'ai vue avec lui…

Il détourna les yeux comme si le coin opposé du bureau était soudain d'un remarquable intérêt.

— Tu l'aimes ? demanda-t-il.

Evelina sentit sa gorge se serrer de tristesse.

— Nick…

— Je ne m'attendrais pas à ce que tu reviennes. Mais si tu revenais, si tu en avais envie, je ferais tout…

Il ne termina pas sa phrase. Son espoir se mourait, ou était déjà mort.

— Oh ! Nick.

Elle ne put rien dire de plus.

Se forçant à agir, il franchit la courte distance qui les séparait et la saisit par les épaules en la repoussant de façon brusque contre le bureau. Le bord du meuble s'enfonça dans sa hanche avec assez de force pour laisser une marque. Elle s'apprêtait à protester quand soudain la bouche de Nick se pressa contre la sienne, écrasant la pulpe de ses lèvres contre ses dents. Le baiser avait un goût de colère plus que d'affection. Il n'y eut pas de magie cette fois ; elle n'avait jamais jailli entre eux quand ils étaient remontés l'un contre l'autre, comme si cela sapait toute la vie autour d'eux.

Evelina tenta de le repousser. Elle ne voulait pas de ce genre d'étreinte, ne voulait pas que les souvenirs qu'elle avait de lui soient entachés de fureur.

— Arrête ! réussit-elle à dire. Arrête, s'il te plaît.

— Je ne suis pas assez bien pour toi ?

Il eut une grimace de mépris mais recula d'un pas.

— Je t'ai sauvée de Magnus, reprit-il. J'ai *tué* pour toi !

— Tu as fait beaucoup pour moi.

— Pendant toutes les années où tu étais une toute jeune fille, je ne t'ai jamais touchée. Quiconque aurait essayé aurait eu affaire à moi. Ça ne compte pas ?

— Bien sûr que si !

— Ton fils à papa est riche. C'est ça, n'est-ce pas ? Il est riche et instruit et sent bon, contrairement à un homme qui doit se salir avant de pouvoir manger. Il a droit aux meilleures catins, j'imagine !

Evelina le gifla. Le bruit retentit avec force dans la petite pièce. Nick porta la main à sa joue. La peine le disputait à la moquerie dans son regard.

— Es-tu en train de me dire que tu ne m'aimes pas, petite Evie ?

Elle jura à mi-voix.

— Pas comme ça.

Elle ne pouvait pas revenir en arrière. Elle n'était plus l'adolescente qui s'était cramponnée à sa main dans les cours poussiéreuses où ils entraînaient les chevaux.

— Alors comment ? demanda-t-il en se penchant vers elle. Y a-t-il un moyen pour moi d'être à la hauteur ?

Y en avait-il un ? Leur magie partagée les condamnerait, mais ce n'était pas le seul obstacle. Elle était allée à l'école. Ses vêtements étaient neufs et non des nippes pleines de poux achetées dans une charrette à bras tout au fond du marché. Nick était le roi chez Ploughman, mais Evelina avait un avenir.

— Le jour où mère-grand Holmes est venue me chercher…, commença-t-elle d'une voix sourde.

Nick tendit la main pour lui caresser la joue de ses doigts calleux.

— Ils t'ont enlevée.

Elle secoua la tête.

— Moi aussi, je me suis toujours dit ça.

Peut-être était-il temps de dire la vérité, ou en tout cas une partie. Ce serait la mort du conte de fées de Nick, celui où il retrouvait sa princesse perdue. Elle vit qu'il commençait à comprendre. La peine envahit ses yeux sombres.

— Non, souffla-t-il.

— J'ai supplié mamie Cooper de me laisser partir, Nick.

Elle posa sa main sur la sienne, comme pour adoucir le choc. Même à présent, après toutes ces années, elle se sentait toujours déchirée entre ce qu'elle avait trouvé et ce qu'elle avait perdu.

— Et mamie a dit oui, poursuivit-elle. Oh ! j'ai fugué une fois ou deux pour essayer de retrouver le chemin du cirque. Pendant des mois, j'ai pleuré chaque soir avant de m'endormir. Je ne savais pas ce que partir représenterait et à quel point je souffrirais de vous perdre, mais je savais que j'attendais plus que la vie chez Ploughman. Et c'est toujours le cas.

Nick la dévisagea intensément.

— Tu voulais partir.

— Exactement comme mon père quand il était enfant.

Evelina détourna la tête, incapable de soutenir son regard plus longtemps. Elle sentit un sanglot vibrer dans sa gorge mais le ravala.

— C'est la vérité, dit-elle.

— Evelina, non ! rétorqua-t-il en la saisissant par le poignet comme si cela pouvait la forcer à rester auprès de lui. Non. C'était la magie. C'est à cause d'elle que nous n'avons pas pu être ensemble. Nous devions attendre d'être plus âgés, d'avoir appris à la cacher.

Mais ils n'en étaient pas capables. Leur pouvoir n'était pas plus maîtrisable que la mer et ses marées.

— Je trouverai un moyen, Evie, murmura-t-il. Je découvrirai comment faire.

— Mamie disait que c'était impossible.

— Je lui donnerai tort.

Ces paroles étaient empreintes d'une telle solitude que les larmes qui piquaient les yeux d'Evelina se mirent à couler sur ses joues. Elle ne pouvait pas se laisser aller à pleurer, elle perdrait le peu de terrain qu'elle avait gagné.

Et elle ne pouvait pas lui en dire plus. Il était le roi du cirque Ploughman, l'Indomptable Niccolo. Le cirque était le seul endroit qu'il puisse considérer comme chez lui. Et pourtant ces gens qu'il adorait avaient été prêts à le chasser pour se protéger de cette forme de magie incontrôlable. Elle ne pouvait pas lui dire que c'était la raison pour laquelle elle avait choisi de partir. Quel bénéfice pourrait-il y avoir à entacher les souvenirs que Nick avait du seul foyer qu'il ait jamais connu ? Cela ne ferait que rendre pire ce qui allait suivre.

Et cela signifiait qu'elle ne lui dirait qu'une partie de la vérité.

— Je serais prête à mourir pour toi, Nick. Tu es mon plus vieil ami. Mais j'aspire à une vie différente.

Il ne répondit pas. Il respirait avec force, comme s'il avait couru plusieurs kilomètres, et ses doigts broyaient les os du poignet d'Evelina.

— Tu me fais mal, protesta-t-elle.

Il la lâcha avec un juron. Elle prit une longue inspiration saccadée, ses pensées étouffées par un chagrin écrasant.

La colère dans les yeux de Nick la transperçait aussi sûrement que la lame d'un couteau. Il avait tué pour elle. Il le referait si elle le lui demandait et peut-être cette loyauté constituait-elle l'une des raisons de ne pas rester. Au plus profond d'elle-même – et peut-être même pas si profondément –, elle avait peur de lui. Ou d'elle-même.

Elle avait quitté le cirque Ploughman pour lui sauver la vie. Elle le ferait de nouveau pour les sauver tous les deux.

— Je ne peux pas poursuivre cette discussion.

Elle l'écarta pour rejoindre la porte et repoussa sa main quand il tenta de l'arrêter.

Arrivée dans le couloir, elle se précipita en direction de la voix de son oncle… en fuyant celle de Nick qui criait son nom.

Tobias examinait une poterie posée sur son support. L'essentiel de l'exposition était composé d'objets voyants couverts d'or et de pierreries. Le genre que les gens arboraient durant un couronnement ou des funérailles, ou qu'ils ressortaient pour impressionner les barbares voisins durant la période des sacrifices.

Mais cette relique-ci n'était qu'une poterie de terre brune décorée de zigzags de peinture blanche et rouge. Ses proportions, cependant, étaient superbes. Le nom de l'artisan s'était perdu dans la nuit des temps, mais l'âme de Tobias reconnaissait celle du potier et lui adressait ses remerciements. Quelque chose de simple et de beau : c'était exactement ce qu'il lui fallait après avoir écouté son père se vanter d'avoir remporté une somme rondelette grâce au procès de Nellie Reynolds. L'argent compensait les pertes engendrées par l'affaire de Harter Moteurs. Comme chez n'importe quel joueur invétéré, l'enthousiasme de la victoire rendait lord Bancroft expansif. Il y aurait des dîners, de belles robes et des soirées passées au club, tout ceci sur le dos de la pauvre actrice. Le retour des bons moments.

Par contraste, Tobias aurait voulu pouvoir trouver la paix nécessaire pour créer quelque chose d'aussi audacieusement parfait que cette poterie sur son piédestal. Pour rester dans le thème, il aurait été prêt à parier que le potier était orphelin.

Cette communion avec la beauté dura moins d'une minute, après quoi il fut rejoint par la foule. Étrangement, ce fut le roi Doré qui interrompit sa rêverie. Keating s'adressa à lui sur un ton confidentiel en posant une main paternelle sur son épaule.

— Je suis sûr que vous avez appris que la question de Magnus est résolue, dit-il. Je me souviens que vous aviez exprimé une certaine inquiétude à son propos durant le bal des Westlake.

— En effet.

Ce petit discours de Keating sur le retour de l'ordre public n'aurait pas fait rougir le Premier ministre. Ayant grandi auprès de diplomates, Tobias était devenu un connaisseur en la matière.

— Ce n'était pas la conclusion à laquelle je m'attendais, ajouta-t-il, mais je ne peux pas dire que ça me navre. Cet homme représentait une menace.

Keating inclina la tête dans une posture entre tristesse et vantardise.

— Certaines personnes semblent inviter un destin irrévocable, dit-il.

Oh ! il est fort, songea Tobias. *Il maîtrise le hochement de tête de l'homme d'État à la perfection, c'en est même glaçant.*

Le seul défaut était que Keating observait un peu trop attentivement les réactions de son public. Son masque était encore en phase de test.

Va-t-il tenter d'obtenir un siège au Parlement ? Un rôle ministériel ? Voire plus ?

— Je ne perds pas de temps, monsieur Roth. Et j'admire votre capacité à vous exprimer haut et fort pour identifier un problème. D'ailleurs…

Il plongea la main dans sa poche et en sortit une montre. Au grand étonnement de Tobias, il la lui tendit.

— Qu'est-ce que c'est ?

— La plus petite machine à vapeur du monde. Qu'en pensez-vous ?

Tobias eut du mal à mettre de l'ordre dans ses pensées, qui s'égaraient encore parmi les informations glanées dans la presse à propos de la mort de Magnus. Il n'y avait pas eu d'arrestation. Keating avait-il joué un rôle dans le sort du docteur ? Si c'était le cas…

Tobias tourna son attention vers la montre avant que l'horreur qui se faisait jour en lui devienne visible sur ses traits. C'était un modèle de gousset à boîtier dont l'arrière s'ouvrait pour révéler une minuscule chaudière à vapeur. Elle était presque brûlante au toucher, difficile à tenir autrement que par sa chaîne.

— Idée astucieuse, dit-il. Je serais ravi de la démonter. Mais cela ne semble guère pratique à l'usage. On risque fort de brûler le tissu de sa poche de gilet, non ?

Keating afficha un sourire narquois.

— Vous et moi pensons de la même manière, mon garçon. J'ai eu certains doutes à propos de Bancroft, mais je suis prêt à me laisser convaincre que vous êtes d'une tout autre étoffe.

Tobias se crispa comme si le sol s'était soudain changé en une fragile couche de glace.

Sans doute était-ce l'effet recherché par le baron de la vapeur.

— Gardez la montre. Elle est à vous. Son précédent propriétaire n'en a plus besoin.

— Précédent propriétaire ?

Avait-il déjà vu cette montre auparavant ?

Le sourire de Keating disparut.

— Aragon Jackson. Mon ancien conseiller.

Le père de Tobias avait dit qu'une place s'était potentiellement libérée dans l'entourage du roi Doré. Jackson était une sorte d'inventeur à la botte du baron de la vapeur, non ? La montre parut soudain glissante au creux de la paume de Tobias.

— « Ancien » ? M. Jackson n'est plus avec vous ?

— Il a été contraint de nous quitter. De façon permanente.

Mon Dieu ! l'irrévocable destin avait-il vraiment frappé le monstre le plus dangereux ?

— J'aime avoir des gens bien à mon service, ajouta Keating, affable. Songez-y, monsieur Roth. Vous disposeriez d'une vraie liberté et de tous les outils et matériaux dont vous auriez besoin. Imaginez passer vos journées à ne rien faire d'autre que bricoler sans modération. Qui plus est, je rémunère généreusement mes associés.

Le salut et la damnation réunis dans un joli petit paquet cadeau. Tobias se sentait partagé entre l'envie de s'enfuir et celle de saisir l'offre au bond.

— J'y réfléchirai, dit-il.

— Bien.

Keating lui tapota l'épaule.

— Venez donc dîner avec ma fille et moi un jour prochain. Vous connaissez Alice, n'est-ce pas ?

— Oui, j'ai eu le plaisir de faire la connaissance de miss Keating, répondit Tobias, les tripes nouées.

— Excellent ! Nous en profiterons pour avoir une petite discussion.

CHAPITRE 41

Nick regarda partir Evelina, presque aveuglé de tristesse. Il n'aurait pas dû l'embrasser, et surtout pas de cette façon. Il aurait simplement dû quitter la ville. Désormais, même quand il reviendrait à Londres, il ne pourrait plus prétendre à la voir.

La colère bouillonnait dans ses veines, alimentée par un horrible sentiment d'impuissance. Que pouvait-il faire ? Il gagnait déjà sa vie au mieux pour un individu dénué de nom de famille. C'était une existence risquée : il suffirait d'une mauvaise chute durant le spectacle et il serait fini. Mais quel autre choix avait-il ?

Il balaya la pièce du regard, doutant soudain des raisons de sa présence. Cette affaire de reliques et de voleurs n'était pas son problème. Holmes avait été fair-play en lui proposant de venir, mais il n'avait pas sa place dans leur histoire. Nick le sans-nom n'était que la note de brutalité qui mettait un peu de piment dans le récit, puis disparaissait quand il était temps d'allumer le feu et de tirer les rideaux pour se protéger des dangers de la nuit.

— *Voler.*

Il se tourna vers l'emplacement dont lui semblait provenir la voix. Evelina avait laissé son panier. Il s'était renversé durant leur baiser au corps à corps, son contenu éparpillé sur les papiers jonchant le bureau.

— *Voler.*

Nick fit un pas en direction du bazar, à la fois dégoûté et plein de révérence pour tout ce qu'Evelina avait pu toucher. Lorsqu'il tendit la main pour redresser le panier, il ressentit un picotement dans les doigts, comme s'il avait été brûlé.

Sur le bureau se trouvait un morceau de machine très laid qui donnait l'impression d'avoir été extrait du feu. Ou d'un naufrage. Quoi que ce puisse être, c'était endommagé. Mû par la curiosité, Nick s'en saisit.

— *Tu es venu.*

Nick contempla l'objet. Il devait y avoir un deva à l'intérieur, comme pour l'oiseau d'Evelina.

— Qui attendais-tu ?

— *Tes pères constituaient mon peuple.*

— Je n'ai pas de père.

Ce n'était évidemment pas exact. Techniquement parlant, tout le monde avait un père. Nick n'avait simplement aucune idée de qui était le sien.

— *Tu comprends mes paroles. Les autres non. Tu fais partie de mon peuple, les cavaliers des airs.*

— Et Evelina ?

— *Elle n'était pas la bonne. Toi oui.*

— Chanceux que je suis.

Il savait qu'Evelina pouvait entendre les devas de l'air de la même façon que lui ceux de la terre et de la forêt. Mais il entendait parfois aussi les animaux. Et, semblait-il, les déchets métalliques doués de parole.

— *C'est ton héritage. J'ai attendu et tu es venu.*

C'est à ce moment que Nick remarqua la pochette en soie au fond du panier : un objet doré dépassait de l'ouverture. Il reposa le bloc de métal et ramassa le sachet. Quand il le retourna, une petite fortune en or et en pierres précieuses se déversa au creux de sa paume.

— *Vaisseau. Tu construis. Je fais voler.*

Nick était doué de ses mains, mais il n'était pas capable de créer, pas comme Tobias ou Evelina. Il était sur le point de le dire mais se ravisa. Il n'allait pas s'avouer vaincu avant même d'avoir commencé. Il n'était peut-être pas ingénieur, mais il semblait avoir enfin le Sang approprié pour quelque chose. Peut-être que, pour une fois dans sa vie, il avait droit à un coup de chance : il avait les plans du dirigeable et il avait Striker, lequel cherchait le moyen de se libérer du joug du roi Doré.

À cet instant, Nick reporta son regard sur le cube et comprit de quoi il s'agissait. Le coffret d'Athéna, le deva que les barons de la vapeur espéraient utiliser pour leur flotte de vaisseaux de guerre aériens.

Par l'enfer ! dans quoi ai-je mis les pieds ? Une onde de terreur parcourut ses membres tandis que ses doigts, comme mus par une volonté propre, se refermaient sur le butin au creux de sa main. Il n'avait aucun droit sur tout ceci. Pas même pour échapper à l'Indomptable Niccolo et devenir quelqu'un d'autre, un homme doté du genre d'influence qu'*elle* ne pourrait ignorer.

Nick secoua la tête pour s'éclaircir les idées. Voir son amour rejeté ne constituait pas une bonne raison pour décider quoi que ce soit. Il était plus malin que ça. Quoi qu'il fasse, il devait le faire parce que c'était la meilleure chose pour Nick et pour personne d'autre.

— *Tu es venu.*

Le coffret bourdonnait joyeusement au fond du panier. Il était laid, dépouillé de tout ce qui l'avait autrefois rendu redoutablement beau, mais il savait ce pour quoi il était fait. Nick aurait aimé posséder ne serait-ce qu'une once de cette lucidité.

— Je ne suis pas un voleur.

— *Mais tu es venu. Je vole. Tu voles.*

Il laissa l'or retomber dans le panier, ses mains encore habitées par la sensation du corps d'Evelina se débattant contre le sien.

— Je l'aime.

Le deva tendit sa volonté vers lui, toucha son esprit comme une mère apaisant un enfant malheureux.

— *Alors gagne son cœur. Fais-lui voir qui tu es.*

Et, telle une brindille fragile, tout ce qui avait maintenu Nick du bon côté de la loi se brisa net.

Evelina ralentit l'allure en arrivant à la galerie. Elle s'arrêta sur le seuil de la vaste salle pour prendre le temps de rassembler ses esprits. Une pile de programmes imprimés était posée sur un pupitre en marbre. Elle en prit un et fit semblant de le lire.

Elle faillit céder à la tentation de faire volte-face et courir retrouver Nick. Elle le percevait dans son dos tel un brasier, une lumière à la fois chaleureuse et dangereuse au milieu des ténèbres. Mais à quoi cela servirait-il ? Que pouvait-elle réellement espérer effacer ? Elle n'avait pas voulu se montrer cruelle. L'avait-elle été ? Elle lui avait dit la vérité.

Les larmes lui montèrent de nouveau aux yeux. Elle se tourna vers le mur et plongea le nez dans le programme, les épaules raidies pour ne pas trembler sous l'effet des sanglots. Cette lutte contre son propre corps la laissa affaiblie ; son ventre lui faisait mal comme si elle avait reçu un coup de pied. Elle renifla et remonta la manche de sa robe. Un cercle d'hématomes était apparu autour de son poignet à l'endroit où Nick l'avait agrippée. Sa poigne avait été si forte que c'était encore douloureux. Il était sous le coup de la colère : elle lui avait arraché le cœur. Mais cela ne justifiait pas qu'il lui ait fait mal.

Elle tira sur sa manche afin de cacher les marques aux yeux des visiteurs, puis s'essuya les yeux et le nez à l'aide de son mouchoir. Elle aurait aimé pouvoir se laver le visage. Si seulement celui-ci ne reflétait pas ses émotions… Mais tout cela était vain. Elle semblait incapable d'endiguer le flot lent et régulier des larmes.

Certaines femmes pleuraient avec une forme d'élégance. Pas Evelina. Elle n'aurait d'autre choix que de passer le reste de la soirée avec le nez rouge et les yeux embués. On lui décocherait des coups d'œil curieux, voire, pire, pleins de compassion. Certains attribueraient la chose à un cœur brisé. À vrai dire, c'était le cas. Mais pas de la manière simpliste que décrivaient les romans de lady Bancroft.

Evelina remplit plusieurs fois ses poumons jusqu'à ce que les couleurs de la salle aient cessé de tournoyer autour d'elle. Elle replia le programme et salua d'un petit hochement de tête souriant un couple qui arrivait en sens inverse bras dessus bras dessous. Leur satisfaction évidente lui donnait envie de hurler.

Au lieu de quoi, elle traversa la galerie à grands pas pour s'arrêter auprès de son oncle, qui avait enfin daigné faire usage de la chaise roulante. Elle garda le regard braqué droit devant elle.

— Vous n'êtes pas revenu dans le bureau, dit-elle.

— J'ai eu quelques difficultés à approcher M. Keating, répondit-il d'une voix neutre.

Elle n'y crut pas un seul instant. La foule était dense mais cela l'aurait à peine ralenti, chaise roulante ou non.

— Nick est venu m'y retrouver.

— Je m'étais dit qu'il le ferait sans doute.

— Nous nous sommes disputés.

— Ah ! fit-il en grimaçant. Je suis désolé.

— Vous ne paraissez pas surpris.

— C'était plus ou moins inévitable et, malheureusement, nécessaire.

— Que voulez-vous dire ?

— Je connais les jeunes gens téméraires pour avoir moi-même connu cet état. Ils ne sont pas du genre à se retirer tranquillement de la scène, même quand ce serait dans leur propre intérêt. Et même s'ils n'ont pas de rôle immédiat à jouer dans ce qui se prépare.

Evelina sentit ses entrailles se nouer.

— Comment savez-vous tout cela ?

Il la gratifia d'un rictus indiquant à quel point il détestait ce sujet.

— Il n'a pas de rôle parce que tu ne le permettras pas. En conséquence de quoi, sa nature orgueilleuse exige qu'il s'en aille. Le calcul est simple. J'en ai tiré parti pour jouer un coup sur le long terme.

Evelina hoqueta ; le tourbillon de ses émotions contredisait le calcul supposément simple dont parlait son oncle.

— Je ne comprends pas, dit-elle.

Il eut un geste impatient de la main.

— Les larmes et les explications devront attendre. Mais souviens-toi que je t'ai dit que tes amis seraient abrités du danger.

Il avait sauvé Nick et c'était une bonne chose. Mais qu'en serait-il des Roth ? La panique s'empara d'Evelina. Imogen et Tobias auraient forcément des ennuis car lord Bancroft ne pouvait être innocent.

Avisant son expression paniquée, Holmes lui lança un regard impatient.

— Reste concentrée. Le spectacle est sur le point de commencer. Examine soigneusement les lieux et note bien qui se trouve ici.

Elle fit ce qu'il demandait, son regard balayant lentement la salle de gauche à droite. La plupart des invités étaient des gens qu'elle connaissait. Les Roth, bien sûr. Jasper Keating, entouré de sa cour de parasites, son impeccable chevelure d'argent encadrant son visage de patricien. Elle reconnut le capitaine Roberts, un ami de lord Bancroft, qui se tamponnait le front sous l'effet de la chaleur. Le professeur Teasdale d'Oxford était là également, occupé à siroter du thé en discutant avec le duc de Westlake. Un autre homme était appuyé contre le mur et jetait des regards maussades autour de lui.

— Qui est-ce ?

— Harriman, cousin de Keating et propriétaire de l'entrepôt que tu as visité.

Elle l'examina de plus près. Harriman était plus jeune que son cousin, mais affichait des traits semblables quoique moins sculpturaux, un peu comme la mauvaise copie d'un tableau célèbre.

— Très bien. Et maintenant ?

— Prends note des objets exposés. Ils sont tels qu'annoncés : bols, amphores, casques, bijoux. Schliemann a découvert un cimetière contenant des richesses considérables. La traduction des inscriptions est encore en cours mais il semble qu'il s'agisse des possessions d'un roi guerrier de l'époque d'Homère. Ces détails n'ont toutefois guère d'importance.

Un coup d'œil aux alentours confirma ses paroles. Elle repensa au lingot d'or que Grace Child avait eu sur elle. Les pierres qui l'accompagnaient étaient grossièrement taillées, exactement comme les gemmes serties dans les reliques sur leurs piédestaux.

D'un seul coup, elle sursauta, prise d'effroi.

— J'ai laissé mon panier dans le bureau du conservateur.

Sherlock cligna paresseusement des yeux avant de chercher Watson du regard. Il lui fit signe d'approcher.

— Voudriez-vous aller chercher le panier d'Evelina sur le bureau du conservateur ? Il contient des preuves essentielles.

Watson acquiesça avant de s'éloigner, visiblement habitué à jouer les garçons de courses. Evelina avait porté une main à sa bouche, envahie par un mauvais pressentiment.

— Oublie ça, ordonna Sherlock. Il faut poursuivre.

Elle déglutit avec difficulté.

— Qu'allons-nous faire ?

— Un petit numéro dramatique. Je voudrais renverser ce vase délicat, là-bas, près de la fenêtre.

Evelina ouvrit de grands yeux.

— Pourquoi ? Il est incroyablement ancien et précieux !

— Il n'est ni l'un ni l'autre. Ainsi que je l'ai dit, ce sont des copies. As-tu un moyen pour discrètement le faire tomber ?

— Oui.

Il écarta les mains dans un geste de camelot.

— Alors que la démonstration commence !

Evelina sortit Souris de sa poche tout en lâchant son programme. Au moment de se baisser pour ramasser la brochure, elle déposa Souris à terre.

— Fais attention, chuchota-t-elle. Ne te fais pas marcher dessus !

L'animal mécanique se redressa sur ses pattes arrière en fronçant le museau.

— Je me tiendrai également à l'écart des explosions. Je n'ai rien d'une exhibitionniste, contrairement à ce fichu volatile.

Avec ces mots, elle disparut sous un présentoir tout proche.

Evelina se redressa.

— Patientons un instant.

Holmes haussa un sourcil, mais Watson revint avant qu'il puisse dire un mot.

— J'ai regardé dans tous les bureaux, déclara le docteur. Le panier a disparu.

— Avez-vous vu Nick ? demanda Evelina.

Watson secoua la tête.

— Non.

La signification de ce « non » eut à peine le temps de se faire jour dans l'esprit d'Evelina que retentit un grand bruit métallique. L'espace d'une seconde, elle crut qu'il s'agissait de son cœur. Puis elle pivota sur elle-même pour voir deux femmes s'écarter d'un bond de la trajectoire d'un vase qui avait chuté, puis rebondi, et qui roulait à présent sur lui-même au milieu de l'assemblée. Une petite forme grise fila sur le sol pour rejoindre Evelina.

— De la camelote, ce truc !

Le plus beau de l'affaire étant que personne ne pourrait blâmer Evelina ou son oncle Sherlock pour avoir renversé la relique. Elle embrassa le museau de Souris, puis la remit dans sa poche.

— Astucieux, commenta son oncle à voix basse. À présent, observe la réaction de chacun.

Jasper Keating avait ramassé le vase et l'examinait, l'air furieux. Jamais homme à dissimuler son mécontentement, il laissa libre cours à sa fureur à grand renfort de postillons.

— Il est ébréché ! Et l'or s'écaille ! Mais ce vase est censé être en or massif !

— Regardez, le capitaine Roberts et le professeur ! ils s'enfuient ! s'exclama Evelina.

— Pas d'inquiétude. Lestrade a posté des hommes devant chacune des portes.

— Mais alors ils vont capturer Nick !

— Crois-tu, vraiment ? D'après ce que je comprends, ce jeune homme a un vrai penchant pour l'exploration des toits. Maintenant, fais bien attention.

Jasper Keating explosa de rage.

— Qu'est-ce que ça signifie ?

Il se retourna vers son cousin, l'agrippa par le bras et le tira de force vers le vase endommagé.

— Expliquez-vous !

Harriman leva les mains tel un cambrioleur qui se rendrait face à Scotland Yard.

— Pourquoi me prenez-vous à partie ?

Faisant signe à Watson de le faire rouler vers les deux hommes, Holmes passa à l'action.

— Parce que vous dirigez une intéressante affaire, monsieur Harriman ! lança-t-il.

— Qui diable êtes-vous, monsieur ? demanda Harriman en échappant à la prise de son cousin pour pivoter vers Holmes.

— Sherlock Holmes, l'informa Keating avec une satisfaction qui faisait froid dans le dos. Votre navire coule, Harriman. Préparez-vous à plonger.

L'homme ouvrit la bouche, mais rien d'intelligible n'en sortit.

— Je crois savoir que vous employiez il y a peu un certain nombre de travailleurs chinois, dit Holmes à Harriman. Ils travaillaient dans l'entrepôt où la collection a été déballée, jusqu'au moment où leurs corps démembrés ont été retrouvés flottant sur la Tamise. Certains d'entre eux étaient des orfèvres.

Harriman demeura silencieux. Keating regarda son cousin, puis la couche d'or écaillée du vase ébréché, puis Sherlock.

— Expliquez-moi.

Sherlock désigna du doigt le vase.

— Evelina, apporte-moi cette contrefaçon.

Elle saisit l'objet incriminé des mains de Keating et le remit à son oncle. L'objet autrefois superbe semblait désormais nu et mal en point. Elle ne put s'empêcher de le manipuler presque avec tendresse, comme s'il s'agissait d'un patient.

Holmes le prit d'une seule main.

— Ils ont réalisé des moules de vos trésors avant de les répliquer à l'aide de vil métal. Celui-ci a ensuite été recouvert par dépôt électrolytique d'une fine couche de l'or original afin que la copie soit ressemblante. Les gemmes ont été facilement remplacées par du verre coloré.

Le teint de Keating était devenu gris. Son regard paniqué passait d'une vitrine à l'autre.

— Pourquoi n'ai-je pas vu la différence ?

— Quoique imparfaites, ces répliques sont habilement réalisées.

De sa main intacte, Holmes s'empara d'une urne élégante et la retourna.

— Si vous examinez de très près le fond de celle-ci, vous y verrez la trace de la ligne de moulage.

— Mais cela aurait forcément été découvert ! Cette exposition était censée voyager jusqu'au British Museum !

— Pas avant d'être volée, répondit Holmes avec un sourire pincé. Lestrade a découvert cette partie du complot après avoir interrogé les plus éminents membres de la confrérie des voleurs de Londres. Avant la fin du week-end, la collection tout entière devait disparaître au cours d'un cambriolage, en même temps que toutes les preuves de la création des faux.

Tous regardèrent Harriman, qui paraissait sidéré. Evelina devina qu'il ignorait tout de cette partie du plan.

— Je ne comprends pas, dit le duc en se frayant un chemin parmi les visiteurs. Pourquoi se lancer dans un projet aussi complexe ?

— Je n'aurais jamais su la vérité, souffla Keating. Un faux cambriolage ? On a dû me voler il y a des mois pour permettre la création de ces contrefaçons. Même en travaillant comme des esclaves, le travail a forcément été long et complexe.

Il se tourna vers Harriman :

— Où est mon trésor ?

— Il a été fondu, lui répondit Holmes.

Lestrade s'était rapproché pour immobiliser Harriman. L'homme lança à Keating un regard de haine qui glaça le sang d'Evelina.

— Nous sommes de la même famille, que diable ! gronda le roi Doré.

— Aucune importance ! répliqua Harriman. Vous nous prenez tous de haut. À quoi vous attendiez-vous ?

— La valeur de ces reliques était inestimable !

— De même que celle de notre fierté.

— Qui sont vos complices ? demanda sèchement Lestrade. Il va nous falloir une liste de noms.

— Je doute que vous le découvriez un jour, intervint de nouveau Holmes.

Il lança à Evelina un regard qui semblait dire que, quel que soit son avis sur la question, la chute de Bancroft ne viendrait pas de lui. Mais il était évident pour la jeune femme que les scrupules de son oncle ne suffiraient pas à sauver les conspirateurs.

— Confiez-moi Harriman et vous aurez votre liste, déclara Keating après un instant d'hésitation.

La respiration de Harriman se fit sifflante.

— Il va être transféré à la prison de Newgate, répondit Lestrade. Le reste de cette conversation pourra se dérouler là-bas.

Sur ces mots, il tira Harriman vers la sortie. La foule s'écarta pour les laisser passer et nombre de visiteurs se hâtèrent vers le vestiaire. La soirée était terminée et le clou du spectacle n'était pas du tout ce à quoi ils s'étaient attendus.

Keating tourna son regard acéré vers Holmes.

— Le coffret d'Athéna ?

L'oncle d'Evelina lui adressa une grimace attristée.

— Je suspecte qu'il a été fondu. Tragique.

Le roi Doré se détourna pendant un long moment, la tête rentrée dans les épaules. Lorsqu'il leur fit de nouveau face, son expression était sévère mais maîtrisée.

— Quoi qu'il en soit, je vous remercie d'avoir exposé cette traîtrise au grand jour. Si elle avait pu perdurer, qui sait quels ravages Harriman aurait encore causés. Je l'avais sous-estimé.

Holmes cligna paresseusement des yeux.

— Il semblerait.

— Vous serez dédommagé, dit Keating, sourcils froncés.

Sherlock baissa les yeux vers son bras blessé.

— Je n'oublierai pas de vous faire parvenir ma facture.

Avec un bref hochement de tête, Keating s'éloigna pour sauver ce qui pouvait encore l'être de cette soirée. Evelina fut libre d'observer ce qui restait de l'assemblée.

— Où est lord Bancroft ? demanda-t-elle.

— Il est sorti dès que le vase a touché terre.

Elle se tourna vivement vers Holmes. Ses soupçons s'étaient changés en certitudes.

— Il était donc l'un d'eux.

— Sans aucun doute. Je le soupçonne d'être le cerveau de l'affaire. Reste à voir si Keating le découvrira. Je suis désolé pour tes amis mais, si cela arrive, Bancroft se retrouvera dans la tourmente. On ne pourra pas l'empêcher.

Elle ravala difficilement sa salive. Il ne faisait que lui dire la vérité.

— Mais qu'en est-il de Grace ? Et qui vous a tiré dessus ?

Holmes fit la grimace. De pâle, son teint était passé à une teinte grise et maladive.

— La partie n'est pas terminée, dit-il. Ralentie, peut-être, mais pas encore finie. Mais pour ce soir, malheureusement, c'est moi qui le suis.

CHAPITRE 42

Tobias avait dû se charger de trouver un fiacre à louer et d'y faire grimper sa sœur. Lord Bancroft avait pris leur voiture et la priorité absolue de Tobias était de quitter les lieux avant que quiconque remarque que sa sœur et lui avaient été laissés en arrière.

Après cet esclandre avec Harriman, qui pouvait dire quels murmures scandalisés le moindre faux pas pourrait déclencher ?

Le départ soudain du *pater* témoignait de sa culpabilité, mais à quel point était-il impliqué ? Imogen avait ouvert la bouche une ou deux fois sans toutefois parvenir à prononcer un seul mot. Au lieu de quoi, elle avait serré la main de son frère dans la sienne, comme pour le réconforter. Elle cherchait sans doute à se réconforter elle-même.

Pauvre Imo. Toujours comme une feuille d'arbre emportée dans les tempêtes des autres.

Et elle semblait souffrante depuis quelques jours. Elle n'était pas faite pour encaisser autant de chocs.

Tressautant à côté d'elle au rythme des mouvements du fiacre, Tobias s'enveloppa dans un silence empreint d'une sorte de satisfaction malsaine. Quoi que son père ait pu craindre, quelle que soit la culpabilité qu'il avait tenté de dissimuler, la petite Evelina Cooper et son oncle avaient tout découvert. Que cela serve de leçon à son père pour avoir voulu cacher les choses – quelles qu'elles puissent être – à son propre fils. Il avait jugé Tobias trop incompétent pour l'aider. Mais qui mettait la famille en danger à présent, hein, qui ?

Tobias laissa ce monologue mesquin tourner en boucle sous son crâne jusqu'à ce que le fiacre arrive à destination. Bigelow, avec l'instinct d'un domestique bien formé, avait déjà ouvert la porte avant que Tobias ait rejoint le perron.

— Que se passe-t-il ? demanda Imogen une fois qu'ils furent en sécurité à l'intérieur.

Tobias réfléchit quelques instants en observant le visage inquiet de sa sœur. Le pire était à venir, il le savait.

— Va t'occuper de notre mère. Je vais essayer de parler à père.

Elle le retint par la manche.

— Tobias. Grace Child… Tu ne crois pas réellement que père l'a tuée, n'est-ce pas ?

Si. Il en était convaincu depuis ce désastreux dîner avec le détective.

— Je ne sais pas. Il y a des moments où je le pense. Et d'autres où je suis tellement en colère que j'aimerais le croire.

La peur voilait le regard d'Imogen.

— Mais qu'allons-nous faire à présent ?

— Ce qui s'impose, répondit-il en lui embrassant le front. Tu es la plus sensée d'entre nous. Notre roc. Il faut que tu sois forte pour nous.

— Mais je ne suis pas forte. Je suis celle qui est toujours malade.

La voix d'Imogen tremblait juste assez pour qu'il s'en aperçoive. Il aurait voulu prendre sa petite sœur dans ses bras et la serrer contre lui mais il craignait de perdre alors son courage. Il la poussa donc gentiment en direction de l'escalier.

— Va jouer le rôle de la fille charitable. Occupe-toi de mère. Je viendrai te retrouver plus tard.

Tobias se dirigea ensuite vers le bureau de son père mais s'immobilisa devant la porte, la main sur le heurtoir de laiton froid. Cela faisait à peine plus d'une semaine qu'il avait été convoqué dans ce même bureau après l'affaire du calamar. Son père lui avait alors ordonné de séduire Evelina dans le dessein de prévenir ce qui venait précisément de se passer.

Alors pourquoi aurais-je dû ruiner la vie d'une jeune fille ? Pour quelques vases en or ?

Il tourna lentement la poignée de porte. Une partie de son être détestait Evelina. Son oncle et elle avait tout mis sens dessus dessous. Mais il l'avait sentie s'appuyer contre lui sur la piste de danse et, durant ce tendre moment, il avait su que rien n'était simple pour elle non plus. Elle avait fait preuve de sagesse en disant qu'elle ne pouvait pas se permettre quelqu'un comme lui. Et pourtant, malgré la froideur de son raisonnement, elle avait le sang aussi bouillant que le sien.

Une seule chose était certaine : Tobias ne serait plus la marionnette de son père.

Il ouvrit la porte. Son père était assis derrière le bureau, sous la tête de tigre féroce. L'une de ses mains était posée sur son revolver à la crosse argentée. Le cœur de Tobias bondit dans sa poitrine telle une calèche heurtant un nid-de-poule. Il ne s'était pas attendu à ça. L'espace d'un instant, il fut tenté de faire demi-tour et de s'enfuir.

Au lieu de quoi, il se força à adopter un ton léger.

— Sommes-nous ruinés au point que vous soyez obligé de vous faire sauter la cervelle ?

Il se montrait délibérément insensible, mais cela lui valut l'attention de lord Bancroft.

Sous ses sourcils froncés, son père le fusilla du regard.

— Sors d'ici !

Tobias prit une profonde inspiration en gonflant ses poumons jusqu'au point de rupture. Le suicide ? Vraiment ? Il avait toujours cru son père trop égocentrique mais il n'en était plus si sûr. Comme tout le reste, cette hypothèse s'effondrait, le laissant suspendu dans le vide.

Il fourra les mains dans les poches et s'avança d'un pas nonchalant.

— Vous êtes coupable.

— Oui.

Que Dieu nous garde.

— À quel point ?

Bancroft gardait les yeux fixés sur sa table de travail. Sa voix donnait l'impression qu'il était déjà mort.

— J'ai orchestré toute l'affaire. Je connaissais des bijoutiers capables de retailler les pierres et de les revendre afin de faire un profit non négligeable.

— Pourquoi avoir fait une telle chose ?

Bancroft esquissa un vague mouvement d'épaules.

— Pour l'argent. Par ambition. Il faut de l'or pour tout. J'ai joué et j'ai perdu.

Tobias sentit sa gorge se serrer. Était-ce à cela qu'il ressemblerait dans vingt ans, ou dans dix ? Déçu et un pistolet à la main ?

— Le roi Doré ne sait pas que vous êtes impliqué. Pas encore. Un suicide reviendrait à admettre votre culpabilité.

— Il le saura. Et une balle pourrait encourager Keating à épargner ma famille.

Les mains de Bancroft commençaient à trembler. C'était un homme courageux mais nul n'aurait pu supporter indéfiniment la concentration nécessaire à un tel acte.

C'était ce sur quoi comptait Tobias. S'il parvenait à repousser l'échéance suffisamment longtemps, son père flancherait.

— Ne soyez pas stupide. Vous tuer ne nous épargnera pas. Cela nous brisera en mille morceaux.

Les mains de Bancroft se crispèrent. Il sentait le whisky.

— Cesse de pleurnicher ! gronda-t-il. Si tu avais agi en homme, si tu avais arrêté cette fille, rien de tout cela ne serait produit.

Tobias ébaucha un sourire sans joie.

— Il semble pourtant que j'aie obtenu le respect de Keating. Il apprécie ma façon de faire.

Bancroft ne trouvait plus ses mots. Pour n'avoir jamais su ployer, il était sur le point de se briser.

— Laisse-moi.

Tobias perdait patience.

— Non, je suis fatigué de m'agiter dans votre sillage. Quand ce n'est pas un complot chez Harter, on se retrouve déconnectés. Un jour vous me demandez de séduire une jeune fille innocente, le lendemain quelqu'un assassine nos domestiques pour mettre la main sur une collection d'automates maudits. Notre famille ne saurait souffrir cette folie un instant de plus !

Tobias n'était toujours pas satisfait par les explications de son père à propos des automates, mais ce n'était pas le moment de raviver cette querelle.

Enfin, son père croisa son regard. Aucun éclat ne brillait plus dans ses yeux.

— Comment oses-tu me parler ainsi ?

Tobias serra les dents et ravala la première repartie qui lui vint. La seconde ne fut qu'à peine plus polie.

— J'ose parce que, si vous n'endossez pas le rôle de chef de famille, alors c'est moi qui le ferai. Répandre votre matière grise sur le mur n'arrangera rien.

Une expression de fureur passa sur le visage de son père. Il raffermit sa prise sur le revolver et pointa le canon entre les deux yeux de Tobias.

— Sors d'ici !

— Et mère ? Et la saison d'Imogen ? Comment trouvera-t-elle un mari si elle est en deuil ? Et Poppy est encore une petite fille. Elle ne comprendra pas.

La défaite envahit le visage de Bancroft, son regard envahi par le désespoir.

— Tu ne comprends donc pas ce qu'est la ruine ? Ce sera le cadet de leurs soucis.

Le visage de son géniteur – cet air d'homme en train de se noyer – pétrifia Tobias. Tout se figea en lui comme lorsqu'il plongeait au plus profond des entrailles d'un moteur. C'était le même calme qu'il ressentait en mémorisant comment les pièces s'assemblaient, engrenages et roues, pistons et poulies. Tobias était un créateur. Le rapport de cause à effet fonctionnait de la même manière à l'intérieur d'une machine qu'à l'extérieur.

Il comprit soudain comment son père, autrefois un créateur lui aussi, était entré en politique. Là également, tout revenait à tirer les bons leviers.

Tobias adoucit le ton.

—Je comprends que certaines choses brisées ont besoin d'être réparées. Je lécherai les bottes de Keating si c'est ce qu'il faut pour l'influencer. Je suis exactement le genre de jeune aristo brillant qu'il aime avoir à son service. Et je suis capable de fabriquer de meilleures machines que ce crétin de Jackson. Je peux nous sortir de là.

Ils s'observèrent un moment en silence. Un sentiment de compréhension mutuelle se fit jour entre eux, quelque chose que Tobias n'aurait jamais cru possible.

Mais ce n'était pas suffisant.

Bancroft secoua la tête.

—Je t'ai toujours dit d'être comme moi, mais je me suis secrètement réjoui que tu ne le sois pas. Tu as encore des rêves. Ne les abandonne pas. Pas pour Keating.

—Je le fais pour nous.

À la fois épuisé et euphorique, Tobias tendit la main vers le revolver. Ce devait être ce que ressentaient les guerriers japonais lorsqu'ils s'enfonçaient une lame dans les entrailles. Honneur et sacrifice.

Les doigts de Tobias effleurèrent la crosse argentée de l'arme, mais Bancroft l'écarta brusquement. Au même instant, Tobias la saisit pour tenter de l'arracher des mains de son père. Le coup partit dans un bruit de tonnerre, arrachant un nuage de sciure à la tête de tigre. Un croc tomba en tintant sur le sol.

Puis Tobias se retrouva en possession du revolver. Il haletait, plus sous l'effet du stress que d'un réel effort. Bancroft parut d'abord stupéfait, puis furieux. Ce bref instant de compréhension mutuelle avait pris fin ; soudain, ils étaient des rivaux.

—Non ! hurla Bancroft en plongeant par-dessus le bureau.

Tobias en avait eu assez. Cela faisait des années qu'il en avait assez.

—C'est fini entre nous, dit-il.

—Cesse de faire l'enfant !

Sans vraiment réfléchir, Tobias décocha un coup de poing dans la mâchoire de son père. Bancroft fut projeté en arrière et s'affaissa dans son fauteuil.

— C'est fini, répéta Tobias à mi-voix.

Il se sentit pris de nausée. Il avait franchi une limite, s'était avancé sur un terrain qui lui interdisait de battre en retraite.

— Je suis désolé.

La porte du bureau s'ouvrit à la volée, laissant apparaître Bigelow dans une attitude paniquée qui ne lui ressemblait pas. Il avait entendu le coup de feu. Tobias leva une main pour lui faire signe de se calmer.

Bancroft se palpa le visage. Il avait du sang sur la lèvre.

— Tu te détesteras pour ce que tu viens de faire.

— C'est déjà le cas.

Ce n'était pas seulement le coup de poing. Il avait arraché à son père une autorité dont il ne voulait pas. Et pour que ce geste ait le moindre sens, il allait devoir tenir parole.

Tobias pivota sur lui-même et sortit en passant devant le majordome, le revolver toujours à la main.

CHAPITRE 43

« N'importe quelle certitude est préférable au doute torturant. »

Sherlock Holmes, propos retranscrits par le docteur John H. Watson,
La Figure jaune

Confié aux bons soins de Watson, Holmes retourna directement à Baker Street. Sa blessure s'était rouverte et le docteur semblait prêt à le menacer d'une arme pour le forcer à s'aliter si nécessaire.

Rongée par l'inquiétude, Evelina décida d'agir. Les Roth étaient partis, Nick avait fui dans la nuit et elle devait trouver une voiture pour la ramener à Hilliard House.

Elle y récupérerait ses dernières affaires avant de rejoindre Baker Street. On l'avait informée ce matin-là que, dès que son oncle ne serait plus invalide, lord Bancroft ne souhaitait plus souffrir sa présence. Si elle avait repoussé son départ jusqu'après l'inauguration, c'était uniquement parce que son oncle avait demandé qu'elle l'accompagne et qu'elle n'avait pas eu le temps de faire ses valises. À présent que Holmes avait déclenché une suite d'événements qui se termineraient sans doute par l'arrestation de lord Bancroft, elle s'estimerait chanceuse de ne pas retrouver ses sous-vêtements répandus sur les pavés de la rue.

Tant de choses ont changé en si peu de temps. Elle alla se poster sur le trottoir devant la galerie en cherchant du regard un fiacre à louer.

— Miss Cooper.

Pivotant sur elle-même, elle se retrouva nez à nez avec le roi Doré. Il s'inclina légèrement devant elle.

— Monsieur Keating, dit-elle avec une petite révérence.

— Permettez-moi de vous prêter l'une de mes calèches pour la soirée.

— Je vous remercie, mais je suis toute disposée à en louer une, répondit-elle.

— Certes, mais je suis redevable envers votre oncle pour les services qu'il m'a rendus. Mes hommes se sont assurés qu'il rentre chez lui sans encombre et il a spécifiquement demandé que sa jeune nièce soit traitée avec tout le respect possible.

Il n'y avait rien qu'elle puisse objecter à cela. Keating la dévisagea quelques instants, comme s'il la voyait pour la première fois. Elle remarqua que ses yeux étaient d'une étonnante couleur ambrée, semblables à ceux d'un chat.

— Je crois comprendre que vous avez également joué un rôle dans la découverte de cette opération de contrefaçon, ajouta-t-il.

— Un rôle des plus modestes, je vous assure.

— J'en doute.

Un sourire apparut sur ses traits distingués mais il n'était pas seulement poli.

— J'ai trouvé votre coupe-papier dans la jambe de mon garde-rue et mes agents ont découvert la carte de visite de miss Roth sur le sol de l'entrepôt.

Evelina se sentit prise de vertige.

— Une coïncidence, sans doute…, dit-elle.

Il sourit et secoua brièvement la tête.

— Vous êtes dotée de talents intéressants. J'apprécie toujours d'en apprendre plus sur les jeunes personnes intelligentes.

— Et je suis ravie d'avoir pu vous assister de quelque manière que ce soit.

Une petite victoria noire s'arrêta dans la rue. Elle était tirée par un unique cheval gris et la capote était remontée pour protéger les passagers de la brise nocturne. Keating s'inclina une nouvelle fois.

— Voici ma voiture. De nouveau, je vous remercie. Je suis certain que nous nous reverrons.

Après avoir aidé Evelina à monter à bord, il referma la porte mais garda la main sur le rebord de la vitre ouverte.

— Un petit conseil, miss Cooper. Il est clair que mon imprudent cousin n'est que l'un des membres d'une cabale de voleurs, sans doute même le moindre d'entre eux. J'avais commis l'erreur de croire que déballer le contenu de caisses en toute sécurité était dans ses cordes. Apparemment, je me trompais.

Evelina patienta tandis qu'il balayait les alentours du regard. Il se pencha un peu plus près de la fenêtre.

— Le capitaine Roberts fait sans doute partie des coupables, de même que lord Farley. Je ne doute pas que les individus impliqués dans l'opération autour de Harter Moteurs ont tenté d'éponger leurs pertes à mes dépens. Tout ceci porte le sceau d'une personne dotée de beaucoup d'imagination et d'une connaissance de l'artisanat et du travail des métaux.

Le sens de ses paroles envahit Evelina comme une eau glacée et fétide. Elle frissonna et ses mains se mirent à trembler.

Il suspecte lord Bancroft. Mon Dieu, ils sont perdus !

Keating plissa les yeux.

— Quand la chose se saura, un bain de sang métaphorique se produira à Mayfair, miss Cooper, et je serais très surpris si votre nom ne se retrouvait pas mêlé à cette affaire. Je vous recommanderais d'abandonner l'idée de participer à la saison pour vous retirer plutôt à la campagne. Je suis certain que les soirées mondaines qui vont suivre ne voudront pas vous accueillir.

Elle saisit sa main gantée posée sur le bord de la fenêtre.

— Je vous en prie, souvenez-vous que ces hommes ont des familles et que celles-ci sont innocentes.

L'expression sur le visage du roi Doré laissait entendre qu'elle venait de lui révéler quelque chose d'intéressant. Son anxiété monta d'un cran comme si un ressort s'était resserré à l'intérieur d'elle-même.

— Calmez-vous, miss Cooper. Je suis très au fait des sentiments familiaux et je ne suis pas homme à gaspiller quoi que ce soit.

Il donna un petit coup de canne sur le côté de la victoria et la calèche s'ébranla avec force claquements de sabots sur les pavés.

Si ses paroles étaient censées la rassurer, elles n'y étaient pas parvenues. Evelina se laissa aller contre le velours violet des coussins, horrifiée.

Que va-t-il se passer à présent ?

Après que la voiture l'eut déposée devant Hilliard House, elle resta quelques instants immobile pour admirer la beauté sereine des lieux sans s'arrêter à ce qui se dissimulait derrière. Elle n'avait jamais tout à fait trouvé sa place dans le monde de la bourgeoisie. Elle se souvint de s'être un jour recroquevillée dans le placard sous l'escalier chez mère-grand Holmes, craignant de recevoir une correction parce qu'elle avait inconsidérément cueilli des fleurs dans le jardin à la française. Et elle avait pleuré en découvrant sa nouvelle chambre à coucher, celle que sa mère avait occupée étant enfant. Elle était si vaste et si belle, mais Evelina n'avait personne avec qui la partager et elle devrait dormir seule dans ce lit gigantesque.

Pourtant, elle avait persévéré. Elle était allée à l'école pour apprendre à devenir une lady. Elle avait été présentée à la reine et participé à un bal. On ne pouvait pas dire qu'elle n'avait pas sa place dans ce monde.

Elle se glissa discrètement dans la maison et monta les marches jusqu'à sa chambre. Ses malles avaient déjà été retirées. Il ne restait qu'un sac dans lequel ranger ses dernières possessions et elle préférait éviter de croiser quiconque avant que ce soit fait. Mieux valait être prête à partir avant d'affronter la gêne des adieux qui suivraient.

— C'est ma faute, vous savez. J'aurais dû laisser Grace Child dehors dans le froid.

Elle se retourna. Tobias se tenait sur le seuil, l'air hagard.

— Balivernes, répondit-elle. Si on doit blâmer quelqu'un…

Elle s'interrompit. Elle s'apprêtait à dire que c'était sa faute, ou celle de son oncle. Mais elle avait eu l'intention de sauver Bancroft et Holmes avait été embauché pour retrouver le coffret d'Athéna. Tous deux avaient, à leur manière, tenté de protéger la famille. À vrai dire, la seule personne coupable de la ruine de Bancroft était lord B lui-même. Mais ce n'était pas ce que Tobias avait besoin d'entendre.

— Ça n'a pas d'importance, dit-il avec un haussement d'épaules. Ce qui compte, c'est que tout s'est effondré depuis. Cela va être étrange de vous savoir loin. Vous êtes l'amie d'Imogen depuis si longtemps et j'ai le sentiment que vous êtes l'une d'entre nous. Je n'arrive pas à imaginer notre maison à Noël prochain, voire dans cinq ou dix ans, sans vous voir assise à notre table. Vous êtes un membre de la famille depuis une éternité. Vous êtes une habitude qu'il me plaît d'avoir.

Elle pinça les lèvres pour les empêcher de trembler.

— Je sais. Je ressens la même chose. Mais la tension s'apaisera quand votre père constatera que tout va bien.

Cette déclaration s'écrasa entre eux tel un dirigeable rempli de béton. Une fois que Keating en aurait terminé avec Harriman et qu'il aurait obtenu sa liste de noms, lord Bancroft se retrouverait en eaux très profondes.

— Le roi Doré m'a avertie de ce qui allait suivre. Il m'a conseillé de partir à la campagne. Mère-grand est souffrante. Je pense que je vais peut-être séjourner chez elle quelque temps.

— Et votre saison ? demanda-t-il.

— Elle n'aura pas lieu. Pas pour moi, en tout cas. Je m'en remettrai. Je me remets toujours.

Elle vit que ces mots l'avaient touché. Il s'estimait responsable, ou en tout cas sa famille, pour ce qui constituerait sans doute la disgrâce d'Evelina en même temps que la leur.

— Ce n'est pas grave. Vous n'y êtes pour rien.

Elle avait parlé dans un murmure car elle n'avait pas confiance en sa voix. Tobias sourit mais ce n'était guère convaincant.

— Ça ne me plaît pas.

— Mais ce qui vous plaît ne compte guère pour le moment, n'est-ce pas ?

Il lui prit les mains dans les siennes et elle sentit les callosités qu'il avait développées à force de manier ses outils. Il lui embrassa les doigts puis releva les yeux pour la regarder par en dessous. Elle lut de la peur et du désir dans ses yeux gris. C'était le regard de quelqu'un qui voit une porte s'entrouvrir et prie pour qu'elle ne se referme pas. Cette vulnérabilité sincère et clairement affichée lui serra le cœur.

Ils s'enlacèrent dans un élan brûlant et désespéré. La bouche de Tobias trouva la sienne pour exprimer sans un mot à quel point il souffrait. Evelina sentit des larmes s'échapper de sous ses cils et elle inspira en tremblant une goulée d'air.

— Je ne veux pas vous perdre, Evelina.

Les mains de Tobias glissèrent le long de ses flancs jusqu'à l'évasement de ses hanches.

— Je sais.

Leurs lèvres se trouvèrent de nouveau mais cette fois d'une manière plus lente, plus délibérée. L'alchimie du contact semblait transformer leur tristesse en quelque chose d'autre. Ils s'embrassèrent une fois, puis deux. Tobias referma les doigts sur les boutons de son col de dentelle et fit passer une petite perle, puis la suivante, à travers les fines boucles de maille qui le maintenait fermé. Le contact de ses doigts chauds contre sa gorge avait quelque chose d'incroyablement intime, comme s'il la touchait avec beaucoup plus que cela.

Une envie naquit au creux du ventre d'Evelina, un feu immédiatement attisé. Elle se laissa aller contre lui et appuya sa tête contre son épaule solide. Elle avait autant besoin du contact de son corps contre le sien que de l'air qu'elle respirait.

La lampe sur son bureau illuminait la chambre en faisant ressortir le jaune et l'or du tapis oriental. Mais elle ne pouvait dissiper le vide qui avait pris possession des lieux. La commode était nue, la porte de l'armoire ouverte, la bibliothèque débarrassée de tous ses livres. Evelina était déjà partie. Ceci n'était que le dénouement.

Les larmes coulaient à présent librement sur son visage.

— Tobias…

Il posa une main dans le dos d'Evelina pour la tenir contre lui.

— Je vous aime, dit-il.

Evelina sentit son corps se relâcher. Elle ne bougea pas un muscle mais elle avait l'impression d'être un automate dont le moteur viendrait de caler. Puis une vague de chaleur remonta depuis ses pieds, comme si la vie revenait dans un jaillissement fantastique et délirant.

Il m'aime !

C'était réel. Elle l'avait entendu dans sa voix.

Elle releva la tête pour le regarder. Lui aussi avait les yeux luisants de larmes mais il cilla pour les chasser. Il ne ressemblait plus à un ange, seulement à un homme las, déchu. Elle préférait cette version de lui. Elle pourrait l'aimer ainsi plutôt que simplement le vénérer telle une idole dorée.

Il chercha longuement ses mots avant de reprendre la parole.

— Écoutez, les choses sont très embrouillées. Vous devrez peut-être partir pour quelque temps et je vais devoir remettre de l'ordre dans la situation. Il va falloir trouver le moyen d'apaiser Keating si nous voulons continuer à avancer. Je me dois d'essayer, en particulier pour Imogen et Poppy.

Comme toujours, elle enchaîna directement sur la question difficile.

— Comment ?

— Je vais mettre mes talents à la disposition de Jasper Keating. Je sais que cela revient à pactiser avec le diable, mais c'est à moi de désamorcer le danger. Si je m'y prends bien, nous n'aurons plus jamais à nous inquiéter pour des questions d'argent.

À propos de ma pitoyable dot, vous voulez dire ?

— Et vos créations personnelles ? Ce que Magnus voulait vous montrer ? Y a-t-il là un projet que vous pourriez faire vôtre ?

— Il avait une sorte de plan global pour lequel il voulait nous recruter, mes amis et moi. Il disait avoir besoin de créateurs et qu'il lui manquait un élément clé qu'il tentait d'obtenir.

Le dirigeable. Magnus aurait eu besoin de créateurs talentueux pour lui donner corps, mais également du coffret d'Athéna. Elle n'imaginait pas les dégâts que le docteur aurait pu causer s'il avait possédé une arme aussi puissante.

Tobias ferma les yeux.

—Mais entre-temps il avait fabriqué un automate. Il voulait s'en servir pour nous mettre à l'épreuve. Une poupée incroyablement belle mais elle était… enchantée, d'une façon ou d'une autre. Peut-être était-ce ça l'épreuve, pour voir si nous reculerions face à la magie. C'est ce que j'ai fait.

Il frissonna de manière visible et se passa une main sur le visage.

—Je n'avais jamais compris pourquoi les gens faisaient tant d'histoires en parlant de rebouteuses et de sorciers, mais maintenant je comprends. Des maléfices abominables ! Pas étonnant que les barons de la vapeur fassent tout pour réprimer la magie. Sur ce point au moins le roi Doré a raison.

Evelina hoqueta, incapable de parler, et sa joie s'effondra telle un papillon de nuit privé d'une aile.

Il a peur de la magie.

Non seulement cela, mais elle avait perçu le discret changement qui s'était opéré derrière ses paroles. Magnus avait précédemment endossé le rôle du sauveur. À présent, c'était le roi Doré.

Il ne sait pas comment se sauver lui-même. Il a beau parler d'indépendance, il a besoin de suivre un homme fort… mais ce sont tous des monstres.

Elle recula d'un pas mais Tobias lui prit les mains pour la garder près de lui.

—Le sort de Magnus est réglé. Il ne causera plus de problèmes, dit-il avant de baisser les yeux vers leurs mains serrées. Tous les mystères sont résolus.

Mais ce n'était pas le cas, loin de là. Soudain, le cerveau d'Evelina fit une embardée à l'écart des chemins qu'il avait empruntés jusque-là. Ses doigts frémirent entre ceux de Tobias, qui lui lâcha les mains.

—Qu'y a-t-il ? demanda-t-il.

—Maintenant je comprends.

Elle fit un pas en arrière, bras croisés. Elle venait de résoudre intérieurement les meurtres. Elle songea à Grace, debout dans le vestiaire avec sa bougie et son joli jupon, inconsciente du sort terrible qui la frapperait quelques minutes plus tard.

—Grace attendait que votre père vienne à sa rencontre pour récupérer l'or qu'elle transportait. Le tueur est sans doute tombé sur elle par accident cette nuit-là.

Tobias parut mal à l'aise et désorienté.

—Le tueur ? Vous voulez dire mon père ?

—Non, ce n'était pas votre père.

Les pièces du puzzle se mettaient toutes en place.

— Bigelow a trouvé lord Bancroft endormi dans la bibliothèque lorsqu'il est monté donner l'alerte, poursuivit-elle. Votre père s'était endormi après avoir trop bu. Il n'a pas non plus tué les palefreniers. C'était Magnus, à la recherche des automates, d'abord dans la maison puis sur la route. Il avait dû trouver le moyen de se faufiler à l'intérieur. Et c'est sans doute lui que j'ai croisé dans le couloir.

En tant que sorcier, il n'aurait eu aucun mal à dissimuler sa présence à la vue des habitants. Gagnée par l'excitation, Evelina reprit :

— La seule raison pour laquelle son plan a échoué est que votre père, ayant eu vent de sa présence à Londres, a fait déplacer les malles avant qu'il arrive. Magnus est sans doute entré par la porte latérale mais, lorsqu'il a voulu repartir, Grace s'y trouvait.

Tobias était bouche bée, une expression d'horreur grandissante sur le visage. Il referma vivement la mâchoire.

Ce fut au tour d'Evelina d'être stupéfaite.

— Vous pensiez que votre père avait tué Grace ?

Un flot de souvenirs l'assaillit. Elle le revit durant le dîner au terme duquel son oncle avait été blessé. Il avait assemblé mentalement les pièces du puzzle, juste avant de quitter précipitamment la pièce.

Evelina sentit son visage se glacer et une sensation douloureuse se développa au creux de sa poitrine. Comme mus par une volonté propre, ses pieds l'éloignèrent de Tobias.

Il était connu pour être un excellent tireur. Et c'était lui le premier à être sorti de table. Leurs regards se croisèrent, chacun déchiffrant parfaitement celui de l'autre. À cet instant, elle vit quelque chose changer en lui. L'homme qui venait de lui avouer son amour disparut au cœur d'une tornade de peur. Il était terrifié par ce qu'elle pouvait avoir compris.

Evelina avait soudain la bouche très sèche.

Vous avez essayé de tuer mon oncle. Vous pensiez qu'il avait découvert que votre père était coupable, alors vous avez tenté de l'éliminer avant qu'il puisse dire quoi que ce soit. Et maintenant vous savez que je l'ai deviné.

Mais si elle prononçait ces mots à voix haute, la laisserait-il partir ? Alors que se poursuivait leur dialogue silencieux, la peur sur le visage de Tobias se durcit pour se muer en autre chose.

Il y avait des moments où elle était certaine que Tobias l'aimait mais également beaucoup d'autres où elle se félicitait de ne pas lui avoir révélé les moindres recoins de son âme.

Il craint la magie. Il craignait mon oncle. Il préfère frapper sans réfléchir que de faire face à la vérité et à ses conséquences.

Une réflexion qui n'avait rien de rassurant. Telle était la différence entre eux et il n'y avait aucune chance pour que l'un ou l'autre change et évolue à présent.

Cette affaire tranche la gorge de l'amour aussi sûrement que l'a été celle de Grace.

Et cet homme – Tobias – avait tenté de tuer oncle Sherlock. Elle détourna le regard pour tâcher de dissimuler l'horreur qui l'envahissait.

Je ne l'aurais jamais cru capable d'une telle chose.

Tobias observait ses réactions, attentif aux plus petites nuances. Il eut une grimace amère.

— Mon père n'est pas un meurtrier ? Je suis vraiment soulagé.

Oui, il savait qu'il avait commis une erreur. Elle ressentit un élan de pitié mais celle-ci se teintait de peur.

— Votre père a commis une terrible erreur et les choses vont changer pour votre famille. Vous ne pourrez pas préserver la situation telle qu'elle était jusqu'ici. En agissant ainsi, vous laisseriez Keating vous épingler comme un spécimen d'insecte rare dans une vitrine d'exposition.

Tobias serra les poings.

— Je protégerai ceux que j'aime.

En dégainant une arme pour tirer dans le tas ?

— À quel prix ? Pour vous, pour eux ?

Le regard de Tobias était chargé de lassitude.

— Je ne sais pas, Evelina. Ma mère s'est déjà effondrée. Je ferai tout ce qui est attendu de moi.

— Jusqu'où irez-vous ?

Ils savaient tous les deux qu'elle voulait dire « avec moi ». Il lui lança un regard sombre.

— Si j'estime qu'il y a une menace, je la neutraliserai.

Puis il vacilla et son expression perdit de sa dureté.

— Je ne peux plus désormais être l'homme que vous ou moi voudrions que je sois. Et il y a trop de choses entre nous à présent.

— Il y a quelques instants, vous disiez m'aimer.

Mais les mots étaient inutiles. Il avait raison.

Vous avez tiré sur mon oncle.

C'était déjà assez grave. Mais le pire était qu'avant qu'elle découvre la vérité il s'était senti prêt à vivre avec ce secret chaque fois qu'il l'embrasserait. Tobias Roth était un lâche et un menteur.

J'avais raison. Je ne peux pas me permettre quelqu'un comme lui.

Elle s'humecta les lèvres sans trouver quoi dire. Il restait un mystère à percer, pour le peu que cela changerait.

— Je dois partir. Mon oncle m'attend.

Il y eut un moment de tension. Elle connaissait son secret. Qu'allait-il faire à présent ?

— Dans ce cas, vous feriez mieux d'y aller, finit-il par dire.

Sa voix n'avait désormais plus rien de chaleureux, comme s'il avait pris la décision définitive de remettre son destin entre les mains d'Evelina.

Evelina qui ne voulait plus rien de lui, et cela encore moins que le reste.

Ses bagages étaient prêts. Elle souleva son sac et, posant un pied tremblant devant l'autre, elle se dirigea vers la porte.

— Evelina.

— Vos secrets sont en sécurité, dit-elle d'une petite voix.

— Il y a une chose que vous devriez savoir.

Elle se retourna tout en sachant pertinemment que c'était une erreur.

— Quoi donc ?

Effroi et tristesse se lisaient dans les yeux de Tobias, mais elle y vit également de la froideur.

— Mon père m'avait demandé de vous séduire.

Elle tressaillit sous l'effet de ces mots qui étaient autant de lames fines et mortelles.

— Pourquoi me dites-vous cela ?

— Tout ce que je vous ai dit…

Il prit une inspiration sifflante, ses lèvres pincées avec une telle force qu'elles en devenaient blanches.

— C'était totalement faux. En toutes circonstances.

La douleur transperça Evelina dont les joues rougirent de honte. Elle savait qu'il mentait, poussé à la blesser par sa propre souffrance. Ou peut-être faisait-il ce qu'il estimait nécessaire, les libérant tous les deux afin de pouvoir sauver la fortune familiale.

Il n'en avait pas moins blessé la partie la plus tendre de l'âme d'Evelina.

— Si c'est ainsi que vous voulez que ça se passe, murmura-t-elle.

— Il est préférable d'en finir de manière nette, vous ne croyez pas ? demanda-t-il d'une voix de plomb.

Sans un mot, Evelina fit volte-face et s'éloigna. Elle avait prévu de s'arrêter pour dire au revoir à Imogen, mais ses pieds refusèrent de ralentir et dévalèrent l'escalier. Elle n'aurait pas été capable de faire face à qui que ce soit.

Les larmes se pressaient derrière ses yeux, n'attendant qu'une excuse pour se mettre à couler, mais elle les retint. Elle était désormais une lady.

Elle avait été présentée à la reine. Elle était faite d'un acier trop solide pour que Tobias Roth puisse le briser.

Mais, dans le peu de temps qu'il lui fallut pour atteindre la porte d'entrée de Hilliard House, cette posture de défi s'était changée en malaise.

Tobias était prêt à tuer. Elle connaissait ses secrets. Il n'était pas nécessaire de s'appeler Holmes pour résoudre cette équation.

Elle n'aurait plus jamais sa place dans cette maison.

CHAPITRE 44

Evelina avait hâte de partir et lord Bancroft était très impatient de la voir disparaître. Sa voiture personnelle l'emmena jusqu'à Baker Street, où elle s'arrêterait pour la nuit avant de rentrer chez sa grand-mère dans la matinée.

Elle découvrit que son oncle l'attendait, occupé à feuilleter ses livres de chimie. Le docteur Watson n'était pas là. Il était semble-t-il enfin retourné auprès de la très patiente Mme Watson.

— Oncle Sherlock ? Je pensais que vous vous seriez retiré pour la nuit.

Il leva une main.

— Assez, je t'en prie ! J'ai déjà été suffisamment couvé par Mme Hudson et le bon docteur.

Mais Evelina n'en tint pas compte. Il faisait peur à voir.

— Pourquoi êtes-vous toujours debout ?

Il se recala sur les coussins de son siège, une expression défensive sur le visage.

— J'étais simplement en train de récapituler mentalement l'affaire. Il ne reste qu'une question non résolue.

Elle s'assit avec lassitude.

— C'est-à-dire ?

— Les voix que tu as entendues à 23 heures la nuit du meurtre.

— Cela aurait pu être n'importe qui, répondit Evelina. Est-ce important ?

— Pas forcément.

Il referma son livre.

— Disons que c'est comme une démangeaison qui refuserait de laisser mon esprit en paix. Depuis le départ, je m'attendais à découvrir un témoin qui aurait vu le docteur Magnus la nuit du meurtre. La police a cherché des rapports indiquant la présence d'un individu solitaire mais n'a rien trouvé. À l'inverse, de nombreux comptes-rendus font état d'un homme de grande taille à la peau sombre en compagnie d'une femme. Peut-être avait-il une complice ? N'as-tu pas trouvé une empreinte de pas féminine près du corps de Grace Child ?

— En effet, répondit-elle en se redressant.

Elle se remémora la nuit où Magnus lui avait rapporté Oiseau alors qu'elle s'entretenait avec l'inspecteur Lestrade. Qu'avait dit Oiseau ? « *Le deva de la haie affirme que l'homme et son ombre sont déjà venus auparavant.* »

Tobias et Grace n'étaient pas le premier couple à se retrouver devant la porte latérale cette nuit-là. Elle l'avait complètement oublié.

— Je suis une idiote ! Il y avait un témoin. Pas quelqu'un d'important, se hâta-t-elle de préciser face au regard interrogateur de son oncle. Un autre couple s'est retrouvé près de la porte ce soir-là. J'imagine que ce sont leurs voix que j'ai entendues.

— Alors qui étaient-ils ? demanda Holmes. Magnus travaillait-il avec quelqu'un ?

— Chaque fois que j'ai vu le docteur, il était seul.

— Pas d'épouse ou d'amante ? Personne pour jouer la complice en jupes ?

— Non. Personne. Nick a dit qu'il vivait seul, sans même de domestiques. Et le témoin qui a vu le couple les a décrits comme « un homme et son ombre ». Apparemment, ils étaient déjà passés par là auparavant.

— S'il s'agit des coupables qui ont assassiné Grace et volé les automates, ils se familiarisaient sans doute avec la configuration des lieux. Mais une ombre ? Avons-nous maintenant affaire à des sosies maléfiques ? Des hommes-ombres armés de poignards ? demanda son oncle avec une grimace.

— J'ai l'impression d'avoir poursuivi des ombres, répondit Evelina.

Elle fronça les sourcils avant de lancer, sur le ton de la plaisanterie :

— Serait-ce là notre deuxième meurtrier ? Un fantôme brandissant une lame ?

— Ce serait tout à fait déplaisant. Pour ne pas dire absurde. Si des esprits tueurs sont à l'ordre du jour, je me retire. Je préfère croire que Magnus a manié le couteau lui-même.

Evelina aurait voulu trouver une réplique intelligente mais elle était si lasse qu'aucune idée ne lui vint.

— Ce n'est pourtant pas lui, si ?

— Cela semble être la réponse la plus probable, mais nous n'avons que des preuves indirectes. Rien qui puisse tenir face à un juge.

Evelina se sentit nauséeuse. Elle avait besoin de certitudes, mais Holmes n'allait pas lui en donner simplement pour la réconforter.

— Avant d'être blessé, vous disiez qu'il y avait deux inconnues. La première était Harriman. L'autre tenait-elle à cette mystérieuse femme ?

— Peut-être. Rappelle-toi également nos deux palefreniers. Notre tueur a largement eu le temps de quitter Hilliard House pour les rattraper mais une seule personne aurait-elle eu la force de maîtriser deux solides gaillards ?

— Il y avait forcément un complice, dit-elle à voix basse. Magnus a affirmé qu'il n'avait poignardé personne et je suis encline à le croire.

— Hum… nous ne saurons potentiellement jamais de qui il s'agissait, à l'exception du fait que c'était peut-être une femme. J'ai évidemment informé Lestrade de ces faits. Si une quelconque information supplémentaire est mise au jour, je reprendrai l'enquête.

» Tout comme je reste attentif à tout ce qui pourrait être découvert sur la mort des ouvriers chinois. Lestrade va interroger Harriman à propos de leur sort, mais je veux être certain que l'affaire soit traitée de manière appropriée. C'est trop peu et trop tard, mais nous leur devons la justice pour ce qu'ils ont subi sur nos rivages.

— C'est certain.

Elle trembla en repensant aux horribles articles faisant état de la découverte des corps dans la Tamise ; à la gorge tranchée de Grace ; aux palefreniers qu'elle avait espionnés et dont les dépouilles inertes avaient été retrouvées peu après. Il y avait eu bien trop de tragédies.

Au moins Magnus avait-il disparu. Cela lui apportait un certain réconfort. Evelina soupira.

— J'avais imaginé que, d'une façon ou d'une autre, tout serait résolu.

— Tu veux dire qu'en arrivant je n'aurais eu qu'à agiter le tuyau de ma pipe pour dissiper immédiatement tout mystère ?

Holmes paraissait inhabituellement compatissant et plutôt amusé.

— Tu me flattes, dit-il.

— Mais comment Grace obtiendra-t-elle justice ?

— C'est la triste vérité du crime. Elle pourrait ne jamais l'obtenir. Mais je ferai tout mon possible pour m'assurer que ce soit le cas. Toutes les affaires ne se résolvent pas du jour au lendemain.

Evelina inclina la tête.

— Je n'avais pas conscience que jouer les détectives réclamait une telle endurance.

Son oncle eut un petit rire.

— Quand Watson rédige ses récits, il passe sous silence tous les moments ennuyeux. Résoudre un crime demande une patience abrutissante et beaucoup de travail.

— C'est ce que j'ai découvert, avoua Evelina sur un ton las. Enfin, je peux pleinement apprécier ce que vous faites.

Et à cet instant, elle espérait ne jamais devoir enquêter sur une autre affaire. L'idée paraissait romantique et passionnante sur le papier, mais la réalité impliquait des morts et des cœurs brisés.

Une autre pensée lui vint, de manière apparemment fortuite. Elle s'exprima sans réfléchir :

— Rien de tout ceci n'a de rapport avec cette histoire de Baskerville, n'est-ce pas ?

— Non, répondit Holmes sur un ton si catégorique qu'elle se prit à souhaiter avoir tenu sa langue. Plusieurs participants de ce dossier ont des liens avec les rebelles et d'autres, à mon avis, aimeraient en avoir. Mais le meurtre de la fille de cuisine est une tragédie qui n'a rien à voir.

Après avoir digéré l'information, Evelina se demanda pourquoi le sujet le rendait si irritable.

— Alors vous savez qui soutient les rebelles ?

— Je ne fais que des spéculations. La politique est la spécialité de Mycroft, pas la mienne. Je préfère les activités fondées sur une certaine forme de logique.

» Vois-tu d'autres zones d'ombre dans notre affaire ? demanda-t-il en changeant ostensiblement de sujet.

Agacée par son côté abrupt, Evelina ne put s'empêcher de l'être à son tour.

— C'est Tobias qui vous a tiré dessus.

— Je sais.

Évidemment qu'il savait, l'affreux personnage.

— Vous auriez pu m'en parler.

— J'ai jugé préférable que tu le découvres par toi-même. Tu portais une certaine affection à ce jeune homme.

Evelina leva les mains puis les laissa retomber le long de ses flancs dans un geste de pure exaspération.

— En effet. Pour lui et pour Nick. Je voulais qu'ils soient innocents.

— Ni l'un ni l'autre n'ont tué la domestique.

— Tobias s'est avéré être un tueur et Nick un voleur. Les jeunes gens sont-ils tous aussi affreusement stupides ?

Sherlock haussa les sourcils.

— Ils sont tous les deux amoureux de toi et tous les deux piégés dans des situations inextricables. Tobias se débat désespérément pour préserver sa famille de la ruine. Un objectif admirable, même si je remettrais en question ses méthodes.

— En vous tuant ?

— Il n'est pas le premier à avoir essayé, rétorqua son oncle avec un petit sourire. Et ton Niccolo est un jeune homme intelligent à qui ne s'offre aucune solution légale pour améliorer son sort. Comment fera-t-il pour gagner ta main ?

Toutes ces maudites larmes qu'elle avait retenues se mirent à couler.

— Je les aime tous les deux. Et j'ai ruiné leur existence.

— Voilà une affirmation bien spectaculaire et plutôt égocentrique. Je te concéderai que l'amour est rarement commode. Je crois comprendre que cela fait partie de son charme.

Evelina reniflait d'une manière qui était tout sauf délicate. Avec une expression vaguement dégoûtée, Holmes sortit un mouchoir de poche et le lui tendit.

— J'ai pensé un instant, au moment de ma présentation, que celle-ci garantissait d'une certaine façon mon avenir, reprit Evelina. J'avais tort.

— C'est pour cela que je n'ai jamais approuvé cette histoire de présentation. Ce n'était pas mon idée, tu sais.

Elle leva vers lui des yeux étonnés.

— Ah bon ?

— Elle venait de Keating et c'était une perte de temps. Au bout du compte, cette cérémonie dénuée de sens n'aurait jamais contribué d'un iota à ton bonheur. Toi et moi sommes tristement semblables sur ce plan.

Elle ne trouva rien à répondre à cela, mais Holmes agita la main comme pour minimiser l'importance de ses propos.

— Peut-être que, lorsque tu sortiras diplômée de l'université, Tobias sera devenu un baron à part entière et Niccolo régnera sur la pègre londonienne. Alors nous pourrons réévaluer tes plans pour l'avenir.

— Vous n'allez pas les dénoncer à l'inspecteur Lestrade ?

— Grands dieux, non ! tout ceci est bien trop intéressant. Maintenant, va au lit.

Evelina obéit avec lenteur. Mme Hudson l'arrêta dans l'escalier et lui tendit une enveloppe.

— Ceci vient d'arriver pour vous, miss Cooper. De la part d'un gentleman à vrai dire plutôt sinistre mais bien habillé. Il me l'a simplement laissé en disant qu'il reviendrait une autre fois.

— Merci, madame Hudson.

Evelina prit la lettre et poursuivit son chemin. L'épuisement ralentissait son pas et elle fut infiniment soulagée de découvrir la petite chambre bien tenue que la logeuse avait préparée pour elle.

Souris et Oiseau se poursuivaient mutuellement sur le dessus de la coiffeuse dans une partie compliquée de « chat ». Ils se chamaillaient sans cesse tout en zigzaguant sur la surface du savon et des serviettes que l'hôtesse avait disposées là. Tous les deux s'étaient portés volontaires pour l'accompagner chez sa grand-mère. Les devas de la terre avaient rarement l'occasion de voyager et ils étaient impatients de découvrir une nouvelle partie du monde.

Evelina s'intéressa de plus près à l'enveloppe. Elle était d'un beau papier couleur crème sur lequel une plume ample et assurée avait tracé les mots « Miss Evelina Cooper ». Le sceau de cire rouge était marqué d'un simple cercle. Curieuse de connaître l'expéditeur – elle n'était à Baker Street que depuis une demi-heure, qui pouvait savoir qu'elle s'y trouvait ? –, elle brisa la cire et déplia la missive. Celle-ci était datée du jour même.

Miss Cooper,

Le Divin donna naissance à la Sagesse et lui donna pour nom Hélène. Il la dépêcha pour réconforter Ses créatures et les secourir face à leur ignorance et leur souffrance. Elle vit dans le corps de la femme, l'âme parfaite incarnée dans la beauté. Des millénaires durant, je l'ai cherchée, tentant même de la fabriquer de mes propres mains. L'aurais-je finalement trouvée en vous ?

Comme je le soupçonnais, vos talents naturels sont sans pareils. Il viendra un moment où vous voudrez des réponses, quand les mystères devront cesser d'en être. Alors je viendrai vous trouver et vous enseignerai le vaste univers de tout ce qu'il y a à faire, à savoir et à imaginer, ma lumineuse Evelina.

Docteur Symeon Magnus

Elle laissa retomber la lettre sur la coiffeuse comme si le papier était chauffé au rouge.

— Impossible, dit-elle à voix haute.

Il était mort. Nick l'avait vu mourir.

— Qu'est-ce qui se passe ?

Evelina se retourna vivement. Imogen se tenait sur le seuil, une expression malheureuse sur le visage. Evelina se sentit soudain désorientée.

— Comment es-tu arrivée jusqu'ici ?

— Pour toi, je suis sortie par la fenêtre de ma chambre et j'ai hélé un fiacre. Je ne suis pas sans ressources, tu sais. Tu es partie sans me dire au revoir !

Puis elle baissa les yeux vers la lettre :

— Qu'est-ce qui est impossible ? demanda-t-elle.

Sans un mot, Evelina lui tendit le document. Imogen se mit à lire, puis porta une main à sa bouche, les yeux de plus en plus écarquillés.

— Mon Dieu… comment peut-il être encore en vie ?

— Il existe toutes sortes de sortilèges mortuaires et c'est un sorcier. Ou bien quelqu'un me joue simplement un tour cruel.

Sans avertissement, Imogen referma ses bras autour d'Evelina dans une étreinte féroce.

— S'il te plaît, ne pars pas !

Evelina ferma les yeux pour résister à une nouvelle vague de larmes.

— Il le faut.

Imogen la serra plus fort, les épaules secouées par le chagrin.

— Alors tu vas m'abandonner…

Evelina sentit sa gorge se serrer.

— Non, sûrement pas. Je suis aussi collante que du goudron, tu verras.

Imogen se mit alors à sangloter pour de bon, ses paroles semblant sur le point de s'effriter sous le poids de sa peine.

— Si tu pars, c'en est fini de nous. Mes parents me marieront à quelqu'un d'horrible, tu partiras pour l'université et je ne te verrai jamais plus. J'ai déjà perdu une sœur. Ma famille devient folle. Je ne veux pas te perdre toi aussi !

Evelina enfouit son visage dans la chevelure dorée d'Imogen. Elle avait mal pour son amie, mal pour elle-même.

Une jeune femme avait été séduite et assassinée et les tueurs étaient toujours en liberté. Les deux jeunes gens qu'elle aimait avaient été innocentés de ce crime mais n'en étaient pas moins coupables. Et elle avait joué un rôle dans leur déchéance.

Et voilà qu'à présent les morts lui envoyaient des lettres et la tentaient plus qu'elle n'osait l'avouer. Evelina avait peut-être été chassée de Hilliard House, mais elle ne se laisserait pas écarter aussi facilement.

— Ce n'est pas fini, chuchota-t-elle à Imogen. Loin, très loin de là.

Achevé d'imprimer en janvier 2015
Dépôt légal : février 2015
Imprimé en Italie
35294827-1